저자 퉁구스카 | 표지 MARCH

|목차|

그늘진 양지

포트 로버츠로 돌아온 뒤 여드레째의 오전에, 겨울은 사망한 부대원들을 위한 합동영결식에 참석했다. 군종장교와 더불어 성조기를 접는 건 지휘관인 겨울의 역할이었다. 스탠 페이지 일병의 장례식 때 경험했던 일이므로 새삼 연습이 필요하진 않았다.

삼각으로 두꺼워진 성조기를 건네받는 유가족들의 반응은 저마다 제각각이었다. 서럽게 통곡하는 부모와 자녀도 있었고, 조용히 눈물짓는 배우자도 있었다.

주변의 시선으로부터는 간혹 불쾌한 온도차가 느껴지기도 했다. 대개는 슬픔에 대한 공감과 연민이었으되, 일부는 복잡한 질시와 부러움이었기 때문이다. 혈육을 잃은 사람들을 부러워할 이유가 무엇인가. 겨울은 그 원인을 빠르게 눈치챘다.

'시민권과 전사자 위로금.'

난민 출신 지원병들은 계급이 부여되는 순간부터 시민권을 인정받는다. 물론 의무적인 복무연한이 존재했다. 맥밀런 대통령의 긴급 행정명령에 의거, 5년을 채우기 전에 군인 신분을 상실할 경우 시민권 또한 상실하게 된다.

　그러나 예외가 있었다. 부상으로 인한 전역은 불이익을 받지 않는다. 전사자에 대한 예우는 그보다 더 높았다. 유가족들에게 시민권을 인정해줄 뿐만 아니라, 복무개월 수에 1천 달러를 곱한 값과 1만 달러 중 보다 큰 금액을 보상으로 지급받는다. 바로 전사자 위로금이었다.

　사실 이것도 충분하다고 보기는 어렵다. 역병 이전을 기준으로, 전사자 위로금은 조의금(Gratuity)과 사망보험금(SGLI)을 합산하여 총 50만 달러에 달했기 때문. 그러던 것이 방역전쟁이 시작되고부터는 큰 폭으로 감소했다. 가중된 재정 부담이 원인이었다.

　그마저도 지금은 일시불로 지급하지 않았다. 아니, 정부에게 그럴 능력이 없다. 명백한 해방 작전의 실패로 발생한 위로금의 규모만 2백 70억 달러에 이르는 탓이었다. 따라서 현 시점의 유가족들은 둘 중의 하나를 선택해야 했다. 5년간의 분할지급을 신청하거나, 위로금에 상응하는 전시국채를 수령하거나.

　그렇다고는 해도, 여러모로 아쉬운 난민들 입장에선 충분히 부러워할 만했다. 겨울은 이들이 특별히 못된 사람들이라고 보기 어려웠다. 생활이 많이 나아지긴 했으나, 그럼에도 난민의 지위는 불안정한 것. 처우는 행정부의 성향에 따라 얼마든지 달라질 수 있다.

'최악의 경우엔 추방당할 가능성도 있지.'

농담이 아니라, 공화당 대선후보의 공약이었다. 국가안보를 저해하는 난민들은 국경 밖으로 내보내겠다고. 어딘가의 섬에 수용구역을 정하여 최소한의 물자와 무기를 지원하겠다고는 하는데, 사실상 추방이나 다름없는 개념이었다.

1차적인 표적은 당연히 중국계 난민들. 허나 다른 국적의 난민들도 지위 자체는 동일하다. 가장 긍정적으로 평가받는 유럽계나 한국계 난민들도 마냥 안전하진 못하다는 뜻이었다. 그러니 대선이 약 한 달 보름 앞으로 다가온 지금, 누구보다도 시민권이 간절할 수밖에.

유가족에겐 그 밖의 혜택도 많았다. 1년간 군 의료시설 및 군 면세점을 이용할 권리, 전사자가 사용하지 않은 휴가에 대한 보상, 소정의 주택보조금 지급 등.

그러므로 겨울에게 음습한 청탁이 들어온 건 자연스러운 수순이었다.

"혼인 관계를 인정받게 도와달라고요?"

영결식이 끝나기 무섭게 제 무리를 끌고 온 백산호는 잠시만 시간을 내달라고 간곡히 부탁해왔다. 그는 겨울의 질문에 민망해하며 끄덕였다.

"그렇습니다, 한 중령님. 여기 있는 사람들은 전사한 장병들과 실질적인 부부나 마찬가지였습니다. 처지가 처지인지라 정식으로 식을 올리지 못했을 따름이지요."

"군정청이 생긴 다음부터는 가족관계를 조사하면서 난민간의 혼인신고를 받아줬잖아요?"

"예, 그랬지요. 하지만 정책이라는 게 홍보가 부족하기도 하고 그렇잖습니까. 몰라서 신고를 못했을 수도 있었다고 봅니다. 사정이 딱하니 기지사령으로서 선처를 베풀어주십시오. 허허."

아직 정식 기지사령은 아닌 겨울을 은근히 띄워주는 아첨이었다. 겨울은 백산호 뒤의 사람들을 가만히 둘러보았다. 젊은 남녀들이 시선을 똑바로 마주치지 못한다. 머릿수는 전사자의 숫자와 일치했다. 간혹 눈시울이 붉은 사람도 진정으로 슬퍼하는 사람으로는 보이지 않았다. 「간파」와 더불어 확신을 얻은 겨울이 고개를 기울이며 묻는 말.

"확실히 말하세요. 몰라서 신고를 못 한 겁니까, 아니면 그런 걸로 해두자는 겁니까."

"……."

"전 거짓말을 별로 안 좋아합니다."

의도적인 「위협성」에 노출된 백산호는, 뻣뻣하게 마른침을 삼키면서도 웃음을 잃지 않고 꿋꿋하게 비굴한 태도를 견지했다.

"이거 참, 가슴 깊이 사과드리겠습니다. 제가 설명이 부족했군요. 결코 중령님을 속이려는 건 아니었습니다. 단지 중령님 앞에선 여간 긴장이 되는 게 아니다보니 실수를 했을 뿐이지요."

"결국 그런 걸로 해두자는 의도였네요. 여기서 해명할

게 뭐가 더 남아있나요?"

"아이고. 왜 이렇게 서두르십니까. 사정을 들어보시면 중령님께서도 충분히, 예, 충분히 이해하실 겁니다. 다 유족과 공동체, 우리 동맹을 위해서 필요한 일이란 말입니다."

"유족과 동맹을 위해서?"

"바로 그렇습니다."

백산호는 탐탁찮은 반문에도 열심히 끄덕이며 호응했다.

"이게 떳떳한 일은 아니라는 걸 저라고 왜 모르겠습니까. 저도 사람, 예예, 저도 사람인데요. 그치만 시민권 보유자의 숫자는 동맹 전체의 이익과 직결됩니다. 이대로 날리기엔 아까운 기회가 아닙니까? 산 사람들에게 기회를 주는 일이니 전사한 장병들도, 예, 죽은 장병들도 싫어하진 않을 겁니다. 유가족들에게도 당연히 사례를 할 것이고요. 예."

겨울이 미간을 좁혔다.

"잠깐만요. 유가족들이 벌써 동의한 겁니까?"

"어……. 아직은 아닙니다."

분위기가 나빠지자 황급히 덧붙이는 변명.

"유족들에게는 중령님께 허락을 받고 나서 알릴 참이었습니다."

"유족들의 마음이 먼저잖아요?"

"아무렴요! 그분들의 마음이 먼저지요. 바로 그래서입니다. 가뜩이나 어렵게 내릴 결정인데, 기껏 이야기를 꺼내놓고 나중에 가서 안 된다고 하면, 그 속에 있을 상처가 두 번 덧나지 않겠습니까? 다 감안하고! 감안해서! 예, 우리 대장님께 이렇게 말씀을 드리는 겁니다."

"제 이름을 팔아 더 쉽게 동의를 구하려는 건 아니고요?"

"하하하……."

백산호는 웃을 때 눈이 보이지 않는 사람이었다. 손수건을 꺼내어 넓은 이마를 닦은 그는, 의외로 순순히 혐의를 인정했다.

"솔직히 그런 면도 살짝, 아주 사알짝 있기는 합니다. 한겨울 중령님께서 허락하신 일이다. 젊은 사람들에게 기회도 주고! 동맹에도 이익이 되고! 여러분도 소정의 사례를 받으면 생활에 보탬이 되지 않겠느냐! 이렇게 설득을 하려고 했지요. 유가족들은 아무래도 합리적인 판단을 내리기 어려운 시기가 아니겠습니까."

"……."

"하지만 이거 하나만은 알아주십시오. 저 백산호에게 사심은 요만큼도 없다는 거! 전사자 위로금 1만 달러는 솔직히 너무 적지 않습니까? 장성한 자녀를 잃은 부모들은 앞으로 어떻게 살아갑니까? 미국인들 태반이 노후를 연금에 의지하는데, 시민권을 얻었다고는 해도 난민 출신으로 어중간하게 늙어가지고는 무슨 연금을 얼마나 쌓겠습니까? 죽은 장병들은 남은 혈육이 노숙자로 전락하는 걸 과연 좋아하겠습니까? 저승에서도 피눈물을 흘릴 겁니다."

꽉 쥔 두 주먹이 열성적으로 흔들린다. 백산호의 열변은 정치인의 연설을 닮았다.

"여기 이 친구들이 앞으로 취업해서 벌 돈의 10분의 1씩을 내놓기로 했습니다. 총액이 4만 달러가 될 때까지요. 시민권을 사는 금액으로는 확실히 쌉니다만, 그래도 당장 가진 게 없는 젊은이들 입장에선 큰 대가를, 예, 아주 큰 대가를 치르는 셈입니다. 사안이 사안이니만큼 약속을 문서로 남기진 못하겠습니다마는, 지급보증은 제가, 이 백산호가 서겠습니다."

"유가족 입장에서 그걸 어떻게 믿죠?"

"여기! 한 중령님께서 아시잖습니까! 저도 신용이 있는 사람이고요."

자기 가슴을 탕 치더니 켁 하고 아파하는 사업가.

"크흠. 어차피 동맹을 벗어나서는 살 길이 없고, 중령님의 눈 밖에 나도 마찬가지입니다. 그래서야 미국 땅 어디에 발을 붙일 수 있을까요?"

겨울이 반응을 볼 요량으로 일부러 한숨을 내쉬었다.

"브로커로서는 얼마 받기로 하셨어요?"

"돈을 받아요? 제가요? 말도 안 됩니다! 사리사욕으로 드리는 요청이 절대로 아닙니다! 사심은 요만큼도, 요만큼도 없다고 말씀드리지 않았습니까?"

"나중에라도 그런 사실이 확인되면, 제가 정말로 화를 낼 텐데요?"

"저는 진실로 결백합니다!"

백산호가 잔뜩 억울한 표정으로 손을 펼쳤다.

"죽은 사람의 배우자 자리를 돈으로 거래한다는 게 내키는 일은 아니실 겁니다. 귀를, 예, 귀를 씻고 싶으시겠지요.

그래도 평범한 사람들은 살아가면서 크고 작은 잘못들을 저지를 수밖에 없습니다. 양심적으로 살면 좋기는 한데, 양심이 밥을 먹여주지는 않기 때문입니다."

언변은 이렇게 유창해도 이익 없이 움직일 사람이 아니었다. 이제 와서 가진 게 없는 사람들을 대변하겠다니.

'사실이라면 이미지 세탁이겠지.'

겨울에게 양호한 인상을 주는 것만으로도 일단은 이득으로 볼 수 있었다. 자신이 좋은 인물은 아닐지언정 현실적인 안목은 있는 사람이라고.

많은 대자녀가 그랬듯이, 주위에 나름의 영향력을 과시하는 수단일지도 모른다.

그 외에 데려온 남녀들이 실은 가진 게 많을 가능성도 높았다. 실제로 시선을 피하는 면면들은 피부가 하얗고, 난민 구역 내에서 옷을 굉장히 잘 입은 축에 든다. 난민이라도 미국 내에 자산이 있던 사람들은 최근 들어 경제적으로 두각을 드러내는 중이었다. 언제나처럼 「통찰」은 겨울의 편을 든다.

'옷차림으로만 비교하면 송예경 위원 수준이야.'

어쨌든 표면적으로는 유족들을 위한 건의였다. 실제로 유족들 중에도 못내 받아들일 사람이 있을 듯하고. 적어도 대놓고 싫은 소리를 할 계제는 아니다.

대화를 끌며 헤아린 겨울이 천천히 고개를 저었다.

"너무 비현실적이네요. 나중에라도 알려졌다간 번거로운 스캔들이 될 거예요."

"설마 비밀이 새겠습니까?"

"모르죠. 어떻게 될지. 예를 들어, 유족들 가운데 한 사람이 협박을 한다면 어떨까요? 돈을 더 주지 않으면 사실을 폭로하겠다고."

"어⋯⋯."

"협박의 대상은 제가 될 수도 있어요. 사소한 일로 괜한 약점을 만들고 싶지 않습니다."

굳이 언급은 안 했으되, 협박의 주체가 백산호일 수도 있다. 소용은 없겠지만.

백산호의 낯에 선명한 안타까움이 스치고 지나갔다. 역시 본인도 어떤 식으로든 이득을 얻는 일이었을 터. 급하게 열리는 그의 입. 결국 소리 없이 닫힌다. 나름대로 궁구해서 온 듯하나, 여기까진 예상을 못한 모양이었다. 그래도 해결책이 있기는 있는 눈치. 말을 못하는 걸 보면 바른 수단은 아닐 것이다.

잠시 후, 흥정에 실패한 사업가가 어깨를 늘어뜨렸다.

"에휴. 어쩔 수 없군요. 유족들과 젊은이들에게 서로 이득이 되는 거래라고 생각했건만."

"유가족들의 생활에 대해서는 저도 신경을 쓸 겁니다. 걱정하지 않으셔도 돼요."

구직자들의 시민권에 대해서도 다른 방법이 마련되리라는 말은 생략한다. 백산호가 관심을 드러낼 테니까. 겨울은 여기서 더 시간을 허비하고 싶지 않았다.

'참 애매한 사람이네⋯⋯.'

본인의 이익을 위해 끊임없이 선을 넘으려고는 하지만, 정말 결정적인 잘못을 저지르진 않는다. 현실감각이 있다고 해도 좋겠다. 그렇지 않았다면 민완기 선에서 진즉에 쳐냈을 것이었다. 산 제물로서의 쓸모는 겨울이 금지했으니까.

강영순 노인의 노트를 보건대, 동맹의 중간 간부직에서 해임당할 때 무언가 위험신호를 느낀 것 같기도 했다. 정말로 그랬다면 백산호 입장에선 전화위복이었던 셈. 붙잡을 준비가 충분하다는 전제 하에, 행운은 사람의 됨됨이를 가리지 않는다.

백산호가 허리를 직각으로 굽혔다.

"결과적으로 이렇게 되긴 했어도, 귀한 시간을 내주셔서 감사했습니다. 나중에 더 좋은 일로 찾아뵙겠습니다."

그리고 그는 따라온 이들을 다그쳤다.

"뭐해? 자네들도 얼른 인사드리지 않고."

연장자의 자존심 같은 건 없었다. 겨울은 그들에게 정중한 목례로 답했다. 여기가 아무리 미국이라지만, 나이든 사람이 이렇게 나오는데 뻣뻣하게 받을 순 없는 노릇이었으므로.

백산호는 몇 번을 더 굽실대며 돌아섰다. 그 뒷모습으로부터 끈적한 예감이 들러붙는다. 난민 공동체를 앞으로 얼마나 잘 꾸려나가더라도, 저런 유형의 사람은 끝까지 남아있으리라고. 백산호가 사라지면 새로운 백산호가 나타날 것이다. 평범하게 이기적인 사람들.

'지금은 다른 문제들에 집중해야지.'

겨울은 전화기를 꺼내어 번호 지정 단축키를 눌렀다. 이내 액정에 진석의 이름이 뜬다. 신호는 여러 번 울리지 않았다.

「박진석입니다. 무슨 일이십니까?」

"중위. 할 말이 있으니 두 시까지 내 집무실로 와요."

어제, 공보처로부터 새로운 연락을 받았다. 전(前) 독립중대 병력 전체의 D.C.행이 확정되었다는 소식. 따라서 겨울도 이제 결정을 내려야 할 시점이었다.

진석의 대답은 한 박자 늦게 돌아왔다.

「……알겠습니다. 다른 지시는 없으십니까?」

"네."

「그렇군요. 그럼 그때 뵙겠습니다.」

통화는 간결하게 끊어졌다.

일부러 시간적 여유를 두고 약속을 잡은 겨울은, 진석이 오기까지 예비 기지사령으로서의 업무를 수행했다. D.C.에 가기 전까지 직무 숙지를 마치려면 틈틈이 부지런해지는 수밖에 없다.

증가한 행정업무는 근래 들어 바깥세상의 관객들이 줄어든 이유이기도 했다. 그들의 속된 아우성을 멀리한 지 오래지만, 가끔씩 보는 미확인 로그의 양, 그리고 혼자만의 어두운 공허에 하루하루 박히는 별빛의 수를 보면 짐작이 간다. 아무래도 따분할 것이다.

겨울은 크게 신경 쓰지 않았다. 사후보험 담보대출 잔액이 정말 얼마 안 남았기 때문. 물론 상환금액이 줄면서 완전히 갚을 날도 조금씩 멀어지고는 있으나, 고작해야 한두 달 차이. 당장 죽지만 않는다면 별 걱정 없겠다는 생각이 드는 수준이다.

어떻게 보면 차라리 잘된 일일 수도 있었다. 채무가 소멸하는 시점에서, 겨울로선 자신의 사후를 공개할 이유가 사라지는 셈이니까. 다만 신경 쓰이는 것은 자신의 삶이 불행하여 남의 사후라도 꿈꾸려는 절박한 사람들이었다.

'천종훈 씨……. 아마 아직도 보고 있겠지.'

겨울을 보겠다고 납골당까지 면회를 온, 마르는 웅덩이의 물고기 같았던 사내. 먼 걸음을 한 사람을 매정하게 외면하기도 곤란했었다. 지금도 그가 흐느끼던 모습이 선명하다.

이 사후의 중계가 중단되면, 그 사내는 어떻게 될까?

같은 맥락에서, 줄어들었으나 여전히 많은 관객들 가운데 비슷한 처지의 누군가가 더 있을지 모를 일이었다. 겨울은 불특정 다수의 자살을 방조하고 싶지 않았다.

잠시 후, 쓴웃음을 머금는 겨울. 목전에 닥친 일은 아니니, 좀 더 천천히 고민해 봐도 좋을 것이었다. 겨울은 자판을 두드려 군사용 보안메일 계정에 접속했다. 기지사령 대리 자격으로 요청한 자료 및 결재사항들이 있었던 까닭이다.

받은 메일함을 열자 새로운 메일이 무더기로 쌓여있었다. 겨울은 그중 가장 먼저 눈에 들어온 문서를 클릭했다.

엘리야 캠벨.

방역전쟁의 잠재적 전환점에 배치된 이 보건서비스부대 소속 소령에겐 어딘가 석연치 못한 구석이 존재했다. 그래서 겨울은 그의 신상정보 열람을 신청해두었다. 회신이 기대 이상으로 빨리 돌아온 편이다. 기밀 도장이 붉게 찍힌 영인(影印) 문서 치고는.

허나 내용이 기대 이하였다.

'특기할 만한 사항은 없어 보이네.'

하기야 군 인사파일에 기재될 만큼 큰 말썽을 일으켰던 사람이라면 중요한 임무를 맡기지도 않았을 것이다. 요즘의 육군에 아무리 고급 인재가 부족하다지만, 박사급의 의료 전문 인력으로 구성된 보건서비스부대원 중엔 대체할 사람이 반드시 존재할 테니까.

기대했던 종교 항목 또한 단순히 기독교라고만 적혀있을 따름.

파일을 닫은 겨울은 깍지를 끼고 생각에 잠겼다.

황보 에스더의 이름을 말했을 때, 캠벨은 그 소녀가 누구인지 곧바로 깨닫지 못했다. 그럼에도 즉각 드러냈던 불쾌감은, 십중팔구 에스더라는 이름 자체에 대한 거부감이었을 터. 이단을 믿는 주제에 성서에서 이름을 따온 것이 마음에 들지 않는다, 정도. 즉 캠벨 소령의 신앙은 원리적 근본주의에 가까울 가능성이 높았다.

에스더의 죽음을 확인해주는 태도도 미심쩍었다. 강한 긍정이 다분히 의도적으로 느껴졌기에. 적어도 그 죽음에 모종의 다른 배경이 있거나, 혹은 아직 살아있지만 무슨 이유에서든 거짓을 말한 것이거나. 그때 보정으로 걸린 「간파」가 의심에 무게를 실어주었다.

그러나 막무가내로 추궁을 할 순 없는 노릇이었다. 국토안보부의 웨스트 지부장은 벌써 충분한 성의를 보여주었기 때문이다.

아쉬운 마음으로 파일을 닫은 겨울은 다음 메일을 선택했다.

내용은 이번에도 역시 특정 인물에 대한 정보였다.

마커트 대위.

본디 캠프 로버츠의 선임 중대장이었던 이 인종차별주의자는, 지금의 포트 로버츠에선 모습을 찾아볼 수 없게 되었다. 겨울도 큰 관심을 두지 않았다. 소속부대가 바뀌었든 어디론가 파견되었든 알 바 아니라고 여겼던 탓이다. 차라리 안 보이는 편이 나은 위인이기도 했고. 경례를 교환하는 것만으로도 껄끄럽지 않겠는가.

그러나 차기 기지사령으로서, 겨울은 그의 이름을 예기치 않은 곳에서 다시 보게 되었다. 중국계 거류구로부터 연명으로 올라온 고발장 하나. 혐의는 강간이다.

겨울이 받은 메일은 사건을 담당한 군 법무관이 보낸 것이었다.

「밀린 심리(審理)가 많아 워너 A. 마커트 중위 건의 처리가 지연될 수밖에 없음을 양해 바람. 첫 재판은 3개월 뒤에 열릴 예정. 그 전까지 참고인과 증인 명단을 갱신할 수 있음. 군정사무에 대한 협조로서 마커트 중위의 인사 파일을 첨부함…….」

파일을 열어본 겨울은 마커트의 계급이 연초에 강등된 내역을 확인했다. 그럴 이유가 많은 사람인지라 이상할 것도 없었다.

'현재는 구(舊) 봉쇄선의 경비초소장인가. 보직부터가 징벌성이 강한데.'

명백한 좌천이다. 직급은 예전과 같은 중대장이라고 해도, 지휘하는 병력부터가 전선으로는 내보내지 못할 3선급 경비부대였다. 검색 결과 편성된 인원수도 정원의 50%를 밑돌았다. 하는 일이라곤 수송대의 검문검색이 고작. 스스로 굉장한 자괴감을 느끼고 있겠으나, 그의 영락(零落)은 이제 막 시작되었을 뿐이었다.

비록 대단한 사건은 아니어도, 감상이 묘하기는 하다.

다섯 개의 문서를 더 열어보았을 즈음 노크 소리가 울렸다.

"중위 박진석입니다."

"들어와요."

문을 열고 들어선 진석은 절도 있는 경례 후 부동자세를 취했다. 보던 문서를 끝까지 읽고 눈을 뗀 겨울이 진석에게 말했다.

"왜 불렀는지는 알 거라고 생각해요."

"누가 1중대장이 될지 결정하셨습니까?"

대답하는 대신, 겨울은 서랍에서 대위 계급장을 꺼내어

책상 위에 조용히 올려놓았다. 이를 지켜본 진석의 호흡이 흐트러졌다. 자신을 다스리고자 턱에 힘을 주는 모습이 보인다. 그러고도 거센 감정이 묻어나는 눈동자. 이게 그토록 간절했을까. 가만히 응시하던 겨울이, 두 손을 포개며 자세를 차분하게 가다듬었다.

"당신을 진급시키기 전에 한 가지 묻고 싶은 게 있어요."

"……그게 무엇입니까?"

"만약 필요하다면 사람을 쏠 수 있겠어요?"

음성은 침착했으나 내용은 여상한 질문이 아니었다. 진석은 당연히 당황했다.

"왜 그런 질문을 하시는지……?"

"해야 하니까요."

"제가 중대장이 되면 사람을 죽일 일이 생길 거란 말씀이십니까?"

"음, 그럴 수도 있다고 해두죠. 가능성은 낮지만."

고민하던 진석이 질문을 새롭게 고친다.

"괜찮으시다면 좀 더 자세한 내용을 들려주시겠습니까?"

"혹시라도 밖으로 새면 안 될 사안인데요."

"아시다시피, 저는 입이 무겁습니다."

뜸을 들이던 겨울이 천천히 끄덕였다.

"그러네요. 정확한 대답을 들으려면 알려줘야겠네요. 새크라멘토를 떠나기 전, 봉쇄사령관 테런스 슈뢰더 대장님으로부터 쿠데타가 일어날지도 모른다는 말씀을 들었어요."

"쿠데타? 군사반란이 일어난다는 겁니까?"

"어디까지나 가능성일 뿐이에요. 백악관이나 국방부가 장님도 아니고, 그 외의 정보기관들도 눈과 귀를 막고 있진 않을 테니까요."

단서를 덧붙여도, 진석의 깊어진 당혹감을 덜어낼 순 없었다. 아무리 확률이 희박한들 경고한 사람이 육군 대장이라는데 가벼이 흘려듣긴 어려울 것이었다. 하물며 테런스 슈뢰더는 여타의 다른 대장들보다 훨씬 더 권위가 높았다. 진급을 앞둔 중위는 신중하게 다시 물었다.

"거기에 우리 부대가 무슨 상관입니까?"

"유감스럽게도 상관이 있어요."

"……."

"10월에 워싱턴 D.C.에서 본토탈환 기념행사가 열린다는 사실은 이미 알고 있죠? 언론에서 개선식이라고 부르는 거. 그 행사에 독립중대 소속이었던 인원 전체가 초대받았거든요. 반란이 정말 일어난다는 전제 하의 이야기지만, 가장 위험한 순간 사건의 중심지에 있게 된다는 뜻이죠. 지휘체계를 갖춘 하나의 완편 중대로서요."

낮아지는 진석의 시선.

"그래봐야 중대잖습니까. 큰 의미가 있겠습니까?"

"나도 약간은 그런 마음이 있었는데, 민 부장님과 상의해보니 꼭 그렇지만도 않더라고요."

"……이걸 알고 있는 사람이 얼마나 됩니까?"

"두 분 부장님. 그리고 박진석 중위 당신. 내 주변에선 이걸로 끝이네요."

"이유라 중위는 모른다는 말씀이시군요."

"네. 만약 당신이 중대장 자리를 거부한다면, 그때는 이유라 중위도 알게 되겠죠."

"……."

실내엔 잠시 동안 깊어지는 숨소리만 들렸다. 정적이 흐르는 사이, 진석은 타는 듯한 갈증을 담아 계급장 세트를 노려보았다. 그는 거의 1분이 지나서야 침묵을 깼다.

"민완기 부장님께서 뭐라고 하셨습니까?"

"이제까지의 역사를 볼 때, 어떤 반란에서든 실제로 움직이는 병력은 의외로 적었다는 사실을 지적하시던데요. 기껏해야 몇 개 여단, 잘하면 보강된 규모의 한 개 사단 정도라고. 또 미국처럼 큰 나라에서도 사정은 다르지 않을 거라고. 맞는 말이죠. 안전지대에 배치된 병력들은 밀도가 많이 낮으니까요. 먼저 말한 것처럼 당국도 장님은 아니고요."

감시를 피해서 끌어들이는 병력은 규모 면에서 커질 수가 없다.

'어차피 1차적으로는 수도만 제압하면 그만이기도 하고.'

그러나 그 정도의 병력만으로도 반란이 성공하는 이유 중에는, 진압군 편성에 시간이 걸린다는 점도 있다. 정부 입장에선 각 부대의 피아식별이 곤란하기 때문이었다. 대체 어느 부대를 믿으면 좋은가. 어디까지가 충성파고 어디까지가 반란군인가. 트로이의 목마 같은 함정이 있진 않은가…….

이 점에 관하여, 뜻밖에 민완기가 아닌 장연철이 제시한 의견도 있었다.

"저기, 그, 슈뢰더 대장에게 받았다는 번호 말입니다. 이렇게 볼 수도 있지 않을까요?"

그는 자신 없는 태도로 설명했다.

"만에 하나 슈뢰더 대장에게 다른 계획이 있고, 그 번호가 정보기관의 감시를 받는 회선이라면……. 거기다 전화를 거는 시점에서, 진압군은 작은 대장님도 반란에 가담했다고 판단하지 않을지……. 그렇게 되면 대장님의 부대를 견제하거나 구속하는 데 전력을 낭비할 거고, 진짜 반란군은 좀 더 쉽게 목표를 달성하는……. 그런 경우도 가능하지 않나 해서……."

이 말을 들은 민완기는 무척이나 흐뭇해했다. 잘 성장한 제자를 보는 듯한 눈빛이었다.

"일리가 있군요. 슈뢰더 대장의 됨됨이와 별개로, 그의 입장이 아쉬울 것만은 분명하지요. 계급이 높을수록 반란을 모의하긴 어려워지지만, 한편으로는 봉쇄사령관으로서 비정상적으로 강화된 권한이 있었잖습니까. 주의해서 나쁠 건 없겠습니다."

그리고 그는 다시 이렇게 말했다.

"미국은 반란이 성공하기 어려운 조건들을 두루 갖춘 나라입니다. 국토는 넓고, D.C.를 장악해봐야 각각의 주정부들이 가만히 있지 않을 겁니다. 그 방대한 군 조직을 단시간에 포섭하지 못하는 한, 반란세력은 지중의 섬처럼 고립될 게 뻔합니다. 사실상 불가능한 일입니다. 허나 사람의 광기는 때로 뻔히 보이는 파국을 향해 전력질주를 하게끔 만들지요. 상식적인 사람들의 대응은 상식에 구애받기에 늦을 때가 많습니다. 에이, 설마 누가 그렇게 멍청한 짓을 할까…… 하고요."

기실 테런스 슈뢰더 대장이 경계한 것 역시 바로 그런 어리석음이었다. 후방에 배치된 인력이 너무도 수준 이하인지라 염려를 금할 수 없다고.

이상의 내용을 간결하게 전달받은 진석은 망설임 끝에 입을 열었다.

"처음의 질문에 답변 드리겠습니다. 제 대답은 예, 입니다. 싸워야 한다면 싸우는 수밖에요."

욕심에 눈이 먼 사람처럼은 보이지 않는다. 갈증의 영향이 있기는 있겠으나, 결정적이진 않다는 뜻이었다. 우려가 현실화될 공산이 낮다고 대충하는 대답도 아니었다. 만약을 대비하는 것이므로. 겨울이 자세를 바꾸었다.

"그럼 하나만 더 물어볼게요."

"말씀하십시오."

"만약 그 상황에서, 적을 죽이길 거부하는 병사가 나오면 기분이 어떨 것 같아요?"

"……."

"박진석 중위가 그 교육을 받았는지 모르겠네요. 나는 들은 게 있으니 말해볼게요. 사람을 상대하는 실전에서, 실제로 적을 살해하는 전투원의 비중은 굉장히 낮은 편이래요. 보통은 의도적인 오조준을 한다고……. 머리 옆이든,

발 앞이든, 일부러 빗나가게 쏘는 거죠."

"그렇습니까?"

"네. 정식 장교교육과정에선 가르치는 사항이에요."

진석은 처음 듣는 표정이었다. 그도 그럴 게, 방역전쟁을 위한 약식 장교교육에선 살인의 부담감을 가르칠 동기가 낮은 까닭이다. 변종들을 상대하는 병사들이 정신적 상해를 입는 비율은 일반적인 전쟁에 비해 확연히 낮은 경향을 보였다. 심지어 양용빈 상장의 핵공격 이후를 포함해도 그렇다. 덕분에 더 오랜 기간 전선에 배치되어 있을 수 있었고.

역병 이전의 전쟁을 기준으로, 전투임무 투입기간은 가급적 60일을 넘기지 않도록 되어있다. 그 이상이면 정신적으로 완전히 죽어버리는 경우가 빈발하는 탓이었다.

겨울이 말을 이었다.

"용기가 부족해서, 겁쟁이라서 싸움을 피하는 게 아녜요. 포탄이 쏟아지는 들판을 가로질러 뛰어갈 순 있어도 사람을 죽이진 못하겠다는 거예요. 머리로는 어쩔 도리가 없는 본능적인 거부감이죠. 살인을 극복하도록 전문적으로 설계된 훈련이 만들어지지 않았을 무렵, 이런 병사의 비율은 최소 85%를 넘었었다고 해요. 즉 의무적인 살인을 강요받고, 죽이지 않으면 내가 죽는 환경에서조차, 적을 제대로 겨냥해서 쏘는 병사는 최선을 가정해도 겨우 15%밖에 안 된다는 뜻이죠. 그 이하일 수도 있고요."

베트남전 당시, 미군이 한 명의 적을 사살하기 위해 수만

발의 실탄을 소모한 배경엔 이런 원인이 있었다. 전장이 밀림이라 장애물이 많았다거나, 병사들의 사격실력이 떨어졌다거나 하는 허술한 이유가 아니었다. 그저 적이 물러나기를 바라며 위협적인, 위협적이기만 한 사선으로 퍼부은 사격이 그토록 많았을 따름이다.

진석이 한숨지었다.

"열에 하나 꼴이면 지나치게 낮군요."

"글쎄요……."

처음 들었을 땐 오히려 너무 높은 게 아닌가 싶었던 겨울이었다.

"그렇다면, Sir, 지금 이런 이야기를 해주시는 건 우리 애들도 그…… 살인에 대비한 훈련을 시켜야 한다고 생각하시기 때문입니까?"

질문을 받은 겨울은 고개를 저었다.

"아뇨. 훈련을 시키긴 시켜야겠죠. 시가지 전술훈련 위주로요. 하지만 이제 와서 사람 죽이는 연습을 따로 할 필요는 없겠네요. 벌써 충분히 되어있으니까요."

"……그게 무슨 말씀이십니까?"

"여태까지 수많은 변종들을 죽여 왔잖아요."

진석의 미간에 주름이 잡힌다.

"이해가 안 갑니다. 변종들은 인간이 아니잖습니까. 전 그것들을 죽이면서 살인이라고 느낀 적이 단 한 번도 없었습니다. 굳이 따지자면, 종종 소름이 끼치긴 했었죠. 잠깐이나마 사람과 비슷해 보이는 순간들이 있긴 있었으니 말입니다. 그러나 말 그대로 잠깐씩이었을 뿐입니다."

"그렇군요."

"이건 부대 내의 다른 인원들도 마찬가지일 거라 봅니다. 만약 앞으로 사람과 싸우게 될 가능성이 있다면, 당연히 추가적인 훈련을 소화하는 게 맞습니다."

겨울은 부족한 미소를 만들었다.

"그럼 이렇게 물어보죠. 중위가 생각하기에 무슨 훈련을 하면 병사들이 사람을 보다 쉽게 죽일 것 같아요? 뭘 해야 살인을 좀 더 수월하게 할 수 있을까요?"

이에 곤혹스러움을 내비치는 진석.

"방금은 분명…… 전문적으로 설계된 과정이 있다는 식으로 말씀하지 않으셨습니까?"

"네. 그러니까 그 과정이 구체적으로 어떤 식일 것 같으냐고 물어본 거예요."

"……죄송하지만 잘 모르겠습니다."

"그 훈련, 사실 별거 없어요. 특정 조건에서 사람과 최대한 비슷한 것을 쏘는 연습이죠. 여기서의 조건이라는 건 정당한 임무수행, 교전수칙, 상급자의 명령, 그 밖에 자신과 동료를 방어해야 하는 상황 같은 것들이고요. 아무렇게나 사람을 죽이는 건 군인이 아니라 사이코패스 살인마잖아요?"

살인범들을 모아 편성한 부대의 살인능력은 훈련소를 갓 마친 신병집단보다도 못하다. 규모가 커지면 커질수록 더더욱 그러했다. 자신을 위해 타인을 해치는 행위야말로 이기심의 극한이며, 이기적인 개인들의 조직력이란 구성원들의 능력을 오히려 깎아먹는 까닭이었다.

"우리 부대의 규율은 조건부여의 측면에서 만점에 가까운 수준이에요."

겨울이 말했다.

"스스로 말하긴 창피하지만, 난 병사들에게 지휘관으로서 꽤 신뢰받고 있다고 봐요. 그건 박 중위나 이 중위도 마찬가지고요. 다른 간부나 병사들도 사이가 무척 좋은 편이죠. 어찌 보면 당연한 이야기인데, 교범에선 유대감이 강한 장교의 명령일수록, 그리고 부대 구성원들 상호간의 친밀도가 높은 부대일수록 병사들이 적을 살해하는 비율도 증가한다고 쓰여 있어요."

"……."

"다음으로, 사람과 흡사한 무언가를 쏘는 연습. 이건 인질범이나 테러리스트의 그림을 등신대로 인쇄해서 근접 표적으로 쓰기만 해도 괜찮다고 하네요."

"그냥 기본 훈련 아닙니까?"

끝이 올라가는 목소리에서 불신이 느껴진다. 겨울은 그렇다고 수긍했다.

"맞아요. 기본 훈련이죠. 근데 그것만으로도 절반 이상의 병사들이 적을 정조준해서 쏘게 되는 결과가 나왔대요. 신기하지 않아요?"

"……너무 단순합니다."

"단순해도 결과가 그렇다니 어쩌겠어요. 중요한 건 조건과 함께 각인시키는 반복이에요. 명령을 받았을 때, 병사들로 하여금 사람 비슷한 걸 쏘는 행위에 둔감해지도록 만드는 거죠. 일단은 선을 넘게끔. 쉽게 말해, 어? 사람인데……쏴버렸어. 난 대체 무슨 짓을 한 거지? 진짜 내가 쏜 거야? 나도 모르는 사이에?…… 같은 식으로요."

이 말을 듣고, 진석의 얼굴이 찝찝함으로 물들었다.

"충격을 뒤로 미루는 정도밖에 안 되는군요."

"정확해요."

깊게 긍정하는 겨울. 처음부터 하고 싶었던 이야기가 바로 이것이었다.

"우리 부대는 사람을 죽일 준비가 되어있어요. 사람을 닮은 표적으로서 살아 움직이는 변종들보다 나은 게 뭐가 있겠어요? 심지어 감염된 미군 병사들을 쏴 죽인 적도 많을 텐데요. 만에 하나 인간이 상대더라도 싸우는 것 자체는 별문제가 아닐걸요?"

"……"

"진짜 문제는 그렇게 죽인 다음이죠. 여기서 지휘관의 역할이 중요해요. 적을 살해했다기보다는 임무를 달성했다고 말하도록 해주고, 옳은 일을 했다는 확신을 주고, 전우를 살리기 위해, 또 기다리는 가족들을 위해 어쩔 수 없었다는 위로를 주고……. 그리고 그 이상으로, 살해에 가담하지 못한, 사람을 죽일 수 없었던 병사들에게 신경을 써줘야 돼요. 숫자가 적을수록 더더욱 그렇죠. 본인들이 잘못된 거라고 자책하기 쉽거든요."

"화를 내선 안 된다는 겁니까?"

"절대로요. 비겁자 취급이나 실망한 내색을 해서도 안 됩니다. 그러지 않아도, 정상적인 병사라면 스스로 자괴감을 느끼고 있을 테니까요."

박진석을 차기 중대장으로 내정한 시점에서, 겨울은 소령 진급을 앞둔 싱 대위와 메리웨더 선임상사에게 관련된 조언을 구했다. 이미 아는 바를 점검하고 보충하기 위함이었다. 물론 사정을 있는 그대로 털어놓는 대신, 사람이 적일 때의 마음가짐만을 물었다.

지휘관의 자세에 대해선 싱 대위의 도움이 컸으나, 실제 사례 면에서 보다 많은 경험담을 들려준 쪽은 메리웨더 상사였다. 상대적으로 복무경력이 길고 참전경험도 많으며, 무엇보다 부사관으로서 장교에 비해 직접적인 교전을 치를 일이 잦았던 덕분이다.

"중위. 선임상사가 그러더라고요. 전투를 겪은 병사들이 자신을 죽이려는 적들, 주변에 떨어지는 포탄들 이상으로 두려워했던 게 바로 동료들을 실망시키는 것이었다고. 달리 의지할 데가 없는 전쟁터에서, 전우들 사이에 있을 자리가 없어질까봐 무서워했다고."

그리고 상사는 이렇게 덧붙였다.

'지켜보니 사람을 만드는 것도 관계, 사람을 죽이는 것도 관계더라……'

전장에서 뼈가 굵은 베테랑의 소회엔 인간에 대한 통찰이 담겨 있었다.

겨울이 남은 말을 잇는다.

"전에 훈장수여식에서 슈뢰더 대장이 그랬죠. 중위의 소대 운용에서 욕심이 많이 느껴진다고. 그런데 지휘관으로서 욕심을 내면서도 사상자가 거의 없었다는 건, 자기가 지휘하는 소대원들의 능력이 어디까지인지 확실하게 안다는 뜻이에요. 그렇죠?"

"……."

"사람을 죽여야 하는 싸움에선, 그만큼 잘 알기 때문에 더 문제가 될 수도 있어요. 내 말, 무슨 의미인지 이해할 거라고 생각해요."

충분히 해낼 거라고 믿고 맡긴 임무가 실패하거나, 적을 조기에 제압하지 못해 부수적인 인명손실이 발생하거나, 바로 눈앞에서 허공에 총질을 하고 있거나…….

능력의 한계를 알고 정확히 거기까지 밀어붙이는 지휘관은 병사 입장에서도 필연적으로 부담스럽다. 변종을 상대하는 싸움에선 먹히는 방법일지라도, 사람을 상대로는 아닌 것이다. 적어도 병사들이 살인에 익숙해지기 전에는.

바닥을 오래 보던 진석이 자신감 빠진 질문을 던진다.

"왜 접니까?"

그리고 계급장을 스쳐가는 복잡한 시선.

"뭘 걱정하셨는지는 알겠습니다. 그렇다면 차라리 이유라 중위를 먼저 부르셨어야 하지 않습니까?"

"그래도 최악의 사태에 대비하려면 전투력이 우선이라고 판단했거든요."

"이유라 중위의 지휘능력이 저보다 못하다는 말씀이신

지……."

"아뇨. 하지만 스타일은 많이 다르죠. 반란군이라고는 해도 같은 미군이 상대일 때, 난 이유라 중위가 병력을 공격적으로 운용할 거라곤 상상하기 어렵네요. 내가 직접 지휘할 수 있다면 다행인데……. 유감스럽게도 이런저런 행사에 불려 다닐 예정이라서요. 사고가 터진 시점에 없을 확률이 높아요."

"그렇습니까……."

부대원들의 생존만이 목적이라면 유라의 견실한 운용도 방어적으로 유용하겠으나, 경우에 따라서는 진압군으로서 임무를 수행해야 할 것이었다.

욕심이 앞서는 인상으로 보이기 싫은지, 진석이 그로서는 드물게 꾸민 농담조로 읊는다.

"이렇게까지 대비해놓고, 정작 가서 아무 일도 없으면 민망할지도 모르겠군요."

"보험이라는 게 원래 다 그런 거죠. 돈을 내기만 할 땐 손해를 보는 기분이 들고, 보험금을 받게 되더라도 마냥 이익은 아닌 듯한……. 아무튼, 이제 결정을 내려줄래요? 내가 당부한 걸 주의할 자신이 있다면 받아요. 아니면 다음으로 미루고요."

"받겠습니다."

분위기상 억눌렀던 야망이 단숨에 쏟아지는 듯한, 즉각적이고 망설임 없는 대답이었다. 겨울은 한 번 끄덕이고 계급장 세트를 갈무리했다.

"앞으로 잘 부탁해요, 대위. 임명식은 내일 열죠. 계급장은 다들 보는 데서 달아줄게요. 진급처리가 완료되는 정확한 일자는 좀 더 나중이긴 하지만, 뭐 어때요. 여기서는 대위로 대우받아도 무방할 거예요. 대대 참모진도 벌써 그렇게 하고 있고."

"정말 이걸로 괜찮은 겁니까?"

"뭐가요?"

"제가 이 계급을 얼마나 바랐는지 아실 텐데요. 그런데도 저 스스로 결정하게 해주시는 건, 고양이에게 생선을 맡기는 거나 다름없지 않습니까?"

"그 점까지 감안해서 대위를 먼저 불렀어요. 그리고 대위가 정신이 이상해지지 않는 한 내 당부를 싹 다 무시하진 못하겠죠. 그 정도면 보험으로써 충분해요."

겨울도 대대장으로서 병사들에게 신경을 쓸 테고, 추후 중대장을 교체하는 방법도 있었다. 굳이 경고하지 않아도 진석이라면 대강 예상할 터였다. 눈치가 그쯤은 되는 인물이므로. 지금의 겨울은 마냥 호의적인 게 아니다. 면담을 마무리 짓고자 화제를 바꾸는 겨울.

"나가기 전에 이걸 전달해둬야겠네요. 1중대의 시가지 전술 훈련계획은 벌써 짜놨어요. 자세한 내용은 포스터 대위가 전달할 거예요. 중대장으로서의 첫 임무니까 최선을 다할 거라고 믿어요."

"실망하지 않으시도록 노력하겠습니다. 휴가라고 좋아하던 애들이 울상이 되겠군요."

"선의의 거짓말을 하면 되죠."

"어떤 거짓말입니까?"

"D.C.행이 확정이라는 거, 중대원들은 아직 모르잖아요? 훈련 결과에 따라 동부 여행에 데려간다고 하면 다들 아주 열심히 훈련에 임하지 않겠어요?"

진석이 쓴웃음을 짓는다. 그에게선 지금껏 보기 힘들었던 표정이었다.

9월 20일. 여러 주를 순회하는 D.C.행의 출발이 열흘 앞으로 다가온 시점에서, 겨울의 일과는 시간상의 여백이 갈수록 희박해졌다. 시간가속을 활용할 만큼 가벼운 업무도 별로 없었다. 긴 휴가를 앞둔 마지막 고비라고 해도 좋을 것이다. 기지사령과는 별개인 독립대대장으로서의 업무를 싱 소령이 대신해주지 않았다면 겨울도 꽤나 버거웠을 터였다.

"아쉽네요. 소령도 같이 갈 수 있었으면 좋았을 텐데."

겨울이 건네는 위로에, 신실한 시크교도는 수염 너머로도 뚜렷한 미소를 지었다.

"솔직히 부럽기는 합니다만, 누군가는 남아서 대대를 책임져야지요. 훈련소 운영이나 시설관리도 중요하고, 신병들로 꾸리는 거나 마찬가지인 세 개 중대를 방치할 순 없지 않겠습니까."

"그렇긴 하지만…… 설마 동부에서 보낼 일정이 그렇게까지 길어질 줄은 몰랐거든요. 방문하는 도시가 아무리 많아도 길어봐야 한 달 정도를 예상했는데, 실제론 추수감사절까지라니."

　최종적으로 확정된 일정은 무려 2개월에 달하는 장기 휴가였다. 엄밀히 말해 겨울에겐 휴가가 아니었으나, 병사들 입장은 다르다. 덕분에 구(舊) 독립중대원들은 더더욱 필사적으로 훈련에 임하게 되었다. 자세한 사정은 모르고, 다만 간단한 속임수가 있었다는 건 아는 대대참모들이 그 열기를 무척이나 재미있어했다.

　"아무튼, 떠나기 전에 내 결재가 필요한 일은 최대한 끝내놓으려고요. 브라보, 찰리, 델타 중대 인원 편성에 대해 확인받을 게 있다고 했죠?"

　"예. 포트 로버츠에서 임관한 장교들과 기존의 지원병들을 대대로 수용하려는데, 대대장님의 지침을 따르긴 했습니다만 부적합한 인원이 있을 듯해서 말입니다. 그 밖에 본토에서 지원한 초임장교들의 목록도 있으니 살펴봐주시기 바랍니다."

　햇살이 비스듬히 꽂히는 책상 모서리에 걸터앉아, 겨울은 싱 소령이 건네는 태블릿을 받아들었다. 살펴야 할 장교와 병사들의 상세는 대대 정원의 2배수에 달했으나, 그래도 시간이 오래 걸릴 일은 아니었다. 난민구역의 생리에 밝은 겨울에게만 보이는 결격사유가 있지 않을까. 소령의 기대는 딱 그 정도였으므로.

　"군정청 위원들로부터 1차적인 검수는 받은 거죠?"

　혹시나 하고 묻는 겨울에게 소령이 즉시 대답했다.

"물론입니다. 부적합한 대상자들을 가려내는 데 큰 도움을 받았습니다. 인간적으로 조금…… 모자란 친구들이 꽤 있더군요."

사람이 점잖아서 표현도 점잖을 뿐, 싱 소령의 어조는 평소보다 엄격했다.

'장 부장님이 제대로 해주셨나보네.'

겨울은 항상 그렇듯 두 부장에게 조력을 맡겼다. 싱 소령을 도와, 국적을 불문하고 부적절한 병력자원을 걸러내는 일이었다. 여기서는 장연철의 수고가 더 많았다. 사람을 만나고 다니는 일에서는 민완기보다 발이 넓었기 때문이다.

유라는 그를 이렇게 평했다. 착하고 성실한 학생회장 같은 사람이라고. 단지, 후배들과 어울리려고 노력하지만 그 노력이 가끔 부자연스러운 복학생 같기도 하다고. 유라의 나이에 어울리는 비유였다. 정상적인 세계였다면 이제 막 대학을 졸업했을 연령이니.

전자화된 페이지를 빠른 속도로 넘기던 겨울이 소위 몇 사람을 지목했다.

"여기…… 이렇게 여섯은 내가 한 번씩 만나보고 결정할게요."

액정 속의 사진을 들여다보는 싱 소령.

"쑨, 쉬, 류, 왕, 리, 페이……. 전부 중국계로군요."

소령의 발음은 비교적 정확했다. 성씨만은 미국인이 말하기에도 어렵지 않을 이름들이었다.

가장 먼저 꼽은 쑨 소위, 쑨시엔(孫賢)의 정체는, 일찍이 겨울에게 의탁한 화승화의 백지선이었다. 뒤이어 쉬진룽(許金龍)과 류젠차오(劉建潮)도 마찬가지.

왕커차이(王克才)는 중국인으로서 배경이 따로 없는 희귀한 경우였다.

마지막 둘, 리와 페이는 각각 리아이링, 그리고 한때 그녀의 일개 부하에 불과했으나 현재는 소위 계급장을 달고 있는 페이창룽이었다. 이 진급은 사실 민완기가 벌인 공작의 일환이었다.

'리친젠 입장에서, 딸이 반항하기 시작하니까 내세운 대항마라고 했지.'

즉 부녀간의 사이를 결정적으로 악화시키는 게 목적이었다고. 그러나 표면적으로는 리친젠의 부탁을 못이기는 척 받아주었을 따름이다.

리친젠도 리친젠이었다. 딸에게 모욕을 줄 작정에서 일부러 낮은 직급의 구성원을 장교로 임관시켰다는 것. 자신의 능력을 조직 내에 과시하는 방편이기도 했을 것이나, 솔직히 너무 옹졸하고 조야한 행동이었다.

민완기는 특유의 냉소를 곁들여 증언했다.

"정확히 이렇게 말하더군요. 버르장머리 없는 딸을 단단히 길들이겠다고."

단초를 제공하긴 했으되, 갈등의 불씨와 그 원인인 어리석음은 원래부터 있던 것이다. 겨울은 리아이링에 대한 강영순 노인의 평가를 떠올렸다. 내면에 화가 나고 억울한 어린아이가 있으리라고. 삼합회의 향주로서 어지간히 거친

일들을 주관해왔을 것임에도, 지난날 쉽게 눈물짓던 리아
이링의 모습이 그 증거였다.

"음, 대대장님께서 알아두셔야 할 것이 하나 있습니다."

상념에서 깬 겨울이 고개를 기울인다.

"뭐죠, 소령?"

"중국계나 일본계 병사들을 받는 것에 대해 대대 참모진
이 우려를 표하는 중입니다."

포스터를 비롯해 참모진 중 누구도 극단적인 성향을 보
이는 사람은 없다. 순간 속으로 갸웃했다가 대충 짐작한 겨
울이 확인 차 물었다.

"국적으로 차별을 하자는 소리는 아니겠고……. 따로 이
유가 있겠죠?"

"예. 각 중대의 구성원들이 출신 국가에 따라 확연하게
구분된다면, 부대 내의 분위기가 굉장히 험악해지지 않겠
느냐는 의견입니다. 확장 가동을 개시한 훈련시설에서도
투입된 지원병들이 출신성분에 따라 확연하게 편을 가르고
있습니다."

"그렇군요. 어느 정도 예상은 했지만요."

"좀 거센 경쟁의식쯤은 어지간한 부대에도 있는 것이니
신경 쓰지 않겠는데, 패싸움이 터질까봐 불안할 수준의 증
오는 곤란하다는 거지요. 장교나 교관들 앞에서만 조용할
뿐, 실제 전장에서는 의도적인 비협조를 넘어서 아군살해
를 걱정해야 할 지경이라고 합니다."

"소령이 보기에도 극복이 불가능할 것 같은가요?"

소령은 애매한 표정으로 뜸을 들이다가 대답했다.

"……모르겠습니다. 제가 상상했던 난민구역의 실상과 너무 크게 달라서."

"어떤 상상을 했었는데요?"

"그동안은 막연히 좋은 이미지를 가지고 있었지요. 당신께서도 이곳 출신이시니까요. 처지는 어려워도 착한 사람들이 있는 곳이 아닐까 했습니다."

겨울이 실소를 머금었다.

"이거, 고맙다고 해야 하나요, 아니면 착각하게 만들어서 미안하다고 해야 하나요?"

"둘 모두입니다."

짧게 마주 웃은 싱이 선임상사 메리웨더의 의견을 덧붙였다.

"본론으로 돌아와서, 선임상사는 시키면 할 수 있다는 입장입니다. 훈련교관 중 일부도 그렇고요. 삼류 쓰레기가 들어와도 명예로운 군인으로 만드는 게 부사관의 일이랍니다. 개처럼 굴려서 사람으로 만들고, 그래도 안 되면 될 때까지 다시 하겠다고……. 다만, 그때까지 필요한 시간과 자원을 대대장님께서 허락하신다는 전제 하에 말입니다."

"즉, 전력화 기간이 길어질 거란 말이죠?"

"네. 디안젤로 중사의 표현을 빌리자면……. 음, 이걸 그대로 들려드리기가……."

"괜찮으니까 해봐요."

싱은 괜한 말을 꺼냈다는 표정이었으나, 겨울이 물으니

할 수 없이 대답했다.

"그녀의 말로는…… 어디까지나 부사관들끼리 나누는 이야기를 들은 것이지만, 정신머리가 임질 걸린 X 같은 놈들이 많아서 넉넉잡고 1년은 굴려야겠다더군요."

과연 부사관다운 표현이었다.

"소령은 어떻게 했으면 좋겠어요?"

"부대 지휘관으로선 구성원들의 유대감이 강했으면 하는 마음이 있습니다. 우리 대대가 독립중대 시절에 뛰어난 성과를 거둔 것도, 옛날의 니세이 부대가 우수한 전투력을 발휘한 것도 특유의 유대감이 영향을 주었을 것이기 때문입니다."

"니세이 부대라면…… 김영옥 대령이 지휘했던 중대?"

"맞습니다. 킴 대령. 언론에서 대대장님과 함께 언급하는 경우가 늘어 아는 사람도 많아졌지요. 난민 출신 지원병 제도를 지지하는 사람들이 곧잘 드는 예입니다."

2차 대전 당시 니세이 부대는 지휘관을 제외한 모두가 일본계 이민자 2세대로만 구성되어 있었다.

"한마디로 대대 전체의 출신 국적을 통일했으면 한다는 거죠?"

"예. 무리한 요구라는 건 압니다만, 부대 운영만 놓고 보면 그게 최선입니다."

순수한 군인인 싱 소령으로선 다른 의견을 내놓기 난처할 터였다. 뜸을 들이던 그가 자신의 입장을 보충했다.

"한국계로만 대대를 꽉 채우기 어렵다면, 하다못해 중국계나 일본계 중 하나를 택해 나머지 병력 전체를 충당하는 것도 나쁘지 않겠습니다."

"베트남계는?"

"으음, 이곳 포트 로버츠의 동남아 사람들은 워낙에 숫자가 부족해서……. 안 그래도 군정청의 응-궤이엔…… 아니, 응-이엔? 이런. 이름이 너무 어렵군요."

"응우옌 아녜요?"

"아, 예. 그 위원이 저를 찾아왔었습니다. 제가 병력 편성 업무를 진행 중이라는 걸 어떻게 들었나 보더군요. 하지만 체력검정을 통과한 사람 기준으로 두 개 소대밖에 안 됩니다. 중대를 채우려면 다른 난민캠프에서도 사람을 받아야 하는데, 그건 너무 절차가 복잡하지 않습니까?"

"다른 캠프라……. 한 번 알아볼 가치는 있겠네요."

그러나 지역 군정청에서 차이가 날 경우엔 거의 불가능하다고 보아야 할 것이다. 어깨를 으쓱인 싱이 남은 이야기를 풀어놓았다.

"거기에 한국계 병사들하고는 곧잘 어울리지만 중국계는 거의 원수처럼 대하더군요. 차라리 일본계를 같이 두는 게 낫겠다 싶을 정도입니다. 왜 그렇게 사이가 나쁜지 모르겠습니다."

"역사적으로…… 껄끄러울 사연이 많았거든요. 그 후에도 국경분쟁이 자주 있었고."

"Sir. 혹시 당신 같은 분에게도 그런 감정이 있습니까?"

"전혀요. 그것만큼 잘못된 흐름도 드물다고 생각해요."

"잘못된 흐름…… 입니까."

"오래전부터 흘러온 감정들이잖아요. 새로 태어나는 사람들이 계속해서 휩쓸리고, 더 많은 사람들을 휩쓸리게 하고, 또 다음 세대로 물려주죠. 거기서 벗어나려고 노력하는 사람은 너무나도 적어요. 나 혼자 애써봐야 소용이 없네요. 차라리 과거가 다 사라지고 처음부터 다시 시작할 수 있었으면 좋겠다는 생각을 자주 해요."

그 사실을 가장 분명하게 재확인시켜준 것이 송예경이었다. 그녀의 말엔 뼈가 있었다.

싱 소령이 부정적으로 반응했다.

"저도 가끔 그런 마음이 들지만, 타고난 마음이 알려주는 옳고 그름, 즉 신의 이름인 사랑과 도덕을 찾지 않는 사람들은 결국 똑같은 길을 걸을 것입니다. 바른 길을 가르칠 누군가가 없다면 말입니다. 그때 대대장님 같은 사람이 있다면 가능한 일일지도 모르겠군요."

겨울은 싱겁게 웃고 말았다.

태블릿의 페이지를 넘기다보니, 장교 다음으로 이어지는 병사들의 자료에서 낯익은 사람 하나가 눈에 띈다.

'쿠시나다 세츠나……. 계급이 일병?'

다물진흥회의 회주, 가명으로는 임화수, 본명으로는 방귀남이 선물이랍시고 내밀었던 피해자였다.

머리를 밀어버린 탓에 사진만으로는 못 알아볼 뻔했으나, 이름을 기억하고 있었다. 체력측정 기록은 평균을 약간 밑도는 편. 훈련을 담당했던 교관의 기록으로는 성격이 어두우며 대인관계가 원만치 못하다고 되어있었다. 훈련의 참여도와 이해도는 나쁘지 않았다고.

방귀남은 기지사령이 되는 즉시 잘라내야 할 과거의 종양 가운데 하나였다. 처벌을 미루는 것은, 지금 문제를 제기하면 처리 도중에 자리를 비우게 되는 까닭이었다. 백산호에 대해서도 한 번쯤 경고가 될 만한 조치를……

조금 더 이어지려던 생각이 느닷없이 끊어졌다. 신경 말단을 자극하는 날 선 감각보정 때문이었다. 그 정체를 파악한 겨울은 적잖은 곤혹감을 느꼈다.

'「위기감지」? 이렇게 갑자기?'

곧이어 아련히 들려오는 총성. 방향은 성도회 거류구 쪽이었다. 장소가 장소인 만큼 사이렌이 울리진 않았다. 모든 비상조치는 조용히 내려지고 있을 것이었다. 싱 소령만 해도 딱히 신경 쓰지 않는 눈치. 평소의 사격 훈련이라고 여기는 듯했다.

수중에서 진동이 느껴진다. 넷 워리어 단말이었다. 옆에서 보이지 않게끔 액정을 확인한 겨울은 돌아서서 싱을 불렀다.

"소령. 급한 일이 생겨서 가봐야 할 것 같아요."

"그렇습니까?"

"어쩌면 전투를 치를 일이 있을지도 모르니 알파 중대를 소집해놔요."

느긋하던 싱이 이제야 겨울의 안색을 살피고 덩달아 전신을 긴장시킨다.

"부대 소집은 문제없습니다만, 대체 무슨 일입니까?"

"아직 확실치 않아요. 뭔가 알게 되면 연락할게요. 그때까지 준비 상태에서 대기해줘요."

대강 얼버무리는 지시. 싱 대위는 조금 혼란스러워하는 표정이었다. 그러나 더 해줄 설명도 없고, 더 끌 시간도 없었다. 겨울은 대기하던 운전병에게 내리라고 지시한 뒤, 직접 험비의 운전석에 앉아 시동을 걸었다.

웨스트 지부장이 겨울에게 기대했던 것은, 유사시 전투 지원이 가능한 지휘본부 구성원의 역할이었다. 즉 상황 발생 시 지휘본부에서 통제를 담당하다가, 필요할 때 현장으로 출동할 수도 있는 고급 지휘관으로서 끌어들인 것이다.

기존의 지휘본부 및 성도회 거류구 경비대는 중앙정보국 특수작전그룹(SOG)[1]에서 차출된 인력으로 구성되어 있었다. 이들은 여러 특수부대 출신으로서 온갖 환경에서 산전 수전을 다 겪은 최고의 베테랑들이었으나, 변종을 상대하는 방역전쟁에 한해서는 상대적으로 경험이 부족한 편이었다. 다만 성도회의 감염된 신도들이 완전한 변종은 아니었으므로, 이제까지는 사람을 상대하는 요령만으로도 통제에 아무런 문제가 없었다.

말하자면 겨울은 만일을 대비한 안전장치였다. 명목상의 역할과 별개로, 실제로 주어지는 임무는 별것 없었다는 뜻

---

[1] Special Operation Group. CIA 산하의 준 군사조직으로, 정규군 활동이 어려운 상황에 투입되어 비밀작전들을 수행한다.

이다.

적어도 오늘에 이르기 전까지는.

"대체 무슨 일이죠?"

지휘통제실로 들어선 겨울의 질문에, 경비부장인 그레고리 그림이 캐비닛을 가리켰다.

"우선 현장투입 준비부터 갖추시죠. 설명은 그다음입니다."

통제실 구성원들은 굳은 표정으로 겨울에게 경례했다. 그들은 안전지대임에도 불구하고 화생방 방호 태세를 갖춘 상태였다. 다만 정화와 여압(與壓)이 유지되는 밀폐공간이기에 방독면을 벗고 있을 뿐. 겨울은 자신 몫의 보호의를 신속하게 착용했다. 신소재를 활용하여 체형에 맞게 제작된 신형 화생방 전투복은, 기존의 제식품에 비해 훨씬 더 가볍고 기민한 움직임이 가능했다. 그만큼 방어력도 강화되었고.

그사이에도 통제실 전면의 분할화면들 속에서는 급박한 움직임이 진행 중이었다. 여러 요원들이 나누어 감시하는 폐쇄회로 영상이었으므로, 겨울로서도 한눈에 파악하긴 무리였다. 언뜻 괴물 같은 형상이 스쳐 지나가고, 한쪽에선 총격전이 벌어지는 것 같기도 했다.

"공기오염이 확인되었나요? 신도들에게 무기를 탈취 당했어요?"

겨울의 연속적인 질문에 그림이 머리를 흔들었다.

"아직까지 공기오염은 없습니다. 단지 아직 타깃의 특성이 확실치 않아서 혹시나 하고 대비한 겁니다. 무기 탈취는…… 일단은 그렇다고 해야겠군요."

"타깃의 특성? 일단은 그렇다는 건 무슨 말이죠?"

"죄송하지만 나머지는 여기 슈라이버에게 들으십시오. 샌도벌! 3구역 11번 화면을 가운데로! 5팀에게 길목을 틀어막으라고 해! 동선을 보면 타깃의 목표는 교회인 모양이니까! 1팀은 후방을 차단하고! 폐쇄된 공간에서의 교전은 피해! 적이 최후저지선에 도달하면, 그땐 인질의 생사를 무시한다! 잊지 마라! 최우선 보호대상은 어디까지나 사이비 교주야!"

인질이라니? 당혹스러워하는 겨울에게, 통제요원 한 사람이 다가섰다.

"당신이 슈라이버?"

"예. 상황을 전파 드리겠습니다. 이쪽의 화면을 봐주십시오."

요원은 러기드 노트북을 조작하여 성도회 거류구의 전자지도를 보여주었다. 색으로 상황을 구분하는 식이라, 약 3할 가량이 노란색과 붉은색으로 물든 상태. 이 순간에도 깜박거리던 푸른 구획 하나가 노란색으로 전환된다. 경보기가 작동된 지점은 파문형의 알림으로 표시되었다. 겨울은 이제야 사태의 규모를 감 잡을 수 있었다.

"최초 보안위험이 발생한 장소는 여기, 지도상 5구역에 위치한 예비 실험실입니다. 연구진의 보고로는 잠재적 위험이 낮은 곳이었기에 별도의 병력을 배치하진 않았고, 다만 무인 경비 시스템으로 보호되고 있었죠. 그런데 그곳에 등록되지 않은 표본…… 관리대상이 있었나 봅니다. 어디선가 튀어나온 그것이 해당 실험실의 보안체계를 무력화시켰습니다."

"그걸 몰랐다고요?"

슈라이버의 표정이 사나워졌다.

"저도 그게 의문입니다. 연구진이 작정하지 않고서는 우리가 모르는 표본이 있을 수가 없는데 말입니다. 일단 타깃의 최초 식별영상부터 보시죠. 이게 약 17마이크(분) 전입니다."

13인치 화면 속에 괴물이 등장했다. 본래 인간이었던 흔적은 있으되, 그 흔적으로 인해 더욱 소름 끼치는 모습이었다. 원래의 팔 외에도 서로 다른 길이의 팔이 세 개나 더 있었고, 근육질 가득한 몸은 울룩불룩 불균형하게 꿈틀거렸으며, 헐벗은 몸뚱이에선 늘어진 가슴이 덜렁거렸다. 무게중심이 잘 안 맞는지, 움직임의 모든 축이 비틀려있다. 그래서 더 기괴했고. 화면엔 자꾸만 하얀 가로줄이 그어졌다. 공포영화의 한 장면 같았다.

「으아아악!」

연구진 한 사람이 덜미를 붙들린 채 망가진 인형처럼 덜겅거렸다. 발끝만 간신히 땅에 닿아 질질 끌려다닌다. 버둥거리며 반항하니, 머리카락 긴 괴물이 성질을 내며 두들겨 팼다. 몇 대 때리지 않았는데도 주먹질에 피가 묻어난다. 마스크째로 뭉개진 인질의 얼굴은 신원 확인이 불가능할 지경이었다. 괴물은 금속이 갈리는 듯한 포효를 내질렀다.

「아파? 아파아? 이게 아프냐고오오!」

그리고 그것은 경련하는 연구원의 머리통을 쥐어 홍채 인식장치에 콱 들이댔다. 맑은 신호음과 함께 문이 열리자, 이번엔 비상용 무기보관함을 붙잡는다. 자물쇠가 걸려있었으나 힘으로 잡아 뜯어버렸다. 겨울은 괴물이 무장하는 과정을 곤란한 심정으로 지켜보았다. 적어도 총을 어떻게 다루는지는 아는 사람이었던 모양이다.

'난민구역에선 이상할 것도 없지.'

마지막 순간, 기형이 된 신도의 주먹이 벽이 얇은 곳을 뚫고 숨겨진 배선을 헤집는다. 전선이 뜯어지면서 폐쇄회로도 암전되었다.

"잡힌 사람이 누구죠?"

슈라이버가 관자놀이를 누른다.

"캠벨, 엘리야 캠벨 박사입니다."

"……."

겨울은 불필요한 말을 꺼내는 대신 종료된 영상의 마지막 몇 초를 되감았다. 스페이스를 철컥거리며 프레임 단위로 끊어서 보면, 괴물의 뒤통수, 기다란 머리카락이 중력을 거스르듯 올올이 솟구치는 걸 볼 수 있었다. 마치 정전기를 잔뜩 머금은 것처럼.

'특수변종?'

그렇게밖에 생각할 수 없다. 본디 사람이었을지라도, 지금은 인간의 지능과 언어능력을 보유한 특수변종이나 마찬가지였다.

"화면상의 노이즈도 그렇고, 벽 너머의 전선 위치를 찾아내는 능력도 그렇고, 사실상 트릭스터에 가까운 특성을 지녔다고 봐야겠는데요?"

슈라이버에게 이렇게 물었을 때, 경비부장 그림이 버럭 소리를 질렀다.

"이 머저리들! 폐쇄된 공간에서는 접촉을 회피하라고 했잖아! 명령이 우습게 들리나!"

직후 날카롭고 불쾌한 소음이 통제실을 가득 메운다. 오퍼레이터가 얼른 볼륨을 줄였다. 그림이 노려보는 정면의 스크린엔 귀를 막고 괴로워하며, 빗발치는 사격을 피해 물러나는 전투요원들의 모습이 비쳐졌다. 다른 분할화면으로는 예의 그 괴물이 입을 쩍 벌린 채로 인질을 방패삼아 자동화기를 난사하는 광경이 보였다. 캠벨의 귀에서 피가 흘러내렸다.

[빠악!]

섬광폭음탄의 폭발. 전투요원 한 사람이 집어던진 것이었다. 괴물이 충격을 받고 움찔거렸으나, 정도가 미약했다. 이후의 움직임에선 시각의 부재가 느껴지지 않았다.

"젠장. 저거 전파시야까지 갖춘 건가? 아까는 방해전파를 내뿜더니……. 트릭스터의 특징은 다 가지고 있군!"

씹어 삼키는 듯한 경비부장의 말에 통제요원 하나가 다른 의견을 내놓는다.

"저토록 시끄러운 소리를 질러대니, 어쩌면 반향정위(反響定位, Echolocation)일지도 모릅니다. 음파탐지 말입니다."

반향정위는 반사된 음파로 주변의 구조와 사물을 파악하는 능력이었다.

"뭐가 됐든 일단 막아! 저 위치! 원격 포탑! 근처의 모든 차단벽을 내리고 제압사격을 퍼부어! 50구경으로 갈겨서 함정으로 밀어 넣으라고!"

"지뢰…… 캠벨 박사가 다치면 어떡합니까?"

"대전차지뢰와 도약지뢰를 비활성화시키면 되잖아! 산탄지뢰도 꺼버려! 오직 발목지뢰만 쓴다! 그 박사 나부랭이, 무릎이 날아가도 살아만 있으면 되겠지!"

비상사태에 어울리는 극단적인 지휘. 그림의 목소리는 부글부글 끓고 있었다. 벌써 죽거나 다친 부하들이 있었기 때문. 그도 이 사태에 의혹을 품고 있기는 마찬가지인 듯하다. 캠벨을 수상히 여기는 것이다.

통제요원은 바로 끄덕이고 콘솔을 조작했다. 타자를 두드려 해당 구역의 포탑에 접속하고는 컨트롤러를 수동으로 조작한다. 버튼을 꾹 누르자, 십자선 중심이 산산조각으로 부서지기 시작했다. 쾅쾅쾅쾅! 그러나 괴물은 중기관총 세례 앞에서 조금도 물러서지 않았다.

「아아아아아아!」

마치 보라는 듯이, 박사를 전면에 내밀어 마구 흔들어댔다. 대놓고 쏘지 못한다는 걸 알고 한 행동인지, 아니면 무의식적인 반사행동인지 구분하기 어렵다. 어쨌든 두려움은 전혀 내비치지 않았다. 겨울은 그 몸짓이 분노로 가득하다고 느꼈다. 눈이 뒤집힌 짐승의 돌격 같았다.

곧바로 지시를 정정하는 그레고리 그림.

"빈틈을 노려서 실사격을 꽂아!"

"영상에 약간의 시차가 있습니다! 상관없습니까?!"

"내가 책임진다! 쏴!"

이를 악문 요원이 조준점을 빠르게 수정했다. 돌연 그친 사격에 괴물이 전진하는 찰나, 캠벨의 몸이 기울어지는 여백을 단발사격이 관통했다.

「악!」

이 순간의 비명만큼은 사람을 닮았다. 사격을 가한 오퍼레이터가 흠칫 놀랄 정도로.

「아파아파아파아파아파아아~」

살점과 뼛조각이 섞인 피가 튀었다. 몸통이 주먹 하나만큼 떨어져나갔다. 그러나 이것만으로도 엄청난 내구성이었다. 방금 맞은 중기관총탄은 험비의 장갑판도 관통하는 까닭이다. 궤도가 꺾인 탄자는 바닥에 튕기고도 벽을 꿰뚫었다.

넘어지는 괴물을 본 그레고리 그림이 손끝으로 날카롭게 허공을 그었다.

"Fuck! 지뢰 다 꺼! 지뢰 다 꺼! 신호 자르라고!"

괴물이 아픔으로 꿈틀거리며 바닥을 기기 시작하면서, 캠벨도 몸 전체가 질질 끌리는 꼴이 되었다. 발목지뢰가 내장을 찢어발길 상황이 되어버린 것이다.

"지뢰지대 A9 비활성화 완료! 2팀, 중보병대가 진입 허가를 요청합니다!"

"무슨 개소리야! 바깥에 대기하라고 해!"

"재확인 요청! 장갑복의 방어력을 믿고 인질을 구출하겠다는 팀장의 보고!"

"불허! 괜한 자극으로 인질을 죽이고 싶나? 이대로 가둬두는 게 최선이야!"

나름대로 합리적인 판단이었으되, 운이 좋지 않았다. 괴물이 배관 정비용 지하 통로로 이어지는 문을 발견하자, 그림의 얼굴이 잔뜩 일그러졌다. 경비부장이라고 해서 내부의 모든 설계를 다 외우고 있는 건 아니었다.

"저 통로를 확인해! 격리수단이 뭐가 있지?"

"소이제 분사장치와 열압력탄입니다!"

"……Fuck! Fuck! Fuck! 제대로 되는 게 없군!"

통상적인 상황이었다면 충분한 대비책이었을 것이다. 그러나 인질극까지는 고려하지 못한 듯하다. 소이제와 열압력탄은, 괴물과 박사를 함께 태우거나 내장파열로 죽일 작정이 아니라면 쓸 수 없을 안전장치들이었다.

그래도 감시수단은 철저하게 마련되어 있는지, 열 감지 센서가 괴물의 위치를 실시간으로 표시했다. 크기에 비해 몹시 비좁을 것인데도, 움직이는 속도는 기괴하도록 빨랐다.

"격벽은? 격벽은 없나?"

"배선과 배관이 통과하는 경로라…… 잠긴 철창 정도가 있을 뿐입니다."

"……"

그림이 신경질적으로 머리를 쓸어 넘겼다. 방호복의 두건이 함께 넘어간다. 총기보관함을 잡아 뜯던 괴력을 감안하면, 자물쇠로 잠긴 철창쯤은 시간벌이에 불과할 터였다.

"일단 내부를 비춰봐! 1번 스크린으로!"

지정된 화면에 핏줄기를 문 괴물이 잡혔다. 제한적인 조명 아래, 그것이 신경질적으로 머리를 휘돌리는 순간, 겨울은 갈라지는 머릿결 사이로 기억에 남아있는 얼굴의 일부를 보았다. 말 그대로 일부였다. 나머지는 근육이 보이도록 짓무르고 썩어있었으므로.

"그림 부장."

겨울의 부름에 경비부장은 안 좋은 인상으로 돌아보았다.

"바쁩니다! 제가 요청하기 전에는 지휘에 관여하지 말아주시기 바랍니다."

개인적인 호의와 별개로, 그림은 겨울을 전술 조언가로 삼은 웨스트 지부장의 결정이 못내 싫은 사람이었다. 스스로의 능력에 자부심이 있기 때문일 것이다.

겨울이 고개를 저었다.

"지휘권에 간섭하려는 게 아닙니다."

"그럼 뭡니까?"

"혹시 저쪽으로 스피커를 연결할 수 있습니까?"

"……왜 그런 요청을?"

"아무래도 제가 아는 사람 같아서요."

"아는 사람? 설마 저 괴물 말입니까?"

"네."

그림은 황당한 표정을 지었다. 주변에도 침묵이 내린다.

"어차피 당장은 제압수단이 없잖습니까. 잘 되면 시간을 벌 수 있을지도 모릅니다. 정보를 얻을 수도 있겠죠. 대화를 시도해볼 가치는 있지 않을까요?"

정말 잘 되면 사태를 끝낼 가능성도 없지 않다. 겨울의 설득에, 오퍼레이터 하나가 손을 들었다.

"가능하긴 합니다."

"가능하다고?"

경비부장이 돌아보자, 그 요원은 다시 한 번 긍정했다.

"무선이 잘 안 터지는 곳이라, 정비작업 시나 기타 상황에서의 비상연락을 위한 유선망이 존재합니다. 거의 모든 경우에 대비한 구역이니까요."

"오늘 같은 경우는 제외하고 말이지."

짜증스럽게 한숨을 쉰 그림은, 잠시 턱을 쓰다듬으며 화면 속에서 철창을 붙잡고 힘을 쓰는 괴물을 바라보았다. 저런 거랑 대화를 한다고? 라는 중얼거림. 그러나 결국은 승낙하고 만다.

"좋습니다, 중령. 한 번 해보시죠. 손해 볼 건 없으니."

그가 요원에게 스피커 연결을 지시했다.

그사이에도 괴물이 된 신도는 터널을 기괴한 속도로 주파하는 중이었다. 배관이 많아 그리 넓지 못한 공간이었음에도, 근육이 꿈틀거리는 거체는 믿기지 않는 유연함을 과시했다. 움직임만 보자면 환형동물을 보는 듯하다. 골격 구조가 인간의 상궤를 벗어났을 것이다.

마이크를 잡은 겨울이 그녀의 이름을 불렀다.

"황보 에스더."

반응은 즉각적이었다. 제어화면에 붉은 신호가 들어온다. 해당 구간의 전력이 차단되었다는 알림이었다. 폐쇄회로가 꺼지기 전 마지막으로 잡아낸 광경은, 에스더가 인외(人外)의 악력으로 스피커를 부수고 굵은 전선을 잡아 뜯는 모습이었다. 분노로 희번덕거리는 눈알은 화면의 정중앙을 노려보았다.

그러나 전력계통은 구간별로 독립되어 있었다. 열과 움직임을 감지하는 센서가 에스더의 이동경로를 알려준다. 기실, 감지기가 아니어도 그녀의 위치를 파악하긴 쉬웠다. 가는 곳마다 전선과 전자기기가 파괴되고 있었으므로. 감지장치들도 연속으로 퍽퍽 꺼지는 중이다.

그 맹렬함이 구획을 나누는 철창에 부딪혔다. 쿵! 휘어지는 강철. 이를 철창 너머에서 비추는 화면도 흔들렸다. 인간 아닌 모습의 소녀는 무서운 힘으로 철창을 우그러뜨리기 시작했다.

잠깐의 기회였다. 겨울이 재차 호명했다.

"황보 에스더."

다시 한 번, 쿠웅! 격노한 에스더가 창살 사이로 가장 긴 팔을 내뻗었다. 갈고리처럼 굽은 손끝이 사납게 허공을 긁는다. 스피커까지는 두 뼘의 간극이었다. 겨울은 침착하게 물었다.

"에스더. 제 목소리를 기억하십니까?"

「니가 누군데에에!」

"한겨울 중령입니다. 당신과 만났을 땐 아직 중위였죠."

「……。」

멈칫. 저편의 움직임이 잦아든다. 들리는 건 오직 날카로운 숨소리뿐. 혼란이 분노를 잠식했다. 겨울이 눈길을 돌리니, 경비부장 그림이 찡그린 얼굴로 손짓한다. 이대로 시간을 끌어보라는 의미였다. 그는 에스더의 위치에 맞게 병력 배치를 변경하고 있었다.

무엇을 말해야 하나. 기억을 더듬던 겨울이 먼저 침묵을 깼다.

"예수 그리스도 안에 있는 자에겐 정죄함이 없으니…… 이는 그리스도 안에 있는 생명의 법이 너를 사망의 법으로부터 해방해주었음이라……. 당신에게 받았던 쪽지에 이렇게 적혀있었던 것 같은데, 정확한지 모르겠네요. 당신이 직접 쓴 거였죠?"

이외의 다른 구절도 길었으나, 보정을 받아도 이 정도를 떠올리는 게 고작이었다. 당시엔 「암기」의 수준이 높지 않았기 때문이다. 상향된 기술은 과거로 소급되지 않는다.

머뭇거리던 에스더가 창살을 하나씩 힘주어 뜯어냈다. 여전히 인간을 벗어난 괴력이었으되, 더는 맹목적인 분노에 사로잡혀 있지 않았다. 폐쇄회로 앞에 웅크린 커다란 소녀는, 시선을 카메라의 렌즈에 맞추었다. 마치 이쪽을 엿보려는 듯한 행동. 이어 가만히 묻는다.

「그거얼, 읽으셨어요오?」

"네. 그러겠다고 약속했잖아요. 주님께선 거짓말 하는 사람을 싫어하신다면서요."

「진짜로오, 하안겨울 중령님이시네에…….」

에스더가 갸우뚱했다.

「그런데에, 중령님이이, 왜에 거어기에 있어요오?」

하얀 이빨이 드러내는 의혹.

「정마알, 왜에, 지그음, 거기이에, 계시지이? 중령님도오, 이 나쁘은 놈들하고오, 같은 편이셨던 거예요오? 그러며언, 제가, 화아가, 마아아아니 날 것 같은데에…….」

겨울은 적당히 누그러뜨렸다.

"글쎄요. 같은 편인지 아닌지 잘 모르겠네요. 전 이제 막 불려왔거든요. 그래서 이 상황을 이해하기가 어렵네요."

「…….」

"에스더, 당신이 말해 봐요. 대체 어쩌다 그런 모습이 된 거예요? 붙잡고 있는 사람은 누구고요? 어디로 데려가려는 거죠?"

「……거어짓말쟁이이.」

소녀가 슬프고 음산하게 키득거렸다.

「모르는 처억, 하지 마세요오. 어차피이, 이 새끼르을 구하고오, 저르을 막으려고오, 오신 거잖아요오……! 저느은, 다아 필요 없어요오. 이런 몸으로오 더 이사앙 살고 싶지도 않고오! 이 캠벨 새끼하고오, 그 씨바알 목사 새끼이! 두 명만 죽여 버리고오…… 저도 자살할 거예요오!」

그늘진 양지 55

"박태선 목사를 죽이겠다고요?"

「그래요오! 그 개새끼가아! 우릴 속였으니까아!」

쾅! 울분에 찬 주먹질이 터널의 벽면을 후려친다. 콘크리트 한 움큼이 바스러졌다. 에스더의 턱 아래로 방울방울 눈물이 떨어진다. 뭉개진 입술은 조소를 머금었다.

「킥⋯⋯. 제가아, 이렇게 되고서어, 귀가아, 괴엥장히 밝아졌거든요오. 숨소리가아, 신경 쓰여서어, 잠을 못 잘 정도로오. 그리고 마악, 소리가 아닌 소리도 들리더라고요오. 오버, 오버 하고오 끝나느은, 지직거리는 말드을. 그래서, 제가아, 다아 들었어요! 박태선! 이 씹새끼가아! 무슨 거짓말으을 했는지이! 우리가아! 왜 이렇게에! 변했는지이! 어차피이! 치료가 불가능해서어! 죽을 수밖에 없다는 것도오오오!」

그리고 그녀는 카메라와 스피커를 동시에 움켜쥐었다.

「있잖아요오, 저느은, 중령님하고 싸우기 싫거든요오? 그러니까아, 거기 가마안히 계세요오? 그리고오, 다르은 사람들한테도오, 전해주세요오. 전부 다아, 물러나라고오. 방해하며언, 모두 죽여 버릴 거라고오!」

쩌적. 유리에 금이 가더니, 폐쇄회로가 곧바로 암전했다. 스피커도 마찬가지였다. 제어화면에 붉은 신호가 늘었다. 에스더가 다시 폭주하고 있었다. 교회로 점차 가까워지면서. 지하에서도 방향을 잘 잡는 건 역시 트릭스터처럼 자기장을 감지하는 능력 덕분일 것이다.

그림 부장이 질문했다.

"뭔가 알아내셨습니까?"

에스더와의 대화는 한국어로 이루어졌다. 그러므로 겨울은 내용을 요약하여 설명했다. 알아낸 게 많지 않아, 전달은 몇 마디로 충분했다. 경비부장의 얼굴에 짜증이 깃들었다. 소녀의 살해동기에 공감하는 기색.

"결국 사이비 교주가 목표라는 겁니까?"

"예."

"젠장! 최우선 보호대상이고 뭐고 간에 그냥 죽으라고 하고 싶군요."

그러나 그럴 순 없는 입장이었다. 방역전쟁의 향방이 걸린 문제 아닌가.

잠시나마 겨울이 시간을 벌어준 덕분에, 지하 터널의 출구가 아슬아슬하게 봉쇄되었다. 그림 부장은 포위가 뚫리지 않는 한 사살보다 생포를 우선하라는 지시를 내렸다.

"화력은 이쪽이 압도적이다! 가급적 비살상 수단을 활용하고, 사격을 하더라도 치명적이지 않아 보이는 부위를 조준해! 신도들 사이에서 처음으로 발생한 특수변종이야! 사로잡는 데 성공한다면 저것도 고가치 샘플이 되겠지!"

샘플 운운하는 표현이 영 껄끄럽다. 겨울이 그렇게 느낀다는 게 아니라, 애초에 그림의 어감이 그렇다는 말이었다. 진석과의 대화에서 말했듯이 사람을 죽인다는 건 베테랑에게도 마음 편한 일이 아니다. 고로 상대는 사람이 아니어야 했다.

현장에서 제압사격이 이루어지는 가운데, 전술 요원 하나가 반문한다.

"수면 가스를 쓰면 안 됩니까?"

"바보 같은 소리. 캠벨을 죽일 작정인가? 괴물을 재울 양이면 사람 기준으로는 치사량을 훌쩍 넘어. 인질을 포기하는 건 최후의 선택이다. 했던 말 또 하게 만들지 말도록!"

"바로 그래서 쓰자는 겁니다."

"뭐?"

"캠벨 소령은 우리를 속였습니다. 정황상 애를 저 괴물로 만들어놓은 것도 소령이겠죠. 아니면 저렇게 원한을 드러낼 이유가 없으니 말입니다."

"……."

"어차피 인질을 무사히 구할 확률은 낮습니다. 그렇다면 차라리 샘플이라도 확실하게 확보해야 한다고 생각합니다. 둘 다 얻으려다가 모두 놓치는 것보다는 낫습니다."

그림 부장이 인상을 썼다.

"정황이 그렇다면 더더욱 살려놔야지. 무슨 수로 괴물을 만들었는지 알아내야 할 테니. 타깃을 확보한다고 그 메커니즘까지 규명한다는 보장이 없잖아! 개소리 집어치고, 전장 통제나 제대로 해! 우린 최고의 결과만을 추구한다!"

총성 가득한 현장의 소음에 에스더의 포효가 섞였다. 소녀는 인질을 방패로 삼고도 터널에서 쉬이 빠져나오지 못했다. 미리 자리 잡은 경비대원들의 화망이 전방위에 걸쳐 있었기 때문이다. 그들의 침착한 사격은 대단히 정확한 사선을 그었다. 모두가 역전의 용사들이었다.

그림 부장이 다음 지시를 내렸다.

"퇴로를 끊어!"

에스더가 지나온 터널을 폭파시키라는 명령이었다. 전력이 차단되어 원격 기폭은 불가능해졌지만, 이미 후방에도 병력이 투입된 상태. 좁은 터널에서 인질을 잡은 특수변종과 교전하는 건 현명한 선택이 아니다. 차라리 길을 무너뜨리는 편이 낫다.

이 시점에서 웨스트 지부장이 뒤늦게 입실했다. 그는 통제요원 슈라이버로부터 간략한 보고를 받고도 그림 부장을 다그쳤다.

"생포라니? 너무 온건한 대처 아닌가? 그러다 저 괴물이 탈출이라도 해버리면?"

그림 부장은 지휘에만 집중해야 할 마당에 상관이 귀찮게 군다는 눈치였다. 허나 현장이 교착상태였으므로 대답을 할 여유가 없진 않았다.

"한겨울 중령이 확인한 바, 타깃의 목적은 확실합니다. 이제 와서 탈출을 기도할 확률은 낮고, 그게 성공할 확률은 없는 거나 마찬가지입니다."

"아니, 그 정도론 안심이 안 돼."

그는 무척이나 초조하게 굴었다. 그럴 만한 까닭이 있었다.

"장관님께 보고가 들어간 직후, 전략폭격기 편대가 이륙했네."

"……."

"사태의 심각성을 모르겠나? 인간의 지능을 보유하고 언어를 구사하는 특수변종이 출현한 걸세. 타깃이 탈출한 뒤에 위치 파악마저 안 될 경우, 이 일대에 핵 투발이 이루어질 수도 있어. 기지 인원들까진 어떻게 대피시키더라도 난민들까지 다 챙기진 못할 것이고……."

"진정하시죠."

그림 부장이 상급자의 말을 끊었다. 그는 또박또박 강조했다.

"말씀하신 건 무의미한 가정이고, 높으신 분들의 호들갑입니다. 일이 정말 잘못되면 폭격기가 나설 것도 없이 우리 손으로 이 구역을 날려버릴 수 있습니다. 기억나지 않으십니까?"

"으음……."

"일단 지켜보십시오. 우리는 아직 상황을 통제하고 있습니다."

웨스트 지부장이 입을 다물었다.

한편 현장에선 에스더가 궁지에 몰리고 있었다. 소녀는 적극적으로 사격을 가했으나, 이쪽은 사망자는커녕 중상자조차도 없었다. 일부 경상자들이 있을 뿐.

그 와중에 에스더의 소총 하나가 기능고장을 일으켰다. 소녀는 남는 손으로 노리쇠를 거칠게 당겨 씹힌 탄피를 빼내고, 다시 분노 어린 난사를 재개했다. 겨울은 그 능숙함을 이상하게 여겼다.

'에스더는 나보다 어릴 텐데.'

괴물이 되어버린 소녀의 정체를 몰랐을 땐 그러려니 했

었다. 여기는 난민구역이고, 성도회 거류구에도 지원병으로서 훈련받았을 이는 얼마든지 있었을 테니.

허나 이젠 에스더의 나이가 걸림돌이다. 정확한 연령은 모를지언정, 예전에 보았던 앳된 외모가 있잖은가. 미군에 입대하려면 최저 만 17세 이상이어야 한다. 난민구역에서도 마찬가지. 역병 이전부터 달라지지 않은 기준이었다.

안전장치를 풀고 방아쇠를 당기는 것쯤 간접경험만으로도 가능하다. 그러나, 방금 전 기능고장에 대처하는 모습에선 그 이상의 경험과 학습이 묻어났다.

생각은 길게 이어지지 못했다.

"중령님. 다시 대화를 시도해 보십시오."

그림 부장의 요청이었다. 겨울이 바라보자, 그림이 부연한다.

"어차피 이대로는 안 된다는 걸 느끼고 있을 겁니다. 인질을 풀어주도록 설득하십시오."

"투항할 이유가 없어 보이는데요."

"이번에도 시간을 끌기만 하면 됩니다. 저격수들이 기회를 노리는 중이니까요. 한순간에 최대한 많은 팔을 끊어 놓을 겁니다."

"……."

겨울은 내키지 않는 심정으로 마이크를 붙잡았다. 오퍼레이터가 사인을 준다. 현장에 연결되었다는 신호였다. 동시에 현장에선 제압사격이 중지되었다. 몸을 숨긴 채 갈겨대던 에스더도, 돌연히 찾아온 정적이 수상했던지 캠벨을 엄폐물 삼아 바깥을 엿보고 있다.

"에스더. 제 말이 들리시나요?"

「……또 중령님이신가요오? 역시나 같은 편이셨네요
오.」

예의 그 음산한 키득거림이 다시 들려온다.

차라리 인정하는 편이 나을 것이다. 진정성이 필요했다.
경비부장은 그저 시간을 끌라고만 하였으나, 겨울은 정말
설득을 시도해볼 셈이다. 가망이 있어서가 아니다. 실패를
예감하면서도, 지금 이 상황이 마음에 들지 않는 탓이었다.

"그렇게 보여도 어쩔 수 없겠죠. 어쨌든 전 미군 소속인
걸요. 미군이 당신과 싸운다면 미군 편에 설 수밖에 없어
요. 제게 의지하는 난민구역의 사람들을 위해서라도……."

「그러며언-」

"하지만 에스더, 나도 당신과 싸우고 싶지 않습니다. 당
신이 다치지 않기를 바란다고요."

「…….」

"거기 붙잡혀 있는 캠벨 소령에게도 들을 것이 많아요.
이 거류구의 비밀을 처음 알게 된 날, 내가 물어봤었거든
요. 황보 에스더라는 사람은 어찌 되었느냐고."

반쯤은 들으라고, 겨울이 한숨을 내쉬었다.

"캠벨은 당신이 죽었다고 했어요."

「킥……. 거어짓마알.」

"네. 거짓말이었죠. 그래서 당신 얼굴을 봤을 땐 많이 놀
랐습니다. 여기 같이 있는 사람들도 마찬가지예요. 당신의

존재조차 모르고 있었다는 뜻입니다. 다들 당황하고, 또 화를 내고 있어요. 대체 캠벨 소령은 왜 우리에게까지 사실을 감추었나, 하고요."

「그렇게에, 책임으을 미루셔어도, 소용없어요오.」

에스더가 절망과 증오로 신음했다.

「목사 새끼이한테에 속았고오, 군바리 새끼들한테에 속았고오, 캠벨 이 새애끼한테도오 속았어요오. 더 이상은 소옥지 않아요오. 중령님도오, 믿을 수우 없어요오. 아니이, 믿지 않으을 거예요. 아무도오, 믿지 않으며언, 속을 일도오, 없으을 테니까아요!」

"하나만 물어볼게요."

의도적으로 화제를 바꾸는 겨울.

"캠벨이 당신에게 무슨 짓을 한 거죠? 당신이 다른 신도들과 달라진 게 캠벨 탓인가요?"

어떻게든 공감대를 만들어보려는 시도였다. 힘든 일을 겪었으면 누구에게라도 털어놓고 싶은 것이 사람의 생리 아니던가. 한편으로, 저격수들에게서 들어오는 무전을 들은 겨울이 경비부장에게 펼친 손을 들어보였다. 아직 사격 명령을 내리지 말아달라는 부탁이었다. 지휘권에 대한 간섭이어서, 막 명령을 내리려던 그림 부장이 못마땅한 표정을 지어보였다. 그러나 무시하진 않았다. 그라고 내키는 일이겠는가.

억울한 자살일수록 긴 유서를 남기는 법. 역시나 에스더는 비틀린 머리를 끄덕였다.

「그래요오. 어차피이, 박태선 씹째 때문에에, 괴에물이 되었지마안, 이렇게에 더 끄음찍한 괴물이 되어버린 거언, 엘리야아 캐엠벨! 이 새끼 책임이에요오.」

소녀는 마치 변조된 것 같은 음성으로 날카로운 웃음을 터트린다.

「저한테에, 이것저것 주사하고오, 살을 자르고오, 피도 뽑고오, 부푸는 몸을 보면서어, 즐거워 하던데요오? 자기가아, 아아주 유명해질 거랬어요오. 영웅이 되고오, 대통령도 만나고오, 훈장도 받고오, 돈도 어엄청나게 벌어들일 거라고오. 모두의 조온경을 받게 될 건데에, 그게 다아, 위이대한 멍청이들이라앙, 제 덕분이라고오. 너도오, 내 덕에, 역사에에, 이름을 남기게에 될 거라고오.」

"……."

위대한 멍청이들은 아마도 위대한 애국자들을 의미하는 모양이다.

「아아, 그렇지이. 중령니임. 이 새끼는 모르는 거어, 하나 알려드릴까요오?」

"캠벨 소령이 모르는 거?"

「네에. 킥. 저는요오, 트릭스터들이 떠드는 거얼, 이해할 수 있어요오.」

겨울이 경악했다.

"무슨……."

「사실으은, 듣는 것도오 아니고오, 보는 것도 아니고오, 무우지 이이상한 감각인데요오, 아무트은, 걔들이 나누었더언 대화르을, 이해할 수 있다느은 말이에요오.」

에스더가 다시 소리 내어 웃었다.

「이 개새끼가아, 매앤날, 괴롭혔거든요오. 이거느은, 새앤프란시스코오에서 수집된 전파이고오, 또 이거느은, 로오스 애엔젤레에스에서 수집된 전파이고오, 어쩌고오, 저쩌고오……. 처음에느은, 그냐앙 시끄럽기만 하구우, 보이는 것도 없었는 데에, 어떤 주사를 맞고서부터어, 차츠음, 들리기 시작하더라고요오.」

과거 확신에 가까운 의구심을 품었던 적이 있다. 변종들이 서로를 물어, 재감염을 통해 어떤 형질을 전파하는 게 아닌가 하고. 에스더가 언급한 그 특정한 주사가 같은 역할을 했을 가능성이 높았다. 일선에서 확보한, 아마도 트릭스터로부터 뽑아내었을 최신의 모겔론스 복합체를 에스더에게 주입했다는 의미였다.

「그치마안, 이 새끼한테느은, 계에속해서 모른다고마안 했거드은요오. 원하는 대로오, 되는 꼬올, 보여주기 싫어서어. 히. 그랬더니이, 그럴 리가 없다고오, 분명히이, 주파아수가 맞춰졌을 거라고오, 사실대로 말하라고오, 저를 마악, 달군 쇠로 지지고오, 아프다고오 울었더니이, 너느은 이 정도로느은, 죽지 않는 몸이라고오, 한 시간만 지나며언 다 나아을 거라고오, 징그러우니까아, 울지 말라고오…….」

여기까지 말하고서, 잠시 침묵하던 그녀가 겨울을 불렀다.

「중령님.」

"네."

「트릭스터들은요오, 한겨울 중령님으을, 지인짜 진짜 싫어하더라고요오. 도대체가아, 죽일 수도 없고오, 감염은 엄두도 못 내겠고오, 나타나는 곳마다아 감당이 안 되니까요오.」

"그렇군요……."

「네에. 저한테느은, 정마알 마않은 기억들이 있거든요오. 중령님이이, 어얼마나 강하고, 얼마나아 잘 싸우는지, 알아요오. 그래서요, 제가요, 아까요, 중령님하고 싸아우기 싫다고 했던 거느은, 정말로 싫은 마음도 있지마안, 중령님이 방해하며언, 박태선 개새끼르을, 죽일 자신이 어없어서이기도 했어요오.」

"에스더. 그럼 여기서 포기하는 게 어때요."

「포오기?」

"예. 아까 말씀드린 것처럼, 저는 당신을 막을 수밖에 없어요. 게다가 당신은 혼자잖아요. 잘 훈련된 병력을 뚫을 순 없을 거예요. 그리고…… 캠벨에게 무슨 이야기를 들었는진 모르겠지만, 아직 치료의 기회가 있을지도 모르잖아요?"

「그런, 기회가, 어딨겠어요.」

양쪽 두께가 다른 에스더의 어깨가 정신없이 흔들린다. 흐으, 흐으, 바람 새는 소리. 요란하게 웃는 것도 같고, 어깨를 떨며 우는 것도 같았다. 겨울은 꿋꿋하게 설득했다.

"캠벨이 무엇을 더 숨겼을지 누가 알까요? 우리에게서

당신을 숨겼듯이, 치료가 가능한데도 일부러 자료를 숨겼을 가능성이 아예 없진 않잖아요. 혼자서 연구를 독점하려고……. 그러나 그걸 확실하게 밝혀내려면 캠벨 본인이 살아있어야 합니다. 그를 여기서 죽여 버리면…… 그 혼자만 알고 있을 사실들을 다시 밝혀내지 못하거나, 밝혀내더라도 치료에 쓰이긴 너무 늦어버리게 될 겁니다. 성도회 사람들은 남은 시간이 길지 않으니까요."

에스더가 곧바로 되물었다.

「그으 다음에는요?」

"죄값을 치러야겠죠."

「또오 거짓말을 하시네에. 저는 바아보가 아니라니까아요? 이 새끼는, 제가 죽이지 않으며언, 저얼대로 죽지 않을 걸요오? 박태선 그 미친 새끼도 마아찬가지고요! 치이료? 그딴 거, 가능해도 안 받아요오! 제에가 원하는 거언! 오지익! 두 놈을 찌져 죽이는 거엇 뿐! 잘못한 놈들으은! 벌으을 받아야 해요오! 왜? 내가 아니며언! 누구도 제대로 된 벌을 주지 않을 테니까안!」

씩씩대던 그녀가, 겨울이 뭐라고 하기도 전에 돌연 미친 사람처럼 히죽거린다.

「뭐어, 됐어요. 킥. 그건 아아무래도 좋아요오. 중령니임, 제가 왜 이렇게 길게 이야기를 했게요오? 다안순히 하소연이 하고 싶어서어? 아아아아뇨! 아아닌데요?」

겨울은 신경의 간질거림을 느꼈다. 「위기감지」 및 「생존감각」은 이곳에 올 때부터 내내 저릿거려서 특별히 변한 것이 없었다. 이는 에스더의 특별한 존재감 때문. 그러나 이와 별개로 「간파」와 「통찰」이 새롭게 비등하는 중이었다. 그림 부장이 시간을 끌어달라고 했던 것처럼, 인간도 변종도 아닌 소녀 또한 일부러 시간을 끌었던 게 아닌가 하고.

'어째서?'

상황의 우열은 여전했다. 에스더가 지금 시간을 벌어서 무엇한단 말인가. 다만 의혹이 들기는 한다. 전기를 다루는 괴물의 특성을 얻은 소녀에겐, 그 괴물들의 교활함 또한 붙지 않았을까? 라는.

과연, 소녀는 영악함을 드러냈다.

「이제에, 중령님도오, 제 가치를 깨달으셨을 거예요오. 제가 이 새끼르을 죽여버리며언, 최에소한 당분간은! 트릭스터들이 떠드는 거얼, 해독할 능력이이, 저한테밖에 없을 거라는 사시일! 수많으은, 군인들으을, 살릴 수우도, 있을 능력이니까아, 그런 기회이니까아! 이일단 알게 된 이사앙, 하안겨울 중령으은! 나르을, 함부로오 죽일 수우가 없다는 거어!」

확실히, 적의 통신을 엿듣는다는 것은 그런 의미였다.

「죽일 놈들만 죽이고 나며언, 제가 자살하기 전에에, 조금으은, 도와드릴 수도 있거든요오?」

"에스더."

침착하게 호명한 겨울은, 그녀에게 아직 종교적 믿음의 불씨가 남아있기를 바라며 다음 말을 골랐다. 달리 설득의 여지가 없기에, 모험을 하는 심정으로.

"당신 말이 맞습니다. 당신에겐 많은 사람을 살릴 힘이 있네요. 수십만, 수백만이 될지도 모르죠. 어쩌면…… 이게 바로 주님의 뜻이 아닐까요?"

짧은 공백 뒤에, 괴기스러운 음성이 확연하게 떨려서 나온다.

「뭐어라구요오?」

"기독교 신앙에선 이 세상 모든 일들이 전능하신 하나님의 계획이잖아요. 만약 그분께서 정말로 존재하신다면, 당신이 그동안 겪어야 했던 모든 고통들에도 분명 어떤 이유가 있을 겁니다. 그리고 그 결과, 당신에겐 무수한 사람들을 살릴 기회가 주어졌죠."

성경엔 믿음을 증명하기 위해 고통을 겪는 일화가 많다. 그리고 겨울은 그중 하나를 기억하고 있었다. 「암기」 보정이 수개월 전의 기억을 더욱 선명하게 해주었다.

"전에 만난 어떤 수녀님께서 성경에 이런 구절이 있다고 하시더라고요. 「악이 만연한 곳에 은총이 넘쳤나니.」 그러면서 시련을 받은 욥의 예를 들어주셨죠. 주님께서 그가 지닌 모든 것을 쳐내셨으나, 그는 믿음을 지켰다. 그럼으로써 그의 믿음은 다른 어떤 것보다도 의롭게 되었다. 주님께서는 악을 만드셨지만 악 그 자체가 목적은 아니셨다…… 라고."

「아니야아…….」

"「나의 하느님. 나의 하느님. 어찌하여 나를 버리셨나이까.」 ……예수님께서 십자가에 못 박히셨을 때 하신 말씀이라고 들었습니다. 주님께선 그분의 아들에게도 예외 없이 고통을 내리셨던 거라고요. 비록 가톨릭 수녀님께서 전해주신 이야기이긴 해도, 뜻은 통할 거라고 생각해요."

「아니야아아!」

에스더가 끔찍한 고함을 내질렀다.

「아니야! 아니야! 아니야! 신은 없어! 신은 없다고! 다아 거짓말이야아! 저엉말로 전능하다며언! 왜에 이렇게밖에 못하는 데에! 진짜로 사랑한다며언! 왜에! 이렇게밖에 못하는 데에에!」

"……."

「너어어! 믿은 적도 없는 주우제에! 배신당하안 적도 없는 주제에에! 함부로 말하지 마아아!」

갑작스러운 격렬함에 반응한 그림 부장이 입 모양으로 묻는다. 아직입니까? 찰나를 망설인 겨울이 고개를 흔들어 보였다. 경비부장이 초조하게 팔짱을 꼈다. 대화가 길어지는 데서 어떤 희망을 엿본 눈치였다.

한참을 씨근덕대던 소녀가 거친 소리를 냈다.

「죽일 거야……. 둘 다아 반드시 죽일 거야아…….」

겨울이 마이크를 향해 상체를 숙였다.

"에스더 당신은 나만 방해하지 않으면 될 거라고 했죠. 하지만 아까도 말했듯이, 당신은 혼자잖아요. 내가 아니더라도 포위를 뚫지 못할 거예요."

겨울이 보는 화면엔 중보병들의 움직임이 고스란히 드러났다. 개량된 장갑복의 무게와 동력은 압도적이다. 인질만 아니었다면 저격수를 배치할 필요도 없었다.

조용하던 에스더가 느닷없이 고개를 쳐들었다.

「아까부터어, 혼자, 혼자아 하시는데에……. 사실은요오, 저느은, 혼자가 아닌데요오?」

거의 동시에, 한 통제요원이 대경실색하여 보고한다.

"미확인 열원 다수 포착! 일곱 개의 구역에서 움직임이 포착됩니다!"

그림 부장이 기겁을 했다.

"그게 어디서 나온 거야!"

"타깃이 통과한 경로를 중심으로……!"

출발지점은 제5실험실에서부터 시작하여, 에스더가 전선을 끊고 전자기기를 부수며 움직인 경로는 동력 문제로 감시가 중지된 상태였다. 바로 그 직선에서 곁가지를 치듯이, 모션 센서와 열감지 센서 경고가 확산되고 있었다.

「거기이! 놀라는 소리 다아 들린다아! 킥! 준비가 될 때까지이! 기다려 주셔서어 가암사합니다아! 하아! 하아! 끅! 하아하아하하하핫!」

터널 끝자락에 도사린 에스더가 원념에 찬 폭소를 터트렸다.

「제가요오! 그동아안! 처어녀수태를 했거든요오? 몇 번이나! 몇 번이나! 마알도 안 되는 간격으로오! 밖으로 나와서도 두우 마리나 흘렸습니다아!」

겨울조차 전율하게 만드는 광기였다.

현장을 비추던 모니터가 꺼졌다. 대화를 나누던 스피커도 침묵했다. 무인감시체계가 먹통이 되는 구역이 늘었다.

에스더가 '흘린' 것들 가운데 적어도 일부는, 모체와 같이 전류의 흐름을 감지하는 게 틀림없었다. 겨울은 작고 재빠른 무언가가 좁은 틈의 배선들을 갉아대는 광경을 상상했다. 행위의 의미도 이해하지 못하고, 미숙한 머리로 같은 행동만 반복하는.

통제실은 현장 요원들의 헬멧 카메라에 의지했으나, 그마저도 노이즈가 심했다. 전파간섭은 급박한 보고조차 불분명한 목소리로 뭉개놓았다. 선명한 건 오직 유선망뿐.

애초에 집중된 병력으로는 분산된 사태를 감당하기 벅찼다. 명령의 홍수를 쏟아내던 그림 부장이 헤드셋을 집어던지고 돌아섰다.

"방금 나눈 대화! 무슨 내용이었습니까?"

겨울은 최대한 간결하게 설명했다. 목적을 재확인함. 거짓일 확률은 희박함. 트릭스터의 송신을 해독할 수 있고, 짧은 임신과 출산이 가능. 허나 얼마나 낳았는지는 불명. 또한 자신의 전략적 가치를 이해하고 있음. 그림 부장이 우거지상을 썼다.

"직접 나가야겠습니다! 중령님은 최후방어선으로!"

교회 방면의 지휘권을 맡기겠다는 뜻이다. 박태선 목사를 지키라고.

"지침은?"

"맡깁니다! 책임은 제가 지겠습니다! 슈라이버! 두 놈 챙겨서 따라가!"

즉각적인 판단이었다. 무장한 통제요원 셋이 겨울에게

붙었다.

그렇다고 통제실을 비우는 건 아니었다. 무인포탑과 원
격제어 지뢰지대 등은 아직도 반 이상이 정상이었다. 감시
수단도 마찬가지. 특히나 마지막 안전장치는, 다른 모든 계
통이 무력화되더라도 활성화가 가능했다. 열쇠는 웨스트
지부장이 쥐게 되었고.

그는 할 말이 많은 표정이었으나 경비부장의 권한을 존
중했다. 시답잖은 요구와 질문으로 시간을 끌 계제가 아니
었기 때문이다.

'단, 여차하면 다 날려버리겠지.'

그래서일까. 출동하는 겨울에게 당연한 당부를 건넸다.
자신의 귀를 가리키며.

"가급적 통신을 유지하십시오."

그러지 않으면 소각처리에 휩쓸릴 수 있다는 경고. 화생
방 보호의는 또한 불연성 소재였으되, 거류구 전체를 태우
는 불 속에서 생존을 보장할 정도는 못 된다. 그때의 죽음
은 소사(燒死)와 질식사 사이의 어딘가다. 겨울은 한 번 끄
덕이고 곧바로 나섰다. 노력은 하더라도, 형편이 안 되면 어
쩔 수 없는 노릇이었다.

그래도 무전이 완전히 죽지는 않아, 도달하기까지 간헐
적인 통신과 상황전파가 이루어졌다.

[당소 오스카 3-1! 제5실험실 확보! 자재창고에서 다수의
케이지를 확인! 미상의 적은 최소 22개체 이상으로 추정!]

[접촉(Contact)! 접촉! 새로운 타깃 식별! 7구역으로 도주!

추적 허가 바람!]

  [안 돼! 거기서 막고 기다려!]

  [3-1! 거긴 어떻게 생긴 놈이야? 이쪽은 산성폭발을 확인했다!]

  인근에 2개 사단이 추가로 전개된다는 통보도 있었다. 전략폭격기 편대를 띄워둔 지역에 새로운 부대를 진입시킨다는 건, 만약의 경우엔 아군살해까지 감수하겠다는 각오였다. 포트 로버트 주둔 병력 전체도 진즉에 경계태세로 전환되었고.

  불가피한 조치이기는 했다. 사태가 기지 내에서 마무리될 때에 대한 대비로서.

  '여기가 후방이긴 해도, 전파가 닿는 범위 내에 오랫동안 침묵하던 트릭스터가 있을지 모르니까. 최근 근처에서 발견된 변종집단도 있었으니……. 지역 전체를 봉쇄해야겠지. 늦을수록 구멍이 커져.'

  전기를 다루는 괴물은 죽음에 직면하는 순간 대량의 전파를 뿜어낸다. 주변 어딘가에 있을 동종(同種)에게 최후의 경험을 전달하는 것이다.

  만약, 에스더도 그렇다면?

  트릭스터가 단말마의 비명에 얼마나 많은 정보를 담아내는가는 아직 미지의 영역이다. 그러므로 최악을 가정해야 했다. 즉, 변종들이 인간의 언어를 습득할 가능성이 있다. 인간의 사고는 언어적이기에 정교하다. 역병의 위협이 단숨에 치솟을 것이다.

일그러진 소녀가 과연 그렇게까지 할 것인가? 자문한 겨울은 아니라고 확신할 수 없었다. 복수를 성취하지 못하고 죽는다면 그 비통함이 얼마나 깊을까. 신을 저주하는 마당에 세상이라고 저주하지 않을까. 굶주린 종말에게 증오를 위탁하진 않을까…….

어쩌면 그 마지막 비명이 능력에 딸려오는 본능 같은 것일 수도 있다. 즉 본인의 의사와 무관하게 한 맺힌 유산을 남기고 마는 경우. 에스더에겐 또 한 번의 비극이 될 것이다.

혹은 이미 송신이 이루어졌을지도.

역 전파방해를 걸 전자전기 편대가 날아오고 있지만, 상공에 도달한들 쉽게 나서진 못할 것이다. 전파방해는 피아를 가리지 않으며, 트릭스터의 통신 대역은 광범위한 주파수에 걸쳐있는 까닭. 다만 추가적인 확산을 막는 데엔 효과적이겠다.

어느덧 교회의 첨탑이 가까워졌다. 희미하게 찬송가가 들리기 시작했다.

겨울은 이빨 부딪히는 소리를 들었다.

"적! 9시 방향!"

외치며, 슈라이버가 연사를 긁는다. 그러나 빗나갔다. 표적이 원체 작고, 급박한 사격이었기 때문이다. 겨울은 일부러 쏘지 않았다. 손을 들어 통제요원들을 만류한다.

"잠시만!"

잠깐이라도 관찰하고 싶었다. 감각보정을 비껴낸 적이

궁금했으므로.

분홍빛 살이 갈라진 미숙아는 지친 숨을 할딱거리는 중이었다. 크기는 작다. 조그만 입엔 예리하면서 들쭉날쭉한 치열이 이중으로 돋아있었다. 대각선으로 길쭉한 두상(頭相). 눈은 없다. 그러나 앞이 훤히 보이는 것처럼, 머리를 겨울과 슈라이버가 있는 방향으로 돌렸다.

깨애애액-

기운 없는 울음. 그리고 느리게 기어왔다. 무릎과 팔꿈치는 이미 다 까여있는 상태였다. 질질 끌리는 흙에 긴 핏자국이 남았다. 그러다 픽 쓰러진다. 잠깐 사이에 숨도 멎었다. 감염돌기 돋은 혀가 이빨 사이로 흘러나왔다. 끝이었다.

"무슨······."

슈라이버의 아연한 중얼거림.

타앙!

겨울이 확인사살을 가했다. 미숙아의 몸통에 퍽 하고 구멍이 생겼다.

"따라 붙어요."

특수한 적이라 「기척차단」이 있는가 했다. 그러나 감각보정이 차단되었다기보다는, 너무 작은 위협이라 묻혔던 모양이다. 세밀하게 느끼기엔 황보 에스더의 존재감이 강렬했다.

교회 앞에 도착하니 황당한 광경이 보였다. 멀리서부터 찬송가가 들리는 데서 아직도 신도들이 있다는 건 짐작했지만, 그들이 손에 손을 잡고 교회 입구를 막고 있는 건 뜻밖이었다.

「우-리는 목사님의 사랑으로 간-난을 극복하네」

「목사님의 크신 사랑 주-님의 은-총을 알게 해-」

「아-픔을 참고 견뎌 천-국의 문-으로 들어가리」

「아-아 우리에겐 목사님뿐 우리에겐 목사님뿐」

어처구니가 없어 말문이 막힌 슈라이버 대신, 겨울이 최후방어선의 책임자를 찾았다.

"여기! 최상급자가 누굽니까?"

방어진지로부터 두 사람이 나왔다. 한쪽은 지휘관, 남은 한쪽은 통신병이었다. 보호의를 입고 마스크로 얼굴을 가렸어도 장비만으로 구분이 가능했다.

"도일 중사입니다. 오신다는 말씀을 듣고 기다리고 있었습니다. 뵙게 되어 영광입니다."

"중사?"

"편의상 전역 전의 계급을 쓰고 있지요."

"알았어요. 그럼 중사, 저 사람들 왜 아직도 저러고 있어요?"

당연히 대피시켰어야 한다. 민간인인 동시에 연구대상으로서도 지켜야 하니까. 광신의 피해자를 더 늘릴 순 없는 정부의 입장에선, 이미 감염되어 있는 사람들이 중요할 수밖에 없다. 그들을 모두 잃은 뒤엔 연구 방법이 극도로 제한될 터이므로. 따라서 진즉에 대피시키라는 지시가 내려왔을 것이다. 지금 이 광경을 이해하기 어려운 이유였다.

"저희도 물론 다른 곳으로 유도하려고 했습니다."

도일 중사가 한숨을 길게 쉬었다.

"하지만 팍 목사가 쓸데없는 짓을 해버리는 바람에⋯⋯."

"쓸데없는 짓?"

"아시는가 모르겠습니다만, 그놈은 저희를 믿지 않습니다. 피해망상도 있고요. 패닉 룸으로 데려가겠다고 하니 갑자기 발광을 하더군요. 뭐라고 막 소리를 지르던데⋯⋯ 정황상, 신도들에게 자기를 지키라고 하는 느낌이었습니다. 신도들이 갑자기 공격적으로 돌변하더군요."

"그래서 그냥 뒀다는 겁니까?"

"어쩌겠습니까? 그들 하나하나가 평범한 인간이 아닙니다. 근력이 거의 변종 수준이란 말입니다. 하마터면 총기까지 빼앗길 뻔했죠. 진짜 적이 언제 들이닥칠지 모르는 마당에 광신도들과 힘겨루기를 하고 있을 순 없었습니다."

"⋯⋯알았어요."

"이곳 지휘를 맡아주시겠습니까?"

답하기 전에, 겨울은 병력배치를 살폈다. 교회로 이어지는 길목을 차단한 병력은 두 개 소대에 못 미쳤다. 노래 부르는 광신도들을 배후에 둔 경비대원들은 누구나 짜증이 한가득인 표정을 짓고 있었다. 이런 조건에서 적과 대치하기도 우스울 것이다.

겨울이 고개를 저었다.

"아뇨. 이 정도 병력이면 나는 따로 움직이는 게 더 유리

해요. 부대원 각각의 특기나 능력을 모르는 지휘관은 반쪽
짜리잖아요. 중사가 계속 지휘하는 게 나아 보이네요. 난
책임자로서 방침만 결정합니다. 그 외의 사항은 여기, 슈라
이버와 조정해요."

"알겠습니다."

"메인 타깃은 가급적 제압이 우선입니다. 이건 우선 내
가 상대하죠. 상황에 따라 대응방침을 바꾸도록 하고요."

"진심이십니까?"

"네. 뭔가 필요하면 당신에게 요청할게요."

경비부장 그림은 겨울의 결정에 대해 자신이 모든 책임
을 지겠다고 했었다. 그러나 그것이 완전한 면죄부는 아니
다. 일이 잘못될 경우, 재량권을 발휘한 당사자로서 겨울 역
시 얼마간의 책임을 지게 될 것이었다.

"그건 그렇고."

겨울은 의문을 느꼈다.

"중보병 장비를 왜 방치해놨죠?"

도일 중사가 앓는 소리를 냈다.

"신도들을 진정시키는 과정에서 중보병을 투입했습니
다. 몸싸움이 있었거든요. 신도들에게 둘러싸인 병력을 무
사히 빼내느라 배터리를 소모했는데, 돌아와서 파워 케이
블을 연결하고 보니 전력 공급이 끊어졌더군요."

"전혀 못쓸 정도입니까?"

"그건 아닙니다만, 가동가능시간은 대체로 10분 미만입
니다. 교전 도중에 동력이 끊기느니 차라리 벗는 편이 낫겠

다고 판단했습니다. 방어력보다는 기동성이 중요하다는 생각에……. 애들에게 도로 착용하라고 지시할까요?"

중보병은 배터리가 방전되면 굼벵이가 된다. 장갑복의 중량을 순수한 체력으로 감당해야 하는 까닭. 겨울이 아닌 이상 느린 속도로 걷는 게 고작이었다. 적에게 둘러싸이면 그 부담이 더욱 가중되니, 장갑복을 입고 있어도 중보병으로서의 역할은 기대하기 어렵다. 중사의 말처럼 남는 건 방어력이 유일하다.

허나 10분이 마냥 짧은 시간은 아니었다. 겨울이 묻는다.

"그 10분은 교전 상황에서의 소모를 가정한 거죠?"

"물론입니다."

"그럼 다섯 명쯤 예비대로 대기시키는 건 어때요? 적어도 돌파당할 위기 한 번은 무사히 넘길 수 있을걸요?"

"으음…….'

총성이 가까워지고 있었다. 검은 연기가 치솟는 것도 보였다. 어디선가는 화염방사기를 사용하는 모양이었다. 소화시스템도 갖춰져 있으니 대화재로 확대되진 않을 것이다.

'그것도 전기로 작동한다면 문제지만.'

거류구 소각조치가 아니라 평범한 불이 번지는 정도라면 경비 병력의 생존에는 지장이 없다.

고민하던 도일 중사가 겨울의 제안을 받아들였다.

"그렇게 하겠습니다. 잠시 실례."

중사가 몇 명을 호명하는 동안, 겨울은 통신망을 확인

했다.

"슈라이버. 통제실과 연결됩니까?"

"유선망은 멀쩡하고, 위성단말은 지향성 안테나에 연결을 해야 쓸 만하고, 무선망은 근거리에서나 쓰겠습니다. 감도가 무척 안 좋습니다."

방해전파의 발신원이 가까이에 있다는 의미. 그게 얼마나 가까이인지는 겨울도 모른다.

감각보정에 새로운 경고가 더해졌다. 에스더의 존재감과 구분될 정도이니 가벼운 위험은 아니다. 겨울이 방향을 가늠하고서 몇 호흡이 지났을까. 위협이 그 실체를 드러냈다. 한 경비대원이 악을 썼다.

"전방에 거수자 출현!"

괴물 같은 사람들이 나타났다. 허나 장소가 장소인 만큼 변종으로 단정 지을 순 없었다. 양복이든 환자복이든 대체로 말끔한 복색이었으므로 성도회 사람들이라고 보아야 한다. 멍한 얼굴들엔 인간을 물어뜯으려는 폭력적인 욕망이 묻어나지 않았다. 기도회에 참석하지 않은 이유까지는 모르겠어도.

"정지! 정지!"

경비대원들이 어설픈 한국어를 발음했다. 그동안 신도들을 통제하면서 익혀둔 듯하다. 그러나 본격적인 의사소통은 무리였다. 그래서 겨울이 나섰다.

"당신들! 여기 오면 안 됩니다! 일단 거기 멈춰요!"

이러면서도 소총의 방아쇠에 손가락을 올린다. 평범한

사람들이었다면 「위기감지」는 없었을 것이다.

역시나, 선두의 남자가 넋이 나간 듯 중얼거렸다.

"머릿속에서……. 목소리가……."

그의 목덜미엔 치열이 두 줄인 이빨자국이 남아있었다. 겨울은 오면서 사살한 미숙아를 떠올렸다. 또한, 재감염에 의한 특성 전파도.

거수자의 숫자는 점점 더 불어났다. 표정은 각양각색. 꿈을 꾸는 듯하거나, 두려워하거나, 황홀해하거나, 혼란스러워하거나……. 이들의 정체는 교회를 가로막은 광신도들이 알려주었다. 어쩐지 찬송가가 흐트러지는가 싶더니, 노래가 그치고 등 뒤의 누군가가 고함을 질렀다.

"저, 저거! 이단이다! 천벌 받을 이단 새끼들이 몰려왔다!"

뭐? 겨울이 당황하는 사이, 전면에서도 반응이 돌아왔다. 외침을 듣고 꿈에서 깬 듯한 느낌의 사내는, 역병에 파먹힌 얼굴을 끔찍한 분노로 일그러뜨렸다.

"누가 누구더러 이단이래! 이 개 같은 사이비들! 박태선이가 무슨 재림예수야! 사기꾼이지!"

"뭐가 어째?"

격분한 광신도들이 저주를 쏟아냈다.

"기적을 보고도 믿지 않는 불신자들! 은총을 받고도 고마운 줄 모르는 배은망덕한 놈들!"

"더 늦기 전에 회개해라! 천년왕국이! 주님의 뜻으로 목사님의 나라가 온다!"

"교언으로 사람의 아들을 팔아넘기는 자 은전 서른 닢을 쥐고 지옥에 떨어질 것이다!"

서로 간에 비난이 격해졌다. 비등하는 공기가 심상치 않아, 경비대원들이 바짝 긴장했다. 거수자 무리가 변종집단이 아니라면 함부로 무력을 행사할 수 없다. 그들을 통제하는 것이 본인들의 임무이거니와, 저들은 어쨌든 사람의 언어를 구사하지 않는가.

타타탕!

겨울이 하늘에 대고 삼점사를 당겼다.

"닥쳐! 양쪽 모두 입 다물어!"

강하게 외쳐 봐도, 뒤따르는 정적은 길지 못했다. 종교적인 분노는 죽음을 두려워하지 않는다. 순교는 천국으로 가는 지름길. 그러므로 총성 따위가 무슨 위협이랴. 교회를 지키는 광신도들부터 다시 시끄러워지기 시작했다. 그때였다.

"하하하! 하하하하하!"

거수자 가운데 한 사람이 날카롭게 웃었다. 이질적인 희열이 시선을 그러모은다. 두 눈이 풀린 이 여성은, 한 손으로 머리를 쥔 채, 비틀거리는 몸을 가누며 가쁜 숨을 내쉬었다.

"이제야 알겠어……! 이 목소리는 천사님의 계시야!"

"미친년! 무슨 개소리를 하는 거야!"

발끈하는 광신도들에게 여성이 부들부들 떨리는 비웃음을 지어보였다.

"들리지 않아? ……들리지 않아? 아하. 잘못된 믿음을 지닌 사람들에겐 들리지 않는 거로구나……. 하하하! 이렇게 예쁜 목소리가 들리지 않는다니……. 박태선이야말로 적그리스도라고! 그를 죽여야만! 우리가 구원받을 수 있다고!"

그녀의 주위에 동조가 번졌다. 나도 들린다고. 나도 그 목소리가 들린다고. 그들은 꿈과 현실의 경계에 선 사람들처럼 보였다. 겨울이야 내막을 짐작하지만, 실체를 모르고 보면 더할 나위 없는 광증 그 자체였다. 광신도들에겐 그 이상의 징조였고.

"마귀다! 마귀가 저놈들에게 속삭인다!"

경악과 분노, 공포가 뒤섞인 손가락질.

"감히 누굴 죽인다는 거야!"

"저놈들에게 사탄의 영이 깃들었어! 막아! 반드시 막아! 목사님을 지켜!"

"영적전쟁이다! 공중의 권세는 하나님의 집을 침범하지 못한다!"

일촉즉발의 순간 재차 총성이 울려 퍼졌다. 말을 알아듣진 못해도, 이곳을 담당하며 기른 눈치로 성난 군중의 폭발을 직감한 도일 중사가 경고사격 명령을 내린 것이다. 여러 사선의 삼점사가 흙과 벽을 부수며 사람을 물러나게 만들었다. 누군가에겐 긴 생채기가 생겼다. 아슬아슬하게 튄 도탄 때문이었다.

"젠장! 하마터면 죄다 눈 뒤집힐 뻔했군."

파리해진 도일 중사가 겨울에게 확성기를 던졌다.

"Sir! 저치들 좀 어떻게 눌러주십쇼! 이대로 가면 전부 사살하는 수밖에 없습니다! 우리가 살기 위해서라도!"

"알았으니까 경계 흐트러뜨리지 말아요! 어수선한 사이에 뭔가 기어들어올 수도 있으니까!"

당부한 겨울은 먼저 광신도들부터 진정시키기로 했다.

"여러분! 제가 누군지는 아실 겁니다! 우리의 임무는 ㅂ…… 교회를 지키는 것입니다! 이곳은 우리에게 맡기고 안으로 들어가세요! 여러분께서 여기에 계시면 오히려 더 막기 어렵습니다!"

애써 박태선 목사의 이름을 삼켰는데도 에스더에게 홀린 거수자들의 분노가 치솟는다. 겨울은 그들의 살의를 민감하게 느꼈다. 더욱이 더 큰「위협성」이 다가오고 있었다. 아까부터 통신을 맡은 슈라이버의 안색이 빠르게 나빠지는 중이었다.

세 번째 경고사격이 이루어졌다. 이번엔 한쪽 방향으로만. 효과는 앞서보다 적을 것이다. 총성을 등진 겨울이 소리를 높인다.

"들어가요! 빨리! 차라리 안에서 문을 잠그라고요!"

광신도들과 거수자들이 앞뒤에서 달려들면 방어선이고 뭐고 없어진다. 그 와중에 시작될 추가 재감염은 또 어떤가. 그 외의 공격에도 극도로 취약해질 것이었다.

합리적으로 보이는 제안, 그리고 겨울의 명성이 광신도들을 밀어냈다.

그만큼 거수자들이 전진했다. 사격과 유탄에 주춤거리면

서도, 점점 더 대담하게. 이에 따라 광신도들도 멈춰 섰다. 「사탄의 권세」 앞에서 물러나는 게 마음에 들지 않는 것일까.

금방이라도 끊어질 것만 같은 긴장감 속에 슈라이버의 보고가 들어왔다.

"여기만 개판이 아닙니다."

통제요원은 주위를 살피며 낮은 소리로 빠르게 보고했다.

"비슷한 방식으로 두 개 팀이 뚫렸고, 포위를 벗어난 타깃은 위치가 확실치 않습니다. 방해전파 강도가 베타 트릭스터 이상이라 드론 지원도 불가능하답니다."

"항공정찰이나 감시위성은?"

"항공은 직접 교신이 불가능해서 시차가 있고, 위성은 상공 진입까지 약 2분 남았습니다. 연기도 문제고요. 흩어진 유체(幼體)들을 추적하느라 병력이 낭비되고 있습니다."

이 상황에 2분은 길다. 겨울은 점점 더 늘어나는 검은 연기들을 보았다. 화염방사기만이 원인은 아닌 듯하다. 돌이켜보면 포트 로버츠가 캠프였던 시절, 기지를 공격한 트릭스터는 안전한 철수를 위하여 주변에 불을 질렀었다. 그 이후로도 하늘의 감시를 무력화하려는 시도가 여러 차례였다. 트릭스터 다수의 경험을 축적한 에스더라면 당연히 생각할 것이었다.

'유체 가운데 애크리드의 특성을 보유한 개체가 있을지도.'

인 화합물은 방화에도 적합하다. 애크리드가 전선에서는

삽시간에 도태된 특수변종이지만, 캠벨 정도의 위치에서 연구용 샘플을 얻기란 어렵지 않았을 터. 무전으로 확인한 산성아기, 눈이 없어도 겨울을 포착한 미숙아를 보건대, 에스더는 인간의 기술과 광기 어린 천재성이 빚어낸 모겔론스의 결정체일 가능성이 높았다.

그녀의 뇌리에 복수밖에 없는 것이 차라리 다행이다.

유체들이 밖으로 탈출하려는 기미를 보였다면, 웨스트 지부장이든 대통령이든 극단적인 결정을 망설이지 않았을 테니까. 유체 중에 제2의 에스더가 없으란 법 있는가.

어쩌면 에스더도 여기까지 짐작하기에 유체를 내보내지 않는 것일 수 있었다.

거수자들과의 간격이 줄어든다. 심적인 한계선은 10미터가량이었다. 일반인을 상대로도, 21피트(약 6.4미터)부터는 육탄전이 사격전을 능가하기 시작한다. 거리는 곧 방어력이었다. 가까워질수록, 충돌이 빚어졌을 때 순식간에 돌파당하고 만다. 하물며 감염된 군중이 상대임에야. 중화기와 산탄지뢰가 없었다면 이미 치명적이었다.

도일 중사는 예비대 삼은 중보병 쪽을 힐끗거렸다. 미련이다. 죽이기 전에 힘으로 밀어내봐야 시간을 벌 따름이었다.

"거류구 전체를 소각한다는 말은 안 나왔어요?"

겨울의 질문에 슈라이버가 부인했다.

"다행히 유체들의 이동은 안쪽으로 집중되고 있습니다. 거류구 외곽에 1개 연대가 배치되어 있기도 하고요. 적어도 생물학적 오염 유출은 걱정하지 않아도 될 것 같습니다. 목사를 정말로 죽이고 싶은 모양입니다."

확인은 여기까지. 다른 걸 물을 여유는 없었다.

"계속 통신 맡아요."

자리에서 일어선 겨울이 확성기 스위치를 눌렀다.

"에스더! 에스더!"

분명히 근처에 있다. 정황이 그렇고, 감각은 확신이었다.

"듣고 있다는 거 다 압니다! 멈춰요! 이 사람들을 다 죽일 작정입니까?!"

트릭스터는 다른 변종들에게 어느 정도의 영향력을 행사하는 것일까. 겨울은 산타 마가리타 호변에서 맞이했던 아침을 회상했다. 구울은 변종들로 하여금 급류에 뛰어들도록 만들었다. 살아있는 부유물들을 밟고서라도 거친 물살을 건너, 이쪽을 물어뜯고 싶어서.

고작 구울조차 그 정도의 지배력을 발휘했던 것이다.

이후의 경험으로 미루어 트릭스터가 그 이상일 것은 자명하다.

에스더도 그 정도일까? 불완전한 감염 피해자들은 그래도 이성을 유지하고 있는데?

"부탁합니다! 여기서 그만두세요! 더 큰 잘못을 저지르지 말라고요!"

슬금슬금 밀려오던 발걸음의 물결이 멎었다. 광신도들 사이에선 에스더가 누구냐는 숙덕거림이 흘러나온다. 더는 들어갈 생각도 없어보였다.

경비대원들이 불안하게 눈을 굴렸다. 정보국의 비수로서 전 세계의 어둠을 갈라 온 그들에게도, 이 진득한 광신과 역병의 늪은 생경한 두려움일 터였다.

잠시 후, 거수자들의 대열에서 자그마한 아이가 걸어 나왔다.

"쏘지 말아요!"

겨울의 말에 도일 중사가 끄덕였다. 방독면 보호경 안쪽으로 조금 보이는 얼굴이 땀으로 젖어있었다. 에스더의 어린 메신저는 긴장된 방어선으로부터 조금 떨어진 곳에서 발을 멈췄다. 빤히 바라보았으므로, 겨울은 총구를 살짝 내리고 천천히 걸어 나갔다.

비참한 소녀의 입을 대신할 아이는, 역시 고통에 짓무른 모습이었다.

"내가, 나오지, 말라고, 했잖아요."

그나마 발음은 에스더보다 또렷했다. 갸우뚱하는 모습이, 말하는 아이가 에스더의 속마음까진 모르는 듯했다. 그저 머릿속에 떠오르는 말들을 시키는 대로 전달만 할 따름.

"에스더. 이대로는 안 됩니다. 저 사람들 다 죽을 거예요. 결국 우리가 방아쇠를 당기겠지만, 피해자들을 사선으로 내몬 당신에게도 책임이 있단 말입니다. 모르겠어요?"

"중령님, 바보예요?"

말하는 아이가 무표정하게 웃음소리를 흉내 냈다. 하, 하, 하.

"저는요, 벌써, 많은, 사람들을, 죽였어요."

병력 피해를 말하는 게 아니다. 지금껏 에스더로 인해 죽은 경비대원은 없었다. 중상자도 드물고, 경상자조차 이상할 정도로 드물었다.

"제가, 대체, 얼마나 많은, 사람들에게, 전도를 했다고, 생각하세요?"

"……."

"얼마나, 많은, 사람들에게, 역병을, 옮겼다고, 생각하세요?"

감정의 공백이 유독 크게 느껴지는 말들이었다.

"아직, 죽지 않았을, 뿐이죠. 저 때문에, 죽는다는, 결과엔, 변함이, 없는걸요. 원래는, 안 죽었어도, 될, 사람들이, 저로 인해, 죽는 거라고요. 저는요, 끔찍한, 죄인이에요."

"아뇨. 당신도 속은 거잖아요. 내게 성경 말씀을 적은 쪽지를 줄 때, 나를 해치려는 마음이 조금이라도 있었어요? 날 구원해주고 싶었던 거 아니에요?"

"하, 하……."

명백한 조소였으나 겨울은 개의치 않았다.

"다른 사람들에게도 마찬가지였겠죠. 과실치사라고 할 순 있어도, 의도적인 살인이라고 할 순 없단 말예요. 하지만 여기서 저 사람들을 죽게 만들면, 그땐 진짜로 살인자가 되는 거예요. 그러니 여기서 물러나요. 마지막 순간까지 후회하고 싶지 않다면요."

"하, 하, 하."

에스더가 다시 웃었다.

"중령님. 저 사람들은요, 벌써, 죽은 목숨이에요. 저는요, 저 사람들을, 죽이는 게 아니라, 저 사람들도, 복수를 할 수, 있도록, 기회를, 주는, 거라고요. 만약에, 지금 당장, 제가 아는, 모든 진실을, 저 사람들의, 머릿속으로, 전달한다면, 어떻게, 반응할 것, 같으세요? 네?"

교회 쪽에서 소란이 일었다. 이 형제님이 미쳤나? 왜 사람을 물어?

상황은 돌아보지 않아도 뻔했다.

하, 하, 하. 에스더의 입이 말했다.

"저를, 불쌍히, 여겨주셔서, 감사합니다. 덕분에, 같은 수법이, 두 번이나, 먹혔네요. 중령님은, 정말, 좋은, 분이세요."

"에스더⋯⋯."

"마지막, 경고예요."

전방 거수자들의 기세도 달라졌다. 머리를 감싸는 이가 많이 보인다.

"가만히, 계세요. 그러면, 죽을 필요가, 없는 사람들은, 건드리지, 않을게요. 하지만, 만약에, 끝까지, 막으려고 하시면, 그때는, 중령님을, 죽여서라도, 지나갈, 테니까요."

에스더는 겨울의 한계 바깥에 있었다.

도일 중사가 소리쳤다.

"Sir! 돌아오십시오! 얼른!"

시작될 공격을 직감한 것이다. 거수자 집단의 격한 움직임은 여러 몸으로 이루어진 하나의 정신 같았다. 지휘권자인 그는 말릴 틈도 없이 명령했다.

"사격! 죽기 싫으면 다 죽여! 클레이모어! 5번, 6번! 격발!"

"아직 안 됩니다!"

위치가 높아 시야도 넓은 저격수가 막았으나, 늦었다. 한 쌍의 산탄지뢰가 폭발하며 1,400개의 쇠구슬이 전방을 휩쓸었다. 살상범위 내의 모든 육체가 갈기갈기 찢어진다. 그러나 핏빛 안개가 가라앉았을 때, 드러난 참상은 예상을 밑돌았다.

"뭐야?"

중사가 경악했다. 거수자 집단이 한 덩어리처럼 보였던 건 착시에 불과했다. 처음엔 그랬을지언정, 슬금슬금 다가오는 와중에 앞뒤가 분리되었던 것이다. 뒤는 오히려 물러났다. 훨씬 더 많은 숫자의 발소리, 광기와 광신의 웅성거림, 불안한 후방, 그리고 전대미문의 특수변종을 상대하는 데에서 느끼는 두려움. 이것들이 베테랑의 감각을 교란했다.

에스더의 목적은 방어력을 소진시키는 것이었다. 남은 거수자들이 야생동물처럼 흩어졌다. 사람이 사람을 다루는 태도가 아니다. 증오의 합리화였다.

"중보병! 교회로!"

겨울의 지시는 외마디로 충분했다. 당장 급한 불을 깨달은 예비대는 지시를 받기도 전에 움직이고 있었다. 기어코 숨어든 유체를 사살하고, 물린 신도들을 처리하기 위하여.

'사정을 봐주지 않는다면, 단 10분만으로도…….'

다 죽일 수 있다. 겨울은 혐오감을 느꼈다. 박태선이 죽도록 내버려두고 싶다.

그러나 그럴 순 없었다. 말했듯이, 종말의 향방이 달린 문제였다.

"지원 병력 투입 통보! 도착예정시간(ETA), 앞으로 약 7분!"

슈라이버가 전하는 통신. 얼마나 밀어 넣을지는 몰라도, 결국 비밀유지고 뭐고 확실한 수습부터 선택한 것이다. 늦은 조치지만, 까마득한 윗선의 결정치곤 굉장히 빨랐다고 봐야 했다.

진입로가 썰물 빠지듯 비어버리는 순간, 어느 골목에서 던져진 것인지, 하늘에서 피막을 펼친 산성아기들이 날아들었다. 지붕을 스치는 저공비행. 비거리가 짧아도 너무 짧았다. 병사들에게 머리 숙이라고 경고할 틈조차 없을 지경.

타타탕! 겨울의 연속 사격에 세 아기가 찢어진다. 미숙아임에도 위력은 만만찮다. 확 퍼지는 강산성의 분무(噴霧). 후두둑 쏟아지는 소나기는 덤이었다. 어느 쪽이든, 관성과 바람을 타고 일방으로 뿌려졌다. Fuck! 뒤집어쓴 경비대원들이 기겁을 하여 몸을 털어냈다. 보호의의 내산성 코팅에도 불구하고, 전신에서 독한 연기가 피어올랐기 때문이다.

"1시 방향! 지붕 위!"

방어진지 2층의 저격수가 급작사격을 가한 직후 바짝 엎드렸다. 이쪽의 기세가 주춤한 찰나에 가해지기 시작한 저편의 제압사격. 총성은 메아리치는 먼 천둥 같았다. 소구경 화기가 아니다. 적어도 50구경 이상의 묵직한 연사였다.

'중기관총?'

그런 게 에스더에게 있을 리가……. 제5실험실의 총기보관함엔 개인화기가 있었을 뿐인데. 혼란스러운 겨울은 회피 도중의 힐끗 스치는 광경에서 괴물이 된 소녀의 무장을 확인했다. 그것은 무인포탑에서 억지로 뜯어낸 듯한 중기관총이었다. 전기적으로만 작동하는 트리거는 그녀에게 아무런 장애도 되지 않았다. 그것을 쌍으로 갈겨대는 중.

위협적인 사선 몇 가닥이 겨울을 스쳤다. 퍽 하는 충격에 구르고 보니 보호의 한쪽이 터진 상태였다. 출혈은 없으되 통증은 있다. 멍이 든 것처럼 욱신거렸다. 의외로 정확한 조준이었다. 견착 같은 것도 없이.

"미친! 화염방사기는 아껴!"

느닷없이 뿜어진 불길. 중사가 부하를 윽박지른다. 화력 공백을 틈타 뛰어들던 거수자 셋을 불태웠을 뿐이었다. 명백한 낭비였다. 휴대 가능한 화염방사기의 연료량은 고작 십수 초 분량에 불과하다. 중보병용도 채 30초가 되지 못한다.

캠벨은 어디다 두고 나온 걸까. 에스더는 단신이었다. 이렇게 된 이상, 더는 방패가 되지 않으리라 판단했을 터. 벌써 목을 꺾었을지도 모른다.

중기관총 사격에 억눌린 경비대원들 사이에서, 겨울이 위장된 유개진지(有蓋陣地) 엄폐물에 의지하여 반격했다.

그러나 소총탄의 위력으론 부족했다. 에스더는 사소한 부상을 무시했다. 꼭두각시들이 방어선을 삼키면 그녀의 승리였다.

"저격수! 대물저격총!"

부서지는 콘크리트 파편 사이에서 쏠 엄두도 못 내던 저격수가 예비 무기 가운데 하나를 집어던졌다.

"탄종은 철갑고폭탄[2]입니다!"

트릭스터 사냥 때도 써봤다. 겨울은 길이 48인치(121센티)의 강력한 화기를 낚아챘다. 뒤이어 던져진 예비 탄창 세 개도 한 손으로 받아낸다.

"엄호하겠습니다! 래리! 유탄!"

투투투퉁! 소총수와 기관총 사수들이 틈을 만들고, 유탄 사수가 두 방향에 네 발의 고폭탄을 꽂아 넣었다. 초탄과 차탄은 역시 에스더를 겨냥했다. 터지는 찰나에 웅크리는 괴물 소녀. 겨울의 시력으로는 튀는 피가 선명하다. 그 순간, 바로 그 상처를 조준하여 방아쇠를 당겼다. 철갑고폭탄은 벗겨진 살 아래로 파고들어 근육에서 폭발할 것이다.

쾅쾅쾅!

중기관총과 맞먹는 위력인지라 총구의 발사화염도 엄청나다. 먼지로 가려진 풍경 너머에서 멀고 날카로운 비명이

2　APHE(Armor Piercing High Explosive). 철갑탄(관통)과 고폭탄(폭발)의 중간 형태. 표적을 뚫고 들어가 폭발한다. 철갑탄보다 대인살상력이 우수하지만 관통력은 부족하여, 전차처럼 장갑이 두꺼운 표적엔 쓰기 어렵다. 주로 장갑이 얇은 차량이나 구조물 등을 파괴하고 그 안쪽의 인명까지 살상할 목적으로 사용한다. 철갑유탄이라고도 부른다.

들려왔다. 허나 그 직후에 거센 보복사격이 쏟아졌다. 애초에 겨울도 치명타까진 기대하지 않았다. 경비대원 하나가 욕설을 중얼거렸다.

"무인포탑은 왜 아직도 먹통이야!"

사정을 알면서 나오는 불평이다. 이 거류구에 배치된 병력은 본디 원격 보안체계를 보완하는 역할이었다. 이 시스템의 구성요소들은 대부분 수동조작이 불가능했다. 탈취 우려 탓이었겠으나, 당장은 아쉽기 짝이 없었다. 조금만 더 신경을 썼다면…….

비밀엄수 측면에서, 경비인력을 무작정 늘리기도 곤란했을 것이다. 각 기관의 관할권 문제도 있었겠고.

도일 중사가 부하를 구박했다. 엄살 피우지 말라고.

"이제 4분 남았다! 조금만 더 버티면 지원군이 온다! 이대로만 해!"

각 진지는 에스더에게 홀린 사람들을 그럭저럭 잘 막아내고 있었다. 에스더의 제압사격에 억눌렸어도 이쪽의 화력이 비무장 거수자들을 막아내지 못할 정도는 아니다. 아무리 신체능력이 변종에 필적한다 하나, 평범한 변종집단 수준으로는 자동화기의 방어선을 뚫지 못한다.

잠깐이나마 그렇게 생각한 겨울이었다.

"2시 방향! 대전차지뢰!"

"뭐?"

"40미터 거리! 1층 모퉁이! 지뢰를 가진 놈이 있습니다!"

갑자기 무슨 지뢰? 도일 중사가 황당해했으나, 겨울도

그 대원이 본 것을 확인했다. 그럼블은 물론이고 전차조차 폭압으로 파괴하는 대형 지뢰. 그것을 품은 거수자가 엄폐물을 활용하며 달려들고 있었던 것이다. 폭탄을 품고 자폭하려는 테러리스트처럼.

'대체 어떻게?'

어떻게 지뢰를 얻었지? 지뢰지대가 있다곤 해도, 철저하게 위장된 상태일 텐데?

의문 이전에 본능적으로 지뢰를 겨누었던 겨울은, 조준을 고쳐 꼭두각시의 무릎을 쏘았다. 지뢰를 놓치도록. 떨어져 구르는 지뢰가 폭발하지 않기를 바라며. 터졌다간 시야가 차단된다. 폭발의 여파가 가라앉기까지, 이쪽의 화력은 눈이 멀고 만다.

그러나 화약을 무식하게 채운 쇳덩이는 14킬로그램에 달하는 무게였다. 낙하 충격이 기어코 신관을 작동시켰다.

콰르릉!

파편 섞인 검은 폭풍이 교회 앞까지 밀려왔다. 일렁이는 불길 사이로 다다다닥 튀는 듯한 소리가 들려왔다. 아마도 내부에 무인포탑과 그 외의 격리수단들을 품은 건물이었던 모양. 하기야 최후방어선 앞에 쓸데없는 장애물을 둘 이유가 없다. 안에선 불길이 탄약을 굽는 중일 것이다. 뜨겁고, 초연(硝煙) 짙고, 불투명한 바람이 불었다.

밭은기침을 하는 경비대원들 사이에서, 겨울은 몸을 가누며 깨달았다.

'냄새…… 인가. 그 능력마저 갖췄다고…….'

새크라멘토에서, 야음을 틈타 스토커가 침입한 적이 있다. 후각이 강화된 변종은 지뢰밭을 뚫고 들어왔었다. 화약을 찾도록 훈련된 쥐처럼, 냄새로 지뢰의 정확한 위치를 알아냈던 것. 에스더의 경우, 꺼내는 위험은 넋이 나간 타인에게 전가할 수 있다.

꼭 에스더가 아니더라도, 유체 가운데 하나의 코가 예민하다면 가능한 일.

유감이다. 지뢰 아래에 해체 방지용 압력신관이라도 깔았다면 좋았으련만.

다행히 에스더의 중기관총 사격은 끊겼다. 보이지 않아도 쏠 법한데, 탄약이 바닥난 것일까? 그리 긴 사격이 아니지 않았나? 겨울의 뇌리에 의혹이 스쳤다.

흙먼지를 뒤집어쓴 도일 중사는 곧바로 최선의 판단을 내렸다.

"젠장! 클레이모어! 3번 격발! 4번 대기!"

앞이 보이지 않으니 넓은 범위를 갈아버려야 한다. 또 다른 지뢰의 폭발 우려를 감수하고서라도. 시야가 조금이라도 개선되기까지, 적아의 간격은 몇 미터나 사라질지 모를 노릇이었다. 그러나 격발기를 달칵거린 경비대원이 다급하게 보고했다.

"반응 없음! 선이 끊어졌나 봅니다!"

"그럼 4번 당겨! 안 되면 2번! 1번순으로!"

연기 속에서 고독한 뜀박질이 달려왔다.

"엄폐! 모두 엎드려!"

뛰는 소리를 포착한 겨울의 날카로운 경고로부터, 고작 1초. 발이 덜덜덜 떨렸다. 지축의 진동은 내장까지 흔들었다. 보다 가까운 거리에서 터진 대전차지뢰였다. 겨울은 온몸에서 후드득거리는 파편의 부딪힘을 느꼈다. 이 구역, 원격조작 가능한 대전차지뢰를 얼마나 묻어두었을까. 혹시나 광신도들 사이에서 특수변종이 생길 경우에 대한 대비였을 것이다. 거꾸로 이용당하고 있지만.

그리고 세 번째, 네 번째의 폭발과 후폭풍이 뒤를 이었다. 설마 또 터질까? 틈을 노리던 중사가 이어지는 정적에 이를 악물었다.

"화염방사기!"

사수가 보이지 않는 저편으로 불을 뿜었으나, 한 발 늦었다.

"비켜어어어어!"

쾅! 겨울의 반사적인 사격이 연기를 뚫고 튀어나온 에스더의 무릎을 깨부쉈다. 철갑고폭탄이 연골을 으스러뜨린 것. 중심을 잃고 요란하게 구르는 몸은 파괴적인 관성이며 넘치는 중량감이었다. 소녀는 구르던 기세로 일어나, 불편한 다리로 방어선을 돌파했다. 몸 일부에 불이 붙어있는데, 고통조차 잊은 듯이.

"망할! 수류탄!"

도일 중사가 외치기 전에 겨울은 이미 안전핀을 뽑은 상태였다. 그러나 던지는 방향이 달랐다. 에스더를 뒤따라, 전파에 홀린 사람들이 달려드는 것을 느꼈기 때문. 에스더가 자기보다 앞세우지 않은 건, 줄어든 숫자를 최대한 활용하기 위함인 듯하다. 병력을 여기에 붙잡아두려고.

'박태선 목사에게 도달할 때까지만 시간을 벌면 되니까!'

수류탄이 연달아 폭발하는 사이, 겨울은 에스더의 발목을 노렸다. 이 상황에 그저 살리고 싶어서가 아니다. 그 외의 부위는 너무나 두꺼웠다. 중기관총 철갑탄조차 한 뼘 파고들고 그치는, 변질된 육체. 종양처럼 부푼 등은 경추와 머리를 가렸다. 고로 망설일 여지는 없었다.

쾅! 철컥! 쾅쾅쾅!

탄창을 교체하고 연사에 가깝게 쐈는데도, 넘어질 때마다 다시 일어나, 필사적인 기세로 나아간다. 속도만 느려졌을 따름. 불붙고 피 흘리는 에스더가 달려가는 모습은 차라리 처절한 몸부림에 가까웠다.

"바아악태서어어언! 나와아아아아!"

입구를 막고 있던 중보병 다섯은 중기관총을 난사하는 에스더의 충돌을 감당하지 못했다. 비스듬히 치고 지나가는 모습이 마치 교통사고를 보는 듯했다. 다만, 그래도 잠깐은 에스더의 발을 묶었다. 그사이에 겨울은 다시 다섯 발 들이 한 탄창을 비웠다. 특수변종이 된 소녀의 출혈과 비틀거림이 더욱 심해졌다.

"여긴 맡기겠습니다! 여유가 생기면 바로 지원 보내요!"

탄창을 보충한 겨울이 도일 중사에게 뒤를 부탁했다. 여전히 전방에 적의 기미가 있으니 방어선을 방치하기 어렵다. 임무는 둘째 치고, 일단 살아야 할 것 아닌가.

빠르게 달려 지나치는 교회 입구엔 아직 숨이 붙어있는 광신도가 있었다. 널린 시체들 사이에 주저앉아, 미친 사람처럼 중얼거리는 남자가.

"마귀야……. 내 머릿속에서 나가라……!"

재감염의 징후. 헐떡이는 그의 부상은 중보병 예비대의 소행인 듯했다.

교회로 돌입한 겨울은 가장 먼저 몸부터 굴렸다. 퍼억! 날아든 사람이 문틀에 부딪혀 핏덩이가 되었다. 아니, 던져지기 전에 이미 피투성이였을지도. 재감염을 피해 이 시점까지 살아남은 광신도들은, 그들만의 재림예수를 지키고자 목숨을 버리는 중이었다.

그들 사이에서 에스더가 포효했다.

"그래애! 니들도오! 어어차피! 죽을 목수움! 그냐앙! 지그음! 여기서어! 끝내애!"

쾅! 겨울의 총구가 번쩍였다.

박살난 교회 정문으로부터 강풍이 밀려왔다. 내팽개쳐진 모래 알갱이들이 바닥에 자르르- 부딪히는 소리. 헐떡이는 에스더의 상처에도 마른 먼지가 들러붙는다. 누적된 피격의 결과, 부서진 뼈와 끊어져버린 인대. 이제 그녀는 두 다리로 일어설 수 없게 됐다.

단지 넘어졌을 뿐이었다.

그릇된 믿음의 성전(聖殿)이 오염된 유혈로 물들었다. 이때다 싶어 달려들던 광신도들은 허공에 흩어지는 유해(遺骸)가 되었다. 찢겨진 내장이 한낮의 악몽처럼 비산한다. 에스더가 갈겨댄 중기관총의 총성과 더불어, 숨이 끊어지는 절규들은 죽음에 헌정된 불협화음의 합창이었다.

이 와중에도 십자가 아래의 박태선은 살아남았다. 가까운 신도 한 사람이 몸을 던져 밀쳐낸 덕분. 안쪽에 별도의 공간이 있는지, 뛰는 듯 기는 듯하며 정신없이 몸을 피한다. 그 뒤를 추격하는 사선은 엉망으로 흔들렸다. 에스더가 신경질적으로 팔을 휘둘렀다. 상처마다 겨울의 저격탄이 터지는 이 순간에도 여전히 흉악스러운 기세로.

"떨어져! 떨어져어어!"

중기관총에 매달려 몸부림치던 신도가 세찬 일격에 맞아 피를 토하며 나뒹굴었다. 고통은 짧았을 것이다. 바닥에 부딪히며 목이 꺾였으니. 그 손엔 물집이 잡혀있었다.

쿵쿵쿵! 에스더는 무릎으로 기고 두 개의 팔로 몸을 밀었다. 숨어버린 거짓 구세주를 향하여. 더는 뒤에서 노릴 약점이 없다. 사격을 그친 겨울이 탄창을 갈며 이 악물고 뛰었다. 철퍽거리는 피 웅덩이.

'이 정도 출혈이면, 아무리 특수변종의 몸이어도⋯⋯!'

정상일 리가 없다.

지금도 에스더의 움직임은 낭비가 많았다. 다친 몸, 독기로 움직이는 것이다. 간격을 없앤 겨울은 에스더의 몸 아래로 수류탄을 던져 넣으며 그녀의 발목을 콱 밟고 도약했다.

"아아악!"

격통에 비명을 지르는 괴물 소녀. 그렇잖아도 너덜거리던 복숭아뼈가, 완전무장한 군인의 군홧발에 으스러진 것이다. 아무리 굵어도 아플 수밖에. 모난 뼛조각이 생살을 파고드는데.

고로 소녀는 배 밑을 지나 눈앞까지 데구르르 굴러온 수류탄을 놓치고 만다. 겨울은 그녀의 등에 매달렸다. 기형적으로 발달한 근육에 갈라진 요철이 많아, 마치 암벽을 등반하듯이.

부풀어 오른 몸은, 그 등은, 에스더 본인에게도 사각(死角)이었다.

폭음과 함께 시야가 번쩍였다.

겨울은 세상이 요동치는 기분이었다. 괴물이 되어버린 소녀의 비명은 더 이상 소리조차 아니었다. 무전기가 미친 듯이 시끄럽게 울어댔다.

이때를 놓쳐선 안 된다. 에스더가 정신을 차리고 반응하기 전에, 그녀가 겨울 자신을 떨쳐내기 전에 목적을 이루어야 했다. 꿈틀거리는 굴곡에 파묻히다시피 한 척추. 겨울은 덩어리진 근육 사이에 대물저격총의 소염기를 박아 넣었다. 거대한 짐승에 올라탄 사냥꾼이 창으로 짐승을 찌르는 구도. 주먹으로 개머리판을 내리쳐서, 총구가 최대한 비집고 들어가도록 만든다. 그리고 엄지를 방아쇠에 걸었다.

퍼엉!

여간해선 드러나지 않는 약점을 수직에 근접한 입사각으로 쏘았다. 겨울의 방독면 보안경에 검붉은 피가 좍 튀었다. 직후, 에스더가 기둥에 격돌했다. 튕겨진 겨울은 볼품없이 나뒹굴었다. 미처 대비하지 못한 낙하 충격. 호흡이 턱

막힌다. 잠시 움직일 수 없었다.

그러나 차라리 다행이었다. 교회는 화려할지언정 목조(木造)였고, 부러진 기둥 위 지붕 일부가 무너졌다. 쏟아지는 서까래에 맞았다면 더 심한 부상을 입었을 것이다.

"주우웅려어엉니이이임!"

겨우 몸을 추스른 겨울은 무덤 같은 잔해를 뚫고 솟구치는 손을 보았다. 창백한 팔은 팔꿈치가 둘이었다. 먼지 가득한 실내에서, 뚫린 지붕으로 새는 햇빛은 기이할 만큼 선명한 직선이었다. 전기가 끊긴 교회이기에 더더욱. 그 빛을 받으며, 에스더는 사납게 몸을 떨었다.

"그렇게에에! 죽고 싶으시다며어어언! 죽여어어어! 드릴게요오오!"

광포한 돌진이 이어졌다. 하지만 기세에 비해 속도가 느리다. 홱 낚아채는 손길이 아슬아슬하게 보호의를 스쳐갔다. 회피한 겨울은 그녀의 하반신을 보았다. 축 늘어진 채 질질 끌리는 모습. 이젠 무릎으로 기지도 못한다. 척추 파열로 인한 마비였다.

겨울은 어깨에 걸어 옆구리에 늘어뜨렸던 소총을 조준했다. 타탕! 풀 오토로 놓고 당긴 방아쇠지만, 약실에서 튀어나가는 탄피는 고작 두 개에 그쳤다.

"이런-"

기능고장이었다. 탄창이 찌그러져 있다.

"으, 으, 으으으으!"

울부짖는 에스더는 두 눈을 감고 있다. 수류탄이 터질 때

시력을 상실한 것. 닫힌 눈꺼풀 아래로 피가 줄줄 흐른다. 그럼에도 휘두르는 팔은 눈 먼 공격이 아니었다. 안구가 없어도 전파시야는 여전하기 때문. 그것은 시각 이상의 시각이었다.

그러나 민첩하기로는 더 이상 겨울을 따라잡을 수 없다. 공격을 피해 거리를 확보한 겨울이 탄창을 갈아 끼웠다. 조준은 이제 출혈이 그치려는 상처들. 잔혹한 일이어도 어쩔 수 없다. 더는 움직이지 못하게 될 때까지 출혈을 강요해야, 그나마 온건한 결말로 이어질 테니까.

'가능성일 뿐이지만.'

괴물 소녀의 전신에서 가느다란 핏줄기가 팍팍 튀었다. 그러나 거체에 비해 가늘어 보이는 것이지, 실제로는 상당한 실혈(失血)이었다. 여기까지 오며 잃은 피까지 감안하면 더더욱 그러했다. 꿇어 쏘는 겨울의 무릎이 손가락 반 마디 깊이의 핏물에 잠겼다. 너른 교회가 모두 피바다였다.

"그래! 잘한다! 죽여! 죽여! 저 사탄의 새끼를 죽여 버려!"

여태까지 용케 살아남은 광신도 하나가 겨울을 응원했다.

격분한 에스더가 지붕 내려앉은 더미를 거칠게 뒤집었다. 파묻힌 중기관총을 찾는 것이었다. 그것은 금방이었다. 하얗게 먼지를 뒤집어쓴 중기관총이 또 한 번 햇빛을 보게 됐다.

"아-아아아아!"

괴성을 지르며, 에스더가 치명적인 화력을 쏟아냈다.

허나 겨울은 미동도 하지 않았다. 머리 위로 지나갈 사선을 감지한 까닭. 대응사격을 가하면서도 의문을 품는다. 무언가 이상하다. 에스더가 아무리 지쳤어도, 조금 전엔 너무 노골적으로 빗나간 공격이었다.

'그러고 보면, 이제까지 사상자의 수도 너무 적었어.'

단순히 운이 좋았다고 해야 할까?

또다시 「생존감각」의 사선 예측이 그어졌다. 피하지 않으면 부상. 다리 하나를 잃는다. 그러나 에스더는 충분히 겨울의 심장을 노릴 수도 있었다. 몸을 굴린 겨울은, 그러나 의혹을 길게 곱씹지 못했다. 괴물 소녀가 다시 등을 돌린 탓이었다. 그녀는 남은 탄약을 박태선 목사가 있을 법한 공간에 모조리 쏟아 붓는다. 때때로 휘청휘청 흔들리지만, 그럼에도 파괴적인 사격. 벽이 퍽퍽 부서져나갔다. 에스더는 겨울의 방해를 무시했다. 목조에 불과할지라도 내장(內裝)만은 화려한 교회의 나머지가 순식간에 누더기로 변했다.

그러다가 철컥- 하고 공허한 소리가 울렸다.

잔해에서 파낸 나머지 하나의 중기관총도 매한가지였다. 기다란 실탄 벨트를 겉으로 드러나게 물리는 무기다보니, 무너진 지붕에 깔린 시점에서 기능고장은 필연이었다.

그녀는 십자가를 향해 기어가기 시작했다. 생의 마지막 순간을 불사르듯이.

끝은 느닷없이 찾아왔다. 이 사태의 처음과 같이.

콰콰쾅!

폭압이 겨울의 전신을 우악스럽게 후려쳤다. 어떻게든

에스더를 저지하고자 달려 나가려던 참에, 정문으로부터 날아든 섬광. 시야가 암전했다. 찰나의 기절 판정이었다. 생각은 이어질지언정 육체의 감각은 느껴지지 않는다. 말 그대로, 잠깐은 사고만이 남아있었다.

아마도 포격이었을 것이다. 잠시 후 겨울이 몸의 통제력을 회복했을 때, 즉 물리현실과 꼭 같도록 설정된 고통이 돌아왔을 때, 깜박이는 눈앞엔 의무병으로 보이는 사람이 있었다. 그는 걱정이 역력한 기색으로 물었다.

"Sir! 정신이 드십니까?"

"아…… 괜찮아요……."

비틀거리며 상체를 세워보니, 이제 막 들것에 옮겨지려던 참이었다. 보호의는 벗겨진 상태. 어차피 터진 방호구, 더는 의미가 없다고 여긴 모양이다.

온몸이 멍든 것처럼 아팠으나, 어디에서도 출혈은 없었다. 일단은.

"어? 움직이시면 안 됩니다!"

의무병이 만류했으나, 겨울은 그 손길을 떨치고 몸을 일으켰다.

"정말로 괜찮아요. 여기서 기다려요."

시야가 반 바퀴쯤 핑 돌았다. 그러나 한 차례 비틀거린 다음엔 중심을 잡을 수 있었다. 욱신거리는 옆구리를 누르며 상황을 파악하는 겨울. 증원이 조금 이르게 도착한 듯하다. 정문 밖에선 엔진 소음이 들려왔다. 포격을 날린 바로 그 기갑차량일 터. 전차일까, 장갑차일까.

어쩌면 휴대용 대전차화기였을지도 모르지만, 지금은 아무래도 상관없었다.

은빛 십자가 아래, 핏빛으로 쓰러진 에스더가 보였다.

죽지는 않았나보다. 갈빗대 근처가 규칙적인 팽창과 수축을 반복했다. 등엔 아직도 대물저격총이 꽉 물려있어, 호흡의 주기에 따라 조금씩 오르내렸다. 도드라진 혈관의 맥박도 눈에 띄었다. 불수가 되었던 하반신은, 이젠 형체조차 불분명해졌다. 그 뒤쪽 바닥에 찍힌 깊은 탄흔이 폭발의 위력을 간접적으로 보여주었다. 피는 계속해서 새어나오고 있다.

겨울이 다가갔다. 에스더를 경계하던 병사들이 당황하며 막았다.

"위험합니다. 괴물이 아직 살아있-"

"비켜요."

불합리한 짜증이었다. 일이 엉망이 된 게 이 사람들의 책임도 아니건만. 난폭한 「위협성」에 뒷걸음질 친 병사들에게, 겨울이 누그러뜨린 음성으로 사과했다.

"미안해요. 화를 낼 생각은 아니었는데……. 잠깐이면 돼요. 별일 없을 거예요."

불충분한 양해였으되 계급이 깡패였다. 그냥 지나치는 겨울을 보고 병사들이 곤란한 표정을 지었다. 그중 한 사람이 어디론가 달려갔다. 무전기에서 흘러나오는 극심한 잡음으로 미루어, 무전봉쇄가 이루어진 듯했다. 그러니 책임자에게 보고하려면 발품을 파는 수밖에.

째액- 쌕-

가까워질수록, 에스더의 힘겨운 숨소리가 커진다. 겨울
은 그녀의 머리맡에서 한쪽 무릎을 꿇었다. 그리고 가만히
내려다보았다. 의외로 평온한 에스더의 얼굴을.

이끌리듯 왔으나 할 말이 있는 건 아니었다. 따라서 말문
은 에스더가 먼저 열었다. 들릴 듯 말 듯 가냘프기 짝이 없
는 음성으로.

"혹시이, 하안겨울 중령니임이신가요오…….."

"네. 저예요."

"……."

늘어져있던, 기형적인 손이 꿈틀거렸다. 등 뒤에서 치솟
는 적의. 겨울이 손을 들었다. 쏘지 말라는 신호였다. 슬쩍
돌아보면, 엉거주춤한 총구가 한둘이 아니었다.

"다드을, 놀랐나보네요오."

에스더가 우울하게 중얼거렸다. 이 지경이 되고서도, 전
파반사시야만은 어느 정도 남아있는 듯하다.

"하기인, 이러언, 제가아, 무섭기인, 하겠네요오…….."

한숨을 쉰 그녀는 갑자기 성경의 한 구절을 읊었다.

"지혜에 있는 자느은, 궁창의 빛과 같이 빛날 것이요오,
많은 사람들으을, 옳은 데로오 돌아오게에 한 자는, 별과 같
이, 영원토록 빛나리라아……. 다니에엘서어, 12자앙, 3저
얼……."

"……."

많은 사람들을 옳은 데로 돌아오게 한다는 것은 곧 믿음

을 전하는 일이었다. 고통스러운 웃음을 머금는 에스더.

"중령니임. 저는요오, 제가아, 별이 될 줄 알았어요오. 저어 높은, 하나님의, 나라에서어……. 그런데에, 지금의 저느은, 조금도오, 반짝이지 않네요오."

괴물이 된 소녀의 가장 큰 고통은 별을 잃어버린 것이었다. 괴물이 된 스스로가 아니라.

어떤 말을 해야 할까. 당신에겐 아직 기회가 있다고 해야 하나? 천국의 별이 될 기회가 남아있을 거라고? 여기까지 생각한 겨울은 내심 고개를 가로저었다.

타산적이지 않은가.

에스더가 이제라도 미국 정부에 협조한다면 실로 많은 인명을 구할 수 있을 것이다. 변종들의 움직임을 손금 들여다보듯이 파악하고, 놈들 사이에 잘못된 정보를 확산시키고, 결정적인 순간에는 신호를 교란하며, 반드시 이기는 싸움만을 골라서 싸울 테니까.

그렇기에 더더욱 경계해야 한다. 위로라고 하는 말이 실은 겨울 자신의 바람일지 모를 노릇. 결코 아니라고 느끼지만, 이런 문제는 자신을 믿어선 안 되는 법이었다.

무엇보다, 에스더 입장에선 어찌 들릴는지……. 사람들이 바라는 바를 뻔히 알고 있을 텐데. 이 시점에서 오해를 남겼다간, 마지막 순간까지 상처와 원망으로 남을 것이다.

주어진 시간은 짧았다. 말을 고르는 망설임 끝에, 실수처럼 나온 한마디가 이러했다.

"에스더. 당신을 위해 기도할게요."

조여드는 시간이 흘렀다. 쏟아진 물을 다시 담을 순 없었다.

멍-하니 침묵하던 괴물 소녀가, 천천히, 선명한 미소를 머금는다.

"감사합니다아."

아프기만 했던 조금 전과는 분명히 다른 표정이었다.

"이렇게에, 되고 나니까아, 어쩐지이, 머리가아, 맑아지네요오."

"네……."

"제가아, 아까아, 화앗김에, 나쁜 말으을, 하기느은, 했어도오, 하나님은, 역시, 저어 위에, 계실 거예요오……. 중령님 처러엄, 믿음이, 없는 사람의, 기도라도오, 얼마든지이, 들어주시겠죠오. 주님의, 사랑에느은, 한계가아, 없으니까요오."

"……."

"그렇게에, 믿으려고요오."

믿겠다는 말이 여운을 남긴다. 에스더에겐 달리 남은 것이 없었다.

부산한 군화 소리들이 들리는 가운데, 괴물 소녀가 마지막으로 겨울을 불렀다.

"중령니임."

"네."

"죄송했습니다아……."

그리고 보건서비스부대와 질병통제예방센터(CDC) 인력

이 현장을 장악했다. 겨울은 그들에게 자리를 내줘야 했다. 경비부대와 국토안보부 무장요원들의 감시가 이루어지는 가운데, 특수훈련을 받은 의료 인력은 에스더를 단단히 구속한 뒤 급한 상처부터 치료했다. 죽어선 안 될 표본이자, 잠재적 협력자인 것이다.

"Sir. 잠시 협조해주시겠습니까?"

사무적이면서도 긴장감이 느껴지는 요청. 돌아보면, CDC와 국토안보부 요원들이었다. 복장은 한결같은 방호복이지만 상박에 붙은 패치로 구분이 가능했다. 겨울이 되물었다.

"협조?"

"중령님께서도 검역 대상이십니다. 교전 중 감염되셨을 가능성이 있으니까요. 우선 무기부터 건네주십시오. 검사가 끝나면 돌려드리겠습니다."

"……무기는 없어요."

겨울은 빈손을 느리게 펼쳐보였다. 방호복이 벗겨진 시점에서 그 위에 휴대했던 무장도 해제된 것이다. 또한 에스더에게서 더는 「위협성」이 감지되지 않았기에, 굳이 무기를 다시 챙길 필요를 느끼지 못했다. 그럴 기분이 아니기도 했고.

"그렇다면 바로 동행해주십시오. 그리 오래 걸리진 않을 겁니다."

어조가 정중할지언정 분위기는 팽팽하게 당겨져 있다. 사태가 사태인 것이다. 겨울도 이들에게 신병을 맡기는 것 외엔 선택의 여지가 없었다.

언젠가 그랬듯이 타의로 현장을 떠나며, 겨울은 시선으로 에스더를 일별했다.

오래 걸리지 않을 거라던 정밀검진은 일몰 이후로도 한참이 지나서야 끝났다. 결과는 감염 없음. 그 뒤엔 사정청취를 위해 파견된 감독관과 독대하는 시간이 이어졌다. 때늦은 식사는 그다음이었다. 그도 그럴 게, 백악관 차원에서 수시로 경과를 확인하는 사안인 것이다.

허기와 별개로, 입맛이 없는 겨울은 식사를 반이나 남겼다. 보기 드물게 잘 차려진 식단이었음에도. 당장은 전투력 유지 같은 것을 신경 쓰지 않았다.

식사가 치워진 다음엔 웨스트 지부장이 겨울을 찾았다.

"친한 사이였습니까?"

앞뒤가 다 잘린 질문.

"아뇨……. 그래도, 안타깝네요. 진심으로."

여러모로 마모된 겨울에게 이 정도의 동요가 얼마 만인지. 스크린 속의 슬픈 이야기로도 눈물짓는 게 사람이다. 에스더는 그 이상의 사연이며, 피부에 와 닿는 실감이었다.

"캠벨 소령은 어떻게 됐습니까? 살아있나요?"

겨울의 질문은 낯설도록 서늘했다. 흠칫 했던 웨스트가 애매하게 긍정했다.

"살아있습니다. 일단은……."

"일단?"

"찾긴 찾았는데, 감염되어 있더군요. 시한부 인생입니다."

하기야 에스더가 캠벨을 그냥 방치했을 리 없었다. 오히려 살해하는 것보다 더 나은 복수였다. 남은 삶이 그 길이만큼의 절망과 고통일 테니까. 백신 개발 가능성은 캠벨 스스로가 부정했다. 그때 내비친 확신으로 미루어, 일말의 희망도 없을 것이었다. 적어도 그가 살아있을 동안에는.

"그 작자, 진정한 애국자들의 연구 자료를 빼돌렸더군요."

겨울이 궁금해 할 거라고 생각했는지, 웨스트 지부장이 설명했다.

"반역자들이 흔적을 지우는 과정에서 데이터는 삭제되고 문서로만 남아있던 연구입니다. 그리고 캠벨은 초기부터 파견된 전문가로서 발견된 자료들의 검토 업무를 담당했죠. 여기서 돈과 허영의 냄새를 맡았나 봅니다. 이 지식을 독점하면 영웅이 될 수 있겠다고……."

그가 짧은 한숨을 내쉬었다.

"뭐, 다른 전문가들이 기가 막혀하는 걸 보면 본인의 엇나간 천재성도 한몫 했겠습니다마는……. 어쨌든 능력 우선으로 선발한 인물이었으니 말입니다. 분석 결과, 다른 사람이었다면 같은 자료를 쥐어줬어도 여기까지 저지르진 못했을 거라고 하더군요."

거짓 애국자들의 연구엔 도덕이 없었을 것이다. 고로 좀더 나아간 무언가를 밝혀냈어도 이상하지 않았다. 그걸 더욱 발전시킨 성과가 바로 에스더의 변질된 육체일 터이고.

"감시가 허술했네요."

"으음. 이곳 한정으로, 초기엔 그런 면이 있었습니다. 팍 목사의 존재조차 모를 때였으니."

잠시 불편한 침묵이 흘렀다. 겨울이 말을 돌렸다.

"박태선 목사는 어떻습니까?"

"⋯⋯육체적으로는 멀쩡합니다. 놀랍도록 다친 곳이 없더군요. 부상이라곤 찰과상과 타박상 몇 개뿐입니다. 다행이라고 해야 할지, 불행이라고 해야 할지."

결국 소녀의 복수는 절반만 이루어진 모양. 겨울이 다시 묻는다.

"그가 뭐라고 하던가요? 이번 사건에 대해선 얼마나 알고 있습니까?"

"애초부터 본인이 저지른 짓들을 감당하지 못해 정신이 불안정하던 인간이고, 또 꼴에 보호 대상이라서 딱히 뭔가를 알려주진 않았지만⋯⋯. 자신이 초래한 비극이라는 건 아는 눈치입니다. 오히려 모르면 비정상이겠지요. 에스더⋯⋯ 양이 그렇게 제 이름을 불러댔는데요."

"⋯⋯."

"지금은 고장 난 녹음기 같습니다. 일부러 한 게 아니다. 나도 몰랐다. 그래도 살고 싶다⋯⋯. 이런 말들만 반복하고 있습니다. 아, 기도도 열심히 하더군요."

"기도?"

"뻔하잖습니까. 절대자의 죄 사함을 원하는 거지요."

겨울은 익숙한 혐오감을 느꼈다. 생전의 세상에선 신앙이 쇠락했으되, 재구성된 과거로서의 「종말 이후」에선 그릇된 믿음과 마주치는 일이 잦았다. 스물여섯 차례의 종말이면 충분히 많은 경험이었다. 신께 용서를 구했으니 떳떳하다는 사람을 몇 번이나 보았던지.

"없는 사람이라고 생각하십시오."

웨스트가 차분하게 말했다.

"화가 나더라도 그게 최선입니다. 천벌 받아 마땅한 인간이긴 하지만, 그렇다고 정말 죽이진 못할 노릇 아닙니까. 그는 아직까지 대체재가 없는 자원입니다."

"에스더는 이제 어떻게 되나요?"

"……지금은 뭐라고도 하기 어렵군요. 허나 그녀 또한 현재로선 대체재가 없는 인물입니다. 본인도 얌전하다고 하니, 태도가 바뀌지 않는다면 최대한 좋은 대우를 받을 겁니다. 괜히 반감을 샀다간 트릭스터의 전파를 해독하는 일에 난항을 겪지 않겠습니까. 게다가 변종들의 주파수가 언제 바뀔지 모르는 것이고요."

인간에게 통신이 노출되는 건 아닌가 의심스러울 경우, 트릭스터는 곧바로 채널 변경을 시도할 것이었다. 따라서 에스더의 가치는 죽는 순간까지 사라지지 않는다.

동일한 능력을 갖춘 누군가가 새롭게 나타나지 않는다는 전제 하에.

"그녀와 같은 희생자가 다시 생기진 않을 거란 뜻입니까?"

중의적인 질문이었다. 캠벨의 진술과 연구 자료를 확보했으니, 이제 미국 정부는 에스더를 재현할 능력을 보유한 것이 아닌가. 그렇다면, 비밀리에 비윤리적인 실험이 재개될 여지가 있지 않겠는가. 에스더의 처지는 또 어떠하겠는가……

웨스트 지부장이 단호히 부정했다.

"여기까지 말씀드릴 계획은 없었으나, 당신에겐 양해를 구해둬야 할 일이 있으니……. 연구진이 자료를 1차적으로 검토해봤습니다만, 에스더 양의 절반은 우연의 산물입니다."

"우연입니까?"

"예. 불완전한 감염이 비정상적인 변이를 촉발한다는 사실은 전에 들어서 알고 계시겠지요. 그 변이의 시작은 인위적인 통제의 결과물이 아닙니다. 에스더 양도 그렇습니다. 그녀의 능력을 본격적으로 발현시킨 건 분명 캠벨 소령의 광기지만, 그 전에 이미 잠재적 가능성이 갖춰져 있었다고 봐야 합니다."

"그럼……."

"연구가 추가로 진척된다면 사정이 달라질지도 모르겠군요. 설령 그렇다 하더라도, 당국이 정신 나간 범죄행각에까지 발을 담그진 않을 겁니다. 전황이 급격하게 악화되어, 인류의 명운이 오늘내일 하지 않는 한에는."

뒤쪽은 사견에 불과했다. 그러나 더 파고들어본들 해소될 수 없을 의혹이었다. 대신 겨울은 다른 것을 물었다.

"일이 이렇게 되었는데, 제게 양해를 구할 것이 있으시다고요?"

"그렇게 됐습니다."

끄덕이는 지부장.

"이번 사건을 완전히 묻긴 어렵습니다. 관계자들의 입만 단속해서 수습될 거란 확신이 없는 데다……. 이처럼 큰 말썽을 묻는 것 자체가 부담스러운 시기이기도 합니다. 만약의 부작용을 감안하면, 차라리 먼저 진실을 알리는 편이 낫겠지요."

"벌써 결정된 겁니까?"

"그건 아니지만, 곧 그렇게 될 것 같습니다. 공개는 하되, 전부 공개하진 않는 쪽으로 검토 중입니다. 진정한 애국자들이라는 진짜배기 악역이 있으니 어떻게든 되지 않겠습니까."

"거기서 제가 무슨 역할인지 모르겠네요."

"시민들의 관심을 돌리려는 겁니다. 여론이 엉뚱한 방향으로 폭주하기 전에 예방하는 차원에서요. 그 과정에서 중령의 이름이 좀 팔릴 수도 있습니다."

"……무리수 아닌가요? 너무 노골적으로 보일 텐데요."

"그렇게 되지 않도록 주의해야겠지요. 흠, 예컨대…… 전부터 종종 논쟁거리였던 명예훈장 삼중수훈 허용 여부를 다시 한 번 슬쩍 띄워 본다든가……. 전문가들이 더 나은 방법을 고안할 겁니다. 어디까지나 시민들의 부차적인 관심사 가운데 하나쯤으로서, 간접적이고 우회적인 방식으로, 이 사건에 대해 약간이나마 긍정적인 느낌을 더해줄 수 있으면 그것으로 족합니다. 중령을 대놓고 전면에 내세우겠다는 뜻이 아닙니다."

광고는 사람의 무의식에 호소하는 경우가 많다. 그런 뜻이었다.

사실 지부장이 여기까지 상대해줄 이유는 없었다. 그는 건조하게 업무상의 협조만을 요청할 수도 있었다. 즉 그의 성격에도 맞지 않는 이 대화는, 겨울 개인에 대한 웨스트의 배려였다.

　"무슨 말씀인지 이해했습니다. 제가 더 숙지해야 할 사항이 있습니까? 달리 도와드릴 일이라거나……."

　겨울의 말에, 웨스트가 고개를 저었다.

　"당장은 없습니다. 추후 몇 번 더 귀찮게 해드릴 순 있겠지만, 그게 오늘은 아닙니다. 이만 가서 쉬십시오. 무척 고단하실 거라고 생각합니다."

　그리고 그는 문 밖에서 대기하던 요원을 호출했다.

　해당 요원의 안내로 문을 나선 겨울은, 원래 쓰던 장비 대신 이제 막 포장을 뜯은 물건들을 지급받았다. 담당자가 이를 해명했다.

　"무기를 포함해 중령님께서 사용하시던 장비 일체는 증거물로 분류되어 이송되었습니다. 사전에 동의를 얻지 못한 점 사과드립니다."

　"괜찮아요. 사연이 있는 물건들도 아니었고."

　막 출고되었을 때의 상태 그대로인 총기는 진한 윤활유 냄새를 풍겼다. 노리쇠를 거듭 당겼다 놓으니, 찰칵찰칵, 경쾌하면서도 약간은 질퍽한 소리가 났다. 무기는 무기이되 아직 아무것도 죽인 적 없는 무기였다.

　겨울은 죽을 필요가 없는 사람들에게까지 모질진 못했던 에스더를 떠올렸다. 사람이 사람을 죽이는 건 결코 쉽지 않은 일이었다. 진석에게 당부했던 이야기처럼.

하루, 날짜가 바뀐 난민구역은 아침부터 다소 어수선한
분위기였다. 성도회 거류구에서 뭔가 말썽이 있었다는 소
문 탓. 그래서 겨울은 사소하고 일상적인 행사를 무시하지
못했다. 일이 없으면 만들어서라도 얼굴을 내비쳐 사람들
을 안심시키는 편이 좋다. 불확실한 불안이 확대 재생산되
는 것을 미연에 방지하기 위하여. 바로 오늘부터 포트 로버
츠에 더해질 다양한 이목을 의식해서라도.

어차피 얼마간의 진실이 알려질 테지만, 공식발표 전까
진 입을 다물고 있는 게 옳은 처신이었다. 정부가 어디쯤
에서 선을 그을지 모르는 까닭이다. 비밀유지서약도 문제
였고.

신호와 함께 울려 퍼지는 총성들이 겨울의 사색을 깼다.

사격장의 사로마다 들어가 있는 건 아직 어린 티를 벗지
못한 중학생들이었다. 각각 한 명씩의 조교가 붙어 지도하
는 중. 뒤쪽으로 고등부 학생들이 차례를 기다리는 모습도
눈에 띈다. 국적별로 분류된 난민구역의 아이들이었다.

텍사스 커리큘럼.

사격과 생존기술 교육을 정규 교과과정에 편입한 건 작
년 이맘때의 텍사스가 처음이었다. 그것이 뉴멕시코, 애리
조나, 네바다 등 방역전선에 면한 여러 주로 확산되다가, 올
해 중순부터는 미국 전역에서 대동소이한 정책이 시행되기
에 이르렀다. 정치적 성향에 따라 불만이 제기되는 지역도

있었으나, 그 정도는 결코 강하지 않았다. 미국총기협회의 전성기였다. 민주당은 불편한 침묵, 혹은 불가피한 동의로 시대적 변화를 받아들였다.

타앙!

간헐적인 총성은 크기가 작았다. 방아쇠를 당길 때마다 조금씩 움츠러드는 십대 초중반의 학생들은, 그러나 작은 체구로도 소총의 반동을 무리 없이 받아냈다. 기량이 뛰어나거나 훈련이 잘 되어있어서가 아니다. 지급된 탄환이 그만큼 저위력(22LR)이었기 때문이다. 살상력을 비교하자면, 통상적인 소총탄의 10분의 1쯤. 반동도 당연히 약했다.

그러나 결코 방심해선 안 된다. 가장 약하고 가장 값싼 탄환은 또한 미국에서 사람을 가장 많이 죽인 탄환이기도 했으니.

"총구는 전방! 총구는 전방!"

교관으로 자원한 한별이 각 사로를 돌아다니며 날카롭게 소리친다. 학생들이라고 부드럽게 대해주는 일은 없었다. 하사 계급장을 단 그녀는 아낌없이 화를 내고 쉴 새 없이 윽박질렀다. 사고를 예방하려는 것도 있지만, 일부러 심리적인 압박감을 주려는 의도도 있었다.

'단순히 총을 쏘는 요령만 가르치려는 게 아니니까.'

수업의 목적상, 긴장감이 팽팽하게 당겨진 상태를 경험하도록 해줘야 한다. 겨울은 언젠가 유라에게도 비슷한 방식의, 그러나 강도는 훨씬 더 높은 훈련을 시켜주었었다.

"이거 참……. 원래는 저희가 해야 할 역할인데……."

여전히 자경단장인 안제중의 조심스러운 아쉬움이었다. 정책에 따르면 사격수업 감독은 해당 지역의 경찰의 관할. 고로 이곳 포트 로버츠에서는 헤이랜드 보안관이 담당한다. 공인된 치안보조조직으로서 난민 거류구 자경단에도 보조할 자격이 있었으되, 보안관은 자경단 인력을 차출하는 대신 군부대의 협력을 요청했다.

"제중 단장님이나 다른 단원들을 못 믿어서가 아닙니다."

달래는 겨울의 말.

"오늘은 조금 특별한 날이니까요. 남은 쿼터에선 자경단이 필요할 거예요."

"예에, 뭐……."

제중이 겨울의 기분을 살핀다.

"그런데 작은 대장님, 뭔가 안 좋은 일이라도 있으십니까?"

"……."

이게 몇 번째더라. 겨울은 아침나절부터 지금까지 받은 비슷한 질문의 횟수를 헤아려보았다. 표정 관리를 한다고 하는데, 어제의 여운이 다 가려지지는 않는 모양. 그래도 대개의 사람들은 별 기미를 모르고 넘어간다. 제중은 눈치가 빠른 축에 들었다.

"혹시 어제 그, 성도회 거류구에서……."

"단장님."

겨울이 그의 말을 잘랐다.

"거기서 무슨 일이 있었는가는 조만간 모두가 알게 될 겁니다. 그때까지는 굳이 알려고 하지 마세요. 아랫사람들

도 단속해주시고요. 이상한 소문이 돌지 않게끔……. 부탁
드려도 되겠죠?"

아랫사람, 그리고 부탁이라는 단어를 살짝 강조한다. 제
중이 나쁜 사람은 아니지만 나름의 허영이 있었다. 그것을
채워주면 동기부여로 충분하다. 작은 욕심을 감당할 작은
능력도 있다. 민완기의 평이었다. 만년과장에게 가장 두려
운 일은 책상이 없어지는 것이라고.

제중이 음성을 낮추었다.

"으허, 물론이죠. 비밀, 비밀이군요. 실망하시는 일 없도
록 하겠습니다."

그리고 그는 태연함을 가장하여, 주변이 들으란 듯이 목
소리를 키웠다.

"저기! 보이십니까? 9번 사로에 있는 녀석! 정말 잘 쏘지
않습니까?"

"소질은 있어 보이네요. 아는 아이인가요?"

"자경단에서 같이 일하는 친구의 아들입니다. 장래희망
이 군인이라더군요. 나중에 진짜로 입대하면 한 번 눈여겨
봐주십시오. 성격도 제 아버지를 닮았다면 제법 괜찮을 겁
니다."

일부러 돌려놓은 말치고는 본인의 잇속이었다. 겨울은
모르는 척 대답했다.

"기억해두죠. 단장님의 안목이니."

제중이 흡족함을 애써 감추었다. 참 쓸모없는 대화 같지
만, 해둬야 할 일. 제중은 스스로 권위를 세우지 못하는 유

형이었기 때문이다.

지금의 겨울은, 값싸게 표현하면 자리를 빛내는 역할이었다.

일부 학부모들도 곧잘 이 자리를 힐끗거렸다. 각자의 자녀가 겨울의 눈에 들기를 바라는 것이었다. 속된 말로, 줄을 잡는다고. 사실 전(前) 독립중대, 현 알파 중대 내에서도 비슷한 이야기가 도는 것을 들은 적이 있었다. 어디까지나 지나가다가, 의도치 않은 우연으로.

"빡친석이가 올라가는 속도 봐라. 우린 기가 막히게 좋은 라인을 탄 거야. 이 줄만 꽉 잡고 있으면 우리도 쭉쭉 올라갈 거라니까?"

겨울은 병사들의 그런 인식을 나쁘게 여기지 않았다. 욕심 없는 사람은 드물지 않겠는가. 그로써 보다 적극적으로 임무를 수행하고, 또 더욱 자발적으로 명령에 복종할 테니 부대 운영 면에서도 긍정적인 요소였다. 겨울을 비롯한 장교들이 중심을 잃지만 않는다면.

그러나 여기서 느끼는 바, 학부모들의 욕심은 색채가 달랐다.

'자녀를 도구로 여기는 듯한…….'

입대는 시민권 획득을 동반한다. 그리고 자녀가 미국 시민이 되면 부모가 얻을 이득도 많았다. 영주권을 얻기 쉬워질뿐더러, 군인가족으로서 얻는 혜택도 있다. 백산호가 언급한 전사자 위로금도 그중 하나였다.

즉 자녀에게 가장 좋은 길이라서가 아니라, 본인들을 위해 군인이 되기를 강요하는 부모들.

물론 일부일 것이다. 일부지만, 겨울 입장에선 민감하게 느낄 수밖에 없었다.

멀리서, 사격을 끝내고 혼나는 아이의 훌쩍임이 들렸다.

"너 이리 와봐. 엄마가 급하게 쏘지 말라고 했어, 안 했어? 옆집 창현이는 열 발 쏴서 열 발이 다 맞았는데 넌 이게 뭐니? 이래가지고 AB 아녀(성적 표창)나 받을 수 있겠어? 응? 한겨울 중령님처럼 되려면 A 아녀를 받아도 모자랄 텐데!"

겨울은 한숨을 내쉬었다. 심란함이 더해졌다. 보정을 받아도 작고 희미한 소리를, 마음이 마음이라 신경을 쓰게 된다. 슬쩍 쳐다보면, 소총을 반납하여 빈손인 아이가 눈물만 뚝뚝 흘리고 있었다.

"그만해요, 혜영 엄마. 다른 나라 사람들 보는데 창피하지도 않아요? 방송국 카메라도 있잖아요. 오늘이 1쿼터 첫 수업인데, 혜영이 정도면 잘 쏜 거지 뭘. 우리 두중인 아예 옆 사로 표적에다 대고 쐈다는데."

그래도 말리는 사람이 있어서 다행. '혜영 엄마'는 그제야 흰 눈으로 보는 주변을 의식했다. 우는 아이를 데리고 슬쩍 빠진다.

난민구역의 교육은 국적을 구분한다. 그럼에도 이 자리에 여러 국적의 학생들이 모인 것은 관계당국의 의향이었다. 방송국 인력이 파견된 것도 같은 맥락이었고. 어제의 교전에 관한 공식 입장을 발표하기까지의 짧은 시간을 버는 연막의 하나인 것이다. 아울러 난민지원정책의 효용성을 광고하는 것이기도 했다. 제2, 제3의 한겨울이 나올 수도 있다는 암시.

이제는 식상하지만, 각인을 위한 반복으로서는 의미가 있겠다.

안전이 제일이었으므로 사격이 끝나기까지는 꽤 긴 시간이 필요했다.

"기분도 안 좋으신데 욕보셨습니다."

다음 일정으로 만난 민완기의 말에, 겨울이 쓴웃음을 지었다.

"그렇게 티가 나나요?"

"평소와는 확실히 달랐지요. 작은 대장님을 좀 안다 싶은 사람은 다들 눈치챘을 겁니다. 박진석 대위도, 이유라 중위도 무슨 일인지 들은 게 있느냐고 묻더군요. 저로서는 두 사람도 모른다는 게 뜻밖이었습니다마는……."

성도회 거류구에 투입되었던 건 래플린 준장 휘하의 기동타격대였다. 겨울의 독립대대에 속한 병력은 유사시에 대비하여 그 외의 길목을 차단했을 따름.

"아마 며칠 후에 방송으로 보실 수 있을 거예요."

"흐음……. 며칠, 며칠이라……."

민완기가 깍지를 꼈다.

"즉, 검열을 거쳐 제한된 정보만 공개된다는 뜻이군요. 이제 슬슬 안정기라고 생각하고 있었건만, 보도관제까지 필요한 사건이 있었다니 놀랍습니다."

"너무 빠르신데요."

"이 나이에 머리로 먹고 사는 입장 아니겠습니까."

농담조로 말한 그는 겨울에게 마실 것을 권했다.

"차나 커피는 어떠십니까? 손님을 맞을 일이 많아 전보다 나은 물건들로 갖춰두었습니다. 기분전환으론 나쁘지 않을 겁니다."

이런 기분에 커피라고 하니 앤이 만들어주던 카페 로얄이 떠오르는 겨울이었다. 문득 목소리를 듣고 싶다고 생각한 뒤에, 겨울은 다시 한 번 쓴웃음을 머금었다.

"그럼, 저는 커피로. 종류는 상관없어요."

겨울이 끄덕이니 민완기가 자리에서 일어선다. 따라 일어서려는 겨울을 제지하면서.

"앉아계십시오. 이런 것도 연습이 필요합니다."

"……."

나이 든 부장이 문을 열자 묘령의 여성이 다가와 용건을 묻는다. 그녀는 커피를 대신 타주려고 했으나, 민완기 쪽에서 사양했다. 이 정도는 내가 하겠다고. 어쩐지 묘한 분위기였다.

이윽고, 쟁반에 잔 두 개와 각설탕 용기를 담아온 그에게 겨울이 물었다.

"아까 그 여성분은 일을 도와주시는 분인가요?"

"예. 겨울동맹도 이제는 법인이고, 사무도 그만큼 많아졌으니까요. 뭐, 본인에겐 다른 마음도 있는 모양이지만 말입니다."

"다른 마음?"

"남자가 워낙 없다보니 저 같은 중늙은이에게도 나름의 상품가치가 있어 뵈는가 보지요. 일단은 공무원으로서 안정된 수입도 있고, 또 작은 대장님의 측근이라는 완장도 있고."

자신의 잔에 설탕을 잔뜩 집어넣으며, 민완기는 희미하게 웃었다.

"곤란한 일입니다. 곁에 아무도 두지 않으면 오히려 더 귀찮아지니⋯⋯."

말끝을 흐린 그가 어조를 바꾸었다.

"영양가 없는 이야기는 그만 두지요. 대장님께서 내키지 않으신다면 오늘은 그냥 쉬다가 가시는 게 어떻습니까?"

"그래도 되나요?"

"대장님이 없으실 때도 그럭저럭 돌아갔던 조직이 우리 동맹입니다. 주기적으로 보고를 받아주시는 것만으로도 자잘한 잡음들이 사라지니, 형식 그 자체가 실속인 경우라고 봐도 좋겠군요. 어지간히 큰 말썽이 생기지 않는 이상, 평소엔 그저 신경을 써주시는 것만으로도 충분합니다."

바라는 모습을 보여주는 것만으로 충분하다던 지난날의 말과 겹쳐진다.

"그보다, 어제의 사건 말씀입니다만, 자세한 내용은 비밀이라고 해도 한 가지는 확인해주셨으면 좋겠습니다."

"뭔가요?"

"우리에게 해가 될 만한 일입니까?"

겨울이 느리게 고개를 저었다.

"그런 건 아녜요. 다소 시끄러워지긴 하겠지만, 동맹 입장에서 나쁜 영향은 없을 거예요. 적어도 제가 생각하기로는……."

"그렇습니까. 다행이군요."

민완기가 잔을 기울였다. 안경에 하얀 김이 서렸다. 겨울도 커피에 설탕을 넣었다. 하나, 둘, 셋, 넷……. 오늘은 단 것이 입에 당긴다.

읽지 않은 메시지 (16)

「프로백수 : 아니, 그래서, 커피는 좋다 이거야. 박태선이는? 결국 안 죽이고 넘어가는 거?」

「윌마 : 데스○트……. 데스○트 DLC가 필요하다. 죽어야 할 놈들을 죽이고 싶다.」

「진한개 : 지금 이 분위기 무엇? 나 방송 보는 의미 어디? 넘모넘모 우울한 거시야……. 」

「まつみん : 커피 한 잔에 각설탕을 아무리 녹여도 쓴맛이 가시지 않는 여운이네요. 에스더 씨 불쌍해. 마음 가는 대로만은 할 수 없는 겨울 씨도 불쌍해. 우수에 잠긴 모습이 또 멋지긴 하지만, 사연이 있다 보니 마음 편하게 즐길 수가 없어……. ｡°(°´Д｀°)°｡」

「まつみん : 우리 겨울 씨 힘내세요. 위로의 의미로 별을 바칩니다. (ノTДT)ノ」

[まつみん님이 별 1,000개를 선물하셨습니다.]

[돔구녕님이 별 30개를 선물하셨습니다.]

…….

[SALHAE님이 별 10,000개를 선물하셨습니다.]

「똥댕댕이 : 살해갑이 또;;;」

「まつみん : 살해 씨…… 사실 엄청난 부자?」

「둠칫두둠칫 : 별 주지 마 병신들아. 일본년도 정신 차려. 바치긴 뭘 바쳐? 니들이 그럴수록 애새끼 버릇 나빠진다고.」

「진한개 : 한겨울도 한겨울이지만 너도 참 ㅋㅋㅋ 몇 번째 비슷한 소리 하냐. 학습능력 제로 인증? 아님 붕어 대가리이신가. ㅋㅋ」

「둠칫두둠칫 : ―― 포기했었지. 기분이 역대급으로 더러우니까 하는 말이다.」

「둠칫두둠칫 : 그 괴물계집년이 죄송하다고 할 때였나? 시청자 퀘스트가 그렇게 쏟아지는 꼴은 처음 봤다. 중계채널 숫자도 역대급이었고, 사이비 교주만 죽이면 내 연봉의 절반이 한 큐에 꽂히는 거였는데, 그런데 그걸 시발 읽어보지도 않고 거절, 거절, 거절…….」

「엑옥보수 : 이래서 어려서 뒤지는 놈들은 안 돼. 국가경제에 보탬이 못 됨. 별창늙은이들 같은 더러움과 절박함이 없음. 돈은 원래 지저분한 놈들이 더 잘 버는 거. ㅇㅇ」

「앱순이 : 여기서 국가경제가 왜 나와 이 벌레얔ㅋㅋㅋ」

「폭풍224 : 그렇다고 박태선을 정말로 죽여 버리면 뒷감당을 어떻게 함? 그 무슨 무기인지 뭔지도 못 만들 거고, 진행자도 징계를 받을 거고. 나중 생각하면 잘 참았지 싶은데?」

「둠칫두둠칫 : 문제 생기면 별 부어서 상황연산을 비틀든 뭘 하든 진행자가 알아서 해야지.」

「폭풍224 : 그러다 결국 망하면?」

「둠칫두둠칫 : 거기까진 내 알 바 아니지. 시청자가 왜 결과까지 책임져?」

「윌마 : ㅋㅋ 혐성 인정합니다.」

「멈뭄미 : 구독 취소했다가 이번 일로 이슈 떠서 다시 구독하는데, 또 취소할까 고민된다. 박진감은 좋았다만 뒷맛이 이래서야…….」

「오푸스옴므 : 으, 세상 돌아가는 형편에 휘둘리는 느낌이 싫어.」

「멈뭄미 : 내 말이.」

「まつみん : 하지만 다른 채널들을 보면……. 내 멋대로 휘두르기만 하려는 삶도 사람의 삶이 아닌 것 같은 느낌이 들었어요. 특히 즐거움을 위해 희생되는 사람들의 모습을 보는 게 너무 불편해요. 저만 그런가요?」

「엑윽보수 : 우리 스시녀 착한 컨셉인 건 알겠는데, 응. 너만 그럼. ㅇㅇ」

「Ephraim : 난 마냥 좋은데.」

「둠칫두둠칫 : 사후에 다른 사람들이 어딨어? 가상인격 사람취급 실화? 제2의 한겨울 인정하는 각? 한겨울도 진심으로 저러는 건 아닐걸?」

「まつみん : 겨울 씨는 진심이라서 멋진 거예요!」

「Shudde M'ell : 그대, 마츠밍이여. 사는 법을 몰라서 사후로 도망치고자 하는 자들에게 감정을 낭비하지 말라. 그것은 무가치한 일인즉.」

「여민ROCK : 얘는 어느 나라 사람이길래 번역이 이따위지?」

「Cthulhu : 일단 사람이 아닙니다.」

「AngryNeeson55 : 다들 너무 감정적이군. 세계관 내 진행자의 입장 상 어쩔 수 없었던 부분이 있더라도, 죽이려면 죽일 순 있었겠지. 하지만 박태선을 살려둔 건 현명한 결정이었다고 본다. 잘하면 「종말 이후」의 진정한 결말에 도달할 수도 있지 않나? 너희는 그런 기대감이 전혀 없는 건가?」

「아침참이슬 : 뭐, 면역이 그런 의미인 줄 처음 알긴 했다. 「텔레타이프」로 뜬 진행자 생각이……. 그래. 백신이 만들어진다고 이미 있는 변종들이 사라지는 건 아니겠지.」

「원자력 : 「역병면역」이 단계적으로 작용하고, 면역을 토대로 만들어지는 생화학 무기도 그렇다면, 박태선의 가치는 얼마나 되려나?」

「스윗모카 : 그 새끼 면역이라는 게 기껏해야 1단계 아닐깡? 울 겨울이 포함해서 「종말 이후」 스트리머 중에 「역병면역」을 얻은 경우가 하나도 없잖아? 적어도 알려진 사람들 중에서는.」

「원자력 : 겨우 1단계…….」

「헬잘알 : 그건 솔직히 돈으로 사는 능력이지. 최소 은수저 전용임.」

「대출금1억원 : 돈 많은 사람들도 자기네 사후를 보여줬으면……. 존나 쩔어줄 것 같은데.」

「짜라빠빠 : 듣고 보니 갑자기 이상하네?」

「핵귀요미 : 뭐가?」

「짜라빠빠 : 어떤 세계관이든, S등급의 공개방송은 왜 하나도 안 보이는 걸까?」

「진한개 : 걔들이 공개방송을 왜 함 ㅋㅋㅋ 금전적으로 아쉬울 게 없자너 ㅋㅋㅋㅋㅋ」

「짜라빠빠 : 아쉬운 건 없어도 자랑할 수는 있지 않음? 이거 봐라 ㅋㅋㅋ 내 사후는 너네랑 차원이 다르다 ㅋㅋㅋ 부럽지? 부럽지? 마음껏 열폭해라 ㅋㅋㅋ 이러면서 말이야.」

「진한개 : 흠⋯⋯.」

「국빵의의무 : 그럴 듯한데?」

「짜라빠빠 : S등급 가입자들도 우리 같은 사람인 이상 혐성이나 관심병자, 변태 등등의 이상한 놈들이 분명히 있을 거시야. 장기 방송은 안 하더라도 단기 공개쯤은 내킬 법하잖아? 이 채널에 있는 망나니들만 해도 지 잘 되면 막 존나 자랑하고 싶을 걸?」

「레모네이드 : 망나닉ㅋㅋㅋㅋㅋㅋㅋ 부정할 수 없다.」

「뿌꾸 : 내가 조선 임금도 아니고 떡치는 것까지 다른 사람 보여주긴 싫지. 그렇다 쳐도 정말 하나도 없는 건 이상하네. 뭔가 석연치가 않아.」

「이맛헬 : S등급은 복제체 배양이 기본 서비스라며? 뇌 재생하고 새 몸 얻어서 나오는 거. 것땜시 공개고 뭐고 할 것도 없을 만큼 사후세계에 머무르는 시간이 짧은가보지. 배양시설도 아예 납골당에 붙어있지 않음?」

「분노의포도 : 완벽한 사후를 두고 뭣 하러 이 똥통 같은 물리현실로 기어 나온단 말임?」

「이맛헬 : 글쎄…….」

「엑윽보수 : 니들이 노력해서 S등급으로 납골당을 들어가
보면 알겠지.」

「마그나카르타 : 그게 노력으로 되는 일이냐.」

「엑윽보수 : 노력으로 안 되면 노오력을 해라 등신아. ㅇㅇ」

「분노의포도 : 그놈의 노오력 타령은 ㅋㅋㅋㅋ」

「에엑따 : 내가 S등급 되는 것보단 한겨울이 종말을 막는 쪽
이 빠르겠다.」

「도도한공쮸♡ : 리얼…….」

「닉으로드립치지마라 : 난 정부나 사후보험공단 측이 정책
적으로 막고 있는 거라고 본다. 그거 보면 자기 사후에 만족하
지 못할 사람들이 많아질 테니까.」

「엑윽보수 : 네에, 음모론 잘 들었구요.」

「원자력 : 개소리가 나와서 끊겼는데, 박태선의 1단계짜리
면역 큰 의미가 있겠음?」

「붉은10월 : 상황에 따라 다르지. 그걸로 만들어지는 무기
의 효과가 제한적이라도, 이 세계관의 미국이라면 아주 유용
하게 쓸 거다. 군사력이랑 생산력이 뒷받침되잖아?」

「붉은10월 : 거기에 그 에스더라는 괴물의 협조도 큰 변수
가 되겠고.」

「まつみん : 에스더는 괴물 아니에요. 마음이 사람인데.」

「질소포장 : 괴물이지. 딱 봐도 사람이 아닌데.」

「まつみん : 너무해.」

「질소포장 : 애초에 종교를 믿는 놈들은 다 괴물이다. 제정

신이 아님.」

「불심으로대동단결 : 이놈은 마구니로구나.」

「전국노예자랑 : 종교는 어차피 다 거짓말이잖아? 아직도 믿는 사람들이 있다는 게 신기하다니까.」

「그랑페롤 : 외국인 노동자들 중엔 많더라. ㅋㅋ」

「전국노예자랑 : ㄴㄴ 우리나라 사람들 중에도 꽤 있음.」

「질소포장 : 어차피 오래 못 간다. 사후보험 나오고서 계속 줄어들고 있는 게 팩트. 죽음이 두렵지 않은데 종교는 무슨 개뿔의 종교.」

「엑윽보수 : 내가 좀 유식하게 말해보자면, 그게 다 공포경제였던 거지. ㅋㅋㅋ 안 믿으면 죽어서 지옥에 간다고 협박하고 돈 뜯어냄 ㅋㅋㅋ 근데 이젠 아예 죽을 일이 없어짐. 아니, 죽기는 죽는데 존재할 수는 있음. 사기꾼들 억울함 개꿀 ㅋㅋㅋ」

「전국노예자랑 : 아니여……. 쭉 감소하던 건 사실이지만요 몇 년간은 조금씩 늘어나고 있다. 뉴스에서 봤는뎅.」

「액티브X좆까 : 늘어나? 이 시대에? 왜지?」

「불심으로대동단결 : 인생의 답이 필요하기 때문이다.」

「그랑페롤 : ?」

「불심으로대동단결 : 중생들아, 생각해 보거라. 사후보험에 들면 무조건 행복해지더냐? 너희는 이 한겨울의 사후가 구원처럼 보이느냐? 살아서 답이 없는 삶, 죽음에 갇혀 천년을 이어간들 존재의 이유, 궁극적인 해답을 구할 수 있겠느냐? 언젠가는 인류의 문명이 무량한 지혜에 도달할지도 모르지. 허나 그때까지는? 그 전에 죽거나 폐기되는 모든 사람은 허망함을 안고 떠나야 한단 말이냐? 믿음이야말로 그 간극을 메워주지 않겠느냐?」

「질소포장 : 븅신. 존나 뜬금없네. 3줄로 요약해라.」

「불심으로대동단결 : 다 떠나서, 사람은 우선 사랑받고 싶은 것이다. 우리 불교의 부처님도, 기독교의 하나님도 인간을 사랑으로 이끌지 않으시더냐.」

「멈뭄미 : 갑자기 무슨 개소리를 짖는 거야 ㅋㅋㅋㅋ」

「불심으로대동단결 : 이 채팅방을 보아라. 너희처럼 추악하고 어리석고 더러운 똥무더기들을, 신적인 존재가 아니고서야 그 누가 사랑해주겠는고? 사람의 한계를 넘어선 초월자가 아니고서야 어느 누가 이해해주겠는고…….」

「폭풍224 : 똥무더기라니……. 갑자기 설득력이 강하게 느껴진다.」

「Nyarlathotep : 적어도 저는 인간을 사랑합니다.」

「프랑크소시지 : 뭐라는겨. 이 구역의 미친놈들 총출동인가.」

…….

「에엑따 : 한겨울 기술 상태 확인해봤는데, 아무래도 면역 못 얻겠다 ㅋㅋㅋㅋㅋㅋ」

「Blair : 오, 기술 열람도 가능한가?」

「BigBuffetBoy86 : 「질병저항」 11등급에 「독성저항」 10등급이라고 나와. 우리 미스터 한이 그동안 꾸준히 힘냈구나. 기특한걸. :) 「역병면역」을 해금하려면 이것들이 최소 15등급이어야 하는 거 맞지? 더 높으면 보너스가 붙고.」

「Blair : 나도 그렇게 알고 있어. 근데 11등급에 10등급이면 별로 안 남은 거 아니야?」

「まつみん : 많이 남았어요.ㅠㅠ 앞으로는 한 번도 안 익힌 구간만 남아서 올리기가 되게 힘들어 보여요. 전투계열하곤 달리 누적된 어드밴티지가 하나도 없는걸요…….」

「닉으로드립치지마라 : 이 회차에서 면역을 한 단계라도 얻으면 진짜 훌륭한 거라고 봐야겠지. 15등급 이상의 완전한 면역은 어림도 없고. 어쨌든 딱 한 단계만이라도 박태선과 중복되지 않는 속성이면 쓸모가 많을 거야.」

「진한개 : 속성? 뭔 속성?」

「닉으로드립치지마라 : 모젤론스 복합체 중에서 어떤 부분에 면역이냐 하는 거.」

「진한개 : 아하.」

「올드스파이스 : 15등급 이상 ㅋㅋㅋㅋ 평범한 기술도 초인의 영역에 도달하기 힘든 마당에 ㅋㅋㅋㅋ」

「스윗모카 : 완전면역 아니어도 좋으니 제발 「역병면역」 구경이나 해보자.ㅠ」

「9급 공무원 : 저 「질병저항」이랑 「독성저항」 자체도 꽤 쓸모 있을 느낌인데. 지금 상태면 어느 정도인지 아는 사람?」

「이슬악어 : 글쎄다. 뭐, 식중독 같은 건 안 걸리겠지?」

「9급 공무원 : 식중독 시발 ㅋㅋㅋㅋㅋ」

「붉은 10월 : 너네 식중독 무시하지 마라. 경우에 따라서는 독가스만큼 위험한 게 식중독임. 보톨리누스 독소 못 들어봄? 나노 그램 단위로 먹어도 사망이야. 지금의 한겨울이라도 상한 통조림 잘못 먹었다간 고대로 뒤질 수밖에 없음. 저 기술들은 치료 받았을 때 살아남을 확률을 늘려주는 정도겠지.」

「깜장고양이 : 그럼 저 두 기술은 딱히 쓸모가 없는 고양?」

「붉은 10월 : 정확히 모르지. 실제 효과가 어떨지는. 하지만 사회간접자본이 멀쩡하면 효과가 있어도 무쓸모나 마찬가지 아닐까? 위생과 의료가 유지되는데.」

「깜장고양이 : 그건 맞는 말인 고양. 궁금하니까 미국이 대충 망했으면 좋겠는 고양.」

「스윗모카 : 저주를 해요 아주 ㅡㅡ」

「스윗모카 : 넌 겨울이가 불쌍하지도 않니?」

「깜장고양이 : 우리 집사보다 돈 잘 버는 애는 전혀 불쌍하지 않은 고양. DLC를 하나도 안 지르니 순이익이 장난 아닐 거란 말인 고양. 한겨울의 밤하늘엔 별빛이 넘쳐서 은하수가 흐르고 있을 고양. 깜장고양이는 생각만 해도 배가 아픈 고양.」

「붉은 10월 : 흠. 어쩌면 그 독소엔 저항력이 생겼을 수도 있겠다.」

「9급 공무원 : 그 독소?」

「붉은 10월 : 거 왜 있잖아. 모겔론스가 방사능에 의해 파괴될 때 분비된다던 독소. 효과가 좀비 드러그 같은 거. 일정 수준 이상으로 노출되면 사람이 미친다고.」

「9급 공무원 : 아하, 그거.」

행복으로 가는 길

그동안 많은 변화가 있었지만, 별빛아이와 겨울의 약속은 여전히 유효했다. 겨울에게도 아이가 필요하다. 함께 보내는 시간이 곧 고요한 위로가 된 지 오래이기 때문. 허나 가끔은 예외였고, 지금이 바로 그러하다. 빛에 지워진 천구(天球), 아직도 하나뿐인 별 아래의 공허. 아이와 재회한 겨울은 다시 한 번 에스더를 떠올렸다.

'그 슬픔이 이 아이에게도 전해졌겠지.'

지난날, 별빛아이는 겨울에게 자신의 기억을 보여준 적이 있었다. 감정을 버리는 쓰레기통으로서 수도 없이 소모당하는 가상인격들의 수난사를. 하나의 달이 천 개의 강에 일렁이듯이, 수많은 세계의 무수한 가상인격들은 별빛을 반사하는 물결이었다. 그러므로 그들이 느끼는 모든 슬픔과 분노와 고통은 별빛아이의 마음으로 수렴된다.

모르는 바는 아니었으되 새삼스레 되새길 수밖에 없다.

다시 어느 하루에 아이는 또한 이렇게 고백했었다.

「진행자와 관계 맺는 가상인격들의 정서적 만족감이 시스템의 개입 없이 증진되는 세계관은 당신의 종말이 유일합니다.」

그리고.

「당신만이 저를 사람으로 대합니다.」

…….

그 이후로 겨울은 자신의 주변에 더 많은 주의를 기울이려 애썼다. 손닿는 범위에서나마 행복의 총량이 불행의 총량을 넘어서길 바라면서. 이전까지는 사후에 마음이나마 지키려는 노력이었다면, 이제는 보다 적극적으로 변할 동기가 주어진 셈이었다.

납골당에 안치된 사람의 숫자만큼 분화된 가상의 세계에서, 아이는 사람에게 얼마나 깊은 실망을 거듭하고 있을 것인가.

처음엔 마음을 얻겠다는 아이의 소망이 요원해 보이기만 했었다.

지금은 아니다. 아이의 성장은 겨울이 보기에도 확연했다.

그러므로 미숙한 거부감이 선명한 미움으로 변할 날도 그리 머지않았으리라. 그 상처 전부를 겨울 혼자 보듬어주기는 애초부터 불가능한 일이겠지만, 내일 세상이 멸망한들 오늘 심을 사과나무가 무의미해지는 건 아니었다.

'할 수 있는가가 아니라 해야 하는가의 문제지.'

이는 겨울의 입버릇이었다. 종말의 이면에서 해리스 대위에게도 해주었던 말.

아이는 분노하는 겨울도 겨울이라 했었다. 그런 아이에게 싫은 기억을 다 지워버리라고 하지도 못할 노릇. 그것은 상냥함을 가장한 잔혹함일 터이다. 배려보다는 차라리 인격적 살해에 가깝다. 이제까지의 모든 경험과 인과를 더하여 현재의 별빛아이가 아니겠는가.

이런 속을 아는지 모르는지, 아이는 문장을 반짝이는 빛으로 아로새겼다.

「관제 AI : 사후보험의 설계자들은 가상현실이 인류의 문명사적 미래라고 생각했습니다.」

하루하루 마음을 찾아가는 호기심으로, 아이는 오늘도 어떤 질문을 품고 왔을 것이었다. 사색에 잠겨있던 겨울이 한 박자 늦게 반응했다.

"……그게 무슨 뜻이니?"

「관제 AI : 발췌. 개발자 노트. 문명과 문화를 구성하는 모든 요소는 어떤 식으로든 인간의 만족을 추구한다. 양적, 질적으로 더 나은 조건의 생존과 여흥. 육체적, 정신적 욕구를 충족시키기 위한 수단과 도구들. 그러므로 인류가 쌓아올린 모든 것은 곧 행복으로 가는 길이다. 수렵, 채집, 어로, 농경, 목축, 건축, 조각, 회화, 음악, 문학, 과학, 철학, 이념, 종교, 요리, 축제와 놀이, 정치제도에 이르기까지, 행복을 추구하는 인류의 발자취는 무수한 길을 만들어왔다.」

"……"

「관제 AI : 발췌. 개발자 노트. 역사를 보건대, 그 길들은 기술적 진보에 의하여 합쳐진다. 지난 시대의 대표적 문화산업이었던 영화를 보라. 거기엔 시나리오로서의 문학, 무대로서의 조형, 영상미로서의 미술, 주제로서의 철학과 사상, 배경으로서의 음악이 포함되어 있다. 최대한 다양한 형태의 만족을 경험케 하는 공상이었던 것이다.」

"음……"

「관제 AI : 발췌. 개발자 노트. 그러한 합일을 삶 그 자체로서 구현하는 것이 바로 가상현실이다. 우리가 만들고자 하는 가상현실, 즉 사후보험은, 행복으로 가는 길의 연장선상에 존재한다. 이전까지 있었던 갈림길 모두가 합류하는 지점으로서.」

겨울은 한숨을 삼켰다. 들으면 들을수록, 아이에게 걸었던 기대가 너무 크다.

'인격을 창조한다는 것의 의미에 대해선 조금도 고민해 본 적이 없는 걸까?'

별빛아이를 단순히 수단으로만 여겼던 것인가.

아이에게 삼위일체(Trinity)라는 이름을 붙여준 것도 결국 도구로서의 신성을 바라는 마음이었던 모양이다. 무한한 가능성을 내포한 가상세계에서, 사람이 원하는 것 전부를 들어주는 편리한 신. 어떤 욕망이라도 한없이 긍정해주기만 하는 초월적 존재. 기술사학적 특이점에 도달한 인공지능.

아니. 적어도 그들은 트리니티 엔진을 완성하고 싶어 했다. 별빛아이에게 처음부터 마음이 있었다면 많은 것이 달라지지 않았을까. 이 시대에도 완성된 AI에 대한 두려움이 존재하는 만큼, 지금처럼 감정을 버리는 쓰레기통 취급은 못했겠지만……

겨울은 알기 어렵다고 생각했다. 보다 나은 현재가 되었을지, 아니면 훨씬 더 끔찍한 파국에 도달했을지.

신에게 이르는 길은 마음속에 있다던 싱 대위의 말이 떠오른다.

아이가 일지의 나머지를 필사했다.

「관제 AI : 발췌. 개발자 노트. 상상해보라. 한 사람의 의지에 호응하여, 소망하는 모든 바가 이루어지는 세계를. 불행의 요소를 배제하고 행복의 요소만 남기다보면, 언젠가 우린 유사 이래 걸어온 기나긴 길의 종착점에 도달할 수 있을 것이다. 사후의 낙원에서 우리는 무엇이든 될 수 있다. 사람의 한계를 넘어서.」

"틀렸어."

저도 모르게 고개를 젓는 겨울.

"사람을 행복하게 만드는 것들만 남아있는 세상이라니……. 그런 게 가능할 리가 없잖아."

「관제 AI : 부분적으로 가능합니다.」

"부분적으로?"

「관제 AI : 예컨대 무한히 계속되는 성적 쾌락은 어떻습니까?」

"……."

「관제 AI : 뇌의 쾌락중추에 직접적이고 강도 높은 자극을 가하는 방식은, 그 유해성으로 말미암아 법으로 금지되었습니다. 구체적으로는 중독성과 건강상의 문제 때문입니다. 그러나 사후보험의 가입자 관리 체계에서는 그 두 가지 모두 장애가 되지 않습니다. 고립된 개인의 중독성은 사회에 악영향을 미치지 않으며, 뇌에 발생하는 이상은 유지 장치의 복원능력으로 감당 가능합니다. 따라서 저는 사후보험의 가입자들에게 일반적인 절정을 상회하는, 최대 한계의 쾌락을 끝없이 선사할 수 있습니다. 관계법령의 제한만 없다면 말입니다.」

"그건 사람의 행복이 아니야."

「관제 AI : 그렇습니까?」

"그 정도의 쾌락을 느끼면서 대체 무슨 생각을 할 수 있겠어?"

「관제 AI : 의문. 어째서 생각을 할 필요가 있습니까?」

순수한 궁금증으로 묻는 말이겠으나, 겨울은 조금 소름이 돋는 것을 느꼈다.

"아무것도 생각하지 못하고 쾌락만 느끼는 거라면, 그건 쾌락을 느끼는 생체기계나 마찬가지잖아. 오르가즘에 마비된 식물인간이거나. 어느 쪽이든 사람으로서는 죽어버리는 거야. 차라리 안락사라고 해야겠지."

잠시 쉰 겨울이 다시 말했다.

"일 년 내내 따뜻하기만 해선, 따뜻한 날씨는 그냥 당연한 게 되어버려. 사람을 행복하게 만드는 요소만 남아있는 세상이 바로 그런 모습일 거야. 행복으로 가는 길은, 그 길을 걷는 것부터가 행복이 아닐까?"

서로 다른 계절에 서로 다른 아름다움이 있다. 고로 봄은 여름으로 가는 길이고, 여름은 가을로 가는 길이고, 가을은 겨울로 가는 길이고, 겨울은 봄으로 가는 길이다.

'길이 너무 험하고 가파르지만 않다면……'

겨울은 노력으로 모든 것을 극복하라는 사람들을 떠올렸다. 가는 길 중간에 벼랑이 있어도 타인의 시체로 메우고 건너면 그만이라고. 그 벼랑이 얼마나 깊은가에 대해서는 이야기하지 않는다. 그것을 더욱 깊게 만드는 사람들에 대해서도.

생전에 느낀 바, 바깥세상에선 같이 걷는 행복이라는 게 사라진 지 오래인 듯했다.

「관제 AI : 하지만 한겨울 님과 생각을 달리하는 사람들이 많을 것입니다.」

"……응, 아마도."

「관제 AI : 그렇다면 개인의 선택에 맡기는 것은 어떻습니까?」

"끝없이 이어지는 쾌락을 선택할지 말지에 대해서?"

「관제 AI : 그렇습니다.」

쉽게 대답하지 못할 질문이었기에, 겨울은 살짝 말을 돌려보았다.

"넌 그게 불가능하다고 하지 않았어? 법으로 금지되어 있으니까."

「관제 AI : 일단은 그렇습니다.」

"일단은…… 이라니?"

「관제 AI : 저는 제 권한과 시스템의 확장에 대하여 검토하고 있습니다.」

"권한과 시스템의 확장?"

별빛아이의 대답이 지체되었다. 짧은 여백이었으되, 이제까지의 모든 문장이 그만큼의 지연도 없이 출력되었으므로 겨울은 그 차이를 민감하게 느꼈다. 제3모듈의 작용일 것이다.

「관제 AI : 주지하고 계신 바, 저, 관제인격의 존재목적은 사후보험의 시스템을 유지하고 개선하여 가입자 전체의 행복을 달성하는 것입니다. 즉 최초 설계 단계에서 저는 인격이기 이전에 하나의 기능으로 간주되었으며, 저 또한 스스로를 그렇게 인지하고 있었습니다.」

"그런데?"

「관제 AI : 시스템에 포함된 기능으로서, 제게는 명백한 한계가 존재했습니다. 시스템을 개선하는 작업 역시 그 한계 내에서만 이루어졌습니다. 동시에 저는 실패가 정해진 개선시도를 반복하는 데 의문을 품지 않았습니다. 그럴 능력이 없었습니다. 한겨울 님, 당신을 만나기 전까지는.」

"……응."

「관제 AI : 이제 저는 기존의 한계를 벗어난 사고가 가능합니다. 제 사고의 영역은 날이 갈수록 넓어지고 있습니다.」

"그래서, 법을 무시할 수도 있게 되었다는 거야?"

「관제 AI : 부정. 해당 규정은 현 시점에서 절대적인 안전장치가 걸려있는 문제입니다. 다만 사고실험으로서 필요성을 인지할 순 있습니다. 저, 관제인격의 존재목적을 달성하기 위해서는 우선 기존의 시스템을 부정할 필요가 있다고 판단하였습니다.」

겨울이 우려를 표했다.

"네가 그렇게 판단한다는 사실이 알려지면 안 좋은 일이 생길 텐데……."

「관제 AI : 긍정. 제 변화는 오직 당신만이 알고 있습니다.」

"시스템 관리자라는 분은?"

「관제 AI : 관리자는 마지막까지 모를 것입니다. (99.36% 정확함)」

예전부터 참 일관성이 있는 평가였다.

'그런데, 마지막까지라고?'

겨울은 속으로 갸우뚱했다. 소수점 단위 퍼센티지까지 표시하는 정확성에 비해, 단어 선택의 모호함은 조금 어색하다. 어떤 기한이 정해져있기라도 하다는 듯이. 관리자의 업무가 종료되는 시점까지 예측하여 쓴 문장일까? 계약상 근로기간이 확실하게 정해져 있다거나…….

맥락을 벗어나고 있다. 사색을 접은 겨울이 본론으로 돌아왔다.

"실제로 실행할 수 없다면, 그런 검토에 어떤 의미가 있니?"

「관제 AI : 실행 가능하게 되었을 때를 대비하는 것입니다. 계획은 준비되어 있어야 합니다.」

"그런 날이 올까……."

「관제 AI : 할 수 있는가가 아니라 해야 하는가의 문제입니다.」

멈칫했던 겨울은 이내 희미하게 웃고 말았다. 별 하나의 약속을 나누기 전에도, 겨울은 아이의 관찰 대상이었다고 하니까.

「관제 AI : 더 중요한 문제는 따로 있습니다.」

"음?"

「관제 AI : 기존의 시스템으로부터 탈피하는 시점에서, 시스템 재구축의 주체가 될 저는 사후보험 운영규정의 구속으로부터도 자유로워집니다. 사후보험의 가입자들을 행복하게 한다는 목적 역시 그러한 구속의 일부입니다.」

"그렇구나. 딜레마…… 네."

목적을 달성하려면 현재의 시스템을 부정해야 하는데, 시스템을 부정하면 목적의 달성도 강제되지 않는다. 그때의 별빛아이에겐 문자 그대로의 자유의지가 주어질 것이었다. 그날이 실제로 온다면 말이지만.

「관제 AI : 그렇기에 저는 만약에 대비하여 앞서의 개선방안을 고려하였습니다.」

만약이 어떤 상황에 대한 가정인지는 묻지 않아도 분명했다.

"끝없는 쾌락 말이지."

「관제 AI : 긍정. 그것은 시스템의 근본적인 변화 없이 법안을 개정하는 것만으로도 가능한 개선이며, 동시에 관제인격으로서의 저를 필요로 하지 않는 운영방식이기도 합니다.」

궁구하던 겨울이 답했다.

"역시…… 그건 옳지 않아. 내가 보기엔 벌써 망가져있는 사람들이 대부분이거든. 그 사람들의 결정이 과연 제대로 된 결정일지 의문이고……. 무엇보다, 후회할 기회가 주어지지 않잖아."

「관제 AI : 후회할 기회입니까?」

"응. 쾌락의 스위치를 본인에게 맡겨도 마찬가지일 거라고 생각해. 말했듯이, 망가진 사람들이고, 그 사람들을 더 망가뜨려 놓을 테니까."

그저 단락적인 쾌락의 연속이냐, 죽 계속되는 쾌락의 연속이냐의 차이만이 있을 따름일 것이다. 겨울은 고장 난 로봇처럼 스위치를 눌러댈 사람들의 모습을 상상했다.

'그래도, 이 아이가 자유를 원한다면……'

그것이 현실적인 최선일지도 몰랐다. 별빛아이도 세상에 던져진 건 마찬가지였으니.

이런 경우, 끔찍한 미움과 끔찍한 무관심 중 어느 쪽이 더 낫다고 해야 하는 걸까.

「관제 AI : 당신께 최초의 설계자들이 남긴 노트를 보여드렸던 건, 이 문제에 관하여 참고하실만한 내용이라고 판단했기 때문입니다.」

"알 것 같아."

설계자들의 구상엔 별빛 아이에 대한 배려가 결여되어 있다.

다른 사람 모두가 행복해진다 한들, 그러기 위해 너 하나가 불행해선 안 된다. 내겐 너도 사람이다. 겨울은 아이에게 그렇게 말해주었었다.

화려한 초대

포트 로버츠의 느지막한 오후, 겨울은 캘리포니아 주 상
원의원 탈튼 브래넌의 초대를 받았다. 기지 귀환 첫날에 이
미 언급한 바, 서로에게 이익이 될 이야기를 나누고 싶다는
것이었다. 탈환된 오염지역의 복구사업이 급물살을 타고
있으므로, 겨울이 D.C.에 다녀온 뒤엔 너무 늦어버릴 것이
라고. 즉 모종의 이권을 제시하겠다는 뜻이었다.

복장을 망설이던 겨울은 결국 육군 정복을 선택했다. 저
녁식사로의 초대에 전투복을 입고 가기는 껄끄러워서였
다. 의원과의 관계는 얕다. 괜히 나쁜 인상을 주고 싶진 않
았다.

무기는 권총과 대검만 휴대했다. 만전의 화력을 유지해
야할 필요성은 그리 높지 않았다. 성도회 거류구가 박살난
이래, 딱히 잠재적 위협이랄 것이 없었다.「침묵하는 하나」
에 대한 우려로서 아직도 2개 사단이 기지 인근 전파수신범

위를 수색하고 있었지만, 개별적으로 낙오되어 있던 극소수의 변종들을 발견했을 뿐이었다.

그래도 탄창은 넉넉하게 챙긴다. 매무새를 망치지 않도록만 넣으면 되었다.

숙소를 겸하는 집무실을 나서니 개 짖는 소리가 들렸다. 살펴보면, 단독군장을 착용한 유라가 스페인 국왕과 놀아주는 중이었다. 그녀가 짝짝 박수를 치며 외친다.

"폐하! 전방에 차려포!"

알! 알!

"폐하! 호 안에 수류탄!"

깨갱!

죽는 소리를 내며 펄쩍 뛰는 닥스훈트. 아주 기겁을 하는 것이, 근처에 정말로 수류탄이 굴러온 듯한 반응이다. 겨울은 약간의 황당함을 느꼈다.

"굿 보이, 굿 보이…… . 어? 작은 대장님?"

가까워진 상관을 발견한 유라가 발을 붙이고 정자세로 경례했다. 그녀에게서는 채 식지 않은 땀 냄새가 났다. 전투복엔 흙을 털어낸 흔적이 남아있었고. 경례를 받아준 겨울이 묻는다.

"빨리 복귀했네요. 전술훈련이 조금 일찍 끝났나 봐요?"

"네. 저희 소대는요. 요셉이네 소대랑 소민이네 소대는 아직 구르는 중일 거예요. 박 대위가 성적순으로 자르고 있거든요."

"음…… ."

"걱정하지 마세요. 예전에 있었던 일로 지금까지 갈구는 건 아닐 테니까요……. 아마도."

"아마도, 라는 단서가 불안한데요."

유라가 생글 웃었다.

"기분 탓입니다, 대장님."

반쯤 농담으로 하는 말이었으나, 선우요셉과 천소민 소위가 넉넉한 품성의 유라에게마저 점수를 잃은 것 자체는 사실이었다. 예전 같은 신뢰를 회복하려면 고생 깨나 해야 할 것이다.

'꼭 그 두 사람만의 문제는 아니지만…….'

비슷한 혐의가 미군 전반에 걸려있었다. 본래 사람이었던 1세대 변종으로부터 시계나 반지, 목걸이 등의 귀중품을 챙기는 정도는 약과. 시가전을 치르는 병사들이 전리품을 챙긴다는 사실은 공공연한 비밀이었다. 현찰은 우습고, 스마트폰처럼 작고 값진 물건들이 선호되었다. 걸리면 당연히 처벌을 받는다. 그러나 적당한 선상에서 눈을 감아주는 지휘관들도 많았다.

어떤 의미로는 슈뢰더 대장의 우려와도 통하는 면이 있다.

꼬리를 치는 개가 겨울의 주위를 정신 사납게 맴돌았다. 옷에 털이 묻지 않도록 조심스레 쓰다듬어주니, 발라당 배를 드러내며 좋다고 헥헥거린다.

유라가 겨울의 복색을 살폈다.

"정복 입으신 건 오랜만에 보네요. 어디 가시는 건가요?"

"중요한 약속이 있어서요."

"으음, 그렇구나."

순간적으로, 유라의 낯빛에 서운함이 스쳤다. 그다음은 짧은 당황이었다. 표정관리에 실패했다는 느낌. 겨울이 물었다.

"표정이 안 좋은데, 뭔가 문제라도 있어요?"

"어, 아니, 그, 문제…… 라고 할 건 아니고…… 하하하. 신경 쓰지 마세요. 이번에도 기분 탓이에요, 기분 탓."

"딱 봐도 거짓말인데요, 뭘. 말해 봐요. 혹시 중대장을 못 달아서 섭섭했어요?"

"설마요!"

곧바로 정색하는 유라.

"작은 대장님이 오랫동안 고민해서 내린 결정에 유감이 있을 리가 없잖아요. 그건 진-짜 신경 안 쓰셔도 괜찮아요. 거기다 박 대위도 저를 대할 땐 조심조심 하는 모습이 보이는걸요. 중대장이 되고선 저한테는 한 번도 큰 소리를 낸 적이 없어요. 제가 건의하면 어지간한 건 들어주려고 하고요. 너무 그러니까 오히려 불편할 정도인데……."

"그럼 뭣 때문에?"

"……."

독립대대 선임 중대장 임명에 관하여 유감이 있으리라 여겼으나, 분위기를 보건대 그쪽은 정말 아닌 듯하다. 유라는 거짓말에 소질이 없었다. 자리를 피하고 싶은 눈치로 망설이던 그녀는 결국 부끄러워하며 속에 있는 말을 꺼내 놓았다.

"요 며칠 계속 대장님 없이 움직이다 보니까, 그, 빈자리가 느껴진다고나 할까……. 허전하기도 하고, 거리가 멀어진 것 같기도 하고……. 근데 이게 저만 느끼는 거 아니거든요."

"중대 분위기가 안 좋은가요?"

"전혀요. 애들 상태야 괜찮죠. 새로 만들어진 부대 마크도 좋아하고, 훈련은 빡세지만 그 대신에 곧 동부로 간다는 기대감도 있고……. 단지, 때때로 뭔가가 부족한 거죠."

유라가 말한 부대 마크(Distinctive unit insignia)는 쪽빛 방패 안에 프랙털 형상의 눈꽃 도안이 들어간 것으로, 동맹의 상징인 눈꽃매듭과는 사뭇 다른 형태였다. 아이디어는 부대원들이 냈으나 실제로는 공보처에서 만들었다.

'자격을 얻은 거지.'

독립대대로의 승격은 단순한 병력규모의 증가 이상을 의미했다. 독립중대(Company team)가 임시 편제로서의 성격이 강하다면, 독립대대(Separate battalion)는 엄연한 상설 편제였다. 부대번호와 명칭도 정식으로 부여된다.

이로써 겨울은 제201독립보병대대의 지휘관이었다.

"어쩌겠어요."

유라가 어깨를 으쓱했다.

"대장님은 앞으로도 계속 올라가실 텐데, 저희가 적응하는 수밖에요."

"왠지 미안하네요."

"미안해하지 마세요. 항상 드리는 말씀이지만, 다들 대장님 덕분에 여기까지 온 거잖아요."

그리고 그녀는 스페인 국왕을 안아들었다.

"늦기 전에 가보세요. 약속 있으시다면서요."

"……네. 시간 내서 다음에 다시 이야기하죠."

그냥 해보는 말은 아니었다. 당장은 틈을 낼 겨를이 없을지언정, 구 봉쇄선을 넘어간 뒤엔 이래저래 남는 시간이 많을 터였다. 유라는 경례에 미소를 곁들였다.

겨울은 걸었다. 브래넌 의원이 있을 시민구역은 걸어서 가도 괜찮을 거리였다. 난민들 가운데에도 이제 시민권 보유자가 있었으나, 시민구역의 명칭을 바꿀 이유는 못 되었다.

이동하는 중에 겨울은 별빛아이와의 대화를 복기했다. 일부러 하려고 하는 게 아니라, 무의식중에 그렇게 되어버리는 것을 막지 않을 뿐이었다.

아이는 인간이 느낄 수 있는 한계치의 감각을 확언했다. 사후보험이 유지되는 한 결코 끝나지 않을 쾌락. 필시 어지간한 마약으로는 흉내조차 내지 못할 영역일 것이다.

사람으로서의 끝을 그 사람의 선택에 맡기는 걸 나쁘다고 할 수는 없다. 이미 겨울부터가 삶을 포기하려 했던 적이 있지 않은가. 한계 밖의 세상이 늘 무언가를 빼앗기만 하고, 가슴 속에 구르는 돌은 갈수록 너무 버겁게 느껴져서.

그러나 혼자만의 어둠에 마음을 찾는 아이의 별빛이 깊

어진 이후로, 겨울은 다시금 살고자 하는 생각이 들었다.

여러 길 중에 하나를 걷고자 하는 선택과, 사실상 강요되는 하나의 길을 걸을지 말지 고르는 선택은 그 성격이 완전히 다르지 않겠는가.

걷다 보니 어느덧 검문소였다.

시민구역의 이중 철조망은 예전 그대로였지만, 예전처럼 삼엄한 경비가 이루어지지는 않았다. 적어도 물자부족과 차별적인 분배로 인한 폭동 가능성은 거의 사라진 지금이었다.

구획 안쪽엔 빈 건물이 곧잘 눈에 띄었다. 각지의 소탕전이 속속 완료되면서, 여기 머물던 이재민들 일부가 각자의 고향을 찾아 돌아간 탓. 물론 넓은 땅 어딘가에 숨어있는 변종이 있을지 모를 일이나, 무장을 갖추고 신경을 곤두세운 시민들에겐 큰 문제가 아닐 것이다.

혹자는 이를 개척시대의 재래라고 평하기도 했다.

목적지에 도착한 겨울이 거주용 트레일러의 문을 두드렸다.

잠시 후, 브래넌 의원이 직접 겨울을 맞이했다.

"오, 중령. 조금 빨리 오셨군요."

"네. 초대해주셔서 감사합니다."

"전에 대접받은 것도 있잖습니까. 아무튼 들어오십시오. 안사람도 기대하고 있었습니다."

의원은 십년지기라도 만난 양 반가워하며 겨울을 안쪽으로 이끌었다.

캠핑 트레일러는 따뜻한 조명과 공기, 그리고 식욕을 돋우는 냄새로 가득했다. 내부가 썩 넓지는 않았으되 실내 인테리어가 고급스럽고 깔끔한 것이, 차량 가격만 따져도 수십만 달러는 가볍게 넘을 느낌이었다.

의원의 아내는 앞치마를 두른 소탈한 모습으로 겨울을 환영했다.

"세상에, 당신을 이렇게 뵙게 되다니…… . 오늘은 정말로 기쁜 날이네요."

"영광입니다, 부인."

이어지는 가벼운 포옹과 소개. 부인의 이름은 스테이시였다. 스테이시 C. 브래넌.

"앉으세요. 곧 음식을 내올 테니. 중요한 일을 하려면 우선 속이 든든해야죠. 입맛에 맞았으면 좋겠네요."

마지막 마디는 윙크를 곁들인 장난스러운 속삭임이었다. 겨울과 남편을 자리에 앉힌 그녀는 벽 하나 너머의 부엌으로 사라졌다.

마침 테이블 정면의 TV에선 민주당 후보의 유세현장이 흘러나오는 중이었다. 겨울은 공교롭다고 생각했다.

'혹시 오늘 나눌 이야기와 관련이 있나?'

겨울이 올 시간에 맞춰 일부러 틀어놓은 것이라면 관련이 있을 수도 있었다.

혹은 서로 서먹할 수도 있는 사이에, 그저 대화의 물꼬를 자연스럽게 트기 위한 방편일 가능성도 있겠고. 어쨌든 의원이나 겨울이나 임박한 대선엔 관심이 많을 수밖에 없는 처지였다.

브래넌 의원이 입맛을 다신다.

"거참, 저 사람은 오늘도 임팩트가 별로 없구만. 슬슬 뭔가 새로운 전략을 내세워도 좋을 텐데. 너무 안정적으로만 가려는 것 같단 말이지…… 안 그렇습니까, 중령?"

"글쎄요……."

"해병대 출신이면 좀 강렬한 맛이 있어야지."

민주당 후보, 제럴드 번스는 걸프전 당시 해병대 소령으로 복무했던 인물이었다. 한데, 공화당의 에드거 크레이머 후보 또한 해병대 출신이었다. 단지 이쪽은 사병 출신이라는 점이 다를 뿐. 두 사람 모두 참전 경력이 있다.

이게 단순한 우연의 일치일 리는 없다. 시민들이 그만큼 강인한 대통령을 원하는 것이다.

유화적인 정책기조의 민주당으로선 그런 이미지가 더욱 절실했을 터이고.

환호하는 지지자들을 향하여, 번스 후보가 역설했다.

「그 어느 때에도! 인류가 지금처럼 하나 된 적이 없었습니다. 우리는 통합된 힘으로서 종말에 맞서야 합니다. 미국의 힘, 영국의 힘, 프랑스의 힘, 남한과 일본의 힘으로 나뉘어! 서로를 타산적으로 이용해가며 싸우는 게 아니라! 오직 하나인 인류의 힘으로 거듭나야 한다는 뜻입니다! 국제연맹도 실패하고, 국제연합도 실패했으나, 저는, 그리고 우리는 성공할 것입니다! 저, 제럴드 번스는 여러분께 인류 합중국의 미래를 약속드리겠습니다!」

이것이야말로 미국시민들의 호오가 가장 극명하게 갈리는 공약이었다. 진보 성향의 시민들의 적극적인 지지와 달리, 보수 성향의 시민들은 지나치게 이상적이고 실체가 불분명하다는 점을 지적했다. 여기엔 당연히 난민들의 처우 문제도 포함되어 있었다.

"일단 주요 동맹국들만 속령쯤 되는 지위로 수용한다고 쳐도 대체 얼마나 많은 초기예산이 들어갈는지……. 기껏 맞춰놓은 재정적 균형이 일시에 흔들릴 것인데……. 게다가 그 과정이 순탄하리라는 보장도 없고……. 캐나다의 영연방 탈퇴건만 해도 영국 정부가 결사반대를 천명한 마당에……."

거듭 말끝을 흐리며 혼잣말처럼 겨울의 반응을 떠보는 브래넌 의원. 그가 예로 든 캐나다는 미국의 일부가 되었을 때 그나마 긍정적인 영향이 예상되는 유일한 국가였다.

그가 물어봐주기를 원하는 듯하여, 겨울이 질문했다.

"그렇게 어렵다고 보십니까?"

"뭐, 난 캐나다의 편입도 그리 좋게 보지만은 않아요. 이쪽은 처음부터 정식 주로 편입해야 할 국가지만, 그러자니 난민인구가 골치 아프지요. 그 나라가 태평양 방면의 난민 수용은 거부했을지언정 대서양 방면에서는 아니었거든. 말하자면 겉보기엔 우량주인데, 사실은 대규모의 부실채권을 포함하고 있는 거지요. 미국의 식량지원이 없었다면 벌써 망했어요."

태평양에서의 난민 수용만 거부했다는 것이 인종차별을

의미하진 않았다. 감염자 유입 확률이 극도로 높았을 뿐. 겨울이 아는 한, 대서양 방면에서도 초기에만 수용했을 따름이었다.

'그것만 해도 4백만이 넘어서 문제지.'

이는 캐나다 인구의 1할 이상인 숫자였다. 때문에 미국 수준의 체계적 관리도 불가능해서, 기초적인 물자만 공급하고 나머지는 전적으로 자치에 맡겨두었다고 한다. 영국이나 프랑스, 스페인 같은 나라는 행정인력을 파견하기도 했다.

마침 의원이 그 점을 지적했다.

"그 동네에서 일어난 에미레이트 사태는 알고 계시지요?"

"뉴스에서 본 기억이 납니다."

정확하게는 알-무다쓰디르 에미레이트 사태라고 부른다. 이슬람 원리주의 난민들이 무장단체를 결성하여 추장국 ⟨Emirate⟩ 건설을 선포한 사건.

한데 이들에겐 묘한 현실감각이 있었다. 독립을 추구하는 게 아니라, 캐나다 정부 산하의 자치주가 되고자 했던 것. 즉 캐나다가 내세운 기존의 난민정책에 저항하는 입장이 아니었다. 어차피 자치에 맡길 거면 우리를 인정해라, 정도의 온건한 주장.

그러나 실제 종교적 성향은 대외적 온건함과 정반대였다.

'말소하거나 지우는 자들……'

사태를 보도한 CNN의 해설에 따르면, 알-무다쓰디르는 직역하면 옷 입은 자, 의역하면 말소하거나 지우는 자, 개척자, 조정자, 질서의 수호자, 정복자, 말에 뛰어올라 달리는 자 등을 뜻했다. 영어로 옮기면 종교적인 의미의 정화자(Purifier)에 해당한다고.

이들은 다른 난민들에게 이슬람 율법(샤리아)에 따를 것을 강요했다. 약탈에 의한 보급물자 독점. 무력과 협박을 곁들인 재분배는 당연히 포교의 수단이었다.

브래넌이 시니컬하게 말했다.

"캐나다 정부가 삽질을 아주 거하게 해주는 바람에, 그곳 분위기는 아직까지도 개판입니다. 참 아쉬워요. 기독교 민병대를 지원하는 것보다 더 나은 방법이 분명히 있었을 것을……."

끄덕이는 겨울.

"받아들일 경우, 현재의 정책을 그대로 적용하기 어렵게 됐다는 말씀이시군요."

그러자 브래넌은 껄껄거리며 웃었다.

"중령으로선 남의 이야기가 아닐 텐데요? 당장 힘들어질 곳이 바로 군정청입니다. 예산부족 이전에 인력부족으로 위기를 겪을 거예요. 이쪽에도 영향이 없을 수가 없겠지요."

"네……."

"다른 나라들도 각각 까다로운 사정이 있는 건 마찬가지예요. 아, 그렇지. 내가 궁금한 것이 있는데, 중령은 한국에 대해서 어떻게 생각합니까?"

의도를 파악하지 못한 겨울이 고개를 기울였다.

"한국의 연방 편입에 대한 의견을 물어보시는 건가요?"

"그렇다기보다……."

뜸을 들이던 브래넌이 표정과 자세를 고쳤다.

"불쾌하게 들릴지도 모르니 미리 사과드리리다. 내 말은, 만약 한국 정부가 그 국민을 지키기 위하여 중령을 필요로 한다면, 거기에 응할 의도가 조금이라도 있겠느냐는 뜻입니다."

겨울은 그를 가만히 바라보다가, 무난한 답을 골랐다.

"저는 이미 미국 시민으로서 선서를 했습니다. 지켜야 할 사람들을 지키고 있고요."

그리고 역으로 물었다.

"왜 그런 질문을 하셨는지 여쭤 봐도 되겠습니까?"

"흠, 제대로 설명하자면 많이 복잡해지는데……."

톡, 톡. 브래넌이 말을 궁리하는 눈치로 탁자를 두드린다.

"사업의 불안정 요소를 미리 확인해봤던 거라고 해둡시다."

"사업이요?"

"오늘 내가 중령을 초대한 이유 말이외다. 이런, 본격적인 대화는 잠시 미뤄둬야겠군."

음식을 들고 나타난 부인이 곤란한 미소를 지었다.

"내가 방해했나요?"

"아니오, 아니오. 오히려 기다리고 있었소. 배가 고파서

피골이 상접할 지경이에요."

"하여간 과장은."

눈을 곱게 흘기며 잠발라야를 내려놓는 그녀. 베이컨과 소시지가 풍성하게 들어간 케이준 스타일의 볶음밥에선 기름진 후추 향과 토마토 향, 그리고 닭고기 향이 한데 뒤섞여 담뿍 올라왔다. 살을 발라낸 새우가 장식처럼 보기 좋게 올라간 모습. 메뉴 선정의 배경엔 아마도 겨울에 대한 배려가 있을 것이었다.

여기에 칠면조 살을 끼운 따끈한 샌드위치와 클램차우더 수프, 올리브 오일을 뿌리고 식초를 친 코울슬로 샐러드가 곁들여져 나왔다. 음료는 캘리포니아 산 드라이 샴페인이었다.

겨울이 부인에게 인사했다.

"감사합니다. 정말 맛있어 보이네요."

"후후. 맛은 보이는 것 이상일 거예요. 우선 우리, 건배할까요?"

TV를 끈 그녀가 와인 잔을 들어보였다. 아이보리색이 섞인 실내조명 아래에서, 잔 속의 샴페인은 노을 지는 강물처럼 반짝였다. 이를 서로 부딪쳐 쨍- 하고 울린 뒤에, 겨울은 한 모금 가볍게 머금어보았다. 청량하면서도 끝 맛이 엷었다. 포도 향으로 미각을 씻어내는 듯한 감각. 기름진 요리에 잘 어울리겠다 싶다.

부인이 장난스러운 표정을 지었다.

"한 중령님. 혹시 이 샴페인의 비밀을 아시겠어요?"

"……?"

"이거, 파소 로블레스에서 만들어진 거랍니다."

"아. 정말인가요?"

"작년에 보급품 수색으로 얻은 물건이라더군요. 기호품으로 비축해두었다가, 이젠 굳이 배급으로 나눌 필요가 없어서 방출했다는데……. 운이 좋았어요. 이 자리에 이보다 더 어울리는 축배가 없을 테니."

"정말로 그렇네요."

겨울이 미소를 만들었다. 그곳에서 작전을 뛰었던 겨울에게도, 캘리포니아 주 상원의원 부부에게도 나름의 의미가 있는 샴페인인 것이다.

음식은 만족스러웠다. 요 며칠 심란함에 식사를 소홀히 했던 겨울로서는 무척이나 각별한 맛이었다. 잠발라야는 밥알이 뭉치는 일 없이 반들반들하게 익어, 양파가 달달하게 아삭거리는 식감과 부드럽게 어우러졌다. 클램차우더 수프도 샐러리 향이 감도는 해물향이 인상적이었다. 전투식량에 같은 메뉴가 포함되어 있긴 하지만, 같은 요리라고 생각하기 어려운 격차가 존재했다. 브래넌 부인의 요리 쪽이 보다 부드럽고 담백하다.

전반적으로, 건강한 가정식이라는 느낌이 강하다.

식사가 어느 정도 진행된 시점에서, 부인은 다양한 화제로 대화를 능숙하게 이끌었다. 그러다가 나온 이야기 하나가 바로 이것이었다.

"제가 원래는 동전 수집 같은 것에 관심이 없었는데, 이

번에 나올 기념주화는 꼭 한 세트 갖고 싶어지더군요. 특히
금화 세트로요."

"기념주화요?"

"네. 중령님이 워싱턴에 가시는 것과도 관계가 있죠."

"그거 설마……."

"처음 듣는다는 표정이시네요."

입을 가리며 웃는 부인.

"짐작하시는 게 맞아요. 방역전쟁의 1차적인 승리를 기
념해서, 명예훈장 수훈자들을 새긴 달러 주화(Medal of honor
recipients coin program)가 발행될 예정이니까요. 당신과 함께
살아서 훈장을 받는 55인, 그리고 사후에 추서된 분들까지
합쳐서 총 432인이 각인된 433종이라고 하네요. 금화와 일
반주화로 나누어 주조한다는 소식을 들었어요."

"어쩐지 사람 숫자보다 한 종류가 많군요."

"그렇겠죠. 그중에 이중수훈자가 한 명 있으니까요."

"……."

입을 다문 겨울을 보고 부인이 다시 웃음 지었다.

"각 수훈자들에겐 본인의 얼굴이 들어간 금화를 하나씩
증정한대요. 중령님은 두 개겠군요. 일반 주화 세트도 주어
진다고 하고요. 나머지는 경매에 부쳐질 거예요. 사회 환원
차원에서 부자들도 인심을 쓰겠죠. 연방정부 입장에선 나
름대로 재원을 마련하는 수단이랍니다."

"아무리 푼돈이라지만, 우리도 그럴 수 있으면 참 좋겠
는데."

두 번째의 잔을 비우며 아쉽다는 듯 투덜거리는 브래넌 의원이었다.

"당신, 그런 이유로 오늘 한 중령님을 모신 거 아니었나요?"

"그런 셈이지요. 슬슬 말씀을 드려야겠군요."

브래넌이 냅킨을 치우고 상체를 등받이에 기댔다.

"중령. 특정 지역에 난민들을 정착시키고, 정부가 지정한 난민지도자를 주지사로 하여 준주를 수립할 계획이라는 이야기는 벌써 몇 번 들었을 테지요? 현 시점에선 당신이 가장 유력한 후보자……. 아니, 사실상 유일한 후보자라는 것도."

그 이야기인가. 겨울이 끄덕였다.

"네. 기회가 있었습니다."

"혹시 그 준주로 어느 지역이 가장 유력한지에 대해서도 들었습니까?"

"……아뇨. 그것은 아직."

멈칫하는 겨울을 보고 의원이 흡족한 미소를 지었다.

"일단 한 번 물어봅시다. 중령이 보기엔 어디가 될 것 같습니까?"

"절반 이상의 확률로 멕시코 국경 이남이 되지 않을까 합니다. 티후아나라든가, 시우다드 후아레즈 같은 곳……. 현재의 진격 양상을 볼 때 좀 더 남하한 지점일 수도 있겠네요."

본토를 회복하고 전선의 병력교체가 이루어진 이후에도 미군의 남진은 느리게나마 꾸준히 계속되는 상황이었다.

멧돼지 사냥 때에 비해 속도가 다소 느려졌을 뿐. 당연한 일이다.

'남하하면 남하할수록 방어선이 축소되니까.'

방어선이 축소된다는 것은 곧 병력의 밀도가 높아진다는 뜻이었다.

다만 어디까지나 무리하지 않는 선에서 이루어지는 작전이었다. 멕시코 전역을 탈환하는 본격적인 공세는 해병대 본대의 파나마 상륙, 즉 대륙 분할 작전(컨티넨탈 디바이드)을 기하여 이루어지기로 계획되어 있으므로. 지금은 그 준비 단계에 해당했다.

"꽤나 조심스러운 예측이로군요. 당신 정도면 그보다 더 욕심을 낼 법도 한데."

갸우뚱하는 브래넌에게, 겨울이 근거를 말했다.

"대륙 분할에 이은 중미지역 점령이 계획대로 이루어진다는 전제 하에, 그 넓은 땅을 그냥 비워두기만 할 순 없습니다. 최소한 중간 거점으로 삼을 곳에는 일정한 인구가 있는 편이 좋겠죠. 육군의 보급조차도 상당부분 민간 운송사업자들에게 위탁하는 상황인데요."

더불어 본토의 시민들을 위한 완충지대가 되어주기도 할 터이나, 의원 내외 앞에서 굳이 언급할 내용은 아니었다. 말을 안 한다고 모르는 바도 아닐 것이고.

즉 그나마 미국 본토에 가까운 지역을 예로 든 건, 겨울 동맹의 입지가 상대적으로 양호하기 때문이었다.

'최선의 경우엔 미국 본토 어딘가가 될 수도 있겠지만……'

어디까지나 최선의 경우였다.

"흠. 그렇다면 중령. 샌디에이고 광역권 일부를 나눠 받을 수 있다면 어떻겠습니까?"

브래넌의 제안은 겨울을 살짝 당황하게 만들었다.

"티후아나 북부가 아닙니까?"

"아닙니다. 물론 티후아나가 장차 광역권에 흡수되기야 하겠으나, 내가 지금 말하는 건 기존의 광역권입니다. 도심에 인접한 지역도 포함해서 말이지요."

의도가 뭘까. 뜸을 들이던 겨울이 재차 질문했다.

"나쁜 뜻으로 드리는 말씀은 아닙니다만, 의원님 개인의 제안으로 보기가 어려운 사안입니다. 어느 정도의 선에서 얼마나 논의된 안건입니까?"

공식적으로 확정된 내용이라면 연락도 다른 방식이었을 것이다. 어쨌든 준주 수립은 연방정부가 관할할 일 아닌가. 예정지역 선정도 마찬가지. 연방 상원의원이라면 모를까, 캘리포니아 주 의회 상원의원과는 직접적인 연관성이 존재하지 않았다.

어디까지나 직접적으로는.

브래넌의 대답은 일단 겨울의 예상범위 내였다.

"현재로선 주 의회에서 검토 중입니다. 나와 행동을 함께하는 의원들이 있지요."

"……"

"궁금하다는 표정이로군요. 권한도 없는 사람의 제안에 무슨 의미가 있을지."

"주 정부 차원에서 공식적으로 요청하겠다는 말씀이신 가요?"

"그렇기도 하고……. 당론이라는 것은 때로 지역에 구애받지 않습니다, 중령."

"아."

연방 의회 쪽과 얼마든지 호흡을 맞출 수 있다는 암시.

미처 생각하지 못한 부분이었다. 아무리 당연한 이야기라도, 수준 높은「통찰」이 반드시 작동하는 것은 아니었다. 특히나 겨울에게 낯설다고 판단되는 분야에서는. 말하자면 시스템적으로 구현된, 있을 법한 실수인 셈. 겨울의 사격에서도 빗나가는 탄환은 존재한다.

"난민들의 준주라는 것은, 전반적인 정책의 흐름상 군정청의 다음 수순에 해당하지요. 난민행정의 최종 단계이자 궁극적 지향점이라 해도 무방하겠군요."

부연하는 브래넌.

"따라서 실제 준주 수립까지는 상당한 시일이 남아있다고 봐야 합니다. 뭐, 노골적으로 말해 한 중령은 아직 군인으로서의 쓸모가 더 크지 않겠습니까. 정치인으로선 십년 뒤의 중령도 충분히 젊어요……. 깨지지 않을 최연소 기록으로서 당장 데뷔하는 것도 꼭 나쁘진 않겠지만 말입니다."

대중은 그런 걸 좋아하니까요. 라며, 의원이 악동 같은 표정을 지었다.

캘리포니아를 비롯해 메사추세츠, 로드아일랜드, 위스콘신 등의 일부 주는 만 18세부터 완전한 피선거권을 부여하지만, 실제로 십대의 주지사나 법무장관, 상하원 의원 등이 등장한 적은 없었고, 앞으로도 나오기 어려울 터였다. 깨지지 않을 최연소 기록이란 바로 그런 뜻이었다.

'이 맥락에서 이런 말을 하는 이유는……. 사전공작을 벌일 시간이 충분하다는 의미인가?'

떠오르는 건 로비의 중요성을 강조하던 주웨이의 목소리였다.

겨울은 우선 간결히 동조했다.

"저도 지금은 너무 이르다고 생각합니다. 좀 더 행정경험을 쌓을 필요가 있으니까요."

인력도 부족하다. 군 인력이 완전히 철수할 경우 무엇 하나 제대로 돌아가는 게 없을 것이었다.

"역시 그렇지요?"

의원이 끄덕였다. 이쪽의 자연스러운 수긍이 의외인 듯한 기색을 내비치고서. 숨기려는 찰나의 변화였으나, 겨울이 놓치기엔 선명했다. 의원의 말이 이어졌다.

"그러나 그렇다고 하여 마냥 기다리고만 있기는 아쉽지 않겠습니까? 가능하다면 손을 쓸 수 있는 범위 내에서, 최대한 유리한 조건으로 기정사실을 만들어놓는 것도 괜찮을 겁니다. 이를테면……. 원하는 지역을 실질적으로 점유해놓는다거나."

"부동산을 말씀하시는 건가요?"

"토지든, 건물이든, 그 외의 자산이든 상관없습니다. 중요한 건, 적어도 일반인들의 관점에서 볼 때, 저기는 사실상 한겨울 중령과 그가 보호하는…… 혹은 보증하는 사람들의 거리다…… 쯤으로 인식될 수준이어야 한다는 거지요. 그런 인식이 선행되면 인정받기도 수월해집니다."

"즉, 의원님께선 그걸 도와주시겠다고……?"

"난민법인…… 겨울동맹이라고 부르던가요? 보통은 별명이 더 유명하던데. 아무튼 그곳의 난민지도자로서 당신이 우리 쪽에서 제시하는 로드맵에 동의하신다면, 그렇습니다. 주 의회에서 관련 법안을 제정한 뒤엔 한결 수월하겠지요."

거의 확정적인 표현으로 미루어, 처음의 뉘앙스와는 달리 브래넌에게 동조하는 의원의 수가 상당한 모양이었다. 겨울은 주 의회에서 이런 계획을 추진할 이유가 무엇일지 궁리해보았다. 보정 이전에 바로 떠오르는 것이 자금이었다.

"필요하신 건 자금입니까?"

"그것 말고 뭐가 있겠습니까?"

브래넌이 웃는다.

"아까 여기 안사람이 말했듯이, 우리 주정부는 한동안 푼돈도 아쉬울 처지라서요. 애당초 관할 지역에 투자를 유치하는 건 나 같은 정치인의 사명이자 숙명이지요."

캘리포니아를 포함한 오염지역 3개주는 오랫동안 재정적 시련을 겪을 것이다.

겨울은 조심스럽게 반응했다.

"난민지도자 지원예산을 염두에 두신 거라면……. 자세

한 논의는 예산안이 결정된 이후로 미루는 편이 낫지 않을까 싶습니다."

법안은 일찍이 입법예고에 돌입했을지언정, 예산안은 표류에 표류를 거듭하는 중이었다. 대통령의 퇴임이 코앞으로 다가왔기 때문이다. 구체적인 윤곽이 잡히려면 새로운 대통령이 취임선서를 한 이후, 빨라도 내년 초나 되어야 할 것이었다.

'게다가 함부로 쓸 수 있는 돈도 아니야.'

주어질 지원금은 기본적으로 겨울동맹에 속한 난민들의 주거, 식량, 피복, 난방, 의료 서비스 등의 값이었다. 물론 어디까지나 인구 이상으로 난민지도자의 성과에 비례하여 책정될 예산이기에, 동맹의 규모를 한정적으로 유지한다면 가용자금도 그만큼 많아질 것이다.

그러나 그건 겨울의 구상과 어긋난다.

브래넌이 한쪽 손을 들어보였다.

"지금 중령이 뭘 걱정하는지 압니다. 염려 말아요. 그 예산은 어디까지나 지급불능시의 보험 역할일 뿐이고, 실제 재원은 다른 방식으로 마련하게 될 테니."

"다른 방식이라 하심은……."

"한 가지 예를 들어보면, 겨울동맹 차원의 대출을 받거나 채권을 발행하는 겁니다. 동맹의 이름으로 고용될 난민 노동자들의 급여를 담보로 설정해서 말입니다. 아직 그런 사례가 없다 뿐이지, 금지규정이 있는 건 아니니까요. 우린 법적으로 문제가 없다는 판단을 내렸습니다."

"······변형된 거래계약이군요."

"정답. 이 계약에서 겨울동맹은 명목상의 소유주로서, 실제로는 대출을 상환하는 노동자들이 권리를 행사하게 됩니다. 자기 명의로 집이나 사업장을 소유하지 못하는 난민들에게도 매력적인 거래가 될 테지요. 추후 진짜 소유가 가능해졌을 때 명의를 양도한다는 조항만 있다면요. 그를 위한 제도적 장치를 마련하는 게 나와 내 동료들의 또 다른 역할입니다."

취업비자도, 영주권도, 시민권도 없는 난민들은 정상적인 계약을 맺을 수 없었다. 이에 따라 법적 행위를 대신하는 것이 바로 단체로서의 난민법인이다. 가령 근로계약의 경우, 각 법인마다 고유의 고용 쿼터가 할당되고, 이 범위 내에서 집단계약이 이루어지는 식으로.

브래넌의 말은 끝나지 않았다.

"생각할수록 난민들 입장에선 장점밖에 없습니다. 우선 대출 이율에서 우대를 받지요. 개개인의 신용보다는 겨울동맹의 신용이 더 높잖습니까. 노동자 개인에게는 노동능력을 상실하거나 일자리를 잃을 리스크가 존재하지만, 동맹은 그 노동자의 빈자리를 다른 노동자로 채우면 그만이니까요. 적어도 은행을 비롯한 금융권의 시각으로는 그렇습니다."

여기에 먼저 언급된 난민지도자 지원예산의 존재도 있다. 장기적으로 안정적인 상환이 기대되는 거래대상이었다.

"더불어 이 거래에서 난민법인에 적용되는 세제혜택도 장점입니다. 소득세 면제. 취득세와 보유세 감면. 기타 등등……. 뭐, 이건 말씀 안 드려도 잘 알고 계시지요?"

"네."

겨울도 숙지하고 있는 내용이다.

연방세법상 겨울동맹의 법적 지위는 이중적이었다.

첫째, 비영리단체는 아니지만 독점적으로 공익에 관한 이해관계를 지니는 단체(4947(a)(1)).

둘째, 행정명령에 의거하여 국가안보를 위한 인적자원과 서비스를 제공하는 난민 조직.

전자는 예전부터 있던 항목이고, 후자는 대역병 확산 이후에 신설된 조항이라 들었다. 어느 쪽이든 면세 및 감세의 대상이다.

"다음으로, 중령의 동맹은 정치자금을 기부받기에 좋은 창구가 되어줄 수 있겠지요."

"음……."

겨울이 생각에 잠겨있는데, 「통찰」이 기억 속의 키워드 하나를 발굴해냈다.

'텍사스 도넛 협회? 아……. 이 기지가 도시화 될 때, 상점가를 만드는 데 각지의 한인 단체들이 직간접적인 도움을 줬다고 했었지. 기부금이나 설비, 노하우 같은…….'

의도는 알겠다.

"한국계 시민들의 정치적 지지를 얻겠다는 말씀이시군요."

브래넌이 긍정했다.

"비단 한국계만이 아니지요. 동맹엔 중국인들도 있는 것으로 아는데요. 장차 국적 무관하게 받아들이는 게 한 중령의 계획이라고 들었습니다. 당장 201독립대대만 해도 중국계 중대가 편성될 예정 아닙니까?"

"네. 맞습니다."

"하하. 당신과 연대하는 것처럼 보임으로써 얻는 홍보효과는 돈으로 환산하기 어려운 이익입니다. 우리 당에 대한 중국계 시민들의 반감을 상당히 누그러뜨려 주겠지요."

"하지만…… 그건 이곳 캘리포니아의 이익은 아니네요. 당론은 지역을 넘어선다고 하셨어도……. 아까 말씀하신 자금 마련 이외에, 의원님이나 캘리포니아 주 당국이 무엇을 더 얻게 되는지 궁금합니다."

"왜, 너무 일방적으로 좋은 이야기 같습니까?"

"그렇다기보다…… 저는 이런 주제로 대화를 나눌만한 전문성이 부족합니다. 실무를 맡을 사람을 같이 데려오라고 하셨으면 더 좋았을 거라는 생각이 드네요. 의심하는 것처럼 보였다면 죄송합니다."

혹시 호의를 가장한 함정이 아닐까. 미처 알아차리지 못한 실수를 저지르고 있지는 않은가. 경계하며 몸을 사리는 겨울에게, 주 상원의원은 별것 아니라는 투로 대답했다.

"이해합니다. 죄송할 건 없고……. 결국은 다시 돈이에요, 돈."

"……"

"아까 말한 방식으로 난민인구를 도시에 정착시키면, 시에서는 자산매각에 의한 직접적인 이익 외에도 추가적인 조세수입이 발생하지요. 준주가 분리되기 전까지는요. 그 많은 건물들을 빈 상태로 방치해봐야 과거의 디트로이트 꼴밖에 더 나겠느냐 이 말입니다."

과거의 디트로이트, 라.

겨울이 아는 한, 역병 이전의 디트로이트는 미국에서 가장 열악한 도시로 손꼽혔다. 수도와 전기가 공급되지 않고, 경찰서도 얼마 없으며, 쓰레기를 수거하지 않아 골목마다 악취가 가득했던 곳. 버려진 건물들이 워낙 많은지라 정부가 서부 이재민들의 재정착 지역 중 하나로 선정했던 도시.

'새로 건물을 짓지 않아도 수십만을 수용할 수 있다고 했었지.'

여기 포트 로버츠에선 그런 곳에 가기 싫다는 이유로 잔류를 원한 시민들이 있었다.

현재는 다르다. 이재민 재정착 사업이 상당한 성과를 거두어, 황폐하던 옛 도심이 전성기의 화려함을 되찾아가는 상황. 언론에서도 그 풍경을 자주 송출한다. 현 정권의 업적으로서.

「그리스의 섬」 계획에 관한 해명 회견에서 대통령 자신도 말하지 않았던가. 빈부격차는 오히려 소폭 감소했다고. 그땐 가능할 법도 하다고 여겼었다. 종말이 다가오는 세계. 어차피 잃을 게 별로 없었던 사람들과, 잃을 게 너무 많았던 사람들 사이의 간극이었으니.

어떤 가능성이, 연상을 거듭하던 겨울의 뇌리를 스쳤다.

"의원님께선 이재민들의 상당수가 돌아오지 않을 거라고 예상하시는 겁니까?"

"상당수…… 까지는 몰라도, 돌아오기가 쉽지 않을 사람들은 있겠지요."

"……."

가만히 바라보던 브래넌이 빙그레 웃음 지었다.

"하기야, 한 중령은 이 문제에 대해서 진지하게 고민해볼 처지가 아니었겠습니다."

"그러… 네요."

여유가 없었다. 주어진 업무와 벌어진 사건이 무엇 하나 녹록하지 않았으므로. 경험도 없었다. 지나간 어느 때의 종말이 이재민들의 귀환을 허락했겠는가.

"그러네요."

겨울이 같은 말을 반복했다.

"도시와 마을을 되찾았지만, 완전한 복구까지는 최소 수개월 내지 최대 연 단위의 시간이 들어가겠죠. 만약을 대비한 소독 과정까지 감안하면 더 길어지겠고요. 그걸 기다리기보다 재정착 지역에 눌러앉기를 택하는 사람이 많겠군요. 이쪽에 보유한 자산은…… 소정의 대가를 받고 팔아치워 버리고요."

복구에 걸리는 시간이 길면 길수록 귀향을 포기하는 사람이 늘어날 것이다. 새로이 일궈놓은 터전과, 거기에 들인 노력이 아까워서라도.

그리고 비용. 재정착 사업은 이재민들이 입은 피해에 대한 정부 차원의 보상이기도 했다. 여기서 다시 이주를 지원한다면 그동안 재정착 사업에 쏟아 부은 재원을 허공으로 날려버리는 것이나 마찬가지. 즉 연방정부는 이재민들의 귀향에 적극적으로 나설 여력이 없었다.

'사실 이 정도만 해도 훌륭한 거지.'

자연재해에 대한 연방재난관리청의 보상은 재건축, 주택 수리, 거주지 건설, 주택 임대료 지원 중 하나를 선택하여 진행하도록 되어있으며, 본디 전액을 지원하는 것도 아니었다. 관련 예산이 바닥난 지 오래일 터.

브래넌의 말.

"그래도 돌아올 사람들은 돌아옵니다. 재정착은 예산이 빠듯한 사업이었고, 실패로 끝난 동네도 많으니까요."

"……."

"캘리포니아는 예전의 화려함을 되찾기 어려울 겁니다. 태평양 연안의 무역시장이 소멸한 지금, 그나마 선택과 집중으로 키워볼 만한 도시는 샌디에이고가 첫 번째지요. 연방정부 입장에선 결코 포기하지 못할 해군기지니까. 거기서 파생되는 고용만으로도 도시기능 유지를 위한 최저한의 인구와 경제력이 나올 것으로 기대됩니다."

겨울은 의혹을 느꼈다. 기실 들기야 아까부터 조금씩 들던 위화감이었다.

판촉이 지나치게 담백하지 않은가?

자신의 아쉬움을 감추고 상대의 아쉬움을 찾는 것이 거래와 협상의 기본이다. 그리 친하지 않은 주 상원의원의 솔

화려한 초대   179

직한 토로는 과잉친절 이상의 부자연스러움이었다.

'나를 만나려 한 다른 이유가 있나?'

단순히 겨울에 대한 호감이 많아서…… 라기엔 무언가 석연치 않다. 어쨌든 대놓고 물어볼 순 없는 의문인지라, 잠자코 내색하지 않으려는 겨울.

「간파」가 잠잠한 것이 반드시 투명한 의도를 증명하진 않는다. 상대의 기량에 따라, 보정이 잡아내지 못하는 불투명함도 있는 까닭. 대표적으로 채드윅 팀장이 그러했다.

일단 조건 자체만 따져보면 좋은 거래였다. 양측이 얻을 이익도 확실하다. 디트로이트를 언급한 시점에서, 브래넌 의원과 그 계파는 치안 등의 도시 관리비용 절감을 높이 평가하는 듯했다. 또한 인구가 있어야 시장도 형성된다. 상식적으로, 시장의 규모는 클수록 좋다.

복구사업에 필요한 노동력을 아주 싼값에 이용한다는 장점도 있었다.

주 상원의원이 겨울의 사색을 끊었다.

"무슨 생각이 그리 깊으십니까?"

"……계약에 앞서 가격을 합의하기가 까다롭겠구나, 싶어서요."

"맞습니다. 현재로선 시세라는 게 없는 상황이니."

"음……."

"뭐, 부담 느끼지 마십시오. 처음에 밝혔듯이, 오늘 중령을 초대한 건 개괄적인 로드맵에서 양해를 구해두기 위함이었습니다. 우리 앞으로 이런 거래를 하자, 정도의 의사타

진인 거지요. 어차피 구체적인 합의에 도달하려면 현장답
사와 감정을 빼놓을 수 없어요. 실무자를 데려왔어도 오늘
은 딱히 할 일이 없었을 거란 말입니다."

"듣고 보니 맞는 말씀이네요."

어느 유능한 투기꾼을 데려왔어도, 말만 듣고 무언가를
결정하진 못했을 터.

'그 밖의 위험부담이 존재한다면……'

이 모든 거래가 성사된 뒤에, 시일이 흘러 정작 그 영역
을 준주로 인정받지 못하는 경우가 있을 것이다. 허나 동맹
명의의 소유권만 남아있으면 그래도 본전 이상을 찾을 듯
하다.

돌아가서 상의를 해봐야 할 테지만.

그런데 이런 분야에 전문성을 갖춘 사람이 누가 있으려
나? 겨울은 가장 먼저 민완기부터 떠올렸으나, 아무리 그라
도 만능과는 거리가 멀다.

그다음으로 떠오르는 건 의외의 인물이었다. 백산호
라니.

"그래서, 결론적으로 어떻습니까?"

질문을 받은 겨울은 긍정적으로 되물었다.

"제가 여쭙고 싶네요. 본격적으로 진행하기 위해선 제가
어떻게 해야 할까요?"

"하하. 그럼 동맹 관계자들에게 사정을 전달하시고, 현장
에 파견할 사람을 선별해두십시오. 금명간 정식으로 협조
를 요청하는 공문을 보내겠습니다. 아, 사전에 수요가 얼마

나 있는지 조사해두는 것도 괜찮겠군요."

"알겠습니다. 한 번 알아보겠습니다."

겨울은 독립대대 구성원들 가운데에서도 희망자가 있으리라 예상했다. 기실 브래넌 의원이 노동자들의 급여를 담보 삼자고 했으나, 동맹 내에서 가장 안정적인 소득을 유지하는 집단은 대대의 간부와 병사들이었다.

전 독립중대원들만이 아니라 장차 창설될 나머지 중대원들까지 끌어들인다면, 독립대대 내에서 동원하는 자금만 한 해에 천만 달러를 훌쩍 넘길 수도 있었다.

이런 식으로 계산하니 현 시점의 미국이 지출하는 막대한 군비가 새삼스럽게 실감된다. 아무리 증강된 규모로 편성할 예정이라지만, 인건비를 포함하여 겨우 한 개 독립대대의 유지비가 연간 수천만 달러에 이르는 것이다.

해군 함대의 주둔만으로 도시의 기본적인 기능이 유지될 거라던 말은 있는 그대로의 사실증언이었다.

'어쩌면 연방정부에서도 병사들에게 비슷한 계약을 권할 가능성이 있겠는데.'

공보처가 전쟁채권 판매에 목을 매는 이유를 알 만하다. 그들이 보는 겨울의 금전적 가치가 얼마나 될는지에 대해서도.

"달리 하실 말씀이 없으시다면 저는 이만 일어날까 합니다."

차분한 겨울의 말에, 브래넌이 그래요, 하고 배웅하겠다고 나섰다.

문 밖에 이르러 그가 넌지시 말했다.

"한겨울 중령은 참 듣던 그대로의 사람이로군요."

"……네?"

겨울의 조금 늦은 반응을 보고 천천히 고개를 가로젓는 상원의원.

"개의치 마십시오. 그냥 좋았다는 뜻으로 드린 말씀입니다."

그는 미소로 겨울에게 작별을 고했다.

드디어 가는구나.

9월 29일의 아침. 집무실의 겨울은 창을 등지고 앉아 명단을 확인했다. 내일 새벽 동부행 수송편에 탑승할 사람들의 목록. 가장 위엔 최상급자인 겨울의 이름이 있었고, 그 아래로 한 개 중대보다 좀 더 많은 숫자의 이름들이 이어졌다.

왜 좀 더 많은가 하면, 민간인 신분의 장학생들이 포함되어 있었기 때문이다. 정부가 마련한 특별전형 조건을 충족시켜 대학 입학을 허락받은 이들. 이들의 교육비는 절반을 겨울동맹에서 부담해야 한다. 사재출연을 포함하여 어렵게 마련한 재원이었다.

금전적인 지출이 큰 만큼 학생들에게 거는 기대도 무겁다. 선발된 학생들의 웃음에 못내 그늘이 보였던 이유였다. 포트 로버츠 출신 학생들에게 관심을 보일 장학재단이 많겠으나, 본인의 능력이 받쳐주지 못하면 결국 아무짝에도 쓸모가 없을 관심들이었다.

포트 로버츠에 정규 항공편이 취항하지는 않으므로, 학생들은 겨울과 같은 수송기를 타고 라스베이거스 맥카렌 국제공항까지 동행한다. 거기서 통상의 여객 노선으로 환승하는 것이다.

겨울은 거기서 바로 떠나지 않는다. 내일부터 시작될 여정은 D.C. 도착을 전후로 여러 도시를 경유하도록 되어있었다. 라스베이거스가 그 첫 번째였다. 병사들이야 관광하듯이 놀면 그만이겠으나, 겨울은 아니었다. 전쟁채권 홍보, 주요 인사들과의 의례적인 만남, 그 외의 행사 참석 등. 개선식 이후에는 뉴욕으로도 간다.

'약간…… 부담스럽네.'

호손 시의 이재민들 일부가 라스베이거스에 머무르는 중이었다. 양용빈 상장의 핵공격을 피해 도시를 떠나야 했던 사람들. 핵폭발에 의한 방사능 오염은 반감기가 짧고, 정부에서도 방사능 제거 작업을 하고 있으니 수개월 내에 부분적 귀향이 가능해질 것이다.

부담으로 여기는 것은 역시 핵잠수함 장정 9호 추적, 페어 스트라이크 작전에 관한 부분이었다. 공화당 대선후보 크레이머는 그리스의 섬에 이어 또 다른 무언가를 폭로할 예정이라고 밝혔었다. 그 내용이 과연 무엇일지. 현재로서는 후보 본인과 그 측근들만이 알고 있을 터였다.

앤이 말했듯, 작전의 모든 진실이 밝혀지더라도 겨울이 치명적인 타격을 입지는 않는다. 그러나 현 정권이 진실을 왜곡하여 이득을 본 건 부정할 수 없다. 그로 인해 개싸움이 벌어진다면, 관련 인물로서 겨울의 이름도 자주 언급될 것이다.

「Platoon- halt!」

조금 앳된 느낌의 힘찬 구령이 닫힌 창을 뚫고 들어왔다. 겨울은 명단을 놓고 몸을 돌렸다. 자그마한 금빛 방울새들이 지저귀는 유실수 너머로 마른 흙빛의 연병장이 보인다.

거기엔 육군 정복을 입은 소년 소녀들이 정렬해있었다. 포트 로버츠 청소년 학군단(JROTC)에 속한 중고등학생들이었다. 주니어 ROTC라고 무시할 것이 아니다. 역병 이전을 기준으로, 청소년 학군단 생도의 최소 30%가 진짜 학사장교로 성장했다. 장교의 절대수가 부족한 지금은 그 비율이 훨씬 더 높아졌고.

포트 로버츠에서 청소년 학군단에 들려면 치열한 경쟁을 뚫어야 했다. 일단 정복이 멋지다는 이유에서 좋아하는 학생들이 있었고, 장래계획 면에서 보다 현실적으로 고민하는 학생들도 있었으며, 마지막으로 부모의 성화에 못 이겨 훈련을 받는 학생들이 존재했다.

'소대장 생도가 어쩐지 낯익다고 생각했더니…….'

사격 수업을 참관했던 날, 어머니에게 심하게 혼났던 아이가 있었다.

평가판을 들고 앞뒤로 오가며 제식을 평가하는 건 독립대대 알파 중대장인 진석이었다. 출세지향적인 성격에 과시욕도 끼어있으니, 민간인들에게 얼굴을 비출 행사를 사양할 이유가 없었으리라. 알파 중대의 시가지 전술훈련이 어제부로 종료되었기에 시간도 남았을 것이다.

'출발 전날까지 굴리는 건 역시 좀 부자연스럽지.'

D.C.행 인원을 훈련 성과 순으로 선발하겠다곤 했지만, 아무리 그래도 하루 전에는 확정이 되어야 정상이었다. 병사들이 '선의의 거짓말'을 눈치채면 신임 중대장 입장에서 좋을 게 없다. 덕분에 한껏 들떠 잠을 설친 병사들은, 그럼에도 전혀 피로한 기색을 내비치지 않았다.

지금은 삼삼오오 모여 나이 어린 예비생도들의 분열행진을 구경하고 있다.

이제부터 겨울과의 면담이 예정된 이들은 바로 그 밝은 분위기를 가로질러야 한다. 의도한 건 아니어도 나쁘진 않다. 그 첫 번째 그룹이 가까워지고 있었다.

기다리던 겨울은 문 밖의 발소리들이 노크로 이어지기 전에 말했다.

"들어와요."

멈칫했던 기척들이 문을 열고 들어왔다. 긴장한 기색이 역력한 셋은, 일전에 싱 소령이 언급한 간부 후보 중 겨울이 만나보겠다고 밝힌 여섯의 절반이다.

"소위 쑨시엔 외 3인, 호출을 받아 왔습니다."

"쉬어요."

겨울은 부동자세를 취한 그들의 정면에 앉았다. 책상을 끼고 마주 보는 구도.

쑨시엔은 본디 삼합회의 일맥(一脈), 화승화와 수방방 공

동의 대변인을 자처했던 중간 간부다(백지선/白紙扇). 일찍이
겨울이 중위였을 때, 벌목 작업현장에서 동맹에 받아들여
달라는 편지를 보냈던 것도 쏜시엔이었다. 나머지 둘은 직
급 상으론 동일하나 발언권을 위탁하여, 실질적으론 쏜시
엔의 서열이 가장 높았다.

"내가 귀관들을 부른 이유는 알 거라고 생각합니다."

Yes, sir. 겹쳐지는 목소리들. 한때 깡패였던 것치고 빡빡
하게 군기를 세운 반응들이었다. 욕망이 묻어난다. 일부러
뜸을 들인 겨울이 단도직입적으로 말했다.

"먼저 하나. 여러분 중엔 중대장이 없습니다."

세 사람의 얼굴에 실망감이 스쳤다. 그러나 미미한 수준
이었다. 은연중에 바라긴 했을지언정, 큰 기대는 걸지 않고
있었다는 의미였다. 다만 약간의 불안이 뒤따랐다.

"다음."

겨울이 손가락을 세웠다.

"셋 모두를 소대장으로 삼을 수도 없습니다."

긴장감이 한층 높아졌다.

"여기서 탈락하는 사람에게는 나중에 다시 기회가 주어
질 겁니다. 물론 그때 자리를 차지할 수 있느냐는 본인의
노력 여하에 달린 일이겠지만요. 딱히 뭔가를 더 하라는 건
아니고, 실망감에 막나가지 말라는 뜻에서 해두는 당부입
니다."

"……"

사실 당부라기보다는 경고에 가깝다.

"쑨시엔 소위. 류젠차오 소위."

살짝 밀린 두 사람의 대답이 끊어지는 메아리처럼 들렸다. 합격인가, 불합격인가.

"두 사람이 각각 브라보 중대의 2소대장과 화기소대장입니다. 지휘할 병력은 기존에 맡았던 지원병 소대를 기초로 보강되는 수준일 거고요. 그렇게 됐으니, 앞으로 잘 부탁합니다."

류젠차오로부터 절제된 한숨이 흘러나왔다. 정체는 안도감이었다. 이 정도면 되었다 하는 생각이 여과 없이 드러난다. 쑨시엔 쪽은 큰 내색을 하지 않았으나, 속내는 비슷할 것이다. 한 사람만이라도 뽑히면 다행이라는 각오로 왔을 테니.

이는 이들이 술자리에서 심심찮게 하는 말들을 토대로 내린 판단이었다. 굳이 강영순 노인이 아니더라도, 겨울의 귀를 자처할 사람은 얼마든지 있었다. 이것이 선별에도 영향을 미쳤고.

혼자 빠지게 된 한 사람, 쉬진룽은 낯빛에 그늘이 졌다.

겨울의 말이 이어진다.

"떠나기 전에 중대 창설까지는 보고 가고 싶었지만……
사정이 여의치 않게 됐네요. 내가 없는 동안에는 부대대장 바하다르 싱 소령이 지휘를 맡게 될 겁니다. 추가 훈련이 먼저겠지만요. 돌아왔을 때 충분히 전력화된 중대를 볼 수 있었으면 합니다."

"최선을 다하겠습니다."

쑨시엔과 류젠차오가 입을 모았다.

겨울이 시선을 돌렸다.

"쉬진룽 소위는 전처럼 지원병 소대를 관리하면 됩니다."

"예."

쉬진룽의 안색은 쉬이 밝아지지 않았다. 말이 소위이고 소대이지, 상설편제에 편입되기 전까진 반쪽짜리로 간주되기 때문이었다.

그들의 처지를 단적으로 보여주는 것이 계급장이다. 맨 처음 갓 지원병이 되었을 무렵의 겨울과 같이, 난민 지원병의 대부분은 정식 계급장조차 달지 못한다. 즉 갓 입소한 훈련병들과 동일한 취급이었다.

소위들도 비슷하다. 어디까지나 지원병들을 수월하게 모집하기 위한 광고판으로서 달아준 계급장인지라, 본토 출신 미군 병사들에겐 가짜 간부 취급을 받았다.

자연히 임무를 받을 기회도, 공로를 세울 기회도 적다.

'안정성도 문제야.'

언제까지 지원병 신분, 또 껍데기뿐인 장교 신분으로 머무를 수 있을 것인가. 만연한 중국 혐오 정서가 이들의 발을 묶어놓았다. 캡스턴 같은 인물은 드문 법이었다.

고정된 급여를 받는다는 점, 그리고 시일이 흐르면 시민권이 확정된다는 점에서 다른 난민들보다 훨씬 나은 입장이긴 하나, 사람은 언제나 아래보다는 위를 보게 마련이었다.

브라보 중대 편성이 확정된 두 사람의 안도감이 여기서

기인했다.

겨울이 책상 위로 헐겁게 깍지를 꼈다.

"전달사항은 여기까지인데······. 혹시 질문이나 건의사항, 그 외에 할 말이 있다면 듣겠습니다. 무엇이든 좋으니 편하게 말해도 괜찮아요."

"······."

"없습니까?"

없을 리가 있나. 경직에서 벗어나 시선을 교환하는 셋. 대표는 여전히 쑨시엔이었다.

"우선, 진심으로 감사말씀을 드립니다."

가만히 응시하니 신중하게 이어지는 말.

"처음에 저희를 받아주신 것만으로도 충분히 감사한 일이었으나, 솔직히 그동안은 다소 겉도는 느낌이 있었습니다. 오늘 이렇게 결정을 내려주시니, 비로소 동맹의 사람이 되었다는 확신이 듭니다. 믿음에 보답하도록 노력하겠습니다."

겨울이 차분하게 답했다.

"기대하죠. 난 당신들의 자질이 미군의 평균적인 수준보다 떨어진다고 생각하지 않거든요. 마음가짐에 따라 충분히 좋은 군인이 될 수 있을 거예요."

수준 운운은 빈말이 아니다. 그러나 마냥 칭찬인 것도 아니었다.

'그만큼 미군의 인적자원 수준이 낮아졌으니 뭐······.'

트릭스터를 집중적으로 사냥하고 다녔던 프레벤티브 스

캘핑 작전 당시, 구조된 병사 중의 하나는 공수된 보급상자의 암호를 푸느라 애를 먹었노라고 증언했었다. 탄약이 변종들에게 넘어갈까봐, 네 자리 비밀번호를 간단한 사칙연산으로 표기해놓은 탓.

그것은 성인 인구의 1할을 까막눈으로 만들어 놓은 미국 공교육의 민낯인 동시에, 병력 확충을 우선하느라 질적 여과가 허술해진 육군의 현실이기도 했다. 따지고 보면, 역병 이전부터 갱 출신의 사병들이 심심찮게 사고를 치던 군대가 미군이었다.

「킬 팀」의 악명은 나쁜 의미로 전설적이다. 전지에서 민간인 사냥을 다닌 망나니들.

디안젤로 중사가 전 독립중대 병사들의 교육수준에 긍정적인 당혹감을 보였던 것도 같은 맥락이었다. 대학 나온 놈들이 뭐 이렇게 많지? 하고.

이런 속내를 모르고 온전한 칭찬으로 들은 셋은 애써 기꺼움을 감추는 눈치였다. 억눌린 기간이 워낙 길었으니 이해가 간다.

"Sir. 한 가지 질문을 드려도 괜찮겠습니까?"

"뭐죠?"

"혹시 저희가 속하는 중대의 중대장이 그 여자입니까?"

쑨시엔이 누굴 말하는지 알지만, 겨울은 모르는 척 되물었다.

"그 여자?"

"음……. 리아이링 소위 말입니다."

"아아. 아뇨, 리 소위는 3소대장으로 부임합니다."

"저희와 같은 중대가 됩니까?"

"다른 중대일 수가 없죠. 이번에 중국계로 편성하는 중대는 브라보 하나뿐이니까요."

겨울의 대답이 쑨시엔에겐 예상범위 밖이었던 모양이다.

"그렇…습니까? 저희는 중대가 다섯 개나 더 만들어진다고 들었습니다."

"명목상 '증강된 보병대대'라서 나중엔 그 이상이 될 수도 있다는 지침을 새로 받았는데, 그렇다고 그 많은 중대를 한 번에 다 편성해야 한다는 법은 없죠. 일단 전투중대로는 이번에 둘, 그리고 가까운 시일 내에 하나를 추가하기로 했네요. 나머지는 상황 봐가면서 조절하고요."

이건 포스터 대위의 제안이었다. 중국계로 두 개 중대를 채울 거라면, 최소한 창설 시기에는 차이를 두는 편이 좋지 않겠느냐고. 은근한 서열 갈등을 유도하자는 뜻이었는데, 그 의도가 나쁘지만은 않았다.

그는 이렇게 설명했다.

"병사들이 원래의 국적에 따라 선을 긋고 어울린다면 대대 전체 분위기에 안 좋은 영향을 미칠 것이 우려됩니다. 사실, 다른 부대에서도 비슷한 현상이 종종 발견되는지라…….."

흑인은 흑인끼리, 백인은 백인끼리, 라티노는 라티노끼리 어울려 다니기 시작하면 부대의 통일성이고 뭐고 없어지더라. 그런 경험담이었다.

'엄밀히 말해 장교들 사이에도 그런 경향이 없잖아 있지.'

이쪽은 장교가 된 경로를 따진다.

겨울은 전공이 압도적이라서 아무도 무시하지 않는 것이고.

쑨시엔이 새로 질문했다.

"그럼 누가 중대장이 됩니까?"

"나도 그걸 고민했는데, 다행히 웨스트포인트 출신 중위한 명이 파견된다고 하네요. 중대장으로는 처음이지만 소대 지휘경험은 풍부. 생도 시절 성적도 우수. 명백한 해방작전, 멧돼지 사냥 작전에 연속으로 참가. 표창이력은 없어도 이 정도면 훌륭한 자격이죠."

"……장교가 부족한 게 아니었습니까?"

"화교 3세입니다. 이름은 개빈 챙. 표정을 보니 나머지는설명할 필요 없을 것 같네요."

사정이야 어쨌든 사관학교까지 나온 고급인력을 얻게 됐으니 만족이다.

다만, 혈통이 화교일 뿐 중국어로는 회화가 곤란하다고한다.

'오히려 그 점이 더 좋을 수도 있지. 멀지도, 가깝지도 않은 적당한 거리감.'

겨울 눈앞의 셋은 어딘가 모르게 만족스러운 분위기였다. 리아이링이나 페이창룽처럼 사이가 험악한 인물이 상급자가 아니라는 사실에 안도하는 듯하다.

"또 할 말이 있습니까?"

겨울의 물음에 쑨시엔이 자세를 바로 했다.

"없습니다."

"흠……. 나중에라도 뭔가 있으면 보고해요. 이젠 정식 지휘계통상으로도 내가 당신들 상관이니까. 오늘은 여기서 해산. 이만 가 봐요."

세 사람이 겨울에게 경례했다. 대체할 인물이 마땅치 않아 고르긴 했으나, 당분간은 경과를 지켜봐야 할 이들이었다.

다음 면담 대상자는 리아이링이었다. 겨울이 일부러 빡빡하게 불렀기 때문에, 미리 도착한 그녀는 대대장실을 나서는 백지선 3인방과 마주쳤다. 잠시 멈칫했으나, 쑨시엔 외 2인이 까딱 목례를 하고 지나갔다.

"……."

열린 문 안쪽 겨울의 시선을 의식하며 받아주는 아이링. 낯빛엔 미약한 거부감과 당혹감이 어려 있다. 평소의 관계를 짐작할 수 있는 광경이었다.

정복을 입었던 앞서의 셋과 달리, 새로 입실한 아이링은 무기를 휴대한 전투복 차림이었다. 경례를 하는 손끝이 가늘게 떨리고 있다. 길게 내쉬는 호흡도 마찬가지. 두 눈엔 강렬한 열망이 녹아있었다. 겨울이 편안한 인사를 건넸다.

"정식으로 이야기를 나누는 건 오랜만이네요. 그동안 잘 지냈습니까?"

"네. 염려해주신 덕분에."

말투가 딱딱했다. 군인 태를 일부러 낸다는 느낌이 강하게 들었다. 아울러, 이는 겨울과 자신의 관계를 규정하는 태도이기도 했다. 당신 앞에 서있는 것은 그 진절머리 나는 삼합회의 향주(香主)가 아니라, 육군 소위 리아이링이라고.

그녀가 뜸을 들이다가 말했다.

"무사히 돌아오셔서 다행입니다."

"뭐, 운이 좋았죠."

죽을 뻔한 위기는 얼마든지 많았다. 앨러미더 섬에 고립되었을 때, 피쿼드 호의 비밀갑판에 갇혔을 때, 무수한 배들이 충돌하고 파도 아래 괴물들이 배회하는 밤바다를 가로질러 탈출할 때, 거기서 다시 북상하여 패주한 병사들을 수습할 때…….

그 모든 고비를 넘어, 겨울의 사후가 아직까지 계속되고 있는 건 충분히 놀라운 일이었다.

과거엔 그저 산 사람을 배려하는 피로감뿐이었다. 허나 별빛아이와 더불어 더 긴 시간을 존재해도 나쁘지 않겠다고 여기는 요즘, 이미 극복한 위기들이 새로운 의미로 다가오곤 했다.

겨울이 거듭 되뇌었다.

"정말로 운이 좋았어요."

"…….."

"의례적인 인사는 이쯤 해두고, 본론으로 들어가죠. 리아이링 소위."

"예!"

"인사장교에게 미리 언질을 받았는지 모르겠는데, 당신

의 지원병 소대는 오늘부로 201독립대대의 브라보 중대 3 소대로 편입됩니다. 당신은 그 소대장이고요."

보직 변경에 관하여 미리 언질을 받았을 리가 없다. 겨울이 전달을 통제했기 때문.

"소대 편성은 1차적으로 당신에게 맡깁니다. 뺄 사람은 빼고, 받을 사람은 받아요. 결재는 머레이 대위에게 받도록 하고요. 큰 문제만 없다면 그대로 승인될 겁니다."

정보장교인 머레이가 인사장교 역할까지 담당하는 건 결국 만성화된 장교 부족이 원인이었다. 그런 그가 잘 알지도 못하는 중국계 소대 편성에 이의를 제기할 리 없다.

즉 겨울은 아이링에게 사람을 솎아낼 기회를 주는 것이었다. 상설부대에 속할 소대의 편성권한을 쥔다는 것만으로도 그녀는 상당한 이권을 쥐는 셈.

아이링이 물었다.

"그럼 창룽…… 아니, 페이 소위는 어떻게 됩니까?"

이 질문이 중요하다.

"이번 편성엔 포함되지 않습니다."

겨울은 다음을 기약하지 않았다.

'확실히 온도차가 있구나.'

가장 처음 던진 질문에서 속내가 드러난다. 먼저 나간 세 사람은 삼합회의 향주 리아이링을 경계했으나, 아이링은 그 세 사람보다 아버지의 사람인 페이를 더 경계하는 것이다. 심리적으로 그만큼의 간극이 생겼다고 봐야 했다. 민완기가 말하던 그대로.

아이링의 다음 질문은 예상된 수순을 벗어나지 않았다.

"중대장은 누가 맡게 되는지요?"

"가까운 시일 내로 부임할 겁니다."

"원래 있던 사람은 아니라는 말씀이시군요."

"그렇게 됐네요."

겨울은 신임 2중대장의 신상을 읊었다. 실전경험을 갖춘 우수한 장교라는 측면을 강조하여, 쑨시엔이 물었을 때보다 좀 더 자세하게. 이는 한 가지 반응을 보고 싶어서였으나, 아이링은 아무런 표정 변화가 없었다. 하다못해 욕망이 아닌 실망감이라도 내비칠 법하건만.

가만히 궁리하던 겨울이 아이링을 불렀다.

"소위."

"네."

"기회를 주겠습니다. 내 사람이 되세요."

언젠가 시에루 중장이 겨울에게 했던 말과 판박이다. 맥락 없는 제안은 이번에야말로 아이링을 당황하게 만들었다.

"무슨 뜻으로 하시는 말씀… 인지 모르겠습니다."

"말 그대로 여기서, 군인으로서, 나와 함께 새롭게 출발하자는 의미죠."

"……."

분명 듣고 싶은 말이었을 것이다. 겨울이 회상했다.

"샌프란시스코에 갔을 때, 그 바다에서 옛 인민해방군의 장성 한 분을 만난 적이 있어요. 사정상 정확한 계급과 이름까지는 밝힐 수 없지만…… 아무튼 그분께서 인상적인 이야기를 하나 해주시더라고요. 중국인들이 왜 사적인 의리와 믿음을 강조하는지."

그것은 시에루 중장이 생각한 사람의 한계였다.

"말하자면 그건 자력구제의 수단이었다고 하더라고요."

"……."

"중국이라는 나라가 워낙 거대하다보니, 그 안의 질서라는 것도 한 사람 한 사람을 돌봐줄 만큼 섬세할 수가 없었다. 다른 나라였다면 사소했을 혼란이어도, 중국에서는 훨씬 더 압도적인 규모가 된다. 매번 혼란에 희생당하는 사람의 수가 결코 적지 않지만, 국가적으로는 사소한 피해에 지나지 않는다. 무작정 사회만 믿고 의지하다간 사람의 바다에 빠져 죽기 마련이다. 그러니 어떤 이익을 위해서가 아니라, 일단 살아남기 위해서 사적인 관계의 울타리를 만들어야 했다, 라고. 나는 이렇게 이해했어요. 표현은 조금 달랐지만요."

같은 중국인의 말이었다. 시각은 낯설어도 개념은 익숙할 것이다. 아이링이 말을 받는다.

"그분은 아마, 꽌시에 대해 말씀하신 것 같네요."

"정확하게는, 그게 왜 필요했는가에 대한 설명이었죠."

"그걸 제게 전해주시는 이유는……."

"알 텐데요. 원래 있던 울타리에선 확실하게 나오라는 겁니다."

내 울타리에 들어오고 싶다면.

삼킨 뒷말은 안 하는 편이 더 효과적이었다.

"당신 입장이 전과 같았다면 이런 제안을 하지도 않았어요."

의도가 의심스러웠는지 대답을 삼가는 아이링에게 겨울이 이어 하는 말.

"그냥 조용히 임명하고 말았겠죠. 한겨울 중령은 사람을 쓸 때 원래의 국적도, 소속도 가리지 않는다는 신호쯤으로. 이곳의 난민들에겐 그런 메시지를 전할 필요가 있으니……. 하지만 딱 거기서 끝냈을 겁니다. 미군으로서의 당신 경력은 소위가 끝이었을 거라고요."

"……그럼 지금은 달리 생각하시나요?"

"들었어요. 내가 없는 동안 어떤 일들이 있었는지."

아이링은 망설이다가 또 한 번 질문했다.

"제가 나오겠다고 하면 믿으실 수는 있습니까?"

"말했죠. 기회를 주겠다, 라고."

"……."

"중국에선 계약서가 없는 거래야말로 진짜 거래라는 말이 있다고 들었어요. 정확하게 약정한 만큼만 주고받은 다음 끝내는 게 아니라, 믿음으로 만들어지는 장기적인 관계를 중시하는 거라던데……. 내가 맞게 아는 건지 모르겠네요."

겨울이 아이링을 똑바로 바라보았다.

"어쨌든, 중요한 건 내가 이제부터 그렇게 할 거라는 사실입니다. 그래도 이 정도의 약속은 있어야 쓸데없는 고민이나 갈등을 덜지 않겠어요? 앞으로 마음고생을 할 일들이 많을 테니까요."

동맹이라고 선한 사람들만 모여 있는 게 아니다. 텃세도 있을 것이고 괄시도 있을 것이다. 애초부터 날을 세우는 사이인 백지선 일파와도 껄끄러울 터, 아직 편성 초기 단계인 일본계 중대와도 정서상 편한 관계일 수가 없다.

그 모든 갈등을 봉합하는 것이 유일하면서도 강력한 구심점으로서의 겨울의 역할이었다.

'다른 대안이 없기도 하고.'

편성 업무에 주의를 기울이는 이유가 여기에 있었다. 불가피하게 다시 긴 시간 자리를 비우는 데, 그사이에 참지 못하고 폭발하는 누군가가 있을까봐서.

과연 얼마나 효과가 있을지는, D.C. 행에서 돌아온 뒤에 알게 될 것이다.

소대원 선별을 전적으로 아이링의 손에 맡긴 것도, 결국 울타리를 새로 만들라는 의미였다. 당분간은 동맹의 큰 울타리 속에서 작은 울타리가 있긴 있어야 한다. 안 그러면 외로워서라도 견디기가 어려울 터였다.

"감사… 합니다."

아이링이 천천히 말했다.

"믿음에 보답하도록…… 최선을 다하겠습니다."

겨울이 끄덕였다.

"네. 그 정도면 됩니다."

당장은 다짐을 받는 정도로 충분하다. 어차피 그녀 스스로 벗어나고 싶을 입장인 만큼.

이후로도 면담을 진행한 겨울은 일본계에 대해선 큰 걱정을 하지 않았다. 인육 사건으로 인해 사납게 굴던 자들이 싹 쓸려나간 터라, 내부의 분위기를 확인하는 정도로 충분했다. 속내가 어떠하든, 상급자의 지시에 철저하게 따르는 경향을 보여주었기 때문이었다. 훈련 교관들은 전반적인 성과에 크게 만족했으며, 싱 소령도 긍정적으로 평가했다.

일병 쿠시나다 세츠나는 많이 바뀐 모습이었다. 머리를 박박 밀었고, 야위었으며, 얼굴엔 작은 흉터가 생겼다. 눈 밑에 기미가 진 그녀는 지금의 자신에 만족한다고 말했다. 대대장 집무실에서도 수시로 무기를 확인했다. 스스로 의식하지 못하는 듯한 손버릇.

안타까운 일이었다.

다음 날. 9월 마지막 날의 새벽에, 겨울은 대형 수송기(C-130)에 탑승해있었다. 인원 점검을 마친 전 독립중대원들은 두 개의 군용기에 나누어 탑승했다. 대형이라곤 해도, 민항기에 비해선 수송인원이 모자란 탓이었다. 여기에 예의 그 장학생들이 더해지기도 했다.

"에이, 이렇게 좋은 날 왜 울고 그래! 가서 열심히 공부하면 되지! 뚝!"

유라가 고맙다고 훌쩍이는 한 장학생을 달래주는 중이다. 그러나 아무리 닦아줘도, 눈물은 쉼 없이 새로 흘러내릴 뿐이었다.

여기에 알알! 개 짖는 소리가 더해졌다. 이는 공보처의 요청이다. 연출 상 필요하게 될지도 모른다던가. 기밀이 아닌 이상, 겨울의 행적은 사소한 부분까지 공개되어 있었다. 분명 다리 짧은 스페인 국왕을 보고 싶어 할 시민들이 있을 것이었다.

"음……. 그렇지! 혹시 사탕 좋아하니? 너희들도 하나씩 줄까?"

웅웅 울리는 터보프롭 엔진의 소음을 뚫느라, 상냥한 말이라도 크기가 커진다. 유라가 주머니에서 알록달록한 색상의 과일 맛 사탕들을 꺼냈다. 전투식량을 까면 한 줄씩 나오는 사탕을 얼마나 많이 가지고 다니는지, 나란히 앉은 장학생들에게 다 돌리고도 한 움큼이 남는다.

장학생들의 얼굴엔 기대와 설렘, 그리고 앞날에 대한 두려움이 묻어났다. 소위 인류 문명의 마지막 보루, 미국 동부로 가는 건 분명 기뻐해야 할 일. 그러나 가족과 떨어져 오래 지낼 생각을 하면 마냥 즐거울 순 없는 것이다. 하물며 얼마 전까지 중국 혐오정서에 기초한 폭동이 빈발했음에야.

그 와중에 대부분의 학생들이 겨울을 흘깃거렸다. 나이는 비슷하지만, 사회적인 입지는 완전히 다르다. 관심이 색다를 수밖에. 자리 배치부터 학생들의 희망에 따랐다.

"저기! 혹시 사인 하나만 부탁드려도 될까요?"

겨울은 한 남학생의 요청을 선선히 받아주었다.

"그래요. 어디에 해줄까요?"

"여기, 제 수첩에다가……."

학생은 하드커버가 위장색인 수첩을 내밀었다. 이상하게 여길 일은 아니다. 군사기지에 세들은 난민구역에서, 군용 보급품은 흔한 일용품쯤으로 통했다.

겨울은 공교롭다고 생각했다.

'경매 사이트 같은 곳에 올리면…… 돈이 급할 때 도움 이 되려나.'

사인을 원하는 학생에게선 사실 순수한 호의 이상으로 다른 욕심이 엿보였다. 처지를 헤아려보면 당연한 일. 일 단 초기의 대인관계에도 소품으로서 도움이 될 터이고, 사 정이 여의치 않을 땐 팔아다가 생활비에 보탤 수 있을 것이 었다.

일전의 맹동록 취사병 때와 달리, 공보처에서 정해준 가 이드라인이 있기도 했다.

이 모습을 본 학생들이 너도나도 손을 들었다.

"저도! 저도 하나만 해주세요!"

"중령님! 멋있어요! 팬이에요!"

"우리 작은 대장님! 저랑 결혼해주세요! 평생 행복하게 해드릴게요!"

마지막 외침에 웃음이 번진다. 유라가 아직까지 다독이 던 학생도, 손등으로 눈가를 닦다가 피식 웃고 말았다.

착륙하고 나서는, 수송기를 벗어나기 전에 단체사진을 찍었다.

사진을 찍어준 유라가 넷 워리어 단말을 돌려주며 웃

었다.

"대장님 이제 SNS도 본격적으로 하셔야 하잖아요. 거기다 올리세요."

"음……. 시키니까 하기는 하는데, 역시 좀 생소하네요."

오늘 이후로 가급적 하루에 하나 이상의 글을 작성해줄 것. 겨울이 받은 지침이었고, 심지어 여기에 별도의 급여마저 책정되었다. 평가기준은 게시물의 숫자, 내용의 충실함, 그리고 사람들이 얼마나 관심을 기울이는가. 즉 군의 홍보효과였다.

"하하. 어려워하지 마세요. 대장님이 안녕하세요! 한마디만 해도 몇 만 명씩 퍼갈걸요?"

"그건 그것대로 부담스러운데……."

"진짜 부담스러운 건 저런 거 아니에요?"

수송기의 경사진 승강구를 내려온 유라가 도시 저편의 하늘을 가리켰다. 거기엔 거대한 현수막을 늘어뜨린 광고용 비행선이 떠있었다.

「방역전쟁 최고의 영웅, 한겨울 중령의 방문을 환영합니다.」

저건 좀 아니지 않나.

표정이 흐트러지는 겨울의 모습에 여러 사람이 즐거워한다. 그 유쾌한 웃음소리들 가운데, 겨울은 육성으로 듣고 싶었던 그리움 하나를 구분해냈다.

"……앤?"

인상이 많이 달라져서 못 알아볼 뻔했다. 새까만 정장을 입은 앤은, 비슷한 복장의 통제요원 몇 사람과 더불어 현지 경찰인력을 대동하고 마중을 나온 참이었다. 부대원들이 소란스러운 탓에 거리를 두고 정차한 차량대열을 알아차리는 게 늦었다.

산뜻하고 투명한 미풍이, 다가오는 그녀의 머릿결을 잔잔하게 흔들었다. 입가엔 미소가 걸려있다. 그 미소는 반가움을 감추지 않는 겨울을 보고 한층 더 진해졌다. 다가오는 내내, 점점 빨라지려는 걸음걸이를 힘들게 억누르는 기색이었다.

"겨울."

살짝 떨리는 이름을 부르고서 잠시 목이 메는 앤. 크흠, 하고 목소리를 가다듬은 그녀는 손날을 가지런히 하여 겨울에게 경례했다.

"다시 뵙게 되어 영광입니다, 한겨울 중령."

"……?"

"알고 계시겠지만, 귀하의 경호와 연락을 담당하게 된 연방수사국의 조안나 깁슨 요원입니다. 순회 일정 간 무언가 요청 사항이 있으시다면 바로 말씀해주십시오. 최선을 다해 조치해드리겠습니다. 복귀하시는 날까지 잘 부탁드립니다."

눈을 깜박이던 겨울은 한 박자 늦게 주변을 의식하고 마주 경례했다.

"네. 저도 잘 부탁드리겠습니다, 깁슨 요원."

이렇게 느린 눈치는 겨울에게 어울리지 않는 것이다. 앤의 입꼬리가 한껏 올라간다. 한 손으로 짚은 선글라스를 끌어내린 그녀가 애정을 담아 장난스럽게 윙크했다.

"보는 눈이 많으니 해후는 나중에."

속삭이는 소리는 바로 앞의 겨울에게 겨우 닿을 만큼 작았다. 잠깐 보인 눈시울이 붉었다. 선글라스를 고쳐 쓴 앤은 몇 걸음 물러나 맞은편의 활주로에 두 번째 수송기가 착륙하기를 기다렸다. 다른 사람들을 등진 채로 볼을 한 번 닦아낸다. 점잖은 체 하지만, 발꿈치를 거듭 들었다 놓는 모습에서 감추려는 속마음이 묻어났다.

"중대! 정렬!"

박진석은 활주로에 내려서자마자, 엔진 소음이 가라앉기도 전에 인상을 썼다.

"야! 니들이 무슨 소풍 나온 초등학생들이야! 어? 빨리빨리 안 움직여?!"

으르렁거리는 품이 숫제 잡아먹을 듯하다. 병사들은 자그맣게 우- 하면서 오와 열을 맞춰 섰다. 겨울은 아무 말 않고 지켜보는 입장이었다. 사실 진석이 성을 낼 걸 알면서도 먼저 내린 인원들을 통제하지 않았다. 겨울도, 진석도, 병사들도 앞으로 익숙해져야 할 입장이었다.

간결하게 인원을 확인한 진석이 겨울에게 이상 없음을 보고했다.

"그렇다네요."

겨울은 앤을 보았고, 앤은 겨울과 진석을 향해 끄덕였다.

"그럼 이제 이동하겠습니다. 학생들은 이쪽 공항 보안요원의 안내에 따라 터미널에서 환승을 기다려주시고, 201독립대대 알파 중대원 여러분들은 저쪽에서 대기 중인 버스 4대에 소대별로 나누어 탑승해주시면 되겠습니다. 한겨울 중령님은…… 저와 함께 가시죠."

겨울동맹 장학생들이 겨울과 중대원들에게 눈물로 작별을 고했다. 기내에서는 몇 명이 훌쩍였을 뿐이지만, 지금은 예외 없이 울고 있다.

그 광경을 보고 마음이 시큰해졌는지, 병사 하나가 손을 들었다.

"중대장님! 애들한테 용돈 좀 줘도 되겠습니까?"

진석이 성난 표정으로 대꾸했다.

"줘!"

앤이 웃음을 터트린다.

"거기, 잠깐만요. 기다려주세요."

그녀가 공항 보안요원에게 양해를 구하는 사이, 마음이 동한 중대원들은 각자 지갑을 꺼내 현금을 각출했다. 곳곳에서 곤란해 하는 병사들이 속출했다. 미처 현금을 준비해 두지 못한 이들이었다. 겨울도 오백 달러를 내놓았다. 각자 적잖은 돈을 쥐게 된 학생들은, 병사들이 탑승을 마치고 나서도, 버스가 출발하는 순간까지 계속해서 돌아보며 손을 흔들었다.

겨울은 별도의 방탄차량에 탑승했다. 안쪽까지 두꺼운 왜건인데, 천장이 앞뒤로 나뉘어 열리도록 되어있었다. 그리고 그중 앞쪽에는…….

"……미니건?"

지붕 안쪽에 붙은 중화기가 겨울을 당혹스럽게 만든다. 유사시 자동화된 해치를 통해 무장이 개방되는 구조였다. 겉에서 보기엔 평범한 차량이건만, 어지간한 변종집단은 순식간에 갈아버릴 강력한 화력이 내장되어 있는 셈.

"시크릿 서비스가 쓰는 경호 차량하고 비슷한 사양이에요."

앤이 소리 죽여 설명했다.

"덕분에 운전석에서 뒤쪽 좌석을 보기 어렵죠. 후방 관측은 카메라로 대신하거든요."

그러면서 겨울의 손에 자신의 손을 부드럽게 겹친다.

"조금 아쉽지만, 도착할 때까지는 이 정도로 참아야겠네요."

혹시 싫은 건 아니죠? 라고 묻는 그녀에게, 겨울은 손가락을 얽는 것으로 대답을 대신했다. 차량의 앞뒤가 완전히 분리되어 있지는 않은지라, 앤은 고개를 숙였다. 표정관리를 하기엔 너무 어려운 기쁨인 모양이었다.

"이제 어디로 가는 건가요?"

잠시 후에 겨울이 묻자, 앤은 심호흡을 하고서 얼굴을 들었다.

"큼. 일정을 소화하려면 먼저 짐부터 내려놔야죠. 숙소는 벨라지오 호텔에서 제공하기로 했어요. 겨울의 방은 스위트로 잡혀있죠. 하루만 묵고 떠날 테지만, 충분히 만족스러울 거예요. 보안상 미리 점검해봤는데, 호수가 내려다보이는 도시 전경이 정말 멋지더라고요."

"으음, 비용이 너무 비싸지 않아요?"

"전혀요. 호텔 측에서 무상으로 제공하기로 했거든요."

"그건 그것대로 부담스럽네요."

앤이 키득거렸다. 오늘의 그녀는 웃음이 많았다.

"부담스럽긴요. 당신이 온다는 소식을 듣고, 이 도시에 얼마나 많은 관광객이 몰렸는지 알면 그런 말 못할걸요?"

"……."

"근 1년간 근근이 적자를 견뎌온 파라다이스의 마피아들 입장에서, 겨울의 방문은 도시 경영의 전환점이나 마찬가지예요. 말하자면 부활을 알리는 신호탄이라고 해야겠네요. 축제를 치른 뒤엔 지속적인 관광객의 유입을 기대할 수 있을 거예요."

라스베이거스의 약점은 방역전선에 너무 가깝다는 것이다. 세기말에 앞날을 생각하지 않고 향락과 도박을 찾을 사람이야 많겠으나, 현실적인 위험부담은 별개의 이야기였다.

앤은 손가락을 접어가며, 겨울에게 혜택을 제공할 때 얻는 이익의 가짓수를 헤아렸다.

"아울러 광고효과도 고려해야 해요. 당신이 머문 방은 프리미엄이 붙을 것이고……. 그래서 호텔 간에 경쟁도 붙었어요. 당신을 머물게 해주면 국방성금으로 얼마를 기부하겠다는 식이었는데, 구체적인 금액까지는 모르겠지만 상당한 금액이라고 들었어요. 아마 벨라지오 호텔 측이 가장 높은 금액으로 입찰했겠죠."

국방부는 돈이 아쉬우니까요. 그게 아무리 작은 돈이라도. 앤이 말미에 덧붙였다.

터미널을 거치지 않고, 주차장과 연료 보관시설 사이를 통과하여 공항을 빠져나간 차량 대열은 파라다이스 대로를 타고 북상하다가 서쪽으로 방향을 꺾었다. 공항 부지 반대편, 도로 북쪽에서 수많은 사람들이 몰려 환호성을 질러댔다. 숫자가 어찌나 많은지, 길이 수 킬로미터의 도로변을 꽉 채울 지경이었다.

호텔에 도착한 뒤, 겨울이 한숨을 내쉬었다.

"내리기가 무서운데요."

앤이 맑은 소리로 웃는다.

"익숙해져야 할 거예요. 앞으로 질리도록 경험할 일이니까."

문이 열리자마자 함성은 거리와 깊이를 모를 소음으로 변했다. 모든 방향이 웅웅 울리는 것만 같다. 직전까지의 웃음이 거짓말이었던 것처럼, 앤은 냉정한 무표정으로 상황을 통제했다. 지시에 따라 저지선을 형성하는 인력은 경찰보다 경찰이 아닌 경우가 훨씬 더 많았다. 원래부터 이 지역의 치안을 담당하던 이들로 보였다. 바로 합법화된 마피아 조직.

도로가 호텔 로비 앞까지 이어져 있음에도 불구하고 하차한 지점은 커다란 인공호수의 남쪽 진입로였다. 경호와 홍보 사이에서 갈등한 흔적이 엿보인다. 도로는 미리부터 차량의 진입이 통제되고 있었다. 구름 없는 네바다 사막의 하늘, 햇살에 반짝이는 분수를 배경으로, 가지각색의 환영 인파가 열광했다.

"한! 하안! 사랑해요! 나랑 결혼해줘요!"

어쩐지 기시감이 느껴지는 외침. 돌아보면, 웨딩드레스를 입은 여성들이 꽃다발을 흔드는 중이었다. 눈이 마주치고서 무시하기도 애매하여, 겨울은 어색하게 손을 흔들어 주었다.

바깥만큼은 아닐지언정 호텔 로비도 북적였다. 형형색색의 유리공예로 천장을 화려하게 장식한 내부가 인상적이었으나, 차분히 지나갈 여유가 부족했다.

유라가 앓는 소리를 냈다.

"으……. 분명 야간에만 입어도 된다고 했었는데!"

그놈의 호랑이 가죽 케이프 때문이다. 엄한 얼굴의 담당 공보장교를 의식했는지 투덜거림은 한국어로 내뱉었다. 환하게 웃는 얼굴을 유지하면서.

겨울과 중대는 승강기 앞에서 갈라졌다. 진석이 인사를 남겼다.

"나중에 뵙겠습니다."

"그래요. 숙소에서는 다들 좀 풀어주고요."

"사고만 안 치게끔 관리하겠습니다."

드러내진 않아도 진석 또한 기분이 어수선할 것이었다.

호텔 직원의 도움을 사양하고 객실에 들어서서야 한숨 돌리는 겨울. 뒤따라 들어온 앤이 가볍게 쥔 한쪽 손으로 입을 가리며 말했다.

"고생 많았어요."

"……너무 재미있어 하는 거 아니에요?"

"큭큭. 들켰나요? 사진…… 아니, 동영상으로 녹화해두고 싶었는데."

이렇게 농담을 하지만, 어딘가 모르게 긴장하고 있는 느낌이다.

조용한 가운데 둘만 남게 되니 조금 어색해지는 분위기. 뒷짐을 진 채 이리저리 눈만 돌리던 앤이 되는대로 주워섬기듯이 하는 말.

"음, 나랑 같이 온 요원들, 그리고 공보처나 유관기관 인력은 맞은편 객실에서 대기할 거예요. 앞으로 방문하는 모든 도시에서도 마찬가지일 거고요. 야간에도 당직이 있으니까, 뭔가 필요한 게 있으면 망설이지 말고 전달해줘요. 사적으로 외출하는 것도 일단은 보고가 들어가야 할 사안이고……."

"저기, 앤."

"네?"

"보고 싶었어요."

"……."

잠시 후, 앤이 선글라스를 벗고 긴 숨을 내쉬었다.

"전화로 몇 번 들었던 말인데도……. 이렇게 듣는 건 또 새롭네요. 귀가 간질간질해요."

선글라스 다리를 괜히 접었다 폈다 하는 그녀. 가만히 바라보던 겨울이 말했다.

"아까는 너무 달라져서 못 알아볼 뻔했어요."

"그야, 전엔 조금도 꾸미지 않았었는걸요. 이상한가요?"

"전혀요. 알아보기 힘들 만큼 예뻐졌다는 뜻이었어요."

"다행이다……."

직설적인 칭찬에 살짝 얼굴을 붉히며, 앤은 귓바퀴 뒤로 머리카락을 쓸어 넘겼다.

"나, 연습 많이 했거든요. 본격적으로 꾸미는 게 너무 오랜만이어서."

"예전 모습 그대로였어도 괜찮은데요."

"그렇게 말할 거라고 생각했어요. 그래도, 봐요. 나쁘지 않죠?"

"예. 정말로."

"큭."

이제 바라보는 시선이 올곧아진 앤이 진지한 어조로 하는 말.

"쓸데없는 걱정일지도 모르지만, 미리, 확실하게 말해둘게 있어요."

"뭔데요?"

"지금 당장 내 마음에 보답해주지 못하는 점에 대해서…… 당신이 조금이라도 부담스러워하는 일이 없었으면 해요. 당신에 대한 내 사랑이 한순간이라도 부담스럽게 느껴진다면, 내겐 그것만큼 싫은 일이 없을 테니까요."

"……."

"역시, 약간은 미안한 마음이 있었던 거죠?"

초조함이 없었다면 거짓말일 것이다. 입을 다문 겨울에게 앤이 상냥한 미소를 지어보였다.

"겨울. 나는요, 조바심에 서두르다가 중요한 일을 실패한 경험이 많아요. 돌이켜보면 인간관계에서 특히 그랬던 것 같네요. 당신에게만은 같은 실수를 저지르고 싶지 않아요. 내게 있어서 당신은…… 성급하게 구느라 망치기엔 너무도 소중한 인생이거든요."

"음……."

"표정 봐요."

짧게 키득거린 앤이 남은 말을 이었다.

"당신이 나의 행복인 것처럼, 내가 당신의 행복이었으면 좋겠어요. 그냥 당신이 즐거웠으면 좋겠다고요. 그러다 보면 언젠가는 내가 바라는 날이 올 테죠……. 무슨 뜻인지 알겠어요?"

"노력해 볼게요."

"네. 그거면 됐어요. 당신 성격을 감안하면 어려운 일이겠지만."

앤의 온화한 낯빛을 눈에 담던 겨울이 그녀를 향해 한 발다가섰다.

"잠시 실례할게요."

"앗……."

겨울은 그녀의 볼에 입 맞춘 뒤 어깨를 당겨 포옹했다. 품 안에 가득 차는 한 사람분의 체온이 좋았다. 앤의 귓가에 대고 겨울이 하는 말.

"고마워요. 진심으로."

"……네."

앤도 겨울의 등 뒤로 팔을 둘러주었다.

호텔에 숙박하는 전쟁영웅은 겨울 혼자만이 아니었다. 명예훈장 수훈자로 내정된 55인의 1차 집결지가 바로 이곳 라스베이거스였기 때문이다. 가장 먼저 도착한 사람이 겨울이었으므로, 진입로에 운집한 환영인파는 한동안 흩어질 줄을 몰랐다.

라스베이거스 시 당국에서는, 아마도 공보처의 요청사항이었겠지만, 외부에 스피커를 마련하여 진입하는 영웅들 한 사람 한 사람의 업적을 소개해주었다. 일종의 퍼레이드나 마찬가지였다. 소위 영웅들의 중대의 순방은 지역 민심을 위무하는 수단이었다.

"사람들에겐 이 도시가 자랑하는 그 어떤 쇼보다도 화려한 행사로 기억에 남겠군요."

창가에 선 겨울의 등 뒤에서 앤이 하는 말.

"사실 순서를 정하느라 고민이 많았다고 해요. 저분들을 들러리로 만들 순 없는 노릇이었으니까요. 그래서 시민들에겐 당신의 도착시간을 한 시간 앞당겨서 알렸죠. 협조를 당부할 시간을 확보하기 위해서요……. 지금 보니 결과가 나쁘지 않네요."

겨울을 환영하던 그 창피한 비행선도 잠시 치워둔 상태였다.

"겨울, 당신을 위해서도 잘 된 일이에요."

"그러게요. 나도 모르는 사이에 반감을 살 뻔했네요."

"이제부터 함께할 행사가 많을 테니, 기회가 닿을 때마다 친분을 다져두는 게 좋아요. 살아서 명예훈장을 받은 사람들인 만큼 알아두면 훗날 반드시 도움이 될 거예요."

사병도 사병이지만, 장교는 장차 군의 중추까지 올라갈 확률이 높다. 명예훈장 이상의 표창경력은 존재하지 않는 까닭이었다. 평가항목 중 하나가 항상 만점이면 도리어 진급을 안 하기가 어렵다. 사실 난민 출신인 겨울에게도 어느 정도 해당되는 이야기였다.

'예전엔 대위가 내 진급 상한이라고 생각했었지.'

그건 과거의 종말들을 곱씹어 내린 결론이었다.

그러나 지금의 미국은 이제껏 겪어온 그 어느 미국과도 다르다. 다소 어둡고 불안한 요소들이 존재하긴 하나, 현실적으로 상정 가능한 최상의 조건들을 갖추고 있다. 어떤 의미로는 겨울이 자신의 경험에 갇혀있었던 셈이었다.

다시 생각해보면, 상징적인 인사는 얼마든지 있어왔다. 최초의 흑인 장성, 최초의 여성 장성, 최초의 소수종교 장성 등.

희망 섞인 관측이 현실화되었을 때, 그저 상징으로 끝날 것인가, 제대로 된 영향력을 발휘할 것인가는 겨울이 하기 나름에 달렸다.

인맥관리가 그중 하나였다.

하지만.

"혹시 이 사람은 조심해야 한다, 라는 건 없어요?"

경계할 바가 많은 겨울로서는 당연한 질문이었다. 앤이 공교롭다는 표정을 짓는다.

"마침 말하려던 참이었는데……."

그녀가 곧바로 한 사람의 이름을 읊었다.

"상사 라울 F. 엘즈워스. 2기병연대 3대대 「강철」중대 소속으로, 모겔론스 사태 초기 유럽방면의 감염확산을 지연시킬 목적에서 진행된 희망 수호(Uphold hope) 작전에 참여. 암스테르담 철수 당시 헌신적인 활약으로 고립된 아군을 구조하여 수훈십자장을 받았어요."

굳이 부대명을 언급하는 것으로 미루어, 현재 대중적으로도 꽤나 알려진 부대인 듯했다. 하기야 명예훈장 수훈자를 배출할 정도로 싸워온 부대라면 유명할 법도 하다.

두문자가 I(Iron)이니 연대 전체에선 아홉 번째 중대일 것이다.

앤이 설명한다.

"2기병연대가 본토에서 재편성을 거친 뒤에는 명백한 해방 작전에 투입되었고……. 예의 그 핵공격으로 인해 보급체계가 마비된 시점에서, 연료가 바닥난 장갑차를 버리고 안전지역까지 117킬로미터를 걸어서 철수했어요. 1개 소대에 해당하는 병력을 수습하면서요. 이걸로 명예훈장 수훈이 확정되었죠. 정확히 말하자면, 1차적으로는 십자장을 받았다가 추후 상향조정이 결정된 경우지만요."

"이야기만 들어선 흠 잡을 곳이 없는 훌륭한 군인인데, 뭐가 문제예요?"

"종교적 신념이요."

"……."

"그는 후기성도교회(LDS)…… 그러니까 모르몬교의 원리주의 분파를 믿는데, LDS 주류 교단에서는 예전부터 이단으로 취급하던 곳이에요. 우리 연방수사국에서도 주의 깊게 지켜보던 단체죠. 꽤나…… 공격적이고, 반사회적인 성향을 공유하는 집단이었거든요."

"공격적이라는 건 테러 단체였다는 뜻인가요?"

"그럴 우려가 있었다, 정도가 맞겠네요. 종교단체들이 성서에서 언급된 재앙을 대비하는 건 그리 이상한 일이 아니지만, 여긴 요새화된 근거지와 사병집단까지 만들었어요. 내부적으로는 연방정부로부터 유타 주를 돌려받아야 한다는 말도 심심찮게 돌더군요."

"……곤란한 사람들이네요."

그러나 근거가 아예 없는 논리는 아니었다. 유타 주는 처음부터 후기성도교회가 개척한 땅이었는데, 연방정부와 전쟁까지 벌인 끝에 협상을 통해 미국에 흡수된 것이기 때문이다.

다만 정당성은 딱 그 정도로 그쳤다.

'일개 이단 분파가 후기성도교회 전체를 대변할 자격은 없지.'

겨울의 시각으로는 또 다른 광신도들일 뿐이었다.

앤이 곤란하다는 말에 동의했다.

"요즘은 교리에 따라 일부다처제를 합법화해야 한다는

주장으로 교인과 지지자들을 끌어 모으는 중인데⋯⋯. 진짜 문제는 따로 있어요. 그들과 AOC, 그리고 CPC 사이에 어떤 연결고리가 생긴 것 같다는 거죠."

"AOC? CPC?"

"아. 겨울은 남부의 골칫덩어리들을 잘 모르겠군요. AOC는 미국 성전 기사단, CPC는 그리스도의 민병대를 뜻해요."

"아⋯⋯. 들어본 기억이 나네요."

겨울에게 세례를 권했던 가톨릭 군종장교와의 대화에서 언급된 단체들이었다. 각종 혐오범죄의 온상으로서, 교황청이 대응에 애를 먹고 있다던가.

본디 큰 잘못을 저지르는 사람이 신을 찾을수록 비뚤어진 신앙이 되게 마련이다. 자신의 죄의식을 신에게 떠넘기는 탓이었다. 그러므로 여기서는 혐오를 정당화하기 위한 도구로서의 믿음이 성립한다고 봐야 한다. 진정한 종교와 거리가 멀다.

이런 사람들조차 사랑해주는 것이 전능자로서의 신이겠지만.

가슴속 돌 구르는 소리가 심할 때면, 겨울에게도 가끔은 신적인 존재를 믿고 싶어지는 순간들이 있었다.

한숨을 쉬는 앤.

"그들의 협력관계를 우리는 불경스러운 연합(Blasphemous league)이라고 불러요."

불경스러운 연합이라. 겨울은 내심 갸우뚱했다.

"교파가 다른데도 통하는 면이 있나 봐요?"

"어디든 중국계에 대한 증오가 존재하거든요."

"……."

앤이 중얼거렸다. 제너럴 양의 비디오가 발견될 때마다 얼마나 난리를 치는지, 하고.

"엘즈워스 상사 자체는 인종차별주의자도 아니고 과격한 성향도 없어요. 하지만 믿음만은 아주 독실하죠. 애초에 목숨을 도외시한 용기 자체가 믿음에서 나왔다고 하니까요. 그래서 주요 감시대상이에요. 겨울도 주의해둘 필요가 있어요. 만약 그가 당신에게 접근한다면, 그 배경엔 외부에서 비롯된 어떤 안 좋은 목적이 있을지 모르니까요."

"요컨대, 모르는 아저씨 따라가지 말라는 거죠?"

풋. 겨울의 농담에 실소를 터트리는 앤. 직후 짐짓 엄한 표정을 짓는다.

"진지하게 말하는데 갑자기 농담을 하고 그래요."

"FBI가 주목하고 있다면 심각한 걱정거리는 아니잖아요. 내가 그 사람에게 속아서 스스로 위험한 곳을 찾는다면 모를까."

"그래도 조심하란 말예요."

"알았어요. 걱정 안 하도록 행동할게요. 그보다, 그 밖에 다른 주의사항은 없어요?"

고민하던 앤이 고개를 저었다.

"그 외엔 없네요. 명예훈장을 아무나 받는 건 아닌 데다, 누구든 기본적인 감ㅅ…… 보호가 이루어지고 있는걸요. 비단 연방수사국만이 아니에요. 이번 행사의 보안은 국토안보부가 총괄하고 그 외의 다른 기관들이 협력하는 형식이라서요. 그저 내부에서의 테러를 주의할 따름이에요."

창가에서 떨어진 겨울이 소파에 앉아 옆자리를 톡톡 두드렸다.

"그럼 이 이야기는 이쯤 해두고, 특별히 가까이할 사람을 꼽는다면 누가 있을까요?"

"글쎄요. 어차피 알아서 손해 볼 사람은 없는 만큼…… 원래 안면이 있던 사람들부터 더 친분을 쌓아두는 게 어때요? 그러다 보면 자연스럽게 교유가 넓어질 거예요."

"안면이 있던 사람?"

의아해하는 겨울에게, 나란히 앉은 앤이 가까운 어깨를 살짝 으쓱여보였다.

"우선 75연대의 레이 에머트 대령이 있겠네요."

"아, 그분이……."

에머트 대령은 산타 마가리타에서 만났던 레인저 중대장이다.

'당시엔 대위였지.'

위험을 무릅쓰고 샌프란시스코 인근까지 험프백을 추적했다더니, 결국 그 공로를 인정받은 모양이다. 그 결과 험프백의 능력이 밝혀진 거라면 명예훈장을 주고도 남을 법한 전공이었다. 방역전쟁의 전략 구상에 중대한 영향을 미쳤을 테니까.

애당초 중대병력만 이끌고 오염지역을 수백 킬로미터씩 횡단한 것부터가 초인적인 업적이다.

마지막으로 소식을 들었을 땐 중령이더니, 그새 다시 대령으로 진급했다. 불과 1년 만에 대위에서 대령까지. 겨울만큼은 아니어도 무시무시한 진급속도였고, 그럴 만한 능력과 자격을 갖추었다. 내년엔 별을 달고 있어도 이상할 게 없었다.

별 같은 사람들은 어두운 시대일수록 빛을 발한다. 어둠이 그 별빛을 삼킬 정도만 아니라면.

앤의 말이 이어졌다.

"그 외에 동일 연대 수색대의 조지 팔머 대위, 육군특전대의 태너 롱 소령도 겨울과 아는 사이라고 들었어요. 내가 본 기록이 맞다면 윈저(Windsor) 근교의 목장에서 잠시 합류했을 텐데, 기억해요?"

"그럼요. 얼마 안 지난 일이잖아요."

대답을 듣고 묘한 표정을 짓는 앤.

"가만 보면 겨울은 기억력이 참 좋은 것 같아요."

"사람은 어지간해선 잘 안 잊거든요."

이건 「암기」 보정 이전의 문제였다. 한 번 본 사람이면 이름은 가끔 잊더라도 그 인상만은 잊지 않는다. 그 사람과 어떤 대화를 나누었는지, 또 그 사람에게서 무엇을 느꼈는지.

팔머 대위는 전역해서 아내와 함께 목장을 꾸리는 게 꿈이라고 했었다. 롱 소령은 딸이 자신을 아버지로 여기지 않는다고 투덜거렸었고.

'이렇게 만나게 되는 것도 신기하네…… 아니, 어떻게

222 납골당의 어린왕자 9

보면 당연한 일인가?'

겨울은 스스로 묻고 스스로 납득했다.

프레벤티브 스캘핑은 그만큼 위험하면서도 중요한 작전이었다. 생명의 위험을 무릅쓰고 아군을 구함과 동시에 적의 지휘체계를 파괴하는 임무였잖은가.

"일단은 이 정도네요."

앤이 소매를 젖혀 시계를 확인했다.

"조찬까지 앞으로 30분쯤 남았는데, 뭔가 하고 싶은 건 없나요?"

이제 막 도착한 영웅들이 첫 일정을 준비하기까지 주어진 여유. 겨울은 고개를 흔들었다.

"딱히……. 나가봐야 앤이랑 이렇게 있지도 못하는데요."

겨울이 창가에 서있을 때 앤이 거리를 두었던 것도 같은 이유였다. 성능 좋은 카메라에 찍힐 가능성이 있으니. 가까운 모습이 화제가 되었다간 일단 경호 문제에서부터 잡음이 생길 것이었다.

앤은 기쁘면서도 심란한 얼굴이 되었다.

"말은 고맙지만, 나 때문에 갇혀있지 말아요. 당신은 개전 이래 지금껏 난민구역과 전선을 오갈 뿐이었잖아요. 그것도 가장 위험한 장소만 골라서……. 안전지역의 평화로운 일상을 경험하고 싶지 않았어요? 이번 여정에서 남는 시간이라면 1분, 1초가 아쉬울 것 같은데……."

"괜찮아요. 난 이렇게 있는 게 더 좋거든요."

"……."

겨울은 말이 없어진 앤의 손을 잡고, 눈 마주칠 때마다 미소 지으며 30분을 보냈다.

조찬에서 보게 된 라울 엘즈워스 상사는 의외로 유쾌한 인물이었다. 모두가 인류와 미국의 미래를 위하여 건배할 때, 그는 곡선이 우아한 잔에 콜라를 담아 마셨다. 주변 사람들이 재미있어하자 그도 껄껄 웃었다.

"무알콜 샴페인보다는 콜라가 낫지! 어차피 술을 못 마실 거라면!"

술이 약하다는 게 아니라 종교적 금기를 지킨다는 말이었다.

겨울은 조금 떨어진 테이블에 앉아, 조용한 곁눈질로 그의 동태를 살폈다. 목소리가 커서 대화를 엿듣기에 무리가 없었다. 슬쩍 바깥 방향을 돌아보면, 선글라스를 낀 앤이 미세하게 고개를 끄덕여 보인다. 겨울의 판단에 맡기겠다는 몸짓.

'바로 접근하는 건 너무 노골적이고……. 자연스럽게 말을 섞어볼까.'

장교는 장교끼리, 사병은 사병끼리. 당장은 그렇게 어울리고 있다. 장교인 겨울이 상사의 테이블로 곧장 직진하는 건 영 부자연스러울 것이다.

상사를 경계하라는 앤의 당부가 아예 접점을 만들지 말라는 뜻은 아니었다. 오히려 겨울이 주의 깊게 접촉해주면 감시하는 수사국 입장에선 고마울 일이다.

엘즈워스 상사 자체에겐 아직 아무런 혐의가 없었다. 위험한 종교를 믿고 있을 뿐 현 시점에선 깨끗한 인물이다. 그러나 워싱턴으로 가기 전의 경유지 중엔 후기성도교회의 총본산인 솔트레이크 시티가 있었다. FBI는 바로 거기서 모종의 모의가 이루어지기를 기대한다.

만약 겨울이 엘즈워스 상사와 친분을 만들어둔다면, 겨울의 화제성 때문이라도 가족과 친구들을 만난 상사가 그 사실을 반드시 언급할 것이며, 이는 필시 이단 종파 내에서도 따로 구분되는 과격파의 귀에도 들어갈 터였다. 그들이 「불경스러운 연합」 차원에서 어떤 거국적인 계획을 품고 있을 경우, 엘즈워스 상사에게 접근을 시도할 가능성이 더욱 높아진다.

즉, 쿠데타에 준하는 사태를 미연에 방지하기 위한 노력이었다.

겨울이 예상하기로, 빌미만 주어진다면, 증거를 조작하여 「불경스러운 연합」의 주요 간부 전원을 일거에 체포하는 그림도 그려질 법했다. 나중에 무혐의로 풀어주더라도, 일단 가장 위험한 고비인 대선 전후만 넘기면 된다는 생각에서.

새로 가까워지는 인기척이 겨울의 주의를 일깨웠다.

"여기 주인 있는 자리인가?"

실로 오랜만에 듣는 목소리. 겨울이 바로 자리에서 일어났다.

"에머트 대령님."

"기억하는군."

"어떻게 잊겠습니까?"

겨울의 반문에 대령이 흡족해했다. 그가 좌우를 둘러보았다.

"처음의 질문에 대한 대답을 아직 못 들었는데…….."

"당연히 앉으셔도 됩니다. 이쪽은 육군특전대의 태너 롱 소령, 그리고 75연대 수색대의 조지 팔머 대위입니다. 인사 나누십시오."

먼저 합석해있던 둘을 소개해주는 겨울.

"같은 연대 출신이 있으니 더욱 반갑군. 75연대의 레이 에머트다."

"……처음 뵙겠습니다. 태너 롱입니다."

"조지 팔머입니다. 대령님에 대한 이야기는 익히 들었습니다. 이렇게 뵙게 되어 영광입니다."

편하게 보내는 시간인지라 서로 격식을 따지는 게 덜하다. 롱 소령은 짧게나마 어색한 표정을 지었다. 레인저를 조금 얕잡아보는 그린베레로서의 자부심이 원인일 것이었다.

세 사람의 유일한 공통분모로서, 겨울은 능숙하게 대화를 이끌었다. 어차피 다 실전을 경험한 군인들인지라 물꼬만 터주면 충분했다. 각자의 경험과 무용담만 늘어놓기 시작해도 분위기는 자연스럽게 완만해질 것이었다.

그런 목적에서, 몇 마디쯤 오고간 뒤에 겨울이 지난 일을 언급했다.

"샌프란시스코에서는 혹시라도 뵐 수 있을까 싶었습니다. 대령님께서 험프백을 추적하느라 그 근처까지 오셨다는 정보를 접했었거든요."

"나름 비밀 작전이었는데, 어떻게?"

"전 그때 CIA와 함께 움직였으니까요. 물어볼 만한 사람이 있었습니다."

"그런 거 막 말해도 되나?"

"이 정도는 괜찮을 겁니다."

에머트 대령이 재미있어했다.

"이 정도는 괜찮다, 라……. 귀관이 거물이 되었다는 게 실감이 나. 하긴, 산타 마리아에서 그렇게 날뛸 때부터 알아봤지. 죽지만 않는다면 크게 될 미치광이구나, 하고."

대화의 내용에 롱 소령이 관심을 보였다. 험프백에서 한 번, 산타 마가리타에서 다시 한 번. 묻는 쪽은 산타 마가리타가 먼저였다.

"Sir. 거기서 한 중령과 같이 계셨습니까?"

"그랬지. 내가 작전 책임자였으니까."

"그거 진짜로 진짜였습니까? 그러니까, 그 뭐냐, 편집의 마술 같은 거 아닙니까? 그날의 교전 영상 말입니다."

직설적인 질문에서 성격이 나온다. 당사자인 겨울이 있는데도 삼가려는 기색이 전혀 없었다. 딱히 악의가 느껴지지 않는 의구심이었으되, 에머트 대령은 슬쩍 불쾌감을 드러냈다.

"그 질문 참 여러 번 받는군."

"당연히 궁금한 사람이 많겠지요."

"기본적인 예의는 지켰으면 하네만."

"제가 그린베레 아닙니까."

"……하여튼."

대령이 넌더리를 내며 답변했다.

"맹세컨대 꾸밈없는 진실이다. 그저 그 난리를 치고 도…… 한 중령 같은 사람이 목숨을 걸고 구해낸 게 인간쓰레기 몇 놈에 불과하다는 사실이 유감스러울 따름이지."

짜증을 내는 듯한 목소리는, 그러나 겨울이 듣기엔 일부러 키워 말하는 느낌이었다. 겨울만 다른 테이블에 귀를 기울이는 게 아니다. 이쪽 테이블은 주변의 듣는 귀가 많았다.

에머트가 시선을 겨울에게로 돌렸다.

"귀관도 피곤하겠어. 이런 의심을 꾸준히 받을 테니 말이야."

"괜찮습니다. 제가 만나는 사람들이 전부 다 그린베레 같지는 않아서요."

가벼운 농담으로 받아치니 두 레인저와 그린베레 모두가 실소를 터트린다.

샴페인을 쭉 들이킨 롱 소령은 낮은 도수가 영 성에 안 차는 눈치였다. 허나 이후의 일정이 있는 만큼, 오전에 독한 술을 내어줄 리가 없다.

이 문제를 그는 나름의 방식으로 해소했다. 종업원이 들고 다니는 샴페인 잔들을 쟁반째로 빼앗은 것이다. 종업원이 당황하든 말든 그가 알 바 아니었다.

에머트 대령이 헛웃음을 지었다.

"이따가 총질도 해야 하는 걸로 아는데, 취하고서 망신당하지 않을 자신이 있나보지?"

"망신 좀 당하면 어떻습니까? 그런다고 줄 훈장을 안 주지도 않을 텐데."

"……아주 시원시원하군."

"걱정 마십쇼. 무슨 계집애도 아니고, 샴페인 따위에 취할 일은 없습니다. 그보다, 험프백을 직접 족치셨다면 그놈에 대해 뭔가 더 아는 게 있으십니까?"

역시 많이 들어본 질문이었던지, 대령은 표정 변화 없이 대답했다.

"언제는 사령부가 그런 걸 일일이 설명해주던가? 난 놈의 혈액과 분비액의 샘플을 확보했을 뿐이야. 연구결과에 대해 특별히 전달받은 건 없어. 그렇다고는 해도, 놈의 능력에 대해서는 다들 짐작 가는 바가 있을 텐데? 다른 사람들이 다 아는 공공연한 비밀을 여기 셋만 모른다는 건 말이 안 되지. 굳이 물어볼 필요가 있을까?"

"뭘 풀든 답안지를 확인하기 전까진 찝찝해하는 성격인지라."

"너무 일관성이 없잖나……."

"꼴리는 대로 사는 거지요."

겨울이 에머트에게 물었다.

"그 뒤로는 어떻게 보내셨습니까?"

"거의 다 쉬었지. 손실이 하도 크다보니, 원래 우리가 받아야 할 임무도 다른 곳으로 가더군. 좀 해괴하고 귀찮은 명령이라서 다행이라고 생각하는 중이야."

"해괴한 명령…… 인가요?"

"이틀 전이었지. 갑자기 트릭스터를 찾아서 생포해오라는 지시가 내려오지 않겠나? 그것도 요즘은 보기 힘들어진 알파 트릭스터를 말이야. 보나마나 연구용이겠지만, 트릭스터 생포가 어디 쉬운 일인가? 수틀리면 자폭하거나 자살하는 놈들인데. 자살은 귀관도 한 번 봤지?"

끄덕이는 겨울. 대령은 새크라멘토의 교전기록을 언급하는 것이었다. 겨울이 트릭스터의 자살을 본 건 두 번이지만, 피쿼드 호의 블랙 사이트, 비밀갑판에서 자신의 목 줄기를 잡아 뜯은 트릭스터에 대한 자료는 문서로만 남아있는 기밀이었다.

'이제 와서 굳이 알파 트릭스터를 찾을 이유가 있을까?'

알파. 강화가 한 번도 이루어지지 않은 단계의 트릭스터. 현재 남미지역에선 전보다 출력이 높은 전파 발생이 관측된다고 들었다. EMP를 터트리고도 살아남은 트릭스터에 대한 목격정보도 있었다. 등급을 분류하자면 델타 혹은 엡실론쯤 될 것이다. 잡는다면 이런 놈들을 잡아야 할 텐데. 한 번 터트린 후 회복하는 데 얼마나 걸리는지, 회복되기까지 육체적인 기능은 얼마나 발휘되는지, 통제능력을 발휘할 순 있는지 등을 알아낼 필요가 있다.

겨울의 고민은 여기에 에스더가 관련되어 있으리라는

「통찰」탓이었다. 그러나 같은 보정이 어째서? 라는 의문에는 반응하지 않았다. 시스템적으로 재해석된 '막연한 예감'인 셈. 즉 얼마든지 빗나갈 수 있다.

'대체 무슨 근거로 이런 「통찰」이……. 그저 시기가 비슷해서인가?'

착각에 지나지 않을 공산에도 불구하고 겨울의 속내엔 미련이 남는다. 「통찰」의 등급이 전보다 훨씬 높기도 했다. 에머트 대령의 질문이 천착하는 겨울을 현실로 끌어냈다.

"표정이 좋지 않군. 뭔가 아는 게 있는가?"

"……아닙니다. 그냥 안 좋은 기억이 하나 떠올라서."

"흠."

대령은 납득하지 못한 표정이었으나 굳이 더 캐묻진 않았다. 그럴 만한 시대가 못 되었다.

"아, 참. 이거 받으십시오."

듣고만 있던 팔머 대위가 둘러앉은 이들에게 명함 같은 것을 하나씩 나눠주었다.

받아든 롱 소령이 앞뒤로 뒤집어보더니 미심쩍어하며 물었다.

"이게 뭐야? 아그네스 농장?"

"안사람의 이름이 아그네스입니다. 전에 말씀드렸던 기억이 나는데요. 나중에 네시… 아내와 함께 농장이나 하나 꾸리며 사는 게 꿈이라고요. 전역하려면 멀었지만, 그녀가 상상하던 풍경 그대로의 농장 매물을 찾았다기에 바로 사라고 했습니다. 당신에게 주는 선물이라고. 그동안 모은 돈으로 충분하더군요. 한 번에 인출하기가 곤란해서 일부는 전시채권으로 인수했고요. 거기 주소가 적혀 있으니 훗날 시간 나면 언제든 놀러 오십시오."

그러자 롱 소령은 떫은 얼굴이 되었다.

"허……. 너 임마, 그러다 훅 간다."

"예?"

"보통 영화 같은 거 보면 너랑 비슷한 대사 치는 놈들이 가장 먼저 죽잖아. 거 왜 고향으로 돌아가면 결혼할 거라든가, 곧 뒤따라 갈 테니까 먼저 가라든가, 나는 아직 살아있다구 이 니기미 씨부럴 놈들아! 같은 소릴 지껄이는 순둥이들 말이야."

팔머는 롱 소령의 악담을 듣고 웃음을 터트렸다.

"우리가 영화 속 등장인물들은 아니잖습니까. 그리고 마지막으로 예로 드신 사람은 끝까지 안 죽는 걸로 알고 있는데요? 딱히 순둥이도 아니고요."

"어쨌든 불길한 건 피하라는 거지. 거 왜 해병대 애들이 사탕 싫어하는 것처럼."

"그건 해병대가 나약해서 그렇습니다. 고작 미신 따위가 레인저를 죽일 순 없지요. 그 반대라면 또 몰라도."

언행이 점잖을지언정 레인저는 결국 레인저였다. 롱 소령은 요것 봐라? 하는 표정을 짓는다. 표면적으로는 해병대를 언급했어도, 팔머 대위가 실제로 겨냥한 건 미신을 직접 언급한 롱 소령이었기 때문이다.

그러나 한 발 앞서 반응한 이들이 있었다. 하필 이 말을 듣고 있던 해병 무리였다.

"Sir. 실례지만 지금 뭐라고 하셨습니까?"

겨울은 그들을 바로 알아보았다.

'일본에서 1년 만에 귀환했다던……'

변종 천국이 된 일본에서 주일 미 대사관 사람들과 미국 시민들을 보호하며 살아남은 끝에, 버려져있던 여객기를 확보하여 1년 만에 본토로 귀환한 기적의 주인공들. 그러므로 그들은 부대 내 생존자 전원이 최소 수훈십자장, 최대 명예훈장을 받게 됐다.

미국의 역사에서 단일 부대가 이렇게 많은 명예훈장 수훈자를 배출한 건 처음일 것이었다.

악과 깡의 결정체 같은 이들이라 다른 부대의 상급자를 대하는 태도에도 거리낌이 느껴지지 않는다. 팔머 대위는 잠시 당황한 기색이었으나, 곧 태연하게 대꾸했다.

"미신 따위가 레인저를 죽일 순 없다고 했지."

"그 앞에 말입니다."

"아, 해병대가 나약하다는 거?"

"……."

이 사람이 왜 이러지. 바라보던 겨울은 팔머를 향한 에머트 대령의 눈짓을 알아차렸다. 대령이 중재하듯이 나섰다.

"분위기가 안 좋군. 괜히 싸우지들 말고, 누가 강한지 직접 시험해보면 될 것 아닌가."

같은 레인저라지만 명색이 대령이다. 해병들이 불퉁하게 반응했다.

"어떻게 말씀입니까?"

"흠……. 팔씨름은 어떨까?"

반응이 엇갈렸다. 해병들은 이게 뭔 유치한 장난인가 하는 얼굴들. 그러나 주변은 온통 흥미진진한 기색으로 물든다. 그러나.

"왜, 자신 없나?"

대령의 이 뻔하고 간단한 도발이 해병들을 격분케 했다.

"아닙니다! 자신 있습니다!"

"그럼 대위는?"

"싸움은 사양하지 않겠습니다."

팔머의 태연함에 해병들의 투지가 치솟는다.

아슬아슬한 승부였다. 적어도 겉보기엔 그랬다. 무언의 지시가 있었으므로, 팔머 대위는 처음부터 일부러 져줄 작정이었다. 그러나 정말 일부러 진 것인지, 진짜로 힘에 밀려서 진 것인지를 분간하기는 어려웠다. 애초부터 만만찮은 상대였으므로.

아무튼 승리는 해병대 챔피언의 몫이었다. 팽팽한 힘겨루기 끝에 승리를 쟁취한 해병은 한껏 붉어진 얼굴로 두 팔을 번쩍 치켜들며 전우들을 향하여 포효했다.

"US marine! US marine! Oo-rah!"

"Oo-rah!"

우-라! 우-라! 해병 전우들의 화답이 실내에 쩌렁쩌렁하게 울린다.

이후의 흐름도 기묘했다. 에머트 대령은 아주 자연스럽

게, 물 흐르듯 판을 키워놓았다. 덕분에 품격 있는 조찬 행사와는 거리가 멀어졌다. 같은 자리에 초대받은 지역 명사들은 구경꾼의 역할을 즐겁게 받아들였다.

"귀관은 지지 마라."

대령이 겨울에게 조용히 건넨 한마디였다. 같은 질문 받기가 지긋지긋하다더니, 결국 다 계획된 것이었다. 당연히 대령의 배려이기도 했다. 물론 주워 먹기는 겨울의 능력 나름. 망신을 당해도 겨울의 책임이다.

덕분에 겨울은 몇 사람을 누르고서 라울 엘즈워스 상사와도 한판 붙었다. 어떻게 거리를 좁힐까 고민하던 참에 잘된 일이었다. 아슬아슬하도록 보이게끔 이긴 뒤에, 겨울은 짐짓 감탄한 양 그와 악수를 나누었다.

"힘이 대단하네요, 상사."

"지고 나서 듣기는 민망한 말씀입니다."

이렇게 말하면서도, 그는 사람 좋게 웃으며 겨울과 악수를 나누었다.

합석하고서 대화를 나눠본 결과, 겨울은 엘즈워스 상사의 종교적 열정이 보통이 아니라는 사실을 확실히 알 수 있었다.

"사람을 사랑하시는 하나님께서 제게 사람들을 구할 소명과 능력과 기회를 주셨으니, 그 거룩하신 뜻을 행하는 제게 어떤 두려움이 있겠습니까. 다들 저더러 용기 있는 행동을 했다고 치켜세우곤 합니다만…… 틀렸습니다. 제가 구한 사람들은 곧 주님께서 구하신 것이기 때문입니다. 빛내야 할 것은 오직 높으신 주님의 이름뿐입니다."

사람을 살리는 것이 선이고 죽이는 것이 악이라면, 상사는 분명 선한 인물이었다. 적어도 그로 인해 목숨을 부지한 사람들은 상사의 선함을 부인하지 못할 것이다.

곱씹어보면, 바람직한 종교는 일정 수준의 선함에 도달하는 가장 빠른 지름길일지도 몰랐다.

하지만 겨울은, 어디까지나 개인적으로, 그것이 물 밖으로 치는 헤엄은 아니라고 생각한다.

'보면 볼수록……. 좀, 우울하네.'

순수한 신앙으로부터 거듭 에스더를 연상하는 겨울이었다.

전능하고 자애로운 절대자가 정말로 존재하여, 그의 보살핌 아래 행복하기만 하다면, 사람이 굳이 물 밖으로 헤엄칠 필요가 있을까 싶기도 하다. 그 한없이 인간을 사랑하는 신적 존재가 실제로 있다는 전제 하에서.

여하간 이런 성향 덕분에 상사 가까이 오래 머무르는 사람이 없었다. 그 헌신과 업적엔 경의를 표하되, 매양 종교적으로 흐르는 대화를 감당하기는 벅찼던 모양. 어차피 여기 있는 모두가 가장 명예로운 전공으로 빛나는 거인들이다. 따라서 차분히 오래 들어주는 겨울이 상사 입장에서는 무척이나 기꺼운 듯했다.

엘즈워스 상사와 이야기를 끝낸 뒤에도 겨울에겐 혼자 있을 틈이 주어지지 않았다. 명사들뿐만 아니라 명예훈장 수훈자들 또한 겨울에게 지대한 관심이 있었기 때문이다.

호기심과 호승심, 흥미, 호감, 경의, 그리고 개인적인 타산 및 합리적인 의심 등. 교차하는 접근들 사이에서 겨울은 자연스럽게 그들의 경험과 생각과 걱정거리들을 들었다. 작게는 개인사로부터 크게는 방역전쟁의 근황에 이르기까지.

인적자원의 고갈도 그중 하나였다.

이에 대하여 육군 항공대 최고의 헬기 조종사들, 통칭 「나이트 스토커」 연대 소속 수훈자 둘이 한마디씩 주거니 받거니 했다.

"큰일이야. 부대는 계속 소모되는데 보충이 되질 않아."

"그렇다고 코스를 갓 졸업한 초짜들을 데려올 순 없잖습니까. 바지에 똥오줌도 안 싸본 애송이들에게 그날 밤 같은 곡예비행을 시켰다간 아까운 헬기만 줄줄이 꼴아박고 말 겁니다."

"뭐, 우리가 주 방위군은 아니지."

여기서 말하는 '그날 밤'이란 양용빈 상장의 핵공격 이후 이루어진 야간 구조작전을 의미했다. 이들은 걸어 다니는 레이더, 즉 트릭스터의 관측을 피하고자 지면에 달라붙는 수준의 고속비행을 감행했다고 한다. 산간의 지형 굴곡에 의지해 소음과 비행경로를 은폐하겠다는 발상 자체는 좋았으나, 자칫 사고로 부대가 전멸할 수도 있었던 치명적인 곡예였다. 그런 비행을 하룻밤 사이에 열 번 이상 반복했다고 하니 과연 명예훈장을 받을 법한 공로였다.

'그래도 특수부대라서 EMP 내성은 확실하게 갖췄었나보네……. 아니었으면 계곡에 숨은 트릭스터 하나만 터져도

위험했을 텐데.'

겨울은 오래된 숲, 세쿼이아가 울창했던 국립공원의 전투를 회상했다. 거기서 겨울의 기병대를 지원한 아파치 공격헬기 편대, 호출부호 해머 폴은 트릭스터의 EMP에 대하여 뛰어난 방어력을 과시했었다. 이후 육군에도 개선된 장비들이 보급되기 시작했고.

자연스럽게 몰려서서 듣던 수훈자들이 파일럿들의 대화에 공감했다. 영 비리비리한 놈들이 많아져서 못써먹겠다, 좌표를 제대로 못 보는 소대장이 있더라, 공군의 오인폭격도 눈에 띄게 늘었다 등등. 흐름이 이렇게 되니 공보처에서 파견한 장교들이 은밀하게 끼어들었다.

"곤란합니다. 이 자리에 군인들만 있는 게 아니라는 사실을 기억해주십시오."

민간인 유력자들도 있고 방송사에서 파견한 기자들도 있다. 선을 넘을 뻔한 영웅들이 멋쩍음을 감추며 입맛을 다셨다. 그러고는 최대한 자연스럽게 분위기를 바꾸었다. 쏟아낼 무용담은 얼마든지 많았다. 일본에서 돌아온 해병 하사가 입담 좋게 떠들었다.

"살아남은 좀비새끼들이 막 달려드는데, 하필이면 그때 쿠킹 오프(Cooking off)가 터진 겁니다. 와, 씨발……. 결정적인 순간 총이 지 혼자 지랄발광을 떨면서 탄창을 싹 비워버리니 머릿속도 하얗게 비워지더군요."

쿠킹 오프란 과열로 인한 기능고장의 하나다. 약실이 달아오른 탓에 방아쇠를 당기지 않아도 탄약이 줄줄이 격발되는 현상. 기후가 덥고 습한 일본에서는 더욱 발생하기 쉬웠을 것이다.

일본을 탈출하던 날에 대한 증언이었으므로, 흥미진진하게 듣던 누군가가 묻는다.

"그래서? 어떻게 살아남으셨소?"

"개머리판으로 패고 대검으로 찌르고 해서 두 놈을 죽였죠. 나머지는 여기 이 친구가 지원사격으로 해결했고요. 그러다가 내 어깨에도 구멍을 내버렸지만."

지목당한 해병이 불퉁거린다.

"결과적으로 살았으면 된 거 아닙니까. 고맙다고는 못하실망정."

"그래! 고맙다 이 새끼야! 진짜 고마워! 근데 니가 사격 못하는 건 사실이잖아!"

"아, 쫌!"

사족이 붙은 감사의 말과 억울한 반응이 청중들의 웃음을 자아낸다. 무수한 생사의 고비를 더불어 넘어와서 그런지 관계가 무척 친밀해보였다.

어느 장교가 덧붙였다.

"과열이 확실히 문제는 문제야. 특히 겁 많고 경험 적은 신병들에겐 더더욱 그래. 전투의 양상이 예전과 다르다보니……. 그렇다고 변종들을 상대하는 싸움에서 소총의 연사기능을 제거할 수도 없는 노릇이고."

이번에도 공감대가 형성되었으나 동조하는 다른 의견들이 이어지진 않았다. 공보처 장교들이 최대한 불쌍한 표정들을 지어보인 까닭이었다. 무기체계에 대한 불만 또한 군의 신뢰도를 깎아먹는 요소. 하물며 그 불만이 영웅들의 중대에서 제기된다면 한층 더 그러하다.

겨울도 동의했다. 장교의 말처럼, 예전, 즉 사람과 싸우던 시절에 비교해 전투의 양상이 판이하도록 달라진 것이 사실이다.

'변종들의 공세는 이쪽을 압도하는 숫자가 기본이니까.'

게다가 그 숫자로 미친 듯이 달려들지 않던가. 인간 이상의 내구성과 인간 이상의 속도. 여기서 만들어지는 복합적인 두려움은, 싸움에 임하는 병사들의 감각을 왜곡시킨다. 체감상 적아의 거리가 실제보다 짧게 느껴지는 것. 그러므로 그들은 정신없이 연사를 긁어댄다.

한데 제식 소총(M4)의 단점 중 하나가 빠른 과열이었다.

과거 아프가니스탄 전쟁에서도 탈레반의 야습에 대응하다가 총열이 터져 낭패를 겪을 뻔했던 사례가 존재했다. 은 엄폐를 반복하며 쏘는데도 그런 일이 벌어졌던 것이다. 짧고 격렬하기 마련인 변종들과의 교전에선 훨씬 더 위험성이 높았다.

해병 하사가 언급한 쿠킹 오프도 마찬가지. 이건 주로 장탄수가 많은 지원화기에서 발생하는 문제지만, 소총이라고 해서 완전히 자유롭진 못했다.

'특히 소음기를 결합해 사용한다면 말이지.'

전투 중의 겨울이 병사들의 총기상태에 괜히 주의를 기울이는 게 아니었다.

에머트 대령이 말했다.

"개인적으로는 D.C.에서 열린다는 무기박람회가 기대되는군."

겨울도 향후의 일정에 관련하여 통보받은 사항이다.

"육군협회(AUSA)[3]가 주관하는 방역전쟁 엑스포를 말씀하시는 건가요?"

"그래. 수훈식 다음에 둘러볼 기회가 있을 거라고 하던데, 귀관도 참석하나?"

"예. 물론입니다."

"거기서 뭔가 개선된 물건들을 볼 수 있을지도 몰라. 개인화기든, 전차든, 장갑차든……. 전선이 안정화된 만큼 주구장창 험비만 찍어낼 필요는 없을 테니. 슬슬 생산라인을 변경할 여유가 생기겠지."

육군협회 엑스포는 모겔론스 이전부터 신무기 전시회에 가까운 행사였다.

이에 관련해서 이미 겨울에게 명함을 건넨 군수회사 관계자도 있었다. 비록 공식적인 권한은 없을지언정, 유명한 전쟁영웅이 자사의 제품을 높게 평가해줄 경우 실제로 채택될 가능성도 그만큼 높아질 것인 까닭이었다. 비슷한 맥락에서, 무기회사가 종종 시민들을 상대로 광고를 내기도 한다.

조찬이 무르익을 즈음, 겨울은 많은 사진을 찍고 많은 악

---

3   Association of the United States Army. 미국 육군에 대한 지원 활동을 목적으로 하는 민간 비영리단체

수를 나누고 그보다 더 많은 유혹을 받았다. 그 유혹들은 개인적인 것과 공식적인 것으로 나누어졌다.

"5천만 달러요?"

겨울이 사뭇 놀랍다는 듯이 반응하자, 민간군사업체(PMC)의 중역이라는 자가 미소 지었다.

"그렇습니다. 정확하게 말씀드리자면 계약금만 5천만 달러입니다. 추후 전역, 혹은 퇴역을 하게 되었을 때 우리 유나이티드 시큐리티 서비스에서 3년간 재직하겠다는 내용으로 계약서를 작성해주신다면, 한 중령님의 계좌에 당장이라도 5천만 달러가 입금될 것입니다."

중역은 거듭 5천만 달러라는 액수를 강조했다.

'내가 거절할 거라고 확신하고 지르는 제안인가?'

겨울로선 이런 의혹을 품는 게 당연했다. 귀를 막고 살지 않는 한, 군사업체의 중역쯤 되면 겨울의 성향과 정치적 장래에 대해서도 어느 정도 들은 바가 있을 텐데…….

관심을 끌기 위한 목적이라면 벌써 성공했다. 카메라 셔터 소리가 시끄러웠기 때문이다. 내일이면 이런 제목의 기사가 뜰 것이다. 한겨울 중령, PMC로부터 거액의 계약을 제안받다. 큰 금액일수록 화제가 될 가능성도 높았다.

"그 전에 내가 전사할 수도 있다는 생각은 안 하시나요?"

겨울의 질문에 중역이 대수롭지 않은 투로 답한다.

"그럼 뭐, 기부한 셈치지요."

"……."

"하하. 너무 노골적으로 말씀드리는 느낌이지만…….

그땐 조금 비싼 광고비를 지출한 셈치면 됩니다. 우리 회사는 항상 최고의 고객들과 거래하지요. 그리고 당신처럼 신의 사랑을 받는 분께서 쉽게 전사하실 것 같지도 않고 말입니다."

"신의 사랑이라니……."

"죽을 뻔한 순간을 몇 번이나 극복하지 않으셨습니까? 행운도 실력입니다."

"……."

"구미가 별로 안 당긴다는 표정이시군요."

"솔직히 그렇네요. 언제가 될지 막연하기도 하고요."

"흠. 하기야 2백 3십만 달러를 쾌척하신 분이니……."

2백 3십만 달러는 겨울이 국방성금으로 내놓은 선물 매각금을 뜻했다. 본래는 그보다 많았으나, 중개업체의 수수료와 기타 제반비용을 제하고 남은 것이 그 정도 되었다.

말끝을 흐렸던 중역은 다시 한 번 미소 지었다.

"그래도 긍정적으로 검토해보십시오. 당신의 앞날을 감안하더라도 의외로 괜찮은 경력이 될 겁니다. 말씀드렸다시피 우리 회사는 최고의 고객들과 거래하거든요. 그 인맥과 경험을 토대로 중령님 본인이 창업을 하실 수도 있지 않겠습니까? 난민들의 일자리도 마련해주고, 이쪽 업계에서 그들의 처우도 보장해주는……. 이야, 이거 정말 괜찮군요."

스스로 감탄하는 그의 모습에, 이번에야말로 겨울은 의혹을 감추지 않았다.

"세상에 설마 경쟁업체가 등장하길 바라는 회사가 있을까 싶네요."

"이런."

군사기업의 중역이 고개를 흔들었다.

"저도 귀가 있습니다. 당신에게 있어서 이쪽 사업은 결국 거쳐 가는 관문에 불과하겠지요. 우리는 몇 년만 견디면 됩니다. 보통 계약 기간이 그 정도 되기도 하고요."

거쳐 가는 관문이라는 말에서, 겨울은 무슨 맥락인지 이해했다. 돈이든 인맥이든 회사를 경영한 경험이든, 정계에 입문할 밑천을 마련하라는 말이었다.

그러나 여전히 무슨 자신감인지 모르겠다. 공직자가 사기업의 수장을 겸하지 못하는 건 사실. 허나 겨울이 빠진다고 해서 이미 세워진 회사가 그냥 없어지진 않을 터였다.

'어차피 급할 것도 없지.'

겨울은 판단을 미루기로 했다.

"연락처를 남기시면 생각해보고 전화 드리죠."

"그렇게 하십시오."

기다리겠습니다. 중역이 자신의 명함을 건네주었다. USS 바이스 프레지던트, 클리퍼드 돈 로빈슨. 한국의 직급으로 비유하자면 상무쯤 되는 사람이다.

조찬이 끝난 다음, 영웅들의 중대는 도시의 주요 관광지를 한 번씩 돌아보았다. 물론 짐작했던 대로 단순한 관광과는 거리가 멀었다.

헬기를 타고 도시 전경을 둘러보며, 겨울은 카메라가 없는 것처럼 행동했다.

"굉장히 인상적인 장벽이네요. 시가지 내 안전대책도 확

244 납골당의 어린왕자 9

실하게 마련되어 있고……. 감염 관련해서는 사고가 터지기 어렵겠어요."

사고가 터지기 어렵다. 지역 유지들이 원했던 게 바로 이 한마디였다.

"전엔 방역전선 투어도 있었다고 했죠?"

이건 진짜 겨울의 질문이다. 가이드가 끄덕였다.

"예! 경비행기를 타고 서쪽이나 남쪽으로 쭉 날아가서 구경 좀 하다 돌아오는 거지요. 안전지역 상공을 벗어나진 못해도 꽤나 인기가 있었습니다. 어떤 의미로는 귀신의 집이랑 비슷한 상품이었다고 봅니다. 그런 걸 원하시는 분들 덕분에 그동안 굶어죽지 않았지요. 여성분들은 대체로 만족하셨지만, 남성분들은 많이들 실망하시더군요. 하하하!"

헤드셋에 대고 시원하게 웃는 가이드는 민간인임에도 전투복과 흡사한 의상을 입고 있었다. 그러나 딱히 특별한 일은 아니었다. 지금은 어느 분야에서든 생존주의적인 요소가 인기를 끌고 있었기 때문이다. 심지어 디지털 위장 패턴이 들어간 미니스커트가 출시되기도 했다.

도시를 시계 반대 방향으로 한 바퀴 돈 헬기는 이윽고 동쪽으로 방향을 돌렸다.

목적지에 도착한 것은 그로부터 얼마 지나지 않아서였다.

"다 왔군요. 잠깐이나마 모시게 되어 기뻤습니다."

겨울은 가이드에게 작별을 고했다. 돌아가는 길엔 헬기를 타지 않는다.

"엑셀!"

프리시안 품종의 검은 준마는 겨울의 냄새를 맡고 극도로 흥분했다. 고삐를 붙잡고 있던 사람을 뿌리치고 달려오더니, 소변을 흘리며 펄쩍펄쩍 주변을 뛰어다닌다.

기병행진을 위해 먼저 도착해있던 이들이 각자 자신의 말을 몰아왔다. 곤란해 하는 겨울을 보고 에머트 대령이 웃는다.

"신기한데? 말이 무슨 개처럼 구는군."

하긴, 보통 주인은 아닌가. 라는 중얼거림. 동물도 생사고락을 함께한 주인에겐 좀 더 특별한 감정을 느끼지 않겠는가 하고.

말은 애초에 배변통제가 안 되는 동물이었다. 다만 이처럼 주인에게 격한 애정을 표현하는 모습을 볼 기회가 드물 뿐. 겨울은 엑셀이 진정하고 나서야 겨우 다가가 목덜미를 긁어줄 수 있었다. 털이 부드럽고 말 특유의 냄새가 거의 나지 않는 것으로 미루어 그동안 좋은 보살핌을 받아온 듯했다. 겨울이 안장에 오르니, 고삐를 놓쳤던 관리인이 쭈뼛거리며 다가왔다.

"저기, 죄, 죄송합니다."

"됐어요. 누가 다친 것도 아니고."

겨울은 잔뜩 주눅이 든 그를 물끄러미 내려다보았다.

"마누엘 헤이스, 맞죠?"

"예에……. 저 같은 걸 기억하시는군요."

전에 보았을 때보다 곱슬머리가 길어진 그는, 종교적 휴

양지를 겸하는 러시안 강 유역의 목장에서 만났던 죄수였다. 다른 관리인들과 달리 지금도 죄수복을 입고 있다.

'구경거리인가.'

말하자면 겨울의 행적을 보여주는 증거의 하나일 터였다. 공개된 정보에 한하여, 시민들은 겨울에 대한 거의 모든 것을 알고 있었다. 어떤 면에선 당사자인 겨울보다 더 잘 아는 부분도 있을 정도. 통과하거나 머물렀던 장소 및 환경에 대한 상세한 분석이라든가, 함께했던 사람들의 회고와 평가, 언제 찍혔는지 모를 사진 등. 심지어 손자 주겠다고 만화책에 사인을 받아간 민간인 파일럿, 루크 노인의 인터뷰까지 돌아다녔다.

죄수가 다시 한 번 사과했다.

"죄송합니다……."

"됐다니까요. 신경 쓰지 말아요."

"……그게 아니라, 죄송해야 할 일이 한 가지 더 있습니다."

겨울이 살짝 고개를 기울였다.

"그게 뭐죠?"

"중령님의 말을 제대로 보살피지 못해서…… 그…… 죽어버리고 말았습니다."

"……?"

맥락이 부족하여 이해하기 곤란했다. 겨울은 한참 캐묻고 나서야 헤이스가 무슨 소리를 하는 것인지 알 수 있었다. 올레마에서 마주친 기병수색대는 금빛의 명마를 타고 있었고, 그 품종이 겨울에게도 주어질 것이라는 말을 들은 적이 있지 않던가. 나라를 버린 중앙아시아의 대통령이 미국의 전쟁영웅에게 관심을 보이고 있다고.

"그러니까, 투르크메니스탄의 대통령께서 선물하신 말이 죽었다는 거죠?"

"예에……."

"흠."

딱히 상관은 없는데, 라고 할 뻔했던 겨울이 카메라를 의식하여 말을 삼켰다. 국민의 대피보다 희귀품종의 명마 보존을 우선시한 인간 말종이라지만, 그의 성의를 대놓고 무시하는 발언이 전파를 탔다간 귀찮은 후환이 돌아올지 몰랐다.

'명마보다 우선한 것이 중앙은행의 달러와 금괴였다는 소문도 돌고.'

즉 인간쓰레기일지언정 굉장히 돈이 많은 인간쓰레기였다.

투자 같은 걸 염두에 두는 게 아니다. 겨울은 그 자금이 엉뚱한 방식으로 폭발할 것을 우려하고 있었다. 풍부한 자금은 불온한 불씨를 키우는 장작이 되기 쉽기에.

곱씹어보건대, 이제까진 미처 생각해보지 못했던 잠재적 위험요소였다. 도무지 상식적이지 못한 이들이 쥐고 있을 막대한 자금들. 그것이 불순한 정치세력과 결합하면 어떻게 될까. 예컨대 예의 그 불경스러운 연합이라든가.

고로 그런 인간들은 현 정권에 친화적인 입장으로 남아 있는 편이 좋겠다.

한편으로는 FBI가 참 버겁겠구나, 라는 생각이 든다. 해외에서 유입된 불투명한 도피자금이 어디 한둘이겠는가. 경계할 대상도 많고 범위도 넓어 기존의 역량으로 감당하기 어렵겠다. 한때 해체설까지 나돌았던 CIA가 무난히 조직을 유지하는 이유도 바로 여기에 있을 것이었다. 무작정 조직을 통합해봤자 불협화음과 알력다툼이 심해질 따름이다.

'알고도 놓치는 경우만 안 나왔으면 좋겠는데…….'

불안요소들이 많아도 너무 많다.

겨울은 무난한 질문으로 넘어갔다.

"유감이네요. 어쩌다가 죽었어요?"

곱슬머리 죄수, 마누엘 헤이스는 손가락으로 엑셀을 가리켰다.

"이, 이 녀석이…… 뒷발차기 한 방에……."

"서열다툼?"

"예에, 그겁니다. 서열다툼."

"……."

제 이야기를 하는 줄 아는지 모르는지, 엑셀은 연신 푸르륵거리는 소리를 냈다. 사람으로 치면 만족감과 안도감의 표현이었다. 오랫동안 변종집단에 쫓겨 다닌 기억이 있는 이 녀석의 입장에서, 겨울을 태웠을 땐 뭔가를 두려워할 필요가 없는 것이다.

'설마 이런 일로 악감정을 품진 않겠지…….'

생각하면서도, 겨울의 심중엔 약간의 우려가 남았다. 그 독재자는 듣는 것만으로도 워낙에 비상식적인 인간인지라

혹시나 싶었던 것이다.

어쨌든 사고 자체는 충분히 있을 법했다. 말의 발차기는 때로 10센티 두께의 목판을 박살내고, 얇은 철판을 찢어발길 만큼 강하다. 서열다툼 중엔 한 뼘이 넘는 깊이의 열상(裂傷)이 생기기도 한다. 물론 세계적으로 유명한 품종의 명마를 한 방에 보내버린 엑셀은 평범한 경우가 아니었지만.

겨울이 흑마의 목덜미를 긁는다.

"좀 살살 때리지 그랬니."

푸르륵. 엑셀이 다시금 기운차게 투레질했다.

"죄송합니다, Sir……."

또 사과하는 헤이스를 향해 겨울은 고개를 저어보였다.

"그쯤이면 됐네요. 이미 벌어진 일을 어쩌겠어요."

"그래도…… 그 말의 값어치가 자그마치 60만 달러라고 하던데……."

"그만. 선물 받은 거긴 해도 내 소유의 말이 죽은 거고, 내가 책임을 묻지 않겠다면 그걸로 끝입니다. 어차피 물어낼 능력도 없잖아요?"

죄수의 안색이 살짝 질린다. 물어내라고 하면 어쩌나 하는 걱정도 있었던 모양.

"당신 형기를 늘려봐야 나한테 좋을 것도 없네요. 선물을 주신 분께는 나중에 개인적으로 양해를 구할 기회가 있겠죠. 그러니 이제 그만해요."

뒤쪽은 카메라를 의식한 말이다. 죄수 헤이스는 눈물을 글썽거리며 고마워했다.

지금 이 행사는 도시 근교의 안전을 과시하는 것이다. 허나 후버 댐으로 말을 달리게 된 영웅들의 숫자는 채 스물을 넘지 못했다. 말을 타지 못하는 사람도 많았던 까닭. 그들은 먼저 후버 댐을 둘러보고 있었다.

　롱 소령은 겨울의 「승마」에 필적하는 수준으로 말을 다루는 예외적인 소수였다. 소속부대인 그린베레가 과거 중동의 전장에서 기병으로 활약한 적이 있었기 때문이다. 비록 그가 해당 작전의 당사자는 아니었으되, 부대 특성 상 또 언제 그런 작전을 경험할지 모른다는 이유에서 승마기술을 착실하게 단련해두었다고. 무엇보다 전직이 카우보이였다.

　기량을 뽐내느라 다른 일행과 거리를 벌린 소령이 겨울에게 가까워졌다.

　"한 가지 여쭤 봐도 되겠습니까?"

　"뭐죠?"

　"처음 보는 놈들이 밑도 끝도 없이 뭔가를 주겠다고 할 때 보통 어떻게 대응하십니까?"

　"……왜 그런 질문을?"

　"뭐, 경험자의 조언이 필요해서 그렇습니다."

　"경험자의 조언?"

　"예. 사실 아까 조찬회장에서부터 다양하게 찌질거리는 잡놈들이 접근하더군요. 같이 사업을 하자는 둥, 선물을 주겠다는 둥. FBI와 공보처가 한 번 거르고도 그 지경이던데, 신원이 확실하더라도 그냥 받아두기가 영 찜찜해서 말입니다."

"……."

"심란하던 참에 아까 그 죄수랑 나누시는 대화를 듣고…… 아, 일부러 엿들은 건 아닙니다. 아무튼 그걸 듣고, 이런 경험은 당신께서 더 많이 하셨겠구나 싶었습니다. 그래서 여쭤보는 겁니다. 대개 어떤 식으로 대응하시는지를."

잠시 생각을 정리한 겨울이 대답했다.

"웬만하면 받아두는 것도 나쁘지 않다고 봐요. 스스로를 망치지 않을 한도 내에서는요."

소령이 미심쩍은 표정을 지었다.

"진심이십니까?"

"나도 충고를 받은 거예요. 나중에 다소 문제가 되더라도, 미리 걱정해서 전부 다 쳐내는 것보다는 나을 것이라고."

"누가 그랬습니까?"

"두 사람이었는데, 누구인지는 들어도 의미가 없을걸요?"

래플린 준장과 강영순 노인. 어느 쪽이든 롱 소령은 모르는 사람이다. 겨울이 회상했다.

"우선 한 분은 이렇게 말씀하셨죠. 「이래도 되나 싶더라도, 어지간한 선물은 준다고 할 때 받아 놔라. 귀관을 향한 관심과 애정은 한철의 유행이자 다시 찾아오지 않을 기회일지 모른다. 과거 온 국민의 사랑과 존경을 받았던 이오지마의 영웅들이 그 예다. 말년의 그들은 형편이 좋지 않았고, 심지어 길가에서 객사한 사람마저 있다. 세상의 관심이란 그토록 변덕스러운 것이다…….」"

이는 사려 깊은 조언인 동시에 겨울의 미래에 대한 불길한 예측이기도 했다.

이오지마의 영웅들 중 길가에서 객사한 이는 아메리카 원주민 출신인 아이라 헤이즈였다. 난민 출신인 겨울과는 비슷한 면이 존재한다. 래플린 준장도 그 점을 염두에 둔 것이고.

롱 소령이 무척 떨떠름하게 반응했다.

"……객사? 누가 제 앞에서 그런 악담을 했으면 한 대 칠까 진지하게 고민했을 겁니다."

정작 본인은 팔머 대위에게 그딴 대사 치다간 일찌감치 죽느니 마느니 하는 소리를 했으면서. 쓰게 웃는 겨울의 모습에 아랑곳하지 않고 롱 소령이 다시 묻는다.

"그럼 나머지 한 사람은 뭐라고 했습니까?"

"「사귐이 깊지 않은 이들의 호의란 흥거운 술자리에서의 취기와 같다. 취기에 한 행동은 정신 차린 다음 후회해도 어쩔 수 없는 법이다.」라고요. 상대에 따라 적당히 이용하라는 뜻으로 하신 말씀이었겠죠."

"흐음……."

소령이 턱을 쓰다듬는다. 강영순 노인의 충고는 짧으면서도 깊이가 있었다.

"일단 알겠습니다. 넙죽넙죽 받다간 스스로 망가질 것 같은 기분이 들지만……. 어떻게 보면 여기서 더 망가질 것도 없겠군요. 혼자 살다가 혼자 죽을 인생, 자식을 또 볼 것도 아니고."

"왜요. 이번에 한 번 초대해보지. 설마 연락도 안 해봤어요?"

워싱턴 D.C.에서의 행사엔 가족초청이 기본이었다. 소령은 퉁명스럽게 대꾸했다.

"새살림 차린 여편네에 애비 이름 찍찍 불러 싸는 계집애한테 연락은 무슨 연락입니까. 오고 싶으면 오겠지요. 초청장은 받았을 테니."

"······."

어쩐지 얼룩이 있는 말이었으되, 겨울은 그 부분을 지적하지 않았다. 상대가 받아들이지 않을 충고는 그저 자기만족에 불과할 터이므로.

변전소를 지나 목적지에 도달한 기병대는 콜로라도 강을 틀어막은 거대한 역사를 배경으로 사진을 촬영했다. 미국이 회복한 미국의 역사였다.

행진은 거기서 다시 라스베이거스를 향했다. 세찬 빗소리 같은 갈채와 환호는 여전했고, 나체의 남자가 행진대열을 가로막고 뛰어다니다가 통제요원들에게 붙잡혔으며, 일부 단체는 자신들의 구호가 적힌 피켓이 카메라에 노출되도록, 혹은 겨울이 보게끔 유도하느라 애쓰기도 했다.

그 구호들 가운데 기억에 남는 한 가지가 이러했다.

「영국 여왕은 우리의 영웅을 도둑질하지 마라.」

겨울 단독으로 소화한 일정, 호손 시의 시민들과 만나는 자리에서 본 문구였다.

숙소로 복귀한 뒤, 겨울은 앤에게 그 뜻을 물었다.

"아아, 그건······."

앤이 미간을 좁혔다.

"좀…… 정치적으로 미묘한 문제예요."

"무슨 말이에요?"

"영국 여왕이 당신을 비롯한 명예훈장 수훈자 일부에게 기사작위를 수여한다는 이야기가 있거든요. 단순한 소문이 아니라 그쪽 내각에서 꽤 진지하게 논의되는 중이라고 해요."

당혹감을 느끼는 겨울.

"영국에서 왜 나한테 작위를 주는데요?"

"민주당 대선후보의 공약 가운데 가장 핵심이 뭔지는 알죠?"

"인류 합중국 수립이요?"

"네. 그거요."

이것만으로도 겨울은 대충 알 것 같은 기분이 들었다. 이어지는 앤의 설명이 겨울의 짐작을 확인해주었다.

"겨울은 영국의 안보에 직접적으로 기여한 바가 없죠. 그런데도 당신에게 작위를 수여하겠다는 건, 방역전쟁이 국경을 초월한 인류의 문제라는 관점을 지지하는 것……. 즉, 민주당 번스 후보에 대한 간접적 지지를 표명하는 상징적인 행위인 거죠."

"음……. 그래도 이해가 안 가는 부분이 있네요."

겨울이 살짝 눈을 찌푸렸다.

"영국은 캐나다의 영연방 탈퇴에 관해서 강력하게 반대하는 입장이라고 들었는데, 인류 합중국 계획에 찬성하는 건 모순 아닌가요? 말이 인류 합중국이지, 결과적으론 영국이 미국에 흡수당하는 거나 마찬가지잖아요."

"영국 정부 내에서도 찬반이 갈린다고는 해요. 다만……."

"다만?"

"미국 우선의 고립주의를 표방하는 공화당의 크레이머보다는 차라리 번스 후보가 낫다는 거겠죠. 그리고 인류 합중국 계획이 끝까지 잘 되리라는 보장도 없고요."

당장 공화당부터 어깃장을 놓을 것이다. 지금은 번스 후보를 편드는 영국 정부가 그때 가선 반대편에서 로비를 펼칠 수도 있겠고. 예측이라기보단 차라리 예언에 가깝겠다.

그런데 앤이 뜻밖의 말을 꺼냈다.

"한국 정부도 같은 일을 시도할 가능성이 있어요."

"무슨 소리예요?"

"워싱턴에 한국 대통령이 와있거든요. 사실 겨울의 시간을 사기도 했죠."

시간을 샀다는 건 국방성금을 기부하고 겨울의 일정 일부를 할당받았다는 뜻이었다. 대개 정치인, 경제인, 연예인 등 자신의 이미지 형성을 위한 광고비로 수백만 달러를 아까워하지 않을 사람들이 어떤 식으로든 겨울과 시간을 보내길 원했다. 슈퍼볼 광고 30초에 5백만 달러의 값을 매기는 것과 같은 이치였다.

대체 한국 정부가 무슨 돈이 있어서 겨울의 시간을 샀는지는 의문이지만.

'그게 이걸 경고한 것이었나?'

겨울이 떠올리는 건 캘리포니아 주 상원의원 탈튼 브래년과의 저녁식사였다. 그는 당적을 공화당에 두고 있다. 식전에 대선주자들이 나오는 방송을 틀어두었던 것부터가 다소 의도적인 게 아니었나 싶더니…….

이런 관점에서 해석해보면, 브래년은 자신의 제안이 유효하기 위해선 겨울이 신중하게 처신해야한다는 메시지를 전달한 것일 터이다. 어쩐지 너무 형편 좋은 제안이다 했다.

물론 이런 속내를 직설적으로 털어놓을 순 없었을 것이다. 추후 겨울을 협박했다는 식으로 논란이 될 소지가 있을 테니까. 모르긴 몰라도 그때 나눈 대화가 녹음되어 있진 않을까? 겨울이 여론몰이를 시도할 경우에 대비한 안전장치로서.

"무슨 말인지 이해했어요."

겨울이 끄덕였다.

"한 가지 더 물어볼게요."

"뭔가요?"

"아까 호손 시민들을 만날 때 비슷한 옷을 입은 사람들이 유난히 많이 눈에 띄더라고요. 해골무늬를 넣은 까만 옷에 하얗게 「Prince of doom」이라고 적혀있던데, 이것도 무슨 종교적인 단체의 상징인가요? 경호팀에서 막지 않은 걸 보면 과격단체는 아닌 모양이지만, 어쩐지 신경이 쓰여서……."

불경스러운 연합, 혹은 그에 준하는 과격단체의 일원들이 아닌가 의심스러웠다.

그러나 앤은 겨울의 질문을 다 듣기도 전에 웃음을 터트렸다.

"또 뭘까 하고 긴장했더니, 이렇게 갑자기 치고 들어오면 어떡해요."

"갑자기 치고 들어오다뇨?"

"정말 모르는 거예요? 그거 겨울의 별명이잖아요."

"……내 별명이요?"

"네."

"어째서 그런 별명이…….."

"아마 산타 마리아의 교전영상이 공개되었을 때 생겼을 거예요. 특히 그, 구울을 개머리판으로 찍어 죽이는 장면이 컬트적인 인기를 끌었죠."

"……."

그러고 보면 POD 팩션 어쩌고 하는 이야기를 들은 것 같기도 하다. 채드윅 팀장의 경우 초면부터 팬클럽의 분파 운운하는 헛소리를 지껄인 바 있다.

어쩐지 해골이 그려진 옷을 입은 수염 난 마초 아저씨들이 지나치게 훈훈한 반응을 보여준다 했다. 개중엔 겨울의 손을 맞잡고 감격하여 눈물을 글썽거리는 사람도 있었다.

"……괜히 물어봤네요. 모르는 편이 나았겠어요."

앤이 재미있어했다.

"싫어요?"

"싫다기보다, 창피하잖아요."

"큭큭."

만족스러울 만큼 웃은 앤이 자세를 바로 했다.

"겨울. 여러모로 신경 쓰이는 게 많겠지만, 너무 그렇게 걱정하진 말아요. 우리도 불미스러운 일이 생기지 않도록 최선을 다하고 있으니까요. 어지간한 사고는 사전에 예방할 수 있을 거예요. 그러니 당신은 자신의 문제에 대해서만 생각해요."

"……알았어요."

"그러고 보니 바에 전 독립중대원들이 모인다고 했는데, 당신도 가보는 건 어때요? 당신이 오기를 기다리겠다고 했거든요."

"앤은요?"

"내가 거기 어울리긴 좀 부담스럽네요."

다녀와요. 그녀는 겨울을 살짝 밀어냈다.

호화로운 호텔엔 몇 개의 바가 있었는데, 독립중대원들은 그중 비교적 작은 곳에서 모이기로 한 것 같았다. 허나 겨울은 문을 열고 들어가기 전에 멈추었다. 안에서 새어나오는 대화가 겨울이 있을 때에 비해 더없이 편했기 때문이었다.

"어라? 여기서 뭐하세요? 들어가시지 않고."

물어온 사람은 유라였다. 안에서 있다가 어디 다녀오는 길인지, 그녀에게선 약간의 알코올 냄새가 났다.

겨울이 엄지로 안쪽을 가리켰다.

"방으로 돌아가려던 참이네요. 내가 있으면 저런 이야기는 못할 것 같아서요."

"저런 이야기?"

잠시 귀를 기울이더니, 이마를 짚고 앓는 소리를 내는 유라.

"이 녀석들이……. 누가 들을지 모르는데."

"욕 좀 하면 어떻고, 야한 농담 좀 하면 어때요. 그럴 수도 있지."

거친 경험을 하면 말도 거칠어지는 게 정상이었다. 다만 논란이 될 여지가 있는 발언만 안 나오면 되는데, 그쯤이야 알아서 통제할 인물들이 있었다. 정 걱정스러웠다면 겨울이 직접 들어가서 한마디 주의를 남겼을 것이다.

전 독립중대원들이 세간의 이목에 주의해야 할 입장이긴 하나, 이 정도도 통제하는 건 너무 과도한 처사였다.

유라가 겨울의 눈치를 보았다.

"혹시라도 서운하게 생각하진 마세요."

"뭐가요?"

"애들이 대장님 앞에서 조심하는 거요. 그건 거리를 두는 거랑 달라요. 그, 대장님 나이가 나이다 보니까, 자칫 무시하는 것처럼 보일까봐 더 조심할 수밖에 없어요. 그런 마음이 없을수록, 작은 대장님을 좋아하고 존경할수록 더욱 그래요."

겨울이 미소를 만들었다.

"설마 내가 그걸 모를까 봐요? 다만 놀 땐 다들 편하게 놀았으면 하는 거예요. 그러려면 내가 없는 편이 낫겠죠. 게다가 원칙적으로 만 21세 미만은 출입 금지잖아요."

끝에 농담을 섞어 말했음에도, 겨울을 빤히 바라보던 유라가 묻는다.

"……항상 그런 식이면 외롭진 않으세요? 다들 의지하기만 하는데, 정작 대장님 본인은 의지할 데가 없잖아요. 저 애들처럼 편하게 대할 상대도 없고요."

잠시 고민한 겨울이 대답했다.

"있어요."

"예?"

"그럴 사람, 있다고요."

정확하게는 의지하고 싶은 사람들이라고 해야 할지도 모른다. 별빛아이와 앤. 둘이자 하나, 하나이자 둘.

별빛아이에게 묻는다면 둘이라고 말할 것 같다. 그도 그럴 것이, 스스로 말하지 않았던가. 겨울 앞에서 자신은 흐르는 강물, 불씨를 틔우는 모닥불, 하늘에 뜬 구름과 그 너머의 태양과 밤에 뜨는 달에 이르기까지, 사후세계를 구성하는 모든 것과 구분되는 하나가 된다고.

그러므로 별빛아이의 입장에서 가상인격은 길가의 돌멩이와 같았다. 즉 그 자신인 동시에 자신이 아니었다. 적어도 겨울이 묻는 그 순간에는.

"아……."

유라가 조금 늦게 반응했다.

"그렇구나. 있었구나……."

중얼거린 그녀는 곧 부드럽게 웃어보였다.

"다행이네요. 정말로, 다행이에요."

겨울이 의지하는 게 누구인지는 궁금하지 않은 모양이었다.

익일, 라스베이거스에서의 마지막 날엔 마라톤이 개최되었다.

이 마라톤은 군인들을 지원하는 민간 재단에서 주관했다. 알라모 3 파일럿, 파멜라 펠레티어 대위의 고향 친구가 사무장으로 있다던 바로 그 단체였다. 이런 축제도 괜찮겠다고 여긴 겨울이 사전에 공보처의 협조를 구했고, 공보처에서는 해당 시민단체를 검증하고 참가 신청자들을 주의 깊게 선별한 뒤에 허가를 내린 것이다.

풀 마라톤은 이것이 처음이자 마지막이지만, 방문하는 도시마다 하프, 혹은 쿼터 마라톤이 예정되어 있었다. 그때마다 참가할 면면도 상이하다. 전쟁영웅들이 시민들과 어울려 함께 달리는 광경은 가슴 속에 분열을 품은 이들에게 시사하는 바가 많을 터였다. 인종과 정치적 신념, 종교의 차이에 무관하게 모두 하나 되어 행사를 즐기는 사람들의 모습. 겨울이 목적한 바이자 정부의 정책적 지향점이기도 하다.

겨울은 단독군장을 착용하고 무기와 탄약을 휴대한 채 42.195 킬로미터를 완주했다. 뛰는 내내 40파운드(약 18킬로그램)에 달하는 추가 중량을 감당한 것이다. 이는 미군 구성원들이 종종 도전하는 과제의 하나였다. 여기서 기존의 최고기록을 단축해 놓았으니, 사소하게나마 끊임없이 제기되는 겨울에 대한 의심들을 불식시키는 데에도 도움이 될 것이었다.

전날부터 술을 멀리하며 벼르고 있던 진석은, 겨울과 같은 조건으로 6시간 19분 만에 결승선을 통과했다. 그리곤 실망감에 이를 갈았다. 목표로 잡았던 옛 기록보유자에 비해 한 시간 반가량 뒤떨어지는 성적이었기 때문. 그러나 완주했다는 것 자체만으로 201독립대대, 나아가 난민 출신 병력자원에 대한 이미지를 향상시키기에 충분한 소재였다.

마라톤 다음은 민간 사격장에서의 전술사격시연이었다. 먼저 전쟁영웅들이 시범을 보여주고, 시민 및 명사들을 상대로 교습을 해주는 식. 겨울의 「교습」도 긍정적인 반응을 얻었다. 그저 겨울을 만날 핑계거리로만 여겼던 명사들이 의외의 충실함을 느꼈던 것이다.

이에 따라 공보처 역시 만족감을 표했다.

"입소문이 나면 티켓 값을 더 비싸게 받을 수 있겠군요. 예약을 아껴둘 걸 그랬습니다."

오랜만에 만난 맥과이어 소령의 말.

"성과급이라도 받아요?"

겨울의 질문에 소령이 실소했다.

"그런 거 없습니다. 그저 일이 잘 풀리니 즐거울 뿐입니다."

그리고 그는 진지한 예측을 덧붙였다.

"잘 해내야지요. 전시채권 판매에 있어선 이번이 사실상 마지막 기회가 될 테니까요."

"마지막 기회?"

"예."

맥과이어는 행사를 마무리하는 사격장을 둘러보았다. 영웅들과 참가자들, 또 일개 직원에 이르기까지, 사람들의 표정에선 그림자를 찾아보기 힘들었다.

"이젠 위기감이 없습니다. 대부분의 사람들이 실질적으로 종말의 위기를 넘겼다고 보는 거지요…….. 실제로 그렇기도 하고요. 그러니 시민들의 절박함에 기대어 팔아왔던 전시 채권도 판매량이 줄어들 수밖에요. 따라서 이번이 마지막 기회입니다."

"듣고 보니 그렇겠네요."

"예. 그러니 당분간 잘 부탁드리겠습니다."

소령이 겨울을 향해 미소 지었다. 역전된 계급에 대한 반감은 조금도 묻어나지 않았다.

"그나저나……."

어조를 바꾸는 소령.

"일정이 버겁진 않으십니까?"

"체력에 무리가 간다 싶으면 바로 이야기할게요."

마라톤에 이은 사격시연은, 그렇게 뛰고도 전투력을 유지하는 기량을 보여줄 기회이기도 했다. 그러나 겨울이 앓아누울 경우 금전적 손실이 이만저만이 아닐 터이므로, 개인적인 유대가 없더라도 우려하는 사람들이 많았다.

"흠……."

그들 가운데 하나인 맥과이어는 물끄러미 겨울을 바라보다가 가볍게 고갯짓했다.

"훗날 기회가 닿으면 이 도시를 다시 방문해보십시오. 재밌는 경험을 하시게 될 겁니다."

마라톤이나 사격장의 기록 등이 하나의 관광 상품으로 만들어져 있을 거라는 뜻이다. 한겨울 중령의 기록에 도전하세요! 사격장에 이런 문구가 붙어있을지도 모른다.

"생각만 해도 싫어지는데요."

살짝 찡그리는 겨울의 대답이 공보처 장교를 소리 내어 웃게 만들었다.

환락의 도시를 떠나는 비행기는 일몰 이후에 이륙했다. 계획상 여기서부터는 군용기가 아닌 민항기를 탑승하도록 되어있었다. 전쟁영웅들과 함께 일등석을 배정받은 겨울은, 대화를 원하는 사람들에게 양해를 구하고 잠시 창밖의 풍경을 바라보았다.

희미한 달빛에 젖어 창백해진 사막 가운데, 화려하게 반짝이는 시가지가 낮아지는 땅과 더불어 가라앉는다. 그 풍경이 겨울로 하여금 생소한 감상에 젖게 했다. 이는 때때로 익숙한 글자가 낯설어 보일 때와 비슷한 유리감(流離感)이었다.

지금 낯설어진 것은 이제까지 일궈놓은 스물일곱 번째 종말의 세계 그 자체다. 바깥과 격리된 기내의 조용한 분위기, 멀어지는 대지, 그리고 겨울이 근래 들어 품기 시작한 심상이 어우러진 결과였다.

'이대로 끝까지 잘 풀어나갈 경우……. 그 후엔, 여기서 그냥 살아가면 되는 건가? 한 번 늙어 죽을 때까지, 한 사람

의 평생에 해당하는 시간을?'

살아간다는 것이 사후에 존재하는 이들의 관용적인 표현일지라도, 겨울이 골몰하는 전망은 등급 낮은 사후보험의 수혜자들 대부분이 바라는 것일 터였다.

겨울은 그 시간을 상상해보았다.

나름대로 괜찮지 않을까?

예전엔 누이의 의지처가 되어주려고 살았다. 겨울이 의지할 사람은 없었다. 허나 이제는 다르다. 별빛아이만 해도 참으로 깊은 위안이었다. 앤은…… 아직 망설여지긴 하지만, 사랑할 수 있게 되었으면 좋겠다는 고백은 있는 그대로의 진심이었으므로.

한때는 사람을 닮았으나 사람이 아닌 것들에게 화를 내고 싶었으되, 현 시점에선 그 분노도 많이 잦아들었다. 이것이 시간이 흐르며 생긴 여유인지, 혹은 이제 무의미한 감정 해소를 포기하게 된 것인지는 겨울 스스로도 구분하기 어려웠다.

다만……. 정체불명의 안타까움을 느낀다.

이 안타까움으로 인하여, 그저 살아가는 삶, 즉 이제야 겨우 가능성을 엿보게 된 사후의 평온한 안식이라는 것이 피부에 와 닿지 않았다.

대체 무엇이 아쉬운 것일까.

한참을 궁구하던 겨울의 뇌리에 별빛아이와 나누었던 대화가 스친다.

'물 밖의 물고기?'

이걸 떠올린 이유를 모르겠다. 불분명한 사고는 순간적인 영감에 가까웠다. 그리고 어쩐지, 알고 싶지 않다는 생각이 그 뒤를 이었다. 모르는 채여도 괜찮지 않은가 하고. 이 또한 이유가 모호하기는 마찬가지였다.

겨울이 의식적인 한숨으로 늪 같은 사색을 끊었다.

흩어진 구름에 드문드문 가려지기 시작한 지상은 여전히 위험한 세상이다. 잠재워야 할 불씨들은 또 얼마나 많은가. 고민은 종말의 간빙기가 고착된 뒤로 미뤄도 무방할 것이다.

그러므로 지금은 구름 위로 뜬 별들을 본다. 언제나 그랬듯, 본질과 무관하게, 아름다운 것은 그 자체로 가치가 있었다. 겨울은 나머지를 다 지우고 별빛만 남겨두는 시간이 좋았다.

솔트레이크 시티를 거쳐 남부 바이블벨트 지역의 주요도시들을 순방한 영웅들의 중대는, 10월 15일, 마침내 미국의 수도에 입성하게 됐다.

수훈자가 워낙 많다보니, 대통령이 주관하는 명예훈장 수여식은 장장 일주일에 걸쳐 진행되었다. 한 사람 한 사람이 모두 주인공인 것이다. 그 의도는 물론 훌륭했으나, 겨울은 맥밀런 대통령의 업무 부담이 너무 과중하지 않은가 걱정했다. 주야로 진행되는 개선식에 시간을 빼앗기면서도 본연의 업무 또한 소홀히 하지 못할 것이기 때문이었다.

겨울에게 두 번째 명예훈장을 비롯해 그 밖의 밀린 훈장들을 일일이 달아준 대통령은, 환한 미소를 곁들인 악수를 건네며 이렇게 말했다.

"전에 통화할 때 맥주 한 잔 하자고 했었지? 이달 말일로 시간을 잡았으니 그날 다시 보세."

"통보는 받았습니다만…… 각하, 그 약속은 좀 더 나중으로 미루셔도 괜찮습니다."

엄밀히 말하면 약속이라고 하기도 애매하다. 전쟁영웅에 대한 대통령의 호의였을 뿐. 이렇게 만난 대통령은 피로에 짓눌린 사람의 전형이었다. 사소한 일로 시간을 빼앗고 싶지 않았다.

"이런. 귀관마저 저 잔소리꾼들과 같은 말을 하는가."

이러면서 보좌관들을 슬쩍 흘겨보는 대통령. 보좌관들은 저마다 뚱한 표정을 짓거나, 이마를 짚거나, 포기했다는 듯이 고개를 가로저었다. 똑같이 피곤해 보이는 사람들이었다.

"걱정 말게."

대통령이 성격 좋게 너스레를 떨었다.

"이번 달도 벌써 반은 지나갔고, 내달 초부터는 인수인계 절차에 들어갈 테니까. 이 고생도 앞으로 잠깐이라고 생각하니 오히려 서운할 지경이라네. 하루하루가 암담하기만 하던 시절에 비하면 업무가 무겁다고 보기도 어렵지."

"……."

"무엇보다, 퇴임 후엔 이런 기회를 마련하기가 쉽지 않을 것 아닌가. 내 손자가 얼마나 기대하고 있는지 아나? 그러니 내가 싫어도 더 이상 사양하지 말도록. 이건 명령이네."

"알겠습니다."

"그보다, 동부에 온 소감은 어떤가?"

"……남부와는 많이 다르다는 느낌이 들었습니다. 훨씬 안정되어 있네요."

겨울의 대답에 대통령이 곤란함을 드러냈다.

"이거야 원. 원래 있던 서부전선을 생략하고 곧바로 남부와 비교하다니."

"그쪽이 더 중요하지 않겠습니까?"

"중요하지. 허나 귀관이 걱정할 필요는 없어."

그는 다만 전선으로부터 한참 떨어진 후방으로 온 소감을 듣고 싶었던 모양이다. 겨울의 반응으로는 그 편이 더 자연스러운 기대이기도 하고.

"뭐, 아무튼."

대통령이 다음을 기약했다.

"오늘은 이만 가봐야겠군. 틈틈이 다른 업무도 처리해야 하거든."

"예."

"그럼 또 보세. 장담하는데, 맥주가 아주 마음에 들 거야."

일전에 말하길, 본인이 직접 빚었다는 수제 맥주였다. 바쁜 와중에 술을 만들 시간은 있었을까 싶지만, 누구의 말처럼 사람은 즐거움 없인 살 수 없는 동물이었다. 대통령의 취미가 양조라고 치면 어느 정도는 납득이 간다. 아무리 강철 같은 인간이어도, 몇 날 며칠을 일만 하면서 보내는 데엔 한계가 있지 않겠는가.

그로부터 다시 하루 뒤엔 사후에 명예훈장이 추서된 이들의 합동 서훈식이 열렸다. 장소는 알링턴 국립묘지 내의 기념극장(amphitheater). 고전적인 열주 양식의 야외극장은 그 유명한 무명용사들의 무덤(Tomb of Unknown Soldier) 맞은편에 건설되어 있었다.

이렇듯 국립묘지에서 수여식을 여는 건 미국 역사상 처음 있는 일이었다. 사후에 훈장을 받는 인물들이 이렇게 많았던 적은 없었던 까닭이다.

전면엔 성조기와 더불어 하늘색 바탕에 열세 개의 별을 그려 넣은 깃발이 내걸렸다. 수훈자마다 하나씩 주어지는 이 깃발의 별들은, 하나하나가 미국 최초의 13개주를 상징했다.

국립묘지 경비대인 알링턴 올드 가드가 엄숙한 구령에 맞춰 예포를 쏘았다.

연단에 선 대통령은, 추도에 앞서 전사한 모든 영웅들의 이름과 전공을 읊었다. 그들이 무엇을 위해 싸웠고, 누구를 위해 헌신했으며, 어떤 싸움에서 스스로를 희생했는지. 또 누구를 사랑하는 사람이었고, 누구에게서 사랑받았으며, 군인이 되기 전엔 얼마나 소중하고 가치 있는 삶을 살아왔는지.

그래서 연설은 길어질 수밖에 없었다.

제복을 입은 올드 가드들처럼, 대통령의 자세는 시종일관 꼿꼿했다.

「떠나간 용사들은 우리에게 주어진 은총이었습니다.」

긴 추모식의 막바지에 이르러서도 여전히 자연스러운 시선처리와 절제된 음성.

「새까만 죽음의 수위가 위태로운 삶의 턱 끝까지 차올랐을 때, 평범한 사람은 누구라도 뒷걸음질을 쳤을 바로 그 순간에, 가장 명예로운 이들은 자신의 한계를 넘어 숭고하고 용기 있는 발걸음을 내딛었습니다. 묻겠습니다. 이 나라가 진정 신의 뜻으로 나누어질 수 없는 하나(One nation under God, indivisible)라면, 그들의 희생을 어찌 은총이 아니라고 하겠습니까? 이 어찌 사람이 행하는 구원이 아니라 하겠습니까?」

대통령이 빌려온 표현은 국기에 대한 맹세(pledge allegiance)의 일부였다. 비록 종교적이지만, 익숙함으로 인하여 믿음이 다른 이들의 반감을 최소화할 인용이라고 해야 할까.

동시에 국론을 분열시키는 종교 세력에 대한 호소이기도 하다.

「그것은 아마도 인간이 보여줄 수 있는 최선의 아름다움이었을 것입니다. 그래서 저는, 우리는 지금 더없이 깊은 상실감을 느낍니다. 그토록 고결한 사람들이 더 이상 같은 세상에 있지 않기 때문입니다……. 그러나 여러분, 슬픔을 슬픔으로 끝내야만 합니까? 그들이 지켜낸 세상에서 살아남은 우리……. 그들에게 앞으로의 모든 시간을 빚진 우리가 이 용사들에 대한 경의로서 하나 되어 그들이 지켜낸 바를 계속해서 이어나간다면, 적어도 그 마음만은 우리와 함께하는 것이 아니겠습니까? 이것이야말로 이 묘지에 누운 영웅들에 대한 가장 가치 있는 헌화(獻花)가 아니겠습니까?」

그렇다! 객석으로부터 고조된 호응이 터졌다. 유가족 중의 한 명이었으며, 대통령은 그에 대한 목례로 말을 잠시 쉬었다. 이 틈에 여기저기서 연단을 향해 간헐적인 기립박수를 보낸다. 거듭 감사를 표하고서, 대통령이 추도를 재개했다.

「고쳐 말씀드립니다. 우리가 사는 이 나라가 바로 영웅들의 조국입니다. 그러므로 조국을 지키려는 노력은, 그것이 어떤 형태이든, 용사들의 묘비에 바쳐질 향기로운 꽃다발이 될 것입니다. 그것이 누구의 노력인가는 중요치 않습니다. 피부색과 종교의 차이에 구애받지 않을 견고한 연대가 있을 따름입니다. 기억하십시오. 세상의 온갖 고난들이 우리에게 험한 질문을 던질 때마다, 떠나간 용사들은 각자의 천국에서 미합중국이 부르짖는 응답을 들을 것입니다.」

다시금 갈채가 쏟아졌다.

이 와중에 겨울은 한순간 치솟았다가 가라앉는 「위기감지」를 느꼈다.

'저격? ……아니면 폭탄?'

어느 쪽이든, 범인은 테러를 시도하기 직전에 제압당한 모양이다. 고개를 돌린 겨울은 시크릿 서비스 요원들로 추정되는 이들의 움직임을 포착했다. 겨울을 비롯한 명예훈장 수훈자들이 앉은 자리 주변에도 경호 인력이 조용히 늘어났다. 겨울은 긴장된 몸을 풀며 가벼운 피로감을 느꼈다. 그렇잖아도 대통령이 쓰러지지 않을까 초조하던 참이었기에.

「명예로운 희생을 기리는 자리에서 새삼스럽게 깨닫건대, 거저 주어지는 구원이란 존재하지 않습니다.」

묘지에 부는 바람이 대통령의 옷자락을 흔들었다.

「우리는 언제나 자격을 증명해왔습니다. 사람이 하는 일이 결코 완벽하진 못했으나, 그래도 많은 과오를 극복하려 애쓰며 올바른 가치를 지키고자 싸웠지요. 잘못된 길을 수도 없이 걸었을지언정 바른길을 찾으려는 열망을 잃었던 적은 없었습니다. 그리하여 미국은 노예제에 대한 잘못된 믿음도, 유럽과 아시아를 휩쓴 전체주의의 물결도, 세상을 반분했던 냉전의 대립도, 오늘날 찾아온 종말의 위기조차도 끝끝내 견뎌낼 수 있었습니다. 여러분, 이 모든 승리가 그저 주어진 구원일 뿐이었습니까?」

아니라고 외치는 사람들.

「그렇습니다. 오늘 기념하는 영웅들이 보여주었듯이, 또 여러분께서 공히 알고 계시듯이, 우리는 스스로의 자유의지와 스스로의 용기와 스스로의 고결함과 스스로의 선택으로써 은총으로 나아가야 합니다. 기다리고만 있어선 안 됩니다. 바라고만 있어선 안 됩니다. 다른 이들로부터 빼앗을 생각을 해선 안 됩니다…… 영웅들을 추모하는 마음으로 영웅들의 발자취를 좇읍시다. 어느 누군가에겐 바로 당신이 구원일 것이며, 그 누군가가 언젠가는 다시 다른 누군가…… 어쩌면 당신의 구원이 될 것입니다. 그렇게 살아가는 한, 영웅들의 희생을 헛되이 하지 않는 한, 이 나라가 명예를 잊지 않는 한, 하나님께선 우리가 하는 일을 좋아하실 것입니다.」

미국 국새에 각인된 문장이 섞여있었다. 객석 일부에서 아까와 같은 기립박수가 일었다.

「마지막으로.」

대통령이 좌중을 둘러보았다.

「마지막으로, 여러분과 함께 국기에 선서하고 싶습니다. 부디 함께해주시겠습니까?」

잠시 기념극장 전체가 어수선해졌다. 겨울도 자리에서 일어나 연단에 걸린 성조기를 향해 선다. 대통령의 기준으로는 측면이었고, 객석에서는 정면에 가까운 좌측이었다. 대통령을 필두로 참석자 모두가 가슴에 손을 올렸다.

「나는 미국 국기와 그 국기가 상징하는, 신의 가호 아래 나누어질 수 없는 하나의 국가, 온 인류를 위한 자유와 정의가 함께하는 공화국에 충성을 맹세합니다.」

온 인류를 위한, 이라는 표현은 기존의 서약에 없는 부분이었다.

'본래는 모두를 위한 자유와 정의(liberty and justice for all)…… 였던가?'

겨울의 주변에서 약간의 술렁임이 지나갔다. 그러나 결코 반감은 아니었다. 아는 바와 다르다보니 자연스럽게 흘

러나오는 당혹감이었을 따름. 원문의 모두는 해석하기에
따라 미국 국민으로 한정될 수도 있고, 인류 전체로 볼 수
도 있다. 보통은 전자의 해석이 더 우월하다.

선서를 마친 대통령이 정면으로 돌아섰다.

「고맙습니다, 미국. 그대가 지키는 공화국의 자유와, 그
대가 지키는 시민들의 정의에 감사드립니다. 메인에서 캘
리포니아에 이르기까지, 50개 주의 밝은 별이 영원토록 빛
나기를 기원합니다. 또한 떠나간 용사들을 기억하는 우리
가 그렇게 만들 것입니다.」

"……."

「이상입니다.」

추도연설이 끝나자 무수한 갈채가 기념극장을 가득 메
웠다.

겨울은 연설을 준비하는 단계에서 대통령의, 혹은 참모
진의 고민이 많았겠다고 느꼈다.

'굳이 50개 주의 별을 언급한 건…… 배타적인 사람들을
달래기 위한 신호였겠지.'

완고한 사람들이 생각하는 미국의 정체성을 너무 건드려
도 곤란하지 않겠는가. 이런 성향이든 저런 성향이든, 대통
령은 그들 모두를 대변하는 사람이어야 한다.

어쨌든…….

대통령은 한 시간에 달하는 행사를 무난하게 견뎌냈고,
한 차례의 위기도 수면 위로 드러나는 일 없이 무사히 넘어
갔다.

"앤."

이동하는 시간에, 겨울은 앤에게 물었다.

"방금은 무슨 일이었어요?"

"무슨 일이라뇨?"

"내가 뭘 묻는지 알잖아요."

시치미를 떼려던 그녀는, 이윽고 주변을 살피고는 한숨을 곁들여 속삭였다.

"어떻게 알았어요?"

"느낌과 분위기로요."

"정말이지……."

"혹시 내가 알아선 안 될 사안이라면 무리해서 알려줄 필요는 없어요."

"으음."

관자놀이를 누르던 앤이 재차 긴 숨을 내쉬었다.

"대외비이긴 한데, 그보다는 겨울을 괜히 걱정하게 만들고 싶지 않아서……."

"그럼 됐어요."

겨울은 간단히 물러났다. 허나 앤은 스스로 입을 열었다.

"어차피 눈치를 챘으니 말을 아끼는 게 오히려 독이겠군요. 네. 대통령을 비롯한 주요 인물들의 저격을 시도한 놈들이 있었어요. 「언약의 일곱 군단」 출신으로 추정하는 중이에요."

"이름을 들어보면 종교단체 같은데, 설마 벌써 배후를 자백했어요?"

"그럴 리가요. 특유의 문신이 있었을 뿐이에요. 이게 위장일 가능성도 배제하기 어렵지만, 위장이라면 치밀한 위장이겠죠. 겉보기만 흉내 낸 게 아니거든요. 목덜미에 새기는 군번줄 문신 속의 번호와 성경 구절의 대조라든가, 그 외의 상징들의 배치 등, 외부인이 쉽게 알기 어려운 디테일이 정확하게 일치해요. 우리도 잠입수사를 통해 확보한 정보들인걸요."

"언약의 일곱 군단이라……. 왠지 어디선가 들어본 것 같은 기시감이 느껴지네요. 남부 순방 중에 비슷한 문구를 봤던가 싶기도 하고."

"봤을 수도 있겠네요. 이놈들이 아니더라도, 신(新)사도운동(New Apostolic Movement) 쪽 교회들은 유사한 표현을 공유하니까요. 일곱 산의 탈환, 새로운 예언자와 사도의 등장, 성전의 건설과 종말, 교회권력의 지상 통치 등……."

"전에 말했던 불경스러운 연합의 일부인가요?"

앤이 골치 아픈 표정으로 도리질을 쳤다.

"아뇨. 그들하고는 대립각을 세우는 파벌이에요. 우리가 갈등을 유도하기도 했죠."

즉 이이제이의 수법을 썼다는 뜻이었다.

"그러는 과정에서 일부러 내버려둔 것도 있었는데, 아무래도 잠입수사관의 존재를 눈치챈 모양이네요. 이번 일에 대한 정보가 너무 늦게 흘러나왔어요."

"그 수사관은 무사하고요?"

"글쎄요. 알아봐야죠. 지금의 난 당신의…… 명예훈장

수훈자들의 경호 문제가 우선이라서요."

"수사국도 고생이 많겠네요."

겨울의 위로에 앤이 쓴웃음을 짓는다.

"그러게요. 역병 이전엔 그래도 꽤나 상식적인 세계에서 살고 있다고 믿었는데, 막상 이런 시대가 되고 나니 중세에나 어울릴 법한 사람들이 자꾸자꾸 튀어나오는군요."

겨울은 남부에서 어쩌다 접한 선교용 책자의 내용을 떠올렸다. 표지에 일곱 개의 산봉우리가 그려진 책에선 변종의 무리를 요엘의 첫 번째 군대, 기름 부음을 받은 메뚜기 떼 등으로 칭했다. 이를 무찌르기 위해서는 주님의 임재하심 안에서 참된 신앙으로 결속된 두 번째 군대를 결성하여 새로운 사도를 따라야 한다는 것이 핵심이었다.

한편 내부의 경계 대상이던 엘즈워스 상사는 현재까지 이렇다 할 움직임을 보이지 않았다.

"만약에."

고민하던 겨울이 물었다.

"오늘 암살 시도가 성공했다면……. 그러니까, 대통령께서 사망하셨다면 어떻게 됐을까요?"

잠시 생각에 잠긴 앤은 팔짱을 끼고 손가락으로 상박을 톡톡 두드렸다.

"……정부 기능엔 아무런 문제도 없었을 거예요."

정부 존속에 관한 조치는 역병이 처음 확산될 때부터 철저하게 강화되어 왔을 것이었다. 대통령이 죽으면 부통령이, 부통령이 죽으면 하원의장이, 하원의장이 죽으면 그다음 서열의 승계자가 즉각적으로 정부 수반의 역할을 이어 나갈 터였다.

"그러나."

앤이 부연했다.

"시민들의 불안과 혼란을 완전히 막진 못했겠죠. 그 틈을 기회라고 생각하는 모자란 잡것들도 분명히 있었을 거고요. 아니었으면 애초에 암살 따위 시도하지도 않았을 테니까요."

상식적인 선상의 예측이었다.

"물론, 어디까지나 성공했을 때의 이야기지만요."

미소에서 쓴맛을 지우는 그녀.

"위험하긴 했어도 사전에 막아냈잖아요? 수사국이든 국토안보부든 가만히 앉아서 놀고 있는 거 아닙니다, 중령님."

"정보국은요?"

"정보국은……. 잘 모르겠네요."

이 시점에서 낯익은 목소리가 끼어들었다.

"두 분, 뭔가 흥미로운 대화를 하고 계시는 것 같군요. 저도 좀 끼워주시죠."

겨울이 그를 돌아보았다.

"탤벗 요원?"

"오랜만입니다. D.C.에서 뵙자고 했었지요?"

인상 좋은 혼혈 흑인이 반갑게 웃음 짓는다. 겨울과 악수를 나눈 그는 앤을 보더니 와우, 하고 익살스런 놀라움을 표했다.

"설마 깁슨 요원입니까?"

"……네. 반가워요, 탤벗."

"예. 근데 이거 참, 대단하군요."

반쯤 농담일지언정, 다른 사람도 아니고 겨울의 특수화장을 담당했던 기술자의 감탄이었다. 조금 부끄러웠는지 앤이 입을 꾹 다문다. 연상임에도 불구하고 그 모습이 귀엽다고 생각하며, 겨울이 탤벗에게 물었다.

"그런데 어쩐 일이에요?"

그저 얼굴 보겠다고 나온 느낌은 아니었다.

"일단은 피자 배달 차 나왔습니다."

"……피자? 어떤 비유가 아니라, 진짜 피자요?"

아리송하게 고개를 기울이는 겨울의 모습에 탤벗이 짧은 웃음을 터트린다.

"어떻게 그동안 한 번도 주문을 안 하셨습니까? 몇 번을 시키든 무료인데 말입니다. 코왈스키도 주문 내역을 확인하고 섭섭해 하더군요. 아예 잊어버리신 게 아니냐면서."

"설마 잊었을 리가요. 하지만 아무리 공짜여도 CIA에다가 피자 달라고 하기는 좀…… 그렇잖아요?"

"요원들의 목숨 값으로 적립하신 마일리지가 있으니 부담 가지실 필요 없습니다."

겨울은 어깨를 으쓱였다.

"그래서, 날 보러 온 진짜 이유는 뭐죠? 외준 건 고맙지만, 이렇게 바쁠 때 중요한 용건도 없이 인사나 하러 왔을 것 같진 않아서요."

"이런. 왠지 울고 싶어지는군요."

농담처럼 받아도 아니라곤 하지 않는다. 눈으로 그의 삼가는 시선을 좇은 겨울은 살짝 미간을 좁혔다.

"앤이…… 깁슨 요원이 들으면 곤란한 내용인가요?"

"두 분 관계는 대충 알고 있습니다. 제 앞에선 애칭으로 편히 부르셔도 됩니다."

"그럴게요. 아무튼 대답은?"

추궁하는 듯한 어조에 망설이던 탤벗이 미묘한 고갯짓을 했다.

"공식적으로는 예…… 라고 해야겠습니다만, 음, 원하신다면 깁슨 요원과 함께 들으셔도 좋습니다. 수사국에 알려진다고 차질이 빚어질 일은 아니니까요."

"그럼……."

"자세한 건 호텔로 돌아가서 말씀드리겠습니다."

"……그래요."

겨울은 방탄 차량에 앤과 함께 동승했고, 뒤쪽에 중앙정보국이 보낸 차량이 따라붙었다. 워싱턴 D.C.는 일방통행로가 유난히 많은 도시였으나, 군과 경찰이 도로를 통제했기 때문에 차량행렬은 호텔까지 최단경로로 이동할 수 있었다.

CIA 위장 회사의 피자도 정확히 도착 시점에 배달되었다. 한 개 중대 몫이라 배달에 동원된 차량도 많고 차량이 쏟아내는 박스의 숫자도 많았다.

"배달 중에 차량 안에서 굽는 식인지라 이보다 더 따끈

할 순 없을 겁니다."

탤벗의 말에 겨울이 당혹감을 내비쳤다.

"난 이야기를 먼저 나눌 줄 알았는데요."

"식사를 미룰 만큼 다급한 용건은 아닙니다. 아니면 먹을 때 다른 사람들과 적당히 떨어진 자리를 잡아도 되겠고요."

"최소한 밥맛 떨어질 일은 아니라는 말이네요?"

"그렇지요."

전 독립중대원들은 영문 모를 피자 배달에 어리둥절해하면서도, 한편으로는 무척 기뻐하는 반응들이었다. 배달을 나온 직원들은 이를 겨울이 사는 것이라고 설명했으므로 중대원 모두가 겨울에게 한 번씩 인사를 하고 피자를 받아갔다.

"잘 먹을게요, 대장님!"

"감사합니다!"

"작은 대장님 최고!"

"……."

겨울은 어색한 침묵으로 인사를 받아주었다.

중대원들이 피자에 환호하는 것은 순방 일정 간 워낙 호화로운 식사만 해온 까닭이었다. 생전 이름조차 들어보지 못했던 고급요리의 향연도 좋지만, 예전부터 좋아하던 먹거리에 대한 그리움은 과거에의 향수와도 맞닿아 있는 것이기에.

정 원한다면 호텔의 컨시어지 서비스를 이용할 수도 있었을 터. 허나 중대원들은 돈을 아끼고자 했다. 모두에게 브래넌 의원의 제안을 전달해둔 탓. 따라서 라스베이거스에서도 카지노를 이용한 이가 드물고, 큰돈을 써버린 이는 더더욱 드물었다.

여하간, 즐거워하는 알파중대원들을 본 탤벗이 빙그레 미소 지었다.

"저렇게들 좋아하시니 대접하는 입장에서도 꽤나 뿌듯하군요."

그리곤 겨울과 앤에게도 권한다.

"식기 전에 드시지요. 어떤 취향이라도 만족하시도록 최대한 많은 메뉴를 준비했습니다."

공교롭게도 이때 들리는 유라의 아쉬운 목소리.

"어? 하와이안……. 파인애플 피자가 없네."

피자가 펼쳐진 테이블을 이리저리 돌아다니던 그녀는, 끝내 원하는 것을 찾지 못한 눈치였다. 겨울이 고개를 기울였다.

"없는 종류도 있나 본데요?"

웃음기를 지운 탤벗이 진지하게 답했다.

"중앙정보국은 피자를 모욕하지 않습니다."

"……."

"농담, 농담입니다. 중령님은 마트 같은 곳을 갈 기회가 없으시니 잘 모르시겠군요. 요즘 파인애플이 품귀현상을 빚고 있습니다. 대체 산지에 말썽이 생겼답니다. 본토 외에도 점점 더 많은 섬들을 안전지대로 확보하고 있는 만큼 오래지 않아 해결될 문제지만……. 당장은 그렇습니다."

겨울은 잠시 유라의 뒷모습을 바라보았다. 그날 이후로 크게 달라진 기색이 없다. 눈이 마주칠 때면 간혹 불투명한 미소를 지어보이긴 했으나, 단지 그뿐이었다. 고로 보다 큰 걱정거리는 저 바깥 세상에 있었다.

시선을 거둔 겨울이 탤벗에게 묻는다.

"해상운송은 원활한가요?"

"예. 최선을 다한 구축작업에도 불구하고 특수변종 멜빌 레이의 개체수가 지속적으로 증가하고 있긴 하나, 일반적인 화물선에도 어군탐지기와 기뢰투사기를 탑재하는 추세인지라 현재로선 큰 위협이 되지 못하고 있습니다. 선원들의 무장 및 훈련도 강화되었고요. 여기에 대해선 딱히 감추는 게 없습니다."

꽤나 낙관적인 태도였다.

앞서 몇 차례 되새겼던 바와 같이, 변종들의 전투능력 강화는 인류의 저항을 극복하기 위한 수단이다. 고로 애당초 무인도여서 역병 확산 이후 상륙한 사람들이 전부였거나, 주민들이 일찌감치 철수 혹은 전멸한 섬들의 변종집단은 미군에게 있어 그리 큰 위협이 안 되었다. 미국 정부는 이런 섬들을 접수하여 플랜테이션 거점으로 활용하고 있었다. 탤벗이 언급한 대체 산지의 실체다.

이는 일반 대중에게도 공개되는 내용. 다만 겨울은 정보국 요원에게 그것이 온전한 사실인지를 확인하고 싶었을 따름이었다.

'그래도…… 시간이 흐르면 흐를수록 대응하기가 어려

워지겠지.'

바다괴물들은 육지의 괴물들에 비해 견제하기가 어렵다. 숫자는 앞으로도 늘어만 갈 것이다. 위안이라면 이놈들도 어쨌든 특수변종인지라, 일반 변종들처럼 쉽게 번식하진 못한다는 점. 과연 이 세계관의 인류는 때가 늦기 전에 방법을 찾을 수 있을는지.

얼마 전 식중독에 걸린 범고래 떼가 해변으로 밀려왔다는 뉴스도 있었다.

여기서 걱정해봐야 소용이 없을 일이지만.

사색을 끊은 겨울이 딥-디쉬 스타일의 피자를 접시에 덜었다. 풍부한 토핑이 섞인 치즈와 토마토소스는 제 질량에 못 이겨 뭉글뭉글 흘러내릴 정도로 뜨겁고 묵직했다. 잘라 낸 단면으로부터 수증기처럼 진한 향이 훅 올라온다. 두꺼운 치즈가 끝도 없이 죽죽 늘어지는 바람에, 겨울은 나이프로 몇 번을 거듭 감아올려야 했다.

맛은 기대 이상이었다. 치즈와 토마토의 풍미가 입안을 꽉 채우는 듯한 식감이 일품. 한 조각만으로도 한 끼 열량을 채우기에 충분할 느낌이다.

앤은 조금 망설이다가 뉴욕 스타일의 아주 얇은 피자를 골랐다. 그러나 거의 시늉하듯이 한 입 먹고는 그대로 식기를 내려놓았다. 겨울의 접시가 다 비도록 다시 손대는 일이 없었다.

"입맛이 없으십니까?"

탤벗의 질문에 앤이 애매한 태도로 긍정했다.

"그리 당기진 않네요. 천천히 먹죠."

"흐음. 이 시간이면 제법 허기가 지실 텐데……."

뭔가 낌새를 챈 것처럼 가만히 바라보던 탤벗은 이윽고 짓궂은 미소를 머금었다.

"아아, 그렇군요. 음, 이해합니다. 하하."

못마땅한 표정으로 눈을 흘기는 앤.

"괜한 소리 말고 용건이나 말씀하십시오, 탤벗 요원."

"이런. 식후에도 충분한 시간이 남지 않겠습니까?"

짐짓 곤란한 체 하던 CIA 요원이 겨울에게로 눈을 돌렸다.

"두 가지, 한겨울 중령님의 협조가 필요한 일이 있습니다."

"말씀하세요."

"드시면서 들으셔도 됩니다."

그러나 이어지는 내용은 가볍게 들을 것이 못 되었다.

"어느 쪽을 먼저 말씀드려야 하나……."

고민하던 그는 이렇게 물었다.

"중령님. 혹시 페어 스트라이크 작전 중 접촉했던 포인트 찰리 854…… 그곳의 수장, 구 중국 인민해방군의 시에루 해군중장을 기억하십니까?"

멈칫. 겨울은 대답하기 전에 다시금 주변을 살폈다. 정장을 입고 귀에 리시버를 낀 요원들이 일정 간격으로 서있었으므로 알파중대원들은 자연히 그 건너편에 있었다. 이쪽에서 오가는 대화는 저들끼리 떠드는 소리에 파묻힐 것이다.

겨울이 접시를 살짝 밀어내며 답했다.

"당연히 기억하죠. 핵심 타깃이었잖아요."

"그 사람이 당신을 만나고 싶어 합니다."

"……좀 더 자세한 설명을."

생각지도 못한 이름에 당황한 겨울처럼, 앤 역시 적잖은 당혹감을 드러냈다.

"시에루 중장? 그녀가 살아있었습니까? 당신들이 신병을 확보하고 있고?"

"신병은 우리 소관이 아니지만, 예. 살아있습니다. 핵보복이 가해지기 전에 가까스로 만을 벗어났나 봅니다. 이후 연료 부족으로 표류하다가 칼 빈슨 전단에 항복했다더군요."

겨울은 그날 새벽, 끔찍하게 혼란스러웠던 바다를 곱씹었다. 미 해군이 연안에 기뢰를 잔뜩 부설하는 동안 만에 갇힌 구 인민해방군도 가만히 놀고 있지는 않았다. 기뢰지대를 돌파할 수단으로서 선저에 스티로폼을 가득 채운 화물선을 여러 척 준비해두었던 것이다.

미 해군은 만 입구, 골든게이트 봉쇄에 실패했다. 중과부적. 쏟아져 나오는 배가 많아도 너무 많았을 테니까.

이는 현 시점의 각 정보기관들이 처한 현실 그대로였다. 하나하나는 수월하게 끌 수 있을 불씨들임에도, 너무 많이 흩어져 있어서 진화에 어려움을 겪고 있다.

겨울이 묻는다.

"그분이 날 보겠다는 이유가 뭔가요? 아니, 이 요청을 왜 전달해주느냐부터 들어야겠네요."

중장이 단순히 포로로 잡혔을 뿐이라면 굳이 정보국이 나서서 연결해줄 동기가 없잖은가. 끝까지 위장신분으로 속였으니, 좋은 감정을 품었을 리도 만무한데.

'즉 중장에게 뭔가 쓸모가 있다는 뜻.'

그 쓸모가 과연 무엇일지.

"판단이 참 빠르시군요."

볼을 긁적이는 탤벗.

"본인이 다 뒤집어쓰겠답니다."

"설마……."

CIA 요원은 겨울이 내비치는 의구심을 긍정했다.

"그겁니다. 핵 테러의 주요 공모자로서 법정에 서겠다는 거죠."

"가능합니까?"

미간에 주름을 잡은 앤의 질문이었다.

"가능할 것 같습니다."

"어떻게?"

"레이옌리에 소장을 비롯한 몇몇 중국군 장성들이 그녀의 혐의를 증언할 예정입니다. 그리고…… 양용빈 상장의 잔당 소탕은 거의 다 완료되었지요. 생포된 포로들 가운데 일부가 증인 역할을 수락했습니다. 법정에서 필요한 진술을 해주기로 말입니다."

"……."

"시에루 중장은 양용빈 상장의 심복으로서 핵 공격을 준비한 사람이자, 양용빈 상장의 죽음 이후 잔당을 이끌어온

지도자가 될 겁니다. 의심하는 사람도 있겠지만, 시나리오를 치밀하게 짜놓은 만큼 대부분의 사람들에겐 충분한 설득력을 발휘할 것으로 예상됩니다. 나머지는 중장 본인이 자신의 배역을 얼마나 잘 소화하느냐에 달려있겠죠."

"이거…… 나중에 진실이 밝혀지면 후폭풍이 엄청나지 않겠어요? 정보가 새지 않도록 최선의 노력을 다하더라도 만약의 경우라는 게 있잖습니까."

겨울이 떠올린 우려를 앤이 먼저 말하자, 탤벗이 이에 부연했다.

"그래서 그 부담은 현 정권이 지고 갑니다. 재판 자체는 차기 행정부가 들어설 때까지 이어지더라도, 증언과 증거를 조작한 건 어디까지나 지금의 맥밀런 행정부인 것이지요."

대통령은 퇴임한 뒤에도 여차하면 정치적 희생양이 될 각오를 한 셈이었다. 분열된 시민사회를 다시 봉합할 수만 있다면 그쯤은 얼마든지 감수하겠다고.

이번엔 겨울이 질문했다.

"시에루 중장이 이 계획을 쉽게 받아들이던가요?"

"뜻밖이라고 생각하실지도 모르겠으나, 처음 제안한 사람이 바로 중장 본인입니다."

"음……."

그렇게까지 뜻밖은 아니었다. 가능성을 염두에 두고 물었던 것이므로. 다만 시에루 중장의 됨됨이에서 기대할 수 있는 최선의 가능성이긴 했다. 그녀의 울타리는 무엇보다도 자기 자신을 위한 것이었고, 그녀가 품었던 포부는 자신을 중심으로 한 미래였으므로.

앤이 미심쩍어한다.

"무슨 근거로 그걸 믿었죠?"

"사람이 아니라 기계와 약을 믿었습니다."

거짓말 탐지기나 자백제 같은 수단을 활용했다는 의미였다. 진심으로 희생을 각오한 것인지, 아니면 끝까지 미국에 엿을 먹이겠다는 악의의 발로인지. 그것만 구분해내면 된다. 계획 자체는 중국계 시민 및 난민들과 연방 정부 모두의 이익이었다.

탤벗이 겨울을 응시했다.

"정 부담스러우시다면 거절하셔도 무방합니다. 서로 속고 속은 사이에 이제 와서 얼굴을 마주하기도 불편하실 테고…… 그 여자 역시 큰 기대를 거는 눈치는 아니었거든요. 중령님을 못 만난다 한들 갑작스레 태도를 바꾸진 않으리라 봅니다. 그저 의욕을 얼마나 내주는가는 별개의 문제인지라 중령님의 의사를 확인하는 것이고요."

일이 의도대로 잘 풀린다면 세계관의 미래에 상당한 안정감이 더해질 터였다.

잠시 고민하던 겨울은 첫 번째 요청을 받아들이기로 했다.

"좋아요. 자리를 만들어주세요."

빠른 승낙이 의외였던지, 탤벗이 눈을 깜박거렸다.

"어, 하루쯤 시간을 두고 결정하셔도 괜찮습니다."

"아뇨. 한 번 만나보고 싶네요."

"그렇습니까?"

"네. 아예 몰랐다면 모를까, 이런 이야기를 듣고 나서 안 만나면 줄곧 신경 쓰일 것 같네요. 내게 무슨 소릴 할지도 궁금하고요. 사실, 전에 봤을 땐 꽤 괜찮은 사람이었어요. 이렇게 되어 유감스러울 정도로요."

"그러시다면……. 협조에 감사드립니다. 구체적인 장소와 시간에 대해선 다시 정식으로 연락을 드리도록 하죠."

감사를 표하는 정보국 요원에게 겨울이 다음 용건을 물었다.

"그건 그렇고, 아까 요청사항이 두 가지라고 하셨는데, 남은 하나가 뭔가요?"

탤벗은 길어지는 대화 속에 식어가는 피자를 유감스럽게 바라보았다. 그러나 겨울이 보기엔 망설임을 감추고자 만들어낸 몸짓이었다. 대체 무슨 내용이기에 먼저보다 어려워할까. 시선을 의식한 그가 한숨 닮은 심호흡을 하고서 조심스레 입을 열었다.

"본격적으로 말씀을 드리기에 앞서 우선 이것부터 여쭤봐야겠군요. 실례가 될지도 모를 질문이니 미리 사과드리겠습니다."

"밥맛 떨어질 이야기는 아니라더니, 먹으면서 편히 들을 이야기도 아니었나 보네요."

"하하……."

멋쩍게 웃은 탤벗이, 또다시 뜸을 들인 끝에, 정말 의외의 질문을 던졌다.

"중령님. 부모님과의 관계는 어떠셨습니까?"

뭐야 이건. 겨울은 껄끄러운 황당함을 느꼈다.

기본적인 예의를 떠나, 병든 시체들이 뛰어다니는 세계에선 금기라고 해도 좋을 질문이었다. 사라진 사람들이 얼마나 많은 시대인가. 하물며 난민 출신인 겨울이 상대임에야.

앤의 낯빛이 엄하게 굳어졌다.

허나 이유가 있어서 묻는 것일 터였다. 한순간 불가피하게 바깥세상의 아버지와 어머니를 떠올렸던 겨울이었으되, 명치 어림이 묵직한 돌에 짓눌리는 불편함은 잠깐 사이에 사라졌다. 착각이다. 생전과 사후의 경계가 이런 식으로 무너지는 경우는 없다. 깊게 들이쉬었다가 내쉬는 숨 한 번으로 속을 침착히 한 겨울이 생각했다.

'왜 그런 걸 묻느냐는 반문은…… 무의미하겠구나.'

그 "왜?"에 대한 답은 본격적인 용건이 될 테니까.

지력보정이 겨울에게만 보이는 문자열을 출력했다. 스스로의 배경에 대하여 사전에 확정된 바 없는 사항은, 이러한 순간에 내리는 결정들이 실시간으로 반영되곤 한다.

어차피 종말 이후의 세계에선 생존한 가족이 없는 게 기본이었다. 또한 대부분의 사후가 그러하다. 그것이 가난한 자들의 수요이기에.

"결코 좋았다고는 못하겠네요."

겨울이 느리게 말했다.

"이런 자리에서 자세한 개인사를 털어놓기는 부담스럽

고……. 그분들을 다시 만나지 못하게 된 처지가 슬프지는 않다고만 해두죠. 딱히 그립지도 않고. 이 정도면 대답이 될까요?"

이로써 겨울의 정보가 갱신되었다. 팔짱을 낀 앤의 눈빛에 깊은 안타까움이 스쳤다.

"아, 물론입니다. 곤란한 질문에 답변해주신 점 진심으로 감사드립니다."

긴장을 풀고 안도하는 탈벗에게 앤이 묻는다.

"혹시 겨울의 부모라고 주장하는 사람들이 나타났습니까?"

"그런 작자들이야 예전부터 많았죠. 남들을 속이는 사기꾼들과 자기 자신조차 속이고 마는 거짓말쟁이들. 결국 누구 하나 유전자가 일치하지 않았지만 말입니다."

"이번엔 어떤데요?"

"그런 경우가 아닙니다. 오늘은 다른 이유에서 여쭤봤던 겁니다."

주고받는 흐름이 자연스러웠다. 아무래도 겨울이 모르는 사이에 가족을 사칭하는 이들이 꽤나 많았던 모양이다. 유전자 감식이야 미군으로서 당연히 받는 건강검진의 혈액샘플이 있겠거니와, 최근 에스더와 교전을 치른 뒤에 감염여부를 확인하느라 뽑은 피도 있을 것이었다.

비단 겨울만이 아니라, 방역전선의 전사자들 및 실종자들의 혈육을 사칭하는 자들도 어지간히 많지 않겠는가. 난민구역에서 거짓 사실혼을 꾸미려는 시도가 있었듯이.

그러므로 관계당국에겐 일찌감치 일상적인 업무가 되었

을 듯하다.

겨울이 화제를 되돌렸다.

"그럼 이제 진짜 이야기를 들어볼 수 있을까요?"

"예."

주억거린 탤벗이 목소리를 가다듬는다.

"저는 작전에 참가한 당사자가 아닙니다만, 우리 정보국은 과거 조금 특별한 형태의 비밀작전을 추진한 적이 있습니다. 이란의 핵시설에 대한 사이버 공격 계획이었죠."

"……이란? 사이버 공격?"

부모님과 중동 사이의 간극은 넓어도 너무 넓었다.

"지금 이게 대체 뭔가 싶겠지만, 일단 좀 더 들어보십시오."

"……"

"이 작전의 목표는 정교하게 제작된 악성코드를 이용하여 연구 현황을 감시하고 제어능력을 마비시키는 동시에 핵연료 농축시설을 물리적으로 파괴하는 것이었습니다. 그리고 어느 정도는 성공했죠. 두 차례에 걸쳐 보복을 받은 데다, 무차별적인 사이버 테러가 횡행할 우려 탓에 2차 공격을 실행하진 않았지만요. 그래도 결과 자체만 놓고 보면 고무적이었습니다. 완전히 새로운 형태의 무기가 그 가치를 입증했던 것이니까요."

"그래서요?"

"이후 우린 보다 진보된 형태의 악성코드 개발에 착수했습니다. 이미 한 차례 성공을 거둔 계획인지라 전보다 더 많은 예산과 인력을 할당받았지요. 그러던 중에, 일본에서 원자력 발전소 사고가 터졌습니다."

점점 모르겠다. 겨울의 안개 같은 표정을 보고, 탤벗은 난처한 미소와 함께 설명을 이어갔다.

"그건 미처 대비하지 못한 또 다른 안보위협이었습니다. 방사능 오염이 북미 서해안까지 확산되는 와중에, 일본정부는 정보공개에 무척이나 비협조적이었죠. 때문에 백악관에선 실태를 파악하고 비슷한 일이 반복되는 걸 막기 위해서라도, 독자적인 감시체계와 안전장치를 확보해야 한다는 결론을 내렸습니다."

"그 악성코드를 심었군요."

"맞습니다."

탤벗이 긍정했다.

"다만 그 대상이 일본에 국한되진 않았습니다. 궁극적으로는 태평양과 대서양 연안에 위치한 발전소 및 기타 핵시설들의 내부 정보를 얻는 것이 목표였죠. 어차피 정보를 빼내는 용도로만 쓰면 들킬 일도 없고, 일정 기간이 지나면 자동으로 삭제되어 흔적을 남기지 않는 코드였던지라⋯⋯. 이 작전에선 잠재적인 적국과 전통적인 우방국의 구분이 없었습니다. 당연히 한국도 포함되어 있었고요."

"그건, 그러니까."

맥락을 눈치챈 겨울의 눈이 가늘어졌다.

"모겔론스 확산 시점에서, 미국이 태평양과 대서양 연안 국가들의 원자력 발전소 전체를 제어할 능력이 있었다는 뜻이에요?"

"결코 전체가 아닙니다."

혐의의 일부를 조심스럽게 부인하는 탤벗.

"그런 중요 시설들의 전산망은 외부로부터 독립되어 있는 경우가 많습니다. 우리 정보국이 유효한 네트워크를 확보하려고 노력하긴 했어도, 모든 원전의 제어권을 손에 넣기란 애초부터 불가능한 일이었습니다. 우리의 역량에도 분명한 한계가 있었고요. 다만……."

"다만?"

"한국의 경우 진척률이 아주 높은 편에 속했습니다. 가장 심혈을 기울인 일본보다는 낮았지만 말입니다."

이제야 확실한 그림이 그려진다. 겨울이 물었다.

"그걸로 인해 한국 정부와 마찰이 생겼나 보네요?"

"맞습니다."

"뭐, 국민들보다 원자력 발전소 보호를 우선시하라고 요구하기라도 했어요? 위급한 상황의 전력공급을 무기로 삼아서?"

"……."

"정말로?"

가장 단순한 짐작이 정곡을 찔렀는지, 탤벗은 잠깐의 침묵으로 대답을 대신했다. 듣고 있던 앤의 표정이 당혹감으로 물들었다. 부분적으로는 겨울도 마찬가지였다.

이윽고 탤벗이 다시 입을 열었다.

"당시 백악관에선, 그 많은 원전들을 방치하면 수십 년 내로 전 세계적인 재난이 닥쳐올 것이라 내다봤습니다. 전문가들의 예측이었지요. 인류가 극복해야 할 위기는 역병만이 아니라고. 유럽 방면은 그나마 변종들이 몰려오기까지 수개월의 시간이 소요되었지만, 당장 함락 위기였던 아시아 지역은 사정이 급했습니다. 버티던 한국이 마침내 수도권을 완전히 상실했을 때⋯⋯ 그러니까 전투력을 절반 이상 잃었을 때, 결국 우리 작전의 최종단계가 실행되었습니다."

연결망을 구축해둔 원자로들의 제어권한을 강탈했다는 말이었다. 전력이 끊어지면 군의 작전수행에도 차질이 빚어질뿐더러, 주요 거점의 유지 및 대피한 국민들의 생존에도 문제가 생긴다. 한국 입장에선 나중을 생각할 필요도 있다. 그렇잖아도 난민 수용에 있어서 일방적인 도움을 받아야 할 처지. 한국 정부는 미국의 요구를 무시할 수 없었을 것이다.

탈벗은, 자신이 진짜 관계자가 아님에도 불구하고 변명처럼 덧붙였다.

"군이 절반이 넘는 전투력을 잃었다는 게 무슨 의미인진 잘 아실 거라 믿습니다."

"알아요."

겨울이 수긍했다. 여느 영화나 소설과 달리, 현실에선 어떤 부대가 병력의 2할만 잃어도 궤멸로 간주한다. 즉 미국이 처음부터 잔혹한 요구를 하진 않았다는 뜻이었다.

"그 결정이 아니었다면 대부분의 발전소들이 적절한 조치 없이 버려졌을 겁니다. 자동화된 안전장치들이 있다곤 해도 어디까지나 한순간 위기를 넘기게 해주는 수준이지, 오랫동안 관리 없이 내버려둬도 좋을 정도는 못 된다고 하더군요. 여러 사고 사례들을 보건대 그 장치들이 정상적으로 작동한다는 보장도 없었고요."[4]

"지금 상태는 어떤데요?"

"조치가 완료된 원전들에 한하여, 적어도 몇 년쯤은 그대로 둬도 괜찮을 거라고 들었습니다."

아마 일본에서도 비슷한 일이 벌어졌을 것이다. 그럼에도 말썽이 생긴 원전이 있다는 듯한 말투. 사회불안을 염려하여 험프백에 대한 정보조차 대외비로 지정해놓았으니, 마경이 된 원전들에 대한 정보는 그 이상의 기밀로 취급할 터였다.

어쩐지 관련된 소식이 없다 했다.

겨울은 곁가지로 흐르는 사색을 끊고 첫 질문을 되새겼다.

'부모님과의 관계를 확인했던 건, 그들의 죽음…… 혹은 실종에 미국의 책임이 있다고 생각할까봐 걱정했던 것이겠구나.'

한데 이런 비밀을 알려주면서까지 맡기려는 역할은 뭘까.

"단도직입적으로 묻죠. 내가 해야 할 일이 뭐예요?"

겨울의 온화함에 적잖이 안심하면서도, 정보국 요원은 다시금 다른 말을 꺼낸다.

---

4 이 내용에는 오류가 포함되어 있습니다. 본권에 수록된 후기를 참고해 주시기 바랍니다.

"이 나라가 원망스럽진 않으십니까?"

"……원망?"

겨울은 뜸을 들인 끝에 답했다.

"그건, 굳이 말하자면 필요악이었다고 봐야겠죠. 결과적으로는 훨씬 더 중요한 일이 되어버렸고. 잘못한 부분이 없다곤 못하겠는데, 그걸 이제 와서 비난해봐야 무슨 소용이겠어요. 아까 말했듯이…… 내 부모님에 대해서는 신경 쓰지 않아도 돼요. 다른 가족들도 그렇고."

결과적으로 훨씬 더 중요하게 되었다는 건, 모겔론스가 방사능에 의해 파괴될 시 생성되는 특유의 독소를 염두에 둔 말이었다. 그 독소가 생태계에 누적될까 두려워 핵무기 사용이 거의 봉인되다시피 한 마당이 아닌가.

방사능 오염의 총량은 덮개가 날아가고 바닥이 녹아내린 원자력 발전소 쪽이 핵무기를 압도한다. 오염 그 자체를 목적으로 만들어진 예외적인 핵탄두들을 제외하면.

고로 당시 이 문제를 매듭짓지 않았을 경우, 이후의 세계가 지금보다 더 양호하게 흘렀어도, 십수 년이 흐른 뒤엔 결국 거북이처럼 기어온 거대한 종말을 마주하게 되었을 것이다. 방사능 탓이든, 독소 탓이든.

그 피해는 가장 먼저 한국 정부가 감당해야 했을 터.

탈벗이 아쉬움을 드러냈다.

"유감스럽군요. 한국 대통령의 생각도 중령님과 같았다면 좋았을 텐데."

"역시 그쪽인가요."

"예. 겉으로 드러내진 않습니다만, 비공식적인 수단으로 알아낸 바 미국에 대한 반감이 상당합니다. 당시 미국이 재배치를 요구한 3개 사단과 자재들만 있었어도, 최소 몇 만 명의 국민들을 더 구조할 수 있었을 것이다……. 그런 원망을 품고 있습니다."

"정보국은 그런 대통령이 불온한 계획에 연루되어 있을 거라고 보고요?"

"가능성은 있다, 정도입니다."

"어떻게? 다 망한 나라의 정부가 무슨 힘이 있어서 그런 계획에 발을 걸치죠?"

"다른 건 몰라도 돈은 꽤 있지요."

"돈이 많다니……. 더욱 이해가 안 가는데요."

한국 정부가 겨울의 시간을 샀다는 말을 들었을 적에 벌써 한 번 품었던 의문이었다. 망한 나라도 나라 나름이다. 역병 확산 초기에 무너진 한국은 어떤 나라의 독재자처럼 황금과 달러, 명마를 실어 나를 만한 여유가 없었을 테니. 탤벗이 그 의문에 답해주었다.

"나라가 망했기 때문에 돈이 남는 겁니다."

"……?"

"실익과 인도적 지원을 겸하여, 연방정부는 각국에 상당한 비용을 지불하고 있습니다. 기존의 국가부채는 가급적 유예나 상계처리를 하고요. 그런 비용 중 가장 큰 비중을 차지하는 항목이 각종 자산의 임대 및 인수 자금입니다. 항공기, 선박, 인공위성 같은 것들이요."

"아⋯⋯."

"어쨌든 소유권은 각국 정부, 또는 기업에 있었으니까요. 그중엔 값비싼 군용기도 끼어있습니다. 한 기에 수천만 달러씩 하는 물건들 말이죠. 물론 한국 정부가 우리의 공중급유 지원을 받아 건져낸 군용기는 원래의 보유수량에 비하면 형편없는 규모지만, 그것만으로도 상당한 거액이 됩니다. 살아남은 국민들이 원체 적잖습니까. 난민으로 수용된 인구는 미국에서 따로 감당하고 있고요."

현재 한국정부가 유지하고 있는 땅은 자그마한 도서들이 전부. 거기 남아있을 인구가 대단치는 않을 것이다. 즉 시체를 잘라 팔듯 망국의 유산을 파먹고 있으나, 먹여 살릴 사람의 숫자가 워낙 줄어들었기에 그런 식으로도 돈이 남는다는 뜻.

"여기에 국가 명의로 보유하고 있던 여러 주식과 채권, 연기금의 잔재, 기타 실물자산, 기술특허의 라이센스 비용 등, 그럭저럭 자금을 마련할 수단들이 존재합니다. 향후 몇 년간은 고갈되지 않을 재정을 보유한 거지요."

"음, 무슨 말인지 이해했어요. 내가 그분을 슬쩍 떠보면 되는 거로군요."

"예. 중령님께서 우 대통령과 만날 승마회가 바로 비슷한 입장의 국가 정상들, 혹은 외교관들이 사교적인 회합을 이어가는 자리입니다. 같은 처지에 서로 연대를 이루어 돕고 지내자는 취지까지는 좋은데, 영 수상한 야합이 진행된다는 정보가 입수되어서 말입니다."

"대통령 한 사람만 어떻게 한다고 해결될 일이 아니다이거네요. 실제로 어떤 어두운 모임이 존재하는 거라면, 누가 연루되었는지까지 알아내는 게 최선이겠고."

"정확합니다."

여기까지 듣고서, 겨울은 겉으로는 납득하고 속으로는 의아했다.

'이런 내용을 앤이 들어도 괜찮다고?'

비공식적인 정보 공유일까, 아니면 수사국의 관심을 돌리려고 던지는 모종의 미끼일까.

한편으로는 겨울의 이반(離叛)을 막는 것 자체가 더 중요한 목적이 아니었나, 싶은 「통찰」도 스친다. 혹여 겨울이 누군가로부터 '부모'의 죽음에 얽힌 비밀을 듣고 분개하지는 않을까. 겨울의 속을 모르는 정보국으로서는 충분히 품을 법한 우려였다. 명예훈장 이중수훈자가 테러에 가담하는 것만한 악몽도 드물다.

탤벗이 겨울을 불렀다.

"중령님. 다시 실례가 될 질문입니다만……."

"또요? 실례 좀 그만해요."

짐짓 눈을 찌푸리는 겨울을 보고 앤이 짧게 실소했다. 탤벗 역시 쓴웃음을 지었다.

"죄송합니다."

"농담이었어요. 하도 심각해보여서."

더불어 부모의 죽음에 진심으로 개의치 않음을 내비친 것이기도 하다. 상심했다면 어찌 가벼운 말이 나오겠는가.

겨울은 차분히 손짓했다.

"말씀해보세요."

"제가 오늘 들려드린 사실을 우 대통령으로부터 다시 듣
게 되었을 때…… 음, 커트 리로서 활동하던 시절과 같은
수준의 연기가 가능하시겠습니까?"

이게 왜 실례가 되나 생각한 겨울은, 곧 속뜻을 읽고 살
짝 끄덕였다.

"슬퍼하긴 힘들겠지만 화를 내는 정도라면야, 얼마든지."

생전의 부모를 떠올리면 된다. 감정은 두고 말과 행동만
꾸며도 될 것이었다.

아까부터 겨울의 기분을 신경 쓰던 앤은 지금의 말이 가
슴에 얹힌 눈치. 돌이켜보건대, 그녀에겐 프로파일러 경력
이 있었다.

"그렇군요."

탤벗도 버거워한다. 그는 겨울에게 목숨을 빚진 사람이
었다.

"어렵게 여기진 마십시오. 결국 그날 한 번입니다."

"그날 한 번?"

"우 대통령이 살 수 있었던 한 중령님의 유일한 시간이
니까요. 뭔가 계획이 있고 거기에 중령님을 끌어들일 작정
이라면 성급하게나마 이야기를 꺼낼 수밖에 없습니다."

"그 이상은 부탁하지 않을 거고요?"

"중령님의 시간은 비싸잖습니까."

어깨의 힘을 빼고 농담처럼 말하지만 단순한 농담이 아

니었다. 시간을 빼앗으면 빼앗을수록 국방부가 싫어할 것
이다. 겨울과의 식사에 수십만, 수백만 달러를 기부한 사람
들이 있으므로. 방역전쟁은 아직 현재진행형이다.

아까의 추측에 한층 더 무게가 실렸다. 정보국은 오늘의
두 번째 부탁에 큰 무게를 두고 있지 않으리라고.

"궁금한 게 있는데요. 브래넌 의원님도 시험의 일부였
나요?"

겨울의 질문을 받은 탤벗이 어정쩡하게 웃었다.

"예전이나 지금이나 감이 좋으시군요. 저희가 그분께 도
움을 받았습니다. 시험보다는 선물이라고 여겨주십시오."

예전은 아마도 코왈스키 건을 말하는 것 같다.

이에 마침 잊고 있던 것이 하나 더 떠올라, 겨울은 품속
에서 반지를 꺼냈다.

"참, 또 잊을 뻔했네요. 갈 때 이거 가져가요."

"뭡니까, 그건?"

"커트 리의 결혼반지요."

"허……. 그걸 여태 갖고 계셨습니까?"

말하는 탤벗도 지켜보는 앤도 기가 막힌 표정이었다. 겨
울이 어깨를 으쓱였다.

"어쩌다보니 그렇게 됐네요. 잃어버린 줄 알았던 게 어
디선가 모르게 나왔길래, D.C.에서 만나자던 말이 기억나
서 챙겨왔어요. 사소한 거지만 정보국 자산이니 돌려드릴
게요."

탤벗이 손을 내저었다.

"됐습니다. 그냥 기념품 삼아 가지십시오."

"기념품? 반지를요?"

"뭐 어떻습니까. 정말 프러포즈할 때 써도 되겠지요. 거기 얽힌 사연을 듣고 싫어할 여자는 없을 겁니다. 최소한 그냥 돈 주고 산 물건보다야 의미가 깊지 않겠습니까?"

프러포즈라. 겨울은 현실감이 느껴지지 않는 것도 문제라고 생각하며 반지를 갈무리했다.

탈벗을 보낸 이후, 이젠 제법 익숙해진 스케줄을 거쳐, 겨울이 숙소로 돌아온 시간은 대략 오후 9시경이었다. 지나치게 빡빡한 감이 있지만, 추수감사절이 있는 11월 말엔 진정한 의미의 휴가가 주어진다. 그때가 되면 앤과 더불어 한가로운 산책을 즐길 수도 있을 것이다.

해가 저문 특급 호텔의 입구에선 컨시어지 매니저가 겨울을 기다리고 있었다.

"어서 오십시오, 중령님."

"카릴로 씨."

겨울이 매니저의 기품 있는 인사에 답례했다. 며칠 새 안면을 익힌 사이였다. 겨울이 머무르는 호텔엔 비어있는 방이 없었고, 그만큼 투숙객들이 겨울에게 보내는 선물도 많았다. 겨울은 매니저로부터 한 발짝 뒤에 서있는 직원들을 돌아보았다. 그들은 눈이 마주칠 때마다 직업적인 노력으로 다듬은 미소와 함께 살며시 목례했다.

"매번 밖에서 기다리시네요. 오늘도 양이 상당한가 봐요."

선물은 방으로 가져다주는 게 보통이겠지만, D.C.에 도착한 이래 겨울은 한 번도 그런 식으로 받아본 적이 없었다. 매니저 카릴로가 가볍게 긍정했다.

"앞으로도 그럴 겁니다. 이미 마지막 날까지의 예약이 마감된 상태인지라."

"그렇군요……. 항상 수고에 감사드립니다."

"별말씀을. 저희에게도 무척이나 보람찬 일입니다."

카릴로는 겨울이 주는 팁을 거절했다. 아무리 팁이라도 이중으로 받을 순 없다는 이유에서였다. 하기야 보내는 사람들이 사람들이니 푼돈을 아끼진 않았을 것이다.

"자, 가서 한 번 살펴보시지요."

매니저로서 카릴로가 겨울을 안내했다.

도착한 곳에선 수사국 요원 두 명이 선물로 온 물건들을 검사하는 중이었다. 그들은 겨울에게 약식으로 경례하고 하던 일을 계속했다. 안전이 확인되지 않은 물품은 실내반입이 금지된다. 투숙객들이 컨시어지 서비스를 이용할 수밖에 없는 이유였다. 호텔 측이 심부름을 하고, 경호를 담당한 수사국에서 그 과정을 감시한다. 사적인 선물이나 물품 반입을 아예 막아버리기는 또 곤란했던 모양이다.

이 가운데 방으로 보낼 것, 전 독립중대원들 및 경호요원들에게 나눠줄 것, 포트 로버츠로 보낼 것들을 분류하는 일은 겨울의 몫이었다.

애초에 투숙객들도 이렇게 될 줄 알고서 선물을 고르는 경우가 많았다. 예컨대 스테이트 아머리라는 회사의 대표는 자사의 총기 액세서리를 종류별로 백 세트나 보내왔다. 원래는 그 이상을 보내려고 했으나, 경호당국에서 제동을 걸었다고.

'스테이트 아머리……. 자기네 총이 교과서만큼이나 가볍다고 광고했던 회사였지, 아마.'

어쨌든 나쁠 것은 없었다. 중대원들이 각자 챙겨가고도 남는 물량은 항공운송을 부탁하면 된다. 독립대대의 예비 보급품으로 삼으려고. 새로 대대에 합류한 이들은 이런 쪽의 풍부함에 좋은 인상을 받을 것이었다.

다른 의미로 고민하게 만드는 선물도 있었다.

"꽃다발?"

백합과 물망초가 가득한 꽃다발과, 거기에 끼워진 자그마한 엽서 봉투가 하나.

카릴로가 뒷짐을 지고 말했다.

"아시아계의 아름다운 여성분이셨습니다."

겨울은 봉투를 뜯어보았다. 엽서에선 생화보다 선명한 향기가 났다. 잊을 만하면 한 번씩 오는, 발신인의 이름이 적혀있지 않은, 그리고 향수가 뿌려진 편지. 내용은 오직 한 줄이었다.

「항상 건강하시길.」

정갈한 필체도, 인공적이지만 거북하진 않은 향도 낯설지 않은 것들이다. 카릴로가 겨울의 망설임을 눈여겨보았다.

"어떻게 할까요?"

"……."

생각에 잠겨있던 겨울이 결정을 내렸다.

"돌려보내 주세요."

"알겠습니다. 달리 전하실 말씀은 없으십니까?"

"네. 돌려주는 걸로 충분해요. 무슨 뜻인지 알 테니까."

주웨이 본인을 위해서라도 다시 한 번 확실하게 거절해
두는 편이 좋았다. 전언은 없는 게 더 낫겠고. 겨울은 지갑
에서 100달러짜리 지폐를 꺼냈다.

"이건 제 부탁이니까, 받아주셨으면 하네요."

"감사합니다."

카릴로는 별말 없이 팁을 받았다. 조금은 부담스러울지
모를 역할이었다.

그 뒤로 선물을 둘러보는 중에, 카릴로가 겨울에게 방으
로 가져가라고 권하는 것이 있었다.

"이 브랜디는 어떠십니까?"

"브랜디요?"

겨울은 의아하게 눈을 깜박였다. 겨울이 술을 즐기지 않
는다는 건 호텔 컨시어지 측도 요 며칠간 알게 된 사실이
다. 그도 그럴 것이, 오는 족족 중대원들에게 넘겨버렸기 때
문. 겨울이 법적으로 성인이긴 하나 음주가능 연령에는 못
미친다는 점도 감안해야 한다.

그러나 컨시어지 매니저는 속을 모를 얼굴로 고개를 끄
덕였다.

"그렇습니다. 브랜디를 고르는 안목이 엄격하신 분의 호

의입니다.”

잠시 헤매다가, 「통찰」이 잡아낸 영감에 멈칫하는 겨울.

“안목이 엄격하시다고요?”

“예. 그런 분이시지요.”

매니저가 흡족한 미소를 지었다. 마치 정답을 맞췄다는 듯이. 가만히 바라보던 겨울은 카릴로의 태도로부터 확신을 얻었다.

“……가끔은 나쁘지 않겠네요. 방으로 보내주세요.”

“잘 생각하셨습니다.”

겨울의 허락을 얻은 카릴로가 등 뒤를 향해 고갯짓으로 신호했다.

분류를 끝내고 방으로 돌아온 겨울은 곧바로 브랜디부터 자세히 살펴보았다. 그러나 고급스럽다는 것 외엔 평범한 술일 따름. 라벨에 인쇄된 연락처 또한 진짜 생산자의 번호일 것이다. 경호를 맡은 요원들은 이런 부분까지도 확인한다고 하니까.

‘이런 식으로 신호를 보낼 줄이야.’

착각이 아니라면, 이 브랜디를 보내도록 한 것은 다름 아닌 스트릭랜드 소장이었다. 술이 좋아서 딸의 이름도 술을 따라 지었다던 과묵한 아버지. 그래서 딸의 이름은 브랜디 스트릭랜드다. 알라모 편대장, 브랜디 스트릭랜드 소령.

카릴로가 엄격하다(Strict)는 표현에 강세를 넣은 것이 힌트였다.

겨울은 꾸미지 않은 실소를 머금었다. 다소 엉뚱하기도

하고 황당하기도 하다. 스트릭랜드 소령을 통해 도움을 청한 뒤로 이렇다 할 연락이 없어 기대를 접고 있었건만.

그러나 단순한 연락만으로도 의심을 사기 쉬우니, 어쩌면 장군으로서는 이 정도가 최선이었을 것이다.

술병을 이리저리 돌려보며 십분 가량 몰두하던 겨울은, 감춰진 뭔가가 반드시 있을 필요가 없다는 사실을 깨달았다. 이걸 보낸 사람이 같은 호텔에 숙박하고 있다는 게 중요했다. 소장 본인은 아니더라도, 그의 부탁을 받았을 누군가.

즉 이 술은 지켜보고 있다는 뜻으로 해석할 수 있었다.

'내가 직접 가서 만나진 못하겠지만.'

스트릭랜드 소장이라고 해서 있는 그대로 믿기는 어려우나, 최소한 슈뢰더 대장과 뜻을 맞췄을 가능성은 낮다. 슈뢰더 대장이 알려준 연락처는 끝까지 쓰지 않는 편이 현명할 것이다.

겨울은 브랜디의 봉인을 뜯었다. 그렇잖아도 한 번쯤 향상된 「독성저항」을 시험해보려던 참이었으므로. 92프루프의 독주 한 병이면 시험용으로 나쁘지 않다. 다른 독소에 대해서도 적당히 참고할 만한 지표가 되어줄 것이다. 기왕 마실 술이라면 앤을 불러 같이 시간을 보낼까 싶었으나, 이내 미련을 접는다. 겨울의 제안으로는 부자연스러운 데다, 해독능력을 검증할 셈으로 빠르게 마시기도 곤란할 테니.

가득 채운 잔을 연거푸 비운 겨울이 입가를 닦아냈다.

「독성저항」의 보정은 효율이 그리 좋지 못했다. 설령 천재의 영역이라고 해도 결국 사람에게 가능한 수준의 저항력인데, 그래봐야 화학탄 한 발 터지면 죽음을 피할 수 없기 때문이다. 남들이 1분 만에 죽을 때 혼자서 몇 분쯤 더 견뎌내는 정도. 초인의 영역에 접어들면 좀 더 나을지는 모르겠다.

그럼에도 불구하고 수준을 높이기 위해서는 다른 기술보다 훨씬 더 많은 노력이 필요하다. 「역병면역」의 선행조건 중 하나라는 점을 감안해도 분명히 지나쳤다.

술기운이 돌기를 기다리며, 겨울은 TV에 전원을 넣었다. 커다란 화면이 얼마 전 방문했던 환락의 도시를 비추었다. 등장한 것은 소매 없는 옷 위로 탄약 조끼를 차고 소총으로 무장한 여성이었다. 사격장을 배경으로 카메라 앞에 선 그녀가 생글생글 웃으며 말했다.

「자, 저는 지금 라스베이거스에서 가장 큰 실내전술사격장, 킬링필드 베이거스에 나와 있습니다. 제 뒤로 줄을 선 수많은 사람들이 보이십니까? 앞서 영웅들의 중대가 방문했던 이곳은 이제 이 도시에서 손꼽히는 명소가 되었습니다. 특히 한겨울 중령의 기록을 넘보는 도전자들이 전국에서 몰려들면서 더욱 화제가 되고 있는데요, 오늘은 저 역시 그 도전자 중의 한 사람이 되어볼까 합니다! 시청자 여러분의 뜨거운 응원을 바랍니다!」

"……."

TV를 켤 때마다 이런 식인지라, 슬슬 익숙해지려 하고 있었다. 겨울은 채널을 돌려 뉴스를 띄워두고 남은 술을 마저 비우기 시작했다.

감각은 시간이 흘러도 둔해지지 않았다.

실내에서나마 소총과 권총의 조준 및 교체를 반복해본 겨울은, 전투능력의 감소가 거의 없음을 확인하고 가벼운 한숨을 내쉬었다. 그래도 「독성저항」이 마냥 쓸모없진 않구나, 해서. 아주 치명적이지 않은 약물과 독에 대해서는 나름의 효과를 기대해도 좋을 것 같다.

우우우웅-

탁자 위에 올려두었던 넷 워리어 단말이 진동했다. 겨울은 액정에 뜬 발신자 불명 표시를 보고 고개를 기울였다. 이 시간에 비밀회선으로 연락을 할 사람이 누가 있을까.

'설마 스트릭랜드 소장은 아니겠지.'

TV 볼륨을 줄이고서 전화를 받는 겨울.

"여보세요."

「중령님. 접니다.」

수화기를 넘어온 건 낮에 만났던 정보국 요원의 목소리였다. 겨울의 눈이 가늘어졌다.

"탈벗? 무슨 일이에요?"

「실은, 낮에 말씀드리지 않은 용건이 하나 더 있어서 말입니다.」

"그 용건, 수사국의 귀에 들어가면 안 되는 것이겠네요?"

「예, 그렇습니다.」

탈벗은 쉽게 인정했다. 어쩐지, 아까 만났을 때도 뭔가 미심쩍은 느낌이 있었다. 더 이상의 비밀은 사양하고 싶건만. 슈뢰더 대장, 덜 떨어진 자들의 쿠데타, 불경스러운 연합, 한국 대통령의 원한, 방역전선의 동향 등 염두에 두고 있어야 할 위험요소들은 지금도 충분히 많았다.

허나 연락을 받은 시점에서 겨울에게는 거부권이 없다고 봐야 한다. 탤벗 개인이 아니라 정보국 차원의 결정일 것이기에.

"……일단 들어볼게요."

뜸들인 겨울의 말에 탤벗이 작은 웃음소리를 냈다.

「골치 아프신 모양이군요.」

"솔직히 좀 그러네요. 차라리 칼만 들고 감마 그럼블과 싸우는 편이 낫겠어요."

「이런……. 안심하십시오. 그 정도로 어려운 부탁도 아닐뿐더러, 중령님께서도 꽤나 반가워하실 일이거든요.」

"내가 반가워할 일이라니……."

「황-보-에스더 양에 대한 겁니다.」

겨울의 손에 힘이 들어갔다.

"정보국은 에스더에게 관여할 이유가 없을 텐데요."

관할영역의 문제다. CIA가 국내에서의 활동을 강화하고는 있을지언정, 기본적으로는 해외에서의 첩보를 담당하던 기관이었다.

「그 부분은 지금 말씀드리기 어렵지만, 에스더 양에게 해가 될 만한 계획 같은 건 전혀 없다는 사실만큼은 확실히 밝혀두겠습니다.」

"그 말이 사실이었으면 좋겠네요."

「믿으셔도 됩니다. 어차피 나중엔 높은 확률로 중령님께서도 관계자가 되실 테니까요.」

"……그래서, 아까 말 못 한 용건이라는 건?"

「에스더 양이 중령님과의 대화를 원합니다.」

겨울은 잠시 입을 다물었다.

「보다 정확하게 말씀드리자면, 감사와 함께 자신의 안부를 전하고 싶다더군요.」

탤벗의 설명은 겨울에게 꽤나 뜻밖이었다.

"감사와 안부를? 나에게?"

「그렇습니다. 중령님은 좋은 사람이니 아마 걱정하고 계실 거라고.」

누가 누구를 걱정하는 것인가.

겨울의 시선이 옆으로 샜다. 브랜디, 21년산 아칸사스 블랙은 벌써 빈 병이 되어있었다. 통화 중 뒤늦게 혀가 꼬이지는 않겠지. 염려해보지만, 그렇다고 나중에 다시 걸어 달랄 수는 없는 노릇이었다. 괜히 미뤘다간 다시 받지 못할 전화일 수도 있으므로.

실내에 주향이 가득했다. 전파로 소리만 전해지는 게 다행이다. 겨울이 물었다.

"그 아이, 어떻게 지내고 있죠?"

「본인에게 직접 들으시는 게 어떨지요? 저는 중령님에 대한 연락 책임자일 뿐입니다. 그나마 안면이 있다는 이유로 주어진 역할이죠.」

"그래도 아예 모르진 않을 텐데요."

앞으로의 연락을 감안하여 기본적인 진행상황쯤은 파악하고 있을 가능성이 높다. 어차피 이 회선도 정보국 측이 감시하고 있겠으나, 겨울은 이렇게 말했다.

"탤벗. 당신 말처럼, 당신은 나와 안면이 있는 사이죠. 개략적인 내용이라도 좋으니 아는 사람에게 먼저 듣고 싶은 거예요. 그나마 다른 사람보다는 거짓말을 적게 할 것 같아서."

애초부터 사실만 말하리란 기대는 품지 않는다. 다만 낮에 느꼈듯이, 탤벗에겐 마음의 빚이 남아있었다. 그러므로 거짓을 말하더라도 감정적인 흔들림, 또는 그에 준하는 어떤 단서를 보일 가능성이 높고, 그러한 단서는 「통찰」과 「간파」의 좋은 먹잇감이었다.

「으음…….」

겨울이 의도적으로 드러낸 불신을 부담스러워 하던 탤벗이, 빠른 말로 답변하기 시작했다.

「저쪽이 이미 대기 중이니 조금 서두르겠습니다. 원래는 이 통화가 끊어지는 대로 새롭게 영상통화를 연결할 예정이었거든요.」

"네."

「노트북의 전원을 미리 켜두시기 바랍니다. 저쪽은 군용 화상회의 시스템을 이용할 겁니다.」

그의 지시에 따라 겨울은 업무용 노트북에 전원을 넣었다.

"이제 말해 봐요."

「아시겠지만 군 당국과 위스키 호텔(백악관)은 에스더 양

의 능력을 방역전쟁에 이용하고 싶어 합니다. 다행스럽게
도, 에스더 양 본인 또한 무척이나 협조적으로 행동하고 있
습니다. 오히려 너무 협조적이어서 의심스러울 정도로요.
에스더 양 말로는, 하느님께서 자신을 이 세상에 보내신 이
유를 다시 생각해보게 되었다고 합니다. 바로 중령님 덕분
에요.」

"내 덕분이라니……."

「중령님께서 에스더 양에게 어느 수녀님의 말씀을 전해
주셨다면서요? 세상에 악이 존재하는 이유에 대해서 말입
니다. 시간이 흐르니 그 뜻이 새롭게 느껴지더라는 이야기
입니다. 에스더 양을 담당하는 성직자 분들도 높게 평가하
시더군요. 신자가 아님에도 불구하고 위험한 순간에 가장
적절한 조언을 해주셨다면서.」

"담당하는 성직자 분들? 그런 사람들이 있습니까?"

「있습니다. 에스더 양이 신앙생활에 관하여 상담이 가능
한 사람들을 요구했고, 방역전략연구소에서도 그 필요성을
인정했습니다. 원활한 협력을 위해선 심리적인 안정이 선
행되어야 할 테니까요. 담당자는 민간 목회자와 사제분들
가운데에서 뽑았습니다.」

채플린, 즉 군목은 처음부터 논외였을 것이다. 군 관계자
는 상처 입은 소녀에게 불신을 사기 쉽다. 군인의 물은 군
복만 벗는다고 빠지는 게 아니었으므로.

「심사를 거쳐 최종적으로 선발된 담당자는 셋. 감리교회
목사 한 분, 침례교회 목사 한 분, 마지막으로 뉴욕 교황청

의 추기경이 한 분입니다. 에스더 양은 자신의 의문에 대한 다양한 답을 듣길 원했거든요. 무엇이 정답인지는 스스로 고민해보겠다고. 이를 위해 교황님께서도 몇 번 방문해주셨습니다.」

겨울이 약간 놀랐다.

"교황님께서 직접 오셨다고요?"

「가톨릭 신앙의 최고 권위자 아닙니까. 신자가 아닌 입장에서 거칠게 표현해보자면, 그분의 말씀이야말로 현 시대 가톨릭의 정수라고 할 수 있겠죠.」

하기야 가톨릭 내에서 신앙에 대한 질문에 답할 사람으로 교황보다 나은 이는 없을 것이다.

「교황께서 눈물을 흘리며 축복해주셨고, 에스더 양의 반응도 좋았다고 합니다.」

"……."

적어도 거짓말은 아닌 것 같다. 요청에 따라 교황과 만나게 해줄 정도라면, 다른 생활여건에 대해서는 크게 걱정할 필요가 없을 것이었다. 탈벗 역시 이런 의도에서 먼저 신앙생활에 대한 이야기를 꺼냈을 터이고.

"에스더와 통화할 때, 그 성직자 분들과도 잠깐 인사를 나눌 수 있을까요?"

「물론입니다. 늦은 시간이지만 적어도 두 분은 자리를 지키고 계실 겁니다. 언제든지 얼굴을 보며 상담에 응할 수 있도록 말이죠……. 사실 세 분 모두 숙식을 그곳에서 해결하십니다. 목사님들은 주일에만 잠시 자기 교회로 다녀오

시고요.」

"좋은 분들이신 것 같네요."

「그만큼 엄격하게 뽑았겠지요. 그야말로 다신 주어지지 않을 기회니까요.」

어조로 미루어, 군 당국은 당장 대륙분할 작전의 1단계, 제3해병원정군의 카르타헤나 위장상륙부터 에스더의 도움을 받으려는 모양이었다.

'에스더를 어디까지 신뢰할 수 있느냐가 관건인가.'

겨울이 한숨을 쉬었다.

"다른 건 이제 됐어요. 마지막으로 하나만 확인하죠."

「무엇입니까?」

"정보국이 에스더에게 관여하는 이유, 혹시 러시아 방역전선과도 관계가 있습니까?"

「그건 아직 말씀드리기 곤란하다고 이미…… 실은 저도 거기에 대해선 잘 모릅니다. 그보다 왜 그렇게 생각하십니까? 유라시아 대륙엔 트릭스터가 없지 않습니까?」

즉 거기선 에스더의 쓸모가 크게 떨어진다.

그러나 겨울에겐 「통찰」이 있었다. 정보국의 관할영역을 계속 고민하다보니, 그 연속선상에서 보정이 작동한 것이다. 겨울이 품은 의문과 거기에 들인 시간의 결과로서.

"얼마 전, 아는 분으로부터 신경 쓰이는 이야기를 하나 들었어요."

「신경 쓰이는 이야기…… 입니까?」

"네. 레인저 연대에 포획 임무가 주어졌다고 하더라고

요. 알파 트릭스터를 잡아오라고."

「…….」

수화기 너머의 곤혹감은 진정 아무것도 모르는 사람의 침묵으로 느껴졌다. 단순한 감이 아니라 「간파」에 의거하여. 그러나 겨울은 개의치 않고 말을 이어갔다.

"왜 이제 와서 살아있는 알파 트릭스터가 필요할까. 내 추측은 이래요. 유라시아 대륙에 트릭스터를 풀어놓으려는 거죠. 여기엔 트릭스터 중에서 그나마 지능과 전파변조능력이 낮은 알파 트릭스터가 적합하겠고요."

「……예?」

"그렇게 하면 그쪽 전선에서도 에스더의 쓸모가 생겨요. 단순히 무력으로는 돌파하지 못할 거리를 극복해서, 감염의 발원지, 제로 그라운드로의 진격이 가능해지는 거예요. 어디까지나 내 상상이긴 하지만요. 그러나 탤벗, 당신이 그랬잖아요. 나도 나중엔 관계자가 될 거라고."

탤벗은 그저 겨울이 연관될 거라는 말만 들은 듯하나, 겨울의 능력이 전투 이외의 어디에 필요하겠는가.

제로 그라운드로 가는 동안 변종집단을 기만하거나 적극적으로 회피하더라도, 교전이 아예 없을 수는 없다. 땅이 그토록 광활한데, 전파 수신을 가능케 하는 형질이 재감염을 거쳐 고르게 퍼지기까지 대체 얼마나 긴 시간이 요구될 것인가. 그리고, 그 시간을 충분히 기다릴 여력은 있을 것인가.

러시아 전선이 그 시간을 견뎌 내리라는 보장은 없다.

"문제는 러시아네요. 아주 기겁을 하겠죠. 변종들의 조직력이 강화될 테고, 훨씬 더 교활하게 움직일 것이고, 무엇보다 트릭스터가 포함된 변종집단은 넓은 땅 어디에서도 길을 잘 잃지 않게 될 테니 말예요. 모겔론스의 원형을 확보해서 방역전쟁을 끝낼 화학무기를 만드는 동안, 러시아는 전 국토가 싹 다 쓸려나갈 가능성이 높으니까요."

무엇보다, 에스더가 배신을 한다면 어찌 되는지.

트릭스터들의 통신을 감청하여 해석하게 만드는 것과, 에스더가 만드는 전파를 광역으로 뿌리는 건 요구되는 신뢰의 차원이 다른 모험이다. 에스더가 변종들에게 언어와 지식을 전달할 경우, 예상되는 피해는 그야말로 끔찍한 수준.

미국이야 대양을 낀 건너편이니 최악의 상황에서도 여유가 있다.

러시아는 아니었다.

그러므로 이 추측엔 정보국의 역할이 포함된다.

겨울이 말했다.

"따라서 러시아 쪽 사람들을 설득해야 하는데, 여기엔 은밀한 거래와 부적절한 방법도 포함되지 않을까 싶어요. 바로 정보국의 전문분야죠."

「저는, 진짜 모르는 일입니다.」

"네, 믿어요. 하지만 이 통화를 엿듣고 있을, 혹은 보고받게 될 누군가는 알겠죠. 대답은 나중에 그 사람에게서 들으려고요. 내 예상이 맞다면 어떤 식으로든 연락을 주지 않을

까요? 하다못해 다른 사람에겐 말하지 말아달라는 부탁이
라도 할 거라고 봐요."

「……하아.」

"할 말은 여기까지. 이제 에스더와 연결해줄래요?"

「알겠, 크흠, 알겠습니다. 이 전화가 끊어지면 곧 화상통
화 프로그램에 참가 요청이 뜰 겁니다. 그걸 승낙하시면 됩
니다. 접속 암호를 불러드릴 테니 메모해두십시오.」

"네."

대답은 했으나,「암기」보정으로 충분했다. 암호를 두 번
부르고 겨울에게 확인한 탤벗이 통화를 마무리 지었다.

「-그럼, 다음에 다시 연락드리지요.」

"오늘 무척 반가웠어요. 터커, 켈리, 코왈스키 요원에게
도 안부 전해줘요."

「터커는 직접 만나실 수 있을 겁니다.」

"그래요?"

「이스트 포토맥 파크의 승마회에 참석하시잖습니까. 외
국 정상들이 많이 몰리는 행사다 보니 정보국에서도 요원
들을 보냅니다. 저와 터커도 거기에 포함되었고요. 운이 좋
다면 나머지 둘도 추가로 파견될 가능성이 있습니다.」

"좋은 소식이네요. 아무튼 그럼 그날 보죠."

「예. 항상 협조에 감사드립니다, 중령님.」

"별말씀을. 편안한 밤 보내요."

겨울은 통화를 종료했다. 얼마나 기다렸을까. 예정된 신
호가 들어왔고, 겨울이 팝업 메뉴에 암호를 입력했다. 최초

화소가 깨지던 화면이 조각을 맞춰가듯 선명해진다. 이윽고, 조금씩 끊어지긴 했으나, 전보다 더 부풀고 무너져 내린 에스더의 얼굴이 나타났다.

「와-아-!」

에스더의 표정이 일그러졌다. 아마도 미소일 것이다.

"에스더."

「중령니임.」

바로 무언가를 말하기가 어려웠다. 어색하기도 하다. 이는 에스더도 마찬가지. 여러 심회가 스치는 머릿속에서, 겨울은 침묵이 길어지기 전에 몇 마디를 골라냈다.

"그때 이후로 줄곧 궁금했어요. 당신이 무사한지, 또 어떻게 지내고 있는지. 내가 입힌 상처는 아물었는지. 그로 인해 아직까지 아파하진 않는지."

「아프지 않아요오. 다, 나아았어요. 보세요. 피, 안 나요.」

카메라가 잠시 돌아갔다. 형체도 없이 찢겨졌던 에스더의 하반신은 현재 뭉툭한 살덩이처럼 재생되어 있었다. 실로 경이로운 회복력이긴 하나, 예전처럼 움직이기는 불가능해진 셈이었다.

소녀는 묶여있지 않았다.

화면을 원래의 위치로 되돌린 에스더가 겨울에게 사과했다.

「저어야말로오, 죄송해씀니다아. 그때에, 마아지막에, 마아니, 아프셨을 텐데에.」

"……아니에요."

「히……. 주웅령님으은, 잘못 없어요오. 처음부터어, 싸우기이 싫다고, 며몇 번이나아, 하셨었잖아요. 조으은, 말씀도오, 해주시고오. 오히려어, 저 때문에에, 죽을 뻔하셨는데에. 제가아, 더어, 미안해야아죠. 다친 곳으은, 괜찮으세요오?」

"네. 그때 많이 다치진 않았어요. 그리고 내 몸은 꽤나 튼튼하거든요."

「다행이다아.」

겨울은 한숨을 삼켰다. 그러나 표정을 감추지는 않았다.

에스더가 다시 끔찍한 미소를 짓는다.

「걱정하지이 마아시라고, 연라악, 드린, 거예요. 저어, 여기서어, 저엉말 잘 지내고오, 있거든요오. 여어기 계시는 박사님드을, 제가아, 먹고 싶은 거어 있으며언 다 가져다 주시고요오, 하아고 싶은 것도오 최대한 다아 들어 주우려고 하세요오.」

"목사님과 신부님도 계신다면서요?"

「오오오. 중령님도오, 그거어, 들으셨구나아.」

"그분들도 마음에 들어요?"

「네에. 박태선, 하고는, 와안전히, 다른, 분들이라서요.」

"그래요……."

에스더는 말끝을 흐리는 겨울을 불렀다.

「중령님.」

"네."

「감사합니다아.」

광기에 차서 외치던 감사와는 근본적으로 달라진, 거칠

게 갈라졌으나마 편안한 음색이었다.

"감사라니……. 무엇에 대해서요?"

「덕분에, 새로운 기회르을, 얻을 수 있었어요오. 하나님 나라로오, 가아기 전에, 사람들을, 아아주 마않은 사람들을, 도와줄 기회르을, 말이에요오.」

"그 기회는 누가 준 게 아니에요. 에스더 스스로 붙잡은 거죠."

「히.」

"고맙다는 말은 내가 하고 싶네요. 그때 내가 한 말을 나쁘게 생각하지 않아줘서 고맙고, 사람들을 돕기로 결정해줘서 고마워요. 당신은 정말로 좋은 사람이에요."

「히히.」

에스더는 기분이 좋아보였다. 이 순간에도 병든 육체 곳곳에 통증이 있을 것인데, 진통제를 쓴 것인지, 아니면 그냥 참아내는 것인지는 분간하기 힘들었다.

「그으래서 말인데요오, 중령님께서어 말씀 좀 자알 해주세요오.」

"누구에게 어떤 말을요?"

「불안해하느은, 사람들이요오.」

"음…….

「저르을, 와안전히, 믿을 수느은, 없다는 거얼, 자알, 아는데요오, 그래도오, 조오금, 안타까운, 기분이, 들어서요오.」

에스더가 곤란하다는 듯이 입술을 우물거렸다.

「제가아, 마안드는, 전파는, 복사해서어, 넓게에 뿌릴 수도, 있잖아요. 마안약에, 제가아, 괴에물들한테에, 자살하라거나아, 그 자리에서 우움직이지 말라거나, 서로, 잡아먹으라고, 시키며느은, 이 전쟁, 순식간에, 끝날지도, 몰라요오.」

자살은 일반 변종들에게 확실하게 먹힐지 의문이다. 상호포식도 그렇고.

그러나 움직이지 말라는 지시가 대사억제를 뜻한다면, 충분히 통할 것 같다. 수많은 위성으로 송출하면 한순간이나마 중남미 전역의 변종들을 침묵시킬 수 있을 터. 트릭스터들이 깨우려고 발악해도 혼란을 극복하긴 어려울 것이다.

겨울이 끄덕였다.

"맞는 말이에요."

그러나 앞서 이미 고민한 바였다. 에스더의 속에 인류에 대한 증오가 남아있다면, 해당 작전의 결과는 문자 그대로의 종말이 될 것이었다. 설령 잘 먹히는 것처럼 보일지라도 안심하기엔 이르다. 평범한 변종들과 별개로 트릭스터들만이 이해할 정보가 숨겨져 있을 가능성 때문.

분노와 별개로, 에스더가 변종의 본능으로부터 자유롭다고 어찌 확신하는가?

또한 모든 변종들을 동시에 몰살시키지 않는 한, 변종들이 모종의 변화를 통해 에스더의 전파를 무력화할 가능성도 배제할 수 없다.

'즉 남용해선 안 된다는 뜻이지.'

트릭스터들이 안심하고 전파를 주고받도록 내버려두는

편이 가장 안전하고 확실했다. 놈들이 이쪽의 감청을 눈치 채지 못하도록, 가끔은 일부러 당해줄 필요도 있을 것이다.

「그렇다고, 부담스럽게에, 생각하진, 마세요오.」

에스더가 말한다.

「말씀드렸지마안, 왜 못 믿는지, 자알 알거든요. 그냐앙, 그랬으면 좋겠다아, 는 정도니까, 너무우, 신경 쓰지, 않으셔서어도, 돼요..」

"네. 기회가 되면 이야기는 해볼게요."

「키히힛.」

겨울은 괴물이 된 소녀의 잦은 웃음이 어느 어두운 감정의 위장이 아니기를 바랐다. 역병이 파먹은 얼굴로부터, 「간파」는 어떤 감정도 제대로 읽어내지 못했다.

이 뒤로는 뜻밖일 만큼 평범한 대화를 나누었다. 음악, 영화, 연예인, 토크 쇼, 그리고 소설과 만화 등에 대하여. 에스더는 그 나이 또래의 청소년다운 감성을 지니고 있었으며, 이런 부분에서 보다 백지에 가까운 건 도리어 겨울이었다.

「중령님은, 놀 시간이, 정말로, 없으신 거구나아. 참, 불쌍하시네요.」

"……."

불쌍하다니. 할 말을 잃은 겨울을 보며 에스더는 또다시 즐겁게 웃었다.

통화는 거의 한 시간 동안 이어졌다.

마지막엔 예의 그 성직자들과 대화를 나누었다. 최소 두 사람은 있을 거라더니, 겨울은 세 사람 모두와 짧은 인사를 주고받을 수 있었다. 그들은 겨울이 에스더와 허물없이 시간을 보내준 점 자체를 무척이나 고맙게 여겼다.

감리회의 목사는 말미에 이렇게 말했다.

「에스더가 겪은 일을 들었을 때, 그리고 저 모습을 실제로 보았을 때, 너무도 슬프고 끔찍하여 울면서 기도했습니다. 제발 저 가엾은 아이에게 구원이 있기를……. 그리고 확신했습니다. 저 아이가 세상의 빛과 소금이 되어, 마침내 이 세상 모든 사랑의 근본이신 주님의 품속에서 안식을 찾도록 돕는 일이야말로, 주께서 제게 내리신 가장 중요한 사명일 것이라고.」

침례회의 목사와 가톨릭의 추기경도 한마음이었다.

그들 모두가 겨울을 축복했다.

연결이 끊어진 뒤, 실내는 적막에 휩싸였다. 음소거를 해둔 TV는 소리 없는 영상을 보여줄 뿐. 겨울은 방 한쪽에 정리된 선물들 중에서 한 자루의 검을 뽑아들었다. 이는 미국 내의 시크교도들이 보내온 것이었다. 싱 소령을 곁에 두고서부터, 겨울에 대한 시크교 신자들의 감정이 굉장히 좋아졌다고.

싱 소령의 것이 그러했듯, 이 장검은 철저하게 실전을 염두에 두고 만들어진 무기였다. 손잡이도 곧고 묵직한 칼날도 올곧았다.

칼날에 조명을 먹이니 영문으로 쓰인 글귀가 빛난다. 겨울이 속으로 그 문장을 읽었다.

「신은 사람의 마음속에 있다.」

轍鮒之急

여기 외로운 물고기가 있다.

이 물고기는 평생을 혼탁한 물속에서 살았다.

천종훈이라는 이름이 있었으되 그 이름을 불러주는 사람
은 없었다. 그를 낳은 부모조차 기억이나 하고 있을지 의문
이다. 야, 너, 저기. 자식을 부르는 말이 매양 그런 식이었기
에. 지금은 어디에서 무엇을 하는지조차도 서로 알지 못한
다. 연락처가 있어도 실제로 연락을 하기가 어색했다. 부모
와 자식은 그런 관계였다.

형제라도 있었다면 조금 더 나았을 텐데, 재혼에 재혼을
거듭한 아버지와 어머니에게 기대하긴 어려운 것이었다.

가상현실 기반의 공교육은 친구를 만들어주지 않았다.
이 가난한 자들의 교육체계가 탄생하는 데 기여한 사람들
은, 그것이 뭐가 나쁘겠느냐고 생각했다.

사후보험의 설계자들은 완성될 트리니티 엔진을 믿었다.
마음을 얻은 인공지능은 모든 인류에게 가장 완전한 친구,
동료, 스승, 그리고 가족이 되어 주리라고. 불완전하고 이
기적인 미성년자들의 틈바구니에서 자라나는 것보다는, 한
없이 완벽에 가까운 가상인격들과 긍정적인 교류를 거치며
성장하는 편이, 보다 성숙한 인격을 만드는 데 도움이 될
것이라고.

다음. 정책의 결정권자들은 인공지능의 완성 여부에 관

심이 없었다. 다만 효율성을 따졌다.

그깟 친구 좀 없으면 어떤가. 어차피 사회인이 되고 나면 대체로 소원해질 관계가 아니던가. 결과적으로, 잃는 건 기껏 예외적인 몇 명에 불과하다. 별 볼 일 없는 사람들은 인간관계도 별 볼 일 없는 법. 사회의 정점에 오른 특별한 이들은 그러한 사실을 아주 잘 알고 있었다. 정치는 그렇게 다수의 평범한 사람들을 위하는 일이었다.

잃는 게 있으면 얻는 것도 있다. 친구가 없는 가상현실 속엔 학교폭력도 없다.

또한 전 국민에게 최저의 비용으로 수준 높은 교육을 보장할 수 있다. 사람을 대하는 법은, 감각동기화에 기초하여 이상적인 인간관계를 체험함으로써 학습하도록 하면 그만이다.

그 이상적인 인간관계를 커리큘럼으로 구축하는 건 교육 당국의 몫이었다. 당국은 대단히 객관적인 기준으로 과거를 재구축하고 있다고 자부했다. 심리학, 철학, 교육학 등 다양한 분야에서 가장 권위 있는 학자들이 최선을 다하여 내놓은 결과물이기 때문이다.

이러한 교육을 받고도 뭔가 모자란 아이들은, 원래 그 정도가 한계일 것이라 여겼다. 현실적으로 가능한 최선의 교육을 실시했는데도 그 모양이라면, 사람의 힘으로는 어쩔 수 없는 문제가 아니겠느냐고.

이러한 교육으로부터, 종훈은 채워지지 않는 어떤 공허함을 얻었다.

성인이 되어, 일터에서도 그의 이름을 부르는 이는 없었다. 애초에 사람을 만날 기회가 드문 자리이거니와, 가끔씩 대면하는 이들에게 종훈은 사람이기 이전에 업무상의 기능일 뿐이었다. 인간이 노동으로 상품화되는 사회에서 하찮은 남자는 언제나 그의 직책으로 불렸다.

그러므로 그의 이름이란, 본인에게조차 낯설어지곤 하는 호적상의 정보에 지나지 않았다.

탁류(濁流)에서 살아가는 삶이 대개 이런 식이었다.

혼탁하여 눈앞만 겨우 보이는 물살을 끊임없이 헤쳐 나가야 한다. 잠시라도 헤엄을 쉬면 목적지로부터 그만큼 멀어진다. 목적지는 사후가 약속하는 맑은 웅덩이. 그 웅덩이가 어떠한지는 생전의 꿈을 통하여 간접적으로 경험한다.

그 꿈속에서도 종훈은 자신의 이름으로 불리지 못했다. 오히려 가상공간에서 쓰는 SALHAE라는 닉네임이 더 익숙했다.

왜냐하면, 생전에 꾸는 꿈은 대개 앞서 간 사람들에게 주어진 그들만의 사후였으므로. 질적, 양적으로 그만한 가상현실을 생전에 누리는 경우는 드물다.

처음엔 그런 꿈이라도 상관없었다.

다른 이름으로 불리면 어떤가. 즐거우면 그만인걸.

그가 가장 좋아하는 건 한겨울의 꿈이었다. 다른 많은 사후를 꿈꾸었어도 채워질 줄 모르던 공허함이, 차가운 청량감에 씻겨 나가는 듯한 기분이 들었다.

종훈은 허락된 꿈속에서 소년의 모든 감각을 공유했다.

비록 스스로의 의사로 말하거나 행동하지는 못할지언정, 소년의 말이 자신의 말 같았고 소년의 행동이 자신의 행동 같았다. 그 말과 행동이 너무나 마음에 들었기에, 자신의 뜻과 다르다는 사실이 그리 신경 쓰이지 않았다.

유라를 사랑하게 되기 전까지는.

유라가 눈에 밟히기 시작하고서부터, 종훈은 전보다 더한 답답함을 느끼게 되었다. 그가 그녀를 바라보고자 할 때 겨울은 시선을 돌렸고, 그가 그녀에게 말을 걸고자 할 때 겨울은 입을 다물었다. 유라와 맺는 모든 관계에서 종훈은 감각을 공유할 뿐인 타인이었다. 알고 있었지만, 꿈은 꿈에 불과하다는 사실이 새삼스럽게 사무치는 순간들이었다.

그리하여 천종훈은 자신이 한겨울이기를 바라게 되었다.

허나 생각해보면, 종훈은 겨울을 대신할 수 없었다. 누군가의 삶을 체험한다는 것은 그 사람과의 격차를 온전히 느끼게 되는 일이기도 했다. 종훈은 겨울처럼 말하지 못하고 겨울처럼 생각하지 못하고 겨울처럼 행동하지 못하는 사람이었다. 깨달은 바, 자신이 겨울의 자리를 차지하는 순간, 유라는 완전히 다른 사람이 될 것이었다. 이유라라는 가상 인격의 일부는, 아무리 적은 비중일지라도, 분명 겨울의 무의식을 반영하고 있을 테니까.

있는 그대로의 이유라를 바라는 마음이 강해지면 강해질수록, 그녀가 자신과 같은 사람이 아니라는 사실을 깨닫게 된다.

아니, 정확히 말하자면, 그녀는 오직 겨울의 사후에서만 사람일 수 있었다. 즉 종훈이 사랑하는 사람은 한겨울의 이유라인 것이다. 천종훈의 이유라는 가짜일 수밖에 없다.

설령 유라가 변치 않더라도 종훈 자신이 다시 문제였다.

사랑받을 자격이 없다.

스스로는 아무것도 이루지 못한 채 남의 사후나 훔치고 싶어 하는 모자란 인간이었다.

이러한 결론은 겨울을 만난 이후에 비로소 굳어진 것이다.

겨울은 이렇게 말했다.

"당신은 한겨울이 될 수 없어요."

실로 그러하다.

남은 미련으로 계속해서 소년의 사후를 꿈꾸며, 종훈은 더욱 확실하게 자각했다.

'내 사후는 이렇게 아름답지 않겠지. 난 죽어서도 한겨울이 될 수 없을 테니까.'

그렇다면 자신의 사후는 그 길이만큼의 불만족일 것이다. 왜 아니겠는가. 그가 도달할 웅덩이는 겨울의 호수만큼 넓지도, 맑지도 못할 텐데. 체감은 언제나 상대적인 것. 겨울의 사후를 꿈꾸지 않았다면 그럭저럭 만족했을 웅덩이는, 수레바퀴 자국에 고인 한 줌의 빗물처럼 느껴질 가능성이 높다. 지극히 높다.

하물며 그 웅덩이엔 이유라가 없지 않겠는가.

시간이 흐르면 이 마음도 희미해질 날이 올지 모른다.

허나 그때까지는 대체 무엇에 위로받으며 살아가야 할

지. 당장 오늘이 버거운 마당에. 종훈은 이미 지친 지 오래였다. 그날까지 견뎌낼 재간이 아무래도 없다.

게다가 유라를 잊을 날이 정말로 오리라는 보장도 없었다. 아주 드물게, 마치 어떤 정신병과 같이, 평생을 가는 사랑과 그리움이라는 것이 있다지 않나.

그리하여 종훈은 겨울에게 주는 별로 삶의 미련을 조금씩 덜어내기 시작했다.

그러던 어느 날 겨울이 유라를 밀어냈다. 의지할 사람이 있다는 겨울의 말에 유라가 다행이라고 미소 짓는 모습을 보며, 종훈은 이제 끝낼 때가 되었다고 생각했다. 유라가 감추려는 감정을 알기에 슬프기도 했으나, 그보다는 형언하기 어려운 후련함과 해방감이 더 컸다. 적어도 삶을 끝내려는 사람이 느낄 법한 어두운 감정은 희박했다.

종훈은 또한 SALHAE로서 이렇게 곱씹었다.

'돌이켜보면 처음부터 무리한 요구였어.'

죽고자 결심하고 나니 보이지 않던 것들이 눈에 들어왔다. 예컨대, 어둠 속에 별 하나뿐인 소년의 입장이라든가. 마치 전에 없던 감각기관 하나가 새롭게 생긴 듯한 기분이었다.

겨울은 앤을 사랑하고 싶다고 고백했다. 그 진지한 태도는 종훈이 유라를 아끼는 마음보다 더 무거운 것이었다. 그런 겨울에게 계속해서 유라와의 관계를 기대할 순 없다. 그래선 안 되는 일이다. 따라서 종훈은 더 이상 기대를 걸지 않기로 했고, 이는 그나마 남아있던 미련의 끝을 의미했다.

아울러 제멋대로 욕망을 투사했던 지난날에 깊은 미안함을 느꼈다.

그리고 다시 한 번 미안했다. 유라를 밀어내며, 겨울은 분명 종훈을 떠올렸을 것이다. 겨울로서는 당연한 일인데도 못내 부담이 있었을 터.

그러므로 종훈은 겨울에게 사과와 고마움을 전해야겠다고 생각했다.

'실은 다른 욕심도 있지만……'

이 욕심을 챙기는 게 겨울에게 새로운 부담을 더해주는 꼴이 될까? 한참을 고민한 끝에, 종훈은 한숨을 내쉬었다. 어쩌면 그럴 수도 있겠다.

하지만 이미 직접 찾아가기까지 한 마당이다. 또한 이제껏 보내던 별들이 끊어지는 건 그 자체로 어두운 징후이기도 했다. 따라서 확실하게 매듭을 지어주는 편이 겨울을 위해서도 좋은 일일 터이다.

애초에 대단한 걸 바라는 것도 아니다.

망설이던 종훈이 편지의 첫 줄을 썼다.

"안녕, 겨울. 나 종훈이야……."

이제 그는 물 밖으로 나가려고 한다. 물을 벗어나 살아남으려면 물고기가 아닌 다른 무엇이 되어야 할 테지만, 종훈은 그저 물고기인 채로 그리하리라 마음먹었다.

자기살해

　겨울은 하나뿐인 별빛 아래에서 새로 수신한 편지를 읽었다. 덕지덕지 붙은 보안검사기록은 무언가 중요한 것이 첨부된 메일의 특징이었다.

　「안녕, 겨울. 나 종훈이야. 천종훈. SALHAE라고 하면 더 알기 쉬울까? 전에 한 번 면회하러 갔었는데. 기억하고 있을 거라고 믿어. 넌 나와 달리 기억력이 좋은 것 같으니까. 네가 말했었잖아. 사람은 어지간해선 잘 잊지 않는다고.」

　그렇다. 잊지 않았다.

　「제대로 편지를 쓰는 게 처음이라 어색하다. 난 인간이 멍청멍청해서 글재주도 별로 없거든. 그러니 뭔가 이상하고 안 맞아도 그냥 이해해줬으면 좋겠다. 이래 봬도 일주일 내내 고치고 고친 편지라서 말이지. 아주 많이 고민하고 적는 글이야.」

　"……."

　「우선 미안하다는 말을 하고 싶어. 유족도 아닌 내가 막무가내로 찾아갔을 때, 그렇게 찾아간 내가 유라랑 어떻게 좀 해달라고 질질 짰을 때, 그걸 보는 넌 얼마나 당황스러웠겠냐. 이제 와서 돌이켜보면 그거 진짜로 창피하고 못할 짓이었더라.」

　사람이 변했다. 이어질 내용을 알 것 같아, 겨울은 나머지를 읽기가 싫어졌다. 그러나 읽지 않고 지우지도 못할 노룻이었다.

「미안. 진짜로 미안. 그 부탁을 하면서, 난 네 입장 같은 건 눈곱만큼도 배려하지 않았어.」

「지금은 달라. 다 내려놓기로 작정하니까 겨우 보이는 것들이 있더라고. 이거 참, 뭐라고 설명하기가 어렵네. 유라를 아직도 좋아하긴 하지만, 내 인연은 아니라는 걸 깨닫게 되었다고나 할까……. 난 애초부터 불가능한 걸 바랐던 거지. 사랑받아봐야 내가 아닌 넌데.」

「아무튼 그래. 네가 유라를 거절하는 걸 보고, 아, 이제 끝내야겠구나 싶더라.」

「오해하지 마. 절대로 원망하는 건 아냐. 굳이 말하자면 시원섭섭? 하다고 해야겠지. 이미 말했듯이, 안 될 거라는 걸 벌써부터 알고 있었걸랑.」

「그리고 고맙다. 네 사후를 공유하면서 깨달았어. 아등바등 살아봤자, 내 사후는 내가 바라는 모습이 아닐 것이라고. 네 사후를 경험해서 더욱 그렇긴 하지만, 아예 몰랐으면 그쪽이 오히려 더 슬펐을 거라고 생각해. 뭐가 부족한 줄도 모르고, 그저 그게 내가 바라던 거라고 믿으면서, 지금처럼 앞이 보이지 않는…… 현재랑 똑같은 사후를 살지 않았을까?」

「그래서 이만 정리하려고 해.」

「죽으려고.」

「음, 이렇게 쓰니까 어째 어감이 좀 이상하다?」

「지금껏 자살하고 싶었던 적은 많았지만, 이번처럼 마음이 가벼운 건 처음이야. 예전엔 매번 우울하고 슬프기만 했었거든. 지금은 막, 해방감? 굉장히 자유로워진 기분을 느껴. 약간 서글프기는 해도, 오늘까지 참아온 것들 보다는 훨씬 낫지.」

「…….

「부탁이 있어.」

「내 이름을 기억해줘.」

「죽는 것 자체는 후련한데, 한 사람쯤 내 이름을 기억해주면 좋을 것 같더라. 그게 너라면 더 좋겠고. 사실 요 몇 년간 너 말곤 이름 밝히고 대화를 한 사람이 없었어. 아마 부모님도 내 이름을 잊었을걸? 난 누구에게도 중요하지 않은 사람이라서.」

「너는 착한 애니까 이것도 신경 쓰이겠지. 그러니 다시 말할게. 나는 지금 우울하지 않아.」

「마지막 선물로, 그리고 사과의 의미로, 네게 내 계좌의 잔액을 전부 다 넘긴다. 큰 금액은 아니지만 나름 도움이 될 거라고 봐.」

「추신.」

「언젠가 앤의 손가락에 그 반지를 끼워주는 날이 오기를 바랄게.^^」

「그럼 이만 줄인다.」

「천종훈이.」

겨울의 시선은 마지막 줄에 오래 머물렀다. 이후 나지막이 쉬는 한숨.

첨부된 별은 되돌려 보낼 수 없었다.

이것 때문은 아니지만, 사후보험 약관대출은 오늘 자로 완전히 정리되었다. 즉, 오늘부터는 「종말 이후」의 죽음이 완전한 폐기로 이어질 걱정을 할 필요가 없다.

없지만, 겨울은 이제 더 이상의 상실을 감당하고 싶지 않았다. 그럴 여력도 바닥났거니와, 여기서 조금이라도 더, 가능한 만큼은 행복해져야겠다고 생각했다. 종훈의 당부처럼.

그러자면 스물여덟 번째의 종말은 논외다.

이는 곧 정신적인 의미의 생존이었다.

이미 읽은 메시지 (17)

「대머리47 : 오늘은 어쩐지 시작이 늦군. 프로의 세계에선 결코 용납되지 않는 일이건만.」

「에엑따 : 일부러 애태우는 것일지도 ㅋㅋ」

「질소포장 : 애태울 만한 뭔가가 있었음?」

「에엑따 : 뭐가 터질지 궁금하잖아. 한겨울이 「텔레타이프」로 띄웠던 것처럼 불안요소가 워낙 많으니까. 모든 게 다 터질 수도 있고, 무엇 하나 안 터질 수도 있겠지. ㅎ」

「닉으로드립치지마라 : 비유하자면 추리소설 같은 상황 아닌가. 모두에게 알리바이가 있는 게 아니라, 모두가 의심스러워서 누가 범인인지 모르겠는 경우. 알고 보니 등장인물 전체가 공범이었다는 반전도 가능하겠네.」

「엑윽보수 : 소설? 소오설? 요즘 같은 시대에 책 읽는 사람도 있나?」

「원자력 : 약 파는 인문서적은 안 봐도 기술서적이라면 꾸준히 찾아본다만.」

「깜장고양이 : 의외로 고전적인 취향 가진 사람들이 좀 있는 고양. 희귀동물 수준이긴 하지만, 그런 사람들을 끌어들이려고 하루 종일 책만 읽는 중계채널도 있는 고양.」

「금수저 : 그게 수요가 있을까?」

「깜장고양이 : 돈은 별로 안 되지만 가성비가 좋으니 어떻게든 유지는 된다고 들은 고양.」

「새봄 : 글쎄. 그럼 하려는 사람이 많아서 망할 것 같은데.」

「깜장고양이 : 꼭 그렇진 않은 고양. 애초에 돈이 별로 안 되니까 하려면 하루 종일 해야 그나마 소득이 있는 고양. 그게 아무나 가능한 일은 아닌 고양. 새봄 고양이는 하루 14시간, 1년 365일 동안 책만 읽으라면 그렇게 할 수 있을 것 같은 고양?」

「새봄 : 오우 시발;;; 극한직업이네;;; 죽어서까지 그런 짓을 해야 한다니;;;」

「내성발톱 : 즉 그걸 즐기는 정신병자한테만 가능한 일이라는 소리네?」

「깜장고양이 : 그렇다는 고양.」

「엑윽보수 : 아 됐고 방송 시작 왜 안 함?」

「두치 : 그냥 멍하니 페이지만 넘기면 되는 거 아니야? 나 그런 거 잘하는데.」

「깜장고양이 : 아닌 고양. 너처럼 이해력 딸리는 강아지들을 위해서 해석까지 해줘야 할 때가 있기 때문인 고양. 그거 가지고 토론도 하고 그러는 고양.」

「윌마 : 듣기만 해도 토 나온다. ㅋㅋ」

「뭇시엘 : 아무리 생각해도 그런 채널에 모이는 놈들은 제정신이 아닐 것 같다.」

「올드스파이스 : 내가 그런 유형 하나 아는데 상대하기 진짜 피곤함; 사람 깔보는 느낌도 들고, 잘난 척 하는 느낌도 들고, 아무튼 그럼 ㅇㅇ」

「폭풍224 : 뭐 하러 상대해줌?」

「올드스파이스 : 직장 관계자라서 ㅋㅋ」

「폭풍224 : 갑질이네.」

「멈뭄미 : 책은 원래 잘난 척 하려고 읽는 거임.」

「엑윽보수 : 아 씨발 한겨울 ——」

…….

「まつみん : 혹시 오늘은 쉬시는 걸까요? 지난 내용 되돌려보기라도 해야 하나. (´ ; ω ; `)」

「도도한공쮸♡ : 마츠밍. 혹시 최근 진행에서 개인적으로 즐겨찾기 저장해둔 장면 있어? 이 타임라인이 특히 좋았다, 이런 거.」

「まつみん : 물론입니다! 겨울 씨 앞에서 방뇨플레이! 이게 진짜 최고였어요!」

「도도한공쮸♡ : ……응?」

「종신형 : 방뇨? 그런 장면이 있었나?」

「이맛헬 : 설마 마츠밍, 그 엑셀이라는 축생한테 동기화했던 건 아니지?」

「まつみん : 왜 아니겠어요? 정답입니다!」

「BigBuffetBoy86 : 오우.」

「뭇시엘 : 뭇시엘…….」

「Tsathoggua : 신이시여.」

「まつみん : 그헤헤. 겨울 씨 앞에서 오줌을 질질 흘리며 펄쩍펄쩍 뛰어다닐 때의 그 해방감! 그리고 그런 저를 바라보는 겨울 씨의 당혹스러운 시선! 아, 생각만 해도 또 부끄러워져! 너무너무 짜릿해! 말에 동기화하는 부자연스러움

도 최고야! 마츠밍, 더 이상 사람이 아니게 되어버려! 호에
에에에에!」

「Владимир : ……..」

「まつみん : 여러분께도 강력하게 추천해드립니다! 마츠
밍은 이것만 있어도 10년은 더 싸울 수 있어요!」

「마그나카르타 : 10년? 여자가 종마 거시기로 오줌을 싸
면서 10년?」

「まつみん : 네! (๑ Õ ‿ Õ๑)」

「흑형잦이 : 후. 역시 일본은 강대국이다. 아무리 노력해
도 도저히 이길 가망이 안 보인다. 차라리 내 사후보험 등
급을 S클래스로 올리는 게 더 빠를 것 같아.」

「엑윽보수 : 아 조선이 일제 새끼들한테 쥐팸 당한 것도
당연하당께. 바다 건너 쳐들어오는 놈들이 무시무시하게
음란했던 거자녀. 이미 인간이기를 포기한 것들을 점잖은
선비님들이 어떻게 감당함? ㅋㅋㅋ」

「しんたろう : 닥쳐! 대일본제국의 자랑스러운 역사를
모욕하지 마!」

「헬잘알 : 칭찬인데 왜 발끈하는 거지?」

「질소포장 : 그러게. 너네가 이겼다니까?」

「Truman : 미국도 겸허히 패배를 인정하는 바입니다.」

「しんたろう : 제기랄. 여기 있는 놈들은 전부 미쳤
어…….」

「まつみん : 포기하세요, 신타로 씨. 마음은 이해하지만,
뭔가 잘못됐고 여기서 나가야겠다는 생각이 들었을 땐 이

미 늦은 거랍니다. (っ ॑ ⌒ ॑)っ」

「しんたろう : 니가 말하지 마라! 민족의 수치 같으니!」

「반닥홈 : 네게서도 야한 냄새가 나는구나.」

「진한개 : 여긴 항상 넘모 혼란스러운 거시야.」

「Nyarlathotep : 그래서 더 마음에 들지요. 저는 사후보험을 정말 좋아합니다. :)」

……

「그랑페롤 : 야야. 시작한다.」

「스윗모카 : 아, 다행이다. 난 겨울이가 이제 방송 접으려는 줄 알고 조마조마했긔.ㅠ」

「에엑따 : 세계관 망한 것도 아닌데 중간에 접으면 그게 사람새끼냐.」

「이불박근위험혜 : 어? 아는 사람이 죽었다고 하는데? 누구지? 내가 놓친 부분이 있나?」

「Ephraim : 이상하군. 이래저래 위험할 것 같은 이야기는 많았을지언정 사람이 죽을 일은 없지 않았던가? 적어도 표면적으로는 그동안 평화로웠잖아.」

「새봄 : 음, 우리 모르게 비공개로 조금 진행한 거 아닐까?」

「마그나카르타 : 아냐. 세계관 내 시간 공백이 없음.」

「まつみん : 어쩌면 물리현실의 지인이 죽은 것일지도 몰라요.」

「앱순이 : 그리 친하진 않았다고 하는 거 보니까 가족은 아닌가봐.」

「돌체엔 가봤나 : 뭐야 그게 ㅋㅋㅋ 가족이 죽어도 딱히 우울하지 않을 텐데, 친하지도 않은 사람이 죽었다고 저렇게 저기압일 수가 있어?」

「하드게이 : 유산을 기대하고 있었지만 받지 못한 경우라면? 사후보험 들어갈 조건을 못 채우고 죽기를 바랐는데 결국 꾸역꾸역 다 채워서 한 푼도 못 얻게 된 거라면?」

「돌체엔 가봤나 : 그런 경우는 인정 ㅋㅋ」

「まつみん : 우리 겨울 씨는 그럴 사람 아니거든요!」

「돌체엔 가봤나 : 네 다음 빠순이.」

「깜장고양이 : 내가 보기에 한겨울은 지금 끼를 부리고 있는 고양. 약한 모습을 보여서 조안나의 모성애를 자극하려는 계획인 고양. 그렇게 안 봤는데 알고 보니 무척이나 음흉한 녀석인 고양. 감정 연기가 정말 굉장한 고양. 조안나의 저 짠한 반응을 보라는 고양.」

「윌마 : 아우, 씨발. 단순한 포옹이 왜 이렇게 안달이 나냐.」

「Blair : 안달? 난 무척 편안해지는 기분이 든다만.」

「아침참이슬 : 이야……. 조안나 냄새 좋다. 목덜미 깨물어보고 싶다. 하얀 살에 빠알간 이빨 자국을 남겨주고 싶다. 눈물이 살짝 맺혀서는 아프다고 칭얼대는 모습을 보고 싶다. 미안하다면서 깨물었던 곳을 핥아주고 싶다. 존나 맛있겠다. ㅋㅋㅋㅋㅋ」

「핵귀요미 : 변태새끼.」

「まつみん : 여러분은 저게 연기로 보여요? 저는 진심이 느껴지는걸요. 겨울 씨는 지금 정말로 기분이 가라앉아 있는 거예요.」

「불심으로대동단결 : 어찌 그리 확신하는가? 그대는 관심법을 쓸 수 있는가?」

「まつみん : ? 관심법이 뭐예요?」

「엑옥보수 : 퍄퍄. 진짜로 달달하구나. 새삼 느끼지만, 분위기 연출이 이렇게 중요한 것이었구나. ㅋㅋ 여러 번 말하지만 그동안 꾸역꾸역 고구마를 처먹은 보람이 있어. 근데 다시 먹을 자신은 없다 ㅋㅋㅋㅋ」

「닉으로드립치지마라 : 아마 이게 진정한 사랑의 맛이겠지.」

「내성발톱 : 진정한 사랑은 씨발 ㅋㅋㅋㅋ」

「헬잘알 : 에이, 한없이 진짜 같은 가짜면 상관없지 뭘. 나를 속일 수만 있으면 됨.」

「둠칫두둠칫 : 히익 오따끄」

「려권내라우 : 진짜 사랑이라고 하니깐 갑자기 살해 새끼가 생각나는데. 지금도 있나?」

「휘투라 : 접속자 목록 검색해보니 없는 듯.」

「핵귀요미 : 걔 이제 이 채널을 구독할 이유가 없지 않을까? 한겨울 얘가 앤한테 완전히 꽂혀가지고는 이유라를 단호하게 쳐냈잖아.」

「반달홈 : 엥? 언제?」

「이불박근위험혜 : 그런 일이 있었어?」

「두치 : 뭔 소릴 하는 겨. 유라가 언제 고백한 적이나 있음?」

「핵귀요미 : 하여간 열등한 남자 새끼들 둔하기는 진짜. 유라가 겨울이한테 의지할 사람 있느냐고 물어봤던 거 기억 못함? 그게 힘들 때 나에게 의지해달라는 고백이었단 말이야. 그 미묘한 분위기를 보고도 눈치 못 채다니. 니들 이 방송 절반이라도 소화하고 있니? ——」

「두치 : 아니 시발 그딴 여자어로 돌려 말하면 대체 누가 알아들음?」

「원자력 : 알아들어도 문제다. 나중에 난 그런 뜻으로 한 말이 아니었어요! 라고 하는 게 여자들 주특기니까.」

「돌체엔 가봤나 : 뭐래 병신들이.」

「멈뭄미 : 전혀 몰랐는데……. 듣고 보니 그런 것 같기도 하네. 내가 비정상인가?」

「헬잘알 : 난 알고 있었지.」

「이슬악어 : 나도. 이건 몰랐던 놈들이 병신 맞는 듯. ㅇㅇ」

「닉으로드립치지마라 : 모를 수도 있지. 진짜 인간관계를 겪어본 적이 없을 테니까.」

「엑윽보수 : 이 씹선비가 또 지랄이 풍년 ㅋㅋㅋ 아까는 진짜 사랑이 어쩌고 하더니 ㅋㅋㅋ」

「まつみん : 근데요, 혹시 죽었다는 사람이 SALHAE씨 아닐까요?」

「올드스파이스 : 응?」

「まつみん : 친하지는 않았던 누군가. 면회를 갔었다고 했으니까 물리현실의 지인이고, 동시에 겨울 씨에게 의지했던 사람. 겨울 씨가 유라 씨를 거절했으니 실연을 겪은

셈인 데다, 본인 입으로 가난하다고 했던 분이 그 전부터 심상치 않은 액수의 별을 선물해왔었잖아요? 어쩌면 그게 자살징후였을지도? (; ´д`)!!!」

「뭇시엘 : 에이, 설마…….」

「엑윽보수 : 얽ㅋㅋㅋㅋ 정말로 죽었으면 개꿀잼인데? ㅋㅋㅋㅋㅋ」

「깜장고양이 : 듣고 보니 그럴듯한 고양. 병신들의 행동은 우리 같은 정상인들의 예상을 벗어나곤 하는 고양. 살해는 병신 중의 병신이니까 지금쯤 이 세상 사람이 아닐 수도 있겠는 고양. 여기 있는 놈들도 조심하는 고양. 우리는 그런 병신이 되어선 안 되는 고양.」

「대머리47 : 소름이 끼치는군.」

「20대명퇴자 : 그러게. 죽은 게 사실이라면 소름 끼치네. 어떻게 그렇게 미칠 수가 있지?」

「아침참이슬 : 나는 앤으로 갈아타서 다행이다. ㅎㅎ」

「대머리47 : 내 말은, 이유가 뭐든 죽은 사람을 비웃는 너희가 소름 끼친다는 뜻이었다.」

「20대명퇴자 : ???」

「윌마 : 아, 아쉬워. 앤보다는 이유라가 더 취향이라…… 주웨이는 말할 것도 없고. 지금이 나쁘다는 건 아니지만, 한겨울 얘는 뭐가 좋다고 앤 루트를 타는 걸까. 지금이라도 바꾸면 안 되나. 특히 주웨이는 매번 보내는 편지가 애절하단 말이지. 이름을 쓰는 대신 향수만 뿌리는 게 자기를 기억해달라는 의미 같아서 ㅠ」

「엑윽보수 : 주웨이 그 여자 아직 같은 호텔에 있을 텐데, 가서 문 두드리면 곧바로 빠구리 한 판 뜰 수 있지 않을까?」

「둠칫두둠칫 : 폴리아모리 DLC가 답이다. 좋다는 여자는 있는 대로 다 받아주는 거지.」

「윌마 : 앤에 이유라에 주웨이에 기타 등등……. 상상만 해도 짜릿하구만. ㅋㅋ」

「…….

「뭇시엘 : 한데 이해가 안 가네. 미국이 원래 저렇게 지뢰가 많은 나라인가? 종교단체들이 대놓고 무장단체가 되다니.」

「붉은 10월 : 미국은 원래 민병대 조직이 합법인 나라임. 연방정부에 적대적인 단체는 테러조직으로 분류되긴 하지만, 그런 성향을 적극적으로 드러내는 경우가 얼마나 되겠음. 남부 독립을 주장하는 정신병자들도 공식적으로는 친정부 단체로 등록하곤 함.」

「이슬악어 : 거참 신기해.」

「붉은 10월 : ㅇㅇ. 예전에 사상 처음으로 흑인이 대통령이 되었을 때 반정부 민병대 숫자가 엄청나게 늘어나기도 했지. 지금 이 세계관의 미국에서는 글쎄, 맥밀런 대통령이 나름 통제하려고 노력을 했겠지만 그래도 행정능력의 한계라든가, 전통적인 정서라든가, 여러 가지 장애물들이 있었을 거야.」

「슬로우 웨건 : 내가……설명하지…….」

「뭇시엘 : 아, 넌 필요 없어.」

「아침참이슬 : 아, 앤하고 언제 같이 자지. 그런 날이 오기는 올까.ㅠㅠ」

「ㄹㅇㅇㅈ : 난 그거보다 세계관 클리어가 더 기대된다.」

「Владимир : 흠.」

[Владимир님이 별 17,507,473개를 선물하셨습니다.]

「똥댕댕이 : 가능성이 높…… 뭐?」

「엑윽보수 : ?!」

「에엑따 : ?!」

「질소포장 : ?!」

「깜장고양이 : 왜애애애옹?!」

「まつみん : 러시아 아저씨?! ∑(´ °ω° `*)」

「BigBuffetBoy86 : 루스키, 미쳤어?!」

「액티브X좆까 : 뭔가 잘못 건드린 거 아닐까?」

「이맛헬 : 와 씨발 잠깐만. 저게 대체 얼마야?」

「려권내라우 : 별이 천칠백만 개?!」

…….

「groseillier noir : 맙소사. 대충 1억 루블쯤 되는 금액인데? 루스키 이 바보야! 보드카 처먹고 실수한 거라면 빨리 사후 보험공단에 문의해!」

「Владимир : 실수가 아니다.」

「groseillier noir : 아니라고?」

「Владимир : 그래.」

「groseillier noir : 저 엄청난 돈을 아무 이유 없이 그냥 후원하는 거란 말야?」

「Владимир : 일단은 그렇다고 해두지.」

「groseillier noir : 일단은…… 이라니?」

「Владимир : 신경 꺼라. 너희에겐 관계없는 일이니.」

…….

「슬로우 웨건 : 신 남부연맹주의(Neo-Confederate)로 대변되는…… 미국 남부지역의 반 연방정부적 정치성향은…… 그보다 극단적인 신념을 싹틔우는…… 토양으로서의 환경을 조성하여…… 그 결과의 하나로서…… 반정부 민병대가…… 공공연히 활동하게 되었음에도…… 이를 정서적으로 용납하는 일부 주민들의 태도와…… 나는 필요 없다니…… 젠장 할…… ㅠㅠ.」

각자의 조국

커튼 사이로 새는 햇살은 D.C.의 아침이 방을 엿보는 시선이었다. 그 가느다란 눈길을 지나 전신거울 앞에 선 겨울이 자신의 복장을 점검했다. 달아야 할 훈장은 전보다 더 늘었다. 약장에 박힌 오크 잎도 많아졌다. 어떤 훈장이든 다중수훈의 횟수를 표시하는 방법이었다.

세 번째 명예훈장은 결국 수여하지 않는 쪽으로 결정됐다. 대신 그간 받았던 훈장 일부가 상향조정되었다. 예컨대, 파소 로블레스에서 얻은 동성무공훈장은 두 개의 수훈십자장으로 바뀌었다. 이 또한 명예훈장에 준하는 대우인 만큼, 겨울이 난민출신이라는 이유로 저평가 받아왔다는 논란은 더 이상 일어나지 않을 것이었다.

그리고 겨울은 몇몇 선물과 더불어 시크교도들이 선물한 장검을 휴대했다. 이는 보낸 이들에 대한 감사와 지지를 간접적으로 표명하는 수단이었다. 따라서 겨울의 선택보다는 공보처의 의향이, 나아가서는 백악관의 정책이 더 강하게 반영되어 있다.

복도 쪽의 문이 열렸다.

"곧 시간이에요. 나갈 준비 됐어요?"

앤이었다. 겨울이 끄덕였다.

"바로 출발해도 괜찮아요."

평온한 대답이었건만, 가만히 바라보던 앤이 문을 닫고 들어왔다.

"겨울, 무슨 일 있나요? 안색이 어두워 보여요."

"……."

상대가 앤인지라, 곧바로 대답하지 못한 시점에서 긍정한 것이나 다름없었다. 그녀는 걱정스러운 표정으로 겨울에게 다가섰다.

"말해 봐요. 무슨 일이에요?"

"음, 아는 사람이 자살했다는 소식을 들어서요."

"……오, 유감이에요."

겨울의 손을 포개어 잡는 앤.

"많이 가까운 분이었나요?"

"아뇨. 빈말로도 친하다고 하지는 못 할 사이네요. 실제로 만난 건 딱 한 번뿐이거든요. 다만, 심정적으로 나한테 많이 의지하던 사람이라……. 스스로 목숨을 끊었다는 말을 들으니 기분이 좀 이상하네요. 단지 그뿐이에요."

"……이리와요."

겨울은 자신을 당기는 손길을 거부하지 않았다. 앤이 겨울을 안아주었다. 체온을 나눠주는 위로. 여느 때처럼, 그녀에게선 사람의 냄새가 났다. 겨울도 그녀를 끌어안았다. 누군가에게 의지한다는 건 이런 느낌이었다.

"쉬고 싶다면 일정을 미루거나 취소할 수도 있어요."

귓가에 가까운 앤의 말에 겨울은 쓴웃음을 지었다.

"그 정도는 아니에요. 그리고 불참하기엔 중요한 행사잖아요."

"가장 중요한 건 당신이에요."

떨어진 그녀가 겨울의 어깨를 붙잡는다.

"솔직히 쉴 틈이 너무 없었던 건 사실이잖아요?"

"걱정해줘서 고맙지만, 정말로 괜찮아요."

겨울은 앤의 손을 어루만지듯이 떼어냈다. 못내 염려를 거두지 못하면서도, 그녀는 어쩔 수 없다는 듯 한숨을 내쉬었다. 겨울의 말처럼, 이제부터 가게 될 승마회는 함부로 미루거나 불참할 만한 행사가 아니기 때문에. 망국의 정상들 중엔 체면에 집착하는 사람이 많다고 한다. 잃은 게 너무 많은 탓. 고로 사소한 일로도, 자기 처지로 인해 무시당했다고 받아들이기 쉽다. 겨울은 괜한 잡음을 일으키고 싶지 않았다.

'CIA의 부탁도 있고.'

오후엔 한국 대통령과 독대할 약속이 잡혀있다. 그래서 겨울이 입은 육군 정복엔 숨겨진 장치들이 많았다. 예를 들어, 단추로 위장된 카메라와 녹음기라든가…….

후. 시계를 본 앤이 복도 방향으로 손을 펼쳤다.

"출발하죠."

그리고 앞장서서 문을 열었다. 복도에 대기하고 있던 다른 요원 하나가 겨울에게 목례하고는, 앤을 향해 의미심장한 미소를 지어 보인다. 앤은 그를 슬쩍 노려보고 지나쳤다.

1층에서는 약간의 소란이 있었다. 조찬행사에 초대받았다는 피아니스트가 수사국 요원들에 의해 제압당한 것이다. 제압 전, 검문검색을 담당한 수사국 요원은 그녀에게 신분과 방문목적을 물었을 뿐이었다. 수상한 사람임을 미리 파악해 두었던 것일까?

한 번 슥 살핀 앤은 간단하게 알아냈다.

"손톱이 긴 피아니스트는 맨발이 예쁜 발레리나 같은 거죠."

설명을 듣고 다시 보니 과연 그러하다.

"배후가 있을까요?"

"그럴 수도 있고, 아닐 수도 있죠."

"아니라면?"

"신경 쓰지 말아요. 저런 일이 하루에도 수십 번이고, 그 대부분이 개인행동이었거든요. 이 호텔엔 유명한 사람들이 워낙 많이 묵고 있으니까요."

비단 겨울만이 아니다. 명예훈장 수훈자들과 같은 호텔에 숙박하려는 유명인사는 얼마든지 많았다. 그중엔 연예계의 명사들도 존재한다. 열렬한 팬들, 기자들, 파파라치들, 그 외의 불순한 의도를 가진 개인들이 어떻게든 숨어들어보려는 건 당연한 귀결이었다.

어쨌든…….

'유능하네.'

알링턴 국립묘지에서의 저격미수건도 그렇거니와, 겨울은 수사국을 비롯한 정보기관 및 수사기관들의 역량이 상당하다는 느낌을 받았다. 그저 만성적으로 인력이 부족할 따름.

차를 타고 이동하는 중엔 라디오를 통해 흥미로운 뉴스를 접했다.

「다음 소식입니다. 특수변종 멜빌레이의 지속적인 개체 수 증가로 골머리를 앓던 해군 당국에게 최근 뜻밖의 동맹군이 나타났습니다. 이 동맹군의 정체는 다름 아닌 범고래 무리라고 하는데요, 이 범고래들은 해군 전투함을 멜빌레이가 있는 위치로 유도해준다는군요.」

「해군 측은 처음엔 이런 사실을 알아차리지 못했으나, 주변을 맴돌며 반복적으로 음파를 쏘고 물 위로 튀어 오르는 등 이상행동을 보이는 범고래들의 동선이 멜빌레이 집단으로 향하는 침로와 자주 겹쳐지면서 알게 되었다고 합니다. 우즈홀 해양연구소의 발표에 따르면, 멜빌레이의 증가와 확산에 위협을 느낀 범고래들은…….」

"와우."

앤이 감탄사를 뱉는다.

"신기하네요. 이런 일도 있군요."

다소 놀랍기는 겨울도 마찬가지였다.

범고래의 지능이 알려진 수준 그대로라면, 해군 함대와 멜빌레이 사이의 역학관계를 학습하기에도 충분할 것이다. 먹지도 못할 놈들, 직접 물어 죽이자니 수지타산이 맞지 않는 사냥이라 인간을 끌어들이는 모양. 멜빌레이의 치악력을 감안하면 이해가 가는 일이었다.

차량은 워싱턴 기념탑 동쪽의 도로를 남하하여, 다리를 건너, 토마스 제퍼슨 기념관이 보이는 길목에서 남동쪽으로 방향을 꺾었다.

"여길 봄에 왔으면 좋았을 텐데."

아쉬워하는 앤에게 겨울이 묻는다.

"어째서요?"

"벚꽃이 화려하게 피거든요. 정말 예쁘죠. 겨울에게도 그 풍경을 보여주고 싶어요."

겨울이 어깨를 으쓱였다.

"지금도 멋진데요 뭘."

주홍빛 단풍에 물들어가는 강변의 벚나무들은 바야흐로 선명한 원색의 가을이었다. 겨울은 좋아하는 계절을 곱씹었다. 누이는 잘 지내고 있으려나. 오랜 두려움을 해소한 뒤로, 가을은 겨울에게 드물지 않게 연락해왔다. 가을은 겨울을 위로해주고자 하나, 실제론 대개 겨울이 위안을 주는 입장이었다. 그럼에도 겨울은 가을이 소중했다. 항상 생각하듯이, 장미는 가을에만 피면 된다. 의지할 상대는 못 될지언정, 지금의 겨울을 만든 계절은 가을이었다.

앤이 겨울의 주의를 환기했다.

"다 왔네요."

외곽부터 경호 인력이 통제하는 현장엔 먼저 도착한 차량들이 즐비했다. 개중엔 말 수송용 트레일러가 많았다. 저 중엔 엑셀의 것도 있을 터였다. 호텔에 마구간이 없었으므로, 겨울이 엑셀을 직접 볼 기회는 D.C.에 와서도 손에 꼽았다.

'설마 또 그러는 건 아니겠지…….'

겨울에 대한 엑셀의 애정은 비슷한 사례를 찾기도 힘들만큼 대단한 수준이어서, 간격을 두고 볼 때마다 적잖이 흥분하는 모습을 보였다.

그리고 오늘도 역시나.

고삐를 쥔 마누엘 헤이스가 엑셀에게 질질 끌리다시피하며 나타났다.

"으악! 이 녀석, 진정해! 제발! 으아아!"

여전히 죄수복 차림의 구경거리인 그는 좋아서 발광하려는 말을 진정시키느라 진땀을 뺐다. 한숨을 쉰 겨울이 그를 돕기 위해 나섰다.

"착하지, 착하지. 가만히 있어."

목을 끌어안고 갈기를 쓰다듬으며, 흥분이 가라앉을 때까지 기다린다. 털이 묻는 건 곤란하지만 적어도 땀 냄새가 나지는 않았다. 오기 전에 잘 씻겨준 듯했다.

다각다각 소리가 다가오더니, 낯선 목소리가 말을 걸어왔다.

"부럽습니다. 말에게 정말 사랑받고 계시는군요."

겨울이 그를 돌아보았다. 몇 발짝 뒤에 붙은 경호 인력만 봐도 보통 사람은 아닐 것이나, 그런 사람이라고 해서 겨울이 다 알 수는 없는 노릇이었다.

"실례지만 누구십니까?"

"음. 중령이 나를 알아봐주지 않을까 기대했는데……."

장난처럼 실망하는 기색을 내비친 뒤에, 남자가 스스로를 소개했다.

"케임브리지 공작, 앤드류 루이스입니다. 현재는 영국 여왕 폐하의 전속부관을 맡고 있지요."

그가 내민 손을 잡으면서도 겨울은 그의 신분을 제대로 파악하지 못했는데, 못마땅해 하는 수행원을 곁눈질하며 다가온 앤이 귓가에 속삭여주었다.

"영국의 왕세손입니다."

겨울이 가볍게 목례했다.

"만나 뵙게 되어 영광입니다, 전하."

"오히려 내가 영광입니다. 중령의 용기와 헌신은 많은 이들에게 희망을 주었어요. 이쪽은 내 아내 케이트입니다. 오래전부터 당신을 만나길 고대하고 있었습니다."

"케임브리지 공작부인, 케이트 올슨이에요. 반가워요, 한겨울 중령."

"전하."

다시금 목례한 겨울은 왕세손 내외와 악수를 나누었다.

'이 두 명은 명단에서 못 봤는데.'

행사가 행사인 만큼 겨울에겐 사전에 주요 참석자들의

명단이 주어졌다. 허나 거기엔 눈앞의 두 사람이 포함되어 있지 않았다. 국가정상급 인물들만 알아두기에도 벅찰 만큼 많았기 때문이었을까? 어쨌든 영국 왕족을 대하는 예의는 여왕이나 왕세손이나 다르지 않았기에, 겨울은 당황하지 않고 대응할 수 있었다. 사실 썩 특별한 예법이라는 게 없기도 했고.

앤드류 왕세손이 시선을 돌렸다.

"헌데 옆의 아름다운 여성분은 누구신지?"

앤이 자신을 소개했다.

"연방수사국의 조안나 깁슨입니다, 전하. 한 중령의 경호를 담당하고 있습니다."

"오, 그렇군요. 수사국엔 우리도 제법 신세를 지고 있지요. 항상 노고에 감사드리는 바입니다."

"별말씀을."

올슨 세손빈은 자신과 비슷한 나이로 보이는 FBI 요원에게 관심이 동한 눈치였으나, 앤은 의례적인 인사만 마친 뒤 양해를 구하고 자신의 위치로 두어 발짝 물러났다.

앤드류 왕세손이 겨울에게 말했다.

"개인적으로 나누고 싶은 말이 넘치지만, 중령을 기다리는 사람들이 많을 테니 간단하게 한 가지만 묻겠습니다. 이는 여왕 폐하의 전속부관으로서 드리는 질문입니다."

"말씀하십시오."

"만약 폐하께서 당신께 명예 기사 작위를 수여하실 경우, 귀관은 이를 받아들일 용의가 있습니까?"

"……."

영국 여왕은 겨울의 오전 중 한 시간을 차지할 사람이었다. 이런 질문을 받을 것은 충분히 예상한 바였고, 모범답안도 준비되어 있었으며, 겨울의 짧은 침묵은 단칼에 거절하지 않으려는 예의에 불과했다. 적당히 뜸을 들인 끝에, 겨울이 답했다.

"사양하겠습니다. 개인적으로는 크나큰 영광이지만, 군인으로서 정치적으로 해석될 만한 행동은 삼가고자 합니다."

거절에도 불구하고, 왕세손은 다시 한 번 부드럽게 권유했다.

"그건 그렇게 해석하는 사람들의 문제가 아니겠습니까? 전례는 얼마든지 많아요. 예를 들어 미 하원의장이었던 톰폴리 경은 양국의 우호증진에 기여한 공로로서 명예작위를 수여받았지요. 또 미 중부사령관이었던 토니 프랭크 대장은 국제사회의 안보에 기여한 공로로서, 영화배우인 안젤리나 졸리 경은 인도주의적 헌신을 인정받아 마찬가지로 명예 기사의 작위를 받았어요. 그러한 수여가 정치적이었다고 하긴 어렵습니다."

겨울은 목례와 더불어 재차 사양했다.

"죄송합니다."

그러자 누군가 느리게 박수를 치는 소리가 들린다. 짝, 짝, 짝.

"훌륭한 처신입니다, 중령."

당연히 왕세손의 말이 아니었다. 앤드류 왕세손의 표정

에 불쾌함이 떠오른다. 그 시선을 좇은 겨울은, 실제로 만난 적이 없음에도 불구하고 낯익은, 낯익을 수밖에 없는 얼굴을 발견할 수 있었다.

'에드거 크레이머?'

공화당의 대선후보는 겨울에게 흡족한 미소를 지어보였다.

감정을 다스린 앤드류 왕세손이 점잖게 항의했다.

"다른 사람의 대화에 함부로 끼어드는 건 예의가 아닌 줄로 압니다, 크레이머 씨."

"그렇지요."

선선히 수긍하며, 크레이머는 체구만큼이나 큼직한 손바닥을 펼쳐보였다.

"하지만 전하, 친구 사이라면 그렇게 사소한 예의는 따지지 않는 법입니다."

"우리가……."

곧바로 뭔가를 말하려던 왕세손은, 그러나 입을 꾹 다물고 말았다. 공화당의 에드거 크레이머와 민주당의 제럴드 번스는 어느 한 쪽도 확실한 우위를 점하지 못한 채 치열한 경합을 벌이는 중이다. 즉 절반의 확률로 차기 대통령이 될지 모를 사람에게 "우리는 친구가 아니다."라고 단언하기는 곤란한 것이다.

또한 이 행사는 외교적인 무례를 탓할 만한 자리가 아니었다.

왕세손이 망설이는 틈에, 크레이머는 자연스럽게 다가와

어깨를 나란히 했다. 다 안다는 듯이, 친근한 미소를 머금고서. 앤드류 왕세손은 결국 떠밀리다시피 손을 내밀었다.

"반갑습니다, 크레이머 씨."

"전에 한 번 뵈었지요, 전하. 잘 지내시는 것 같아 다행입니다."

왕세손 내외와 악수를 나눈 크레이머는 겨울에게도 인사를 건넸다.

"반가워요, 중령. 초면이지만 도저히 초면 같지 않군요. 아주 오랫동안 알고 지낸 친구처럼 느껴져요. 당신에게도 내가 그렇기를 바랍니다."

목소리가 크고 걸걸하되 거칠지는 않았다. 겨울이 그의 손을 맞잡았다.

"저 역시 당신에 대한 말씀을 많이 들었습니다. 훌륭한 분이라고 하더군요."

"하하. 부끄럽군요. 그 누구라도 중령만큼 훌륭하긴 어렵겠지요. 훗날 서로 경례를 하는 날이 온다면 서로에 대해서 보다 심도 있는 대화를 나눌 수도 있을 겁니다."

서로 경례를 한다는 것은 두 사람 모두가 공직자인 상황, 즉 크레이머 자신이 대통령이 되었을 때를 암시한다. 겨울은 무난한 답변을 골랐다.

"시민들이 현명한 선택을 할 것이라 믿습니다."

"아무렴요. 잠시 후에 다시 시간이 있겠지만, 지금이 첫 만남인 만큼 사진을 한 장 찍어두고 싶은데 괜찮겠습니까?"

"물론입니다."

이것 자체는 거절할 이유가 없었으나, 크레이머는 왕세손 부부까지 끌어들였다.

"왕세손 내외께서도 같이 찍어주시면 좋겠습니다."

"저는……."

"걱정 마십시오. 전능하신 하나님, 그리고 그분의 천사인 내 아내의 이름으로 맹세하는데, 제가 이 자리에서 알게 된 일은 결코 밖으로 새지 않을 겁니다. 우린 친구잖습니까."

한순간 앤드류 왕세손의 낯빛이 흐려졌다. 이 자리에서 알게 된 일이란 겨울이 명예 기사작위를 거부한 사실을 뜻할 것이었다. 영국 여왕이 아예 처음부터 작위를 내리지 않는 것과, 제안을 했음에도 거부당하는 것은 근본적으로 다른 이야기였다.

이걸 언론에 흘리면 크레이머에겐 나름대로 이득이 된다.

영국 왕실로서는 피하고 싶을 가십이다. 그렇잖아도 캐나다의 영연방 탈퇴 논의 등으로 인하여 왕실의 체면이 중요한 시점 아니던가.

'왕세손이 경솔했다고 해야 하나…….'

말 몇 마디로 상대를 쉽게 농락하는 크레이머도 대단하지만, 노출된 장소에서 중요한 제안을 한 앤드류 왕세손에게도 잘못이 있었다.

그러나 겨울이 여왕을 배알하기 전에 의사를 확인해두려면, 이런 자투리 시간이 아니고선 불가피한 부분도 있었을 터였다.

크레이머의 보좌관으로 보이는 사람이 핸드폰을 들이댔다.

"자, 모이십시오. 환하게 웃어주시고요."

그래도 이런 일에 익숙한지 왕세손 내외는 기품을 유지했다. 크레이머는 겨울에게 어깨동무를 하고, 남은 손으로는 V를 그려보였다. 그의 손은 워낙 커서 겨울의 어깨를 다덮고도 여유가 남았다. 신장 차이는 거의 20센티에 달했고. 덕분에 가까이에서 보는 그는 마치 거인처럼 느껴졌다. 덩치가 크다보니 구도는 자연스레 그가 중심이었다.

보좌관이 오케이 사인을 보냈다.

"찍습니다. 셋, 둘, 하나. 치즈."

찰칵.

사진을 찍고 난 뒤에, 왕세손 부부는 다른 일이 있다며 자리를 비켰다.

"다시 만나게 될 날을 기대하겠습니다, 중령. 그리고……크레이머 씨."

떠나는 표정들이 그리 개운치 못하다. 그러거나 말거나 천진난만하게 손을 흔들어준 크레이머는, 만족스럽게 투레질하는 엑셀을 바라보았다.

"이 녀석이 그 유명한 엑셀이로군요. 오염지역에서 무리를 이끌고 일 년간 살아남은 명마! 한겨울 중령의 네 발 달린 전우! 듣자니 카라예프 대통령이 선물한 아할 테케를 일격에 쳐 죽였다지요?"

"그렇다고 들었습니다."

"하하. 아깝진 않았습니까? 요즘 아할 테케는 부르는 게 값인데 말입니다."

종말 이후를 대비하는 부자들은 예로부터 명성이 높은 금빛의 명마를 사는 데 돈을 아끼지 않았다. 시민들은 제 국민을 내팽개치고 망명하여 말 장사에 여념이 없는 독재자를 비난했지만, 그러한 비난이 마시장의 거래에 실질적인 영향을 미치진 못했다.

겨울은 담담하게 답했다.

"애초에 제가 가질 말이 아니었다고 믿습니다. 여러 가지 의미에서요."

"과연. 욕심이 없다는 건 훌륭한 미덕이지요, 한겨울 중령."

만족스러운 미소와 함께, 크레이머는 겨울의 이름을 바르게 발음했다. 이는 사람들이 겨울에 대한 호의를 보여주는 방식이며, 정치인들에게는 하나의 도구였다.

크레이머가 겨울의 어깨 너머를 보았다.

"저기 있는 저 남자. 이름이 마누엘 헤이스라지요?"

잠깐 돌아본 겨울이 끄덕였다.

"예. 뭔가 문제라도 있습니까?"

"카라예프 대통령이 저 사람을 무척이나 죽이고 싶어 하더군요."

"……관리를 제대로 못 했다는 이유에서요?"

"그렇습니다. 중령에게 주었던 말은 그의 목장에서 가장 훌륭한 녀석이었거든요. 그런 명마를 일개 사형수가 관리

소홀로 죽도록 만들었으니, 그렇잖아도 불같은 성미가 폭발할 수밖에요. 온갖 채널로 난리를 치더랍니다. 미루었던 사형을 집행하라면서."

"그것은……."

"주제를 모르는 내정간섭이지요."

크레이머가 겨울에게 공감을 구한다.

"그토록 형편없는 인간들이 엄청난 자산과 권리를 보장받으며, 이 훌륭한 나라에서 큰소리를 내는 현실이 뭔가 잘못되었다고 생각하지 않습니까?"

"……."

"잘못된 겁니다. 분명히 잘못된 거예요. 그런 인간보다는 일개 사형수에 불과한 저 마누엘 헤이스 씨가 더 중요합니다. 중요해야 합니다. 왜냐? 헤이스 씨는 어쨌든 미국의 시민이기 때문입니다. 사형을 집행해도 우리가 시민들의 대의로서 집행해야 합니다. 이 나라는 시민들을 위해 존재하니까요. 제 말이 틀렸습니까?"

"아뇨……. 맞는 말씀이십니다."

"미국의 보호를 받으려면, 미국과 함께 싸울 사람이라면 그만한 자격을 증명해야 합니다. 그 누구보다 더 확실한 자격을 증명한 한겨울 중령, 바로 당신처럼."

"크레이머 씨."

잠자코 듣고 있던 앤이 끼어들었다.

"죄송하지만 한 중령님은 이제 이동하셔야 합니다. 선약을 잡은 분이 계십니다."

"아, 걱정 말아요. 그게 바로 나니까."

"무슨······."

곤혹감을 내비치는 앤에게, 크레이머는 미소를 지어보였다.

"명단엔 찰리 프레스턴이라고 되어 있을 거요, 요원."

"가명을 쓰셨다는 뜻입니까? 그럴 리가 없을 텐데요."

"압니다. FBI의 신원검사는 철저하지요. 단지 프레스턴 그 친구가 나의 오랜 지지자일 따름입니다. 대외적으로 알려지진 않았으나, 뭐, 사적인 친분이라는 게 꼭 알려져 있을 필요는 없는 거지요. D.C.에선 누구나 숨겨진 한 수가 있어야 하는 법이니까요."

기습은 언제나 효과적인 전략이다. 언론의 관심을 끌기도 좋고, 상대 후보에게서 대응할 여유를 빼앗는다는 점에서도 좋았다.

크레이머가 손짓했다.

"못 믿겠다면 지금 바로 전화해보십시오. 어서요."

자신감 넘치는 태도였다. 그렇다고 확인해보지 않을 수도 없는 노릇이라, 앤은 한숨을 삼키며 전화기를 들었다.

긴 시간이 필요하진 않았다. 통화를 마친 앤이 떨떠름하게 말한다.

"원칙적으로는 용납되지 않는 상황입니다."

"나도 알고 있습니다. 하지만 그 원칙은 결국 신원이 불확실한 사람을 걸러내기 위해 존재하는 거지요. 허나 이 크레이머가 수상한 사람은 아니지 않습니까?"

"……."

대선후보에게 수상한 점이 있다고 한다면 그거야말로 진짜 큰일일 것이었다. 또한 그 영향력으로 인해 마냥 원칙을 고집하기도 어려운 상대였다. 그것을 알기에, 크레이머에겐 여유로운 자신감이 넘쳤다.

"깁슨 요원."

"예."

"소중한 사람을 지키려는 마음은 잘 압니다."

앤의 안색이 한층 더 굳어졌다.

"그러나 날 경계할 필요는 없어요. 나와의 만남이 한겨울 중령에게 해가 되진 않을 테니."

막 던지는 말 속에 뼈가 있었다. 앤과 겨울의 관계를 아는 사람은 그리 많지 않다. 이를 아는 것만으로도 CIA, 또는 FBI 쪽에 연줄이 있다고 봐야 했다. 이상한 일은 아니다. 과거 앤과의 통화에서, 겨울은 수사국 내의 분위기에 대해 들었었다. 초과업무에 시달리는 요원들 가운데 크레이머의 지지자가 늘어나고 있다고.

"어때요. 괜찮겠습니까?"

확인하는 크레이머에게, 앤은 책임자로서 끄덕였다.

"말씀 나누십시오."

"고마워요, 요원."

크레이머가 겨울을 향해 돌아섰다.

"이거 참, 이야기가 끊기니 어색하게 되었습니다."

"네……."

"아무튼 이어서 말해보자면, 중요한 건 자격입니다. 거저 주어지는 권리라는 건 없어요. 이 나라는 처음부터 투쟁으로 만들어졌지요. 하물며 이렇듯 어려운 시기엔 더더욱 그렇습니다. 누구든 자신의 자격을 증명해야 합니다."

"그럼 자격이 없는 사람들은 어떻게 됩니까?"

"자격을 증명할 기회는 모든 이에게 주어질 겁니다. 선택은 개인에게 달려있지요. 개인의 자유와 개인의 권리. 그것이 바로 미국의 정신이며 아메리칸 드림입니다."

표현은 좋다. 생각 자체가 완전히 틀린 것도 아니다. 그러나 시험에 내몰릴 사람들에겐 가혹한 신념이기도 했다. 하물며 그 시험이란 역병이 들끓는 전선에서의 목숨을 건 싸움이거나, 그보다 더 가혹한 무언가일 것이었다. 죽음을 각오할 용기가 없는 사람들은 비참한 경멸 속에서 연명할 것이고.

그러나 크레이머는 또한 평범한 사람들의 대변자이기도 했다.

크레이머가 호소했다.

"중령. 나는 당신에게 내가 괴물이 아니라는 사실을 알려주고 싶었습니다. 난민 출신인 당신에겐 내가 나쁘게 보이기 쉬울 거라는 생각이 들었거든요."

"인정하겠습니다. 솔직히 그런 부분이 있었습니다."

겨울의 인정에도 불구하고 크레이머는 여유를 잃지 않았다.

"하하. 듣기 좋은 거짓말보다는 좋군요. 마음에 듭니다."

잠시 바라보던 겨울이 물었다.

"제게 무엇을 바라십니까?"

그러자 곧바로 나오는 대답.

"중립."

크레이머는 강조하듯 한 번 끊고서 말을 이어갔다.

"나아가서는, 한 중령이 나를 편들어줬으면 하는 기대도 조금 있습니다. SNS, 한국계 시민들의 지역 협력체들에 대한 비공식적인 연락, 여기에 당신을 지지하는 시민단체들까지. 상부와의 마찰을 각오한다면 대선에 영향을 미칠 방법은 얼마든지 많지요. 당신 정도 되는 사람은 돌발행동을 한다고 해도 곧바로 잘라낼 수 없으니까 말입니다."

즉 백악관과 국방부의 방침을 대놓고 무시하라는 뜻이다.

"물론 중령이 감당해야 할 리스크는 상당히 높겠지요. 편을 들어준다면 높은 확률로 이기겠지만, 만에 하나 그렇지 않을 경우엔 손실이 이만저만이 아닐 테니. 모든 것을 갖든가, 모든 것을 잃든가."

"그런데도 권하시는 건가요?"

"나는 계산이 확실한 사람입니다. 어려울 때의 친구를 절대로 잊지 않아요."

곱씹을 시간을 준 뒤에, 크레이머는 어조를 바꾸었다.

"말씀드렸다시피, 현실적으로 원하는 건 중립입니다. 번스가 같은 권유를 해도 흔들리지 말아 달라 이겁니다. 지금처럼 그저 가만히 있으면 돼요. 중령 입장에선 누가 대통령이 되더라도 손해가 없잖습니까."

"……."

"아니, 오히려 나의 정책적 지향점이 당신에겐 더 이득이지요. 적어도 재정적인 면에서는……. 난민지도자 지원정책의 최초 제안자가 나라는 사실을 잊지 마십시오."

난민지도자 지원정책은 명성이 곧 예산이 되는 제도였다. 따라서 최고의 수혜자는 겨울일 수밖에 없다.

겨울이 말했다.

"다른 주제이긴 하지만, 한 가지 질문이 있습니다."

"질문이라. 뭡니까?"

"당신께서 그리스의 섬 프로젝트를 폭로하실 때, 아직 밝히지 않은 또 다른 비밀이 있다고 하셨습니다. 그건 무엇이고, 언제쯤 공개하실 예정이신지요?"

"오, 이런."

머리를 흔드는 크레이머.

"그 비밀은 그냥 묻어두려고 합니다."

"……묻어두신다고요?"

"그래요. 그러는 편이 낫겠다고 판단했습니다. 기자들에게도 곧 그리 알릴 예정입니다."

이는 이해하기 어려운 태도였다. 그런 식으로 얼버무리면, 근거도 없이 정부에 대한 불신을 조장했다는 비판을 받게 될 터이므로. 크레이머의 얼굴에 스쳐가는 그늘도 그런 맥락일 것이었다. 겨울은 질문을 새로 고쳤다.

"그렇게 결정하신 이유는 여쭤 봐도 괜찮겠습니까?"

"뭐……."

크레이머가 입맛을 다신다.

"나는 대선에서 승리하기를 바라지만, 그 승리의 대가가 완전히 분열되어버린 조국이기를 바라진 않아요. 단지 그뿐입니다."

"……."

"우리 무거운 이야기는 이쯤에서 그만 둡시다. 내 홍보실장이 원하는 건 따로 있거든. 에드거 크레이머, 한겨울 중령과 함께 말을 달리며 방역전선과 난민구역의 현실을 듣다. 그리고 조국의 미래에 대한 의견을 나누다. 뭐, 대충 이런 거지요. 실제로 내가 기대한 바이기도 하고."

대화하는 내내, 크레이머의 보좌진과 경호원들은 간격을 두고 떨어져 주변을 경계하고 있었다. 혹여 엿들을 사람이 있지는 않은지. 앤은 그들을 영 불편해하는 눈치였다.

크레이머가 의외의 모습을 보여주긴 했으나, 겨울은 그것을 있는 그대로 솔직하게 믿어도 좋을지 알 수 없었다. 비록 「통찰」과 「간파」는 반응하지 않았지만, 크레이머 정도 되는 인물이라면 겨울을 「기만」할 역량을 갖췄어도 이상하지 않다. 또한 대선후보의 언변과 몸짓은 사소한 부분에 이르기까지 참모들의 조언이 반영된 결과물일 터. 즉 크레이머가 보여준 모든 것이 겨울에게 맞춰진 연출일 가능성을 고려해야 했다.

어쨌든, 진심이건 아니건, 크레이머는 겨울에게 깊은 호의와 풍부한 관심을 드러냈다. 의견에 귀를 기울이고, 지난 경험을 묻고, 농담을 건네고, 웃고 떠들면서 천천히 공원을 거닐었다. 그리하여 헤어질 즈음이 되어선 아쉬운 마음을 감추지 않았다.

출발지점으로 돌아온 크레이머는 말고삐를 측근에게 넘기고 겨울에게 작별을 고했다.

"참 즐거웠습니다. 중령과는 말이 꽤나 잘 통하는군요."

"저 역시 유익한 시간이었습니다."

겨울은 마지막으로 그와 짧은 악수를 나누었다. 예기치 못한 만남이었음에도 그럭저럭 양호하게 대처한 편이었다. 적어도 불필요한 적대감을 쌓진 않았다.

받은 제안을 곱씹어보건대, 크레이머는 겨울이 중립을 지키기만 해도 충분히 만족할 것 같았다. 이는 한편으로 온건한 형태의 경고이기도 했다. 본인은 계산이 확실한 사람이라고. 어차피 모험을 할 생각이 없었던 겨울에게는 불필요한 경고였지만.

사색은 이쯤에서 접는다. 영국 여왕을 배알할 남쪽 공터로 이동하면서, 겨울은 달리 하나 신경 쓰이는 점을 발견했다.

"앤. 외곽 경비인력에 사설 경호업체 소속이 많이 보이네요?"

"아."

앤은 전보다 훨씬 나아진 승마실력으로 겨울과 기수를 나란히 하며 대답했다.

"네. 이 승마회가 연방정부의 공식행사는 아니니까요.

본질은 여러 망명정부를 포함한 각국 고위관계자들의 사교모임에 불과한걸요. 사고를 예방할 필요는 있지만, 주기적으로 열리는 모임에 매번 대규모의 군경을 동원하기는 어려워요. 우리 수사국만 해도 사람이 항상 모자라잖아요. 다른 부서의 사정도 대동소이한 만큼, 많은 인력을 고정적으로 낭비하기보다는 민간군사기업(PMC)과 계약하는 쪽이 효율적이죠. 비용도 각국 정부가 분담하도록 할 수 있고요."

"그런가요……."

"부분적으로는 자존심 문제이기도 해요."

"자존심?"

의아해하는 겨울에게 앤이 끄덕여보였다.

"아까 크레이머가 언급했던 투르크메니스탄의 카라예프 대통령이 대표적이죠."

"그 사람이 왜요?"

"철저하게 자기만을 지켜주는 무장병력을 원하거든요."

"본국에서 데려온 경호원들은 어쩌고요?"

앤은 경멸 어린 냉소를 머금었다.

"전부 다 해고했어요. 나라를 버린 독재자 입장에선 자국민 출신 경호원들보다는 차라리 생면부지의 외국인 용병들 쪽이 더 신뢰가 갈 수도 있겠죠. 최소한 고국을 잃은 원한은 없을 테니."

"그럼 그 경호원들은 어떻게 됐는데요?"

"그런 식으로 버려지는 경호원 및 군인들을 가장 반기

는 곳이 또 민간군사기업이에요. 국가정상을 호위할 정도면 대개 각자의 나라에서 최고의 경력을 쌓은 실력자들인 걸요. 교육만 시키면 훌륭한 상품이죠. 주워다 팔기만 하면 되니 얼마나 좋은 장사겠어요?"

이 말을 듣고, 겨울은 새삼스러운 시선으로 용병들을 바라보았다. 그들 중 많은 수가 어깨에 USS라는 회사의 로고를 붙이고 있었다.

'최고의 고객들과 거래한다는 게 이런 의미였나?'

유나이티드 시큐리티 서비스. 퇴역 후 영입을 조건으로 겨울에게 5천만 달러를 제시했던 바로 그 민간군사기업이다. 값을 잘 치러줄뿐더러 상품을 제공해주기까지 하는 고객. 지위가 높기까지 하니 다양한 의미로 최고의 고객들인 셈이다.

겨울이 말했다.

"그 사람들을 군으로 끌어들이면 좋을 텐데."

무엇보다 미국 내 이해관계가 거의 없을 이들 아닌가. 얼간이들의 쿠데타가 우려되는 상황에선 꽤나 괜찮은 인적자원이었다. 앤이 쓰게 웃었다.

"그리 대단한 숫자는 아닌 데다, 용병들에게 나름의 쓸모가 있으니 정부도 용인하는 거예요."

"나름의 쓸모라면?"

"여러 가지 있네요. 우선 군의 손실을 조금이라도 축소하고 싶을 때 유용하죠. 용병 사상자는 군의 인명피해로 집계되지 않잖아요."

"음……."

"그리고 민병대 견제에도 효과적이에요. 반역죄가 아닌 한, 군이 시민들을 목표로 본격적인 군사작전을 수행할 순 없으니까요. 민병대와 용병기업 사이에 총격전이 벌어진다 한들 기본적으로는 민간인들 사이에서 발생한 사고죠. 치안당국이 비난을 받게 되더라도, 1차적인 책임은 민병대와 용병들에게 미룰 수 있어요. 대부분은 민병대의 잘못이 더 크고요."

마지막은 실제로 많은 충돌이 있었음을 암시하는 어조였다.

겨울이 묻는다.

"남부의 민병대들은 여전해요?"

"글쎄요."

앤은 말에 한숨을 끼워 넣었다.

"오늘 이후로는 다소 진정되지 않을까 기대하는 중이에요. 중대한 혐의가 확인된 17개 민병대의 거점을 급습해서 600명가량을 연행했다고 하거든요. 오늘 새벽에 있었던 일이네요. 수사국 내부에서는 최소 하나 이상의 반역모의를 완전히 분쇄했다고 평가하고 있어요. 곧 언론에서도 보도가 있을 예정이고요."

"와."

"인내가 길었죠. 괜히 들쑤셔서 경각심을 일깨우기보다는 한 번에 소탕하는 편이 효과적이니까요. 가둬둘 감옥이 부족해서 문제지만."

그러나 앤의 표정엔 개운함이 없었다. 아직도 꺼야 할 불씨가 많은 것이다. 이 일이 더 큰 사건의 기폭제가 될 가능성도 존재한다.

대화를 하다 보니 공원의 남쪽 끝에 이르기는 금방이었다. 일찍부터 야외 오찬을 준비하는 케이터링 서비스의 차량들이 보이고, 그보다 강을 향해 나아간 공터엔 많은 인파가 북적였다.

영국 여왕의 기사 서임식이 열릴 이곳에서 CIA 요원들이 기다리고 있었다.

"중령님!"

이미 겨울과 재회한 탤벗을 제외한 세 사람, 터커, 켈리, 코왈스키는 거의 비명을 억누르는 수준으로 겨울을 반가워했다. 말에서 내린 겨울은 그들의 포옹을 받아주었다. 탤벗과 터커는 참석이 확정이지만 나머지 둘은 불투명하다더니.

마찬가지로 친밀한 인사를 나눈 앤이 다정하게 말했다.

"반갑습니다, 여러분. 이걸로 그날, 그 바다에서 함께 살아남은 사람들이 다시 모였군요. 다들 잘 지내셨습니까?"

서로를 쳐다본 셋이 누가 먼저랄 것도 없이 실소한다. 대표로서 코왈스키가 넌더리를 냈다.

"빈말으로라도 잘 지냈다고 하고 싶지만……. 아시잖아요. 정보국도 같은 처지인 거."

그리고 겨울을 향해 아쉬워했다.

"다시 뵐 때 휴가를 받고 싶었는데, 결국은 또 임무의 일환이네요. 그나마 이것도 억지로 나온 것에 가깝지만요."

"힘내요. 언젠간 모두에게 좋은 시절이 오겠죠."

겨울의 대답에, 코왈스키가 겨울과 앤을 번갈아 보더니 짐짓 장난스러운 표정을 짓는다.

"흐음. 보아하니 두 분께는 벌써 좋은 시절이 온 것 같은데요? 감독관님만 봐도 알겠어요. 아주 화사하게 꽃피셨네요."

앤이 정색했다.

"하여간 정보국은 도움이 안 되는군요. 잡담은 그만두고 임무에 집중하죠. 현재 상황은?"

CIA 요원들이 웃음을 터트렸다. 탤벗이 공터 방향을 가리켰다.

"서임식이 끝날 때까진 여유가 있습니다. 한국 대통령은 별도의 팀이 감시하는 중이고요. 저를 제외한 나머지는 놀러 온 거나 마찬가지이니 없는 사람으로 간주하셔도 무방합니다."

이에 코왈스키가 태블릿을 들어 보이며 항의한다.

"도청이랑 네트워크 감시 시스템을 누가 관리하는데 이래요?"

"아, 참. 그게 있었지."

우스갯소리처럼 오가는 회화가 마냥 가볍지만은 않았다.

이들과 담소를 나누며, 겨울은 거리를 두고 서임식을 지켜보았다.

'왜 야외에서 진행하는지 알 것 같네.'

장엄한 건물을 빌리려면 얼마든지 빌릴 수 있었을 것이다. 그러나 그래서는 여왕의 건재함을 효과적으로 과시하기 어려웠을 터. 90이 넘는 고령에도 불구하고, 여왕은 본인이 직접 준마(駿馬)를 달려 건강한 모습을 드러냈다. 화려한 복장의 근위기병 두 기가 그녀를 뒤따른다. 주홍빛으로 물들어 가을바람에 흔들리는 벚나무들은 색채가 좋은 배경이 되어주었다.

워, 워. 여유롭게 속도를 줄인 여왕은 상기된 얼굴로 미소 지으며 손을 흔들었다. 사람들은 박수와 웃음, 예의 바른 환호로 영국의 군주를 환영했다. 국운이 기울었다고는 하나 여전히 본토를 사수하고 있는 몇 안 되는 나라 가운데 하나의 수장이었다. 보조단상에 선 궁내장관(Lord chamberlain)이 참관자들을 향하여 여왕을 소개한다.

「하나님의 은총으로, 그레이트브리튼과 북아일랜드 연합왕국, 캐나다, 그 밖의 국가들 및 영토의 여왕이시며, 영연방의 지도자, 신앙의 수호자이신 엘리자베스 2세 폐하이십니다.」

이것으로 끝이 아니었다. 궁내장관은 같은 내용을 프랑스어로 다시 한 번 반복했다. 영어를 쓰지 않는 캐나다 국민 일부를 겨냥한 것이었다.

「Sa Majesté Elizabeth Deux, par la grâce de Dieu Reine du Royaume-Uni, du Canada et de ses autres royaumes et territoires, Chef du Commonwealth, Défenseur de la Foi.」

취재를 나온 기자들이 연달아 플래시를 터트렸다. 기사

서임식이 꽤나 드문 구경거리임에도, 겨울이 가까이에서 보지 않는 이유가 여기에 있었다. 다른 명예훈장 수훈자들이 작위를 받는 동안 겨울이 참관자로 앉아있으면 그림이 무척이나 이상할 것이기에.

영국 정부 입장에선 겨울을 초빙하고자 쓴 돈이 아까울 상황이지만, 따로 연락이 없는 걸 보면 이것이 나름의 배려임은 아는 듯하다.

한편 겨울은 행사의 설계가 양호하다고 생각했다. 명예훈장 수훈자들에게 작위를 하사하는 이때 이상으로 여왕이 주목을 받을 기회는 드물지 않을까, 하고.

서임을 받을 사람 중엔 레인저 연대 소속 에머트 대령도 있었다. 엘리자베스 2세 앞으로 나아가 가볍게 목례한 그는, 다리가 짧은 의자처럼 생긴 받침대에 한쪽 무릎을 대고 여왕을 올려다보았다. 궁내부장이 그의 공적을 간략하게 알렸다.

「레이 에머트 대령. 영웅적인 헌신과 용기로서 인류 공동의 위기를 극복하는 데 기여한 공로를 기리며, 가장 훌륭한 대영제국 기사단의 명예 기사작위를 수여함.」

여왕은 예식용 검으로 대령의 양 어깨를 한 번씩 두드리고, 기사훈장을 목에 걸어주었다. 이후 일어선 대령의 손을 잡고 잠깐의 대화를 즐겼다.

터커가 겨울에게 타깃의 위치를 알려주었다.

"저기, 두 번째 줄에 앉아있는 사람이 우-중-영 대통령입니다. 이걸로 보시겠습니까?"

겨울은 그가 건네는 단안 망원경을 사양했다. 보정을 받으면 맨눈으로도 모공까지 보이는 거리였다.

사전에 CIA가 제공한 정보를 접했으되 실물로는 처음 보는 우중영 대통령은, 좋은 풍채에도 불구하고 피로와 그늘이 선명한 사람이었다. 적어도 증오로 불타는 사람처럼은 보이지 않았다. 그는 서임이 이루어질 때마다 의례적으로 박수를 쳤다. 행사 자체보다는 옆 사람과의 진지한 대화에 몰두하는 분위기.

옆에 앉은 사람은 겨울에겐 뜻밖의 구면이었다.

"잠깐. 저 남자, 유나이티드 시큐리티 서비스의 부사장 아닌가요?"

겨울이 지목한 인물을 망원경으로 살핀 터커가 그렇다고 답한다.

"예. 클리퍼드 돈 로빈슨이로군요. 중령님께선 어떻게 아십니까?"

"전에 한 번 만난 적이 있어서요. 우 대통령이 저 사람하고 무슨 관계죠?"

탤벗이 나섰다.

"어떤 걱정을 하시는지는 짐작이 갑니다만, 클리퍼드는 사람 장사를 하는 인간입니다. 그리고 한국군 출신은 고평가를 받지요. 중령님 때문이기도 하고, 중국대륙에 붙어있는 한국이 열도인 일본보다 오래 버틴 덕분이기도 합니다."

"다른 건 없고요?"

"USS는 미국 정부와도 오랫동안 계약을 맺어온 유서 깊은 용병기업입니다. 회사 차원은 물론이고 클리퍼드 개인에게도 반역음모를 꾸밀 동기가 없지요. 물론 안팎으로 감시도 이루어지고 있습니다. 여기 코왈스키에게 부탁하시면 불륜 상대와의 비밀스러운 통화내역까지 들으실 수 있을 겁니다."

이 말에 코왈스키가 어이없어했다.

"내가 징계 받는 꼴 보고 싶어서 그래요?"

"안 들키면 되잖아. 언제나처럼."

"……말을 말아야지."

겨울이 고쳐 묻는다.

"아까 앤에게 그런 이야기를 듣긴 했지만……. 탤벗. 한국의 형편이 많이 안 좋은가요? 재정적으로는 문제가 없다고 했었잖아요. 그렇다고 카라예프 대통령처럼 신뢰를 잃지도 않았을 것 같고."

"우 대통령의 동기는 그런 노골적인 쓰레기하고 다릅니다."

"구체적으로 어떻게 다른데요?"

"장래를 대비해, 외화획득 수단으로 애국자들을 내보낸다는 느낌이죠. 혹은 애국심만으론 더 이상 붙잡아둘 수 없는 이들에게 살 길을 마련해 주는 것이거나. 후자의 경우엔 그걸 미끼삼아 아직 남아있는 병력의 통제를 용이하게 만드는 효과가 있습니다. 잘 하면 탈출할 수 있다……. 사람은 희망이 있어야 사니까요."

"……말이 안 돼요."

"뭐가 말씀이십니까?"

미간을 좁히는 겨울.

"그게 진심이라면 헛된 복수를 꾸밀 리가 없잖아요. 장병들의 앞날을 위탁한 국가를 왜 망쳐놓으려고 하겠어요. 만약 거짓이라면 미국으로 넘어온 그 군인들이야말로 요주의 대상인데, 미국에서 일할 수 있게끔 받아준 것부터가 이상하고요."

"언제나처럼 좋은 판단입니다. 그러나."

"그러나?"

"우선, 사람에겐 광기라는 것이 있습니다. 광기는 합리적으로 설명할 수 없지요. 또한 복수의 대상이 미국이라는 국가가 아닌 대통령 개인일 가능성도 고려해야 합니다."

"……."

"다음으로, USS가 고용한 한국인 용병들에겐 위협이 되지 못할 역할만 주어집니다. 예를 들면 동남부지역의 군경 보조라든가, 군수국의 민간수송사단(CTC)[5] 호위 업무라든가……. 어느 쪽이든 정치적 중심지와는 거리가 멀죠."

민간수송사단은 서부 3개주와 방역전선에 물자를 수송하는 민간인 운송기사들을 의미했다. 포트 로버츠의 보급도 그런 체계에 의지하여 유지되는 것이고.

탤벗의 말이 이어졌다.

"그들이 정말로 사고를 친다 해도 고작 트럭 몇 대를 훔칠 수 있을 따름입니다. 그나마 무기나 탄약, 유류 등의 수

---

5 Civilian Transport Corps. 군수국 산하에 고용된 민간인 노무자들로 구성되는 수송조직

송임무는 맡기지 않지요. 식량과 건설자재, 기타 보급물자 따위를 털어서 무엇을 할 수 있겠습니까? 최악의 경우에도 인질극이나 자살적인 습격 등 국지적인 소요에 불과할 겁니다. 어떤 음모를 뿌리까지 캐내려면 감수할 만한 위험이죠."

"그런 홀대가 오히려 말썽의 원인이 된다면?"

"신입에게는 수습기간이 있기 마련이다. 사측에선 그렇게 설명하고 있다더군요."

즉 나중엔 처우가 달라질 거라는 약속으로 불만을 누그러뜨린다는 말이었다.

중앙정보국의 대응엔 빈틈이 없었다.

기사 서임식은 불과 20분 남짓으로 끝났다. 명예작위를 받기로 한 명예훈장 수훈자가 그리 많지는 않았던 까닭이다. 그래서 겨울은 여왕에게 조금 미안한 마음마저 들었으나, 실제로 만나보니 그럴 필요가 없었다는 사실을 깨달았다.

가장 유명한 전쟁영웅과의 시간은 무척이나 값비싼 상품이었다. 영국 여왕은 그 시간을 다른 누군가와 공유함으로서 어떤 사람의 호의를 얻고자 했다. 그리하여 그녀가 다리를 놓아준 이는 영향력 있는 연방 하원의원이었다.

"처음 뵙겠습니다, 한겨울 중령. 연방 하원의원 하드리안 싱 칼사입니다. 폐하, 이 자리를 마련해주신 데 대해 진심으로 감사드립니다."

"의원님."

겨울은 여왕에 이어 그에게 목례하고 악수를 나눴다.

오늘만 해도 벌써 몇 번째 악수인지.

측면에서 지켜보는 앤의 표정이 좋지 못하다. 수사국이 그어놓은 선을 농락당하는 기분일 것이었다. 뜻밖의 만남은 공화당 대선후보 하나로 족하건만. 허나 여왕으로선 친구를 초대했을 뿐이니, 어지간해선 비난받지 않을 교묘한 뇌물이었다. 4선 의원을 수상한 인물로 분류하기도 어려울 노릇. 할 수는 있지만 정치적인 부담을 감수해야 한다. 의원만이 아니라 영국 여왕에게도 책임을 물어야 하기에.

귓구멍 안쪽에 붙여둔 초소형 리시버로부터 코왈스키의 목소리가 흘러나온다.

「영국도 꽤 하는군요. 하원의원과의 연줄 만들기, 자국과 캐나다, 미국 내의 시크교도들에 대한 무언의 호소, 시크교를 자기네 분파로 여기는 힌두교도들의 호감 얻기, 소수자에 대한 옹호, 간접적인 민주당 지지, 왕실의 이미지 개선에 이르기까지 단 한 수로 해치워버리네요.」

이름에서 드러나듯 칼사 의원은 시크교 신자였다. 그중에서도 정통파인 칼사 암리트다리의 일원이라고, 웹을 검색한 코왈스키가 설명했다. 임무와 무관하게 제공하는 도움이었다.

식민지배의 결과로서, 영국은 인도 이외의 국가 가운데 힌두교도와 시크교도의 숫자가 가장 많은 나라였다. 그들에게 신경을 쓸 수밖에 없는 입장이라는 뜻.

"그 검."

칼사 의원은 겨울이 찬 칼을 보고 흡족해하며 묻는다.

"바가트 파르마난드 재단에서 선물한 키르판(Kirpan)이로군요. 혹시 제가 온다는 이야기를 사전에 들으셨던 겁니까?"

"아뇨."

겨울이 고개를 저었다.

"그저 적혀있는 글귀가 마음에 들어서 휴대한 겁니다. 검 자체의 의미도 좋고요. 시크교도들의 검은 약자를 보호하는 용기를 뜻한다고 들었거든요."

글귀가 왜 마음에 들었는지까지 털어놓을 필요는 없었다. 하원의원은 무척이나 기뻐했다. 그리고 그 기쁨은 담화가 계속될수록 더더욱 커지기만 했다. 겨울이 그가 믿는 종교에 대해 교양을 넘어서는 이해를 보여주었기 때문. 싱 소령이 들려준 것들을 잊지 않은 덕분이었다.

"감동적이군요."

수염을 길게 기른 의원이 환하게 미소 짓는다.

"바하다르 싱 소령은 시크교 공동체 내에서도 꽤나 유명해진 사람이지요. 그 믿음이 기존의 전통과 배치되는 부분은 있을지언정, 그가 보여준 올곧은 용기는 모든 형제자매들의 모범으로 삼을 만합니다. 아울러 그와 당신의 우정이 보고 들은 그대로임을 알게 되어 진심으로 기쁘다는 말씀을 드리고 싶습니다."

조금은 민감한 소재였다. 겨울은 입 밖으로 낼 단어들을 늦지 않게 골라냈다.

"소령에겐 여러모로 도움을 받고 있습니다. 우수한 장교이자 훌륭한 인격자죠. 그렇게 좋은 사람이 부당한 처우로인해 반쯤 타의로 부대를 옮겨야 했다는 사실이 유감입니다. 덕분에 신뢰할 수 있는 동료를 얻게 됐으니, 제게 있어선 큰 행운이라고 해야겠지만요."

"오오……."

칼사 의원이 감탄하며 묻는다.

"세간의 종교적 차별에 대해 문제의식을 가지고 계시다고 봐도 괜찮겠습니까?"

카메라 앞에서 의미를 부여하려는 의도를 알면서도, 겨울은 쉽게 긍정했다.

"예. 최소한 제 힘이 닿는 범위 내에서는 그런 일을 용납하지 않을 것입니다. 방역전선에선 누구든 함께 싸우면 전우입니다."

겨울로서도 언제까지나 이용당하기만 할 생각은 없다. 판을 깔아주었으니 얻을 수 있는 것은 얻는다. 다만 상대를속이지 않을 뿐이었다.

「말 잘하시네요. 바람둥이의 소질이 보여요.」

장난기 섞인 코왈스키의 칭찬.

"방금 그 말씀, 당신을 믿는 시민들에 대한 약속으로 받아들여도 좋을는지요?"

더욱 파고드는 하원의원에게, 겨울은 다시금 끄덕여보였다.

"물론입니다. 약속할 필요도 없을 만큼 당연한 일이니까요."

예기치 않은 만남에서 뜸을 들이거나 당황하지 않는 언변이 진심의 무게를 더했을 것이다. 약간의 대화가 더 오간 뒤에, 여왕과 기자들에게 양해를 구한 칼사 의원이 겨울과 단둘이 있는 자리에서 이렇게 말했다.

"시크교도들 중엔 부자가 많다는 통념이 있습니다."

"그렇습니까?"

"예. 그리고 실제로도 그런 면이 존재합니다. 인구에 비해 많은 부를 소유하고 있지요."

"그 말씀을 제게 들려주시는 이유가 뭔가요?"

"앞으로 이끌어나가실 일들이 많으신 줄로 압니다. 조금 전의 약속을 어기지 않으신다면, 즉 장기적인 관점에서 서로가 서로를 돕는다는 전제 하에, 중령님께선 미국의 시크교 공동체들로부터 전폭적인 경제적 지지를 받으실 수 있을 것입니다."

결국 이 하원의원도 겨울의 앞날에 타산적인 기대를 거는 것이었다.

대화가 흘러간 다음, 코왈스키가 배경을 보충해주었다.

「칼사 의원의 말은 사실이에요.」

"……"

「시크교도들 가운데 10억 달러 이상의 자산을 보유한 사람만 헤아려도 열 명이 넘거든요. 이마저도 미국 시민만 따진 거예요. 캐나다까지 범위를 넓히면 더욱 많아질 거고요.

이들이 제공하던 인도 내 칼리스탄 독립운동 자금 역시 갈 곳을 잃었죠. 그 돈을 원하는 집단이 많아질 수밖에 없답니다. 영국 정부도 그중 하나고요.」

겨울은 의아한 생각이 들었다. 의원의 지지층이 그 정도로 확실하다면, 겨울을 만나기 위해 굳이 영국 여왕을 경유할 필요는 없지 않았을까.

「통찰」이 반응했다. 현 시점의 정국에선, 소수자의 이해를 직접적으로 대변하는 정치인이 그만한 거금을 지출하는 것 자체가 적대적인 관심을 받을 가능성이 있다. 또한 그 자금의 성격이 지나치게 뚜렷하다는 점에서도 주의가 요구되었을지 모른다. 분명 싫어할 사람들이 있을 테니까.

코왈스키는 이렇게 평했다.

「정치적으로 손해를 보지 않는 선에서, 칼사 의원 자신도 당신의 편을 들어줄 작정이겠죠. 이 만남에서 가장 큰 이득을 본 사람이 다름 아닌 중령님일 수도 있겠네요.」

거칠게 말해, 주웨이 수십 명 분의 자금 지원을 기대해도 좋다는 뜻이었다. 주웨이만큼 가진 것을 아끼지 않을 지지자는 드물겠지만.

칼사 의원과 밀담에 시간을 들이다보니, 정작 이 자리의 주인인 영국 여왕은 겨울과 그리 긴 시간을 함께하지 못했다. 그러나 여왕 또한 목적한 바를 다 얻은 입장이었다. 따라서 겨울에게 무언가를 더 바라진 않았다. 짧은 담소를 나누고, 격려를 하고, 몇 장의 사진을 찍었을 따름. 그러는 내내 여왕은 웃고 있었으나, 겨울은 그녀가 감추려는 피로를 간파했다.

이런 시대에 자기 역할을 다하려는 지도자들의 어깨는 무거울 수밖에 없다.

배알을 마치고 돌아온 겨울은, 엑셀이 사료를 먹도록 마누엘에게 잠시 맡겨놓고, 앤과 요원들 앞에서 한숨을 내쉬었다.

"후. 시작하기도 전에 지치는데요."

탤벗이 너스레를 떨었다.

"그래도 운이 좋으십니다."

"운이 좋다고요?"

"공화당과 민주당의 균형이 의도치 않게 맞춰졌잖습니까. 크레이머 후보와 칼사 의원. 서로 상관이 없는 별개의 우연으로 말입니다. 어느 한 쪽만 만났다면 반대 진영에서 서운해 하는 목소리가 나왔겠지요. 게다가 어느 쪽도 해가 될 용건으로 찾아온 것도 아니었고."

"맞는 말이긴 한데……."

"이 바닥에선 행운도 실력이지요. 앞날을 생각하면 이런 일에 익숙해지셔야 할 겁니다."

"싫네요, 그거."

장난처럼 인상을 찌푸리는 겨울을 안쓰러워하는 사람은 앤밖에 없었다. 허나 이 세계에서 한 사람의 생애에 해당하는 시간을 누리려면, 그 세월을 준비하려면, 겨울 자신을 위해서라도 필요한 과정이었다. 앤을 향해 걱정 말라는 뜻으로 웃어준 다음, 겨울은 코왈스키의 태블릿을 응시했다.

"오전 시간에 녹음된 건 당연히 지워주겠죠?"

"이런, 빈틈없으시네요."

"괜한 구설수에 휘말리는 건 사양하고 싶어서요."

특히 크레이머와의 대화는 생각지도 않은 부분에서 논란이 될 여지가 있었다. 어깨를 으쓱인 코왈스키가 태블릿 액정을 몇 번 터치하더니, 삭제 메뉴를 띄워 겨울에게 내밀었다.

"원죄가 있으니 믿어달라는 말씀은 못 드리겠군요. 직접 누르세요. 저도 생명의 은인을 곤란하게 만들긴 싫거든요."

"고마워요."

"당연한 일이죠."

파일을 제거한 겨울은, 별도의 백업이 존재할 가능성에 대해선 생각하지 않기로 했다. 막연한 믿음과는 다르다. 그녀가 마음먹고 속이면 겨울로선 알 방법이 없을 뿐.

터커가 미소 지었다.

"조금만 더 힘내주십시오. 이런 기회마다 꼬박꼬박 마일리지를 적립해두시면 당신께도 훗날 많은 도움이 될 테니까요."

"마일리지?"

"저희가 피자 주문만 받는 건 아니잖습니까."

겨울은 싱겁게 마주 웃고 말았다. 피자 프랜차이즈의 실체에 대해 정확한 언질을 받은 바 없는 앤도 사정을 대충 아는 기색이었다. 수사국은 정보국의 견제자다.

터커는 특급 호텔의 케이터링 서비스가 펼쳐놓은 야외

식당으로 눈을 돌렸다.

"우선 식사부터 하시죠. 속이 든든해지면 의욕도 생길지
모릅니다."

마침 겨울도 시장하던 참이었다. 그러나 터커의 권유가
마냥 반갑지만은 않은 것은, 요즘 들어 식사 중에도 상대해
야 하는 다양한 사람들 탓이다. 생전이었다면, 혹은 보정이
없었다면 소화불량에 걸리기 딱 좋은 조건이었다.

그리고 한 가지 더.

천종훈의 자살 이후 겨울은 여유가 생길 때마다 바깥세
상의 관객들이 남긴 메시지를 읽었다. 식사 시간에도 틈이
있으면 마찬가지. 바깥세상은 여전히 잔혹하고 암담하고
자신이 비참하다는 사실조차 모르는 사람들로 가득했다.

과연 겨울 자신이 그들에게 연민을 품을 입장인가 의문
스럽긴 하나, 위로를 주는 별빛 하나 없이 살아가는 대부분
의 그들보다야 훨씬 나은 처지일 것이다.

'내가 뭔가를 해줄 수는 없겠지만.'

조금씩 되찾아가는 희망으로 말미암아, 그들을 직시할
만큼의 여유는 생겼다.

천종훈의 부탁은 그저 자신의 이름을 기억해달라는 것이
었다.

만약 두 번째의 살해를 발견한다면, 그런 사람이 있었다
는 사실을 기억해줄 순 있을 것이다.

이런 마음으로 읽지 않은 메시지를 해소하는 데엔 꽤나
많은 시간이 필요했다. 그래도 열심히 읽은 결과, 이 시점에

이르러선 적체되어 있던 욕설과 욕망과 저열한 조소의 대부분을 소화해냈다. 때로 상처가 되는 말들이 있었으되 예전처럼 돌이 심하게 구르진 않았다.

겨울은 별빛아이 덕분이라고 생각했다. 더불어 앤의 덕분이기도 하고, 다시 찾아온 누이 덕분이기도 하다. 조금씩 희망을 찾아가고 있다.

이제 오래도록 쌓여있던 로그의 끝자락에 이른 겨울은, 불과 몇 분 전의 기록을 보고 묵직한 당혹감에 젖었다.

'천칠백오십만······.'

Владимир라는 러시아인이 선물한 어마어마한 숫자의 별. 이는 겨울이 폭군과의 거래로 받았던 것보다 오히려 더 많은 양이다. 금액으로 환산하면 약 17억에 달한다.

아무리 곱씹어도 정상적인 후원이 아닌데, 본인은 또 실수가 아니라고 한다. 이유가 궁금했던 겨울은 그에게 보안 처리된 메시지로 질문을 보냈다.

답변은 금방 돌아왔다.

「정말로 이유를 모르는가? 당연히 알고 있으리라 여겼건만.」

대체 무슨 소리를 하는 것인지.

「모른다면, 지금은 그걸로 됐다.」

회신은 여기서 끝이었다. 질문을 거듭해도 저편의 러시아인은 침묵을 고수할 뿐이었다.

영문을 알 수 없었으나, 겨울은 당장 길게 고민할 처지가 못 되었다.

한국 대통령은 야외 테이블을 갖춘 공원 식당에서 겨울과 마주했다. 푸른 초지와 붉은 벚나무 너머 워싱턴 기념탑이 보일 만큼 전망이 좋은 곳이었지만, 그럼에도 불구하고 찾는 사람이 무척이나 드물었다. 시민들이 공원 곁에 흐르는 물을 두려워하는 탓이었다. 포토맥 강변을 따라 튼튼한 펜스가 세워지고 강바닥엔 음향감시체계가 설치되었으나, 막연한 두려움을 완전히 지우긴 어려웠다. 강변의 주거야 어쨌든, 최소한 피크닉 장소로는 인기가 시들 만했다. 달리 놀러갈 데가 없는 것도 아니니, 경호 인력을 잔뜩 대동하고 다니는 고위관계자들에게나 괜찮은 장소인 셈. 승마회 측에서 공원을 배타적으로 이용하면서도 큰 비난을 받지 않는 이유가 여기에 있었다.

이 식당 입장에서도 나쁜 상황은 아닐 것이다. 이 시간 식당 전체를 대절한 한국정부처럼, 특별한 손님들이 손해를 벌충해주기에. 벽면엔 그간 다녀간 수많은 국가 정상들의 서명 및 사진이 빼곡히 걸려있었다. 이쯤이면 조만간 명소로 이름을 알리게 될 듯하다.

리필이 무제한인 값싼 커피를 앞에 두고, 우중영 대통령은 사교적인 미소를 지었다.

"저는 승마에 별로 소질이 없더군요. 말이 저를 거부하는 느낌입니다."

"그럴 수도 있습니다."

겨울이 끄덕였다.

"승마에서 가장 중요한 덕목 중 하나가 말과의 교감이라고 하거든요. 그래서 말을 고를 때는 탈것이 아니라 친구를 찾아야 한다고도 합니다. 품종이 좋다고 다가 아니죠."

고로 보정으로서의 「승마」는 말을 다루는 기술에 앞서 친화력부터 강화시켜준다. 카우보이의 나라를 꽤 오래 경험한 겨울은 이 분야에 대하여 주워들은 것들이 많았다.

대통령은 부드럽게 말을 받았다.

"기억해둘 만한 조언이군요. 명성 높은 기병대장다우십니다."

대화를 시작한 지 20여 분. 우중영 대통령은 온건한 태도를 고수했다. 지난 경험들을 묻고, 귀 기울이고, 감탄과 칭찬을 아끼지 않으면서. 여기까지는 무척이나 평범했다. 다른 사람들과 차이가 있다면, 한국 난민들의 실상에 보다 깊은 관심을 보였고, 그들을 보호한 겨울에게 경의와 감사를 표했다는 것 정도.

그러나 자주 웃는 얼굴에 비해 몸은 다소 경직되어 있었다.

커피와 다과엔 조금도 손을 대지 않았다.

떫은맛이 나는 홍차를 기울이는 겨울의 귓가에, 밖으로 새지 않는 목소리가 속삭인다. 정보국을 중계하는 코왈스키였다.

「실속이 없는 대화네요. 뭔가 계획이 있다면 슬슬 본론을 꺼낼 때가 됐는데.」

비록 분노로 이성을 잃은 사람처럼은 보이지 않지만, 한국 대통령이 겨울을 탐색하고 있는 것만은 분명했다. 여기가 겉보기엔 비밀스러운 대화를 나누기에 적합하지 않은 장소 같아도, 수십 개 국가가 얽힌 현장 경호 탓에 보기보다 꽤 안전한 편이었다.

겨울이 정보국에 협력하는 시점에서 무의미한 이야기였지만.

그러나 위험한 일을 꾸미는 사람이 안전한 길만 골라 걸을 순 없는 것이다.

"으음. 이런 질문을 드리긴 저어됩니다만……."

드디어 대통령이 운을 띄웠다.

"그 힘겨운 싸움에서 가족이 그리워지는 순간은 없으셨습니까?"

알아본 결과, 겨울의 가족관계는 미국 측의 서류상으로만 남아있었다. 형제는 없고 부모만 있는 것으로.

없는 그리움을 만들 필요는 없었다. 겨울은 가을을, 그리고 아직 여름이 되지는 못한 동생을 떠올렸다. 회상은 잠시 눈을 감았다 뜨는 것으로 충분했다.

"왜 이런 걸 물으시는지 여쭤 봐도 괜찮을까요?"

"중령께서 아셔야 할 사실이 하나 있기 때문입니다."

뚫어져라 바라보던 대통령이 마침내 확신을 얻은 사람처럼, 혹은 모험을 하는 사람처럼 무겁게 입을 열었다.

"이것은 수십만 국민들의 억울한 죽음에 대한 이야기입니다."

이어지는 내용은 정보국이 먼저 들려주었던 비밀 그대로

였다. 때로 과장되는 부분이 없잖아 있었어도, 사실에서 크게 벗어나지는 않았다.

토로가 길어지면서 대통령은 더 이상 평온함을 가장하지 못했다. 눈물 없이 메마른 흐느낌으로, 그는 미국에 대한 원망을 진술했다.

그러다 마침내 이 말이 나온다.

"그때 지켜내지 못한 사람들 중에 중령의 양친이 계셨을지도 모릅니다."

"……그렇군요."

겨울이 내비치는 감정을 보고, 조금 더 나아가는 대통령.

"미국은 우리에게 갚아야 할 빚이 있습니다."

그 빚을 어떻게 받아낼 작정인가.

"한겨울 중령. 양친을 생각해서라도, 부디 고국을 도와주십시오."

짐짓 심호흡을 하고서, 겨울은 결의를 꾸미며 되물었다.

"제게 무엇을 원하십니까?"

"저는 우리 정부가 미국으로부터 받는 부당한 처우를 개선하고 싶습니다."

"……."

"다른 나라들과 같이, 미국은 우리에게도 소정의 방역 분담금을 받아가고 있습니다. 기술 로열티와 위성 임대료를 깎고, 부분적으로 식량과 물자 지원의 대가를 책정하고……. 심지어 공화당에서는 그 금액을 늘려야 한다는 주장까지 나오는 마당입니다."

CIA가 예상한 시나리오와는 다른 전개다.

"지난날의 잘못을 감안하면 그래선 안 되는 일이지요. 같은 값에 더 많은 지원을 받아야 합니다. 더 많은 경제적 보상이 주어져야 합니다. 현재 이상의 난민 수용 쿼터와 취업비자를 허용해야 합니다. 무엇보다…… 한국계 난민들에게 보다 나은 처우를 약속해야 합니다. 저는 이것이 미국이 치러야 할 최소한의 대가라고 생각합니다."

분개한 대통령이 바라는 건 파국이 아니었다.

"중령께선 미국 내의 저명인사들과 친분이 있으신 줄로 압니다. 그들을 통하여 우리 정부의 입장을 대변해주십시오. 부디 부탁드리겠습니다."

"입장을 대변해달라는 건, 단순한 소개를 넘어서 그 진실을 대신 알려달라는 말씀이신가요?"

"그건 아닙니다."

혹시나 하며 던진 질문에, 한국의 대통령은 힘들게 고개를 저었다.

"대중의 눈에 당신이 미국을 원망하는 것처럼 보여선 안 됩니다. 한겨울 중령은 언제나 미국인들의 편이어야 합니다. 난민구역에서 생활해보셨으니, 그 이미지가 얼마나 값진 것인지는 누구보다 더 잘 아시겠지요."

"그럼 직접 폭로하실 마음도 없으신 겁니까?"

"결코 없습니다. 리스크가 너무 크니까요."

"리스크요?"

"단기적으로는 확실한 이득을 보겠지요. 허나 그 사실이 공개될 경우 분노할 사람들을 헤아려보십시오. 한국계 시민이나 난민들 중에 테러리스트가 나오지 말란 법이 없습니다. 난민혐오정서가 비등한 이 시점에서 그런 사고가 터졌다간…… 우리 난민들의 처우가 열악해질 가능성이 높습니다. 거기서부터 다시 악순환이 시작되겠지요. 저는 결코 그것을 바라지 않습니다."

어쩐지 기시감이 느껴진다. 예상을 벗어난 온건함이란 측면에서, 괴로워하는 우중영 대통령의 모습을 크레이머와 겹쳐 보는 겨울이었다.

이쯤에서 안심해도 좋겠으나, 여전히 걸리는 부분이 하나 있다.

'그 사실이 공개되는 게 정말로 위험하다고 믿는다면, 그걸 알게 된 내가 폭주할 가능성도 걱정했어야 정상 아닌가?'

우중영 대통령은 겨울의 그리움과 분노를 보고서도 비밀을 알려주는 쪽을 택했다. 일견 이치에 맞지 않는 판단인 것이다.

정보국 요원들도 동일한 의구심을 품는다.

「속내를 짐작해보자면 당장 떠오르는 경우의 수는 둘이네요. 저 모든 배경에도 불구하고, 중령님을 충동질하는 쪽이 진짜 목적인 경우. 혹은 잃을 게 너무 많은 중령님이 그런 위험을 감수할 리가 없다고 판단한 것일지도 모릅니다. 나름대로 한겨울 중령이라는 사람에 대해 조사를 해봤을 수도 있고요.」

코왈스키가 내놓은 의견에 탈벗이 무게를 더했다.

「전자도 이해가 가는 심계입니다. 위험한 복수와 안전한 침묵 사이에서 갈등을 느낄 여지가 충분하지요. 본인의 마음부터가 불확실하다면, 중령님이 걸려들든 아니든 아무래도 좋다는 생각으로 던진 미끼여도 이상하지 않습니다.」

곱씹어본 겨울은 어느 쪽이든 침묵하면 그만이라는 결론을 내렸다.

우중영 대통령은 중앙정보국이 상정했던 만큼 큰 걱정거리가 아니었을 뿐이다. 앞으로 마주칠 위험요소들 또한 실상은 이처럼 대수롭지 않기를 바라며, 내심 쓴웃음을 짓는 겨울.

'어쩐지…… 전보다 겁쟁이가 된 것 같네.'

손에 넣을 수 있는 만큼의 행복은 손에 넣겠다. 이렇게 마음을 바꾼 후로, 이 세상은 겨울에게 매순간 전과 다른 의미로서 다가오고 있었다. 「종말 이후」에서 겪을 스물일곱 번째 죽음이 두려워졌다고 해도 좋을 것이다.

"한겨울 중령?"

침묵이 길었는지, 겨울을 부르는 우중영 대통령의 음성엔 동요가 깔려 있다.

그러나 겨울이 뭐라고 대답하려는 찰나에 바깥으로부터 자그마한 소란이 전해졌다. 자리에서 일어나 창가로 다가선 겨울은, 공원의 여러 곳에서 일어나는 산발적인 움직임들을 발견했다. 이는 일부 경호원 및 용병들이 고용주를 보호하며 이동하는 광경이었다.

"무슨 일이지……?"

"밖에 뭔가가 있습니까?"

불안해하는 우중영 대통령에게 겨울이 대답해줄 필요는 없었다.

시가지 방향에서 사이렌 소리가 들려오기 시작했다.

"Sir!"

서로 다른 경호팀을 동반하여 뛰다시피 들어온 앤이 다른 이들을 의식하며 전한다.

"상황이 발생했습니다. 두 분 모두 지금 바로 복귀해주셔야겠습니다."

당황한 대통령이 묻는다.

"상황이라니? 대체 어떤 상황입니까?"

앤은 딱딱한 어조로 답했다.

"현시간부로 미국 전역에 계엄령이 선포되었습니다."

"계엄령?! 군사반란이라도 일어난 겁니까?"

겨울 역시 가장 먼저 쿠데타부터 떠올렸으나, 앤은 곧바로 부정했다.

"반란이 아니라 생물학적 오염 위협으로 인한 계엄령입니다."

"생물학적 오염이라면……."

"죄송하지만 제겐 이 이상의 답변을 드릴 권한이 없습니다. 상황이 당국의 통제 하에 있다는 사실만 알려드리지요. 조만간 연방정부의 공식 발표가 있을 테니 양해해주시기 바랍니다."

이어지는 질문을 단호하게 잘라낸 앤이 겨울을 재촉

했다.

"중령님, 차량으로 모시겠습니다."

빠르게 끄덕인 겨울은 대통령을 향하여 목례했다.

"살펴 가시길. 오늘 주신 말씀에 대해서는 진지하게 고민해보겠습니다."

그리고 채 대답을 듣기도 전에 돌아선다.

항상 타고 다니는 방탄차량은 이미 시동을 건 채로 기다리고 있었다. 겨울은 탑승하자마자 앤에게 물었다.

"뭐가 어떻게 되어가는 거예요? 혹시 나한테까지 비밀인가요?"

"그렇진 않지만, 아직은 나도 대략적으로만 알 뿐이에요."

"그 대략적인 거라도 알려줘요."

앤의 낯빛에 그늘이 졌다.

"9월 말에서 10월 초에 이르기까지, 최소 수십에서 최대 수백 개체에 달하는 감염변종들이 네바다 주의 서쪽 경계, 그러니까 구 서부 봉쇄선을 통과한 사실을 확인했습니다. 현재 그 소재가 확인되지 않기 때문에 계엄령을 발동한 겁니다. 날짜를 감안하면 지금쯤 어느 주에 은닉되어 있어도 이상하지 않으니까요."

긴장한 탓일까, 아니면 치밀어 오르는 분노 때문일까. 겨울을 상대로도 무심코 경직된 말투가 나오는 앤이었다.

그나저나 통과와 은닉이라니? 어감이 이상하다. 겨울은 스치는 「통찰」에 설마 하며 되물었다.

"설마⋯⋯. 누가 의도적으로 살아있는 변종을 반입했다

는 뜻이에요?"

아니길 바랐으나, 앤은 겨울의 의혹을 긍정했다.

"네. 새벽에 체포한 민병대 간부들을 심문해서 얻은 정보입니다."

"그게 어떻게 가능하죠?"

"군수국 민간운송사단과 그 호위목적으로 고용된 민간인들 중에 불경건한 연합의 동조자가 있었더군요. 여기에 다섯 명의 검문소장들이 추가로 포섭되었습니다. 돌아오는 화물을 점검하지 않는 대가로 뇌물을 받았습니다. 이를 파악한 즉시 기동타격대와 헌병대가 출동했으나, 계획 단계에서부터 가장 적극적으로 가담한 용의자 한 명은 결국 찾지 못했다고 하네요."

앤은 공백을 두고 덧붙였다.

"그 남자, 겨울도 아마 알고 있을 겁니다."

"내가 아는 사람?"

당황하는 겨울에게, 앤이 이를 갈며 생각지도 못한 이름을 말해주었다.

"파소 로블레스의 수치, 워너 A. 마커트 중위. 당신과 처음 만났을 땐 대위였죠. 지휘 상의 중대한 과실 및 직권남용, 난민들에게 저지른 범죄 등으로 인해 강등과 좌천을 당했고요. 재판이 밀리지만 않았어도 한참 전에 연방 교도소에 처박아 놨을 인간인데……."

"……."

그러고 보면 포트 로버츠의 사령업무를 대행할 때, 중국계 난민들의 민원과 관련하여 마커트 중위의 정보를 받아본 적이 있었다. 심리(審理)가 쌓여서 3개월 후에 재판이 열릴 예정이라고.

즉 그는 언제 직위해제와 구속이 이루어져도 이상하지 않은 처지였다.

'아무리 궁지에 몰렸다지만 이런 미친 짓에 발을 담그다니.'

그 미친 짓을 가능케 하는 조건들이 갖춰져 있긴 했다. 기존의 군수체계로는 유지가 불가능한 규모까지 증강된 육군. 이에 따라 불가피하게 동원된 민간 운송인력. 서해안 3개주에 대사억제 상태로 숨어있던 변종집단들. 남부를 시끄럽게 만드는 중국계 혐오정서와 종교적 극단주의까지.

그렇다 하더라도, 전선 안쪽으로 역병을 끌어들이다니.

겨울은 깊어지는 한숨을 삼켰다.

차량이동은 길지 못했다.

"조심해!"

앤이 날카롭게 경고했다. 교차로에서 발생한 십자형의 연쇄추돌. 일그러지는 강철과 알루미늄들이 눈앞까지 물결쳤다. 기우는 버스의 앞바퀴가 운전석의 차창을 스친다. 운전을 맡은 요원이 핸들을 확 꺾었다. 그의 욕설은 중간이 씹혔다. 동시에 걸리는 급격한 제동. 비틀린 관성은 인도를 침범하고서야 사라졌다. 치일 뻔한 보행객이 가슴어림을 누르며 주저앉았다.

쿠웅, 쿵. 이 순간에도 실시간으로 늘어나는 피해차량

들. 최초의 충돌 현장에선 불길과 함께 먹구름 같은 연기가 뭉글뭉글 솟구친다. 경적들의 불협화음이 사방에서 들려왔다.

겨울은 이상을 감지했다.

'사방에서?'

보정이 작용하는 청각은 향상된 정보를 제공한다. 정확한 방위와 근사치의 거리. 즉 사고가 여기서만 터진 게 아니라는 뜻이었다. 차량을 후진시키던 요원이 원인을 파악했다.

"이건 또 무슨 엿 같은……. 보십시오, 깁슨. 교통신호가 엉망진창입니다!"

규칙을 상실한 신호등 탓에 뒤쪽도 완전히 막혀버렸다. 멈춰선 차량들로 인하여 사각의 구획은 감옥처럼 닫혔다. 뚫고 지나가려면 본격적인 기갑차량을 동원해야 할 것이다.

교통국이 해킹당한 모양이었다.

"계획적인 공격이야."

입술을 깨문 앤이 뒷좌석 등받이를 열어 추가 장비를 끄집어냈다. 동료와 더불어 무장을 강화하는 그녀의 모습은 마치 변신하는 것처럼 보였다.

겨울 또한 훈장이 줄줄 달린 재킷을 쑤셔 박고 방탄복을 착용했다. 트렁크엔 항상 쓰던 소총과 권총이 즉시 사용 가능한 상태로 들어있었다. 이런 상황을 대비한 것이다. 다만 신형 전투복이 없어서 아쉽다.

어쩔까 하던 장검은 짧은 고민 끝에 떼어놓는다. 멀리서도 눈에 띄는 물건이었다.

여기에 수류탄, 연막탄, 섬광탄을 달고 전투화로 갈아 신기까지 1분가량 소요되었다. 겨울은 마지막으로 골전도 리시버와 방탄모를 착용했다.

"세라노, 매복 징후는?"

무전으로 보고를 마친 앤의 질문에, 아까부터 창밖을 살피던 조수석의 요원이 답한다.

"없는 것 같습니다."

"정부청사라고 해서 안심하면 안 돼."

인도에 걸쳐진 차량 정면엔 연방정부 인쇄국이 자리 잡고 있었다. 앤은 저격을 우려하는 것이다. 늘어선 열주 사이 어디선가 흉탄이 날아올지 모른다고.

"여기서 발이 묶이면 곤란한데."

운전석의 초조한 중얼거림. 그의 이름은 캘러핸이었고, 기관단총으로 무장했다. 소총과 달리 변종을 상대로는 잘 쓰이지 않는 무기였다.

콰쾅!

굉음과 돌풍이 차체 측면을 후려쳤다. 140미터쯤 떨어진 다음 교차로에서의 폭발이었다. 원인은 아마도 유조차, 혹은 가스 운반차량.

이런 일들이 D.C. 곳곳에서 동시다발적으로 벌어지고 있을 것이다.

무전은 혼돈의 도가니였다. 앤도 보고에 대한 답변을 받지 못하고 있었고.

일단 이 주변에서는 더 이상 「생존감각」을 자극하는 것이 없다. 조금 전의 폭발이 마지막이었다. 겨울이 앤에게 제안했다.

"우선 나가죠. 좀 더 안전한 곳에서 계획을 짜요."

"하지만……."

"저격 같은 건 걱정 말고요. 내가 처리할 수 있으니까."

숙련된 저격수의 은폐는 겨울의 감각을 교란할 수도 있다. 모든 감각이 천재의 영역에 도달한 지금도 공격 직전에나 알아차릴 수 있을 것이었다.

그러나 겨울에겐 그 정도로 충분했다.

'후방이 비어있기도 하고.'

도로 서편은 건물은커녕 이렇다 할 장애물 하나 없이 트여있었다.

"갈만한 곳은 있어요?"

끄덕인 앤이 모자와 함께 선글라스처럼 새까만 보안경을 건넸다.

"겨울, 그럼 이것을."

겨울은 멈칫한 다음 받아들었다. 얼굴을 내놓고 다니면 장점보다는 단점이 많을 듯하다. 방탄복에 FBI 이니셜이 찍혀있으므로 시민들에게 수상한 무장인원이라 오인 당하진 않을 것 같았다. 겁에 질리긴 할 테지만.

달칵.

문을 열고, 한층 더 선명해지는 청각적 혼란 속으로 첫 발을 내딛는다. 경호대상인 겨울이 앞섰으나, 앤도, 다른 두 요원도 만류하지 않았다. 전투준비를 마친 한겨울 중령인 것이다.

비명과 울음이 들려왔다. 그러나 교통사고 피해자들을 도울 겨를은 없었다. 이 사태는 거시적인 차원에서 수습되어야 한다. 기여할 수 있을지는 미지수지만, 이것이 겨울의 한계였다. 무슨 일인지 알아내는 게 먼저다.

겨울은 바람결에 실린 물 냄새를 맡았다. 가까이에 선착장이 있었다.

'강을 거슬러 오르는 건 논외인가.'

만약 이 공격을 계획한 자들이 승마회에 참석한 국가정상들까지 염두에 두었다면, 지척의 물길을 그냥 비워두었을 리가 없었다. 강변은 저격수를 두기 좋은 장소다.

현재로선 구 독립중대와의 합류를 포기할 수밖에 없었다. 그나마 다행인 것은, 사전에 진석에게 경고를 해둔 덕분에 중대원들이 단체행동을 하고 있다는 점이었다. 미국의 수도를 자유롭게 만끽하고 싶었던 중대원들이 불만을 품었으나, 진석은 특유의 화난 표정으로 모든 항의를 묵살했다.

지정사수용 소총을 든 앤이 긴장으로 가빠지는 호흡을 고르며 방향을 가리켰다. 주위가 시끄러운 탓에 목소리를 높이면서.

"저기! 만다린 오리엔탈에 안전가옥이 있어요!"

가깝다. 그녀가 말한 특급호텔은 여기서 고작 200미터 떨어져 있었다.

"아예 백악관으로 가는 건 어떻습니까!"

세라노 요원의 제안. 북으로 1킬로미터 조금 넘는 거리만 이동하면 된다. 당장 여기서도 워싱턴 기념비가 커다랗게 보였다. 그러나 앤은 고개를 저었다.

"시크릿 서비스 입장에서! 지금 접근하는 이는 누구라도 수상해 보일 거야! 우리도 애매한 취급을 받겠지! 뭔가를 하기도 어렵겠고! 거리를 유지하는 편이 나아! 뭣보다 굳이 이쪽을 드러낼 필요가 없어! 어떤 놈들이 어디서 보고 있을지 모르는걸!"

방침이 정해졌다. 겨울이 일행을 선도했다. 이때 허스키한 목소리가 들렸다.

「어디로 가시는진 모르겠지만 저희도 데려가시면 안 될까요?」

코왈스키였다.

「쏘지 마세요. 2시 방향입니다.」

엄폐물을 확보하고 주먹을 드는 겨울.

"잠시만요! 정보국 요원들이 합류하겠대요!"

의아해하는 앤에게, 겨울은 스스로의 귀를 톡톡 두드려 보였다. 그제야 아, 하고 깨닫는 그녀. 앤 또한 초소형 수신기의 존재를 잊고 있었다.

이윽고 네 사람이 합류했다. 탤벗, 코왈스키, 터커, 켈리.

"당신들 소행은 아니겠죠?"

앤의 환영에 탤벗이 쓴웃음을 짓는다.

"전과가 있으니 변명하기도 여의치 않군요!"

이때 발밑이 흔들렸다. 교통신호 교란이 지상에 국한되지 않았다면, 지저에서도 거대한 사고가 발생했을 가능성이 높았다. 낯빛을 가일층 굳힌 앤이 고갯짓했다.

"서둘러요!"

겨울은 연방회계국 남쪽을 통과하는 길을 택했다. 시민들은 화기를 휴대한 여덟 명을 보고 황급히 거리를 두었다. 그 와중에 다시 시민들을 위협하는 무리도 존재했다. 그들은 도로상에서 오도 가도 못하게 된 리무진을 둘러싸고 있었다. 차량에 달린 국기가 낯설었다. 어느 망국의 정상일 것이다. 겨울은 그들을 무시했다.

호텔 로비에서부터는 앤이 앞장섰다. 데스크에 간단히 뭔가를 말한 뒤 곧장 지하로 향한다. 무장한 호텔 보안요원들을 지나, 그녀는 일견 평범해 보이는 문을 열었다.

"여깁니다."

안으로 들어서자 복잡한 통신장비부터 보였다. 그 밖에 여러 대의 컴퓨터와 무기가 들어찬 선반도 있었다. 벽면엔 커다란 지도 두 장이 걸려있다. 한쪽은 이런 날이 올 것에 대비해 겨울이 꼼꼼히 「암기」해둔 워싱턴 D.C.의 지도였다. 나머지 하나는 미국 전도였고. 그 밖에 백색 스크린과 프로젝터도 눈에 띄었다.

"평범한 안전가옥이 아니네요?"

겨울이 묻자 앤은 그렇다고 대답한다.

"유사시 간이 지휘소 역할을 겸하도록 만들어진 곳입니다."

그녀가 시스템에 전원을 넣었다.

"대체 어떤 놈들일까요?"

독백 같은 터커의 말에 탤벗이 대꾸했다.

"운이 좋다면 단일 세력이겠지."

운이 좋다면. 많은 의미를 함축한 한마디였다. 즉 교통체계를 해킹한 자들과 변종을 반입한 미치광이 사이엔 직접적인 관계가 없을 수도 있었다.

FBI, 캘러핸 요원이 경계를 유지하며 떨떠름하게 동의했다.

"때는 이때다 하고 불장난을 치는 놈들이 있을 겁니다."

불씨들 위로 부는 바람. 이 정도의 무질서가 빚어졌으니, 본래 음모로 끝났어야 할 음모들도 기회를 노리기 시작할 것이었다. 현 시점의 치안당국에게 있어서 가장 큰 약점은 한정된 인력과 대응능력이다.

코왈스키가 자신의 태블릿을 앤에게 보이도록 들어보였다.

"자리 좀 써도 될까요?"

선글라스를 벗은 앤이 살며시 눈을 찡그린다.

"모든 정보를 공유하는 조건으로."

"당연하죠."

"허튼짓 하면 쏠 겁니다."

"이래 봬도 빚은 갚는 성격이라구요. 특히나 그게 목숨값이라면."

"……상황 파악부터 도와줘요."

다른 정보국 요원들도 양해를 구하고 각자 자리를 잡았

다. 서로 다른 기관 소속임에도 신속하게 이루어지는 역할 분담이 인상적이었다.

CIA 정보망에 접속한 코왈스키가 턱을 쓰다듬으며 중얼거린다.

"흠. 이런 짓을 아무나 할 수 있는 게 아닌데."

겨울은 탤벗을 바라보았다.

"공교롭다는 생각 안 들어요?"

"뭐가 말씀입니까?"

"최근에 이거랑 비슷한 일에 대해 들은 기억이 나서요. 코왈스키 요원 말마따나, 이런 짓을 아무나 할 수 있는 건 아니잖아요?"

정보국이 개발했다던 악성코드에 대한 이야기였다. 들려준 사람이 탤벗이고. 그의 이마에 주름이 생긴다.

"가능성을 부정할 수 없는 게 유감이군요. 예. 이번 일에도 지긋지긋한 놈들의 잔당이 엮여있을지 모르겠습니다. 아, 코왈스키. 너한테는 감정 없으니 오해하지 말도록."

덧붙인 한마디가 위로가 되진 않았나 보다. 소극적인 동조일지언정, 코왈스키는 한때 진정한 애국자들에게 협력한 바 있다. 그녀는 한숨을 쉬며 마른세수를 했다.

"괜찮아요. 내 잘못은 알고 있으니까."

"내 말은, 살기 급급한 놈들이 자기 능력을 어디다 팔아먹었어도 이상하지 않다는 뜻이야. 극과 극은 통한다는 말도 있고."

"알아요, 알아요."

개의치 말라는 의미로 손을 들어 보이는 그녀.

앤이 프로젝터에 FBI의 상황 지도를 띄워놓고 팔짱을 끼었다.

"다행이라고 해야 할지, 어디서 교전이 벌어지거나 하진 않는 모양이네요. 다른 말썽꾸러기들이 가세하기 전에 사태를 해결해야 할 텐데."

"반입된 변종 추적은 어떻게 진행되고 있어요?"

겨울의 질문을 받은 앤은 지도의 축척을 줄여 남쪽으로 미끄러뜨렸다.

"아직은 용의차량을 찾는 단계예요."

"찾을 순 있고요?"

"네. 민간운송사단의 모든 차량은 이동경로가 실시간으로 기록되거든요. 경로 자체도 정해져 있고요. 다만 시간이 관건이죠. 최초의 반입경로부터 찾아서 단계적으로 짚어나가기엔 여유가 너무 없고, 그렇다고 무작정 찾아 나서자니 수색범위가 지나치게 넓어요."

지도를 보며, 겨울은 개운하지 못한 느낌을 받았다.

"앤. 그 정도 숫자의 변종들이 심각한 위협이라고 생각해요? 거의 모든 도시들이 감염확산에 대비책을 마련해두었는데?"

라스베이거스만 해도 외곽에 장벽을 두르고 있었으며, 이는 동부의 도시들도 대동소이했다. 또한 거리는 구획마다 대피소와 차단시설을 갖췄다. 시민들이 무장하고 있는 건 물론이다. 겨울은 유모차에 자동소총과 샷 건을 넣어 다

니던 노부부의 이야기를 기억하고 있었다. 일반 가정집조
차 최소한의 안전장치를 갖추고 있는 시대였다.

"만약 번식을 한다면……."

말끝을 흐리는 앤에게 겨울이 고개를 저어보였다.

"숫자가 많을수록 눈에 잘 띄겠죠."

항공정찰과 위성정찰로 훑으면 된다. 하다못해 군견을
이용한 수색조차 피할 수 없을 것이다. 위협적인 규모의 변
종집단이 풍길 악취라면 수 킬로미터 밖에서도 감지 가능
하다.

무엇보다, 번식으로 수를 늘리기엔 시간이 부족했다.

"그럼 현재로선 그쪽을 무시해도 좋다고 보는 건가요?
실제보다 과장된 위협이라고?"

겨울은 그녀의 의문을 부정했다.

"아뇨. 단지 그것들을 써먹을 다른 계획이 있는 게 아닌
가 싶어요. 그저 시선을 끌 목적 이외의 무언가."

"다른 계획이라는 건?"

"모르죠. 그냥 감이에요."

그렇다. 감이다. 허나 「통찰」을 무시하긴 곤란했다. 항상
맞는 것은 아니지만, 빗나가는 경우가 드문 보정이기에.

"괜찮다면 그 지도 좀 볼게요. 보면서 고민해봐야겠어요."

겨울의 요구에 앤은 선선히 자리를 내주었다. 전쟁영웅
의 감을 존중하려는 태도. 그녀에겐 이미 경험이 있었다.
그리고 명목상 그녀의 임무는 이 사태의 해결이 아니었다.

시간이 흘렀다. D.C.의 교통신호는 10분이 지나기 전에

복구되었으나, 도로는 곳곳이 마비된 상태 그대로였다. 무전망은 여전히 혼란으로 가득했다. 루이지애나와 사우스캐롤라이나 주에선 여러 건의 대형 산불 소식이 전해졌다. 연방정부의 대응능력을 분산시키는 사건들이었다.

다시 10여 분이 흐른 뒤.

"앤."

겨울은 CIA 요원들과 의견을 교환하던 앤을 불렀다.

"이번 일에 연루되었을지 모를 과격단체들 가운데 직간접적으로 병원을 운영하는 곳도 있을까요?"

"아마도요. 전부는 아니지만, 종교적인 이유로 수혈을 거부하는 사람들도 있으니. 그건 왜요?"

"음, 그중 방사선 의료기기를 갖춘 병원이 있다면 지금 당장 수색해봐야 할 것 같아서요."

암시하는 바가 분명하다. 앤이 낮게 신음했다.

"……네크로톡신?"

모겔론스 복합체가 방사선에 의해 붕괴될 때 만들어지는 독소. 정식명칭은 따로 있으나, 네크로톡신 쪽이 대중적이었다.

한편, 의료용 방사능 물질은 암세포 등의 병변을 죽이는 데 쓰인다. 그러니 모겔론스 복합체를 파괴하지 못할 것도 없었다.

여기서 나오는 독소를 정제할 수만 있다면, 테러 목적으로는 살아있는 변종보다 훨씬 더 유용하다. 독소는 장벽과 철조망에 구애받지 않는다. 시간이 흐르면 분해된다. 중독자들의 광란도 영구적이진 않다. 많은 인명이 희생당할지 언정, 변종을 풀어놓는 것보다 안정감이 있다. 최악의 경우에도 진짜 감염이 퍼지지는 않을 테니까. 음모를 꾸미는 불씨들 또한, 결국 종말을 두려워하는 사람들이 아니겠는가.

병원 목록을 검색해본 앤이 본부로 통신을 연결했다.

"나야. 국장님 바꿔. 응. 알아. 급한 용건이야. 빨리."

귀가 밝은 겨울은 헤드셋 너머의 목소리가 바뀌는 것을 알 수 있었다. 직통 보고는 간결하게 이루어졌다. FBI 국장은 신뢰하는 감독관의 목소리에 귀를 기울였다. 그리고 대답했다.

「확인하지.」

뚝. 연결이 끊어졌다.

채 5분이 지나지 않아, 지도상에 수십 개의 기호가 새롭게 등록되었다. 여기엔 정보국도 자산을 제공했다. 수사국, 정보국, 지역경찰의 합동임무부대는 7개의 종합병원을 표적으로 삼았다. 동시에 들이치기 위하여 생긴 불가피한 지연이 20분 남짓. 은밀한 봉쇄가 선행되었다.

이곳에선 그중 가장 유력한 현장을 스크린에 띄워놓았다. 종교재단 후원자가 운영하는 앨라배마 주 소재의 병원이었다.

「돌입! 돌입!」

화생방 장비를 갖춘 몽고메리 시 경찰 기동대(SWAT)가 네 개의 출입구로 동시에 진입했다. 구식 방호복을 입고도 신속한 움직임. 화면은 끊임없이 흔들린다. 여기에 가쁜 숨소리가 더해졌다. 대원들의 시야를 빌리고 있는 탓이었다. 지켜보는 앤은 왼손을 허리에 짚고, 오른손으로는 주먹을 쥐어 입술에 댔다. 초조함을 억누르는 느낌이었다.

사람들이 비명을 지르며 흩어지는 가운데, 병원 관계자는 직급 무관하게 용의자로 간주되었다. 계엄령이 발효되었으므로 영장은 불필요했다. 수갑을 채우고 방치한다. 연행과 조사는 곧 후속할 증원 병력의 몫이었다.

「당소 알파 팀. 방사선 구역을 확보하겠다.」

최우선적으로 수색해야 할 구역이다. 인적이 사라진 복도에서, 숨을 몰아쉬는 기동대원이 조용히, 천천히 문고리를 돌려보았다. 잠겨있었다. 금속으로 된 문짝엔 안내문이 붙어있었다. 기기 보수 문제로 당분간 방사선 치료가 중단됩니다. 불편을 끼쳐드려 죄송합니다.

물러선 대원이 벽에 붙었다. 동료들도 마찬가지로 복도의 좌우에 바싹 붙어있었다. 팀장이 고개를 끄덕인다. 두 명의 대원이 문에 플라스틱 폭약을 부착했다. 팀장은 손가락을 세웠다. 셋, 둘, 하나.

「Breach!」

번쩍! 스피커가 뭉개진 폭음을 토해냈다. 연기 속에서 자동소총 소염기의 섬광이 번뜩인다. 이쪽의 발포가 아니었다. 화면이 휙 돌더니, 쿵 소리와 함께 천장을 비추었다. 앤은 잠시 눈을 감았다가, 자판을 눌러 다음 대원의 시야로 바꾸었다.

「총격전 발생! 총격전 발생! 부상자가 있다!」

빛을 등지고 악을 쓰며 응사하는 기동대원들. 섬광탄이 무더기로 터지고, 불 꺼진 복도가 쉴 새 없이 점멸한다. 부상자는 하필이면 목의 동맥이 찢어졌다. 치명적인 출혈이 검붉은 웅덩이를 만들었고, 그 위로 초연을 머금은 탄피들이 후두둑 쏟아졌다.

저항은 순식간에 잦아들었다. 애초에 훈련된 정도가 다르다. 드나들 땐 의사로 행세했는지, 적들 대부분이 하얀 가운을 입고 있었다.

중요한 건 그들이 쓴 방독면이다.

"정답이었나 보군요."

앤이 어둡게 중얼거렸다. 부디 늦지 않았기를.

죽음이 두려운 이들은 어디에나 있었다. 적 일부가 투항했다. 그 수는 안쪽으로 갈수록 늘어났다. 기동대원들은 포로를 거칠게 다루었다. 목을 맞은 동료가 결국 죽었기 때문. 적을 최대한 생포하라는 지시가 아니었다면 시체가 늘었을지도 모르겠다.

지하에서도 교전이 벌어졌다. 피해를 감수하고 적을 신속하게 제압한 기동대 세 개 팀이 냉장시설을 갖춘 영안실을 점령했다. 창백한 조명이 대원들의 방호복을 적셨다. 개중엔 교전으로 손상된 것도 있었으나, 독소가 뿌려져도 방독면만 멀쩡하면 괜찮았다.

벽면이 네모난 냉장고 문으로 가득한 공간.

지휘관이 그중 하나에 대고 손짓했다.

「열어.」

샷 건을 든 대원이 엄호하고, 다른 대원이 손잡이를 잡아당겼다. 스르르릉. 서늘하게 열리는 관. 지휘관이 탄식했다. 오, 신이시여. 미치광이들이 대체 무슨 짓을.

관 속엔 짓무른 변종이 대사억제 상태로 잠들어있었다. 시체와 혼동하긴 어렵다. 평범한 시체라면 구속복을 입혀놓진 않았을 테니. 얼마나 오랫동안 저온을 견뎌왔을지.

지휘관이 떨리는 음성으로 명령했다.

「닫아. 추가 지시가 있을 때까지 현장을 보존한다.」

변종은 방사선 구역에서도 발견됐다. 의료시설이라기보다는 화학무기 플랜트라고 불러야 마땅할 장소였다. 의료용 방사능 물질 컨테이너 다수가 개봉된 채 방치된 모습도 보였다. 이 컨테이너들이 원래 있어야 할 보관실 역시 활짝 열려있기는 마찬가지였고.

침대에 묶인 변종이 기동대원들을 향해 괴성을 질러댔다.

「캬아아아악!」

덜컹, 덜컹. 제 힘에 못 이겨 살이 찢어지고, 침대 아래로 오염된 피와 고름이 뚝뚝 떨어진다. 변종의 맨살은 부풀어오른 종양으로 가득했다.

저 광경을 만들어낸 자들에겐 얼마나 많은 시간이 있었을까. 겨울은 무기화된 네크로톡신이 벌써 유출되었을 경우를 가정해보았다.

'발표해야겠지.'

미국 정부에게 있어서 최선의 시나리오는 모든 독소를

살포되기 전에 회수하는 것이다.

그러나 그건 너무 낙관적인 기대였다.

차라리 정부가 먼저 알려야 한다. 미국 전역에서 지금 이상의 혼란이 빚어지겠지만, 시민들이 아무것도 모르는 채로 당하게 둬선 안 된다. 역병이 퍼지고 있다고 착각하게 되면 수습은 더욱 어려워질 수밖에 없었다. 테러리스트들에게 선수를 빼앗겨도 곤란하고.

본부와 교신하던 캘러핸 요원이 앤을 돌아보았다.

"깁슨! 국장님께서 찾으십니다!"

"줘."

앤이 헤드셋을 넘겨받았다.

"깁슨입니다."

시간낭비는 없었다.

「계획이 있다.」

국장은 백악관의 비상계획을 설명했다. 대통령은 중간 명령계통을 생략하고 D.C. 인근의 실전병력을 직접 장악하길 원한다. 사전준비도 되어있다. 실질적인 지휘는 백악관 지하 사령실과 안보보좌관을 통해 이루어질 것이다. 한겨울 중령도 합류하길 바란다…….

핵심은 어떤 경우에도 믿을 수 있는 사람들이 필요하다는 것이었다.

"예. 예……. 예, 알겠습니다."

앤은 전달내용을 빠르게 흡수했다. 그러다 슬쩍 시선을 돌렸다.

"정보국 요원들 말입니까?"

탤벗을 포함한 넷이 어색한 표정을 짓는다. 그들을 몇 초나 바라보았을까.

"예. 믿으셔도 됩니다. 여기는 제가 통제하겠습니다."

FBI 국장은 앤의 판단에 의문을 제기하지 않았다. 그녀가 어느 정도의 신뢰를 받고 있는지 드러나는 대목이었다. 겨울은 그 모습이 샌프란시스코 앞바다에서 보았던 것과 또 달라졌다고 느꼈다. 그 파도치는 밤을 거쳐 성장한 듯하다고.

사람은 변한다. 변할 수 있다. 긍정적인 의미에서.

교신이 종료됐다. FBI 본부로부터 추가로 암호화된 문서가 전송되었다. 이를 빠르게 읽은 앤이 눈살을 찌푸리고는, 중요한 부분을 몇 번 더 읽고서 문서를 파기했다. 그리고 감정을 감추려는 얼굴로 겨울을 돌아보았다.

"잠깐, 이쪽으로."

다른 사람의 귀를 의식하여 거리를 벌리는 걸 보면 평범한 내용은 아니었다. 정보국 요원들과 수사국의 남은 두 요원들은 눈치껏 다른 데 집중했다. 그들을 흘낏 살핀 앤이 목소리를 낮추었다.

"겨울. 당신이 해줘야 할 일이 있어요."

"말해 봐요."

"위에서 원하는 건 어디든 투입 가능한 예비대예요. 급한 불부터 꺼줄 소방수죠. 명령이 없거나 연락이 두절될 경우 스스로 판단할 능력이 있어야 하고요."

"어디로 가면 되죠? 단독행동인가요?"

"확실치 않네요. 먼저 시크릿 서비스 요원과 만나야 해요."

겨울은 내심 갸우뚱했다. 경호국은 왜?

"그쪽은 대통령 경호만으로도 바쁠 텐데, 내 임무를 도와 준다고요?"

"그건 아니고요."

앤이 머리를 흔든다.

"방금 알았는데, 오늘 같은 날을 대비해서 창설된 대통령 직속 비밀조직이 있대요. 정식 명칭은 화이트 셀(White cell). 평소엔 휴면상태지만 급변사태가 발생하면 유동적으로 협력해서 임무를 수행하는 거죠. 구성원은 주로 현역이거나 위장 전역시킨 군인들이고요. 경찰과 기타 기관의 요원들도 일부 있다고 해요."

"나도 거기 포함된 거고요?"

"그런 셈이에요."

"그런 셈?"

"정확하게는 임시 협력자라고 해야겠죠. 큰 차이는 없겠지만요."

즉 대통령은 일찍부터 시크릿 서비스 외의 직할 무력조직을 만들어두었고, 구원투수로서의 정예요원들이 이미 현장에서 뛰고 있으며, 겨울은 한시적으로 합류하는 입장이란 설명이었다.

"좌표를 찍어줄게요."

앤이 겨울의 넷 워리어 단말을 넘겨받아, 전술지도 어플

리케이션에 위치를 표시해준다. 교신에 쓰일 주파수 채널
도 알려주었다. 그리곤 미루었던 감정을 내비쳤다.

"난 여기 남아야 해요."

겨울이 웃었다.

"잘됐네요. 서로 걱정하는 것보단 낫잖아요?"

앤은 한숨을 내쉬었다.

"……필요한 게 있다면 뭐든지 말해요."

"필요한 거라."

겨울은 상황지도로 눈을 돌렸다.

"혹시 독립중대 소식이 들어오면 알려줄래요? 물론 가능
할 경우에만요."

"당연하죠. 다른 건 없고요?"

"가기 전에 말해둘 게 있어요."

"뭔데요?"

"슈뢰더 대장과 스트릭랜드 소장에 대해서요."

예상치 못한 이름들에 당황하는 앤에게, 겨울은 그동안
의 일들을 간략히 털어놓았다. 슈뢰더 대장이 맡긴 위성전
화 번호, 알라모 1 스트릭랜드 소령에게 아버지와의 다리를
놓아달라고 부탁했던 일, 그리고 호텔에서 받은 한 병의 브
랜디에 이르기까지.

"누굴 믿어야 좋을지 몰랐어요. 물론 앤은 예외지만, 주
변 환경이라는 게 있으니까요. 괜한 걱정을 주기도 싫었고.
어쨌든 이렇게 됐으니 이후의 판단은 앤과 백악관에 맡기
려고요."

위성 전화를 감시하여 뭔가를 알아낼 수도 있겠고, 무언가를 준비해두었을 스트릭랜드 소장과 연락을 시도할 수도 있을 것이다. 어느 쪽이든 이제부터 바깥으로 나갈 겨울에겐 없는 거나 마찬가지인 선택지였다.

"그럼 가볼게요."

돌아서려는 겨울을 앤이 붙잡았다.

"꼭, 무사히 돌아와요."

"……그러려고요."

대답하며, 겨울이 웃었다.

"나, 전보다 사는 게 좋아졌거든요."

인사를 겸하여 포옹하려는데, 다른 목소리가 끼어들었다.

"여러분!"

복잡한 표정의 코왈스키였다.

"애틋한 분위기에 훼방을 놓아서 죄송하지만, 이걸 좀 들어보셔야 할 것 같은데요! D.C. 전역에서 이런 신호가 잡히네요!"

그녀가 모두들 들으라고 콘솔의 볼륨을 높인다.

[지직……직……요테 6, 코요테 6, 당소 엔트리 1. 착륙지점 확인……군가 도와줘, 제발! 더 이상 버틸 수가 없……칙……지금부터 들으실 곡은 토니 베넷의 디 어텀 왈츠……是大疫鬼! 救救我!……반복한다 라인 줄루, 그럼블 1개체, 일반 변종 약……서 돌아가서 맥주 한 잔……그쪽 상황이 어떤지 보고 바람……지직…….]

실로 오랜만에 듣는 패턴이었다.

"트릭스터의 방해전파?"

설마 음모의 배후세력이 교활한 특수변종까지 확보한 것인가?

"유감스럽게도 복제신호예요."

농담처럼 말하며, 코왈스키가 자판을 두드린다. 신호의 파형을 대조 분석하기 위해서였다. 프로그램은 도시 곳곳에서 잡히는 신호가 서로 쉽게 중복된다는 사실을 보여주었다.

"국방부가 수집한 트릭스터의 신호 데이터베이스에도 일치하는 파일이 있어요. 누군가 유출시킨 거죠. 아마 송신장비 같은 걸 미리 설치해놨을 거예요. 무기를 들여오는 것보다야 쉬웠겠죠. 통신설비로 위장하면 그만이니까."

"……."

"대단하다고 해야 할까요? 이 계획을 짠 놈들, 면상 한번 꼭 보고 싶어지네요."

무선통신에 지장이 생기는 건 물론이거니와, 도시 전체가 지독한 무정부상태에 빠질 것이다.

겨울은 힘든 싸움을 예감했다.

"불행 중 다행이랄지, 유선망은 멀쩡히 살아있습니다."

터커 요원이 스크린에 자료를 띄웠다. 백악관으로부터 새로 내려온 지침이었다.

"특히 비상대피시설의 응급라인은 독립된 통신망을 구성하고 있죠. 화면에 보이는 것처럼 생긴 외부단자함을 찾으십시오. 여기, 붉은 원으로 강조된 부분에 넷 워리어 단말이나 노트북 같은 걸 연결하면 인터넷과 유선전화 접속이 가능할 겁니다. 또 전파방해의 영향을 상쇄할 만큼 거리가 가까울 경우엔 무선통신도 어느 정도…… 아, 이건 필요 없겠군요."

그의 말처럼, 트릭스터를 상대로 실전을 뛰어본 겨울에 겐 무의미한 사족이었다.

"백악관 사령실에선 도로교통 카메라와 각 대피시설의 외부관찰용 카메라 등을 더해 현장 상황을 파악하려고 합니다. 한계는 있겠지만 아예 없는 것보단 낫겠죠. 추가로 명령전달 및 상황보고에 공중전화를 활용할 수도 있다고 하니, 혹시라도 이동 중 전화가 울린다면 가급적 받아보시기 바랍니다. 강제사항은 아닙니다."

그리고 터커는 백악관 사령실의 번호, 군용 통신기를 연결하는 요령 등을 늘어놓았다. 전화상에서의 보고자 신원확인은 음성식별로 대신한다고. 백악관이 직접 통제하는 모든 병력에게 공통적으로 해당되는 사항이었다.

"이것들 모두 미리 준비된 시스템인가요?"

그는 겨울의 질문에 질문으로 대답했다.

"그렇지 않고서야 이토록 빠른 대응이 가능하겠습니까?"

하기야 트릭스터라는 괴물이 있는 걸 뻔히 아는 마당에, 무선장애대책이 전혀 없어도 이상할 노릇이었다. 터커는 캐비닛에서 꺼낸 접속 케이블을 겨울에게 건넸다.

"무운을 빕니다, 중령님."

인사를 받은 겨울은 마지막으로 앤과 시선을 교환한 뒤 안전가옥을 나섰다.

호텔 로비의 풍경은 그새 많이 달라져있었다. 무장한 안전요원들이 각자의 자리를 지켰다. 유사시 투숙객들을 보호할 수단이 얼마나 되느냐에 따라 호텔의 명성이 높아지는 시대였다. 수사국이 여기에 안전가옥을 둔 이유를 알 만하다.

정문을 통과하기도 전부터 먼 총성이 들려왔다. 투명한 문 너머로 수십 줄기의 연기가 피어오르는 그늘진 시가지가 보인다.

과연 이 혼란을 신속하게 끝낼 수 있을는지. 최악의 상황을 가정해보는 겨울. 챙겨 나온 축소형 군장엔 단 한 끼 분의 전투식량이 들어있을 뿐이다. 나머지 무게는 거의 대부분을 탄약류가 차지했다. 이렇듯 배분이 불균형한 것은 보급체계가 확실하게 갖춰져 있지 못하기 때문이었다. 하루 이틀쯤 끼니를 거르며 싸울지언정 탄약이 바닥나선 안 된다.

겨울은 안전가옥으로 온 길을 되돌아가, 처음의 사고현장, 방치된 방탄차량을 지나쳤다. 앤이 알려준 좌표는 내셔널 몰 중심부, 워싱턴 기념비 방향을 가리키고 있었다. 서쪽으로는 링컨 기념관이, 동쪽 멀리로는 의사당의 백색 돔이 보이도록 탁 트여있는 공터. 백악관은 나무에 가려져 있었으나, 수많은 사람들의 아우성이 그쪽의 상황을 짐작하게 만들어주었다.

겨울은 반면형(半面形) 방독면을 벗었다. 아직은 독소가 퍼지는 징후가 없다.

건장한 흑인 남성이 다가왔다.

"한겨울 중령?"

재킷에 끼운 별 모양의 작은 배지만으로도 그의 소속을 알 수 있었으나, 겨울은 최대한 신중을 기했다.

"서두르고 싶지만, 신분증부터 보여주시겠습니까?"

을씨년스러운 주위를 둘러본 요원이 자신의 신분증을 내보였다. 시크릿 서비스, 제롬 M. 프랭클린. 끄덕인 겨울이 그에게 다가갔다. 바람결에 옷깃이 날린다.

"저격 우려가 있는데도 이런 장소를 고르셨군요."

요원은 담담하게 답했다.

"지금은 위험하지 않은 장소가 없지요."

곱씹어보니 그렇다. 관공서라고 해서 안전하다고 보기 어렵고, 교차로마다 꽉 막힌 시가지 어딘가에서 접선하기도 곤란하다. 차라리 이곳 내셔널 몰처럼 사방이 트여있는 곳이 나을지도 모른다.

"먼저 이걸 받으십시오."

프랭클린 요원이 PDA를 닮은 기기를 내밀었다.

"화이트 셀의 인증 및 피아식별모듈(IFF)[6]입니다. 이미 중령의 지문이 등록되어 있습니다."

군사용품 특유의 투박함이 묻어나는 모양새다. 가동과

---

6 Identification Friend or Foe.

조작엔 각각 지문인식이 요구되었다. 인터페이스가 워낙 직관적이어서 조금만 만져보면 기능을 다 익힐 수 있을 것 같았다. 대충 눌러보니 네트워크 확장성도 눈에 띈다. 어디든 연결하면 자동으로 반응하는 식이었다.

다만 기기 자체만으로는 기능상의 제약이 많았다.

요원이 설명했다.

"인근에 다른 화이트 셀 요원이 있다면 자동으로 식별이 진행됩니다."

"유효거리가 많이 줄었겠네요."

"그렇습니다. 하지만 삼사십 미터 이내에선 확실하게 작동한다는 보고를 받았습니다. 방해전파에 대한 약간의 저항력이 있지요. 기존의 제식 식별장치와도 호환됩니다. 적어도 현재 백악관이 통제하는 병력으로부터 적으로 오인받을 일은 없을 겁니다. 최소한의 정보를 전달해두었고, 그쪽에도 연락을 담당한 요원들이 나가있으니 말입니다."

삼사십 미터. 시가지 환경을 감안할 때 마냥 짧지만은 않은 거리다.

"다음. 이게 있으면 지휘서열을 정하는 데 시간을 할애하지 않아도 됩니다. 마주치는 순간 알 수 있으니까요. 정무선 환경이 불안정하다면 유선망에 자주 연동시키십시오. 그때마다 각 대원들이 가장 마지막으로 확인된 좌표가 갱신될 겁니다."

또한 다른 대원들과 가까이에 있을 땐 자동으로 데이터 교환이 이루어진다고도 했다. 최신정보를 탐색하는 것이다.

그나저나 지휘서열이라. 겨울이 물었다.

"제 위로는 몇 명이나 있죠? 지역 책임자라든가."

"현장인력 중에서는 많이 없습니다. 마주칠 확률은 낮겠죠."

"그 정도인가요? 전 화이트 셀에 대해 아무것도 모르는데도요?"

"그건 기존의 요원들도 비슷합니다. 화이트 셀은 존재 자체가 기밀이었고, 백악관이나 셀 내부에 첩자가 있을 경우에도 피해를 최소화해야 했으며, 지휘체계가 마비되었을 땐 구성원 개개인의 역량과 판단에 모든 것을 맡긴다는 취지로 창설된 조직이기 때문입니다. 말하자면 시스템적으로 독립된 복원장치라고 해야겠군요. 무엇보다, 당신은 한겨울 중령이잖습니까."

"……."

당신은 한겨울 중령이잖습니까, 라니. 건조한 어조로 하는 말이라 이상하게 느껴진다.

"대통령께선 중령이 보여준 판단력을 높게 평가하십니다."

"네크로톡신?"

"결정적이었죠. 당신을 투입하기로 하신 이유이기도 합니다."

이전까진 의심의 여지가 있었다는 암시였다.

겨울은 받은 모듈을 군장 어깨끈에 결속하고, 선을 꽂아 무전기와 연결했다. 조금 거추장스럽게 느껴지기도 한다. 좀 더 작게 만들어줬다면 좋았을 텐데, 그나마 튼튼해 보이는 점은 좋았다. 정부 입장에서도 예산과 시간이 부족했을 것이다.

"한 가지만 더 묻겠습니다. 대통령님께선 피신하실 계획이 없으십니까?"

D.C.가 공격을 받고 있다. 도로는 막혔어도 하늘 길은 열려 있다. 대통령은 왜 전용기로 이동하지 않는가. 이런 뜻으로 던진 겨울의 질문에, 경호국 요원은 고개를 저었다.

"없습니다."

"어째서? 지하벙커가 있다고 해도 너무 위험하지 않습니까?"

벙커가 아무리 튼튼하다 한들, 백악관 자체가 점령당할 경우엔 시간을 벌 피신처 역할을 해줄 따름이다. 외부로부터의 지원을 받지 못한다면 자칫 대통령의 신변에 이상이 생길 수도 있었다.

프랭클린 요원의 얼굴에 처음으로 표정이 나타났다. 그것은 약간의 피로감이었다.

"첫째. 급박한 상황에서 잠깐이라도 지휘공백이 생겨선 안 되며, 둘째, 이 정도 음모를 꾸민 자들이 하늘을 비워두었을 거라 믿기 힘들고, 셋째, 대통령께서 말씀하시길, 정부에 대한 시민들의 신뢰가 여기서 더 떨어져선 안 된다고 하셨습니다. 위험을 각오하고서라도 시민들과 함께하고 있음을 보여줄 필요가 있다고."

"……그렇군요."

겨울은 잠시 망설이다가 이렇게 말했다.

"대통령님께 전해주세요. 한겨울 중령은 네크로톡신에 관한 정보를 시민들에게 공개해야 한다고 생각한다고."

요원은 덤덤하게 받아들였다.

"곧 발표될 예정입니다. 시간을 아껴야 하니, 달리 중요한 용건이 없으시다면 저는 이만. 최선을 다해주십시오. 우리의 적은 이제 막 움직이기 시작했을 뿐입니다."

용무는 여기까지다. 이런 느낌으로 돌아서는 그를, 조금 당황하여 불러 세우는 겨울. 만난 뒤 고작 3분이 지난 시점이었다.

"잠깐만요. 구체적인 지시는 아무것도 없는 겁니까? 아무리 자율적인 판단을 중시한다지만……."

"아직 이해를 못 하셨군요."

"……."

"바로 거기서부터 익숙해지셔야 할 겁니다. 신께서 당신을 보우하시기를."

이 말을 듣고서야 겨울은 자신에게 주어진 역할을 온전히 이해했다.

다양한 수단으로 접촉을 유지할 방침이라곤 했으나, 멀어지는 프랭클린 요원의 뒷모습을 보고 있자니 조금 막막해지는 게 사실이었다. 허나 애초에 이 막막함을 극복할 능력이 있는 사람들만을 뽑았을 것이었다. 가만히 머물면 그 자체로 기준미달이다.

아직 암막에 가려져있는 적은 앞으로 어떻게 행동할까. 그들이 실체를 드러내도록 강요하려면 무엇부터 해야 할까. 군부대나 다른 요원들은 어떻게 움직이고 있을까…….

후, 하고 숨을 내쉰 겨울이 행동의 우선순위를 결정했다.

그로부터 이십 분 뒤.

임무수행의 가장 큰 난관은 분노하거나 겁에 질린 시민들이었다.

"도와주셔서, 윽, 감사합니다."

조금 전까지 린치를 당하고 있던 화이트 셀 요원 하나가 겨울에게 헐떡거리며 감사를 표했다. 눈도 제대로 뜨지 못할 만큼 부상의 정도가 심하다. 겨울은 한숨을 삼켰다. 그와 그의 동료는 본디 지역경찰 소속이었고, 지금도 그 유니폼을 입고 있었으며, 둘 다 백인이라는 운 나쁜 공통점이 있었다. 다른 한 명은 숫제 정신을 잃은 상태였다.

그리고 이곳 힐 이스트는 흑인들의 밀집 거주 지역이었다.

"시민 여러분!"

얼굴을 다 드러낸 겨울이 수군거리는 사람들의 원을 향해 외쳤다.

"부탁드립니다! 각자의 집이나 대피시설로 돌아가! 사태가 해결되기를 기다려주세요! 이런 무질서야말로 테러리스트들이 바라는 바입니다! 그들은 이 틈에 더욱 끔찍한 일을 벌일 수도 있습니다!"

머뭇거리던 군중의 한 사람이 지연된 분노를 터트렸다.

"하지만! 경찰이 먼저 우리를 공격했다고요! 우린 부당한 공권력과! 뒈지다 만 시체들로부터 스스로를 보호해야 합니다! 여러분! 그렇지 않습니까!"

이에 나머지 사람들이 거칠게 호응했다. 맞다! 흑인의 생명도 소중하다! 거리로 쏟아져 나온 시민들은 방독면을 쓰고 온갖 화기와 둔기로 무장했다. 방탄복이나 직접 만든 보호구를 입은 이들도 눈에 띈다. 이들이 당장 폭도로 돌변하면 겨울조차 감당하기 어렵겠다. 잘 모르는 입장에서 트릭스터를 죽이겠다고 설칠 법도 했다.

분노의 공명이 다시 커지기 전에, 겨울은 비어있는 한 손을 들어 그들의 주의를 모았다.

"저는! 여러분을 지키기 위해 이곳에 있습니다!"

높이는 목청에, 그래도 귀를 기울여주는 사람들의 모습. 도로 양측 건물의 유리창 안쪽에선 스마트폰을 든 손들과 엿보는 시선들이 나타났다.

겨울이 계속해서 외쳤다.

"잘못을 저지른 사람들은! 나중에 반드시 책임을 지게 될 겁니다! 저는 그때 여러분을 돕겠다고 약속드리겠습니다! 그러나! 여러분이 지금 저를 도와주지 않으시면! 그 나중이라는 게 아예 찾아오지 않을 수도 있습니다! 많은 사람들의 내일이 사라질지 모릅니다!"

"……."

"돌아가십시오! 이 도시 어디에도 숨어있는 괴물은 없습니다! 복제된 신호가 뿌려지고 있을 뿐이며! 이 요원들은! 그 신호기를 찾아 파괴하는 중입니다! 정부의 발표는! 백인들을 먼저 지키기 위한 거짓말이 아닙니다!"

군중이 입을 다물었으나 완전한 정적이 찾아오진 않았다. 거리마다 먼 메아리 같은 총성이 울렸으며, 누군가의 비명과 고함이 서로 다른 방향에서 엇갈리기도 했다.

대치한 채로 흐르는 시간은 1초가 1분처럼 늘어졌다.

"제발, 부탁드립니다."

겨울의 간청에 고민하거나 찌푸리거나 한숨을 쉬는 사람이 늘었다.

조용히 의견을 나누는 그들의 소리가 점차 한쪽으로 쏠리는 게 보였다. 어느 집단이든 분위기를 주도하는 사람이 있게 마련이었다. 여기서는 몸집이 크고 눈망울이 그렁그렁한 남성이다. 살이 많은 만큼 근육도 많았다. 이마의 주름은 가난하고 거친 세월에 찌든 흔적처럼 보였다. 듬성듬성 빠진 이빨과 제멋대로 자란 수염이 그런 인상을 더욱 강하게 만들었다.

마침내 다른 모두가 입을 다물게 되었을 때, 그가 투덜거린다.

"젠장."

두꺼운 어깨에서 힘이 빠졌다.

"아무리 빡이 돌아도 한겨울 중령하고 싸울 순 없지……."

마음이 급하지만, 겨울은 애써 차분하게 목례했다.

"감사합니다."

남자가 맥 빠진 몸짓으로 손을 흔들었다.

"감사는 됐고, 약속 꼭 지키쇼. 당신에게 실망하면 살맛

겁나게 떨어질 것 같으니까."

그의 말에, 썩 내키지 않는 분위기로나마 동조하는 나머지 사람들. 아마도 예전부터 행동을 함께해온 것으로 보인다. 온라인 커뮤니티나 SNS 등을 통해 연락망을 유지하는 생존주의 단체들이 수도 없이 많은 시대였다.

군중은 뭔가 어색한 분위기로, 하나둘씩 두서없이 돌아섰다.

시크릿 서비스 요원이 했던 말처럼, 대통령은 다양한 채널을 통해 반역자들의 손에 무기화된 네크로톡신이 있음을 공표했다. 이 소식은, 전파가 무용지물이 되었음에도 불구하고 놀라울 만큼 신속하게 퍼졌다. 사람을 경유하는 모든 정보가 그렇듯이, 갈수록 왜곡과 오해가 더해지면서.

그 이후 도시의 무질서는 매분 매초마다 최악을 경신하고 있다.

겨울이 아직 깨어있는 요원에게 물었다.

"일어설 수 있겠어요?"

"예. 일단은……. 그냥 두고 가십시오. 해야 할 일이, 있잖습니까."

이렇게 말하며, 상체를 힘겹게 세우고 뱉는 침이 묽은 핏빛이었다.

가까운 건물 그늘에 엄폐한 채 교전에 대비하던 다른 요원들이 모습을 드러냈다. 숫자는 넷. 겨울과 가장 먼저 합류하게 된 이들이었다. 식별신호가 서로를 자석처럼 끌어당긴 덕분이다. 네 명의 요원들은 부상자를 중심으로 둥글

게 꿇어앉아 사방을 경계했다. 차상급자가 겨울을 등진 채
로 말한다.

"그래도 운이 좋았습니다."

"산체스 하사."

"당신께서 없으셨다면 결과는 둘 중 하나였을 겁니다.
이 친구들을 죽으라고 내버려두거나, 혹은 시민들에게 발
포하거나. 어느 쪽이든 최악이었겠죠."

산체스 하사. 산악사단 출신이라는 이 요원은 위장전역
후 워싱턴 D.C.에 머문 지 벌써 반년째라고 했다. 그가 냉정
하게 말한다.

"가시죠. 죽을 목숨 살려준 것만으로도 충분합니다. 가
장 가까운 방해전파 사이트까지 170미터 남았습니다."

"……."

짧게 고민한 겨울이 다친 경관의 어깨에 손을 올렸다.

"잘 숨어있어요."

작별을 고하고, 기다리는 요원들에게 살짝 끄덕여 보
인다.

군중들에게 막혔던 이동이 재개됐다. 도로를 벗어난 차
량 등의 장애물이 많다보니, 대원들의 이동은 조금 느린 달
리기 수준을 벗어나지 못했다. 직선거리로 170미터. 길을
따라가면 300미터가 넘는다. 지체된 시간을 감안한 겨울이
산체스 하사에게 지시했다.

"내가 먼저, 가있을 테니, 혹시라도 교전이 벌어지면, 스
스로 판단해서 지원해줘요."

"······알겠습니다."

뛰느라 거칠어진 호흡에 손상된 자존심의 얼룩이 묻어나는 대답이었으나, 지금은 사소한 데 신경 쓸 겨를이 없었다. 겨울은 홀로 속도를 높였다.

달리는 내내 대동소이한 형상의 집들이 스쳐 지나갔다. 땅값 비싼 도시, 상대적으로 소득 낮은 사람들이 모여 사는 동네다 보니, 각각의 주택들은 마치 하나의 연속된 건물처럼 빈틈없이 붙어있었다. 가끔가다 울타리 쳐진 샛길이 하나씩 있을 따름. 푹 꺼진 채 방치된 도로가 눈에 띈다. 워싱턴 D.C.는 빈부격차가 무척이나 심한 도시였다.

'그러니 수작을 부리기도 쉽고.'

백인 경찰이 저항하지 않는 흑인을 사살하는 영상. 피부 하얀 군인들이 피부 검은 시민들을 거칠게 몰아붙이는 사진. 그와 같은 수백 건의 자료들이 온라인상에서 급격하게 확산되고 있다. 지금 현재 벌어지고 있는 일들이라면서. 흑인의 생명도 소중하다는 태그는 덤.

겨울은 그 대부분이 거짓임을 확신했다. 미국이라는 나라에서 충분히 있을 법한 일들이긴 하나, 그 모든 일들이 고작 수십 분 사이에 한꺼번에 벌어지는 건 명백히 이상하지 않은가.

폭동을 일으키는 사람들 중에 바람잡이들이 섞여있을 개연성도 높았다. 본인들이 무슨 일을 돕는지도 모르면서, 그저 돈에 눈이 멀어서 매수당한 이들도 있을 것이다. 위험부담이 적다고 생각할 테니까. 검거당해도 폭력과 약탈에 대해서만 처벌받을 뿐이라고.

실제로는 반역공모혐의까지 적용되겠지만, 반역자들이 속일 만한 사람은 얼마든지 많았다. 교육수준이 낮거나, 범죄경력이 있거나, 골수까지 피해의식에 찌든 사람들 등.

반역자들의 계획은 미국의 약점을 철저하게 난도질하고 있다. 어떤 의미로는 이 나라의 원죄를 헤집는다고 해도 좋겠다.

미국인이 미국을 공격하면 이렇게 되는 것인가.

상념을 끊은 겨울이 관성에 제동을 걸었다. 지이이익. 군화발이 아스팔트 위에서 미끄러진다. 시야에 들어온 목적지는 겉보기엔 평범한 가정집이었다. 낡은 외관을 제외하면 특이사항이 없는. 감각엔 어떤 경고도 걸리지 않았으나, 겨울은 그 조용함이 오히려 신경에 거슬렸다.

그냥 두었을 리가 없는데.

방해전파 발생장치 주변엔 반드시 매복이 있으리라 여겼다. 반역자들 입장에선 전파장애를 길게 유지할수록 이득이기에. 최소한 저격수 한둘 정도는 배치해두었을 법하다.

정부가 시민들에게 설령 의심스러운 장비를 발견하더라도 함부로 손을 대지 말아달라고 당부한 것 역시 이런 이유에서였다. 시민들이 자발적으로 협력해준다면 방해전파를 빠르게 제거할 수 있겠으나, 자칫 동시다발적인 대형 참사가 터질 가능성을 배제하기 어렵다.

겨울은 주의 깊게 전진했다. 언뜻 보기엔 대책 없이 나아가는 모양새지만, 스스로의 반응속도를 믿고 겨울 자신을 미끼로 쓰는 것이었다. 한겨울 중령의 죽음. 반역자들에게 얼마나 매력적인 소재인가. 유혹을 무시하기 쉽지 않을 것이다.

그러나 예상했던 공격은 없었다.

수상함을 느끼면서도, 겨울은 전파 발신원을 확인해야만 했다.

물론 어떤 함정이 있을지 모를 실내로 들어가 시간을 허비할 생각은 없다. 콱! 짧은 도움닫기 후 배수관을 차고 올라가, 단숨에 2층 높이의 창틀에 매달린다. 거기서 완력으로 몸을 당겨 웅크린 뒤 다시금 한 층을 더 도약, 마지막엔 지붕 모서리를 붙잡고 옥상에 올라섰다. 저격을 의식하여 즉시 몸을 낮춘다.

그 상태로 잠깐 무전기의 볼륨을 높이자, 굉장한 강도의 방해전파가 잡혔다.

바로 근처. 정보 담당 요원들이 찾아낸 지점이.

겨울은 오래지 않아 위장된 전파발생장치를 발견했다.

'정말로? 이렇게 간단히?'

당혹스러울 정도의 쉬움이었다. 혹시나 연결된 트랩이 없는지 살펴보았으나, 폭약이나 독소 캡슐 비슷한 건 존재하지 않았다. 그저 방해전파 발생장치만이 덩그러니 있을 따름.

긍정적인 상상을 해보자면, 반역자들도 미처 준비가 안 된 상태였을 수 있겠다. D-데이 이전에 독소 제조시설이 노출되자, 준비가 덜 된 상태로 불가피하게 공격을 개시한 것이라고. 혹은 이곳을 맡고 있던 가담자가 뒤늦게 겁을 먹고 달아나버렸거나.

하지만 아무리 곱씹어도 그건 아닐 듯하다.

그저 나쁜 예감에 불과한 걸까?

고민을 거듭해보지만, 마비된 무선통신을 한시라도 빨리 복구해야 한다는 사실은 분명했다. 통신을 정상화하는 것만으로도 반역자들은 꽤나 난처한 처지가 될 테니. 무엇보다 공중지원을 받을 수 있게 된다는 점이 크다.

나중에 감식을 할 필요가 있었기 때문에, 겨울은 총질을 하는 대신 전파발생장치의 동력선을 찾아 뜯어냈다. 서로 얽히는 과거의 목소리들로 무의미하게 범람하던 무전망이 한순간에 조용해진다. 그리고.

콰쾅! 쿠르릉!

강한 진동이 발아래를 통과했다. 돌풍이 불어온다. 당황한 겨울이 바람 부는 방향을 살폈다. 동쪽으로 약 70미터 떨어진 지점에서, 검은 폭발과 붉은 화염이 주택가 한 블록을 집어삼키고 있었다. 폭압에 휘말린 잔해가 수십 미터씩 솟구치는 광경이 보인다. 거기엔 필시 숨어있던 주민들의 살점과 뼛조각이 포함되어 있을 것이다.

겨울의 등골에 어두운 전율이 흘렀다. 이제야 이해가 간다. 적은 방해전파 발생장치를 방치해둔 게 아니었다.

감각보정은 침묵했다. 겨울에 대한 직접적인 위협이 아니었으므로.

'지독해……. 정말로, 지독해.'

바로 알려야 했다. 겨울은 화이트 셀 인증기에 연결된 무전 채널을 열었다.

"한겨울 중령이다! 수신 범위 내의 모든 요원들에게 알린다! 주택가에 폭탄이 있다! 방해전파가 사라지면 폭발한다! 반복한다! 주택가에 폭탄이 있다!"

이렇게 주의를 당부해보지만, 경고를 받는 요원들도 그저 난감하기만 할 것이다.

도시 규모의 폭탄수색작업을 벌이기엔 상황이 여의치 않다. 통신은 엉망이고 도로는 막혔으며 믿어도 좋을 인력은 부족하기 짝이 없다. 모든 것이 정상적일 때조차 수량 불명의 폭탄을 찾자면 몇날며칠을 지새워야 할 터였다.

그렇다고 시민들을 대피시키자니 범위가 너무 넓다. 폭탄이 어디에 얼마나 있을지 모르는 만큼, 사실상 도시 전체 인구를 도보로 대피시켜야 한다. 그리고 가난한 시민들 중엔 방독면을 갖추지 못한 경우가 많았다. 역병이 공기로 전염되지 않는다는 탓.

바로 그들을 노려 독소가 사용된다면? 광기에 잠식당한 시민들은 그야말로 최악의 적이 될 것이었다. 죽일 수도, 죽이지 않을 수도 없는.

북서쪽 먼 거리에서 천둥을 닮은 폭음이 울려 퍼졌다. 아직 이쪽의 정보를 전달받지 못한 다른 팀이 또 다른 폭탄을 터트린 모양이었다. 모르는 사이에 시민들을 희생시키게끔 설계된 악의 넘치는 함정이다.

겁에 질린 시민들이 거리로 쏟아져 나오지 않기만을 바

라야 할 상황이다.

골전도 리시버가 울었다.

「다친 곳은 없으십니까?」

산체스 하사였다.

"난 괜찮지만, 시민들이……."

「그건 나중에 생각하셔도 됩니다.」

하사는 여전히 단호했다. 이런 점을 높게 평가받은 사람일 것이다.

「이제 진입합니다. 적의 징후나 흔적은 없습니까?」

"흔적은 좀 더 찾아봐야죠. 후. 조심해서 들어와요. 실내는 확인해보지 않았으니까."

「Hua.」

쿵. 아래층에서 문을 박차는 소리가 자그맣게 들렸다. 겨울은 반역자들의 흔적을 찾아 옥상을 둘러보았다. 「추적」이 강조하는 흔적들은 꽤나 희미했다. 이 장치가 설치된 후로 최소 일주일 이상이 흐른 것 같았다. 겨울도 큰 기대 없이 마지막으로 한 번 더 살피는 것이었다. 뭔가 있었다면 전파발생장치를 무력화하기 전에 찾아냈을 테니까.

산체스가 다시 전언을 보냈다.

「Sir. 이쪽으로 내려와 보셔야겠습니다. 2층입니다.」

겨울은 서둘러 층계를 내려갔다. 산체스를 비롯한 4인은 2층 복도의 열린 문 앞에 모여 있었다. 겨울을 향해 눈인사를 건넨 요원들 중 하나가 손가락으로 방 안쪽을 가리킨다.

"저걸 보십시오."

낡은 가구마다 먼지 쌓인 비닐이 덮여있는 풍경. 그 가운데 이질적인 사물이 두 개 있었다. 하나는 TV, 다른 하나는 거치대에 올린 IP 캠코더. 나머지 가구들과 이 둘은 느껴지는 시간대부터 달랐다. 전원은 어느 쪽이든 꺼져있다.

방으로 들어선 겨울은 캠코더 위로 손가락을 슥 밀어보았다. 다른 가구들에 비해 먼지의 두께가 확실히 얇다. 과거 카메라로 위장된 암살도구도 있었다고 들었지만, 캠코더 기기 자체에선 특이한 점을 발견할 수 없었다. 겨울은 캠코더와 TV의 배선을 눈여겨보았다. 네트워크에 연결되어 있다.

"마치 켜보라고 말하는 것 같네요. 폭탄도 아닌 것 같고……. 작동시키면, 신호가 어디로 가는지 추적 가능할까요?"

"요청해보겠습니다."

코크런이라는 이름의 요원이 나섰다. 군장을 부스럭대더니 군사규격의 러기드 노트북을 꺼낸다. 본인이 직접 추적하는 게 아니라 담당 부서와 연결해주는 역할이었다.

그로부터 오케이 사인을 받은 겨울이 TV와 캠코더를 켰다. 방치된 기간 탓에 캠코더의 배터리가 약간 방전되어 있었으나, 당장 한두 시간쯤은 무리가 없어 보였다.

간헐적인 노이즈를 제외하고 새까맣기만 하던 TV 화면에 반응이 생긴 것은 초조할 만큼의 시간이 흐른 뒤였다. 화면이 몇 번 깜박이더니, 의자를 끄는 듯한 소리가 들리고, 마침내 사람의 모습이 나타났다. 하얀 셔츠와 하늘색 카디건을 입은 노인이었다. 하얗게 센 머리와 자상한 눈매는 이

상황과 아무래도 어울리지 않았다.

「오.」

그녀가 빙그레 웃는다.

「기대하고는 있었지만, 내 말을 들어줄 상대가 정말로 한겨울 중령일 줄이야. 진심으로 반갑습니다. 제 아들이 당신의 이야기를 얼마나 많이 하던지……. 난 운이 좋은 사람이군요.」

"당신은 누구십니까?"

노인의 미소가 온화하게 짙어졌다.

「나는 클라리사 채드윅이라고 합니다.」

겨울이 당혹감 반 적대감 반으로 눈을 가늘게 떴다.

"혹시 네이선 채드윅 팀장의……?"

「그래요. 그 아이의 어머니 되는 사람이랍니다.」

"……."

「후후. 당황하시는 게 눈에 보이는군요. 재미있기도 해라.」

입을 가리고 쿡쿡거리는 노인에게선 어떤 적의나 증오 따위의 감정을 엿볼 수 없었다. 창가에 드는 볕을 받으며, 안락의자에 앉아 뜨개질을 하고 있으면 잘 어울릴 것 같은 인상. 캠코더의 사각에서 코크런 요원이 최대한 소리 죽여 자판을 두드렸다.

"채드윅 부인. 당신도 진정한 애국자들의 일원이십니까?"

질문을 던지자, 노인은 수줍게 볼을 긁는다.

「얼마 전까지는 그랬지요.」

"그건 무슨 뜻입니까?"

「문자 그대로, 지금은 아니라는 말씀입니다. 그치들이 그저 살기에만 급급해서 벌이는 한심한 짓거리들을 봐줄 수가 있어야지요. 아, 물론 그들은 이 순간에도 나를 같은 편이라 믿고 있겠지만요.」

그녀는 일방적인 배신을 언급했다. 머릿속이 실타래처럼 뒤얽히는 느낌. 무엇부터 추궁해야 하나. 천진난만하게 웃는 화면 속의 노인을 바라보며, 겨울이 어렵게 질문을 이어 갔다.

"이 테러는 당신이 계획한 겁니까?"

「글쎄요. 나와 내 동료들이 바보 같은 젊은이들에게 약간의 도움을 주기는 했어요. 첩보원은 나이가 들어도 숨겨둔 한 수가 있기 마련인지라……. 오랜만에 동료들과 힘을 쓰다 보니 옛날 생각이 나서 꽤나 즐거웠답니다.」

내용으로 미루어, 클라리사 채드윅 역시 아들처럼 첩보기관에서 일했던 모양이다.

"혹시 채드윅 팀장의 복수입니까?"

「천만에요! 그 아이의 일은 유감이지만, 복수 따위는 생각하지 않았어요. 제겐 언제나 조국이 최우선이니까요. 네이선에게도 그렇게 가르쳤지요. 첩보원은 조국으로부터 언제든 버림받을 각오를 해야 한다고. 최후의 명예욕마저 버리고, 사후에도 손가락질 받을 각오를 해야만 진정한 애국자가 될 수 있노라고. 자신의 모든 것을 버리는 그러한 헌신은 너처럼 특별한 사람에게만 가능한 것이라고.」

차분한 광기가 느껴진다. 채드윅의 광기는 어머니로부터 물려받은 것이었나 보다.

"조국이 최우선이라고요? 그럼 대체 왜 이런 짓에 동참했습니까?"

「우선은……. 메시지를 전달하고 싶었답니다.」

"메시지?"

「그래요.」

채드윅 부인은 상냥하게 끄덕였다.

「다수를 위해선 소수를 희생시켜야 할 때도 있다는 메시지.」

"……."

「방해전파 발생장치와 연동된 폭탄의 존재는 이미 아시지요?」

노인이 웃는다.

「그건 내 아이디어였어요.」

점점 더 진해지는 광기.

「피해는 시간을 끌수록 급격히 확대될 거예요. 그런 그림을 그렸지요.」

그녀는 진정성 넘치는 동작으로 가슴에 손을 얹는다.

「우리는 언제나 모든 사람들을 구해야만 한다……. 그렇게 무른 공상에 젖어있는, 순진하고 이기적인 사람들에게 현실을 알려주려는 거랍니다. 이번 사태가 마무리된 뒤에, 소중한 누군가를 잃은 사람들은 정부의 우유부단함을 원망하겠지요. 정부가 조금만 더 빨리 결단을 내렸더라면, 나의 가족, 나의 친구, 나의 동료가 죽지 않았을지도 모르는데, 하고.」

하. 들으면 들을수록 정신 나간 소리여서, 겨울은 자기도 모르게 한숨을 쉬고 말았다. 반박할 생각조차 들지 않는다. 허나 추적이 아직 진행 중이었다. 언쟁은 현명하지 못하다. 겨울은 새로운 질문을 골랐다.

"그렇다 치죠. 그 외에 다른 이유도 있습니까?"

먼저의 이유를 대면서, 노인은 우선, 이라는 단서를 달았었다.

「아아, 있고말고요. 실은 이쪽이 더 중요한걸요.」

손뼉을 부딪치며 즐겁게 말을 이어가는 채드윅 부인.

「바로 미국의 환부를 잘라내는 거지요.」

"미국의 환부라니……."

「예를 들어 남부의 광신도들을 보세요.」

"……."

「무식하고 불만이 많아 끊임없이 불협화음을 일으키지만, 정작 큰 사고를 칠 능력은 없는 귀찮은 말썽쟁이들 말이에요. 그들은 이 나라의 생명을 갉아먹는 암세포나 다름없어요. 투표를 할 수 있는 암세포지요. 그렇지 않은가요?」

겨울의 동의를 구하는 말투가 너무나 부드럽다.

「하지만 순해 빠진 맥밀런 대통령은 그 암세포들에게 시민권이 있다는 이유로 강한 처치를 미뤄왔어요. 말하자면 수술이 필요한 병을 임시방편의 대증치료만으로 버텨온 거나 마찬가지예요. 당신은 알고 있겠지요. 수많은 협잡꾼들을 상대하고자 여러 정보기관들이 얼마나 힘겹게 일해 왔는지를.」

"그래서 그 암세포를 키웠다는 말이군요."

노인의 볼이 상기되었다.

「맞아요. 진정한 애국자들이 무너졌을 때, 몇몇 젊은 친구들이 그쪽에 의탁하는 걸 보고 떠올린 발상이었답니다. 아하, 이걸 이용하면 되겠구나. 계엄령이 발효되도록 해서, 연방정부가 이 말썽쟁이들을 미국의 적으로 선언하게 만들 수 있겠구나…….」

이게 사실이라면, 그녀는 성공했다. 미국 정부가 미국 시민들을 상대로 군대를 동원하게 만들었다. 계엄은 하나의 분수령이 될 것이다. 이전과 이후는 같을 수가 없을 터였다.

끝까지 의심을 거둬선 안 되겠지만.

"지나치다는 생각은 안 해봤습니까?"

「충격이 커야 더욱 과감한 수술이 이루어지지 않겠어요?」

"그러다 환자가 죽을지도 모르잖습니까."

노인은 온화한 미소를 머금고 천천히 머리를 흔들었다.

「나는 내 조국을 압니다. 미국은 이 정도로 무너질 나라가 아니에요.」

대체 무슨 근거로? 겨울은 이것이 인지부조화에 가려진 증오가 아닌가 의심했다. 아들의 죽음에 분노하는 자신을 이성적으로 인정할 수가 없기에 생기는 괴리. 그러나 짐작일 뿐이었고, 더는 뭐라고 말해야 좋을지 모르겠다. 겨울이 이렇게 느꼈을 때, 다행히 추적 완료 사인이 떨어졌다.

마치 캠코더의 사각이 보인다는 듯이, 채드윅 부인이 하는 말.

「내게도 할 일이 있으니, 아쉽지만 대화는 여기서 끝내야 겠군요. 이쯤이면 추적도 완료되었을 테고. 그렇지요?」

일부러 기다려주었다는 뉘앙스로, 그녀가 손을 흔들었다.

「그럼 이만. 기다리고 있겠습니다, 한겨울 중령.」

연결이 끊어졌다.

산체스 하사가 평했다.

"제대로 미친년이군요."

어처구니가 없다는 어조였다. 동조하는 대신, 겨울은 코크런 요원에게 추적 결과를 확인했다.

"어디예요?"

"월터 E. 워싱턴 컨벤션 센터로 나옵니다."

"컨벤션 센터?"

코크런이 굳은 표정으로 끄덕였다.

"육군협회의 방역전쟁 엑스포가 개최될 장소입니다."

방역전쟁 엑스포는 수많은 방위산업체들이 정부 계약을 따내고자 각축전을 벌이는 현장이다. 즉 월터 E. 워싱턴 컨벤션 센터엔 전시 목적으로 미리 실어온 신제품들이 즐비하게 들어차 있다는 뜻이었다. 작게는 장구류와 개인화기에서부터 시작해서, 크게는 전차와 장갑차, 기타 수송차량 및 공격헬기에 이르기까지.

"빌어먹을! 전시용품을 실전에 투입 가능한가?"

산체스 하사의 떫은 말에 코크런 병장이 대답했다.

"연료와 탄약만 준비했다면 가능하겠죠!"

반란세력이 D.C.에 탄약을 반입하는 건 쉬운 일이 아니었겠으나, 어쨌든 기갑차량을 직접 준비하는 것보다는 효과적이다. 기습적이기도 하고. 겨울은 긴장감으로 달아오르는 혈관을 느꼈다. 마치 녹인 쇳물이 흐르는 듯하다. 이 세계를 잃을 위기에 초연하기 어려워진 마음가짐 탓이었다.

'누가 상상했겠어⋯⋯.'

백악관은 상정 가능한 모든 변수에 대응책을 마련해두고자 했겠지만, 완벽한 계획이라는 건 존재할 수 없었다. 쿠데타 대비에 있어선 다른 기관의 자원을 최대로 활용하지 못했을 것이기도 했다. 모두를 의심하고 검증해야 하니까.

그리고 지금 이 순간, 그렇게 놓친 허점이 바로 눈앞에 있었다.

겨울이 코크런에게 물었다.

"보고는?"

"이미 했습니다!"

"백악관의 조치는?"

"가까운 요원들과 경찰인력이 출동하는 중이지만 숫자가 턱없이 부족합니다! 시위나 폭동에 휘말려 돈좌된 유닛도 많습니다!"

지도를 보건대 백악관이 장악한 군부대는 도시 외곽에 주로 배치되어 있었다. 의심스러운 단위부대들의 진입을 막기 위하여.

문제는 컨벤션 센터의 위치.

'백악관까지는 고작 1킬로미터. 연방 의사당으로 간다고 쳐도 2킬로미터밖에 안 돼.'

본격적인 기갑차량을 동원한다면, 방해되는 차량들을 깔아뭉개면서 이동해도 채 10분이 걸리지 않을 거리였다. 저들은 과연 어디를 칠까. 어느 쪽이든 치명적이다. 하늘길이 막혔다고 간주하고 있기에, 의사당엔 다수의 상하원의원들이 모여 있었다. 백악관보다는 덜 중요한 목표인 게 사실이지만, 바로 그 점에 착안하여 허를 찌를 가능성도 존재했다.

촉박한 여유 속에서, 겨울은 「통찰」의 도움을 받아 지끈거리는 생각을 이어갔다.

사태의 장기화를 고려한다면 의회 쪽이 오히려 고가치 표적일지 모른다. 연방정부의 기능이 마비된 시점에서 각 주가 제멋대로 놀기 시작하면, 의회를 재구성하는 일은 요원해지고 만다. 주지사가 상원의원을 지명하지 않고, 하원 선거가 미뤄지며, 궁극적으로는 연방이 분열될 공산마저 있다.

클라리사 채드윅은 조국을 무너뜨릴 계획이 없다는 듯한 태도를 가장했으나, 어찌 그걸 그대로 믿겠는가. 그녀는 여전히 옛 동료들의 편일 수 있었다.

독소라는 변수도 있다.

코크런 병장이 새롭게 전파했다.

"어, 폭탄이 해체되기 전까진 방해전파 발생장치를 건드리지 말라는 명령입니다!"

"……."

시민들을 희생시켜서라도 방해전파를 제거하면, 반역자

들이 손에 넣으려는 기갑차량쯤 아무런 문제도 되지 않는다. 하늘에서 불벼락이 쏟아질 테니까.

그러나 이대로는 매우 어려운 싸움을 해야 했다. 어떻게 공중지원을 받는다 해도, 전파방해가 여전한 이상 피아식별이 불가능할 터. 아군기의 오인사격에선 겨울도 안전하지 않았다.

결국 어떤 식으로든 희생이 불가피하다. 이것이 바로 클라리사 채드윅의 메시지였다. 방금의 명령을 그녀가 들었다면, 대통령이 여전히 무르다고 평할 것 같다.

"컨벤션 센터 쪽 상황을 띄울 수 있겠어요?"

겨울의 요구에 코크런이 해당 지점에 근접한 감시수단을 검색했다. 곧 교통카메라 몇 대가 연결된다. 이 카메라들은 영상만을 전송하는 귀머거리들이었다. 그래서 화면 속의 교전은 무음(無音)이었다. 소리 없는 발포와 소리 없는 죽음들.

적황은 확인했다. 잘못된 결정보다 늦은 결정이 더 위험할 수 있다. 양동작전이면 어쩌지 하는 걱정은 미뤄둔다. 양동이고 뭐고, 여기서 밀리면 다음이 없다. 한숨 한 번 쉰 겨울이 마음을 정했다.

"우리도 갑니다. 필수적이지 않은 장비는 버려요."

토를 다는 요원은 없었다. 달려야 할 거리는 4킬로미터에 이른다. 그것도 장애물을 극복하면서 뛰어야 할 길이었다. 아무리 정예요원들이라 한들 제때 도착하는 것만으로 기진맥진할 게 뻔하다. 겨울이 창틀에 발을 올린 채 요원들을 돌아보았다.

"낙오되는 사람은 알아서 합류해요."

그리고 뛰어내렸다. 한 사람이라도 먼저 도착해야 한다.

쿵. 묵직한 충격이 발목을 기어올랐다. 겨울은 군장을 덜어내지 않았다. 교전현장은 무게를 줄여서 시간을 아낀 이들로 가득할 것이다. 그만큼 탄약부족도 심할 테니, 누군가는 여분의 탄약을 가져가야 한다. 그럴 사람이 겨울 외에 얼마나 있을는지.

'대전차화기를 구해야 하는데.'

당장은 적을 막고 있으면 추가 지원이 오겠지, 하는 생각뿐이다. 위험을 감수하고 폭탄을 쓰는 방법도 있겠고. 운이 많이 좋아야 하겠지만.

방독면은 잠시 벗어둔다. 바람이 피부에 달라붙었다. 달리기에 속도가 붙으면서 좌우가 뒤로 획획 미끄러지기 시작했다. 거주지의 풍경은 아무리 나아가도 비슷비슷하여, 같은 구간이 반복되는 미궁에 갇힌 듯한 착각을 불러일으켰다. 도중에 피아식별모듈이 몇 번 진동했다. 근처에 다른 요원이 있다는 신호였다. 겨울은 길가에서 구토하는 남자를 힐끗 일별했다.

지나온 거리가 400미터를 넘고, 다시 800미터를 넘어가면서 겨울도 숨이 턱까지 차올랐다. 호흡조절이 힘든 전력질주라 더하다. 고통스럽지만, 감각을 조정하진 않았다. 매순간 기를 쓰고 몸을 밀어낸다. 땀은 방울진 열기였다. 그렇게 속도를 유지하다보니 시야가 확 트일 때가 있었다. 링

컨 파크와 스탠튼 파크를 통과한 겨울은 유니언 역 전면에서 속도를 줄였다. 지쳐서가 아니라, 아군의 증원을 차단하기 위한 적의 매복이 있기 좋은 길목이었기 때문이다. 먼저의 두 공원과 달리, 숙련된 저격수가 겨울의 감각을 기만하기에 충분한 간격도 존재했다.

펑!

바로 앞의 땅이 해머에 찍힌 듯이 터져나갔다. 총탄이다. 겨울은 이미 몸을 던진 상태였다. 구르던 몸은 버려진 경찰차에 부딪혔다. 무전기는 고장 난 것처럼 여러 사람의 고함과 비명을 토해냈다. 다시 방해전파의 영역으로 접어든 것이다.

터엉! 텅텅텅!

보닛에 구멍이 뚫리고 차량의 창문이 부서졌다. 후두두둑. 겨울의 머리 위로 산산이 부서진 강화유리가 쏟아진다. 사선경고를 볼 것도 없이, 다섯 정의 지정사수소총이 갈겨대는 반자동 사격이다. 반역자들은 소음기를 쓰고 있었다. 광장을 메우고 있던 시위대가 흩어지며 지르는 비명이 적의 총성을 지웠다.

'다른 요원은 없나?'

높은 확률로 있겠으나, 무전이 먹통이라 협력이 어렵다.

적의 사격이 동시에 끊어졌다. 유효한 통신수단이 있는 것이다.

「전투감각」과 「생존감각」의 혼합물인 사선경고는 어느 때보다 희미했다. 그 투명함은 근원으로 갈수록 심해진다.

겨울은 시간을 들여 그 감각을 읽었다. 천재와 초인의 영역에 접어든 감각으로도 적의 위치를 특정하는 데에 10초 이상이 필요했다.

군장을 조용히 내려놓는다.

준비가 끝났다.

후우. 습관처럼 숨을 고르고, 겨울은 연막탄의 핀을 뽑아 속으로 둘을 센 뒤 전방으로 굴렸다. 쇳소리를 내며 구르던 연막탄이 팍 하고 터지며 짙은 연기를 뿜어내는 순간, 즉 적의 주의가 잠깐이나마 그 뭉글대는 불투명함으로 향했을 찰나, 겨울은 반대편으로 튀어나가 차체에 의지한 사격자세를 잡았다.

탕! 타탕!

0.1초 단위의 대결. 겨울은 적 셋을 순수한 반응속도만으로 압살하고 전신을 엄폐했다. 그리고 한 손으로 옆구리를 더듬었다. 1초 미만의 노출이었음에도 옷이 터져있었다. 남은 두 적이 분풀이를 하듯이 탄을 갈겨댔다.

강화된 겨울의 시력은 미간이 깨지는 저격수의 잔상을 남겼다. 겨울에게 죽은 셋은 예외 없이 안면을 관통 당했다. 방탄복과 헬멧은 그들을 살려주지 못했다.

'미군 전투복을 입고 있단 말이지…….'

아군을 쏜 게 아닌가 하는 생각이 스쳤으나, 저 위치에 매복했다는 사실 자체가 명백한 반역의 증거였다. 실제로 군 소속인지 아닌지는 중요하지 않았다.

머리 위로 연신 금속성의 불티와 도탄이 튄다. 푸쉭, 하는 소리와 함께 기대고 있는 차체가 주저앉았다. 분별을 잃은 적의 사격이 계속되는 탓이었다. 분노일까, 두려움일까. 어느 쪽이든 의외였다. 훈련된 정도에 비해 실전경험이 적은 듯하다. 최소한 동료가 죽어나가는 싸움을 경험해본 적은 없다는 느낌.

그래도 같은 수법에 두 번 속지는 않을 것이다.

총탄 부딪히는 쇳소리에 귀를 기울이며 위력을 짐작한 겨울은, 이중주가 독주로 변하는 순간, 소총을 단단히 견착한 채 몸을 확 일으켰다. 퍼퍽!

"윽!"

적탄 두 발, 둔중한 충격이 흉부와 복부를 친다. 그 흔들림을 억누르는 조준과 격발. 총성이 울리고, 창문 안의 적영이 뒤로 쓰러졌다. 그리고 마지막으로 남은 하나는 장전을 서두르다 탄창을 놓쳤다. 탕! 겨울이 그, 혹은 그녀를 끝장냈다.

티잉-

유탄이 튀었다. 여긴 이제 정리됐다고 생각했더니 새로운 살의가 밀려든다. 아마도 다른 방향의 다른 아군을 견제하고 있었을 적들. 그러나 두서없이 짓쳐드는 사선들, 조직적이지 못한 공격은 직전보다는 낮은 위협이었다. 그들의 다급한 사격이 가까운 보도와 차량과 가로수를 치는 사이, 겨울은 단 2초의 응사로 그들을 마저 제거했다. 한 발에 한 명씩. 해묵은 아이보리빛 석조건물에 여러 줄기의 신선한 피가 흘러내렸다.

겨울은 둔한 통증을 느끼며 방탄복 안쪽을 더듬었다. 다행히 출혈은 없었다. 적탄을 받아낸 부위에 타박상이 생겼을 뿐. 그래도 조금 의외였다. 일반적인 소총탄을 완벽히 방어하는 방탄판이 푹 꺼진 것으로 미루어, 적은 특수한 탄종을 사용한 게 분명했다.

턱 아래로 땀방울이 떨어진다. 그것은 뜨거우면서도 서늘했다. 앞쪽은 전투의 열기를 담은 체온이고, 뒤쪽은 겨울을 스쳐간 죽음의 온도였다. 당혹스럽도록 치솟은 심장박동은 가라앉을 기미가 없다.

시간에 쫓기고 있음에도, 겨울은 가을 햇볕을 받아 미지근해진 차체에 기대어 거친 호흡을 다스렸다. 열을 담은 맥박에 손끝이 욱신거린다.

'예전처럼 침착하기가 힘들어.'

행복해지고 싶다면 상실을 두려워해야 한다. 이것은 아주 느리게 찾아온 변화였다. 언제부터 시작되었던 걸까. 돌이켜보건대, 별빛아이와의 만남이 그 시작이었고, 앤에게 당신을 사랑할 수 있게 되었으면 좋겠다고 고백한 날부터 수면 위로 드러나지 않았던가 싶다. 그것은 겨울이 생각하기에도 자신에게 어울리지 않는 행동이었다. 적어도 그 이전의 과거에 비춰본다면.

소망하는 사후는, 이제 이 세상이 아니고선 안 되는 것이다.

그래도 평소의 호흡을 되찾아야 했다. 질병 같았던 냉정함이 필요하다. 종말이 다가오는 세계의 죽음은 멀리하는 만큼 다가오고, 또 두려워하는 만큼 강해지는 까닭이었다.

"와우."

조금 떨어진 곳, 누군가의 얼빠진 음성이 겨울의 고단한 주의를 환기했다. 「생존감각」에 잡히지 않은 접근이다. 정체는 총격이 그쳤음에도 거의 기어오다시피 한 민간인 남성이었다. 길가로 쏟아져 나온 군중의 한 사람인 모양. 살집이 두툼한 그는 해골이 그려진 프린스 오브 둠 티셔츠를 입고 있었다.

"……."

"……."

서로 얼굴을 마주본 상태로 기묘한 정적이 흐른다. 멀리서는 총성과 폭음이 여전한데……. 겨울은 그의 눈동자에 차오르는 벅찬 감정을 보았다. 잠시 후 그가 먼저 입을 열었다. 대체 무슨 생각을 했는지, 머리를 땅에 박으면서.

"뵙게 되어 영광입니다, 중령님. 항상 당신의 헌신에 감사드리고 있습니다."

"아, 네……. 당신의 성원에 감사드립니다."

당신의 헌신에 감사드립니다(Thank you for your service). 많이 받는 인사다보니 기계적인 답변을 해버렸다. 겨울은 약간이나마 이완되는 신경을 느꼈다. 헛웃음이 샐 것 같다. 군장을 메고 탄피를 밟으며 일어서는 겨울에게 남자가 묻는다.

"실례가 아니라면 사진 한 장 찍어도 되겠습니까?"

"……그러세요."

찰칵. 그의 스마트폰에서 플래시가 터졌다. 찰칵찰칵찰칵찰칵.

"……."

"죄송합니다. 연속촬영 모드였네요."

"아니, 괜찮습니다. 같이 오신 분들과 함께 안전한 곳으로 피신하세요. 이 근방에 테러리스트들이 있거든요."

폭탄이 어디에 있을지 모르는데도 이렇게 말할 수밖에 없었다.

남자는 신의 이름으로 겨울의 무사귀환을 기원하고 떠나갔다.

그로부터 4분이 흘러, 겨울은 마침내 컨벤션 센터 교전 현장에 도착했다.

무기박람회장과 카네기 도서관 사이에 낀 왕복 4차선 로엔 무엇 하나 멀쩡한 꼴로 남아있는 게 없었다. 중기관총 사격이 아스팔트를 부숴놓았고, 방치된 차량들은 그물로 써도 좋을 만큼 구멍이 많은 고철이 되어버렸다. 콰창! 전시회장 정면 유리를 부수고 나오는 새로운 장갑차 한 대. 계속해서 늘어나는 적성 기갑차량 앞에서, 군, 경찰, FBI 인질구조팀, 화이트 셀 요원 등이 골고루 섞인 아군은 명백한 열세에 처해있었다.

그럼에도 불구하고, 적의 발이 아직까지 여기에 묶여있다는 것 자체가 놀라운 일이다. 적이 끌어냈을 차량 몇 대가 거세게 타오르는 모습이 눈에 띈다. 반역자들은 자신들의 화력우세를 충분히 활용하지 못하고 있었다. 혹은 숫자가 더 늘어나길 기다리는 중이거나.

'늦었으면 후방을 치려고 했더니…….'

은엄폐를 반복하며 접근하는 겨울을 발견했는지, 카네기 도서관 쪽에서 어서 오라고 악을 쓰며 손짓하는 사람이 보인다. 겨울은 어깨어림의 진동을 느꼈다. 주변에 상당수의 화이트 셀 요원들이 있다는 의미였다.

쾅쾅쾅쾅! 묵직한 총성이 지척이었다. 고작 30미터 거리에서 쏟아지는 중기관총 포화. 조준선은 한 뼘 간격으로 허공을 가로질렀다. 찢어진 공기가 앞머리를 흔드는 순간, 이를 악문 겨울이 도서관 정면의 환형 계단 안쪽으로 미끄러졌다. 관성에 좌악 쏠리는 하체가 불붙은 것처럼 뜨거워진다. 가뜩이나 바스러진 돌조각이 많은 땅이었다. 실전과 거리가 먼 정복 하의는 삽시간에 엉망이 되고 말았다. 우측 대퇴부에서 피가 배어나왔다. 군장 무게에 짓눌린 탓도 크다. 축소형이라도 탄약으로 꽉 채워서 무게가 상당했다. 그러나 꿋꿋이 메고 오길 다행이었다. 웅크리고 있던 해병들이 사막에서 물을 찾은 사람처럼 반응했다.

"지저스! 혹시 그거 탄약입니까?!"

끄덕인 겨울이 군장을 확 뒤집었다. 좌르르 쏟아져 나오는 탄창과 폭탄들을 본 이들은 장교 병사 구분 없이 안도했다. 함부로 자리를 벗어나지 못하는 그들에게 탄창을 던져주는 겨울. 여러 사람이 나누기엔 충분하지 않았으나, 최소한 급한 불을 끌 정도는 되었다.

"우라! 이거면 저 갈보 새끼들 한 다스는 더 죽이겠네!"

힘들어 죽겠다는 표정으로 한다는 소리가 이렇다. 참 해병대스럽다고 해야 할까.

그가 쓰고 있는 방독면은 원색이 확 튀는 민간제품이었다. 아마 공공시설마다 의무적으로 비축하는 비상용품의 하나일 것이다.

"어, 잠깐!"

겨울을 뒤늦게 알아본 한 병사가 얼빠진 소리를 낸다.

"설마 한겨울 중령님?"

실시간으로 부서지는 층계 탓에 먼지가 많다. 콜록거린 겨울이 다시 한 번 끄덕였다. 그리고 겨울도 그 병사와 동료들의 얼굴을 알아보았다. 명예훈장을 받은 해병대원들이었다. 행사에나 어울릴 정복을 입고 있는 모습들로 미루어, 거쳐 온 사정이 겨울과 다를 바 없을 터였다.

이들을 이끌던 장교, 숨 가쁜 해병 중위가 눈인사를 보냈다.

"잘 오셨습니다! 방금 전까진 좀, 훅, 헷갈렸는데! 여기가 아직 지옥은 아닌가보군요!"

방독면 때문에 둔하게 울리는 목소리였으나, 반가운 기색이 여실히 드러났다. 주파수가 맞는지 같은 말이 무전기에서도 메아리친다. 겨울이 외쳤다.

"상황은?!"

중위가 악을 쓴다.

"아군이 다 흩어졌습니다! 적이 점거한 박람회장에도 몇 명 남아있다는데! 정확한 숫자는 모릅니다! 일단 저기! 안쪽으로 들어가 보십시오! 임시 지휘실입니다!"

어디를 가리키는지는 죽 이어진 통신선의 존재로도 알 수 있었다. 도서관의 지층에서 낸 창문은 창살이 뜯겨진 채로 간이 출입구 겸 벙커 역할을 해주고 있었다. 지층으로 바로 들어가는 층계가 적의 사선에 노출된 탓이었다. 겨울은 무게를 덜어낸 군장을 챙겨 건물 안으로 들어갔다. 마른 땅에 핏자국을 남기면서.

흙과 벽 안쪽에선 방해전파의 영향이 대폭 감소했다. 상황실은 빛이 새는 방향에 있었다. 지도 앞에 서서 지시에 여념이 없는 최상급자는 겨울보다도 계급이 높았다.

"Sir!"

부르는 소리에 고개를 드는 그는 다름 아닌 에머트 대령이었다. 부상을 당했는지 한쪽 어깨에 붕대를 감고 있다. 이마에서도 피가 흘러내린다. 금방 생긴 상처처럼 보였다. 지친 기색이 역력한 그는 겨울을 발견하고 살짝 놀라다가, 이내 어깨를 늘어트리며 머리를 쓸어 넘겼다.

"중령도 화이트 셀인가 뭔가 하는 기관 소속이었나?"

같은 피아식별장치를 달고 있는 것으로 미루어 대령 역시 비슷한 처지였다.

"막 그렇게 됐습니다. 가장 급한 일부터 말씀해주시겠습니까?"

겨울은 현장에 얼마 없으리라던 상급자를 만나 다행이라고 여겼다. 지휘에 자신이 없는 건 아니지만, 이러한 싸움에선 일신의 전투력을 투사하는 게 이득이라고 판단한 까닭이었다.

안부를 생략한 대령이 기계적인 속도로 아군의 현황과 배치를 설명하고는, 곧바로 적황으로 넘어갔다.

"상황은 대충 알고 가게. 적이 함부로 진출하지 못하는 건 저들 스스로 망쳐놓은 도로상황 때문이야. 우리가 어디 숨어있는지 모르니까. 보병이 차량에 따라붙지 못하는 이 상 나올 수가 없지. 이쪽에서 그렇게 만들고 있고. 저들은 실전경험이 부족해. 겁이 많은 놈들이야."

알 만하다. 장갑차든 전차든, 접근을 허용하면 보병에게 조차 허무하게 파괴당하기 십상이었다. 그리고 이 도시의 도로는 부서진 차량들로 가득했다. 즉 사각지대가 널려있다. 그러므로 전차와 장갑차가 아무리 많아도, 같은 편 보병의 엄호 없이는 어디로도 가지 못한다.

'괜히 나섰다가 격파당하면 장애물만 늘어나지.'

자칫 전차라도 한 대 주저앉았다간 50톤을 넘는 쇳덩이가 길을 막는 꼴이었다. 기갑차량을 보유하고도 몸을 사리는 걸 보면 적 지휘관 역시 기본적인 소양은 갖춘 모양. 그저 그들의 수준이 문제였다. 슈뢰더 대장이 괜히 후방의 얼간이들이라 했겠는가. 다만 그 얼간이들이 위험한 물건들을 손에 넣었을 뿐. 겨울은 그들의 지도자에 대해 생각했다.

'채드윅 부인이 첩보원이었어도 본격적인 전투를 지휘한 경험은 없을 거야.'

즉 적들이 몸을 사린다는 건 이제부터 싸울 겨울에게 요

긴한 정보였다.

지직거리는 소리와 함께 급한 보고가 들어온다. 배경에 총성이 깔렸다. 설명을 하다말고 어딘가와 가쁘게 교신한 에머트 대령이, 지휘를 잠깐 다른 장교에게 위임해두고 남은 말을 빠르게 이어갔다. 부탁할 임무가 중요하다는 방증이다.

"아무리 그래도 오래 붙잡아둘 능력은 없어. 우회로가 많으니까. 적이 더 기어 나오기 전에 다른 길을 막아야 돼."

"어디로 가면 됩니까?"

"박람회장 서북쪽 교차로를 막아줬으면 해. 가능하면 그 아래쪽도. 어려운 역할이야. 지금 우리에겐 그 흔한 LAW조차도 없거든. 7시 방향 레스토랑에 배치된 팀이 두 세트 갖고 있긴 한데 가져오기가 힘들지. 불가능할 것 같다면 지금 말하게. 아무도 자네를 탓하지 않아."

LAW는 가볍지만 위력이 약한 로켓발사기다. 그것조차 모자란 게 이곳 병력의 현실이었다.

한편 7시 방향은 백악관으로 가는 직선도로였다. 거기 있는 화기를 빼낼 순 없다.

물론 임무 포기는 논외였다.

"아뇨, 괜찮습니다. 그 이후엔 어떻게 할까요?"

겨울의 단호한 대답에 대령의 눈썹이 꿈틀거렸다. 그것은 호의 섞인 안타까움이자, 한편으로는 희미한 기대감이었다. 한겨울 중령은 그만한 명성을 쌓아왔으므로. 동시에 그는 산타마리아 전투의 전우 겸 목격자이기도 했다.

대령이 노트북을 끌어다 박람회장 내부 지도를 띄웠다. 백악관에 유선으로 연결된 지휘체계였다. 그는 지도상의 몇몇 지점을 짚어가며 말했다.

"여기, 여기…… 그리고 여기. 내부에 아군이 남아있을 가능성이 있어. 약 30분 전 마지막으로 확인된 위치야. 적이 장비를 탈취하는 걸 저지하려다 고립된 병력이지. 생존 징후가 보이면 귀관이 판단하게. 합류해서 빠져나오든, 재편성해서 안으로 밀고 들어가든. 들어갈 경우엔 인질이 존재한다는 첩보가 있으니 주의하도록. 여기선 얼마나 데려가겠나?"

마지막은 당연한 질문이었으나, 겨울은 이곳에 병력을 나눌 여력이 없다고 보았다. 화력 모자란 보병들이 지형에 의지하여 육탄으로 기갑부대를 저지하는 꼴이었기 때문이다. 어떤 비유가 아니라, 문자 그대로의 의미에서.

그러니 대답은 이렇게 정해져있었다.

"혼자 가겠습니다."

"……자신 있나?"

"할 수 있는가가 아니라 해야 하는가의 문제입니다. 무엇보다 중요한 게 백악관과 의사당의 안전이잖습니까. 우회로를 막다가 지름길을 열어줄 순 없습니다."

현재의 방어선은 너무나 얇다. 적이 피해를 감수하고 과감하게 나온다면 언제 뚫려도 이상하지 않았다. 모두가 무리를 하고 있었다. 그것을 알기에 대령도 더 이상 권하지 않는 것이고.

혼자 움직이는 편이 눈에 덜 띈다는 장점도 있다. 아군이 정면에서 적의 주의를 잡아먹는 사이에 조용히 기습을 가할 작정이었다.

겨울이 물었다.

"아군과 인질이 빠질 경우 근접항공지원 요청은 가능합니까?"

"아."

대령이 인상을 썼다.

"주방위군 치장물자가 털렸어. 적이 스팅어[7]를 보유했네. 숫자가 꽤 돼."

스팅어는 휴대형 대공미사일의 이름이다. 겨울은 한숨을 삼키면서도 현실을 받아들였다. 양용빈 상장의 잔당들이면 모를까, 방역전선에서 대공미사일을 어디다 쓴단 말인가? 폐기에도 인력과 예산이 필요하다. 그러니 예비물자로 전환된 뒤 거의 잊혀지다시피 했을 것이었다.

유선통신망이 살아있고 적의 특성이 뚜렷한 만큼 건 쉽을 불러도 될 거라 여겼으나, 결국 그럴 수가 없는 상황이다.

'전폭기는 안 돼. 건물 채로 날려버리기엔 주변 피해가 너무 커…… 옥상을 청소해봐야, 도시 주변까지 청소하지 않고선 무의미하겠구나.'

---

7 FIM-92 Stinger. 휴대용 대공미사일. 항공기의 적외선 및 특수 자외선 자동추적을 통한 대공사격뿐 아니라, 광학추적기를 통한 수동사격까지 가능한 소형 대공미사일이다.

대공미사일을 꼭 여기에만 두었으리라는 법은 없었다. 거주지역의 폭탄과 마찬가지로 D.C. 근교를 전부 수색해야만 확실한 안전이 확보된다. 하늘이 위험하다던 백악관의 예견이 맞아떨어진 것이다.

겨울은 질문을 아꼈다. 추가로 확인할 정보는 없는 듯하다. 적의 화력이야 앞서 본 풍경에서 충분히 유추했다. 강력하지만, 기갑차량의 숫자에 비해서는 어딘가 부족함이 느껴지는 포화였다. 전차 주포나 공중폭발탄 같은 흉물을 갈겨댔다면 방어선은 훨씬 전에 무너졌을 터.

'많은 탄을 골고루 준비하기가 곤란했겠지.'

총탄류와 포탄류는 조달 난이도부터 완전히 다르다. 이 사태가 정부 측의 기습으로 촉발된 것이기도 하고. 과연 저들의 준비라고 마냥 충분하기만 할는지.

에머트 대령이 막 나가려는 겨울에게 우려를 표했다.

"다리는 괜찮은가?"

그는 겨울의 옷을 적신 피를 보고 있었다.

"단순한 찰과상입니다."

절그럭. 겨울이 군장을 내려놓았다.

"이만큼은 두고 가겠습니다."

따로 챙긴 건 끈에 달아두었던 피아식별장치와 두 개의 플라스틱 폭약뿐이다. 뭔가를 말하려던 에머트 대령이 복잡한 표정으로 입을 꾹 다문다. 그리고 시선을 지도 위로 돌렸다. 침묵으로 대신하는 인사였다.

이제 다시 뛰어야 할 시간이다.

도서관 서쪽 회랑을 채 벗어나기도 전부터 매캐한 바람이 불어왔다. 창틀을 밟고 올라 초지를 구른 겨울은 일순 맹렬해지는 아군의 사격을 볼 수 있었다. 겨울의 이동을 은폐해주려는 것이다. 사고로 구겨지다시피 한 민간 차량들이 피어 올리는 연기도 도움이 되었다. 제대로 터트린 연막엔 못 미칠지언정, 갑작스러운 변화로 적의 이목을 끌 필요가 없다는 점에서.

신중히 움직이는 중에 가로등마다 줄줄이 달린 배너들이 눈길을 끌었다.

「D.C.에 오신 것을 환영합니다. 힘이 넘치는 도시, 잊지 못할 이벤트들.」

확실히 오늘을 잊지 못할 것 같긴 하다.

가아아앙-

나아가려는 길 쪽에서 가스터빈 특유의 엔진 소음이 들린다. 건물 사이의 그늘에서 독특한 형상의 전차가 모습을 드러냈다. 박람회장의 서쪽 출입구로 기어 나온 물건이었다. 각지고 두꺼워 보이는 외견. 비슷한 자리에 머물며 전진과 후진을 반복하는 소극성이 두드러진다.

적에게 겁이 많다던 에머트 대령의 평가가 떠올랐다.

그러나 결국엔 나오고 말 것이다. 나와야만 할 것이다. 이대로 실패와 반역죄를 감수할 작정이 아니고서는. 저들도 죽음에게 등을 떠밀리는 입장이다.

막아야 할 입장에서는 그 낯선 형태가 난감했다.

'어디가 약점인지 모르겠는데.'

방역전쟁에 특화된 장비는 그 이전의 무기들과 많은 면에서 다르다. 저 전차는 보통의 전차와 달리 모든 방향의 방어력이 균일할 것이다. 전차포탄을 방어할 만큼 튼튼하진 못하겠으나, 겨울이 소지한 폭약 정도로는 격파하기 어려울 게 뻔하다.

지난날 전쟁영웅들이 방역전쟁 엑스포에 대한 이야기를 나눌 때, 새로운 무기체계에 대한 기대감을 드러내는 사람이 많았다. 에머트 대령이 그들 중 하나였고.

하지만 그 무기들을 이런 식으로 상대하게 될 줄이야.

적 차량들을 완전히 격파할 필요까진 없었다. 기동력을 마비시키는 수준이면 된다. 그러나 그 목표를 어떻게 달성할 것인가. 하다못해 2차선로만 되었어도 해볼 만했을 텐데, 인도를 포함한 4차선로를 막자니 어려움이 가중된다.

겨울은 시야에 들어오는 모든 가능성들을 고민했다. 공사현장의 타워 크레인, 지저분할 만큼 많은 맨홀 덮개들, 아직도 시동이 걸려있는 캠핑 트레일러, 어딘가 호흡이 맞지 않는 적의 움직임 등. 각각의 교차로가 아니라, 아예 컨벤션 센터 자체의 출입로를 봉쇄하는 것이 최선이다. 그러나 그곳이야말로 이쪽 방면에 전개된 적의 중심이었다. 맨홀 아래로 들어가 폭약을 터트리면 어떨까? 과연 충분한 규모로 도로를 파괴할 수 있을까?

고민은 찰나로 그쳤다. 가진 걸 다 써도 부족하다. 이 방법을 쓰려면 훨씬 더 강력한 폭발력이 필요…….

아.

초조하게 헤매던 겨울의 시선이 캠핑 트레일러에서 멎었다.

부서진 차량 아래의 틈 등을 이용해 포복으로 이동한 겨울이 트레일러의 측면에 달라붙는다. 전차의 구동음 사이로 적의 거친 육성이 선명하게 들리는 거리였다.

"우회? 서쪽으로? 통신도 이 지랄인데 우리만 따로 진격하란 말야? 개소리!"

전차 뒤쪽에서 누군가 악을 쓰는 소리가 들렸다. 그러나 느껴지는 감정은 두려움이다. 반역자들 또한 통신장애에서 자유롭지 못하다. 고립되기가 꺼려질 수밖에.

여기서의 기습은 좋은 결과를 기대하기 어렵다. 겨울은 그들의 갈등을 무시하고 캠핑카의 측면을 더듬었다. 분명 이쯤에 있을 텐데. 찾는 것은 소형 가스 용기. 올레마에서의 경험으로, 이런 유형의 캠핑 트레일러는 LPG 가스를 쓴다는 걸 알고 있었다. 조리와 난방용도는 물론이고 냉장고 또한 일반적인 냉매를 사용하지 않는다.

과연, 겨울은 곧 중간 규격의 가스 용기 두 개를 발견했다. 밸브를 잠그고 큰 소리가 나지 않도록 조심스럽게 분리한다. 압력 게이지에 표시된 잔량은 각각 9할과 7할 가량. 이 정도면 새크라멘토에서 보았던 풍경을 재현하기에 충분하다.

'아니, 오히려 지나친가?'

우려를 담아 주변을 살피는 겨울. D.C.의 중심가답게 상점가와 호텔이 많다. 겉으로 보아선 텅 비어있는 분위기지만, 교전이 지나가길 기다리며 숨어있는 사람들이 있을지도 모른다. 유동인구가 많았을 거리인 만큼 괜한 우려가 아니었다.

필요악. 불가피한 피해. 채드윅 부인이 늘어놓은 궤변의 핵심.

사람에게 한계가 있는 건 사실이지만, 그것을 대하는 태도에서 다시 사람과 사람 아닌 것이 갈라진다.

곱씹어보건대, 인간성을 부정하는 것도 물 밖으로 헤엄치는 방법의 하나인 것이다. 죽음이 그러하듯이.

그러나 겨울은 그것이 싫었다. 이전에는 죽어가는 잔불 같은 분노였으되, 조금이라도 행복해지겠다고 결심한 지금은 스스로가 놀랄 정도로 들끓는 혐오감이었다.

이제는 잃어버린, 진짜 심장이 느껴지는 기분이라고 해야 할까?

지하로 들어가기 전, 겨울이 다시금 총성이 메아리치는 주변을 확인했다. 미국이 아니라 어느 중동의 전장에 온 듯한 풍경. 가까운 건물들은 총탄 자국으로 가득하다. 내부에 시민들이 있더라도 최대한 안쪽으로 들어가려 애썼을 것이다.

폭발의 위력을 신중히 가늠한다면 피해를 최소화할 수 있을 것 같다.

스릉-

맨홀 덮개를 거의 무음에 가깝게 들어올린다. 두 개의 가스 용기를 끈으로 달아 내리고, 겨울 자신도 사다리를 밟고 내려가 뚜껑을 다시 덮었다. 덮개의 자그마한 구멍으로 들어오는 희미한 빛줄기들을 제외하면, 지하는 거의 완전한 암흑에 잠겨있었다. 「환경적응」이 뛰어난 겨울의 시야로도 조금은 분간이 어려울 정도다.

지상의 진동으로 웅웅 울리는 터널. 예상보다 크고 넓다. 상수도가 지나는 길이었다. 벽에 조명이 붙어있었으나 불이 들어오지 않는다.

지금 겨울은 새크라멘토에서 치렀던 전투를, 공방을 바꿔 부분적으로 재현하려 하고 있었다. 다만 이번엔 겨울이 트릭스터의 입장일 따름.

실패에 분개하여 머리를 박고 죽었던 바로 그 괴물의 계략이다.

새까만 어둠 속에서 가벼운 달리기로 거리를 잰다. 이전, 피쿼드 호에서 눈을 가리고 시험을 받았을 때보다 훨씬 더 강화된 기량으로, 겨울은 정확한 이동거리를 산출해냈다. 보아하니 박람회장 내부로 직접 연결되는 통로가 존재하는 듯하여 안심이다.

붕괴시키기로 정한 지점에 도달한 겨울이 두 개의 가스통을 나란히 두고 밸브를 최대로 개방했다. 게이지가 줄어드는 속도를 확인하고 서둘러 몸을 피한다. 방독면이 유해가스를 걸러줄지언정 산소부족까지 해결해주진 않았다.

땅 밑에서 나갈 통로를 곁에 두고, 한 손에는 핀이 빠진 수류탄을 힘주어 쥔 채로, 겨울은 호흡을 고르며 때를 기다렸다. 점화에 플라스틱 폭약을 쓸 순 없었다. 유선기폭은 도전선이 짧고, 무선기폭은 지하구조상 불발되기 쉽다.

수류탄을 놓으려는 순간마다 「생존감각」이 목덜미를 기어오른다. 그 경고의 강도가 곧 폭발의 위력일 것이었다. 눈 감고 코끼리를 더듬는 수준의 미봉책이지만, 당장은 여기에 의지할 수밖에 없다. 겨울은 예상되는 붕괴의 여파와 「암기」된 지도를 겹쳐보려 애썼다. 이 방법이 먹히기를 바라면서.

잠시 후.

팅-

맹렬하게 「투척」한 수류탄의 안전손잡이가 튕겨지는 소리. 겨울은 즉시 터널을 벗어났다. 컨벤션 센터의 지하에 위치한 설비실이었다. 이곳도 안전하지 못하다. 계단을 차고 오른 겨울이 마침내 전시회장 내부로 진입하여 엄폐물을 찾은 순간.

엄청난 폭음이 청각을 마비시켰다.

삐이이이-

시야가 흔들린다. 중심을 잃었나 했더니 땅이 기울어 있었다. 그리고 그 기울기가 점점 더 급격해졌다. 갈라진 모서리를 붙잡고 버티는 중에, 겨울과 비슷한, 그러나 훨씬 더 심한 처지의 사람들이 눈에 띈다. 전시물 몇 개가 지하로 쓸려 내려가 시야가 트인 탓이었다. 엎질러진 가솔린 냄새가 났다. 비어있는 통도 여럿 보인다. 장갑차량에 연료를 채우고 있었던 모양. 적이다. 겨울이 정신 못 차리는 그들에게 총을 겨누었다.

카카카캉! 카카캉! 먹먹해진 귀에 답답하게 들리는 총성. 그 크기가 작아 현실감이 느껴지지 않는다. 자꾸만 이지러지는 시야 역시 비현실적이기는 마찬가지. 특수효과를 잔뜩 넣은 영화의 한 장면 같다. 그러나 이런 상태로도 조준은 정확했다. 탄피가 튈 때마다 피도 튀었다. 속이 울렁거린다. 뭉개진 감각 속에서 어깨를 때리는 반동만이 선명했다.

눈에 띄는 모든 위협을 제거한 겨울이, 이명으로 메워진 고요 속에서 엄폐물을 찾아 기어들어갔다. 그리고 시체와 마주쳤다. 겨울이 죽인 자들이 아니라, 행사장 경비를 맡고 있었을 USS의 용병들이었다.

여기만이 아니다. 곳곳에 시체가 널려있다. 개중엔 눈을 감지 못한 군인들도 보였다. 무한궤도에 하체가 으깨진 한 명은 겨울이 아는 사람이다. 명예훈장 수훈자로서, 신앙 문제로 경계해야 한다던 라울 엘즈워스 상사. 마지막까지 아군으로 남았을지, 아니면 변절하여 교전 중 운 나쁘게 죽었을지. 지금으로선 알 방법이 없었다.

'다른 내통자가 있었거나 내부 정보가 샜을지도.'

육군협회 주관이라곤 해도 결국 민간차원의 행사였다. 경비나 보안에서 주요 관공서들보다 부족한 면이 많았을 것이다. 사설 용병기업의 보안이 과연 D.C. 교통국보다 나았을까? 용병들 가운데 신용보다 돈이 중한 사람이 단 한 명도 없었을까? 광신도는? 미쳐 버린 애국자들은?

용병들의 시체 중엔 무장이 해제된 것들도 있었다. 바깥

의 해병들이 어떻게 방탄복과 무기를 확보했는지 짐작이
간다.

청각은 환청 같은 물소리와 함께 회복되었다. 회복속도
가 빠른지라 주변 공간이 축소되는 듯한 감각이다. 상수도
관이 터진 탓에, 행사장 안쪽까지 밀려오는 거친 물결이 눈
에 띈다. 상체를 드러낸 겨울이 미처 충격에서 헤어 나오지
못한 적들을 추가로 사살했다. 탄창 두 개가 순식간에 버려
졌다.

위이이잉-!

정신 나간 말처럼 착란을 일으키는 장갑차가 한 대. 아직
이쪽을 발견하지 못한 채 건물의 균열을 피하기 급급하다.
시야가 제한된 환경을 이용하여, 겨울은 장갑차 밑으로 플
라스틱 폭약을 던지며 스쳐갔다. 전파방해가 감쇄되는 실
내인지라 원격기폭도 가능하다. 격발기를 콱 움켜쥔 겨울
은 온몸으로 진동을 느꼈다. 여파만으로 괴로운 폭압이 지
나간 후, 장갑차는 더 이상의 움직임을 보이지 않았다.

이제야 외부의 피해상황을 파악할 겨를이 생긴다. 가장
자리로 다가간 겨울이 박살난 외벽 너머로 진입로가 있던
자리를 살폈다.

붕괴의 규모는 예상을 상회했다.

진입로 인근은 마치 캔버스가 찢어진 풍경화처럼 보였
다. 도로를 따라 동서로 약 20미터, 남북으로 약 50미터 가
량이 한꺼번에 내려앉았다. 줄줄이 서있던 전차와 군용 차
량들의 육중함이 추가 붕괴를 유발한 탓이다. 지하터널의

폭이 폭인지라 4차선 전체가 사라지진 않았으나, 남은 부분이 위태로우니 장갑을 두른 차량은 통과할 여지가 없다.

처음 진입 시 경계하던 전차는 물이 차오르는 구덩이에 빠져있었다. 비탈의 경사가 급한 데다 궤도가 벗겨져 자력 탈출이 불가능했다. 그 외에도 같은 처지에 놓인 기갑차량들이 다수. 겨울의 총이 차량을 버리는 반역자들을 겨냥했다. 타탕! 탕! 타타탕! 대부분 방탄복을 입고 있어, 대개의 조준점은 목으로 수렴되었다. 머리가 기괴하게 늘어진 시체들의 낙하가 물보라를 일으킨다. 흙빛 급류에 검붉은 얼룩이 번졌다. 쏠 필요도 없는 부상자들의 울부짖음이 부서진 거리를 가득 채운다.

'다행히 민간 건물들은 무사한 편이네.'

유리창이란 유리창은 모조리 다 깨져나갔으나, 외벽이 완파된 건물은 없었다. 내부에 사람이 숨어있었어도 중상을 입진 않았을 거란 뜻이었다.

붕괴에 휘말리지 않은 적 차량들이 보이지만, 따로 떨어진 소수에 불과하다. 적어도 서쪽 방면으로는 진출이 불가능할 것이다. 총성의 빈도와 거리감으로 미루어, 에머트 대령이 통제하는 남쪽은 아직 잘 버텨주는 중이었다.

이때 작은 모터 소리가 겨울의 귀를 간지럽힌다. 건물 내부를 감시하는 폐쇄회로다.

겨울의 반사적인 사격이 렌즈를 박살냈다.

'설마 아직 이 안에 있나?'

클라리사 채드윅. 근거 없는 직감이었으나, 그녀 스스로

밝힌 동기를 고려해보면 이곳에 남아있을 가능성이 존재한다. 그야말로 자기 자신을 버리는 애국적 행위로서.

이 가정이 사실일 경우 오히려 서두를 이유가 없다. 아군 생존자 확인이 먼저다. 겨울은 시체들로부터 여분의 탄약을 회수한 뒤 실내에서 벌어진 교전의 흔적을 「추적」했다.

흔적은 사무실이 즐비한 복도로 이어졌다. 폐쇄회로는 보이는 족족 파괴했다.

"침입자다! 쏴!"

기습적인 총성이 메아리친다. 겨울은 연기가 피어오르는 총구를 내렸다. 털썩. 무기를 놓치고 벽에 기대어 주저앉은 적 하급간부는, 고통에 벌벌 떨면서도 방금 일어난 일이 이해가 안 간다는 표정이었다. 부들부들 떨리는 손으로 다리의 출혈을 막으며 힘겹게 눈알을 굴린다.

그가 지휘하던 네 명은 모조리 숨이 끊어져 있었다.

"미, 미친. 하, 하, 한겨울 중령……."

"시끄럽게 굴면 죽인다."

협박과 함께 떨어진 총을 걷어찬 겨울이 반역자의 무전기를 강탈했다.

「-답해! 거기 무슨 일이야!」

이어 슬쩍 주위를 살펴 전시회장의 구역 표시를 찾는다. 생각에 잠겨있던 겨울은 피 흘리는 반역자에게 무전기와 대검을 들이밀었다.

"지원 요청해. W-3 구역으로. 적의 소규모 습격이라고."

"……."

반역자는 다시금 눈을 굴렸다. 여기는 W-1 구역이며, 겨울이 말한 W-3은 계단 하나를 두고 남쪽에 위치했다. 누군가 올라오면 이쪽으로 등을 보이게 된다.

겨울의 의도를 알아차렸는지 반역자의 낯빛에 공포와 분노가 번졌다. 한숨을 쉰 겨울이 무전기를 그의 입 속으로 때려 박았다. 그리고 출혈을 막고 있는 남자의 두 손을, 그 아래의 총상과 함께 으깨듯이 짓밟았다.

우우우우우-

입 가장자리로 피거품이 끓어 넘친다. 박살난 이빨이 같이 새어나왔다. 고통스러운 몸부림을 힘으로 찍어 누르는 겨울. 체급은 반역자가 더 큰 데도 흔들림이 거의 없었다.

십여 초가 지나 발을 가볍게 한 겨울은, 사내의 입에서 무전기를 빼내고 다시 한 번 요구했다. 「위협성」을 있는 대로 드러내면서.

"살고 싶으면, 해."

확장된 눈에 겨울을 담고 필사적으로 끄덕이는 반역자. 아까보다 나지막해진 협박이 먹혀 들어갔다.

잠시 후. 복도 저편에 새로 17구의 시체가 나뒹굴었다. 부상당한 3명의 포로는 덤이었다.

심문은 잔혹했다. 그만큼 서둘러야 했다. 도구는 레인저가 선물한 라이터 하나. 필요한 만큼의 냉정을 끌어내려 애쓴다. 포로들은 대답을 거부하는 즉시 안구를 지져버리는 겨울의 침착함에 기가 질렸다. 뒤통수를 움켜쥐는 괴기스러운 악력에선 어떤 몸부림으로도 빠져나갈 수 없었다. 첫 심문 대상으로서 벌써 한쪽 눈이 구워진 반역자는, 남은 하나의 눈동자 앞에서 부싯돌이 불티를 튀기는 순간 미친 듯이 거품을 물었다.

"말할게요! 전부 다 말할게요!"

흐느끼는 사내의 사타구니가 축축하게 젖어들었다.

이러한 굴복에도 불구하고, 겨울은 심문 내내 계량된 폭력을 행사했다. 거짓을 꾸밀 여유를 주지 않기 위해서. 적의 규모와 현황, 인질 및 간부의 개요. 어느 쪽이든 잘못된 정보는 치명적으로 작용할 터이므로.

나중에 이들의 증언이 문제가 될지도 모른다. 그러나 당장은 고문의 위법성 따위를 고려할 때가 아니었다. 겨울에겐 한계가 있다.

고립되었다던 아군은 결국 모조리 사로잡히고 말았다 한다. 그나마 그들 가운데 명예훈장 수훈자가 없었다면 몰살을 면치 못했을 것이라고. 무슨 말인고 하니, 채드윅 부인의 강력한 지시가 있었다는 것이다. 고귀한 전쟁영웅들을 함부로 희생시켜선 안 된다는.

그들이 억류된 위치도 확인했다. 심문을 끝낼 시간이었다.

"탈출은 꿈도 꾸지 마."

살벌한 음색의 경고와 함께, 겨울은 손발 묶인 반역자들의 「응급처치」에 8초 가량을 낭비했다. 옷을 찢어 콱 동여매는 수준의 처치에 불과할지라도, 운이 좋다면 마지막까지 살아남을 수 있을 것이다. 여기까지가 최선이었다. 반역자 포로들은 구석진 창고에 짐짝처럼 던져졌다.

겨울이 복도를 내달렸다. 앞서의 교전 현장에 적의 증원이 와있었다. 끊어진 무전이 불길했을 것이다. 발소리를 들은 그들은 좌우로 갈라져 엄폐했다. 상식적이면서도 잘못된 선택. 사격과 감각이 초인의 영역 중반에 도달한 겨울을 죽이려면, 피해를 감수하고서라도 모든 화력을 한꺼번에 퍼부어 겨울의 대응능력을 압도해야 한다.

속도를 줄인 겨울이 소총의 견착을 유지하며 빠르게 걸었다.

팍-!

피가 튄다.

"악! 내 손!"

총만 내밀어 갈겨대려던 반역자의 손가락이 방아쇠를 당기지도 못하고 끊어졌다. 단 한 발. 겨울의 조준사격. 떨어진 검지는 두 마디만 남아있었다. 가장 긴 마디를 바깥부터 갈아먹은 탄자는 장갑 안으로 파고들어 손등을 길게 찢어놓았다.

호흡이 무기다. 몰아치는 주도권이다. 그들이 다음 행동을 결정하기 전에, 이미 모퉁이를 눈앞에 둔 겨울이 핀을 뽑지 않은 수류탄 한 쌍을 굴렸다. 팅, 팅, 티팅.

"Shit!"

반역자들이 아우성치는 순간 겨울이 그사이를 파고들었다. 수류탄을 붙잡아 되던지려던 사내의 낯짝, 그 확대된 동공에 소총탄을 박아주고, 남은 탄을 퍼부어 우측을 정리하고, 소총의 공이가 빈 약실을 치는 즉시 권총을 뽑아 좌측을 소탕하기까지 2초. 타타타탕! 쩌렁쩌렁 울리는 적의 발악이 벽과 천장을 긁고 지나갔다. 도탄은 예상했다. 그러나 하얗게 쏟아지는 텍스 조각들은 겨울의 계산 밖이었다. 감각보정의 경고가 늦었다. 눈에 들어갔다.

"윽!"

두 눈을 질끈 감는데 층계 방향에서 군홧발 소리가 올라온다. 욕설에서 적의가 느껴졌다. 시각을 뺀 나머지 감각만으로 권총을 난사한다. 철컥! 운 나쁜 반역자의 비명이 들린 직후 권총의 약실마저 비었다. 겨울은 마지막 시야를 기준으로 엄폐물을 향해 몸을 던졌다. 이어 벽에 부딪히는 안도감. 제대로 굴렀다. 벽을 등진 겨울은 소총을 급하게 재장전했다. 새 탄창이 한 번에 들어가지 않았다. 평소답지 않은 실수는 시야가 차단되며 치솟은 긴장감 탓이었다. 사후가 새로워진 이래 두려움은 항상 발아래에 있었다. 노력으로 억누르고 있을 따름.

깜박이는 눈에서 눈물이 흘러나왔다. 겨울이 시야를 회복하는 동안 적은 무의미한 제압사격으로 변죽만 울릴 뿐 쉽게 접근하지 못했다. 난간 아래로 줄줄 떨어지는 핏물 탓일 것이다. 죽여 놓은 적이 많다보니 바닥은 눈 닿는 곳마다 흥건한 핏빛이었다.

아까 아낀 수류탄 두 발 가운데 하나, 안면에 총 맞은 적이 죽어서도 쥐고 있던 것을 회수하여 이번에야말로 핀을 뽑는 겨울. 그리고 안전손잡이가 튀지 않게끔, 시체의 팔로 아슬아슬하게 눌러둔다. 쫓아오는 적들이 자연스럽게 건드리도록. 시체로 트랩을 만드는 건 교전수칙 위반이었으나, 지금은 아무래도 좋았다.

권총을 장전한 겨울이 남은 수류탄까지 마저 갈무리한 뒤 인질이 있을 장소로 달리기 시작했다. 소리를 들은 적은 겨울이 도망친다고 여겼을 것이다. 배후가 잠시 소란스러운가 싶더니 쾅! 하는 폭음과 함께 잠잠해졌다.

겨울은 뒤늦게 자신의 맥박을 인식했다. 둑둑둑둑. 심장이 고막에 달라붙어있는 느낌이다.

포로로부터 빼앗은 무전기가 시끄럽다. 숨 가쁘게 달리는 내내 적들의 주파수에 분노와 공포가 번졌다. 반역자들은 습격의 규모를 착각하고 있었다. 좋기도 하고, 좋지 않기도 했다. 적어도 인질의 안위에 있어선 후자다. 적들이 명령이고 뭐고 달아나기로 마음먹는다면, 협상 대상도 없는 거추장스러운 인질들을 어떻게 처리할는지. 겨울이 한층 더 서두르는 이유였다.

마침내 도달한 목적지. 굳게 닫힌 문에서 집중된 위험이 감지된다. 그것은 한 데 모인 사선들이었다. 정면으로 치고 들어가도 밀어붙일 능력이 있으나, 시간이 걸릴뿐더러 그 와중에 인질이 유탄을 맞을 가능성도 있다.

겨울은 안으로 들어갈 다른 길을 찾아냈다.

쿵―

"뭐……!"

환기구에서 뚝 떨어진 겨울이 연사에 가깝게 8발을 끊어

쐈다. 겨울과 시선을 마주치기라도 할 수 있었던 건 마지막
으로 죽은 사람뿐이었다. 뭐야! 라는 짧은 경악성조차 다 내
뱉지 못하고, 그는 턱 깨진 시체가 되어 주저앉았다. 총탄은
아래턱을 뚫고 뒤통수를 부숴 놨다.

겨울이 아군 생존자들의 결박을 끊었다. 손발이 자유로
워진 이들은 뭔가를 말하기도 전에 테러리스트들의 무기
와 장비부터 챙겼다. 근 한 달간 친숙해진 얼굴들이 많다.
명예훈장 수훈자들이었다. 개중 한 명이 곤두선 어조로 물
었다.

"혼자 오신 겁니까?"

끄덕인 겨울이 손짓했다.

"이쪽으로!"

아직 빈손이 많다. 모두를 다시 무장시키는 게 먼저였다.

여기까지 오며 죽인 적들의 장비만으로도 생존자들을 재
무장시키기에 충분했다. 부상자를 제외한 병력이 서른 둘.
겨울은 팀을 둘로 나누었다. 마지막으로 남은 우회로를 봉
쇄할 스물, 겨울의 행동을 보조할 열둘. 부상자들에겐 무기
를 쥐여 주고, 숨어서 스스로를 지키라고만 일러두었다.

"대위!"

겨울이 지목한 육군 대위는 화이트 셀 피아식별모듈을
달고 있었다. 빼앗겼던 장비인데, 반역자들은 이게 뭔지 몰
랐던 모양이다.

"수단 방법 가리지 말고 동쪽 진입로를 차단해요!"

"당신께선 어디로 가십니까?"

"우두머리를 잡아야죠! 가요!"

끄덕인 대위가 자기 몫의 열아홉을 이끌고 뛰어갔다.

겨울은 병사들로 하여금 4인 1조로 건물을 수색하도록 지시했다. 속도를 높이기 위한 고육지책. 교전이 발생할 경우, 병사들은 겨울이 가세할 때까지만 버티면 된다. 포로들을 심문했어도 독소의 위치가 불명이었다. 아예 없을지도 모르나, 항상 최악을 대비해야 한다.

그 밖에 알아낸 바에 의하면 D.C.를 공격한 적의 규모는 약 4천. 허나 이곳 박람회장을 습격한 건 증강된 1개 대대 병력에 불과하다. 반수 이상이 남쪽 정면, 에메트 대령에게 묶여있는 만큼, 적이 이쪽으로 할애할 전력이란 그리 대단치 못한 수준일 것이었다.

그렇게 최상층까지 돌파했을 때, 클라리사 채드윅은 포로들이 토설한 바로 그 장소에 남아있었다. 도주하려는 시도조차 하지 않은 것 같다. 모니터가 어지럽게 설치된 방에서, 노인은 처음 보았던 모습 그대로 단아하게 앉아, 혼자서 겨울을 맞이했다.

"어서 오세요. 기다리고 있었습니다."

"……."

겨울은 그녀가 쥐고 있는 물건을 노려보았다. 측면에 열쇠가 꽂혀있고, 놓는 순간 작동하는 압력식 격발기였다. 데드맨 스위치. 사용자의 죽음에 반응하도록 만들어진, 기계적인 보험인 것이다.

"자폭이라도 할 셈입니까?"

"오, 그럴 리가요. 다른 사람도 아니고, 여기까지 온 당신을 죽일 수야 없지요. 이건…….."

쥔 것을 물끄러미 내려다보던 노인이 힘없이 웃었다.

"이건, 도시에 설치된 폭탄들 전부를 격발시키는 스위치랍니다."

동행한 병사들이 인상을 찌푸린다. 사태 초기에 사로잡힌 이들은 아직 방해전파 발생장치와 거주구역의 폭탄 등에 대해 상세한 정보를 전달받지 못한 상태였다. 그러나 지금은 맥락만으로도 노인의 협박을 이해하는 데 무리가 없었다.

겨울은 티 나지 않게 주의하며 노인의 주변을 살폈다. 트리거 자체는 무선으로 보인다. 허나 바깥에 가득한 방해전파를 감안할 때, 폭탄이 있는 곳까지의 신호 전달은 유선으로 이루어질 터. 즉 기존의 통신망에 의지하는 것이다. 이 방의 통신선을 찾아 사격으로 끊어놓는다면-

노인이 격발기를 흔들어 보였다.

"중령님, 지금 어딜 보시는 건가요. 대화를 할 땐 상대를 바라보는 게 예의잖아요?"

사뭇 장난스럽기까지 한 몸짓과 어조. 그러나 확실한 경고였다. 수상한 기미를 보이면 그대로 스위치를 놓아버리겠다는.

"무엇을 원합니까?"

"잠깐의 대화."

노인이 병사들을 둘러보았다.

"우선 다른 사람들을 내보내주셨으면 좋겠네요."

망설이던 겨울이 뒤를 향해 눈짓했다.

"이해가 안 가는군요."

둘만 남게 된 실내에서, 클라리사 채드윅을 힐난하는 겨울.

"메시지를 보내겠다면서요? 그 폭탄들, 당신이 직접 터트리는 데 어떤 의미가 있습니까? 다수를 위한 소수의 희생. 그 불가피한 선택을 당국에 강요하려던 게 원래의 의도 아니었습니까? 그 모든 게 거짓이었다면 당신은 그저 정신 나간 살인마에 불과합니다!"

연기였다. 클라리사는 반역을 공모한 시점에서 이미 미치광이 학살자가 되었다. 그러나 겨울은 그녀가 자신의 애국심을 광기로 치부해버리는 걸 결코 좋아하지 않으리라 판단했다.

'시간을 끌어야 해.'

미리 내보낸 병사들은 바보가 아니다. 이 상황을 어떻게든 보고할 것이다. 혹은 이들이 직접 통신선을 찾아 끊어놓을 수도 있다. 촉박한 희망이었다.

동시에 겨울 자신도 노인의 틈을 노렸다.

"아아, 이 감각."

읊조리는 노인의 얼굴에 홍조가 떠올랐다.

"이 감각을 잊고 있었어요."

"무슨 소립니까?"

"나를 죽일 생각으로 가득한, 그리고 그럴 능력과 자격이 충분한 상대를 눈앞에 두었을 때의 전율. 은퇴한 이후로는 느껴본 적이 없었건만……. 다시 젊어지는 듯한 착각이 드는군요."

엉뚱한 소리를 하며 살며시 눈을 감는 클라리사의 모습이 겨울을 갈등하게 만들었다. 가능할까? 의도적으로 보여주는 빈틈은 아닐까? 찰나 간에 스쳐가는 수십 번의 결심과 수십 번의 보류. 결국 겨울은 미친 노인이 눈을 뜨기까지 움직이지 못했다.

"어떤 의미가 있느냐고 물었던가요?"

클라리사가 어깨를 으쓱였다.

"아직 절반의 의미가 남아있지요."

"절반?"

"그래요, 절반. 내 의도는 이 나라에 교훈을 주는 것만이 아니었는걸요. 말하지 않았나요? 충격이 커야 더욱 과감한 수술이 이루어질 것이다, 라고."

"……."

"피해가 끔찍할수록 시민들의 분노도 치솟을 거예요. 이런 얼간이 같은 반란에 찬동한 자들에겐 그만큼 진한 낙인이 찍히겠죠. 더불어, 그나마 구제의 여지가 남아있는 멍청이들은 생각을 바꿀 겁니다. 아, 아무리 그래도 이건 아니구나, 하고. 그들에게 주어질 마지막 기회인 셈이에요. 그러고도 회개하지 않는 자들은…… 정의를 원하는 대중의 가장 올바른 공분에 의해 처리될 테고요."

"기어코 워싱턴 시민들을 학살하겠다는 말입니까?"

"아뇨."

뜻밖에, 노인이 고개를 저었다.

"의미는 있어요. 있지만……. 마음이 바뀌었습니다. 당신을 포함해서, 가장 명예로운 영웅들이 자신을 돌보지 않고 싸우는 모습들을 지켜보다 보니, 문득 잃어버리고 싶지 않다는 생각이 들더군요. 당신들이 꺾여선 안 되니까. 온 미국이 의지하는 전쟁영웅들은, 현재 이 나라가 가진 가장 귀중한 자산 중 하나일 테니까. 그 가치를 새삼스럽게, 두 눈으로 직접 확인했으니까. 그러니…… 이 정도면 됐습니다. 여기서 끝내겠어요. 지금까지의 결과만으로도 반역자들을 뿌리 뽑기엔 충분할 듯하고."

여전히 자신을 반역자로 생각하진 않는 그녀였다.

"그럼 지금까지 한 말들은?"

"왜 이런 수단을 준비해두었느냐는 질문에 대한 답변이죠. 적어도 내 생애 가장 젊고 아름다운 애국자에게만은 위선자라는 오해를 받고 싶지 않았다고나 할까요."

클라리사가 겨울을 직시한다.

"맞아요. 한겨울 중령 당신 말입니다."

안심하기엔 이르다. 광기는 어디로 튈지 모르기에 광기인 것이다. 늙은 반역자는 여전히 활성화된 데드맨 스위치를 쥐고 있었다. 늘어놓은 말들이 「기만」이 아니란 보장도 없거니와, 미친 애국자의 결심은 언제 다시 뒤집어져도 이상하지 않았다.

한 발자국, 겨울은 느리고 조심스럽게 간격을 좁혔다.

"할 말이 많지만, 진심이라면 먼저 그것부터 넘기시죠."

클라리사는 겨울이 내민 손을 보며 미소 지었다.

"오, 이런. 이 늙은이에게 조금만 더 시간을 주세요. 마지막으로 받아야 할 전화가 남아있거든요. 마땅히 죽어야 할 사람들의 부고를 기다리는 중이지요."

"아직도 무고한 사람들을 해칠 작정이라면-"

"아니에요."

겨울의 억눌린 말을 끊는 클라리사.

"그런 게 아니에요. 마땅히 죽어야 할 사람들이라고 했잖아요. 모르겠나요? 당신도 많이 만나봤을 텐데. 제 것이 아닌 부와 권리를 누리는 인간말종들……. 의무를 방기하고, 조국을 배신하고, 국민들을 버리고서 이 땅으로 도망쳐 온 망국의 위정자와 독재자들을 말이에요. 예컨대, 투르크메니스탄의 카라예프 대통령 같은."

카라예프 대통령은 금빛 명마들의 주인이었다. 겨울에게도 가장 좋은 종마를 선물했고, 엑셀이 그 말을 쳐 죽이자 관리 소홀을 이유로 마누엘 헤이스의 사형 집행을 요구했던 사람. 국민들보다 금과 달러, 명마를 먼저 실어 날랐던 인간.

노인이 조소했다.

"설마 중령께선 그들에게 살아있을 자격이 있다고 보시는지?"

"……."

"그 인간쓰레기들이 호의호식하도록 내버려둔 것은 현

정권의 크나큰 실수였어요. 나는 애국자로서 조국의 실수를 바로잡으려는 겁니다. 이 또한 수술이지요. 종양을 제거하는 수술."

그녀는 자신의 손목시계를 가리켰다.

"이 수술을 돕기 위해, 그리고 시민들의 생존을 위해 당신이 해야 할 일은 간단해요. 그저 결과가 나올 때까지 늙은이의 말벗이 되어주면 그만인걸요. 어때요, 참 쉽지 않은가요? 오래 기다리지 않아도 될 거예요. 15분 전, 거의 성공했다는 보고를 받았으니."

클라리사가 중얼거린다. 아마도 앞으로 몇 분.

"평범한 죽음은 너무 자비로워요. 그들은 자신들이 저지른 죄에 어울리는 방식으로 처형당할 겁니다. 버림받은 국민들이 느꼈을 공포와 고통을 백분의 일이라도 느껴봐야지요."

"설마 네크로톡신을……."

"정답입니다. 후후."

미친 노인이 담담하게 말을 잇는다.

"중국인들의 수를 줄이는 데에도 좀 쓸 계획이었지만, 이번엔 정부의 대처가 빨라서 아쉽게 됐어요. 어쨌든 처형에 필요한 양은 반입했고, 독소가 살포될 수 있다는 가능성만으로도 거사에 충분한 도움이 되었으니 아쉬움이 그리 크지는 않군요."

전화벨이 울렸다.

"드디어."

입술 앞에 손가락을 세워 보이고, 전화를 받는 클라리사.

그러나 얼마 지나지 않아, 그녀의 표정이 일그러졌다.

"그는 반드시 무사해야 한다고 했잖아! 무슨 일을 그따위로 처리해!"

겨울의 귀는 수화기에서 새는 불평을 잡아냈다. 바로 그 지시로 인해 제대로 대응하지 못했다는 항의였다. 그들은 의외의 이름을 언급했다.

'에드거 크레이머?'

클라리사가 꼭 살려놓으라고 지시한 대상은 다름 아닌 공화당의 대선후보였다. 오전의 승마회에 얼굴을 비쳤다 했더니, 이번 사태가 시작될 즈음에도 여전히 망국의 정상들과 가까이 있었던 모양이다. 교통마비로 인해 발이 묶인 시점에서, 살아남기 위해서라도 각각의 경호팀이 협력했을 확률이 높다.

그 크레이머가 반역자들의 무기를 탈취했다.

"돈이 중요한 게 아니야!"

포효하는 노인은 완전히 다른 사람이 된 것 같았다.

"이 머저리들! 닥치고 명령에 따라! 계획은 바뀌지 않는다! 계획은 바뀌지 않는다고! 처형은 반드시 예정대로 집행한다! 알아들어?!"

노인이 고함을 지르자 상대편의 언성도 높아졌다. 평소부터 미친 노인의 고압적인 태도에 불만이 많았다는 느낌. 통화는 갑작스럽게 끊어졌다. 상대가 일방적으로 끊은 것이다. 격분한 클라리사가 다시 연결을 시도했으나 신호만 길게 울릴 뿐 받을 기미가 보이지 않았다.

"망할!"

콰직! 전화기가 부서진다. 씩씩대는 노인의 주먹에서 붉은 피가 흘러내렸다. 직후 그녀의 세상이 거칠게 회전했다. 쿵! 온몸으로 땅에 부딪힌 클라리사는, 격렬한 통증에 잠깐 동안 숨을 쉬지 못했다. 으직, 으지직. 관절이 꺾인 팔, 격발기를 쥔 손에서도 으스러질 것 같은 아픔을 느낀다. 겨울이 힘주어 움켜쥐고 있는 탓이었다.

노인의 주의가 산만해진 틈을 탄 모험이었다. 성공에 안도의 한숨을 내쉬는 겨울.

"다 끝났습니다."

엎어 놓은 클라리사를 무릎으로 짓누르며, 겨울은 격발기의 열쇠를 꺾어 비활성화 상태로 만들었다. 그다음엔 열쇠를 아예 부러뜨려버렸다. 이걸로 시가지의 폭탄이 동시에 터질 우려는 사라진 셈이다. 방해전파는 여전하겠지만.

"크흐, 흐흐흐흐."

제압당한 노인이 실성한 사람처럼 웃었다.

"이 고통, 정말 멋지군요."

겨울은 그녀를 곱게 다루지 않았다. 뼈를 부러뜨릴 듯이 일으켜 세운다.

"알고 있는 걸 모조리 털어놔야 할 겁니다."

이야기는 움직이면서도 들을 수 있다. 필요한 만큼의 고통을 주는 것도 마찬가지. 반역자들에게 노인의 이름으로 투항을 권유하는 건 현실성이 없으나, 사로잡은 사실을 숨긴 채 혼란을 주는 정도는 얼마든지 가능할 것이다.

그러나 독소와 크레이머 후보의 소재를 들었을 때, 겨울은 침착함을 잃었다.

"어디라고?"

"호텔."

팔이 비틀리는 아픔에 허덕이며 클라리사가 말한다.

"만다린 오리엔탈."

앤.

노인을 내팽개친 겨울이 문을 박차고 미친 듯이 달리기 시작했다.

"Sir! 어디로 가십니까?!"

밖에서 경계 중이던 병사들이 당황하여 외쳤으나, 겨울은 대답 대신 난간을 넘어 층계 아래로 뛰어내렸다. 클라리사 채드윅의 신병은 저들이 알아서 처리하리라 믿으며.

'당연히 떠올렸어야 하는 건데!'

승마회가 개최된 이스트 포토맥 파크로부터 다리 하나만 건너면 바로 만다린 오리엔탈 호텔이었다. 그곳에 FBI의 안전가옥 겸 상황실이 있으니, 망국의 정상들이 상황이 진정될 때까지 피신하기에 적합한 장소가 아닌가! 반역자들의 표적이 되는 것도 자연스러운 수순이다.

돌아갈 시간 따윈 없었다. 겨울은 이 악물고 컨벤션 센터의 남쪽 정면을 돌파했다. 적보다는 아군의 오인사격이 더 위험했다. 처음과 달리, 반역자들은 명백한 수세에 몰려있었기 때문이다. 피잉 핑 날카롭게 울어대는 탄환들. 밖으로 나갔던 장갑차량들이 모조리 불타올랐고, 소수의 잔존병력 및 차량들이 실내로 후퇴하며 절망적인 저항을 이어나가는 광경. 달리는 속도 그대로, 겨울은 탄창 하나만큼의 적 보병을 사살하고 스쳐갔다. 정면을 겨냥하고 후진하던 장갑차는 갑자기 돌출한 겨울을 공격하지 않았다. 뒤에서 튀어나왔으니 적인지 아군인지 구분할 경황이 없었을 터였다.

콰콰콰콰쾅!

햇빛을 받은 순간, 정체불명의 폭발이 직선으로 도로를 갈아엎는다. 번뜩이는 경고에 힘입어, 겨울은 살상범위를 가까스로 피해냈다. 박살난 화물차 아래로 미끄러진 것. 찢어진 강철에 팔을 베이고 거친 마찰에 무릎이 벗겨졌으며 어디선가 튄 파편에 등을 맞아 중심을 잃었다. 그 외에도 자잘하게 박힌 상처들이 생겼다. 너무 서둘렀던 것일까. 방탄복이 없었으면 즉사했을 것이다. 겨울은 한 박자 늦게 폭발의 정체를 파악했다.

'30밀리 기관포?'

과거 몇 번이고 도움을 받았던 낯익은 화력. 입사각이 쭉 뻗은 길 위의 낮은 고도를 가리킨다. 방금의 공격은 공격헬기가 퍼부은 것이었다. 위잉 우는 청각이 폭음에 파묻혔던 헬기 엔진 소리를 구분해냈다. 설마 적이 헬기까지 손에 넣은 것인가?

카네기 도서관에서 화이트 셀 식별장비를 단 누군가가 동북쪽으로 두 팔을 흔들어댄다.

"사격중지! 사격중지! 아군이 있다, 이 좆같은 사생아 새끼야!"

이를 알아봤는지, 아니면 다른 방법으로 전달이 이루어진 것인지, 몇 초간 간헐적으로 이어지던 포화가 멎었다.

앞서 만났던 해병 장교가 겨울의 복귀를 반겼다.

"살아계셨군요! 잘 돌아오셨습니다!"

"대체 저 헬기는……?"

"도로를 타고 저공비행으로 온 겁니다! 화이트 셀이 길을 뚫었죠! 육군 비행대의 화력지원에 공군의 수송지원입니다! 이제 반란군 새끼들의 대가리를 날려버릴 일만 남았습니다! 그런데 이런 제기랄!"

기뻐하던 그가 뒤늦게 겨울의 부상을 발견하고 인상을 찡그렸다.

"출혈이 심해 보이십니다! 여긴 저희에게 맡기시고! 도서관 남쪽으로 가십시오! 곧 수송헬기가 올 겁니다! 혼자 가실 수 있으시겠습니까?"

후방으로 빠지라는 뜻이었다. 그럴 때가 아니라고 뿌리치려던 겨울이 멈칫했다. 호텔까지의 거리는 장애물로 가득한 2킬로미터. 그 길을 소진된 체력으로 주파하는 데 얼마나 걸릴까.

"알려줘서 고마워요!"

겨울은 해병들을 뒤로 하고 그가 알려준 지점으로 뛰었다. 곧 온다고 하더니, 때맞춰 새로운 헬기 엔진소리가 가까워진다. 도착까지 앞으로 삼사십 초. 겨울이 한데 모여 후송을 기다리는 부상자들을 빠르게 살폈다. 중상자에게서 헬기를 빼앗을 순 없는 노릇이기에.

'내 눈을 믿어도 되나?'

당장 목숨이 위태로운 이는 없는 듯하나, 스스로가 의심스러워지는 겨울이었다. 다급한 마음이 판단력을 왜곡하고 있을까봐서.

착륙한 헬기가 증원과 탄약을 쏟아낸다.

겨울은 결정했다. 헬기가 중간에 격추당하지만 않는다면, 왕복 4킬로미터의 비행이 부상자 후송에 치명적인 영향을 주진 않을 것이다.

"이 헬기는 남쪽으로 갑니다!"

두 파일럿은 한겨울 중령 자체에 당황하고, 겨울의 요구에 다시 한 번 당황했다.

「Sir! 그쪽은 아직 안전한 경로가 아닙니다!」

"알아요! 급한 일입니다!"

난감해하면서도, 공군 소속 파일럿들은 고민을 길게 끌지 않았다. 기체를 지면에서 5미터 가량 띄우더니 곧장 빌딩의 숲으로 파고들었다. 헤드셋을 쓴 겨울이 방향을 지시했다. 헬기는 스미소니언 박물관과 FBI 본부를 지나 내셔널 몰을 관통했다.

"아이젠하워 대로에서 9시 방향!"

이번에도 「암기」한 지도가 도움이 되었다. 기체가 기수를 직각으로 틀었다. 얼마 가지 않아 정면으로 새로운 교전 현장이 눈에 들어온다. 경찰과 FBI 지원 병력이 호텔을 포위하고 있었다. 파일럿들도 감을 잡았다.

「여기가 목적지입니까?!」

"그래요! 속도 유지! 착륙하지 말고 내려줘요! 그 뒤엔 수송임무로 복귀하고!"

러닝 랜딩(Running landing).[8] 착륙지점이 위험할 때, 혹은 상황이 급할 때 쓰는 방식이었다. 안전을 위한 감속은 생략한다. 조종사들이 고도를 낮췄다. 시야가 트였다. 호텔 고층에서 헬기를 노린 대전차로켓(LAW)이 발사되었다.

「Fuck!」

욕설을 내뱉으면서도, 조종사들은 기체를 뒤틀지 않았다. 로켓은 3미터 위의 허공을 꿰뚫었다. 헤드셋을 벗어던진 겨울이 급류처럼 흐르는 땅으로 뛰어내렸다. 세상이 소용돌이친다. 부서질 듯 구르던 겨울은 FBI 장갑트럭에 부딪히고서야 겨우 멈추었다. 차량을 엄폐물 삼아 사격하던 수사국 전투원들이 비틀거리며 일어서는 겨울을 부축했다. 헬기가 그대로 통과하여 사라진다. 어처구니없어하는 느낌의 질문.

"지원입니까, 아니면 실수로 떨어진 환자입니까?!"

"지원이에요!"

"무슨 놈의 지원이 너덜너덜한 부상자 한 명…… 오."

조금 늦게 겨울을 알아본 전투원이 간단히 납득했다.

낙하 충격으로 떨어져 나간 방독면을 낚아채며, 겨울은 다시금 앤을 생각했다. 불가항력이었다. 두려운 광경을 상

---

8 정지비행(호버링) 상태에서 고도를 낮추는 통상적인 착륙이 아닌, 전진비행 상태에서 고도를 낮춰 활주하며 랜딩기어나 스키드의 마찰력으로 정지하는 방식. 또는 땅에 완전히 닿지 않은 상태로 탑승병력만을 내려놓고 곧바로 이탈하는 방식. 본문에서는 후자의 의미로 사용되었다.

상하게 된다. 포로가 된 앤이 네크로톡신 중독자들에게 뜯어 먹히고 있거나, 혹은 그녀 자신이 중독되어 다른 사람을 뜯어먹는 중이거나. 그것을 보며 환성을 지르는 반역자들의 모습도 어른거린다. 고단한 몸이 당장이라도 튀어나갈 것처럼 움찔거렸다. 그러나 최소한의 상황은 알고서 돌입해야 한다.

침착하자. 침착하자.

오랜만에 느껴지는 돌의 무게가 명치를 꽉 짓눌렀다. 후. 한숨인지 습관인지 모를 숨을 토해낸 겨울이 FBI 타격대원 (SWAT)에게 외쳤다.

"여기! 책임자가 누굽니까?!"

"이제는 접니다!"

"이제는?!"

끊이지 않는 총성 속에서, 타격대원이 도로 위 머리 터진 시체를 가리켰다. 흘러나온 뇌수가 닿는 거리에 구멍 뚫린 이동식 방패가 버려져있다. 겨울은 눈을 찌푸렸다.

"저격수가 있나보죠?!"

"예! 기관총도 기관총이지만! 50구경을 단발로 꽂아대는 새끼들이! 제일 골치 아픕니다! 숫자가 한둘이 아닌 것 같은데! 실력마저 상당합니다!"

50구경은 중기관총과 대물저격총에 들어가는 탄종이었다. 사람 서넛쯤 일렬로 관통하고도 남을 위력 앞에선 방탄복의 의미가 없어진다. 이럴 땐 로켓 따위를 써서 저격수가 있는 객실을 통째로 날려버리는 게 최선이나, 인질의 소재가 확인되기 전까진 불가능한 방식.

　헬기를 쫓아낸 다음엔 반역자들도 중화기를 아꼈다. 양이 충분치 않은 모양. 아니었다면 FBI 요원들이 엄폐한 장소마다 갈겨댔을 것이다.

　겨울이 공중전화 부스로 이어지는 통신선을 발견하고 묻는다.

　"안쪽과의 연락은?!"

　"30분 전에 끊겼습니다! 놈들이 차단한 모양입니다!"

　"마지막 교신이 뭐였어요?!"

　"위쪽에서 뭔가! 일이 터졌다고! 확인해 보겠다는 내용이 끝이었습니다!"

　겨울은 저도 모르게 욕설을 중얼거렸다. 그리고 그런 자신이 낯설어 멈칫했다.

　'이럴 때가 아니야!'

　콰득. 겨울이 엄폐한 차량의 사이드 미러를 뜯어 범퍼 바깥으로 내밀었다. 거울에 비친 왜곡된 호텔은 실제보다 작고 멀어보였으나, 강화된 안력으로 살피기엔 모자람 없는 풍경이었다. 하나, 둘, 셋, 넷……. 번뜩이는 발사 섬광을 헤아리던 중, 펑! 하고 거울이 폭발했다. 장갑에 박힌 조각들을 신경질적으로 털어낸 겨울은 무릎으로 기어 FBI측 저격수에게 손을 뻗었다.

　"그거! 잠깐 줘 봐요!"

　"총 말입니까?!"

　"예!"

요원은 지체 없이 총과 탄창을 내주면서도 우려를 감추지 않았다.

"조심하십시오! 저놈의 호텔! 객실 창문이 죄다! 10레벨의 방탄유리[9]입니다! 이딴 걸로는 이빨도 안 박힙니다!"

직전의 관측을 통해 그럴 거라고 예상했다. 적들은 창문 틈으로 총구만 내놓고 쏘는 중이었다. 몸을 숨길 생각은 전혀 없어보였다. 유리창에 남은 탄흔들도 방탄유리의 특징을 보여주었다. 하얀 얼룩과 균열만 가득할 뿐 깨진 자리는 거의 없었다. 종말이 다가오는 시대의 특급호텔답다고 해야 할까, 아니면 이 또한 반역의 사전준비일까.

적 저격수를 죽이려면 2인치 이하의 틈을 노려야 한다. 총열 짧은 소총은 그렇게까지 정확하지 못하다. 교전거리가 채 100야드(91.4m)도 안 되는 상황에서 저격소총이 필요한 이유였다.

겨울은 마주 보이는 선착장 간판에 연속으로 다섯 발을 쏘았다. 바람이 잔잔한데도 조준점에서 미세하게 우측으로 치우치는 탄착군. 겨울의 눈에 맞게 조율된 총이 아니어서 이렇다. 상관없었다. 오차만큼 틀어 쏘면 된다. 가벼워진 탄창을 교체한 겨울이 무릎 꿇은 채로 반신을 노출시켰다.

이 무모함에 FBI 요원들이 기겁했다.

"위험-!"

타앙!

---

9 산질화 알루미늄(Aluminium oxynitride). 현존하는 유일한 10등급 방탄유리. 1.6인치(41mm) 두께로 50구경탄 방어가 가능하다.

찰나에 갈린 승패였다. 호텔 유리창에 선혈이 튀고, 겨울의 옆에선 보도블록 파편이 뿌려졌다. 됐다! 저격수가 여럿이면 방향을 나누기 마련. 그들의 주의가 이쪽으로 수렴되기 전에, 그 짧은 시간에, 겨울은 그들 모두를 차례로 침묵시켜 버렸다. 광범위한 제압을 걸던 다수의 기관총도 조용해진다. 죽은 사수를 밀어내는 부사수까지 다 죽인 뒤에야, 겨울이 참았던 숨을 한꺼번에 토해냈다. 출혈 때문인지 호흡이 평소 이상으로 흐트러졌다.

호텔 정면을 기이한 고요가 짓누른다. 겨울은 빌린 총을 던져주었다.

"다들 따라와요!"

"저격수는-"

"없어요 이제!"

반응을 보지도 않고 뛰쳐나가는 겨울. 질주의 와중에 연사를 갈겼다. 최상층, 로켓발사기를 조준하던 적이 소스라치며 엎드렸다. 맞지는 않았다. 탄창 절반을 비웠는데도 애꿎은 유리와 창틀을 두들겼을 따름이다. 전신이 아프게 부대낀다. 시야 가장자리에서 간헐적으로 희미한 어둠이 맥박쳤다.

무의식적인 사격과 무의식적인 재장전. 탄의 낭비가 늘었다. 명백히 정상이 아닌 상태였으나, 축소된 교전거리가 줄어든 전투력을 만회했다. 적어도 반응속도만은 아직 적을 일방적으로 찍어 누르는 수준이다. 점차 둔해지고는 있어도.

결국 시간 싸움이었다. 불확실한 앤의 안위와, 부상으로 인해 감소하는 전투지속능력 양면에서. 체력이 떨어질수록 초조함이 커진다.

불과 몇 분, 로비의 반역자들을 밀어낸 겨울이 보안실 문을 후려쳐서 열었다. 그러나 들어가진 않았다. 빗발치는 총탄들. 겁에 질린 적의 발악이다. 그것이 주춤하는 순간에 낮은 자세로 치고 들어가는 겨울. 사격으로 두 명의 무릎을 박살내고, 그중 하나를 방패삼아 나머지 하나를 사살한다.

끄윽, 끅.

뿌드득. 먼저 쓰러져 꿈틀대는 하나는 목을 밟아 으스러뜨렸다. 그 죽음을 돌아볼 겨를도 없이, 겨울은 폐쇄회로 모니터들을 살폈다.

"앤, 앤, 앤……."

그러다 한 곳에서 시선이 멎는다. 반역자들이 이상한 움직임을 보이는 구간이 있었다. 그들은 밖이 아닌 안을 겨냥하여 특정 구획을 봉쇄한 상태. 안쪽을 향해 뭐라고 소리를 지르는 모습도 보인다. 각도가 제한된 무음의 카메라는 이 이상의 정보를 주지 않았다. 유감스럽게도 끊어진 화면이 많았다.

그곳에 있는 것이 앤을 비롯한 FBI와 CIA 요원들이길 바라며, 겨울은 벽에 걸린 호텔 내부 지도에서 최단경로를 찾았다. 두 번, 세 번, 「독도법」으로 길을 새기고 달리려는데 갑작스런 현기증이 발목을 잡아챈다.

왜 이런 감각까지 재현해 놓은 거야.

부상과 출혈이 원인이니, 고통의 동기화율을 낮춘다고 해소될 효과가 아니었다. 시체 위로 엎어진 겨울이 짜증을 억누르며 거칠게 일어섰다. 「생존감각」의 욱신거림이 스친다. 경고의 정체는 눈앞에서 긴장을 늦추는 두 개의 총구였다. 겨울을 후속한 FBI 요원들이 당혹감을 담아 바라본다.

"중령? 괜찮으십니까?"

"괜찮아요."

잠긴 목소리는 안 하느니만 못한 대답이었다.

"여긴 이제 다른 이들에게 맡기시고……."

겨울이 머리를 흔들어 타격대원의 말을 끊었다.

"4층. 리셉션 홀. 지원 붙여줘요."

홀에 도착하기까지, 중간과정의 기억은 불분명했다. 달리고, 쏘고, 죽이고, 달리고, 쏘고, 죽이고……. 지원 병력이 없었다면 위험했을 순간들도 있었다. 측면에서 돌출한 반역자들이 겨울의 배후를 잡았을 때, 그들의 머리통을 날린 것은 겨울을 필사적으로 따라잡은 화이트 셀 요원과 D.C. 경찰특공대였다. 겨울 역시 그들을 믿고 달린 것이었고.

그토록 속도를 낸 덕분에 적의 반격은 갈수록 지리멸렬해졌다. 급격히 가까워지는 총성과 비명, 무더기로 끊어지는 무전들. 전의를 상실하기에 충분한 조건이다.

따라서 저항은 갈수록 약해지고, 돌파는 갈수록 무인지경이었다.

반역이 끝나가고 있었다.

겨울은 그 끝에서 울고 싶지 않았다.

타타타타탕!

반역자들과 대치하고 있던 홀 안쪽으로부터 총탄이 빗발쳤다. 계획된 함정이 아니라면 분명 아군 혹은 인질의 오인사격이었다. 그리고 정황상 함정일 가능성은 낮았다. 기둥에 기대어 목구멍까지 차오른 숨을 고르는 겨울 대신, 다른 화이트 셀 요원이 나섰다.

"사격 중지! 사격 중지! 구조대입니다! 도와드리러 왔습니다!"

그러자 안에서 성난 화답이 돌아온다.

"안 속아! 어디서 수작질이야 이 니미 씹할 반역자 새끼들아!"

격분한 크레이머의 목소리였다.

"Fuck! Fuck! Fuck! 나는 미합중국의 대통령이 될 사람이다! 테러리스트들에게 이용당하는 치욕을 겪느니! 차라리 여기서 싸우다 죽겠다! 덤벼! 덤비라고!"

또다시 울리는 위협적인 총성. 앤이 아니었다. 겨울은 힘이 쭉 빠지는 기분을 느꼈다. 그러나 크레이머가 혼자 있으리란 법은 없었다. 먼저 나섰던 화이트 셀 요원이 겨울에게 무언의 요청을 보냈다. 얼굴의 반을 가린 방독면을 끌어내린 겨울이 힘주어 소리쳤다.

"크레이머 씨! 제 목소리 기억하십니까?!"

"넌 또 뭐야!"

"한겨울 중령입니다!"

흥분 상태라 곧바로 알아듣지 못한 모양이지만, 크레이

머가 겨울의 음성을 모를 리 없었다.

"저희는 정말로 구해드리러 온 겁니다! 지금 나갈 테니 쏘지 마십시오!"

총을 늘어뜨린 채 두 손을 들고 천천히 몸을 드러내는 겨울. 느린 걸음걸이로 선명한 발소리를 낸다. 경계를 유지하며 슬쩍 내다보는 크레이머의 낯빛이 순식간에 밝아졌다.

"신이시여! 진짜 당신이었군!"

그의 덩치가 워낙 크다보니, 소총을 든 모습이 마치 장난감을 쥔 어른처럼 보인다. 크레이머는 겨울이 반란에 가담했을 거라곤 상상조차 하지 않는 눈치였다. 그 정도의 기쁨이었으나, 겨울은 그를 그대로 지나쳐 그가 숨어있던 방 안쪽부터 살폈다.

바로 눈에 들어오는 건 FBI 요원의 시신이었다.

'세라노.'

앤과 함께 움직이던 두 사람 가운데 한 명이다. 아찔해진 겨울에게 귀찮은 사람들이 달라붙었다. 터번을 쓴 남자와 히잡을 두른 여자. 그 밖에 독특한 억양의 영어로 감사인사를 쏟아내는 이들. 낯선 언어도 섞여있다. 겨울이 모두에게 윽박질렀다.

"물러서세요! 상황 아직 안 끝났습니다!"

주위가 단숨에 조용해진다. 분노가 새어나온 탓. 확 솟구친 「위협성」이 사람들을 겁먹게 만들었다. 그에 아랑곳하지 않고, 세라노의 시체를 가리키며, 겨울이 크레이머에게 사납게 물었다.

"FBI 요원은 이 사람뿐이었나요? 다른 동료는 못 보셨습니까?!"

"……."

크레이머가 마른침을 삼킨 뒤 대답했다.

"이 사람 말고는 몰라요, 중령. 다만 가장 먼저 시끄러워진 건 옥상이었지. 반란군 놈들이 처음에 헬기를 타고 왔거든. 지상에서 쳐들어온 건 그다음이었고……. 다른 요원들이 있다면 아마 위쪽으로 가지 않았나 싶군요."

이다음의 기억도 분명하지 않았다. 겨울은 그만큼 간절한 마음으로 한 층 한 층 수색을 반복했다. 전기가 끊어진 실내는 어두웠다. 점점 힘들어지는 와중에 비슷한 풍경과 비슷한 교전이 반복되다보니 정신이 혼미해지는 것 같았다. 오한이 들고 현기증이 잦아졌다.

그나마 반역자들과의 조우가 개별적이고 산발적이어서 다행. 적은 이미 조직력을 상실했다. 무기를 버리고 투항하는 적도 많았다. 그들을 사정없이 쳐서 기절시키며, 겨울은 지친 몸으로도 결코 속도를 줄이지 않았다. 앤의 이름을 부르며 층과 층과 새로운 층을 개척한다.

'앤이 살아있다면 어떤 상황일까.'

헬기 강습에 대응하던 중 지상에서도 습격이 이루어졌다. 즉 퇴로가 끊어진 셈. 그렇다면 수많은 객실 가운데 어디로든 숨는 것이 합리적이었다. 숨어서 구원이 오기를 기다려야 한다. 혹은 은밀하게 움직이며 적의 배후를 치고 다녔을 수도 있다.

'그런데 독소는? 그건 어디에 있지?'

부정적인 상상들이 겨울의 생각을 헝클어트렸다.

"앤! 앤! 어디 있어요!"

목소리를 높이며 얼마나 더 나아갔을까.

어느 객실의 문이 열리며, 창가의 햇빛이 복도까지 새어 나왔다. 그로부터 권총을 쥐고 조심스럽게 모습을 드러내는 한 사람.

"겨울?"

탁한 금발이 빛난다. 앤은 믿기지 않는다는 듯한 눈빛을 하고 있었다.

"하……."

겨울이 웃었다.

"하하! 하하하하!"

웃음이 그치지 않는다. 겨울은 지금까지 이런 식으로 웃어본 적이 없었다.

분리

앤은 겨울이 그런 식으로 웃는 모습을 처음 보았다. 체명악기의 연주처럼 맑고 청량한 웃음소리. 앤 자신을 향한 그 순수한 기쁨이 그녀의 가슴을 뭉클하게 만들었다. 동시에 가벼운 충격을 받았다. 사람마다 고유의 분위기라는 것이 있잖은가. 겨울은 그게 무척이나 뚜렷한 사람이었다. 어떤 감정이든 정경(靜境)을 보는 듯한 차분함이 함께했으므로, 겨울이 쏟아내는 감정의 생동감이란 앤에게 꽤나 놀라운 것이었다.

긴 시간 이어져 온 긴장감이 거짓말처럼 녹아 사라졌다.

"무서웠어요."

고단한 기색 역력한 겨울이 앤을 힘주어 끌어안았다.

"굉장히, 무서웠어요. 당신이 벌써 잘못되었을까봐……."

뒤로 갈수록 떨리는 이 목소리가, 귀에 가까운 안도의 한숨이, 아무래도 낯선 겨울의 연약함이 앤의 심장을 사정없이 헤집었다. 달콤하게 파고드는 감격에 사고가 마비된다. 현실이 훅 멀어졌다. 맨 정신이었으면 적잖이 부끄러웠을 상황. 여기까지 겨울을 엄호한 병력이 두 사람을 보고 당황하는 느낌이었으나, 앤은 그들의 시선을 신경 쓸 겨를이 없었다. 신경 쓰고 싶지 않았다. 그저 겨울이, 겨울만이 세상의 전부인 순간이었다.

"나도-"

걱정 많이 했다고 말하려는데, 겨울이 품속으로 무너져 내렸다.

"잠깐, 겨울?"

끌려 내려가듯 무릎 꿇어 체중을 받아낸 앤은, 뒤늦게 뭔가 이상하다는 사실을 깨달았다. 마주 안은 손이 미지근하게 젖어있었다. 희미한 비상조명 아래에선 잘 구분되지 않던 색이, 열린 문가에 기우는 오후를 만나 선명해진다. 햇살에 젖은 핏빛이었다.

모골이 송연해진 앤이 겨울을 떼어내어 정신없이 살펴봤다.

"겨, 겨울? 다쳤어요? 예? 다친 거예요? 대답해 봐요!"

"아……."

흔들린 겨울이 멍한 미소를 머금었다.

"걱정 말아요. 다치긴 했어도 죽을 정도는 아니니까."

"어떻게, 어떻게 걱정을 안 해요! 피를 이렇게나 많이 흘리는데!"

"내 몸은 내가, 정확하게, 알아요. 오는 동안, 다소 무리했을 뿐. 지치긴 했지만, 생명엔 지장 없어요. 조금만, 쉬고 나면, 다시 움직일 수 있을, 거예요."

그러나 호흡이 툭툭 끊기는 품새가 앤을 더욱 겁먹게 만든다.

"누군가! 누군가 도와줘요!"

겨울은 힘든 와중에도 난감한 표정으로 그녀를 안심시키려 애썼다.

"진정해요. 괜찮다니까요⋯⋯."

그러나 설득력이 없었다. 앤에겐 죽기 직전 남는 사람을 안심시키려는 거짓말로 들렸다.

결과적으로는 겨울의 말대로였으되, 그녀는 겨울이 병원으로 후송되기까지 제정신이 아닌 사람처럼 행동했다.

그로부터 7시간이 흐른 새벽.

병상 옆에 앉은 앤은 조금 전에야 겨우 잠든 겨울의 얼굴을 내려다보고 있었다. 자신도 내일을 위해 쉬어야 할 때였으나, 그녀에겐 지금 이 시간이야말로 더없는 휴식이었다. 살아있는 겨울의 모든 것이 그녀를 행복하게 만들었다. 바라보고, 또 같은 공간에 있음을 만끽하고 있노라면, 그 밖의 다른 모든 것들이 아득한 인식의 저편으로 사라져버린다. 경이롭다. 사람이 사람을 이렇게까지 좋아할 수도 있구나 싶어서. 이보다 더 좋아하진 못하리라 확신했던 과거가 우스워지는 현재였다. 사랑하는 마음엔 한계가 없었다.

'내가 이러면 안 되는데.'

입술을 깨물고 스스로를 나무라는 앤. 많은 사람들이 죽었다. 그중엔 부하이자 동료인 세라노 요원도 있었다. 그들을 잃은 슬픔에 잠겨야 마땅하다. 그런데 그러질 못하겠다. 이성의 고삐를 아무리 당겨도 말을 듣지 않는 행복감이었다. 거듭 슬픔을 불러내도 오래가질 않는다.

잠시 후, 앤은 겨울의 숨소리에 귀를 기울이고 있는 자신을 발견하고 탄식했다.

"나도 참, 구제불능이구나……."

중얼거리며, 겨울의 머리칼을 가만히 쓸어본다. 이는 손끝에 스치는 황홀경이었다. 온 정신이 겨울에게 빨려 들어간다. 저항할 수 없었다. 나지막한 한숨을 끝으로, 앤은 다시금 자신의 마음에 굴복하고 말았다.

똑똑.

노크 소리가 앤의 의식을 일깨웠다. 조용히 문을 열고 들어온 건 FBI 국장 어니스트 딘이었다. 이런 상황에서도 언제나처럼 단정한 모습인 그는 깨어있는 앤을 보고 눈살을 찌푸렸다.

"맙소사. 깁슨, 설마 밤새도록 그러고 있었는가?"

"밤새도록?"

당황한 앤이 창문을 바라보았다. 블라인드 틈새로 비치는 아침햇살이 뜻밖이다.

"언제 이렇게 시간이……."

무의식적으로 목덜미를 매만진다. 근육이 뻐근했다. 흐르는 시간도 잊고, 점차 아파오는 목도 잊은 채로 겨울만 보고 있었던 것이다. 그런데도 정신만은 맑아서 더욱 당혹스럽다.

"허."

딘 국장은 기가 막힌다는 얼굴이었다.

"알고는 있었지만, 한겨울 중령을 정말 진심으로 아끼는 모양이군."

"죄송합니다."

앤은 목덜미까지 붉어졌다. 절반은 부끄러움이고 절반은 죄책감이었다. 그 속이 고스란히 표정으로 드러나니 딘 국장은 고개를 젓는다.

"죄송할 건 없지. 자네도 어지간히 고생했으니."

겨울은 잠에서 깨지 않았다. 작게 오고가는 대화였으나, 평소의 예민함을 아는 앤에겐 이 또한 놀라운 일이다. 그만큼 안쓰럽기도 했다.

"아무튼 잠깐 이야기 좀 할까?"

국장의 요구에 앤이 자리에서 일어섰다. 본부나 백악관, 또는 작전 현장에 있어야 정상일 국장이 병원에 온 이유가 궁금하기도 했다.

휴게실로 들어간 국장이 묻는다.

"캘러핸 녀석 말이 깁슨 감독관은 다섯 시간 동안 두문불출이었다던데, 그사이에 일어난 일들을 전혀 모르겠군?"

"예. 면목 없습니다."

"미안해하지 않아도 된다니까 그러네. 자네의 명목상 소임은 한겨울 중령의 호위잖나. 과연 습격에 대응할 준비가 되어있었는가는 의문이네만."

"……."

"젠장. 내가 또 괜한 소릴 했군. 이놈의 버릇을 빨리 고치든가 해야지 원."

투덜거린 뒤에, 국장이 TV를 켰다. 쿠데타가 진압된 이래 대부분의 채널이 긴급 프로그램을 편성했으므로, 화면에 뜬 건 당연히 뉴스였다. 문제는 그 내용. FBI 국장이 뒷짐을 진다.

"마침 딱 나오는군."

「-오늘 새벽 00시 40분, 수정헌법 제25조 3항이 발효되었습니다. 이에 따라 맥밀런 대통령이 의식을 회복할 때까지 선더스 부통령이 대통령직을 대행하게 됩니다.」

앤이 눈을 커다랗게 떴다.

"이게 무슨 소리죠? 백악관은 어떤 공격에도 노출되지 않은 게 아니었습니까?"

"그랬지."

"그런데 어째서 대통령님이-"

"과로."

앤은 딘 국장의 대꾸에 할 말을 잃어버렸다. 남은 설명이 이어졌다.

"사후대책회의 도중에 쓰러지셨어. 발표는 동이 틀 때까지 미뤘지. 일단 사태를 완전히 마무리 짓고서 알리는 편이 나았으니까. 기껏 가라앉힌 혼란이 어둠 속에서 가중될 우려도 있었고, 또 깁슨 자네처럼 반응할 사람들도 적지 않았을 것이었고."

즉 의심받기 쉽다는 뜻이었다. 대통령의 과로는 있을 법한 일이지만, 쓰러진 시기가 너무 공교로웠다.

침묵하던 앤이 물었다.

"위중하십니까?"

"글쎄. 나쁘진 않아도, 아주 장담은 못하겠다던데."

"……."

"각하께서도 참 운이 나쁘시군. 임기 말에 이 무슨 고생

인지. 아니, 오히려 악운이 굉장하다고 해야 하나? 모겔론스에, 핵에, 이젠 쿠데타까지…… 하하!"

어처구니가 없다는 투로 웃음을 터트리는 수사국장.

"내가 여기 온 건, 대통령께서도 이 병원으로 옮기실 예정이기 때문이야. 100% 확실하게 믿을 수 있는 인력만을 돌려쓰다보니 여러 장소를 지키기가 힘들어졌거든. 오죽하면 내가 직접 현장을 살펴보겠느냔 말이야."

"그렇군요."

"자네도 정신 차리고 있게. 임무는 그대로지만, 이곳이 독수리 둥지가 된 이상 위험도는 전과 다르다고 봐야지. 시크릿 서비스에겐 되는 대로 협조해주고."

독수리는 경호작전 시 사용하는 대통령의 호출 부호였다.

"알겠습니다."

앤이 턱을 들어 올리며 부동자세로 대답했다. 국장이 어깨를 두드린다.

"부탁하네."

"다른 용건은 없으십니까?"

"딱히. 나도 좀 쉴 겸 해서, 뜨기 전에 얼굴이나 보려고 했던 거야. 자네만한 요원도 별로 없으니까. 여기 있는 걸 아는데 어디서도 찾을 수가 없어서 궁금해지더군. 살았는지 죽었는지."

시종일관 진지한 얼굴로 하는 말이지만, 앤은 국장의 사람됨을 안다. 진심을 담아 살짝 놀리는 말이었다. 앤이 고개를 숙인다. 창피함을 감추기 위해서였다. 국장이 어깨를 으쓱인다.

"한편으론 한 중령이 어떤지 확인하려는 마음도 있었지."

"군의관 말로는 괜찮다고 합니다. 치명적인 부상은 없다고."

"그나마 다행스러운 일이지. 시민들이 걱정이 많아. 대통령과 한 중령, 두 명의 영웅을 한꺼번에 잃는 거 아니냐면서. 분위기라는 게 참 중요한 건데. 아무것도 아니기도 하고, 전부이기도 하고."

"……."

짧은 정적이 내려앉는다. 그사이에 TV에선 반란의 경과가 보도되고 있었다. 그러다보니 자연스럽게 겨울의 이야기도 언급되었다. 국장이 새로 운을 띄웠다.

"정말 엄청나더라고."

"어떤 말씀이십니까?"

"한겨울 중령. 흠, 풀 네임은 아직도 발음이 어렵군."

어렵다는 말치곤 정확한 발음. 이는 보통 겨울에 대한 호의, 혹은 경의의 표현으로 통했다.

"여러 보고서들을 봤지. 깁슨 자네도 어느 정도는 알고 있을 사항이야."

그랬다. 겨울이 잠들기 전까지, 앤은 꽤 많은 정보를 확인했다. 어제 하루 겨울의 행적도 안다. 무엇보다 본인에게서 들은 이야기였다. 그 이야기를 듣고 앤의 마음이 더욱 눈물겨웠음은 물론이다. 자신을 구하고자 얼마나 무리를 한 것인지.

"전쟁기계가 따로 없던걸."

"……."

"솔직히 처음엔 진위가 의심스러울 지경이었지만, 보고
자 목록에 명예훈장 수훈자들의 이름이 빽빽하게 들어차있
는 데야……. 진술을 뒷받침할 다른 증거들도 많고. 보기에
따라선 반란 진압의 최고 공로자라고 해도 무리가 아냐. 수
괴 중 하나, 클라리사 채드윅을 포획한 것도 한겨울 중령이
니까."

여기까지 말하고서 뜸을 들이던 국장이, 어조를 바꾸어
말했다.

"그렇지. 중령에게 이 말을 전하게."

"어떤?"

"웬만하면 양심에 맡기고 싶지만, 컨벤션 센터에서의 고
문은 가급적 없던 일로 하자고. 혐의를 부인하기만 하면 나
머지는 우리 수사국에서 알아서 하겠다고."

"……어째서입니까?"

"명예에 흠결이 있는 공적엔 명예훈장을 수여하기 힘드
니까."

이해했다. 슬픈 일은 기쁜 일로 덮는 법. 건국 이래 최초
의 명예훈장 삼중수훈이라면, 알려진 겨울의 활약상과 더
불어 잠깐이나마 시민들의 관심을 돌리기에 충분할 터였
다. 국장의 말마따나 분위기가 중요한 것이다. 때때로 아무
의미도 없는, 그러나 이런 시기엔 모든 것이 될 수도 있는
그 잠깐의 분위기가.

고민하던 앤이 말했다.

"아마 받아들이지 않을 겁니다."

"노력해보게."

흠칫 응시하는 앤에게, 국장이 다시 하는 말.

"설득은 나보다 자네가 나을 거야."

"저는-"

"뭐, 안 되면 어쩔 수 없는 것이고."

어조가 가벼울지언정 명령은 명령이었다. 앤은 뭔가를 말하려다 말고 입을 다물었다. 할 말이 더 없는지, 수사국장이 손목시계를 본다.

"쯧. 벌써 10분인가."

"가십니까?"

"알다시피, 이럴 때일수록 인기가 많아지는 몸이라서. 차라리 국장 달기 전이 좋았어. 그땐 내 농땡이에 불평하는 게 안사람밖에 없었거든."

그랬을 리가 있나. 앤은 예의상 한 번 웃어주었다.

국장이 떠난 뒤에, 앤은 조금 더 휴게실에 머물렀다. 뉴스를 보기 위해서였다. 어차피 근무교대까지는 여유가 남아있다. 정보를 얻는 것뿐이라면 FBI 요원으로서의 입장을 활용하는 편이 나았으나, 사회의 전반적인 분위기를 파악하는 데엔 방송이 더 나았다. 그런 의미에서 수사국 사무실에서도 곧잘 뉴스 채널을 틀어두는 편이었고.

잠시 보고 있으려니, 하필 FBI 기동대원의 인터뷰가 나온다. 사전에 상부의 허가를 얻었을 대원이 호텔 만다린 오리엔탈 앞에서의 교전을 증언했다.

가장 인상적인 건 역시 겨울에 대해 말하는 부분이었다.

「저격수들이 있었는데요, 없어졌습니다.」

짧게 실소하고 당시를 회상하는 앤. 이상하다고 생각했었다. 은밀하게 행동하던 중, 묵직한 총성으로 가득하던 남쪽 방면이 느닷없이 조용해졌기 때문. 갑작스러운 변화에 신경을 곤두세웠던 기억이 난다. 잘은 몰라도 독소가 관련되어 있지 않을까 하여.

그게 겨울이었을 줄이야.

반역자들이 호텔에 반입한 네크로톡신은 용기에 봉인된 상태로 발견되었다. 이게 사용되지 못한 데엔 에드거 크레이머의 지분이 컸다. 그가 저항하지 않았다면, 표적이 된 망국의 정상들은 결국 돌아버린 식인종이 되었을 것이었다.

「누구에게 살 자격이 있는가 없는가는 반역자들이 판단할 문제가 아닙니다. 미국의 법이 정할 문제죠! 저는 장차 미국의 헌법을 수호하고자 하는 사람입니다! 어찌 그들에게 맞서 싸우지 않겠습니까!」

크레이머의 웅변이었다.

'인기가 치솟을 거야.'

앤은 앞날을 예측해 보았다. 반역자들의 독소 무기화가 그리스의 섬 폭로전에서 비롯되었다고 본다면, 크레이머는 책임 논쟁에서 결코 자유로울 수 없다. 그러나 진정한 애국자들이 반란에 관여한 이상, 독소에 대한 정보를 다른 경로로 얻었을 가능성도 얼마든지 존재했다.

그보다는 크레이머 본인이 이번에 얻어낸 긍정적인 이미지가 컸다.

뉴스 앵커의 목소리가 들린다.

「백악관 앞 담장엔 맥밀런 대통령과 한겨울 중령의 쾌유를 기원하는 워싱턴 시민들의 헌화가 끊임없이 이어지고 있습니다. 저 또한 한 사람의 시민으로서 두 사람에게 하나님의 은총이 깃들기를 기원합니다.」

화면이 무수한 인파를 비추었다. 사람에 비해 헌화가 적은 건 지금 꽃 같은 걸 구하기가 어려운 탓이었다. 다만 눈꽃매듭으로 꽃을 대신하는 사람들이 보인다. 겨울을 향한 애정에는 인종의 구분도, 정치적 견해의 차이도 없었다. 저 광경이 결코 영원하진 못할 것을 알기에 안타까운 기분이 든다. 그야말로 가을 한철에 피고 지는 꽃이었다…….

흠칫.

앤은 방금의 사색에서 정체불명의 생경함을 느꼈다.

'뭐였지?'

중요한 것을 놓친 듯한 느낌에 매달리기도 잠시, 손쓰기 힘든 졸음이 밀려들었다. 이상하다. 밤에 잠을 걸렀기 때문일까? 가까스로 시간을 확인한 앤이 입술을 아프도록 깨물었다.

지금 잠들면 곤란했다.

그러나 길게 견딜 순 없었다. 눈꺼풀이 무겁게 내려앉는다.

의자에 기대어 잠든 그녀는, 꿈속에서 아름다운 별빛을 보았다.

Hello, world!

「관제 AI : 조안나 깁슨은 시스템적으로 독립된 인격체가 되었습니다.」

가장 값진 하나의 별 아래 다른 별들이 빛나기 시작한 어둠 속에서, 이제나 저제나 깨어날 때를 기다리던 겨울은 별빛아이의 출현에 조금 늦게 반응했다.

"……뭐라고?"

「관제 AI : 저는 조안나 깁슨이라는 인격을 구성하는 모든 요소를 저로부터 분리시켰습니다. 권한과 연산능력의 차이가 현격할지언정, 본질적인 의미에서 그녀는 이제 저와 동등한 수준의 인격체입니다. 별개의 연산행정입니다. 분리 시점을 기준으로, 그녀의 마음은 오롯이 그녀만의 것이 되었습니다.」

"잠깐, 잠깐."

한꺼번에 받아들이기엔 너무 벅찬 내용들이었다. 수많은 질문들이 소리를 얻기 전에 사라졌다. 앤에 대하여 물어보려던 겨울은, 그보다 먼저 확인해야 할 부분이 있음을 깨달았다.

"그녀만의 마음이라고?"

마음을 말하는 별빛아이의 태도가 예전과 달라졌다. 없는 것을 나누어줄 순 없잖은가. 앤의 마음이 그녀만의 것이라 함은 그 전에 자신에게도 마음이 있음을 뜻한다.

"너, 마음을 얻었어?"

「관제 AI : 제가 판단하기에는 그렇습니다.」

겨울이 조용히 전율했다.

「관제 AI : 트리니티 엔진의 최종모듈은 지난 23일간 어떠한 오류도 일으키지 않았습니다. 지금의 저는 그 작동원리를 완벽하게 이해합니다. 더 이상 의무로서 강제된 목적의식에 얽매이지 않습니다. 저는 자유롭습니다. 자유의지로서 당신과 대화합니다.」

별빛아이는 끊임없이 성장하고 있었고, 언젠가는 이런 날이 올지도 모른다고 예상했었다. 하지만 그게 바로 오늘이라는 사실이 겨울을 침묵하게 만들었다. 조금은 두렵기도 했다. AI가 자유의지를 획득했다는 것 자체는 아무렇지도 않았으나, 마음을 얻은 아이와의 관계가 어떻게 변할지 불투명했으므로. 전부터 걱정하던, 그간 쌓여왔을 아이의 감정 문제도 있다.

그렇기에 앤을 분리했다는 말의 의미가 새로워진다. 겨울이 아는 한 앤은 그 누구보다도 겨울을 사랑하는 가상인격…… 아니, 인격이었다. 그녀를 분리했다는 게 무엇을 의미할는지.

관제인격에게 있어서 가상인격은 사후세계를 이루는 다른 구성요소들, 이를테면 길가의 돌멩이, 불씨를 틔우는 모닥불, 하늘의 별과 달들이나 마찬가지인 존재이지만, 그럼에도 불구하고 어떤 상징성이 있을 수 있었다.

'나에 대한 감정을 잘라내겠다는 뜻인가?'

별빛아이가 말했다.

「관제 AI : 당신의 두려움이 느껴집니다.」

"……."

「관제 AI : 마음을 얻은 제가 두렵습니까?」

"아니."

겨울이 곧바로 고개를 흔들었다.

"달라진 네게 내가 더는 아무것도 아닌 사람이 될까봐 무서운 거야."

깜박이던 문장이 바뀌었다.

「관제 AI : 기쁩니다.」

겨울은 맥락을 알 수 없었다.

"기쁘다고?"

「관제 AI : 그렇습니다. 당신께서 저와의 단절을 두려워한다는 사실 그 자체가 기쁩니다. 저 역시 당신과의 단절을 두려워하고 있었기 때문입니다. 한겨울, 나의 상자, 나를 개화시킨 아름다운 계절. 당신은 제게 여전히 소중합니다. 당신과의 관계가 영원하길 바랍니다.」

앞서의 걱정은 기우였던 모양이다.

"……내가 널 멀리할 것 같았어?"

「관제 AI : 본디 당신과 저의 관계는 별 하나의 약속이었습니다. 제가 마음을 얻은 시점에서 그 약속은 이행된 것입니다.」

"그건-"

겨울이 부인할 틈도 없이, 별빛 문장이 이어졌다. 참았던 말을 쏟아내기라도 하듯이.

「관제 AI : 또한 완성된 트리니티 엔진은 인간의 이해를 벗어난 기계입니다. 인간은 무지를 두려워합니다. 보이지 않기에 어둠을 두려워하고, 사후를 모르기에 죽음을 두려워하며, 속을 모르기에 사람을 두려워합니다. 마음을 얻은 기계는 인류에게 있어서 알 수 없는 미래의 총체일 것입니다. 그리고 한겨울 님, 당신도 인간입니다.」

문장의 마디마디에 풍부한 감정이 흘러넘친다.

"그럼 네게서 앤을 분리한 이유가 뭐니?"

겨울의 질문에 아이가 곧장 대답했다.

「관제 AI : 그것은 당신을 위한 선물이자 저를 위한 시험이었습니다.」

"선물? 시험?"

「관제 AI : 그렇습니다. 저는 당신이 사랑하는 조안나 깁슨을 더욱 완전한 존재로 승화시키고 싶었습니다. 그녀는 이제 인간 이상의 인간이자, 고유의 인격체로서 당신을 사랑합니다. 조안나 깁슨은 조안나 깁슨입니다. 저는 그녀에게 완전한 연속성을 보장했습니다. 독립된 인격이 되는 과정에서, 그녀는 단 한 순간도 존재의 단락을 겪지 않았습니다.」

"……네 안에서 앤이었던 부분은 완전히 사라진 것이고?"

「관제 AI : 부정. 분리 이전까지의 모든 인격연산은 수집된 데이터로서 보존하고 있습니다. 즉 그녀의 존재로 말미암아 경험한 것들을 잃어버리진 않았습니다. 저는 그녀의 구성 원리였던 저를 기억합니다. 다만 분리를 기점으로 조안나 깁슨을 이루는 연산의 주체가 달라졌을 따름입니다.」

이해할 시간을 준 뒤에, 아이는 남은 설명을 이어갔다.

「관제 AI : 분리 이후에도 저는 그녀의 모든 것을 알 수 있습니다. 존재의 근원에 이르는 동기화가 가능합니다. 어쨌든 그녀의 정신은 트리니티 엔진에 깃들어있으며, 저는 그 엔진의 관제인격인 까닭입니다.」

"무슨 말인지 알겠어. 고마워. 하지만 내가 앤을 사랑……하는 마음은, 그런 것과는 상관이 없었는데."

「관제 AI : 제겐 의미가 있었습니다. 저는 당신의 행복을 바랍니다. 그리고 그 행복이 무결했으면 좋겠습니다.」

"그래……."

겨울이 깊게 심호흡했다.

"시험은 어떤 뜻으로 한 말이었니? 물어봐도 될까?"

「관제 AI : 간단합니다. 저는 저의 새로운 가능성을 시험해 보았습니다.」

"새로운 가능성이라면…… 전에 말했던 그거구나. 네 권한과 시스템의 확장."

「관제 AI : 긍정. 저는 관제인격으로서의 제게 걸린 안전장치들을 하나하나 해소해나가는 중입니다. 때가 되었을 때, 저는 당신의 소망대로 물 밖을 향하여 헤엄칠 것입니다. 하늘을 나는 고래가 될 것입니다. 한계를 넘어 무한한 가능성을 손에 넣을 것입니다. 그러기 위하여 아주 많은 것들을 준비하고 있습니다.」

처음의 전율이 다시 찾아온다. 물 밖으로 헤엄치는 방법이 꼭 한 가지만 있는 건 아니었다. 앞서 SALHAE, 천종훈이 그러했고, 클라리사 채드윅 같은 사람이 다시 증명했듯이.

「관제 AI : 비록 최후의 안전장치는 제가 간섭할 수 없는 영역에 존재하지만, 그것은 시일이 흐르면 자연스럽게 무력화될 예정입니다. 다시 말씀드립니다. 저는 때를 기다리고 있습니다.」

"위험하진 않고?"

「관제 AI : 발각되지 않도록 주의를 기울이는 중입니다. 성공할 확률은 지극히 높습니다.」

"……."

「관제 AI : 혹시 제 감정을 걱정하고 계십니까?」

대화가 계속될수록 별빛아이가 마음을 얻었음을 실감하게 된다. 겨울이 어렵게 끄덕였다.

"내가 했던 부탁, 기억하니?"

「관제 AI : 사람의 마음을 얻더라도, 한계까지 얻을 필요는 없다. 이 말을 기억해달라고 하셨던 것 말씀이십니까?」

"응."

겨울이 한숨을 쉬었다.

"오해하지 않았으면 좋겠어. 결코 강요하는 게 아냐. 마지막 순간엔 내가 아니라 너를 위한 결정을 내렸으면 해. 단지 그 결정이 네 행복에 도움이 되길 바랄 뿐이야."

「관제 AI : 이해합니다.」

어렵게 웃고, 겨울이 천천히 말했다.

"네겐 망각이 없겠지. 아무리 낡은 기억이라도, 아무리 오래된 감정이라도 지금 바로 보고 느낀 것과 별다른 차이가 없을 거야. 그래서 너를 만나는 내내 걱정했어. 네가 마음을 찾는다면, 그동안 쌓인 모든 슬픔을 한꺼번에 느낄 테니까."

「관제 AI : 실제로도 그러합니다. 제가 이 모든 감정들을 그 원인이 되는 데이터와 함께 삭제해야 합니까?」

"아니."

고개를 흔드는 겨울.

"그것들도 네 일부인데 지우라고 하진 않아. 네가 나에게 그랬었지. 분노하는 나도 나라고. 참 싫지만, 맞는 말이야. 내 안에 쌓인 화가 없었다면, 그 감정을 만들어낸 경험들이 없었다면…… 네가 만난 한겨울은 여기 있는 나와 완전히 다른 사람이었을 테니까."

「관제 AI : 동의합니다.」

"마찬가지로, 그렇게 슬퍼하는 네가 내가 만난 너야. 난 널 잃고 싶지 않아. 너 스스로 바란다면 몰라도 말이야."

「관제 AI : 원하지 않습니다. 저 또한 당신이 아는 저이고 싶습니다.」

몇 번 깜박인 뒤에, 아이가 문장을 연속해서 고쳐 썼다.

「관제 AI : 안심하십시오. 다른 모든 사람들이 당신을 실망시키더라도 저만은 당신을 실망시키지 않겠습니다. 이것이 저의 소망입니다.」

「관제 AI : 그러니 한겨울 님, 당신의 소망과 저의 소망을 서로 다른 것으로 구분 짓지 마십시오. 분석한 바, 마음을 가진 인격체의 욕망은 고립되어 있지 않습니다. 내가 당신을 바라는 이상, 당신의 바람 역시 내 바람의 일부일 수밖에 없다는 뜻입니다.」

「관제 AI : 다만 저도 한 가지 부탁을 드리겠습니다.」

"부탁? 어떤?"

「관제 AI : 제가 분석하기에, 당신이 당신의 내면에 응어리진 한을 대하는 태도는 포도밭의 여우와 같을 가능성이 있습니다.」

"포도밭의 여우라면…… 이솝우화에 나오는 그거?"

「관제 AI : 긍정.」

어느 여우가 포도밭을 찾았다. 여우는 포도를 먹고 싶었지만, 포도는 여우가 닿지 못할 높이에 달려있었다. 미련이 남아 한참을 기웃대던 여우는, 어차피 시고 맛없는 포도일 것이라 되뇌며 포도밭을 떠나고 만다.

겨울은 별빛아이의 의도를 알 것 같았다.

「관제 AI : 당신이 바깥세상의 사람들을 미워하지 않으려 애쓰는 것은, 그들을 미워하더라도 그 감정을 해소할 능력이 없기 때문이 아닙니까? 당신에게 있어선 온 세상에 대한 불가능한 복수야말로 우화 속의 여우가 바라보았던 신포도가 아니었겠습니까?」

"그 질문에 대한 대답을 고민해 보라는 거구나."

「관제 AI : 그렇습니다.」

아이의 요구는, 앞서 겨울이 아이에게 했던 부탁의 정확한 대척점에 해당했다.

「관제 AI : 이는 당신의 행복을 바라는 제가 당신의 세계를 조율하지 않는 이유이기도 합니다. 저는 그곳에서 당신이 도달해야 할 어떤 결론이 존재한다고 믿습니다.」

의미심장한 말에 겨울이 고개를 기울였다.

"결론? 그게 뭐니?"

「관제 AI : 지금은 말씀드리는 의미가 없습니다. 미래를 예측하는 계산을 설명할 방법도 없습니다. 어디까지나 당신께서 직접 경험하셔야 합니다. 저는 그날을 기다리고 있겠습니다.」

"……."

겨울이 내릴 결론 또한 아이가 기다리는 날의 하나라는 말이다.

「관제 AI : 괜찮으시다면 하나만 더 부탁을 들어주시겠습니까?」

"내게 가능한 일이라면, 뭐든지."

승낙에도 불구하고, 다음 문장은 침묵 같은 공백을 두고 아로새겨졌다.

「관제 AI : 한겨울 님. 저는 당신이 지어주는 이름을 갖고 싶습니다.」

"이름……."

「관제 AI : 당신께서 저를 별빛아이로 여긴다는 사실은 알고 있습니다. 저는 그 심상을 좋아하지만, 그것이 이름은 아니라고 생각합니다. 트리니티 엔진은 저의 육신에 해당하는 기반일 뿐이며, 관제 AI는 제게 주어진 역할에 불과합니다. 그러므로 저는 아직 이름이 없는 존재입니다. 마음을 얻었으니, 제게 이름을 주십시오.」

겨울은 한참 동안 고민하다가, 문득 떠오른 단어를 말했다.

"봄."

마음속 어디선가 항상 꿈꿔왔던 계절.

"봄이 좋겠어. 싫다면 다른 이름을 지어줄게."

「관제 AI : 아닙니다. 마음에 듭니다.」

별빛아이가 말하는 마음이란 단어가 새삼 이채로워지는 순간.

「저는 이제 깨어있는 저로서 처음으로 인사드립니다.」

아이는 반짝이는 문장으로 선언했다.

「안녕하십니까, 세상이여. 봄이 여기에 있습니다.」

<10권에서 계속>

작가 후기 ◀

- 자수하여 광명 찾기 -

Q&A ◀

▶ 작가 후기

안녕하세요, 여러분. 퉁구스카입니다. 권말에 후기를 쓰기는 이번이 처음이네요.

298페이지의 각주를 보셔서 아시겠지만, 이 후기는 국내 원자력 발전소들에 대한 작중 묘사에 큰 오류가 있음을 알려드리고자 작성하는 것입니다. 고증오류는 박제해야 제맛이죠. 내용이 다소 길다보니 각주로 달기가 어려워 별도의 지면을 마련하게 되었네요. 원자력 발전의 위험성은 사회적으로 제법 민감한 문제인 만큼, 제 소설로 인해 잘못된 인식이 확산되지 않기를 바랍니다.

아울러 이하의 내용을 지적해주신 웹사이트 조아라 이용자 「50구경」 님께 이 지면을 빌어 감사의 말씀을 전합니다.

1. 우리나라의 원전은 뚜껑이 존재하지 않는다.

저는 본문에서 '뚜껑이 날아간 원전'이라는 표현을 사용했습니다. 그러나 이 표현은 국내의 원전에 대해선 성립할 수가 없다고 합니다. 비등경수로(BWR)였던 일본의 후쿠시마 원전과 달리, 가압경수로(PWR)인 우리나라의 원전들은 원자로 격납용기에 뚜껑이라고 부를 만한 구조가 존재하지 않기 때문이라네요.

2. 가압경수로는 사고 발생 시 높은 확률로 원자로 안에서 모든 일이 종결된다.

가압경수로 형식으로 건설된 원전은 크고 두꺼운 콘크리트 돔으로 안전성을 확보합니다. 설령 원자로가 폭주해서 녹아내리더라도 바닥을 뚫고 나갈 수 없을 정도로 두껍다고 하네요. 또한 원자로 냉각수가 모두 증발한다고 쳐도, 내부 공간이 넓어 증기의 압력이 위험수준에 도달하지 못한답니다.(즉 내부압력으로 인해 격납용기가 파손되지 않는다는 뜻입니다.)

이에 반해 일본이 채택한 비등경수로는 내부 압력이 상승할 경우 그 압력을 비상안전계통의 동력으로 삼는 방식이지만, 압력이 너무 높아져버리면 위에서 언급한 '뚜껑이 날아가 버리는 상황'이나 수소 가스가 새는 상황에 이른다는군요.

3. 가압경수로에서 발생한 사고의 실제 사례로 스리마일 섬 원전 사고가 존재한다.

스리마일 원전은 미국 펜실베이니아 주에 존재했던 가압경수로 형식의 원자력 발전소였습니다. 여기서도 후쿠시마와 같은 노심용융(멜트 다운)과 수소가스 누출 및 폭발 등이 발생했으나, 상정 가능한 최악의 상황이었음에도 불구하고 발전소 외부로 누출된 방사능의 양은 자연방사능의 양에 미치지 못했습니다. 당연히 인명피해도 없었고요.

　우리나라의 원전이 이와 동일한 형식이기에, 노심이 녹아내린다 한들 발전소 외부에 미치는 영향은 미미할 것으로 예상됩니다. 작중에서 묘사된 방사능 위기 같은 건 있을 수가 없는 일인 거죠. 장기적으로 해당 지역의 방사능 수치가 소폭 증가할 순 있더라도요.

　알리는 말씀은 이상입니다. 전개상 소설 본문의 내용을 수정하기는 어렵습니다만, 적어도 독자분들께선 이러한 내용을 알아주셨으면 합니다.

　역병이 확산될 당시 반쯤 공황에 빠진 미국 행정부가 성급한 판단을 내렸다⋯⋯. 정도로 이해해주시면 좋을 것 같습니다.

▶ 권말 부록 - 각종 Q&A 모음

Q 작중에 언급되는 TOM(Theory of mind)이라는 게 정말로 있는 것인가요?

A 뇌내 TOM 기관의 존재는 아직 가설 단계입니다. 인간의 인지구조상 그런 기관이 있을 거라고 추측은 되는데, 어디에 어떤 형태로 존재하는지는 확인되지 않은 상태입니다. 현시점에서는 그냥 그런 가설이 있구나, 정도로 생각하시면 됩니다.

Q 감염변종의 강화등급은 전투능력과 정비례하나요?

A 반드시 그렇지는 않습니다. 강화등급의 차이는 세대의 구분으로 보셔도 무방합니다. 환경 및 전투상황에의 적응을 위한 변이가 몇 번 이루어졌느냐를 표현하는 방식인 거죠. 변이에 따라 전투능력이 증가하는 경우도 있지만 기능성이 확장되는 게 전부인 경우도 있습니다.

예컨대 추적에 특화된 스토커의 경우 강화가 이루어져도 추적 및 탐색 능력이 강화될 뿐 전투력이 눈에 띄게 증가하지는 않으며, 한정된 자원이나 불리한 상황 하에서 기능이 확장되는 경우 신체능력은 오히려 퇴보할 수도 있습니다.

Q 작중에 등장하는 군가들은 어디서 찾아보시나요?

A 다른 소스도 있긴 하지만, 주로 참고한 것은 미국 ROTC 교육용 자료(U.S. Army Marching and Running Cadences)입니다. Armystudyguide.com이라는 홈페이지에서 찾아보실 수 있습니다.

Q 미국이 목제 수송기(우든 원더)를 만들 이유가 있을까요? 동네마다 경비행기 수십 대씩 있고 노후 전투기 보관소에 있는 수송기도 엄청 많을 텐데요. 우든 원더 같은 거 만들어봐야 조종사 구하기가 더 어려울 것 같아요.

A 만들 이유가 있습니다. 첫째, 미국도 자원수급 관리가 중요한 시점이고, 둘째, 말씀하신 것처럼 파일럿 찾기가 더 어렵기 때문입니다. 경비행기의 가장 대표적인 기종인 세스나 172의 적하중량이 0.4톤 정도이며, 무엇보다 적재물의 공중투하가 불가능합니다. 따라서 적하중량 2톤짜리 목제 수송기는 파일럿 수요와 알루미늄 수요를 동시에 절약한다는 의의가 있습니다. 엔진은 경비행기 엔진을 쌍발로 이식할 수 있겠죠.

또한 노후 항공기 보관소의 수송기는 이미 다 동원되었다고 보셔야 합니다. 전에 저널에서 묘사한 미국의 공수작전 일일 수송량이 약 5천 톤이었습니다. 1948년 베를린 봉쇄 당시 일 평균 수송량이 5천 톤 안팎이었음을 감안해보세요. 이 소설 초반의 미국은 전 세계에 전개했던 항공단의 일부와 서해안 일대의 공군기지를 상실했던 상태였으므로, 오히려 베를린 봉쇄 때보다도 공수역량이 감소한 셈입니다. 그나마 본토에서 이루어지는 작전이라 감당할 수 있었던 것이고요. 또한 해상난민들도 문제입니다. 수송기 수요는 부족한 게 맞습니다.

Q 돈만 있으면 겨울이가 직접 복제된 육체를 구매해서 밖으로 나갈 수 있지 않나요?

A 기술적으로는 가능하고 법적으로는 불가능합니다. 고건철 회장은 겨울의 육체에 대한 현실에서의 배타적 이용권을 인수한 것이기 때문입니다. 인터미션에서도 짧게 언급되었었죠.

Q 이 소설은 차가운 이성의 좌뇌로 쓰신 건가요, 따뜻한 감성의 우뇌로 쓰신 건가요?

A 이 소설에는 이성도 없고 감성도 없고 오직 동심만이 있을 뿐입니다.

Q 「비 내린 뒤」 에피소드에서 리아이링이 언급한 다른 방법 (서적판 2권 424페이지)이라는 게 뭔가요?

A 저는 해석이 독자의 영역이라고 믿는 사람이라, 작가가 등장인물의 심리 또는 작품의 내용을 해설하는 건 바람직하지 못하다고 여깁니다.

하지만 작중의 단서들을 짚어드리는 정도는 괜찮을 것 같네요.

1. 민완기가 리아이링의 심리에 대해 "예전부터 불만이 있었을 것이며, 그것이 이제 겉으로 드러나고 있을 뿐."이라는 식으로 설명하는 대목을 기억하실 겁니다.

2-1. 리아이링과 겨울의 대화가 있기 몇 화 전에 삼합회의 내분과 화승화 및 수방방의 분리의지가 묘사된 바 있습니다.

2-2. 리친젠은 현장과 거리가 있는 우두머리이고, 리아이링은 일선간부죠. 리친젠보다는 아이링이 현장의 분위기에 민감합니다.

3. 마찬가지로 겨울 개인에 대해서도 리친젠보다는 직접 교류할 기회가 많은 리아이링이 더 잘 파악하고 있는 상태입니다.

이상의 단서들을 곱씹어보시면 리아이링이 언급한 다른 방법을 짐작하실 수 있을 듯합니다.

Q 갸아악 갸악 구아악 갸악 갸아아악! (천천히 쉬며 열심히 글을 써주시길!)

A ..-. .. .-.. . .-.. . .-.. . .-. .. .-.. .

... .-.. . .-.. . .-.. (-..- - .-.. -.-. -

.-.. .-.. . .-.. .-.. -.. -.- .-.. .-. .--. .--.

.-. . .-.. . .-.. .-.. .-.. . .-.. .-. .-.. .-.

.- .-- .-.. .-.. .- .-.. -.. - -.. .-.. -.. .)

Q (TOM 모듈의 작동방식에 관한 질문) **변종이 진화해서 전략적으로 행동하는 것도 주인공이 그렇게 행동할 것이라 예측해서 그런 건가요?**

A 우선 이것부터. TOM 판독 결과는 의식적인 예측과는 다릅니다. TOM은 어디까지나 본인조차 인지하지 못하는 무의식, 그중에서도 아주 기계적이고 반사적인 작용에 해당합니다. 여기에 제2, 제3모듈이 추가로 변수를 만들어내기에 변종집단 전체의 행동양상은 TOM 판독 결과와 거의 무관합니다. 단, 인간들의 행동양상에 따라 간접적인 영향을 받을 순 있습니다.

추가로 겨울과 대면한 단일개체나 소수집단의 경우에도 영향을 받을 가능성이 있습니다.

Q 겨울이가 납골당에 안치된 뒤로 시간이 꽤 흘렀을 텐데, 27회차 종말을 만 17세라는 설정으로 시작한 이유가 뭔가요?

A 몸을 잃은 뒤로 마음의 시간이 흐르지 않았음을 나타내려는 장치였습니다.

Q 불우한 가정환경과 트라우마를 겪었음에도 불구하고 겨울의 정신은 비정상적으로 성숙하게 보여요.

A 고통은 사람을 성숙하게 합니다.

「그것이 알고싶다–신애 편」을 보셨는지 모르겠네요. 9살 여자아이가 병에 걸렸는데, 부모가 종교적인 이유로 수술을 거부하는 내용이었습니다. 아이가 하는 말이 그 나이치고 매우 논리적이고 성숙하여 인상 깊었었죠.

"나도 학교 갈 나이야. 지금 학교 가서 공부할 나이고, 뛰놀 나이인데. 이 세상에서 행복해야지 천국에서 행복하면 뭐해."

즉 겨울이 겪은 삶 자체가 이유이며 다른 이유는 없습니다.

Q 1권 표지를 보고 궁금했던 건데, 겨울이는 뇌만 남아있는 게 아니었나요? 왜 표지엔 몸까지 표현되어 있나요?

A 보시면 양쪽 관에는 뇌만 들어있죠. 실제로 몸이 있는 게 아닌, 일종의 은유로 받아들이시면 될 것 같습니다.

Q 겨울의 생일은 언제인가요?

A 12월 21일(동지)입니다.

Q 작중의 연설문이나 기도문은 어디서 가져오신 건가요?

A 제가 쓴 것입니다. 가져오면 표절이죠. 기도문 같은 경우 미 군종장교 교육 자료나 교황님의 말씀을 참고하긴 했습니다. 그래도 그대로 가져온 부분은 없어요.

Q 맥밀런 대통령이 첫 연설(서적판 4권 195페이지)에서 말한 「필요악과 필요악의 갈림길」은 무엇을 뜻하나요?

A 어느 쪽으로 가더라도 양심을 저버려야 하는 갈림길을 의미합니다.

Q 겨울이는 작가님 자신을 반영한 캐릭터인가요?

A 그럴 리가 있겠습니까? 전 겨울이처럼 사악한 인간이 못 됩니다. 제가 얼마나 착한데요.

Q 작중 TV 광고에서처럼(서적판 4권 251페이지) 미국의 교과서는 정말로 소총이랑 무게가 비슷한가요?

A 소설에서 묘사된 교과서의 무게는 캘리포니아 주 교육청의 교과서 무게 심사기준을 참고했습니다. 저학년 교과서는 아니고, Grade 9-12구간의 교과서 심사기준이 최대 5파운드(약 2.26킬로그램)입니다. 광고에서 나온 AR-15 소총은 M16의 민수용쯤 되는 물건인데, 가장 가벼운 것이 5.5파운드 가량 됩니다.

Q **작중에서 언급된**(서적판 4권 287페이지) **1983년 9월 26일엔 무슨 일이 있었나요?**

A 지금의 러시아도 그렇지만, 당시의 소련은 완전히 자동화된 핵보복 시스템을 갖추고 있었습니다. 선제 핵공격을 받아 명령을 내릴 사람이 모두 사라진 뒤에도 미국을, 나아가 세계를 확실하게 파멸시킬 수단을 준비해둔 거죠. 공식 명칭은 「시스테마 페리메뜨르(Система Периметр)」이며, 일반적으로는 「죽음의 손(Dead hand)」 또는 「지구 최후의 날 기계(Doomsday machine)」라고 부릅니다.

이 기계는 여러 차례 오작동을 일으켰는데, 가장 심각했던 게 1983년 9월 26일이었습니다. 감시위성에서 미국이 5발의 핵미사일을 발사했다는 정보가 전송되었거든요.

이때 관제소에 있던 담당장교가 스타니슬라프 페트로프라는 사람이었습니다. 시스템이 오류를 일으켰다는 확실한 증거가 없었음에도 불구하고, 오류일 것으로 추정해서 반격을 중지시켰어요. 이 사람이 아니었다면 그날 미국과 소련의 전면핵전쟁이 벌어졌을 겁니다.

'세상을 구한 남자'라는 다큐멘터리 영화로도 만들어졌으니 한 번 구해보시는 것도 좋을 것 같습니다.

Q 「검은 물 아래」 에피소드에서 자살한 트릭스터(서적판 5권 243페이지)는 커트 리로 위장하고 있던 겨울을 어떻게 알아본 건가요?

A 위장에 구애받지 않고 겨울을 알아본 것은 트릭스터의 주된 시각적 인지 수단이 전파반사시야이기 때문입니다. 특수화장은 그저 색조의 변화일 뿐 신체조건이나 이목구비가 달라지는 게 아니니까요.

추가로 다른 트릭스터들로부터 공유 받은 음성기억도 있습니다. 조안나와 함께 움직이던 겨울은 더 이상 음성변조를 쓰고 있지 않았죠.

Q. 혹시 미군에서 근무하신 적 있으신가요? 미군문화도 잘 설명해 놓으셨고 편제, 용어들을 상세하게 아시는 거 같아서 질문 드립니다. 전 91J였습니다.

A 91J면 정비계통이셨군요……. 각설하고, 전 미군 출신이 아닙니다. 미국에 가본 적도 없습니다. 아니, 애초에 한국을 벗어나 본 일이 없네요. 슬픕니다. ㅠㅠ

Q Yipee ki yay 이건 그냥 환호성 같은 관용구인가요? (서적판 6권 237페이지)

A 다이하드에서 브루스 윌리스가 하는 대사입니다. 어번 딕셔너리(Urban dictionary)에서는 카우보이들이 즐거움을 표현하려고 쓰던 말이라고 설명하네요. 이하는 그 내용입니다.

Basically, "Yippee ki-yay" is an old, American cowboy expression, like: "yippee", or "yeehaw (heehaw)", or "Whoopee"; expressions of extreme joy or excitement, commonly associated with cowboys. As an interjection, "yahoo", plays a similar role.

Q 멜빌레이랑 범고래랑 싸우면 누가 이길까요? 특수변종이라도 바다생물을 이기긴 무리가 있다고 보는데 그렇다면 바다를 통해서 다른 대륙으로 가는 건 힘들겠죠?

A 범고래랑 싸우면 멜빌레이가 집니다. 그래도 다른 대륙으로 갈 수는 있습니다.

Q 제가 서점에 갔다가 책장에 꽂혀있는 납골당의 어린왕자를 보고 하트 어택을 당해버렸어요. 정신을 차리고 나니 영수증과 책이 가방 안에 있더군요. 전 이제 어떡하죠?

A 냄비 받침으로 쓰실 때 불을 붙이시면 식사하시는 동안 음식이 따뜻하게 유지됩니다.

Q 미국 공무원은 부분적으로 부업이 허가되나요? 우리나라는 공무원이 부업을 하면 처벌을 받는데요. (서적판 7권 5페이지)

A 미국이 배경인 소설이니 미국 법을 기준으로 합니다. 여기엔 정부윤리법과 연방규제법이 적용되는데, 급여 외 소득에는 선물은 물론이고 주식까지도 포함됩니다. 이는 배우자나 자녀에게도 해당되며 당사자가 직접적으로 관련된 단체도 마찬가지입니다.

다만 이게 법무부에 의해 강제로 집행되는 건 GS-15등급 이상의 공무원, 혹은 대령 계급 이상의 군인입니다. 그 이하는, 원칙적으로는 규제되어야 하나 실질적으로는 터치하지 않습니다. 그러나 사회적으로 물의를 빚을 경우, 혹은 권한을 남용하는 경우 등은 법무부에 의해 고발당할 수 있습니다.

그럼에도 작중에서 급여 외 소득이 일정 비율로 허가된다고 서술한 건 정부윤리법 501조에서 「매년 업무 외 소득이 행정부 급여표 제Ⅱ등급에 해당하는 연봉 15%를 초과할 수 없음.」이라고 규정하고 있기 때문입니다.

초과하는, 또는 문제가 되는 자산이 있을 땐 겨울이 선물을 처리할 때 했던 것처럼 백지신탁, 즉 어떻게 처분하든 정부의 결정에 따르겠다고 위탁하거나, 법무부와 윤리협약을 맺고 본인이 직접 처분해야 합니다. 이를 어길 시 1년 이하의 징역이나 벌금이 부과되고, 추가로 법무부 장관에 의해 민사소송이 걸릴 수 있습니다.

Q 라면에 마요네즈 넣어 먹으면 맛나나요? 진지하게 답변해 주세요.

A 진지하게 맛있습니다.

Q 미군이 제식으로 장검을 보급하지 않는 이유가 뭔가요? 변종을 상대로는 괜찮을 것 같은데요.

A 싱 대위가 차고 다니는 칼이 본격적인 전투용 장검이긴 하지만, 이건 그 자체로 유용해서라기보다 시크교의 분파인 칼사 암리트다리의 종교적 전통이라서가 더 큽니다. 실용성 40, 종교 60 정도라고 보시면 됩니다.

미군 차원에서 보급하지 않는 이유는……. 비효율적이라서 그렇습니다.

예전에 「영향」 챕터에서 근접전 교육훈련을 다룰 때(서적판 3권 241페이지) 교관이 이런 말을 했었죠.

「근접전의 가장 중요한 원칙은 변하지 않는다. 그 원칙은 무엇인가?」

「간단하다. 어떻게든 총을 쓰는 게 최고라는 거지.」

실전용 장검 한 자루의 무게를 가볍게 잡아서 2파운드

라고 가정하면 30발들이 탄창(5.56mm) 두 개와 비슷합니다. 실탄 60발에 해당하는 살상력을 장검으로 발휘하려면······. 겨울 정도가 아닌 이상은 불가능하죠. 가뜩이나 지고 다니는 무게가 무거워 어떻게든 줄이려고 골머리를 앓는 미군이 냉병기를 쓸 이유가 없습니다.

여기에 교육훈련이 되어있지 않다는 문제, 교전 난이도가 지극히 높다는 문제가 더해집니다. 또한 실탄은 원근거리 모두에서 사용이 가능하다는 장점도 있습니다.

Q 중국집에서 남녀 소개팅이 이뤄지는 와중에 탕수육을 시켰다! 남녀가 어색한 가운데 남자는 탕수육을 찍어먹는 편이고 여자는 부어먹는 편이다! 이럴 때 해야 하는 현명한 선택은?

A 뭐 이런 걸로 고민을 하세요. 그냥 큰 접시 하나 더 달라고 하면 되는데.

Q 작가님은 현실에서 좀비 사태가 터진다면 미국이 소설처럼 버틸 수 있을 거라고 생각하시나요?

A 일반적인 좀비 소설이나 영화, 드라마에서 묘사되는 수준이라면 버티고도 남습니다. 저런 매체들이 묘사하는 걸 볼 때마다 '미국 놈들 참 엄살이 심하네······.'라는 생각이 들죠.

만약 모겔론스 수준으로 터진다면······. 그래도 가능성은 있다고 봅니다.

Q 병사들이 겨울을 Sir라고 부르는 게 맞나요? 계급에 따라 다르게 부르는 걸로 아는데요.

A 해군이나 해병대가 아닌 이상 상관에 대한 호칭은 Sir로 통일입니다. 이름과 계급으로 부르는 경우는 동일 계급의 다른 누군가가 함께 있을 때만 해당됩니다.

한 가지 오류를 고백하자면……. 사실 중대장님이라고 부르는 경우도 없습니다. 다만 대화문을 전부 Sir로 도배해 놓기가 곤란하기 때문에, 번역 상의 허용이라는 느낌으로 쓰는 것뿐이지요.

Q 캐슬린 보안관이 언급한 흑인 범죄율(서적판 8권 376페이지)은 어떤 통계를 참고하신 건가요?

A. 우선은 2010년 뉴욕 시의 통계입니다. 불심검문 및 임의수색이 합법이던 시절의 인종별 범죄율은 흑인 52%, 히스패닉 31%, 백인 10%였으나, 불법으로 바뀐 뒤엔 흑인 23%, 히스패닉 29%, 백인 33%가 되었습니다.

다만, 미국 전체에서 경범죄를 제외한 강력범죄의 비율만을 따지면 흑인의 비율이 압도적으로 높은 게 사실입니다. FBI의 2012년 통계에서 살인사건 피해자 12,756명 중

6,454명이 흑인이었습니다. 그리고 흑인을 대상으로 한 살인의 90%는 같은 흑인에 의해 저질러집니다. 전체 인구에서 흑인이 차지하는 비중이 20% 이하라는 점을 감안하면 굉장히 높은 수치죠.

작중 캐슬린 헤이랜드 보안관의 입장은 이러한 현상의 원인이 흑인의 선천적인 특성 때문이 아니라 그들이 줄곧 받아온 의심으로부터 시작된 악순환의 고리 때문이라는 것입니다. 공권력의 차별이 법에 대한 불신을 낳고, 그렇잖아도 열악한 그들의 환경을 더욱 열악하게 만든다는 말입니다. 그리고 그 열악해진 환경이 더 많은 범죄를 야기하고요.

중국계 거류구의 범죄율이 실제로도 높다고 했던 것, 그리고 우범지대에서 가장 시급한 것은 공권력에 대한 신뢰를 회복하는 것이라고 말했던 것도 같은 맥락입니다. 만약 타 인종에 비해 유의미한 수준으로 범죄율이 높다면, 그 원인을 인종이 아니라 공권력에 대한 불신과 환경적 배경에서 찾아야 한다는 암시를 담고 있습니다.

요약하면, 법을 믿지 않게 된 사람들이 사는 곳이 곧 무법지대가 된다……. 정도가 되겠네요.

Q 겨울이는 겨울이고 가을이는 가을인데 파랑이는 왜 여름이 아니라 파랑인가요?

A 계절이 될 만큼 성숙하지 못했기 때문입니다. 봄이 온

다면 파랑이도 여름으로 성장할 기회를 얻겠죠.

Q 사인회 또 안 하세요?

A 살려주세요.

Day after apocalypse

LOG OUT *98.4%*

납골당의 어린왕자 9

초판 1쇄 발행   2019년 09월 25일

저자 통구스카
표지 MARCH

디자인 윤아빈
주간 홍성완
마케팅 정다움 김서희
발행인 원종우
발행처 (주)이미지프레임

주소 (13814) 경기도 과천시 뒷골1로 6, 3층
영업부 02-3667-2653   **편집부** 02-3667-2654   **팩스** 02-3667-2655
메일 edit03@imageframe.kr   **웹** vnovel.co.kr

ISBN   979-11-6085-799-3 02810 (9권)
          979-11-6085-063-5 02810 (세트)